TRACY WOLFF

DOCE
PESADELO

Copyright © 2024 Tracy Wolff
Publicado originalmente nos Estados Unidos com o título Sweet Nightmare: Calder Academy series #1. Esta tradução foi publicada em acordo com a Entangled Publishing, LLC mediante a RightsMix LLC em parceria com Patricia Seibel. Todos os direitos reservados.
Tradução para Língua Portuguesa © 2025 Marcia Blasques
Todos os direitos reservados à Astral Cultural e protegidos pela Lei 9.610, de 19.2.1998.
É proibida a reprodução total ou parcial sem a expressa anuência da editora.

Editora
Natália Ortega

Editora de arte
Tâmizi Ribeiro

Coordenação editorial
Brendha Rodrigues

Produção editorial
Manu Lima e Thais Taldivo

Preparação de texto
Alexandre Magalhães

Revisão de texto
Carlos César da Silva e Pedro Siqueira

Design da capa
Bree Archer e LJ Anderson/Mayhem Cover Creations; **imagens** Envato Elements 3D, Duda Vasilii/Shutterstock e powerofforever/GettyImages

Foto da autora
Mayra K. Calderón

Dados Internacionais de Catalogação na Publicação (CIP)
Angélica Ilacqua CRB-8/7057

W831d

Wolff, Tracy
    Doce pesadelo / Tracy Wolff ; tradução de Marcia Blasques. –– São Paulo, SP : Astral Cultural, 2025.
    416 p.

    ISBN 978-65-5566-608-3
    Título original: Sweet Nightmare

    1. Ficção norte-americana I. Título II. Blasques, Marcia

25-0081   CDD 813

Índice para catálogo sistemático:
1. Ficção norte-americana

BAURU
Rua Joaquim Anacleto
Bueno 1-42
Jardim Contorno
CEP: 17047-281
Telefone: (14) 3879-3877

SÃO PAULO
Rua Augusta, 101
Sala 1812, 18º andar
Consolação
CEP: 01305-000
Telefone: (11) 3048-2900

E-mail: contato@astralcultural.com.br

Para todos aqueles que encararam seus piores pesadelos e saíram mais fortes.

Este livro é para vocês.

Prólogo

PESADELO APÓS PESADELO

— Jude —

Eu conheço seu pior pesadelo.

Não, não esse. O outro.

Aquele que você não conta nas festas.

Aquele que você não sussurra para seu melhor amigo tarde da noite.

Aquele que você não admite nem para si mesmo até que sejam três da manhã, as luzes estejam apagadas e você se encontre paralisado de medo demais para sequer esticar o braço e acender o abajur. Então você fica deitado, com o coração acelerado, o sangue bombeando, os ouvidos atentos ao deslizar da janela, o ranger da porta, o passo na escada.

O monstro debaixo da cama.

O monstro dentro da sua cabeça.

Não se envergonhe. Todo mundo tem um — até eu.

O meu sempre começa da mesma forma.

Lua cheia. Ar quente e pegajoso. Um musgo pendurado que fica baixo o suficiente para roçar o rosto em uma caminhada noturna. Ondas quebrando na praia. Um chalé — uma garota — uma tempestade — um sonho, para sempre fora de alcance.

Eu sei que não parece muito, mas a história não está no cenário.

Está no sangue e na traição.

Então durma se tiver coragem. Mas não diga que eu não avisei. Porque a única coisa que posso prometer é que meus pesadelos são piores que os seus.

Capítulo 1

NÃO TEM ESSA DE FUGA RÁPIDA

— Clementine —

De todos os castigos que esta escola para desajustados e desastrados poderia dar a uma pessoa, não acredito que fui receber logo este. Na semana passada, uma das novas vampiras quase drenou uma bruxa, e a única punição que ela recebeu foi lavar a louça.

Irônico? Pode apostar.

Justo? Nem de perto.

Mas, pensando bem, aqui na Academia Calder, justo é um conceito bastante nebuloso, quase tanto quanto segurança e bom senso. Daí o motivo de minha mãe — também conhecida como a diretora não tão extraordinária deste estabelecimento não tão extraordinário — achar que ter me designado para cuidar dos chricklers seja de fato uma atitude razoável para um administrador.

Alerta de spoiler: não é. Pelo contrário, é pra lá de desprezível. Sem mencionar que é perigoso pra caramba.

Ainda assim, quase três anos deste pesadelo me ensinaram alguns truques — o principal deles, andar com cuidado... devagar... e carregar um saco bem grande de ração.

Uma rápida olhada no grande recinto sombrio me mostra que a comida mais uma vez fez seu trabalho. Os monstrinhos estão mesmo distraídos — pelo menos por enquanto.

Com esse pensamento em mente, dou um passinho calculado para trás, em direção à porta. Quando nenhum dos chricklers levanta nem mesmo uma sobrancelha peluda, muito menos ergue os olhos dos longos cochos cheios de ração, dou outro passo. E mais um.

A velha porta de madeira que me separa do corredor do porão está quase ao alcance. Mais alguns passos e talvez eu consiga sair daqui sem perder nenhum sangue.

A esperança, assim como a canalhice, é eterna.

Uma gota de suor escorre pela minha espinha quando dou mais um passo cauteloso para trás. Então, prendo a respiração e alcanço o trinco antiquado que mantém os chricklers — e a mim — trancados neste cercado frio e escuro.

Porém, no instante em que meus dedos tocam a fechadura, um trovão enorme ecoa pelo céu.

Merda, merda, merda.

Centenas de cabeças se erguem exatamente ao mesmo tempo — e cada uma delas se vira bem na minha direção. Olhos se estreitam. Dentes brilham. Rosnados ecoam pelas paredes de pedra áspera. E é assim que me ferro de vez.

Garras deslizam pelo chão enquanto eles correm até mim como se fossem um só.

Dane-se minha saída lenta e firme. Dou meia-volta e mergulho em direção à porta no momento em que a primeira onda me alcança.

Garras arranham minhas panturrilhas enquanto procuro a maçaneta. Chuto os primeiros para longe, então engasgo quando dentes rasgam minha coxa e quadril. Eu me abaixo para arrancar mais alguns desses bastardinhos de cima de mim com a mão.

Mas um chrickler esforçado consegue se segurar firme enquanto sobe nas minhas costas. Ele tem dentes longos e pontiagudos que abrem um corte no meu ombro, e suas garras, ainda mais longas e pontiagudas, se arrastam pelo meu bíceps direito enquanto tenta se segurar. Abafo um grito quando sangue fresco — o meu sangue — atinge a ponta do meu surrado e amado Adidas Gazelle, mas não me incomodo em tentar sacudi-lo pela segunda vez. A liberdade está bem aqui. Só preciso estender a mão e pegá-la... e evitar ser cercada novamente enquanto faço isso. Eu me atrapalho tentando abrir a tranca de ferro. A alavanca é antiga e gosta de emperrar — mas já fiz isso vezes suficientes para saber todos os truques. Empurro o lado esquerdo para dentro, levanto o lado direito e puxo com toda a força. A tranca cede bem quando outro chrickler — ou talvez o mesmo, a essa altura quem pode dizer? — morde meu tornozelo com vontade.

Para me livrar dele, chuto para trás com força e agito a perna descontroladamente ao puxar a porta, também com toda a força. É pesada, e meu ombro está latejando, mas ignoro a dor quando ela finalmente se move. Arranco o último chrickler do meu ombro e mergulho por uma abertura pouco mais larga que meus quadris, depois bato a porta atrás de mim.

Para garantir que nada me siga — chricklers são bem sorrateiros —, jogo minhas costas contra a madeira velha com toda a força. Assim que faço isso, meu melhor amigo, Luís, surge na luz fraca do corredor do porão.

— Procurando algo? — Ele segura meu kit de primeiros socorros, e para abruptamente quando enfim me vê bem. — Caramba, Clementine. Alguém já disse que você sabe mesmo como fazer uma entrada?

— Você não quer dizer uma saída? — pergunto com a voz rouca, ignorando o olhar horrorizado em seu rosto. — A tempestade que se aproxima deve ter agitado os chricklers mais do que o normal hoje.

— "Agitado"? É assim que você quer chamar isso? — retruca ele, mas sua voz é quase abafada por um choro alto e animalesco vindo de trás da porta. — Que barulho horrível é esse?

— Não sei. — Olho em volta, mas não vejo nada. É óbvio que todo o corredor tinha que ser iluminado por exatamente uma lâmpada triste e nua pendurada no teto, então não é como se eu tivesse uma visão fantástica. Como o resto desta escola, a escuridão é, definitivamente, amiga do porão.

Mas é certo que o choro está ficando mais alto... e agora posso dizer que está vindo de dentro do cercado.

— Ah, merda. — Assim que deslizo a última fechadura no lugar, vejo uma pequena pata de chrickler presa entre a porta e o batente.

Luís segue meu olhar.

— Porra, não. Clementine, nem pense nisso!

Eu sei que ele está certo, mas...

— Não posso deixar o pobre coitado assim, sem mais nem menos.

— Esse "pobre coitado" acabou de tentar comer suas entranhas! — rebate ele.

— Eu sei! Acredite em mim, eu sei! — Considerando quantas partes do meu corpo estão latejando neste momento, esquecer disso seria impossível.

Ele revira os olhos prateados de lobo com tanta vontade que fico um pouco surpresa por não desaparecerem em seu crânio.

A esta altura, o choro se transformou em pequenos ganidos abafados, e não posso simplesmente deixar a coisa assim, monstro ou não.

— Eu tenho que abrir a porta, Luís.

— Droga, Clementine! — Mas, mesmo enquanto diz isso, ele se move para trás de mim, para me dar apoio. — Quero que conste que me oponho a esta decisão.

— Que assim conste — digo a ele enquanto respiro fundo e, relutante, abro a fechadura que acabei de trancar. — Aqui vamos nós.

Capítulo 2

CALDER, AO SEU DISPOR

— Não tire a mão da porta! — insiste Luís enquanto se inclina sobre meu ombro para microgerenciar, algo que tenta fazer em várias áreas da minha vida.

— Eu sei — respondo, envolvendo uma mão na maçaneta e apoiando a outra bem acima dela para que eu possa empurrar a porta assim que a pata do chrickler se soltar.

Puxo com o que espero ser força suficiente, e no instante em que a pata desliza de volta pela abertura, jogo todo o meu peso nela e a fecho com força mais uma vez. Por algum milagre, evitei um novo desastre.

Um coro de uivos indignados surge do recinto, mas nada escapa.

Estou segura... pelo menos até a próxima vez.

Exausta, agora que a última explosão de adrenalina deixou meu corpo, me encosto na porta, deslizo até meu traseiro bater no chão e respiro. Apenas respiro.

Luís se senta ao meu lado, acenando para o kit de primeiros socorros que deixou cair a alguns metros de distância. Ele começou a trazê-lo para mim todos os dias em que tenho o dever de cuidar dos chricklers — e, infelizmente, foram poucas as vezes que não precisei dele.

— Talvez seja melhor começarmos a cuidar de você. O sinal vai tocar em alguns minutos.

Solto um gemido.

— Pensei que estivesse ficando mais rápida nisso.

— Tem vários tipos de rápido — diz ele com um sorriso pesaroso. — Na verdade, você não precisa ter certeza de que cada tigela dos monstrinhos está cheia de água estupidamente gelada. Temperatura ambiente já basta.

— É setembro. No Texas. Água gelada é uma necessidade.

— E que agradecimento você recebe pela preocupação? — Seu cabelo preto cai sobre o olho esquerdo enquanto ele olha para a manga rasgada da minha camisa, e para os arranhões profundos logo abaixo.

É a minha vez de revirar os olhos enquanto pego o kit de primeiros socorros.

— A diretora por acaso me dá uma folga?

— Tenho certeza de que *sua mãe* entenderia se você desse água em temperatura ambiente para eles, se isso significasse poupar a si mesma de uma grande perda de sangue. Afinal, é ela quem insiste em cuidar dessas coisas malditas. — Ele olha para o grande curativo que tirei do kit enquanto conversávamos. — Quer ajuda com isso?

— Talvez — respondo, a contragosto. — Só me ajude com o das costas, ok? E acho que o objetivo de cuidar dos chricklers é que seja um castigo, então não tenho certeza se minha mãe tem meus sentimentos no topo da lista dela.

Ele bufa, reconhecendo essa verdade, enquanto puxa a gola da camisa vermelha do meu uniforme apenas o suficiente para colocar o curativo no meu ombro arranhado e ainda sangrando.

— Mas não é como se você tivesse sido mandada para cá por algum feito nefasto ou um baita mau comportamento, como o resto de nós.

— E ainda assim, aqui estou eu. As alegrias de ser uma Calder...

— Sim, bem, Calder ou não, você tem que parar de cuidar dos chricklers, ou eu acho que não chega à formatura.

— Ah, eu vou chegar à formatura — garanto, enquanto faço mais alguns curativos —, nem que seja apenas para finalmente, *finalmente*, sair dessa ilha.

Tenho contado os dias desde o primeiro ano. Agora que estou enfim no último, não vou deixar nada me impedir de sair deste inferno e realmente começar uma vida em algum lugar onde eu não tenha que vigiar minhas costas — e todas as outras partes de mim — a cada segundo de cada dia.

— Mais um ano — diz Luís enquanto estende a mão para pegar o kit de primeiros socorros —, e então nós dois estaremos fora daqui.

— Na verdade, duzentos e sessenta e um dias. — Guardo a caixa de curativos no kit e o devolvo a ele. Então me levanto, ignorando todos os lugares que doem.

Quando começamos a descer o corredor, deprimente de úmido, a lâmpada começa a balançar e chiar no ambiente completamente imóvel.

— Que diabos é isso? — pergunta Luís.

— Tenho uma forte intuição de que devemos nos mexer — respondo, porque ficar no porão/masmorra da Academia Calder nunca é uma boa ideia. Mas, antes que possamos dar mais do que alguns passos, a lâmpada faz um som de estouro. Segundos depois, um monte de faíscas explode dela... logo antes de o corredor ser mergulhado na escuridão.

— Bem, tenho certeza de que isso não é nada assustador — comenta Luís, inexpressivo, parando completamente para espiar hesitante na escuridão.

— Você não está com medo do escuro, né? — Não consigo resistir a provocá-lo enquanto tiro meu telefone do bolso.

— Claro que não. Eu *sou* um lobo, você sabe. Tenho visão noturna.

— Isso não o torna menos medroso — provoco.

Deslizo o polegar no aplicativo da lanterna do meu telefone e acendo a luz direto no corredor.

Afinal, os chricklers não são os únicos monstros aqui embaixo — apenas os menores e mais legais.

Como se fosse uma deixa, a porta bem na frente de Luís treme com violência nas dobradiças.

Não precisamos de nenhuma motivação adicional. Nós dois começamos a correr, o feixe da lanterna do telefone saltando junto com meus passos. Olho para trás para me certificar de que nada está nos seguindo, e o feixe capta o que parece ser uma sombra enorme no corredor adjacente. Viro a luz em sua direção, mas não há nada lá.

Meu estômago se contrai, pois sei que vi alguma coisa. Mas então um baque alto vem da sala à esquerda, seguido por um barulho de correntes e um grito agudo e animalesco que não parece — de jeito nenhum — abafado pela grossa porta de madeira entre nós.

Luís acelera o passo, e eu me junto a ele enquanto passamos por várias outras portas antes da que está à nossa frente começar a vibrar tão violentamente que tenho medo de que possa se soltar das dobradiças a qualquer segundo.

Eu a ignoro, me forçando a manter a calma. Mais uma curva, uma corrida louca, e estaremos na escada. Livres.

Ao que parece, não estou correndo rápido o suficiente para Luís, porque agarra minha mão e me puxa junto com ele enquanto um grito alto e furioso nos alcança ao virar a esquina.

— Anda, Clementine! — grita ele, me empurrando na escada à sua frente.

Subimos os degraus correndo, e irrompemos pelas portas duplas no topo assim que o sinal toca.

Capítulo 3

OUTRO PARA COMER POEIRA DE FADA

— Você tem o poder de derrotar os monstros dentro de si — diz uma voz suave pelo alto-falante. A afirmação, que também serve como sinal, faz o corredor encher, enquanto Luís e eu paramos para recuperar o fôlego.

— Sem ofender sua tia Claudia e as afirmações diárias dela — comenta ele, ofegante —, mas acho que não é com os monstros dentro de nós que devemos nos preocupar.

— Nem me fale — concordo, ao mesmo tempo que envio uma mensagem ao tio Carter, para avisá-lo que ele precisa verificar novamente as fechaduras dos recintos dos monstros.

Meu tio Carter é o responsável pelo local de confinamento das criaturas do porão. Antigamente, no começo, a Ilha da Academia Calder era um sanatório onde paranormais ricos enviavam membros da família para "convalescer". Mas o rumor é que o porão era, na verdade, reservado para criminosos mais insanos — o que explica as portas gigantes de quarenta quilos em cada uma das celas. Não é adequado para humanos, mas a configuração é útil quando se precisa impedir que criaturas causem caos total e completo.

— Me lembre mais uma vez, por que sua mãe acha que é uma boa ideia hospedar alguns dos monstros mais perturbados que existem? — pergunta Luís enquanto termina de colocar sua camisa polo vermelha dentro do short preto do uniforme.

— Pelo que sei, a escola precisa do dinheiro para "manter o estilo com o qual os alunos se acostumaram" — recito.

Nós paramos um momento para admirar esse suposto estilo, antes de sermos forçados a nos abaixar quando uma placa se solta do teto e cai no chão. Depois que o sanatório fechou, não foi preciso muito trabalho para converter os ornamentados edifícios vitorianos em um hotel de luxo para paranormais, que ocupou a ilha até minha família comprá-la, oitenta anos atrás.

Os edifícios em si foram encomendados na época em que se construíam belos prédios pelo bem da arquitetura, mesmo que fizessem parte de um hospital. Os remanescentes dessa era passada ainda aparecem através do desgaste dos anos. Como as escadas de mármore esculpido, agora com degraus gastos pela idade, as grandes torres arqueadas, as janelas salientes ou o intrincado trabalho de tijolos que adorna a entrada do Edifício Administrativo, onde temos a maioria das nossas aulas. Mas todo esse charme potencial foi ofuscado pela tinta verde institucional espalhada em todas as paredes, e pelos tetos falsos que certamente cobrem algumas molduras bem legais.

Luís ri e balança a cabeça, bem quando meu telefone vibra com uma mensagem da minha colega de quarto, Eva.

Eva: Cadê você?

Eva: Não posso me atrasar para a aula de controle da raiva. Danson é um idiota

Eva: Se ele me encher o saco de novo, juro que vou dar um soco na garganta dele

Envio uma resposta rápida, avisando que estou a caminho.

— Tá tudo bem? — pergunta Luís enquanto caminhamos com pressa, na tentativa de evitar sermos repreendidos pelos trolls do corredor.

— Graças a você, sim — respondo, dando-lhe um abraço rápido antes de abrir a porta do banheiro feminino no meio do corredor. — Amo você, Luís.

Ele ignora meu momento de ternura com um sarcástico "É melhor mesmo", pouco antes de a porta se fechar atrás de mim.

— Caramba, Clementine. Era para você alimentar os chricklers, não ser a comida deles — diz Eva enquanto endireita o corpo, que até então estava recostado em uma das pias antigas.

Estalo os dedos.

— Eu sabia que estava fazendo algo errado.

— Trouxe café para você. — Seus longos cachos pretos balançam enquanto ela se inclina para me entregar uma mochila de cordão turquesa e rosa.

A alegria me inunda quando vejo os dois copos do que sei ser o famoso café com leite de Eva, uma receita de sua família porto-riquenha que inclui apenas uma pitada de uma mistura especial de especiarias. É praticamente uma lenda entre os veteranos. Estendo a mão com avidez.

— Me dá.

Ela faz um gesto com a cabeça, na direção da mochila.

— O tempo está passando. Se troque primeiro, café depois.

Dou um gemido, mas já estou arrancando minha camiseta e jogando-a na lata de lixo. Pego a camisa polo limpa que ela me trouxe e — depois de uma rápida olhada no espelho — visto por cima o moletom vermelho que ela também trouxe.

Mesmo que esteja mais de trinta graus de pura umidade lá fora, ainda é melhor do que andar por aí pelo resto do dia parecendo que a temporada de caça ao meu couro acabou de ser declarada. Até mesmo o menor sinal de fraqueza tende a despertar o espírito predador dos outros alunos. Apesar de os poderes de todos os alunos estarem bloqueados, eles ainda têm punhos — e dentes —, e ficarão mais do que felizes em usá-los.

Trinta segundos depois, já estou com o rosto lavado, meu cabelo preso em um rabo de cavalo e um belo gole de café com leite na barriga.

— Está pronta? — pergunta Eva, os olhos castanhos preocupados me examinando da cabeça aos pés.

— Tanto quanto possível — respondo, levantando o copo de café em um agradecimento silencioso enquanto voltamos para o corredor.

Uma rápida olhada no meu telefone mostra uma mensagem de tio Carter, que diz estar a caminho para verificar o porão. Me despeço de Eva com um aceno, antes de sair correndo pelo corredor em direção à minha aula de literatura britânica.

Um pequeno grupo de leopardos metamorfos perambula no corredor perto da porta do laboratório de ciências. Um me olha como se eu fosse seu lanche pós-almoço, e um vislumbre de presa de marfim brilha em minha direção. A garota ao lado dele sente como ele está agitado e começa a andar até mim. Mantenho meus olhos desviados — a última coisa que preciso agora é um desafio de dominância.

É quando eu vejo uma caloura — acho que ela é uma bruxa — olhar diretamente para mim e para os metamorfos. Péssima ideia, garota. Eles imediatamente sentem o cheiro de sangue na água e voltam suas atenções para ela. Se quiser sobreviver aqui, o contato visual direto não constuma ser a maneira de fazer isso.

Eu paro, sem saber como agir, quando a garota de repente solta um grito estridente que ecoa pelo corredor. Ele reverbera em todas as superfícies duras até chegar aos meus tímpanos protestantes. *Não é uma bruxa, é uma banshee*, observo mentalmente, e os leopardos se dispersam para a aula.

Salva pelo grito.

Caminho rapidamente até meu armário. Pego minha mochila e entro pela porta, me sentando em meu lugar cerca de um segundo antes de o último sinal soar.

— Sou mais forte do que todos os problemas e desafios que encontro. Eu só preciso acreditar em mim mesma.

Um gemido emerge da turma antes mesmo de a sra. Aguilar cantarolar:

— E tocou o sinal! Vamos nos aprofundar hoje, ok? — Sua voz muito mais animada do que justificam o sinal ou esta escola.

Pensando bem, tudo na sra. Aguilar é brilhante e radiante demais para a Academia Calder. Desde seu cabelo amarelo-elétrico e seus olhos azuis brilhantes, até seu sorriso maníaco e atitude assustadoramente otimista, tudo grita que a fada não pertence a este lugar. E se não bastasse, as risadinhas vindas do idiota feérico que ocupa o fundo da sala, avisam que eles estão prestes a garantir que ela, e todos os outros nesta sala de aula, saibam disso.

— Porra, professora, você cheirou muito pó de fada no intervalo? — grita Jean-Luc, afastando seu cabelo loiro deliberadamente bagunçado dos olhos.

— E nem trouxe pra gente — zomba seu amigo e capanga, Jean-Claude. Enquanto ele ri, seus olhos verdes brilham com a eletricidade não natural comum às fadas da magia sombria. — Sabe como é... compartilhar é se importar.

O fato de os dois — assim como os outros dois membros de seu pequeno grupo de imaturidade e maldade, Jean-Paul e Jean-Jacques — começarem a gargalhar diz a todos na sala que eles estão planejando algo.

E, como esperado, assim que ela vira as costas para escrever no quadro, Jean-Jacques arremessa um punhado de balas Skittles bem na direção dela.

Eu juro, esses caras não poderiam ser mais irritantes nem se tentassem.

A sra. Aguilar enrijece o corpo quando os Skittles a acertam, mas, em vez de repreender os feéricos detestáveis, ela os ignora e continua escrevendo no quadro.

Seu silêncio apenas os incita, e eles jogam outra rodada inteira de Skittles nela — desta vez, porém, eles os chuparam primeiro, para que, quando atingissem sua blusa branca, deixassem um rastro de arco-íris gosmento. E isso sem contar os que ficam presos em seu cabelo espetado.

Quando ela continua voltada para o quadro, no que tenho certeza ser um esforço para esconder as lágrimas, Jean-Luc se teletransporta para a frente da sala — feéricos ainda são sobrenaturalmente rápidos, mesmo sem seus poderes — e fica bem diante dela, fazendo caretas grosseiras e mostrando o dedo do meio.

A maior parte da classe explode em gargalhadas, embora alguns olhem para baixo, desconfortáveis. A sra. Aguilar se vira rapidamente, mas Jean-Luc já está de volta em seu lugar a essa altura, sorrindo com inocência e apoiado em um cotovelo. Antes que ela possa descobrir o que aconteceu, outro punhado de Skittles voa em sua direção. A maioria acerta seu peito, mas alguns a atingem bem entre os olhos.

Ela solta um gritinho, o peito arfando, mas ainda não diz uma palavra. Não sei se é porque é uma professora novata e não tem habilidades de gestão de sala de aula, ou se tem medo de calar a boca dos Jean-Babacas por serem de algumas das famílias mafiosas mais poderosas — e perigosas — do mundo paranormal. Provavelmente, pelas duas coisas.

Enquanto bolas de papel cheias de saliva voam em sua direção, eu começo a falar como de costume, mas me detenho. Se ela não aprender a se defender, e rápido, esta escola vai devorá-la viva. Eu já salvei o traseiro da sra. Aguilar três vezes esta semana — e tenho os hematomas para provar. Afinal, ninguém cruza com membros da corte feérica, com a magia mais sombria que existe, sem esperar receber um chute na bunda. Além disso, ainda estou trêmula por causa de todos os chricklers contra os quais passei a última hora lutando. Não sei ao certo se tenho forças para enfrentar um grupo totalmente diferente de monstros depois da aula.

Mas ela não diz nada. Apenas se vira e recomeça a escrever algo no quadro, com uma letra floreada. É a pior coisa que ela poderia fazer, porque os Jean--Babacas — e algumas outras almas menos empreendedoras — interpretam isso como um sinal de que está mesmo aberta a temporada de caça.

Uma nova rodada de bolas de saliva voa na direção dela, ficando presa nas pontas de seu cabelo espetado.

Mais Skittles são lançados contra sua bunda.

E Jean-Claude — imbecil como é — decide que agora é a hora de gritar um monte de comentários sugestivos.

E já deu. Simplesmente deu. Foda-se a dor. Uma coisa é quando os Jean-Babacas estavam apenas sendo os idiotas de sempre, mas agora eles passaram dos limites. Ninguém, nem mesmo os filhos dos chefões da máfia dos feéricos, pode assediar sexualmente uma mulher e sair impune. Que se danem.

Eu limpo a garganta, me resignando a levar mais uma surra dos Jean-Babacas depois da aula, mas, antes que eu consiga bolar um insulto devastador o suficiente para calar a boca deles, ouço um farfalhar à minha esquerda.

É silencioso, tão silencioso que a maioria das pessoas da classe nem percebe. Mas eu já ouvi o ritmo lento e deliberado daquela mudança de quietude para ação antes, e embora já tenha um tempo, ainda faz todos os pelos do meu corpo se arrepiarem, mesmo que um alívio involuntário tome conta de mim.

Aparentemente, não sou a única nesta classe que acha essa investida, que beira o assédio sexual, pior que o mau comportamento de sempre, algo que precisa ser interrompido.

Eu me viro um pouco para a esquerda, bem a tempo de ver todo o um metro e noventa e cinco de Jude Abernathy-Lee, deslumbrante, de rosto severo e ombros largos, se erguendo de sua cadeira. Por um segundo, meu olhar cruza com o dele, rodopiante e descombinado, mas logo em seguida ele já lança um olhar por cima de mim, na direção dos membros do clube dos Jean-Babacas.

Espero que ele diga algo aos feéricos, mas acontece que ele não precisa. Um olhar dele faz com que as palavras e as risadas do grupo se desintegrem como poeira ao nosso redor.

Por vários segundos, um silêncio longo, tenso e irregular paira no ar enquanto toda a classe prende a respiração e espera para ver o que vem a seguir. Porque a imbecilidade implacável dos Jean-Babacas está prestes a encontrar a impassibilidade de Jude.

Capítulo 4

UM FEÉRICO PIOR QUE A MORTE

Relâmpagos brilham do lado de fora da única janela estilo Rainha Ana da sala, cortando a repentina e anormal escuridão do céu do início da tarde.

Como se para ressaltar a seriedade da tempestade que se aproxima — sem mencionar a atmosfera atual na sala de aula —, um trovão explode segundos depois. É alto o suficiente para sacudir a janela *e* o chão. Metade da classe se surpreende quando as luzes piscam, mas, em vez de quebrar a tensão no ambiente, a birra da mãe natureza só a aumenta.

Talvez tenhamos sorte e um raio atinja um Jean-Babaca. Neste momento, feérico flambado não parece uma ideia tão ruim assim.

A sra. Aguilar lança um olhar inquieto para fora da janela.

— Com todos esses raios, espero de verdade que alguém tenha se lembrado de verificar os extintores de incêndio.

Mais um trovão explode, e mais alunos se movem, inquietos. Normalmente, a ameaça de uma tempestade em setembro não receberia tanta atenção assim. Faz parte do modo de vida nesta ilha da Costa do Golfo — em especial durante a temporada de furacões. O problema é que essa não surgiu e ganhou força da maneira que costuma acontecer. Ela praticamente surgiu do nada, e sua intensidade pareceu imitar a energia explosiva na sala, mesmo antes de Jean-Paul e sua banda de babacas não-tão-felizes se inclinarem para a frente em suas mesas como se tivessem esperado por este momento a vida toda.

Meu estômago se contrai, e deslizo as pernas para fora da mesa, me preparando para o pior.

— Nem *pense* em se meter nisso — sibila a garota nova atrás de mim. Izzy, acho que é o nome dela. — Espero alguém dar um belo chute na bunda deles desde o primeiro dia. Na sua, nem tanto.

— Obrigada? — sussurro de volta, enquanto digo para mim mesma que devo ouvi-la.

Porém, antes que Izzy possa dizer mais alguma coisa, Jean-Luc meio que tosse, meio que ri, enquanto passa a mão por seu longo cabelo loiro.

— Você está com algum problema, Abernathy-Lee?

Jude não responde, apenas levanta uma sobrancelha escura e penetrante, e continua a encarar Jean-Luc e os outros. Jean-Luc não desvia o olhar, mas há um súbito brilho de dúvida em seus olhos.

O brilho se transforma em muita preocupação conforme Jude continua a observá-los, o desconforto na sala se tornando tão palpável que paira no ar junto com a umidade. Mas Jean-Jacques deve ser muito egocêntrico para perceber, já que resolve zombar:

— Sim, é o que pensamos. Você é um mer...

Ele se interrompe quando — do nada — a mão de Jean-Luc se move rapidamente, batendo na nuca de Jean-Jacques e empurrando seu rosto direto para a mesa antes que ele possa despejar mais palavras ofensivas.

— Por que você fez isso? — reclama Jean-Jacques, e limpa o pequeno fio de sangue que agora sai do seu nariz com a mão escura.

— Cale a boca — Jean-Luc rosna de volta, mas seus olhos continuam fixos em Jude, que ainda não moveu mais do que aquela única sobrancelha. Sua imobilidade, entretanto, não parece importar para Jean-Luc, a julgar pelo olhar beligerante em seu rosto. — A gente só tava brincando, cara. Não temos nenhum problema aqui.

A segunda sobrancelha de Jude sobe, como se perguntasse: *"É mesmo?"*.

Quando ninguém mais responde — ou sequer respira, para dizer a verdade —, seu olhar se desvia de Jean-Luc para Jean-Claude, que está se remexendo em sua carteira. No momento em que seus olhos se encontram, Jean-Claude de repente desenvolve um profundo e duradouro fascínio por seu telefone — ato que os outros três Jean-Babacas imitam com seus próprios celulares logo na sequência.

De repente, nenhum deles olha Jude nos olhos.

E assim, o perigo passa, a tensão se esvaindo no ar como hélio de um balão velho. Pelo menos por agora.

A sra. Aguilar deve perceber, porque solta um suspiro aliviado antes de apontar para a citação que escreveu em letra floreada no quadro com um marcador rosa-choque.

— "O único meio de fortalecer o intelecto é não se decidir sobre nada." — Sua voz sobe e desce com as palavras, como se estivesse cantando uma música. Ela então gesticula para a linha de baixo, em azul-petróleo. — "Deixar a mente ser uma via pública para todos os pensamentos."

Parece que estamos pulando direto o problema do tamanho de um elefante feérico na sala e aterrissando em uma citação de um cara branco morto. Mas, no momento, não acho essa decisão nada ruim.

Depois de fazer o que presumo ser uma pausa dramática, a sra. Aguilar continua:

— Essa, meus amigos, é uma citação do meu poeta romântico favorito. Algum de vocês arrisca um palpite de quem é?

Ninguém se oferece para responder. Na verdade, todos nós meio que ficamos sentados lá, olhando para ela com uma combinação de descrença e surpresa.

Sua expressão é de desânimo enquanto ela olha ao redor da sala.

— Ninguém tem um palpite?

Ainda sem resposta.

Quando ela solta um suspiro de partir o coração, uma das bruxas na penúltima fileira arrisca, em uma voz hesitante:

— Lord Byron?

— *Byron*? — De alguma forma, a sra. Aguilar parece ainda mais decepcionada. — Certamente, não. Ele é muito mais perverso, Veronica. Mais algum palpite? — Ela balança a cabeça, com ar de tristeza. — Suponho que eu poderia fazer outra citação.

Ela bate uma unha cor de algodão-doce no queixo.

— Agora, qual devo usar? Talvez...

— Pelo amor de Deus — explode Izzy atrás de mim. — É John Keats, caramba.

A sra. Aguilar se sobressalta, surpresa, mas rapidamente aquilo se transforma em alegria.

— Você conhece! — exclama ela, batendo palmas.

— Claro que conheço. Eu sou da Grã-Bretanha, não sou? — retruca Izzy.

— Isso. É. *Maravilhoso*! — A sra. Aguilar praticamente dança até sua mesa para pegar uma pilha de pacotes. — Estou tão feliz que você já o leu antes! Ele não é divino? "Melodias ouvidas são..."

— Ele é um fanfarrão egoísta — Izzy a interrompe antes que a professora possa mais uma vez ir de uma ponta à outra da sala —, assim como o restante dos poetas românticos.

A sra. Aguilar para no meio de sua fala, horrorizada.

— Isadora! John Keats é um dos poetas mais brilhantes... não, uma das *pessoas* mais brilhantes que já pisou na face da Terra, o que tenho certeza de que todos vocês entenderão quando o estudarmos neste próximo tópico.

Ah, claro. Por *ele* ela se levanta. Talvez, se os Jean-Babacas jogassem Skittles nas fotos dos poetas que estão em todas as paredes, ela conseguisse dar uma resposta à altura para eles.

A sra. Aguilar caminha até mim e joga a pilha de pacotes na minha mesa.

— Clementine, seja uma querida e distribua isso para mim, pode ser?

Eu digo:

— Claro. — Embora meu corpo maltratado preferisse dizer: "De jeito nenhum".

Os Jean-Babacas mal levantam a cabeça quando jogo um pacote em cada uma de suas mesas. Espero que Jude faça o mesmo quando chego até ele — mas, em vez disso, ele olha direto para mim.

No momento em que nossos olhares se encontram, é como se tudo dentro de mim congelasse e queimasse ao mesmo tempo. Meu coração acelera, meu cérebro desacelera e meus pulmões se contraem até doer para respirar.

É a primeira vez que ele olha diretamente para mim — a primeira vez que nos encaramos — desde o primeiro ano, e eu não sei o que fazer... ou como me sentir.

Mas então seu rosto repulsivamente lindo ganha um ar sombrio bem na minha frente.

Seu queixo afilado se contrai.

Sua pele marrom-clara fica tensa sobre as maçãs do rosto marcantes.

E seus olhos — um tão castanho que é quase preto e o outro com um tom verde prateado e rodopiante — ficam completamente vazios.

Passei três anos construindo um muro dentro de mim apenas para este momento, e um único olhar dele joga uma dinamite em tudo. Nunca me senti tão patética em toda a minha vida.

Determinada a fugir o mais rápido possível, praticamente jogo o pacote nele.

O resto da aula passa como se fosse um borrão, enquanto me repreendo, furiosa por não ter sido eu a acabar com tudo primeiro. Por, mesmo depois de tudo o que aconteceu entre nós, ter sido *ele* quem *me* deu um gelo, e não o contrário.

Mas, quando o sinal está prestes a tocar e todos começamos a arrumar as coisas, a sra. Aguilar bate palmas para chamar nossa atenção.

— Nunca há tempo suficiente, não é? — lamenta ela. — Mas para combater esse problema para a próxima aula, vou definir as duplas agora.

— Duplas? — exclama um dos dragões metamorfos. — Para quê?

— Para o projeto de Keats, bobinho. Vou atribuir um parceiro para cada um de vocês hoje, e quando vierem para a aula amanhã, poderão começar seus projetos imediatamente.

Em vez de seguir uma lista pré-planejada com base na proximidade ou até mesmo em ordem alfabética, como um professor normal faria, ela começa a olhar ao redor da sala e a formar pares de acordo com "a vibe que está sentindo de cada um neste momento".

Não sei que tipo de vibe estou emitindo e, honestamente, não poderia me importar menos. Agora que a adrenalina da jaula de chricklers passou, a dor está começando. Adicione isso ao momento estranho que acabou de acontecer com Jude, e só quero terminar logo minha próxima aula para poder ir ao dormitório tomar alguns analgésicos.

Sem mencionar um banho quente.

Eu ignoro a sra. Aguilar e passo os próximos minutos sonhando acordada com grandes quantidades de água quente, mas retomo a atenção no momento em que ela chama meu nome... seguido pelo de Jude.

Ah, não, que droga.

Capítulo 5

ANTES TARDE DO QUE CALDER

A sra. Aguilar continua formando duplas até que todos tenham um parceiro, completamente alheia ao fato de que acabou de explodir minha cabeça.

O sinal enfim toca, menos de um minuto depois.

— Você está no caminho certo. Mantenha o curso.

Caramba, tia Claudia. Que direta, hein?

O resto da turma se dirige para a porta, mas eu fico para trás. Assim que todos saem, vou em direção à sra. Aguilar, que me observa com expectativa.

— Não precisa me agradecer, Clementine — diz ela com um sorriso conspiratório.

— Hã? — pergunto, perplexa.

— Por colocar você em dupla com o Jude. Eu pude sentir que há algo acontecendo entre vocês dois.

— Não há *nada* acontecendo entre mim e Jude...

— Ah, qual é, não precisa esconder. Eu tenho alma de poeta, afinal.

— Não estou escondendo nada. Jude e eu temos... uma antipatia mútua muito forte um pelo outro. — Ou pelo menos essa é a vibe que ele tem me passado desde que me abandonou sem aviso e sem nenhuma explicação.

— Ah. — Ela parece surpresa. — Bem, então, talvez você possa usar esse tempo para consertar as coisas...

Consertar as coisas? Não há como *consertar as coisas* com Jude Abernathy-Lee. Como pode haver quando ele quebrou tudo e jogou os cacos fora há muito tempo?

— Na verdade, eu esperava poder trocar de parceiro.

— Trocar de parceiro? — Seus olhos se arregalam, e ela pisca com seus cílios naturalmente brilhantes, como se a ideia de mudar as duplas designadas nunca tivesse lhe ocorrido. — Ah, eu não acho que seja uma boa ideia, você acha?

— Claro que eu acho! — Dou a ela meu melhor sorriso. Ou pelo menos tento. Mas, a julgar pela maneira como ela se afasta, tenho certeza de que o trauma do dia o transformou em uma careta assustadora. — É por isso que eu trouxe o assunto à tona.

— Sim, bem, eu não posso trocar seu parceiro, Clementine. Se eu fizer isso, todos vão esperar uma mudança também. E se eu não fizer isso por eles, serei acusada de favoritismo com a filha da diretora, e não posso me dar esse luxo. Acabei de chegar aqui.

— Ninguém precisa saber!

— Eu defini as duplas na frente de toda a turma. Todos saberão. — Ela balança a cabeça. — Você só precisa dar o seu melhor. E talvez descubra que vocês dois têm mais em comum do que pensam. Agora vá para a aula. Você vai se atrasar.

Ela se vira para o computador para me mostrar que a conversa acabou. Eu me despeço dela sem entusiasmo e saio da sala, derrotada.

Chego à minha última aula do dia, controle da raiva, com Danson, o Idiota, assim que o sinal toca. Passo uma hora miserável ouvindo uma explicação sobre como somos ruins e como nunca chegaremos a nada se não controlarmos nossos poderes. Fico tentada a perguntar como se pode esperar que alguém aprenda a controlar sua magia se a escola bloqueia os poderes de todos os alunos desde o segundo em que chegam nesta maldita ilha até o segundo em que o barco da formatura sai, mas não tenho forças para lutar hoje.

Depois da aula, corro para as escadas. Esta tarde temos o Conclave Calder, e aparecer em qualquer coisa que não seja um uniforme de gala é "completamente inaceitável". Pior do que isso, só chegar atrasada — bem, isso e deixar de comparecer. Mas tenho certeza de que alguém teria de estar morto para que isso acontecesse — embora eu não tenha certeza se isso impediria minha mãe de exigir minha presença.

Trovões ribombam no céu enquanto corro em direção aos dormitórios, mas a chuva que ameaçou cair o dia todo ainda não dá sinais de vida. Isso só piora o calor e a umidade — setembro no Texas é apenas outra palavra para inferno —, e quando chego à enorme cerca que separa os prédios das salas de aula dos dormitórios, a camisa do meu uniforme está grudada nas minhas costas. Construídas por Gigantes ferreiros, as duas cercas que circundam toda a ilha e separam os prédios acadêmicos dos dormitórios garantem que todos os alunos da Academia Calder fiquem sem poderes, com uma combinação de feitiços de amortecimento mágico e tecnologia paranormal. Eva e eu gostamos de chamar isso de *sistema* de falta de honra.

E estou sujeita às mesmas regras draconianas.

Mesmo que eu não discordasse de minha mãe, filosófica e absolutamente, em tudo, eu ficaria com raiva dela só por isso. Ela cresceu com sua magia. Minhas tias e tios cresceram com a deles. Um feitiço especial os mantém isentos do amortecimento e permite que os adultos acessem seus poderes enquanto estão na ilha. Eles até renovam o feitiço todos os anos, sempre que ele é enfraquecido. Mas, quando se trata de meus primos e eu, não podemos ter acesso aos nossos.

É isso que torna a palestra de Danson, o Idiota, tão irritante e injusta. Eu nunca abusei do meu poder, nunca perdi o controle da minha magia, nunca machuquei ninguém — como eu poderia, se nunca, nem por um segundo, soube como é *ter* magia?

Estou com dor e irritada enquanto sigo pela calçada irregular que leva aos dormitórios. Em ambos os lados do caminho, carvalhos dispostos aleatoriamente projetam sombras estranhas, e as barbas-de-velho penduradas em seus galhos farfalham e tagarelam enquanto sopram forte com o vento. Eu acelero ao passar por baixo delas, sua conversa nefasta me dando arrepios até que eu finalmente possa virar para o longo corredor central que leva às "cabanas" dos veteranos.

Calouros até o terceiro ano têm de ficar no dormitório principal, que já foi a acomodação principal do resort — já os veteranos têm o privilégio de ficar nos chalés agora deteriorados. Os pequenos bangalôs ao estilo de Nova Orleans têm varandas frontais, venezianas contra tempestades e detalhes de madeira, embora a tinta pastel agora esteja desbotada e descascando.

O meu e de Eva tem duas janelas rachadas e uma família de ratos na despensa, mas pelo menos o ar-condicionado funciona, então não reclamamos. Faz parte do estilo com o qual nos acostumamos.

Eva ainda não está em casa, então eu me livro do uniforme, que já está nojento de tão suado, no segundo em que chego à porta, antes de correr para o chuveiro. Só tenho tempo para um rápido ensaboar e esfregar nas mordidas de chrickler — o luxuoso banho dos meus sonhos terá de esperar até mais tarde. Então me seco, prendo meu cabelo molhado em um coque e pego meu uniforme de gala da cesta de roupas sem dobrar no fundo do meu armário.

Uma blusa branca de botões e uma saia xadrez vermelha, e estou quase pronta para sair. Calço minhas meias, coloco os pés nos mocassins pretos que minha mãe insiste que eu use e pego meu telefone antes de correr de volta para o prédio administrativo.

O Conclave começa em cinco minutos e, infelizmente, tenho diante de mim uma corrida de dez, então acelero o passo. Na única vez em que me atrasei, acabei com o dever de cuidar dos chricklers até a formatura. Eu definitivamente não quero subir de nível para os recintos de monstros maiores.

Estou suando muito — *maldita umidade* — e ofegante quando chego à sala de conferências no quarto andar do prédio administrativo, mas tenho dez segundos faltando, então considero uma vitória. Pelo menos até meu telefone tocar quando entro no aposento, e todos os doze membros da minha família se viram para me encarar com óbvia desaprovação.

Capítulo 6

GASLIGHT NO FIM DO TÚNEL

Meu telefone continua tocando no silêncio total da sala. Para evitar mais humilhação familiar, eu o tiro do bolso para recusar a ligação. É minha amiga Serena, que se formou no ano passado e agora mora em Phoenix. Mando uma mensagem de texto dizendo que estou no Conclave e que ligo para ela quando acabar. Depois, me sento no meu lugar — terceiro da esquerda, no lado mais distante da mesa, como sempre.

— Que bom que se juntou a nós, Clementine — fala minha mãe com frieza, sobrancelhas levantadas e lábios pintados de carmim contraídos. — Talvez na próxima vez você se certifique de que seu uniforme esteja limpo antes.

Ela está olhando para o meu peito, então sigo seu olhar e dou de cara com uma grande mancha marrom bem em cima do meu seio esquerdo. Devo ter tirado este uniforme do cesto de roupa suja, e não do limpo.

Porque esse é o tipo de dia que estou tendo.

— Eu lhe ofereceria um chá — minha prima Carlotta ri —, mas parece que você já tomou um. — Ela já está no décimo ano da escola, mas parece tão imatura quanto uma caloura.

— Não dê ouvidos a elas, querida — diz minha avó, com seu sotaque sulista meloso. — Os meninos legais gostam de uma garota que não se preocupa muito com a aparência.

— Não fale com a minha doce menina sobre meninos, Viola — repreende meu avô, com um aceno de mão, os dedos peludos e nodosos. — Você sabe que ela é muito jovem para todo esse negócio.

— Sim, Claude — responde minha avó, me dando uma piscadinha.

Dou um sorriso agradecido para os dois — é bom ter alguém do meu lado. Às vezes me pergunto se as coisas seriam diferentes se meu pai não tivesse partido antes de eu nascer. Mas ele partiu, e agora minha mãe fez de sua missão puni-lo, descontando as besteiras dele em mim — quer ela perceba ou não.

— Agora que Clementine está aqui, declaro este Conclave aberto — diz meu tio Christopher, batendo o martelo na mesa com força suficiente para sacudir todas as xícaras de porcelana minúsculas nas quais minha mãe insiste que bebamos chá. — Beatrice, por favor, sirva o chá.

Em segundos, a sala de conferências se enche de bruxas da cozinha empurrando carrinhos de chá. Um está carregado de bules e todo tipo de acessórios. Outro está carregado de sanduíches minúsculos, ao passo que um terceiro tem uma variedade de *scones* e doces elaborados.

Todos nos sentamos em silêncio enquanto tudo é perfeitamente organizado na toalha de mesa floral favorita da minha mãe.

Flávia, uma das bruxas mais jovens da cozinha, sorri enquanto coloca um prato de pequenos cupcakes na mesa ao meu lado.

— Eu fiz sua cobertura favorita, Clementine, de cream cheese e abacaxi para os bolinhos de cenoura — sussurra ela.

— Muito obrigada — sussurro de volta com um grande sorriso, provocando uma carranca irritada da minha mãe.

Eu a ignoro.

Flávia está apenas sendo gentil — algo que não é exatamente valorizado aqui em Calder. Sem mencionar que ela faz um bolo de cenoura incrivelmente bom.

Assim que o pretensioso chá da tarde de quarta-feira da família Calder é servido e todos encheram seus pratos, minha mãe pega cerimoniosamente o martelo do tio Christopher. Ela é a mais velha dos cinco irmãos, que estão reunidos neste momento ao redor da mesa. É uma posição que leva muito a sério, desde que a herdou depois da morte de sua irmã mais velha, algum tempo antes de eu nascer... e algo do qual não deixa nenhum de seus irmãos ou irmãs — ou suas famílias — esquecerem.

Embora tenha o martelo na mão, ela não faz nada tão grosseiro quanto bater com ele. Em vez disso, apenas o segura e espera que a mesa fique em silêncio ao seu redor. Leva apenas um segundo — não sou a única na sala que sofreu um dos intermináveis sermões da minha mãe ou uma de suas punições diabólicas —, embora eu ainda sustente que o dever de cuidar dos chricklers é *muito* melhor do que quando ela fez minha prima Carolina limpar o aquário de peixes-monstros por um mês... pelo lado de dentro.

— Temos uma agenda cheia hoje — começa minha mãe —, então eu gostaria de quebrar o protocolo e começar a parte de negócios da reunião antes de terminarmos de comer, se ninguém se opuser.

Ninguém se opõe — embora minha tia favorita, Claudia, pareça querer. Seu coque vermelho-vivo treme de indignação ou nervosismo, mas ela é tão tímida e introvertida que é difícil dizer.

Minha mãe, tio Christopher e tia Carmen definitivamente gostam de ser o centro das atenções durante esses encontros, enquanto o tio Carter passa a maior parte do tempo tentando e falhando em direcionar os holofotes a si mesmo. É um traço de manticora, que apenas tia Claudia e eu parecemos não ter. Todo mundo luta pelo centro do palco como se fosse a única coisa entre eles e a morte certa.

— As primeiras duas semanas de aulas foram excepcionalmente boas — entoa minha mãe. — Os novos padrões de tráfego que os trolls do corredor instituíram parecem estar mantendo o fluxo de alunos organizado entre as aulas, além de evitar que brigas comecem nos corredores, como esperávamos. Não tivemos feridos.

— Na verdade — fala tia Claudia, em uma voz ofegante que é pouco mais que um sussurro —, eu tratei de vários ferimentos de briga no consultório. Mas todos foram pequenos, então...

— Como eu estava dizendo, sem ferimentos *graves* — interrompe minha mãe, estreitando os olhos para a irmã. — Que é a mesma coisa.

Um olhar da minha mãe, e tia Claudia sabe que é uma batalha perdida. Tio Brandt se inclina para dar um tapinha no joelho dela, e ela lhe dá um sorriso agradecido.

— Há um alerta de tempestade no Golfo agora, mas devemos ficar bem — consegue informar tio Christopher, mesmo sem o martelo. — Nossas proteções devem aguentar, e se a tempestade se desenvolver mais, deve passar distante de nós.

— Preciso falar com Vivian e Victoria? — pergunta tia Carmen, aproveitando (como sempre) a primeira oportunidade. — Para fazer com que lancem outro feitiço de proteção?

Tio Christopher torce a ponta do bigode ruivo em volta do dedo enquanto contempla a sugestão dela.

— Suponho que não faria mal. O que você acha, Camilla?

Minha mãe dá de ombros.

— Acho desnecessário, mas se faz com que você se sinta melhor, Carmen, quem sou eu para impedir?

— Então vou pedir às bruxas que cuidem disso. — A voz da tia Carmen é quase tão rígida e fria quanto a da minha mãe. Não há carinho algum entre minha mãe e tia Carmen, a irmã mais próxima dela em idade.

Tia Carmen tentou várias vezes dar um golpe para substituir minha mãe como diretora. Nunca deu certo, mas os conclaves familiares ficaram muito mais divertidos.

— E quanto ao, hum... — Tia Claudia abaixa a voz como se estivesse prestes a contar um segredo. — O assunto no, hum, nível inferior?

— Você quer dizer a masmorra? — corrige minha avó, com um aceno de cabeça. — Pelo menos dê o nome certo para aquilo que vocês fizeram.

Concordo com ela. Aquela área úmida e escura definitivamente se qualifica como uma masmorra.

— O assunto no *porão* — diz tio Carter, com voz de aço — está bem encaminhado.

— Não tenho tanta certeza disso. Algo quase saiu da jaula enquanto eu estava lá embaixo mais cedo. — As palavras escapam antes que eu saiba que vou dizê-las. Todos se viram para me encarar como se eu fosse algum tipo de inseto particularmente desagradável.

Sei que deveria me arrepender de ter dito alguma coisa, mas mexer no caldeirão da família é a única coisa que torna o Conclave suportável.

— Está tudo perfeitamente seguro, Clementine — assegura minha mãe, com os olhos tão cerrados que tudo que posso ver agora, enquanto ela me encara, é um risquinho de azul. — Você precisa parar de fazer relatórios falsos.

— Não foi um relatório falso — digo, e pego um pouco de glacê do meu bolinho com o dedo e dou uma lambida, com ar de desafio. — Pergunte ao tio Carter.

Todos os olhos se voltam silenciosamente para meu tio, que fica vermelho como a Academia Calder.

— Nada disso é verdade. Nossa segurança é de primeira linha. Não há nada com que se preocupar, Camilla — exclama ele, seu cavanhaque tremendo de afronta.

Penso em pegar meu telefone e acabar com toda essa farsa, mas não vale a detenção que certamente vou receber.

Então, em vez disso, abaixo a cabeça e me inclino para trás na cadeira. Desta vez, é meu ombro que o tio Brandt acaricia, e, por um segundo, quero chorar. Não por causa da minha mãe, mas porque o sorriso dele me lembra muito o da filha dele — minha prima Carolina, que morreu há alguns meses, depois de escapar da prisão mais assustadora do mundo paranormal.

Ela foi enviada para lá quando nós duas estávamos no nono ano, e não há um dia em que eu não sinta falta dela. Mas saber que ela se foi para sempre tornou essa dor muito pior.

Minha mãe continua a reunião de acordo com sua agenda, mas, depois de mais alguns minutos, eu a ignoro.

Por fim, quando posso sentir o gosto da liberdade, ela devolve o martelo ao tio Christopher.

— Nossa última ordem do dia esta noite é um pouco mais voltada para a família. — Ele sorri com orgulho, assim como minha tia Lucinda, que está praticamente se contorcendo de emoção em seu assento.

O suspense dura apenas alguns segundos, antes de o tio Christopher anunciar:

— Gostaria que todos aproveitássemos esta oportunidade para parabenizar Caspian por ter sido aceito antecipadamente no prestigiado programa de Estudos Paranormais da Universidade de Salém!

A mesa inteira explode em aplausos, enquanto eu apenas fico sentada, sentindo como se tivesse sido empurrada de um penhasco.

Capítulo 7

DEIXE QUE ACONTEÇA, SEJA LÁ O QUE FOR

— Parabéns, Caspian! — diz tia Carmen a ele, erguendo a xícara de chá em saudação.

— É uma notícia fantástica! — Tio Carter se levanta, derrubando a cadeira em um esforço para ser o primeiro a dar um tapinha nas costas de Caspian.

Os outros rapidamente o seguem, e não demora muito para que meu primo esteja se exibindo sob toda a atenção e votos de felicidades.

Eu me forço a ir até ele e lhe dar um abraço. Afinal, não é culpa dele eu estar cambaleando. Assim como não é culpa dele que minha mãe sequer olhe para mim.

Ela se recusou a deixar que eu me candidatasse.

Ela me disse que eu não poderia ir — que nenhum de nós da quarta geração poderia sair da ilha para a faculdade.

Ela até perguntou por que eu não poderia ser mais como Caspian e ficar feliz em permanecer na ilha depois de me formar — assumir a academia, como devemos fazer.

E agora descubro que ele tem se candidatado a faculdades esse tempo todo?

Que seus pais o apoiaram?

A raiva me invade enquanto dou um abraço em Caspian.

Ele pode ser um pouco idiota, mas não o culpo por encontrar uma maneira de sair desta ilha e aproveitá-la.

Minha mãe, por outro lado? Eu definitivamente a culpo.

— Parabéns! — digo ao meu primo quando ele enfim me solta.

Ele sorri para mim, seus olhos azul-brilhantes cintilando contra sua pele acobreada.

— Obrigado, Clementine! Mal posso esperar para ouvir onde você foi aceita.

Meu estômago se revira, afinal, o que eu posso dizer?

Por que Caspian e eu não conversamos sobre faculdade antes? Por que eu confiei na minha mãe, que já é conhecida por manipular a verdade?

Forço um sorriso enquanto tento descobrir o que dizer, mas Carlotta me empurra de lado para parabenizar Caspian.

Tento me acalmar, dizer a mim mesma que ainda há tempo de me inscrever em qualquer lugar a que eu queira ir. Não estarei presa aqui depois de me formar. Ainda posso olhar este lugar do meu retrovisor.

O controle da minha mãe sobre mim está quase no fim.

É esse pensamento que me faz superar o resto do Conclave. Me faz superar o discurso ridiculamente pomposo de Caspian e a forma como o tio Christopher se gaba, orgulhoso. Até me faz superar a recusa contínua da minha mãe em encontrar meu olhar.

Mas, no instante em que a reunião é encerrada, corro para a porta.

Confrontarei minha mãe amanhã. Hoje à noite, só preciso ficar longe dela e do resto da minha família. Vovó me chama enquanto corro pelo corredor, mas não olho para trás. Se o fizer, acabarei caindo em prantos. Lágrimas são emoção, e qualquer emoção é fraqueza. Minha mãe não respeita a fraqueza. Então, para evitar que as lágrimas caiam, eu continuo correndo.

Meu telefone vibra assim que volto para o chalé. Parte de mim espera que seja minha mãe exigindo que eu vá falar com ela, mas está tudo quieto nesse front. Em vez disso, é Serena.

Serena: Espero que o bolo de cenoura da Flávia tenha tornado tudo mais suportável. Quero ouvir todos os detalhes sangrentos

Eu: Ajudou, mas não há bolo de cenoura suficiente no mundo

Serena: Finalmente vou fazer

Eu: Fazer o quê?

Serena: Meu primeiro feitiço

Serena: Vai ser lua cheia esta noite. Juntei todos os ingredientes que preciso. Assim que escurecer, vou lançar um círculo, canalizar a lua e tentar

Mando um gif de comemoração para ela.

Eu: Que tipo de feitiço é?

Serena: É para dar sorte. Ainda não encontrei um novo emprego e o aluguel está para vencer

Eu: Por que você não lança logo um feitiço de prosperidade? Assim você vai ter tempo de encontrar algo

Serena: Todos os livros dizem para não fazer isso. Feitiços de prosperidade sempre dão errado. Mas tenho uma entrevista amanhã, então espero que a sorte me ajude a conseguir o emprego

Eu: Você vai se sair bem, com ou sem o feitiço. Manda fotos do círculo que você lançar!

Serena: Vou mandar! Deseje-me sorte!

Eu: Sempre <3

Penso em ligar para Serena e contar a ela o que aconteceu com minha mãe, mas ela parece tão feliz, e não quero estragar seu humor.

A luz da varanda da frente se acende, e as mariposas imediatamente se aglomeram nela. Um segundo depois, Eva abre a porta e coloca a cabeça para fora.

— Você vai entrar? — pergunta. Depois, dá uma olhada no meu rosto e diz: — Oh-oh. Conclave ruim?

— Tudo ruim — respondo, já entrando.

Ela está vendo *Wandinha* na Netflix, e há uma tigela de M&Ms pela metade na mesa de centro.

— Pelo jeito, não sou a única que teve um dia ruim.

— Caras são uns idiotas — responde ela.

— Mães também. — Eu caio de bruços no sofá de veludo azul que ocupa a maior parte da nossa sala de estar e enterro o rosto em uma das almofadas roxas brilhantes. — E professores de literatura.

Ela se acomoda na extremidade do sofá e, alguns segundos depois, eu a ouço sacudir a tigela de M&Ms perto do meu ouvido.

— Chocolate melhora tudo.

— Não tenho tanta certeza se pode consertar isso — falo com um gemido, mas estendo a mão e pego alguns mesmo assim. — O que Amari fez?

Ela bufa.

— Me traiu com uma sereia.

— Que babaca!

— Não é como se fosse o amor da minha vida nem nada — diz ela, dando de ombros. — Mas eu até que gostava daquele panacão.

Infelizmente, o leopardo metamorfo tem a reputação de ser mulherengo.

— Como você descobriu?

— A sereia estava no teatro, se gabando para as amigas sobre o caso deles e como eu "não tinha ideia". Ela não sabia que eu estava pintando cenários nos bastidores. — Eva remexe a tigela de doces até ter um punhado de M&Ms verdes, então começa a colocá-los na boca um por um. — Por um minuto, eu realmente desejei ter acesso à minha magia.

— Eu posso dar um soco nela por você — ofereço. — Sei que não é a mesma coisa, mas poderia ser satisfatório.

Eva dá de ombros novamente.

— Ela não vale a pena. Embora eu tenha pensado em dar um soco no Amari quando o confrontei, e ele tentou colocar a culpa em mim.

— Em você? Por quê?

— Porque eu não o "entendo". E porque ele pensa com o pau, obviamente. — Ela pega a tigela de M&Ms de novo e, desta vez, começa a escolher todos os laranja. — Agora me diga, o que aconteceu com você?

— Caspian entrou na Universidade de Salém.

— O quê? Eu pensei que vocês não podiam...

— Ao que parece, essa regra só se aplica a mim. Caspian está livre para fazer o que quiser.

— Nossa. Isso não é legal. — Ela me passa a tigela mais uma vez. — E o que sua mãe disse?

— Nada. Ela nem olhou para mim. — Eu me jogo de volta no sofá.

Eva parece preocupada.

— Por que não? Você precisa falar com ela e...

— Aguilar me colocou em dupla com Jude para um projeto — interrompo.

Eva arregala os olhos.

— Puta merda. — Então se levanta.

— Onde você está indo?

— M&Ms não vão resolver isso. — Ela abre a despensa e exclama com voz carinhosa: — Oi, Squeaky! Que bom que você está bem. Sentimos sua falta ontem.

Reviro os olhos.

— Não acredito que você deu um nome para o rato.

— Ei, ratos também precisam de amor.

Segundos depois, ela está de volta com um pacote de nossos salgadinhos favoritos, sabor picles.

— Onde você conseguiu isso? — pergunto, formando uma concha com as mãos.

— Tenho meus meios. Estava guardando para uma emergência, e isso, definitivamente, é uma emergência. — Ela abre o pacote de salgadinhos antes de me entregar. — Agora desembucha.

Então, eu conto tudo o que aconteceu na aula hoje. Ela me encara em um silêncio extasiado até o final.

— Não acredito que a professora não trocou seu parceiro — comenta ela quando eu finalmente termino. — Todo mundo sabe que não é para você ser colocada com o Jude.

— Estou tão fodida. — Enfio outro salgadinho na boca, e ouvimos uma batida na porta. — Se for a minha mãe, diga a ela que estou morta — brinco sarcasticamente enquanto jogo o cobertor peludo sobre a cabeça.

Preciso de tempo para descobrir o que vou dizer a ela. No momento, sinto que não consigo nem mesmo ser racional quando se trata de todas as suas mentiras.

— Não é ela — diz Eva, indo atender.

Ergo minhas sobrancelhas.

— Então agora você tem visão de raio X?

— Não. Mas eu chamei reforços. — Ela abre a porta e revela Luís parado ali, carregando máscaras faciais coreanas em uma mão e um frasco de esmalte verde-cianeto na outra.

— Verde? — pergunta Eva, as sobrancelhas arqueadas.

— Você já ouviu falar do vermelho "me dá"? Este é o verde "vai se ferrar", perfeito para términos. — Ele o entrega para ela, depois se vira para mim. — Você está horrível. Me conta tudo.

— Não consigo fazer isso de novo — digo, colocando um punhado de salgadinhos na boca para não ter que falar.

Ele se vira para Eva.

— O que o Jude fez?

— Como você sabe que é o Jude? — grito.

— Por favor. — Ele faz um gesto desdenhoso com a mão. — A última vez que você ficou assim foi quando cheguei na ilha e aquele garoto tinha acabado de partir seu coração. Levou uma eternidade para consertar, então me diga o que aquele babaca fez dessa vez para eu poder ir acabar com a raça dele.

Eu guardo os salgadinhos antes de ficar tentada a comer o saco inteiro. Então digo, emburrada:

— Ele nunca partiu meu coração de verdade.

— Ah, por favor. — Ele revira os olhos. — Você chorou todas as noites, até dormir, durante seis meses.

— Porque eu tinha acabado de perder meus dois melhores amigos. Jude me abandonou sem motivo, e Carolina... — Paro de falar, porque não quero pensar nela agora.

Luís suspira enquanto se acomoda no sofá e me puxa para um abraço.

— Eu não quis mencionar ela. Só estou dizendo que você tem dois novos melhores amigos que estão totalmente dispostos a acabar com o Jude Abernathy-Lee se precisarmos. Não é, Eva?

— Quer dizer, estou disposta a tentar — concorda ela, parecendo em dúvida. — Mas não sei como vai ser. Aquele garoto é durão pra caramba.

— Verdade. — Luís pondera por um segundo, então levanta as embalagens nas mãos. — Que tal máscaras faciais, então? Ficar bonita é a melhor vingança.

Dou uma risada, exatamente como ele pretendia. Então digo:

— Só se eu ficar com a de melancia.

— Por favor, você acha que está lidando com um amador? — Ele bufa. — São *todas* de melancia.

— Ok, então. — Estendo a mão para pegar uma. Porque Luís está certo. Eu tenho dois novos melhores amigos, que é uma coisa rara de se encontrar aqui. Embora nenhum deles jamais vá substituir Carolina, eles não precisam. Porque eles realmente são os melhores, do jeito que são.

Mesmo antes de Luís — no típico estilo masculino — dizer:

— Eu ainda acho que podemos dar um jeito no Jude.

Eva considera.

— Talvez se a gente jogar spray de pimenta nele primeiro?

— Você sabe o que dizem, baby. — Luís dá um pequeno estalo com o canto da boca. — Primeiro a beleza, depois a treta.

— Ninguém em lugar nenhum diz isso — digo a ele quando finalmente paro de rir.

— No seu país, não — responde ele, com malícia.

Reviro os olhos para ele, me inclino no sofá, descanso minha cabeça em seu ombro e coloco os pés para cima, bem quando o próximo episódio de *Wandinha* aparece na TV.

Amanhã vai ser uma droga, mas esse é o problema da Clementine de amanhã. Porque, hoje à noite, o que importa somos só nós três, e isso é mais que suficiente.

Capítulo 8

XÔ, XÔ, VÁ EMBORA

— Então, o que acontece se você disser que está doente e não pode cuidar dos chricklers? — pergunta Luís no dia seguinte, no horário do almoço, enquanto descemos para o que, definitivamente, é uma masmorra. Ele insistiu em me acompanhar hoje porque "ontem foi difícil".

Ele não está errado.

— Preciso dizer, depois do mau comportamento da sua mãe, acho que ela deveria fazer isso em vez de você.

— Pode crer — concordo.

Passei no escritório dela essa manhã para conversar antes da minha primeira aula. Imaginei que ficaria mais calma antes de ter que lidar com os chricklers e Jude na mesma tarde, mas ela me dispensou. Disse que tentaria arranjar tempo para "conversarmos" depois das aulas.

Além disso, aquela maldita tempestade que se formou ontem se aproxima cada vez mais, o que significa que os chricklers devem estar com um humor ainda pior hoje. Estou com um certo medo de, daqui a pouco, sentir saudades do nível de dificuldade de ontem.

— Acho que você deveria me deixar entrar com você — sugere ele pela décima quarta vez hoje, enquanto continuamos pelo corredor. — Tá na cara que você precisa de ajuda.

— Sim, mas se minha mãe pegar você me ajudando... — começo, mas Luís me interrompe.

— Não vou contar para ninguém — diz ele, fazendo uma careta para mim. — E não dá para acreditar que sua mãe vá botar os pés aqui tão cedo. Ninguém precisa saber.

— É, até um dos chricklers pegar você.

Ele revira os olhos.

— Claudia parece ser boa em guardar segredos.

— Você quer mesmo testar essa teoria? — respondo, e pego meu telefone para ligar a lanterna. Antes de fazer isso, mando outra mensagem para Serena, perguntando como foi o feitiço e a entrevista. Espero de verdade que ela consiga o emprego.

— Não acredito que seu tio não trocou a lâm... — Luís se interrompe quando paro de repente. — O que aconteceu?

— Nada. — Meu estômago se contrai um pouco, mas eu o ignoro. Assim como ignoro o fato de que, quanto mais nos aproximamos do final deste corredor, mais noto um brilho estranho vindo do vestíbulo no final.

— Pela sua cara, parece ser alguma coisa. — Ele me olha, preocupado.

— Deve ser só a tempestade. Nada de mais.

Mas então um gemido baixo e rouco ecoa de um canto e me faz parar.

— O que foi? — Luís exige saber, parando ao meu lado. — O que você viu?

— Não é o que eu vi. É o que eu ouvi. — O som vem novamente, mais baixo e mais desesperado dessa vez, enquanto o desconforto desliza pela minha pele.

Luís, por outro lado, pula direto do pânico para o terror total.

— Eu não ouvi nada. Alguma coisa saiu dali? — Ele aperta os olhos, examinando o corredor com sua visão de lobo reduzida, mas ainda excelente.

— Não é no confinamento das criaturas. — Tento obrigar meus pés a se moverem novamente, mas eles se recusam.

Os olhos de Luís se arregalam quando ele finalmente descobre por que não está ouvindo — ou vendo — o mesmo que eu.

— Ah, droga.

Olho para o chão, me concentro nas rachaduras no cimento e me obrigo a me recompor.

— Vamos — digo a ele.

— Vamos? — Luís parece fora de si. — Não precisamos de um plano? A última coisa que quero é que eles machuquem você de novo.

— Eles não vão me machucar. — Solto um suspiro. — E eu tenho um plano.

— Ah, é? — As sobrancelhas dele se erguem.

— Fique na minha frente e corra como o diabo. Seguiremos pelo caminho mais longo até os chricklers, e vamos torcer para que eles não nos sigam.

— É isso? Esse é o seu plano? — questiona ele.

Eu aceno com a cabeça.

— Esse é o plano.

— Eu deveria ter deixado claro que estava falando de um *bom* plano. — Ainda assim, ele começa a recuar. — Ok, me diga quando correr.

Outro grito misterioso faz todos os meus pelos se arrepiarem. Os sons estão ficando mais próximos.

Respiro fundo mais uma vez antes de me forçar a gritar:

— Agora!

Corremos todo o caminho de volta pelo corredor, mas paro alguns metros antes de termos que virar porque a luz misteriosa também está vazando por aquela curva.

— Por que estamos parando? — pergunta Luís. — Não deveríamos...?

— Precisamos chegar à escada. — Pego seu braço e começo a puxá-lo para trás.

— A escada? E os chricklers?

— Eles vão ter que esperar. — Mas, no instante em que me viro, sei que é tarde demais.

— O que vamos fazer? — grita Luís.

— Não sei — respondo. Porque, de repente, todos os lugares para os quais olho estão cheios de fantasmas.

Centenas e *centenas* de fantasmas.

Capítulo 9

HORA DE DAR O FORA DAQUI

Os fantasmas pairam a poucos centímetros do chão, e eles têm três coisas em comum. Todos são translúcidos, todos têm um brilho estranho e enevoado, que irradia de dentro deles, e todos emitem um cheiro de mofo que me lembra livros velhos e empoeirados.

Neste momento, o corredor tem o cheiro de uma biblioteca antiga e escura, embora esteja iluminado como um show de fogos de artifício.

— Merda, tem muitos hoje — murmuro. Tento desenhar um mapa mental em torno deles até a escada, mas está tão lotado agora que não sei como vou passar ilesa por todos eles.

Devido ao passado longo e não tão ilustre da Academia Calder, um legado espectral extenso permaneceu. Um que é distintamente desconfortável para mim, já que fui capaz de vê-los durante toda a minha vida.

Não sei *por que* posso vê-los, quando ninguém mais da minha família pode. E definitivamente não sei por que o mesmo feitiço e equipamento que inibem minha magia de manticora, que me impedem de me transformar ou criar veneno, não reduzem essa habilidade estranha. Talvez não seja um poder. Talvez seja algo extra com o qual o destino decidiu me amaldiçoar, como se nascer nesta maldita ilha não fosse maldição suficiente.

Seja o que for, me trouxe até aqui e me fez encarar um mar de mortos.

Dou alguns passos hesitantes, e realmente gostaria de não ter feito isso, porque centenas de olhos cinzentos e leitosos se voltam para mim. Segundos depois, todos começam a flutuar lentamente na minha direção — o que, decido, é um convite para sair daqui o mais rápido possível.

Começo a correr, com Luís bem atrás de mim. Logo de cara, desvio de algumas crinolinas gigantes e de uma cabeça rolando, e até consigo me esquivar de um maestro agitando sua batuta no ar enquanto conduz uma sinfonia que nenhum de nós pode ouvir.

A confiança toma conta de mim — talvez eu realmente consiga chegar ao fim sem ser parada —, mas então, do nada, algo aparece bem na minha frente. Tenho apenas um momento para reconhecê-la como uma adolescente — com cabelo até a cintura e um piercing no septo —, e então a atravesso em meio à corrida.

A dor me atinge, tomando conta de minhas entranhas e sacudindo-as até que sinto estar prestes a explodir. Como se as próprias moléculas que compõem cada parte de mim estivessem girando cada vez mais rápido, ricocheteando umas nas outras antes de se arremessarem para dentro da minha pele. Cerro os dentes para impedir que um gemido instintivo escape, mas tropeço mesmo assim. Luís mergulha em minha direção, mas sua mão passa pelo meu ombro, e eu caio de cara no chão. O que diabos foi isso? Não parecia um fantasma — ou, pelo menos, não como qualquer outro fantasma que eu já toquei antes.

Luís se abaixa e me ajuda a ficar em pé, mas mal dou um ou dois passos antes de ficar cara a cara com Finnegan, um dos fantasmas que conheço há mais tempo.

— Clementine. — Sua voz rouca e baixa preenche o corredor, junto com o tilintar de suas algemas enquanto ele caminha pesadamente em minha direção, arrastando a perna esquerda atrás de si através da névoa. Um de seus olhos está pendurado no meio da bochecha, preso à órbita ocular por um fio de prata fino e quase invisível.

Conforme ele vem na minha direção, vejo uma mancha vermelha com o canto do olho.

Viro a cabeça, tento descobrir qual outro aluno seria tolo o suficiente para se arriscar aqui embaixo sem precisar. Mas antes que eu possa descobrir, Finnegan me alcança e me traz de volta à minha tão dolorosa realidade.

— Clementine, por favor — murmura ele, sua mandíbula deslocada estalando, enquanto uma mão translúcida tenta tocar meu ombro. Eu me esquivo bem a tempo e começo a correr.

— Não posso ajudar você, Finnegan — digo a ele, mas, como sempre, ele não pode me ouvir.

Mantenho a velocidade, correndo com tudo em direção à escada. Algo mais cintila de repente à minha direita, e eu me afasto bruscamente, girando para não ser pega mais uma vez pelo que quer que seja.

Funciona, e eu até consigo evitar um pequeno grupo de fantasmas vestidos com shorts e roupas de banho... apenas para atravessar outro ser cintilante que se materializa bem na minha frente.

A coisa é enorme — vestida com o que parece ser, de forma alarmante, um traje espacial —, e tem o mesmo tipo de material brilhante que a adolescente. Parece totalmente diferente da névoa usual. Mas antes que eu possa me perguntar por que isso acontece, entro de cabeça em algo que parece ser um milhão de estilhaços de vidro.

Eles passam por dentro de mim, se enterrando sob minha pele, cortando minha carne, meus ossos, meu coração. Destroem cada parte de mim e fazem os pedaços colidirem uns contra os outros até que eu não consiga respirar, pensar, ficar de pé.

Eu grito e, quando começo a cair, estendo os braços em um esforço inútil para me segurar. Não funciona, e eu tropeço vários passos antes de cair de joelhos.

Atrás de mim, Luís grita:

— Levanta, Clementine! — Ele agarra meu braço e começa a me puxar.

Os espectros estão se aproximando de mim, vindos de todas as direções agora — as estranhas cintilações e os fantasmas completos —, e não há nada que eu possa fazer para detê-los.

Luís se posiciona na minha frente, tentando me proteger ao máximo daquilo do qual não se pode ser protegido. Ele até levanta os punhos como se estivesse pronto para uma luta, embora eu não faça ideia de que defesa ele acha que será capaz de proporcionar contra um bando de fantasmas que sequer consegue ver.

Eu me esforço para me levantar. Mas então um peito espectral colide com meu ombro, vindo de trás, e mil agulhas picam minha pele. Outro fantasma agarra meu braço, e lâminas geladas cortam através de mim.

Meu estômago se revira e se contorce com a agonia.

Cambaleio, em uma tentativa desesperada de escapar da dor... apenas para dar de cara com outra cintilação.

E não é qualquer cintilação. Esta é a de uma criança pequena vestindo pijama de dragão e carregando um espelho tamanho-família.

— Me abrace! — grita o garotinho, seus dedinhos agarrando meu quadril. A dor é tão intensa que queima direto através da minha pele, até a carne e os ossos abaixo dela.

Por instinto, começo a me afastar, mas lágrimas escorrem pelo rostinho dele. A criança não tem mais do que três ou quatro anos, e, seja uma dessas coisas cintilantes ou não, me causando dor ou não, não posso simplesmente deixá-la assim.

Então eu me abaixo até que nossos rostos estejam no mesmo nível, ignorando o "Clementine! O que você está fazendo?" espantado de Luís.

Sei que o menino não pode me ouvir, não pode me sentir, mas estendo um dedo para limpar algumas de suas lágrimas mesmo assim. A sensação estranha e ardente se espalha para a ponta dos meus dedos e minhas palmas.

Sua única resposta é jogar os braços fantasmagóricos em volta de mim e soluçar mais forte enquanto pressiona seu rostinho no meu pescoço. Não consigo sentir seu peso em meus braços, mas a agonia do contato me inunda de qualquer maneira, a dor fluindo em mim por todos os lados. Mas eu não o solto — como poderia, quando ele não tem mais ninguém para abraçá-lo?

— Aconteceu alguma coisa? Você está bem? — digo, instintivamente, mesmo sabendo que uma resposta não virá.

Mas ele balança a cabeça, enviando novas e mais profundas ondas de dor através de mim, mesmo enquanto choraminga:

— Eu não gosto de cobras.

— Eu também não — respondo, com um tremor. Mas então me ocorre que ele não está só falando comigo, ele está me *respondendo*.

O que significa que ele *pode* me ouvir, ainda que nenhum dos outros espíritos tenha sido capaz disso.

Só tenho um segundo para me perguntar como isso é possível antes que ele pergunte:

— Por que não? — Seus olhos lacrimejantes estão arregalados e suas mãozinhas queimam minhas bochechas onde ele as segura.

— Fui mordida por uma quando tinha sua idade e, desde então, nunca mais cheguei perto de uma cobra.

Ele balança a cabeça como se isso fizesse sentido, depois sussurra:

— Então é melhor você correr.

Capítulo 10

HORA DE DAR COM (A LÍNGUA N)OS DENTES

Ainda não consigo acreditar que ele está me respondendo. Mas registro suas palavras, e uma apreensão nauseante cresce dentro de mim.

— O que você quer dizer? O que...

Eu paro quando um *estrondo* repentino ecoa pelo corredor, seguido por um rugido alto e arrepiante. E que não soa tão abafado quanto deveria.

— Que porra é essa? — Luís quer saber, seus olhos prateados arregalados e meio que fora de si.

Antes que eu possa responder, uma sombra enorme aparece à vista, deixando-nos sem palavras. É diferente de qualquer coisa que já vi ou ouvi falar na vida. Seu corpo anormalmente grande, parecido com o de um lobo, tem uma cabeça de serpente coberta de olhos cor de âmbar flamejante. Serpentes sibilantes, prontas para atacar, estão no lugar de seus membros superiores, e quando a coisa abre a boca, seu palato, gengivas e língua estão cobertos de dentes gigantescos, como facas.

Ela dá um rosnado baixo e sinistro, e eu assisto aterrorizada todos aqueles dentes caírem no chão, alguns deles nos atingindo, nos cortando ao despencarem. E, para nosso horror, novos dentes imediatamente crescem em seu lugar, transformando sua boca aberta em um novo show de horrores.

— Corra, Clementine! — grita Luís enquanto cambaleia para trás. Mas eu já estou me mexendo, seus gritos aterrorizados aumentando o terror frio dentro de mim, e corremos para a escada no final do corredor.

Que se danem os malditos chricklers. Que se danem os fantasmas.

Porque parece que o tio Carter não fez um trabalho muito bom para proteger aquela porta solta. Porque o monstro atrás de nós é nada menos que todos os meus piores pesadelos. E agora ele tem todos os seus muitos olhos brilhantes fixados em nós.

Começamos a correr, e estou apavorada demais para olhar para trás, mas o barulho retumbante horrível que seus dentes fazem ao bater no chão fica cada vez mais próximo. Quantas vezes por dia uma criatura pode perder os dentes daquela maneira?

Eu me esforço mais, corro mais rápido, mas ainda não sou veloz o suficiente. Algo atinge meu ombro, e uma dormência estranha e formigante desce pelo meu braço. Olho para trás bem a tempo de ver uma das dezenas de cobras que formam os "braços" do monstro se retraindo — e outra se enrolando enquanto se prepara para me atacar novamente.

— Que diabos é aquela coisa? — grita Luís para mim. — Além de algo saído de um filme de terror?

Estou correndo tanto que nem tenho fôlego suficiente para responder enquanto desvio para a esquerda, tentando sair da zona de ataque. Não funciona — as cobras são compridas demais. Outra me pega na lombar, seus dentes cravando rápido e forte.

Eu giro para a direita para desalocá-la e sigo em frente.

O barulho de correntes que vem a cada passo que o monstro dá me diz que, embora tenha conseguido se livrar de sua cela, ele ainda está acorrentado. Mas parece que a corrente é longa o suficiente para alcançar a maior parte do corredor, se não ele todo. Uma decisão muito irresponsável do tio Carter.

— Corra mais rápido! — incentivo Luís, no momento em que uma das cobras o agarra pelo tornozelo e o derruba. Ele consegue se soltar com um chute, e continua correndo.

Uma das mãos feitas de cobras logo vem em direção à minha cabeça. Eu me abaixo para evitá-la. Mas então a criatura solta todos os dentes mais uma vez, em uma saraivada de lâminas afiadas. Tento me proteger, mas é inútil. Os dentes, agindo como adagas naturais, dilaceram rapidamente minha pele.

Luís estende a mão para me puxar para fora da zona de perigo.

Eu lhe dou um olhar agradecido enquanto grito:

— Siga em frente!

O monstro ruge outra vez, e de repente vai atrás do meu melhor amigo, em vez de me perseguir, e as longas serpentes que ele tem no lugar dos dedos se enroscam no antebraço de Luís.

Luís se vira de uma vez e solta um rosnado longo e baixo, que talvez seja o som mais aterrorizante que já o ouvi fazer. O monstro também deve pensar assim, porque recua por um instante, antes de responder da mesma forma.

Mas um instante é tudo o que Luís precisa para se libertar. Nós saímos em disparada mais uma vez, rumo à escada. Chegamos até o segundo degrau antes de a besta me agarrar mais uma vez. Ela enrola as cobras em volta da minha cintura e começa a me puxar para trás.

Um grito fica preso na minha garganta enquanto tento, desesperada, me soltar de suas garras. Mas agora ela me pegou, e não vai me deixar ir.

Luís se posiciona no degrau seguinte e tenta agarrar as cobras ao redor da minha cintura, duas de cada vez. Mas toda vez que ele arranca duas delas, mais duas tomam o seu lugar, em um pesadelo digno de Sísifo.

— Vá embora! — digo a Luís enquanto a criatura mostra os dentes novamente. — Saia daqui.

— De jeito nenhum. — Luís parece mais do que insultado pelas minhas palavras.

Mas agora estou ocupada demais para me importar, tentando me contorcer. Desesperada, aterrorizada e com o coração batendo contra as costelas, faço a única coisa na qual consigo pensar. Eu levanto a minha perna esquerda e chuto para trás o mais forte que posso.

Posso não ter meus poderes, mas sou forte como um manticora, e quando meu calcanhar se conecta com o joelho da criatura, o estalo é nauseante. O monstro urra de raiva, balançando o corpo com violência, e as cobras sibilam em sofrimento enquanto se desenrolam dos meus braços, suas presas me pegando em vários lugares e rasgando minha pele.

— Mexa-se! — grita Luís.

Eu avanço, correndo na direção dos degraus como se minha vida dependesse disso — porque deve depender, mesmo.

Atrás de nós, a criatura também se recuperou. Ela estende todas as quatro mãos retorcidas e deslizantes em nossa direção, bem no momento em que sua corrente chega ao final.

Ela solta um som que é meio sibilo, meio rugido, e *totalmente* aterrorizante, mas não olho para trás enquanto Luís e eu subimos correndo as escadas. Chegamos ao topo, quase desabando no corredor, e as portas se fecham atrás de nós.

Antes que qualquer um de nós possa sequer respirar, Roman, um troll do corredor, aparece com um livro de advertências na mão.

— Clementine, você sabe que não deve correr na escada. É a sua segunda infração esta semana. Vou ter que registrar uma advertência para vocês dois.

— Tá falando sério? — rosna Luís, indignado.

O troll apenas faz um som de reprovação. Ele arranca as folhas de advertência e nos entrega.

— Tenham um bom resto de dia — nos diz ele. — Ah, e controlem esse sangramento, ok? Vocês sabem que é contra o código de segurança estudantil, e eu realmente odiaria ter que escrever outra advertência para vocês hoje.

Enquanto ele se vira e sai pisando duro pelo corredor, um estrondo alto de trovão sacode todo o prédio. Roman solta um grito agudo e salta cerca de um metro no ar, deixando cair sua prancheta.

— Se tudo que é preciso para assustá-lo é um pequeno trovão — zomba Luís —, eu odiaria ver o que ele faria se aquela coisa subisse as escadas.

— Provavelmente derrubaria mais do que a prancheta dele.

Luís se vira para me olhar, inexpressivo. E então nós dois caímos na gargalhada, porque é isso ou chorar. E não há nenhuma chance de eu encarar Jude
com olhos vermelhos e inchados.

Capítulo 11

COMO SE SOLETRA "DESASTRE"

Assim que Luís e eu nos recuperamos — o que leva alguns minutos —, mando uma mensagem para tio Christopher. Desta vez, digo a ele que, se eu morrer, ele terá que se explicar para minha mãe, então é melhor consertar a maldita fechadura.

É incrível como uma experiência de quase morte ajuda a pessoa a manter sua posição.

— Vou tentar me limpar antes da aula — diz Luís. — Já mandei uma mensagem para a Eva, avisando que terminamos mais cedo.

— Você é o melhor, Luís. — Nós dois sabemos que me refiro a muito mais do que a mensagem.

Mas ele apenas revira os olhos, antes de seguir pelo corredor.

— Podemos pelo menos tentar ter uma tarde tranquila?

— Não posso prometer nada — respondo, com a última gota de sarcasmo que tenho dentro de mim.

— Não diga! — Luís deve estar cansado, porque nem se dá ao trabalho de me mostrar o dedo do meio.

Quando chego ao banheiro, tenho que passar alguns minutos acalmando Eva, que me vê antes que eu consiga me limpar. Algumas pinceladas de seu corretivo ajudam meu rosto a parecer apresentável — desde que ninguém olhe muito de perto —, e um coque faz o mesmo pelo meu cabelo. Quanto ao resto de mim, uma nova camisa do uniforme não vai cobrir nem metade do dano, então, em vez disso, visto novamente o moletom, apesar do calor escaldante, e espero que meus muitos ferimentos não sangrem através das bandagens.

— Você tem certeza de que está bem? — pergunta Eva pela milésima vez enquanto a porta do banheiro se fecha atrás de nós.

— Estou bem — asseguro a ela. O que é um exagero, mas tem mais a ver com o fato de que estou prestes a me encontrar com Jude do que com o fato de ter acabado de enfrentar um monstro bizarro.

Eva parece estar em dúvida, mas me dá um pequeno abraço e sussurra "Não facilite para ele" antes de ir para sua aula de controle da raiva.

Tenho cerca de dez minutos antes do início da aula, então mando outra mensagem para Serena para ver como foi sua entrevista. Certamente já terminou. Também faço uma anotação mental de ligar para ela esta noite, para poder ouvir toda a história. Se as coisas estiverem boas, podemos comemorar, e se não estiverem, posso ouvi-la chorar.

Mas ela ainda não respondeu quando chego à aula de literatura britânica, então enfio o celular no bolso e respiro fundo algumas vezes para acalmar as borboletas hiperativas que, de repente, se instalaram no meu estômago.

Alguns vampiros passam por mim enquanto faço isso, me olhando como se estivessem pensando que gosto devo ter. Tenho certeza de que podem sentir o cheiro das minhas feridas sangrando, mas não tenho absolutamente nenhuma energia para lidar com as merdas deles hoje, então mantenho meu olhar no chão e me dirijo para minha sala. Mas, antes que eu possa entrar, alguém me chama.

Eu me viro e dou de cara com Caspian vindo atrás de mim, com uma expressão preocupada no rosto.

Seu cabelo castanho-escuro está enfiado em um boné de beisebol preto com "Academia Calder" escrito no mesmo vermelho brilhante de sua camisa polo, sapatos e mochila. Basicamente, ele parece um outdoor ambulante dessa maldita escola. O que — agora que penso nisso — é exatamente o que ele é.

Por outro lado, se eu soubesse que sairia daqui em nove meses, talvez gostasse mais deste lugar.

— Ah, Deus! — Ele passa a mão pela nuca enquanto me olha de cima a baixo. — Você já sabe.

— Sei o quê? — pergunto enquanto tento passar por ele. Não estou com humor para o drama exagerado de Caspian hoje. Além disso, ainda estou bastante amarga com o anúncio da faculdade, mesmo que não seja culpa dele.

Mas ele bloqueia a porta, e no segundo em que meus olhos encontram os dele, percebo que algo está realmente muito errado. Seus olhos estão arregalados e escuros de preocupação, mesmo antes de ele jogar os braços em volta dos meus ombros e dizer:

— Sinto muito.

Instintivamente, fico na ponta dos pés para envolvê-lo em um abraço.

— Sente muito pelo quê? — pergunto, completamente confusa. Ele parece e soa como se estivesse prestes a chorar.

— O que aconteceu? — exijo saber, mesmo quando um sentimento sombrio e inquieto invade meu peito. — Me diga.

Não é um pedido, e a expressão no rosto do meu primo diz que ele sabe disso. Mesmo assim, ele aperta os lábios em uma demonstração de relutância que não é nada típica dele. Em geral, a coisa que Caspian mais adora é provar que está mais por dentro do que todos ao seu redor.

É por isso que sua hesitação me causa um arrepio na espinha — desmentindo diretamente o fato de a umidade da tempestade que se aproxima ter dominado completamente o antigo ar-condicionado do prédio.

Ele suspira, e então — em um gesto ainda mais alarmante — segura minha mão entre as suas.

— Não há uma boa maneira de dizer. É a Serena.

— Serena? O que há de errado com Serena?

O terror me atinge como os raios lá de fora ao som do nome da minha amiga, eviscerando minhas entranhas e enviando choques por cada parte do meu corpo enquanto espero que ele diga o que tão desesperadamente não quero ouvir.

Serena não. Serena não. Serena não.

Por favor, não Serena com seus olhos castanhos risonhos, sorriso grande demais e coração ainda maior.

Mas tudo o que consigo pensar é em estar presa em "Visualizado" desde a noite passada.

Por favor, por favor, por favor, não Serena.

Meu primo balança a cabeça, triste.

— Acabamos de receber a notícia esta manhã. Ela morreu ontem à noite. Estava conjurando um feitiço e perdeu o controle. Quando as autoridades conseguiram chegar até ela, ela estava...

Meus joelhos ficam moles com suas palavras, e, por um segundo aterrorizante, tenho medo de cair no chão de azulejo rachado. Mas então consigo travá-los no lugar.

Nada de fraqueza, lembro a mim mesma.

Cerro os punhos, cravo as unhas nas palmas das mãos e deixo as pequenas pontadas de dor me impedirem de perder completamente o controle, enquanto a voz de Caspian se esvai antes mesmo de terminar a história.

Mas ele não precisa terminar. Eu já sei o que aconteceu. A mesma coisa que acontece com tantos graduados da Academia Calder quando sua magia retorna, desenfreada e mais poderosa do que nunca por ter sido suprimida por tanto tempo.

A mesma coisa que eu temia desde que ela se formou e saiu por conta própria — determinada a aprender tudo sobre sua magia e compensar os quatro anos que perdeu na ilha. Mas um feitiço de boa sorte? Não dá para ser mais irônico — e muito mais cruel — do que isso.

O pensamento faz lágrimas obstruírem minha garganta, mas reprimo a vontade de chorar. Em seguida, travo meus ombros e meu maxilar com o máximo de firmeza e o mínimo de emoção que consigo.

Caspian examina meu rosto por vários segundos.

Tento dizer a mim mesma que é porque ele está preocupado, não porque está procurando uma reação para relatar à minha mãe, como o bom soldado que é. Sempre fomos próximos porque somos primos — porque somos Calders —, mas lealdade? Eu realmente não sei até onde isso vai. Só sei que não tenho nenhum desejo de testar agora. Ainda mais quando tudo dentro de mim parece um vaso de vidro que caiu no chão.

— Era inevitável que acontecesse em algum momento. Quase sempre acontece — comento. — De qualquer forma, precisamos mesmo ir para a aula.

— Isso é meio que um exagero, não é... — começa Caspian, mas se interrompe abruptamente porque nem ele consegue suportar essa mentira agora. Ou será que é apenas porque ele não consegue falar a verdade?

É o que fazemos aqui na Academia Calder — o que temos que fazer. Esconder tudo que é suave, esperançoso e vulnerável bem no fundo, onde ninguém pode ver — nem mesmo nós.

Costuma funcionar... até que não funciona mais.

Capítulo 12

VÁ SE LASCAR

Ainda estou tentando lutar contra uma onda gigante de tristeza, quando entro na sala de aula e... dou de cara com Jude *sentado na minha mesa de sempre*.

Em um instante a tristeza se transforma em raiva. Pois que se foda aquilo. E que se foda ele. Que se fodam todos eles.

Ergo os ombros e marcho até ele. Foi ele quem parou de falar comigo e, depois que superei esse trauma, jurei que, se voltássemos a nos falar, ele teria que ser o primeiro a quebrar o silêncio.

Mantive essa promessa e não vou quebrá-la agora... por causa de uma mesa.

Então me acomodo na mesa ao lado da dele e mantenho a cabeça baixa, mas posso sentir o peso de seu olhar sobre mim o tempo todo. Quem se importa? Que olhe.

A parte de mim que está furiosa quer encarar de volta. Mas minha tristeza por Serena é muito recente para eu entrar em jogos de poder com Jude, não importa o quanto ele mereça.

Também noto Jean-Luc me encarando do outro lado da sala. Ele está com o mesmo sorriso sacana que tinha quando o peguei queimando formigas com uma lupa no primeiro ano. Meu estômago se revira, porque já lidei com ele tempo suficiente para saber que nunca é bom se ele acha que você é uma daquelas formigas. Pena que não tenho mais energia para dissuadi-lo dessa ideia hoje.

Seja lá o que estiver acontecendo com ele, Jude parece ter percebido também. Ele fica olhando desconfiado para Jean-Luc e para mim. A sra. Aguilar vai rapidamente para a frente da sala, com o cabelo loiro balançando e a pele brilhando como se tivesse pó de fada.

— "Acho que não consigo existir sem poesia." — Ela leva as mãos ao peito, rodopia e para bem na frente da minha nova mesa, antes de continuar. — "Vou imaginar você como Vênus esta noite e rezar, rezar, rezar para sua estrela, como um pagão!"

Ela rodopia de novo... só que ganha um punhado de balas de goma na cara. Elas ricocheteiam com um baque audível, fazendo os irmãos Jean rir.

— Ei, professora! — começa Jean-Luc, mas, antes que ele possa ir muito longe, Izzy desliza para a mesa ao lado da minha.

Ela brinca com as pontas do cabelo ruivo comprido enquanto se inclina para mim e diz — alto o suficiente para toda a classe ouvir:

— Então, qual é a punição aqui por cortar os dedos dos colegas de classe?

Enquanto ela fala, seu olhar se volta para os Jean-Babacas.

— Tenho quase certeza de que isso contaria como horas de serviço comunitário — digo a ela, ao passo que minha raiva por Serena, minha raiva por tudo aquilo, continua a crescer dentro de mim.

— Foi exatamente o que *eu* pensei. — Seus dentes caninos brilham, no que tenho certeza de que é a versão dela de um sorriso.

— Você acha mesmo que pode nos pegar? — rosna Jean-Luc. Segundos depois, um punhado de balas de goma acerta a cara de Izzy também. — Venha tentar.

Ela acelera pela sala e retorna tão rápido que mal passa um segundo. Porém, quando ela se acomoda novamente em sua mesa, Jean-Luc solta um grito. As duas mãos dele estão agora espalmadas na mesa, com facas cravadas entre cada um de seus dedos e outras duas, mais longas, dobradas e enroladas em torno de seus punhos como algemas, prendendo-o à mesa.

— Que porra é essa? — rosna ele ao tentar levantar as mãos e fracassar.

Izzy dá de ombros enquanto cruza os braços.

— Da próxima vez, não vou ser tão cuidadosa.

— Você vai pagar por isso, vampira! — ameaça Jean-Jacques. — Você sabe quem são nossos pais?

Izzy boceja.

— Uma dica: ninguém parece ameaçador quando sente necessidade de envolver o papai na conversa. Se quiser ser levado a sério, o que você deveria perguntar é: *"Você sabe quem sou eu?"*.

A resposta para isso é claramente alguém com quem não se deve brincar. É por isso que todos na classe estão ocupados olhando para qualquer lugar, menos para Izzy. Bem, todos, exceto Jude, que lhe dá um pequeno aceno respeitoso com o queixo. Izzy se vira para a sra. Aguilar e diz:

— Pode continuar.

A sra. Aguilar não responde por alguns segundos, apenas encara Izzy boquiaberta. Posso ver sua mente trabalhando atrás de seus grandes olhos azuis, tentando decidir se precisa denunciar Izzy por trazer facas contrabandeadas para a sala de aula e depois usá-las contra outro aluno.

Ela está ou com muito medo ou muito impressionada para fazer qualquer coisa, porque, no final, não fala nada. Em vez disso, apenas limpa a garganta e diz:

— Então, sem mais delongas, aqui estão suas tarefas sobre a poesia de Keats.

Ela agarra as pontas do pano rosa que cobre o quadro frontal e o puxa para revelar nossos grupos escritos em letras extravagantes, com um poema listado ao lado de cada um.

— Há perguntas no verso do material. Esta parte da tarefa deve ser concluída hoje, do contrário vocês ficarão para trás, pois temos mais o que fazer na próxima aula. — Ela bate palmas. — Então, mãos à obra! E divirtam-se!

Divirtam-se o caralho. Para ganhar tempo, olho para a lista de perguntas, mas tudo em que consigo pensar é em Serena.

Ainda assim, uma vez que meu cérebro realmente as processa, vejo que são perguntas bastante diretas, e não dá para ficar relendo questões sobre esquemas de rima e métrica muitas vezes antes de acabar parecendo ridícula. Embora não tão ridícula quanto os Jean-Babacas, que neste momento estão grunhindo e suando enquanto trabalham para libertar Jean-Luc do truque de faca de Izzy.

Aparentemente, feéricos não têm a mesma força que os vampiros na parte superior do corpo. Que pena.

Dou uma olhada no nosso poema — "Para Fanny" — e então, sem mais desculpas para não olhar para Jude, me viro.

E acabo dando de cara com seu peito muito largo e muito musculoso.

Não que isso importe, porque, absoluta e positivamente, não importa. Nada disso importa.

Nem seu queixo que parece esculpido.

Nem suas maçãs do rosto perfeitamente delineadas.

E, com toda a certeza, nem os cílios tão longos que chegam a ser ridículos, e que emolduram os olhos mais interessantes e cativantes que já vi.

Não, *nada* disso importa. Porque o que importa é que ele é um completo idiota que costumava ser meu melhor amigo até me beijar do nada — fato no qual me recuso a pensar mais — e depois me cortar sem cerimônia de sua vida sem dar nenhuma explicação. É nisso que preciso me concentrar agora, e não em como ele é bonito... ou cheiroso.

Segundos se transformam em minutos, e meu estômago revira enquanto espero Jude dizer alguma coisa. Qualquer coisa.

Não que haja algo que ele *possa* dizer para justificar o que fez, mas estou curiosa para saber por onde ele vai começar. Com um pedido de desculpas? Uma explicação? Só porque não há explicação boa o suficiente não significa que eu não queira ouvir uma.

Mais alguns segundos se passam antes de Jude limpar a garganta, e me preparo para qualquer coisa. Qualquer coisa, exceto:

— Keats esteve apaixonado por Fanny durante a maior parte de sua vida adulta.

— Como é que é? — Tento conter a exclamação, mas estou tão chocada que ela praticamente sai da minha boca. Jude não fala comigo há três anos, e é com isso que ele começa?

— O poema, Clementine — explica ele depois de um segundo, e o uso do meu nome verdadeiro soa como um golpe baixo.

Ele não parece reconhecer o soco no estômago, e continua:

— Chama-se *"Para Fanny"*. Ele se apaixonou por ela assim que se conheceram, quando ele tinha vinte e dois anos. — Jude segura o celular, aberto em um site de literatura, como se eu estivesse questionando seu conhecimento sobre John Keats e não o evidente problema entre nós.

Mas tudo bem. Está tudo... muito bem. Vou entrar nesse jogo. Ele não é o único que pode pesquisar no Google, então tiro um momento para fazer exatamente isso e mostro meu próprio telefone para ele.

— E ela tinha dezessete anos, o que é um pouco nojento, se quer saber minha opinião.

Eu sei que era uma época diferente, na qual as pessoas costumavam morrer aos vinte e cinco anos, como Keats. Só que, se discutir sobre a vida amorosa problemática de um romântico morto nos impede de discutir o poema de amor repugnantemente meloso, sou totalmente a favor disso.

Exceto que Jude não parece estar com vontade de discutir.

— Concordo — responde ele, passando a mão casualmente pelo cabelo preto na altura do queixo.

Eu tento muito não notar a maneira como os fios caem perfeitamente para um lado, como se tivessem vontade própria — uma que está determinada a deixá-lo com a melhor aparência paranormal possível. Também ignoro a maneira como as pontas cortadas a navalha roçam seu queixo, acentuando a pele marrom-clara ridiculamente perfeita que ele herdou de seu pai coreano.

Mas então me lembro que a maioria dos oneiroi são lindos. Jude não é especial. É só que ser um daimon dos sonhos o torna membro da espécie paranormal mais bonita que existe. O que é pra lá de injusto.

Apesar de ser uma manticora, me sinto completamente sem graça em comparação — todo mundo se sente dessa forma quando está sentado ao lado dele. Até Izzy parece um pouco sem graça, e ela é a vampira mais impressionante que já vi.

Mas sua aparência não me importa. Porque Jude pode parecer saído de um sonho por fora, mas é um completo pesadelo por dentro. Eu não sabia disso quando nos tornamos amigos todos aqueles anos atrás, mas sei agora, e não há como esquecer.

— John Keats era complicado — prossegue ele, com aquela voz profunda e musical com a qual acho que nunca vou me acostumar. Quando éramos amigos, sua voz ainda não havia se tornado essa coisa sombria e rítmica que preenche o ar ao meu redor.

Um arrepio involuntário desce pela minha espinha, mas eu o ignoro. Deve ser a saída do ar-condicionado sob a qual estou sentada.

— E por complicado, você quer dizer um idiota, certo? — ironizo, gesticulando para o poema na minha frente. — O que indica isso? O fato de que ele abandonou o autoproclamado amor de sua vida para morrer sozinho e sem um tostão na Itália?

— Você acha que isso o torna um idiota? — Ele parece indignado. — Mesmo tendo que partir?

— Ele não precisava fazer nada além de morrer — respondo. — É horrível que ele a tenha deixado quando eles mais precisavam um do outro. Quase tão horrível quanto ela simplesmente deixá-lo ir sem mais nem menos.

Ele ergue uma sobrancelha escura e bate com a caneta na beira da mesa.

— Você não teria feito isso?

— Se eu o amasse do jeito que ela diz que o amou nesta carta? — É a minha vez de agitar o celular. — Eu nunca o teria deixado fugir para basicamente morrer sozinho. E se ele a amasse, ele não teria simplesmente ido embora e a deixado se perguntando o que aconteceu.

— Talvez ele pensasse que a distância a manteria segura. — Ele bate com a caneta mais rápido agora.

— De quê? Da tuberculose? Ele não parecia se importar em infectar todos os outros. Diz aqui que Fanny escrevia cartas para ele quase diariamente. Mas ele nem as abria porque não "suportava lê-las". Então ele nunca respondeu. Ele não foi embora para mantê-la segura. Ele foi embora por causa de sua própria vaidade. Isso é um egoísmo do caramba.

— Você não sabe se foi isso. Ela poderia ter seguido em frente, esquecido tudo sobre ele...

— Claro, porque todas aquelas cartas que ela escreveu gritam: "Eu segui em frente". — Reviro os olhos.

— Ele provavelmente estava tentando ajudá-la a seguir em frente...

— Deixando-a se perguntar se ele alguma vez pensou nela do jeito que ela pensava nele? — Minha voz está mais alta agora, a indignação me rasgando enquanto levanto as mãos. — Isso é besteira e você sabe disso.

— Besteira é esperar que ele fique por perto e arruíne a vida dela — retruca ele, parecendo quase tão irritado quanto eu. — Em especial quando ele sabia que as coisas só poderiam terminar de um jeito.

E é assim que decido que já chega. De Jude. Deste poema. Desta escola que envia seus graduados para morrerem como cordeiros no abate paranormal.

— Vamos mesmo fazer isso?

As palavras praticamente explodem de mim, tão altas que a sra. Aguilar solta uma pequena exclamação na frente da sala.

Eu a ignoro, e Jude também.

Reconheço, mesmo que só um pouco, que ele não tenta fingir que minha pergunta é sobre a tarefa. Mas tampouco a responde. Apenas me observa com olhos que parecem muito mais velhos do que sua idade, olhos que sempre viram muito mais do que eu quero mostrar.

Só que, desta vez, eu olho para ele também. Passei muitos meses — muitos anos — desviando o olhar, tentando esconder a tempestade de emoções dentro de mim. Mas a morte de Serena, a traição da minha mãe e essa última baboseira de Jude colidiram para fazer eu me sentir tão volátil quanto a tempestade que se forma lá fora. Que se dane ficar na minha. Estou cansada de fingir.

— Está tudo bem aqui? — pergunta a sra. Aguilar, nervosa, e eu ergo os olhos apenas para perceber que Jude e eu estamos nos encarando por tempo suficiente para ela atravessar a sala inteira.

— Está tudo bem — diz Jude a ela, mas seu olhar intenso em momento algum deixa o meu.

Eu nem tento disfarçar a risada áspera que sai da minha garganta. Porque nada está bem. Não com Jude. Não com Serena. Não com ninguém ou com nada nesta escola toda bagunçada.

— Vocês estão... — Ela se interrompe quando a porta da sala de aula se abre, depois nos dá as costas, claramente grata pela distração.

— Como posso ajudá-lo, jovem?

— Meu horário mudou e acabei de ser transferido para esta turma — responde uma voz com um sotaque lento e carregado de Nova Orleans que faz meu sangue gelar nas veias.

Não. Não pode ser.

Porque só há uma pessoa em toda a Academia Calder que tem esse sotaque — e eu dei o meu melhor para ficar o mais longe possível desse sotaque e de seu dono, desde que ele apareceu aqui há algumas semanas.

Mas, ao que parece, o universo tem outros planos para mim hoje. Primeiro Serena, depois Jude, e agora isso?

A sra. Aguilar vai até a frente da sala de aula e pega da mão dele o pedaço de papel do escritório.

— Remy Villanova Boudreax. Bem-vindo à literatura britânica. Na verdade, estamos trabalhando na análise de um dos maiores poetas de todos os tempos.

Seus olhos percorrem a sala de aula, passando rapidamente pelos Jean-Babacas antes de parar em Jude e em mim.

— Por que você não se junta ao grupo de Clementine e Jude? Tenho certeza de que eles adorariam a... ajuda.

Capítulo 13

NÃO SE META COMIGO

As palavras da sra. Aguilar me tiram o fôlego, me deixam ofegante, e lágrimas brotam nos meus olhos. Amaldiçoo o fato de ter prendido meu cabelo, o que me impede de me esconder atrás dele por mais que eu queira muito, mas muito mesmo, fazer isso agora.

Em vez disso, puxo meu capuz sobre a cabeça e me escondo bem fundo dentro dele, em um esforço desesperado para mascarar minhas lágrimas — e a fraqueza momentânea que elas representam. Mas eu não estava preparada para isso hoje, tinha dito a mim mesma que conseguiria evitar Remy pelo resto do ano. Só porque ele é um veterano, não significa que ele precisa estar na *minha* aula de literatura britânica. Não quando tomo tanto cuidado em me virar e ir para o outro lado toda vez que o vejo nos corredores.

Mas não posso fazer isso agora. Estou presa aqui, e ele caminha direto na minha direção.

— Ei. Você está bem? — A voz de Jude, baixa e surpreendentemente gentil, vem do que parece ser um milhão de quilômetros de distância. — Posso dizer a ela para colocá-lo em outro grupo.

Ele não deveria saber sobre Remy, não deveria saber sobre tudo o que aconteceu. Ele abriu mão desse privilégio há muito tempo. Mas ele sabe, e só consigo pensar que foi Caspian quem contou tudo a ele. Aquele idiota.

Sei que eles eram amigos também. Sei que eles ainda conversam no corredor às vezes. Mas tudo dentro de mim grita que Caspian não tinha nenhum direito de falar com Jude sobre isso. Sobre *ela*.

Eu não quero responder, mas Jude continua a me olhar com preocupação até que eu finalmente nego com a cabeça — embora eu nem saiba qual pergunta estou respondendo a esta altura. Talvez ambas ao mesmo tempo, porque não, definitivamente *não* estou bem. Mas, até onde sei, a sra. Aguilar não está interessada de verdade em saber como me sinto sobre os membros do meu grupo.

Apenas mais uma "vantagem" de ser a filha da diretora, que odeio muito neste momento.

— Estou bem — respondo a ele segundos antes de Remy parar ao lado de nossas mesas.

Remy, o amigo mais próximo da minha prima Carolina na prisão — sem contar que ele era o garoto sobre quem ela me escreveu depois que finalmente escapou do Aethereum. O garoto que ela amava.

Remy, o mesmo cara que veio à ilha três meses atrás para nos contar que ela estava morta — e que ela tinha se sacrificado para salvá-lo, que a morte dela foi *culpa dele*. Minha tia Claudia — mãe de Carolina — disse a ele para não se culpar, que todos nós sabíamos que não havia como detê-la quando ela se decidia por algo.

E embora eu possa concordar com isso, em teoria, ainda assim, nunca mais quero vê-lo. E definitivamente não quero falar com ele.

Porque algo se quebrou em mim na noite em que descobri sobre a morte de Carolina, e não importa o quanto eu tente, não consegui juntar os pedaços irregulares do meu coração — da minha alma. Ela era a melhor amiga que eu tinha no mundo inteiro. Minha parceira para tudo, mesmo antes de ser enviada para o Aethereum sem aviso e sem nenhuma explicação real. Três anos depois, e eu ainda não sei por quê.

Parte da razão pela qual estive tão empenhada em sair desta ilha nos últimos anos foi porque eu estava determinada a encontrá-la e resgatá-la daquela prisão horrível.

E agora eu tenho que fazer um projeto de poesia com o garoto que ela amava? O garoto que a deixou morrer?

Um tremor tenta me percorrer, mas eu o reprimo tão impiedosamente quanto reprimi as lágrimas.

Fraqueza não é uma opção — seja mostrar ou ter.

E, ainda assim, a raiva queima dentro de mim, mesmo antes que o lento passeio de Remy pela sala enfim termine — a apenas meio metro da minha mesa. Tudo o que sei é que não há como eu aguentar todo o meu último ano neste lugar. Ele já tirou muito de mim.

Preciso de um novo começo.

— Você se importa se eu me sentar aqui? — pergunta Remy, baixinho, apontando com a cabeça para a carteira vazia em frente a Jude. Seu cabelo escuro e despenteado balança um pouco com o aceno, o olhar intenso em seus olhos verde-floresta desmentindo a casualidade da pergunta.

Eu olho para Jude, mas seu rosto está inexpressivo — um sinal infalível de que há mais coisas acontecendo sob a superfície do que ele quer que alguém saiba. E eu entendo. Não quero admitir, mas sei que perder Carolina o machucou também. Que o que ele fez comigo — com a gente — não apagou todos aqueles anos de esconde-esconde na floresta, de joelhos ralados, verdade ou desafio e intermináveis travessuras. Estar em um grupo com Remy deve ser um soco no estômago para ele também.

No entanto, saber disso não torna as coisas mais fáceis para mim. Mas antes que eu possa pensar em uma resposta apropriada à pergunta de Remy, um raio enorme atravessa o céu, seguido imediatamente por um estrondo tão alto que sacode todo o prédio, e, segundos depois, uma das duas lâmpadas fluorescentes da sala explode.

Vidro voa para todos os lados, inclusive por todo o chão em frente à mesa da sra. Aguilar.

Ela dá um pulo — Deus, ela é mesmo uma medrosa —, depois exclama:

— Ninguém se mexa até que eu possa limpar isso. Concentrem-se em seus projetos e não se preocupem comigo.

Como se alguém estivesse preocupado. No grande esquema de coisas ruins que acontecem nesta escola, lâmpadas explodindo nem entram no gráfico.

Ela segue até o armário no fundo da sala e pega uma pequena vassoura de mão e uma pá de lixo. Eu a ignoro e continuo olhando para minha mesa, incapaz de me forçar a falar com Remy. Jude também não diz nada. Ele apenas me observa com aqueles olhos que tudo veem.

Quando se torna óbvio que o inferno vai congelar antes que Jude convide Remy para se juntar a nós — e que, de repente, o resto da turma está muito mais interessado no que acontece em nosso pequeno canto da sala do que na sra. Aguilar —, dou de ombros e aceno com a cabeça para a mesa vazia.

Não é exatamente o convite mais amigável, mas é mais do que pensei ser capaz de fazer.

— Obrigado, Clementine — diz Remy, com um tom formal e um sorriso triste em seu rosto bonito.

Apesar da gentileza dele, meu estômago dá um nó. Nós nos encontramos apenas uma vez, de maneira bem breve, mas ele sabe exatamente quem sou. Então uma percepção doentia me ocorre — é provável que ele saiba muito mais sobre mim do que eu gostaria de imaginar. Ele e Carolina eram superpróximos. Isso significa que ela contou meus segredos para ele também? Aqueles que só ousamos compartilhar no escuro?

De repente, não posso deixar de me sentir violada. Mas é tarde demais para fazer algo a respeito.

Só porque deixei Remy se juntar ao nosso, já bagunçado, grupo, não significa que tenho que falar com ele ou ter algo a ver com ele. Jude pode não se importar em fazer uma cena — ninguém é idiota o suficiente para se meter com ele — mas eu não posso me dar esse luxo.

Então desisto de discutir com Jude sobre o relacionamento de John Keats com Fanny Brawne e me concentro em responder as perguntas sobre linguagem figurada e métrica. Quanto mais cedo terminarmos a tarefa, mais cedo poderei sair deste inferno.

Remy tenta ajudar no início, mas depois de eu o ignorar, deliberadamente, algumas vezes, ele desiste.

O lado bom é que Jude, desta vez, não está sendo pouco cooperativo.

Talvez seja porque ele está muito ocupado observando Remy com olhos estreitos e desconfiados. Ou talvez seja porque sente quão perto estou do limite. Nos primeiros sete anos em que ele esteve na ilha, éramos inseparáveis, e ele me conhece melhor do que ninguém — exceto Carolina —, e tenho certeza de que não há nada do tipo "o inimigo do meu inimigo é meu amigo" acontecendo aqui.

Depois do que parece ser uma eternidade evitando os olhos de Jude e de Remy, na atmosfera mais tensa imaginável, o sinal toca.

— Hoje, vou dar o meu melhor e ser mais positivo.

— E é isso por hoje, alunos! — exclama alegremente a sra. Aguilar de sua mesa no canto da sala, balançando a cabeça. — Espero que tenham sentido seus espíritos ganharem vida lendo e dissecando esses poemas deliciosos!

Ninguém responde, todos nós nos levantamos como se estivéssemos sentados sobre molas e começamos a enfiar nossas coisas na mochila.

— Vou ficar com isso — diz Jude, pegando as anotações que ainda estão na minha mesa.

Eu aceno com a cabeça em agradecimento, mas não confio em mim para dizer nada com o grande nó que sinto na garganta, agora que a tristeza me pressiona. Em vez disso, fecho o zíper da minha mochila e praticamente corro para a porta.

Abro caminho pelo corredor agora lotado, desesperada para colocar a maior distância possível entre Jude, Remy e eu. Meu cérebro está sobrecarregado, e o resto de mim parece que vai se despedaçar a qualquer segundo.

Desvio de um bruxo irritado e com problemas de comportamento antes de passar no meio de dois dragões metamorfos que parecem bastante chapados. Tenho um segundo para me perguntar o que eles estavam cheirando e como conseguiram o contrabando antes de alguém chamar meu nome atrás de mim.

Eu me viro por instinto, e dou de cara com Remy correndo na minha direção, com uma expressão determinada nos olhos que diz que ele cansou de me deixar ignorá-lo. Ele é alto — até mais alto que Jude — e, juntando sua altura com a linha reta que traça até mim, não é de estranhar o fato de que começamos a atrair atenção.

Este não é o lugar ou a hora que eu teria escolhido para ter um confronto com Remy, mas se é isso que ele quer, que assim seja.

Meus joelhos estão tremendo porque estou com fome — a barra de granola que chamei de café da manhã foi há muito tempo —, não porque esteja um pouco nervosa.

Só que, no fim, parece que Remy não quer um confronto. Porque ele para bem na minha frente, com aquele sorriso triste dele, e murmura:

— Quero pedir desculpas.

— Desculpas pelo quê? — pergunto, de um jeito muito mais beligerante do que sua abordagem merecia.

Ele balança a cabeça, me dá um olhar que diz saber que estou mentindo.

— Posso fazer o resto do projeto sozinho. — Seu sotaque arrastado de Nova Orleans suaviza as palavras, e sua abordagem.

— Faça o que quiser — respondo, com um dar de ombros. — Não me importa.

Importa, muito, mas agora não é a hora — e este definitivamente não é o lugar — para ter essa discussão.

Remy parece querer revelar minha mentira, mas, em vez disso, apenas balança a cabeça.

— Você vai ficar bem, Clementine.

Eu lhe dou um olhar frio.

— Você não tem como saber disso. — Pela primeira vez desde que ele entrou na aula, seus olhos brilham.

— Sei muitas coisas que as pessoas não acham que eu sei.

— Exceto quando você não sabe — retruco. E embora eu não tenha mencionado o nome dela, Carolina está subitamente ali entre nós, clara como o dia.

O brilho sai dos olhos dele, e seu rosto bonito fica sombrio. Me preparo para que ele desconte tudo em mim — e eu não mereço menos do que isso, considerando o que acabei de dizer a ele —, mas levo apenas um momento para perceber que a escuridão não é direcionada a mim. É direcionada a ele mesmo, um tornado de tristeza e raiva que o destrói por dentro.

Pelo visto, eu não precisaria bater nele pela morte de Carolina. Parece que ele tem feito um bom trabalho consigo mesmo nesse aspecto. Mesmo que seja visível apenas para quem olhar de perto.

Talvez devesse me incomodar o fato de o sofrimento dele fazer com que eu me sinta melhor, mas não me incomoda. Carolina merece a dor dele. E a minha. E muito mais.

Ainda assim, o fato de ele também estar sofrendo — de não estar apenas ignorando a morte dela como minha família tem feito — faz com que eu goste dele mais do que esperava. Também me faz sentir pena dele, porque sei exatamente quanto dói perdê-la.

Talvez seja por isso que levanto a menor das bandeiras brancas — ou talvez porque ele é a única pessoa com quem posso compartilhar minha dor. A única pessoa que talvez queira ouvir de verdade o que tenho a dizer. Na maioria dos dias, até mesmo tia Claudia age como se apenas quisesse esquecer.

De qualquer forma, sussurro:

— Ela fazia biscoitos muito bons.

Ele sorri, com cautela, e a escuridão desaparece um pouco de seu olhar, lentamente.

— Ela contava histórias incríveis.

— É. — O aperto em meu coração alivia um pouco e, de alguma forma, me pego sorrindo também. — Contava mesmo.

O sinal de que o intervalo acabou soa — essa pequena troca consumiu todo nosso tempo —, e olho para a sala de terapia em grupo. Última aula do dia.

Porém, antes que eu possa ir para lá, meu olhar é atraído por Jude, que segue pelo corredor com sua amiga Ember. Ela é muito mais baixa que ele, então ele se inclina um pouco para ouvi-la no corredor barulhento enquanto concorda com o que quer que ela esteja dizendo.

Mas os olhos dele não estão nela — estão em mim e em Remy. E ele não parece feliz.

Não que ele tenha o direito de olhar, do jeito que for, para mim ou para o que estou fazendo — não somos amigos, não importa como ele agiu no final da aula de hoje. Começo a olhar para outro lado quando as luzes piscam novamente — essa tempestade está mesmo causando transtornos na nossa rede elétrica —, mas então Ember grita.

O som — alto, agudo, capaz de deixar os nervos afoitos — atravessa os corredores enquanto ela explode em chamas.

Capítulo 14

ONDE HÁ FUMAÇA, HÁ UMA FÊNIX

Começa pelos cachos ruivos e definidos, e então, por um instante, acho que estou imaginando tudo. Mas em segundos a cabeça inteira dela está envolta em chamas, seguida pelos ombros, pelos braços, pelo torso inteiro, pelas pernas.

— Que porra é essa? — exclama Luís, correndo até mim, os olhos arregalados e apavorados enquanto Jude entra em ação.

Não que eu o culpe. Ember ardendo em chamas é com certeza a coisa mais assustadora que eu já vi, sem sombra de dúvida. Isso sem contar seus gritos de dor, que fazem minha garganta se fechar de pavor.

A julgar pela forma como os outros alunos começam a gritar e a sair correndo, não sou a única que se sente assim. Mas não Jude. Em vez de fugir, ele tira uma enorme garrafa d'água de sua mochila e despeja todo o conteúdo sobre a cabeça de Ember.

Não faz diferença, e ela continua a gritar. Todas as partes dela continuam queimando — seu longo cabelo encaracolado, sua pele marrom-escura, até mesmo seus olhos pretos e profundos. As chamas estão em toda parte.

Desesperado para ajudá-la, Jude arranca o seu moletom vermelho da Academia Calder e começa a bater nas chamas, tentando abafá-las enquanto Ember se transforma em uma coluna de fogo e o cheiro nauseante de cabelo e roupa queimados enche o corredor.

— O que a gente faz? — pergunta Remy, se aproximando dela enquanto a onda de alunos em retirada continua a vir em nossa direção.

— Não sei — respondo, tentando evitar ser pisoteada enquanto me movo com ele. — Ela é uma fênix.

Mas ela não deveria estar ardendo em chamas. Já tivemos dezenas de fênix por aqui, e *nenhuma* delas jamais pegou fogo. Como acontece com todos, a magia de Ember deveria ser suprimida pelos escudos de amortecimento de poder da escola, sua capacidade de explodir em chamas completamente neutralizada.

E ainda assim, aqui está ela, queimando, queimando e queimando, e não parece haver nada que possa detê-la. Nem a água que Jude jogou nela. Nem seu moletom, que há muito virou cinzas. E nem mesmo as mãos que ele agora usa para continuar a bater, inutilmente, nas chamas.

— Está tudo bem, Jude! — Meu tio Carter sai da sala de aula, o cabelo loiro balançando a cada passo enquanto ele agarra Jude e usa toda a sua força de manticora para tentar puxá-lo para trás. Quando percebe que não vai mover Jude nem um centímetro, ele tenta se colocar entre os dois. — Ela é uma fênix! É natural que ela queime assim.

Mas Jude não parece convencido — provavelmente porque Ember ainda está gritando —, e continua tentando apagar o fogo, suas mãos ficando cada vez mais queimadas a cada segundo em contato com o corpo em chamas da amiga.

Foi isso o que finalmente me tirou do meu estupor, a consciência de que ele não pararia de tentar ajudá-la tão cedo. Ele está se queimando gravemente, e temo que, se o dano piorar muito, nem mesmo os curandeiros poderão ajudá-lo.

O comentário casual da sra. Aguilar na aula de ontem passa pela minha mente enquanto passo correndo por três portas até o laboratório de química e pego o extintor de incêndio na parede. Então corro de volta até Jude e Ember e jogo carbonato de potássio nos dois.

As chamas na camisa e nas mãos de Jude apagam instantaneamente, mas Ember continua queimando. Quando ele tenta voltar a ajudá-la, envolvo meus dedos em seu braço e o seguro com força.

— Jude, está tudo bem! — digo a ele, enquanto tento puxá-lo para longe. — Ember vai ficar bem.

É como se ele nem me ouvisse, como se estivesse tão concentrado em salvá-la que não percebesse o que estou dizendo — ou o que realmente está acontecendo.

— Eu não posso deixar que ela morra também — sussurra ele. — Eu simplesmente não posso.

Não sei o que isso significa, mas agora não é bem a hora de perguntar.

Felizmente, tio Carter recuou, então aproveito a oportunidade para me colocar entre Jude e Ember.

— Olhe para ela, Jude — sussurro, ignorando o calor intenso nas minhas costas. — Olhe dentro das chamas. Olhe bem para a Ember. Ela está ardendo, mas não está se queimando de verdade. Ela está bem.

Leva mais alguns segundos, mas minhas palavras finalmente o alcançam. Ele baixa as mãos e recua um pouco.

Agora que superei meu terror inicial de que ele queimasse junto com ela, recuo e também observo Ember arder. Envolta em chamas tão quentes que chegam a ser brancas e azuis, ela é absolutamente fascinante. E agora que finalmente parou de gritar e a dor parece ter acabado, o nó na minha garganta relaxa.

Pela primeira vez na vida, eu entendo a relação entre fogo e renascimento.

Depois do que podem ter sido os noventa segundos mais longos da minha existência, o fogo de Ember finalmente se apaga, tão rápida e eficientemente quanto começou. Um segundo, ela está em chamas, e no seguinte, não está.

Ela está, no entanto, tremendo, nua e mais do que um pouco fora de si, caso seu olhar vazio seja algum reflexo de seu estado mental. O fogo queimou tanto que transformou tudo em cinzas, exceto seu cabelo e corpo. Até mesmo seus piercings derreteram nas chamas, transformando-se em poças quentes de ouro e prata no chão do corredor em torno dela.

Quando ela cai no chão, tio Carter se vira de imediato, pedindo um cobertor enquanto se coloca na frente dela para que ninguém a veja. Ela está de joelhos, os braços em torno de si mesma e cobrindo quase tudo, mas ela ainda está tão fora de si que deixá-la assim, mesmo que por um momento sequer, parece errado.

Seguindo o exemplo do meu tio, me aproximo de Ember também, impedindo ao máximo que alguém consiga vê-la.

Mas Jude não espera um cobertor. Em vez disso, ele arranca sua camisa parcialmente queimada e a coloca sobre a cabeça dela. Tem vários buracos do tamanho de uma moeda, mas a diferença de tamanho entre eles é tão grande que cobre tudo o que é importante e mais um pouco.

Em seguida, ele se inclina como se fosse ajudá-la a se levantar, mas consigo ver a pele queimada em suas mãos e sei que ele deve estar sentindo uma dor horrível.

Então passo na frente dele, me abaixando e envolvendo um braço ao redor dos ombros de Ember enquanto a levanto.

— Você está bem — sussurro suavemente em seu ouvido. — Você está ótima.

Seus olhos encontram os meus, e, por um momento, ainda consigo ver as chamas ardendo profundamente dentro deles. Mas então ela pisca, e o fogo e a neblina desaparecem.

Eva aparece, carregando o cobertor que tio Carter pediu. Sua tez normalmente rosada agora está cinza, e ela parece tão abalada quanto eu.

— Você está bem? — murmura ela para mim, enquanto espera que meu tio pegue o cobertor.

Eu confirmo com um gesto, e Ember balança a cabeça e sussurra:

— É melhor ver como Jude está. — Sua voz ficou rouca de tanto gritar.

— Estou bem — diz ele, mas está oscilando um pouco, e nada nele parece bem, em especial suas mãos, que estão vermelhas e com bolhas em alguns lugares, carbonizadas em outros.

— Você não está bem — rebate tio Carter, varrendo a multidão com o olhar até encontrar o meu. — Clementine, leve-o para a curandeira, por favor.

Então, ele coloca o cobertor nos ombros de Jude.

Suas palavras fazem os olhos castanhos de Eva se arregalarem e encararem meu tio e eu. Sei que espera que eu discuta, mas depois de tudo o que aconteceu hoje, não tenho mais vontade de brigar. Além disso, só porque estou levando Jude para o escritório de tia Claudia, não significa que tenho que ficar por perto e segurar sua mão — figurativamente falando.

— Está tudo bem — digo a ela. Afinal, o que mais eu deveria dizer?

Minha colega de quarto parece querer argumentar, mas antes que ela descubra como responder, meu tio se vira para ela.

— Eva, por favor, acompanhe Ember até o quarto para que ela possa trocar de roupa. Todo mundo, para a aula, por favor. O espetáculo acabou.

E, assim, nós temos nossas tarefas. Só espero que esta corra melhor que a anterior...

Capítulo 15

NÃO TENHO PROBLEMA COM ISSO

Olho para Jude, de repente me sentindo desconfortável na presença dele, agora que a crise passou. Em especial porque a única coisa que cobre seu torso nu é o cobertor que o tio Carter colocou sobre ele, deixando seu peito esculpido à mostra. Nos encaramos por um momento antes que eu finalmente limpe a garganta e pergunte:

— Acha que consegue chegar na curandeira?

— Estou bem — afirma ele mais uma vez.

Reviro os olhos enquanto passo por ele.

— Tem uma música muito antiga do Aerosmith chamada "F.I.N.E.". Você sabe o que eles dizem que significa?

— Fabuloso, Inteligente, Nobre e Encantador? — Seus olhos me desafiam a contradizê-lo.

Não vou dar a ele essa satisfação.

— Seu conhecimento sobre música antiga é horrível.

— Ah, eu conheço a música — diz ele. — Só não concordo que eu seja inseguro ou emocional.

Ele está certo. Jude é um cara com muitas camadas, mas insegurança definitivamente não é uma delas. Mesmo quando criança — perdido, destruído, devastado —, ele sabia quem era. E o que queria. Ou, para ser mais específica, o que *não* queria. Pelo que sei, nada disso mudou nos anos seguintes.

Percebo que ele não diz nada sobre o "fodido" ou o "neurótico" do acrônimo. Mas, de novo, o que ele pode dizer? Ele é praticamente a definição dessas duas características, e tem sido assim desde que o conheço.

Eu não aponto isso, no entanto.

Jude não diz mais nada enquanto subimos os três lances de escada até o escritório de tia Claudia, e eu tampouco. Embora mais trovões ecoem acima de nós, e um olhar pela janela mostre as árvores próximas quase se dobrando ao meio com o vento.

Um tremor de inquietude percorre meu corpo ao ver aquilo e, pela primeira vez, começo a me perguntar se essa tempestade vai ser ainda pior do que pensei.

Mesmo com a porta meio aberta, penso em bater, mas o aposento está escuro e tia Claudia não está em lugar nenhum.

— Não tem ninguém aqui — diz Jude, dando meia-volta como se estivesse louco para sair dali o mais rápido possível. — Volto mais tarde.

Mas isso só nos deixa cara a cara — ou, mais precisamente, meu rosto no peito muito grande, muito poderoso e *muito desnudo* dele. Seu cheiro quente e sombrio — cardamomo, couro e mel rico e quente — invade meus sentidos de imediato. Faz meus joelhos tremerem e meu coração bater muito rápido. Mesmo me dizendo para recuar, para me afastar dele o mais rápido possível, eu não me movo. Não consigo.

Perdida em memórias, eu o respiro, respiro fundo. No momento, é como costumava ser — quando eu realmente queria estar perto dele.

E por um segundo que parece uma eternidade, Jude me deixa fazer isso. Ele não se move, não respira, não pisca — apenas fica parado e me deixa lembrar.

Mas então ele se afasta bruscamente, e uma humilhação quente me invade. Tive três anos para construir minhas defesas, para esquecer a ridícula paixão que eu tinha por ele, mas sentir o cheiro dele faz com que eu quase me derreta aos seus pés novamente. É nojento.

Principalmente porque é óbvio que ele não tem esse problema quando se trata de mim.

— Eu não acho que isso seja uma boa ideia — respondo, tentando manter um tom normal enquanto pego meu celular e mando uma mensagem para a tia Claudia. — Essas queimaduras precisam ser tratadas antes que infeccionem. Além disso, não consigo nem imaginar o quanto elas doem.

— Eu consigo lidar com a dor.

— Não seja tão estoico — digo a ele.

Ele dá de ombros, como se chegasse um momento em que uma pessoa está com tanta dor que qualquer coisa — por menor ou maior que seja — mal é registrada, quanto mais importa.

Mas eu cansei de me importar com a atitude de pseudomártir dele. Se ele quer dar o fora antes de cuidar de si mesmo, vai ter que passar por mim.

Sendo assim, posiciono meu corpo bem na frente do dele, cruzando os braços sobre o peito em um desafio muito óbvio para que ele tente passar por cima de mim.

— Limpar essas queimaduras com um pouco de gel de banho não vai resolver, e você sabe disso.

Normalmente, nada disso funcionaria com ele — nem a atitude nem o desafio —, mas Jude está cambaleante, então insisto.

— Você precisa de calêndula e provavelmente de algum elixir de babosa. Talvez um pouco de pomada de curcumina também.

Ele tenta passar por mim novamente, mas, dessa vez, quando se move, sua mão roça na calça. Ele faz uma careta mínima diante do que sei ser uma dor excruciante, e sua voz está tensa quando ele diz:

— Tudo bem, que seja. Mas eu posso fazer isso.

— É fofo você achar isso. — Lanço um olhar significativo para suas mãos bem machucadas, depois vou até um dos grandes armários de vidro com a frente reta, típicos dos anos 1950, que abriga os remédios à base de ervas mágicas.

Quando seguro a maçaneta do armário, meu telefone vibra com uma série de mensagens da minha tia.

— Claudia está ocupada ajudando Ember. — Jude imediatamente parece preocupado, então eu esclareço: — Ember está bem, mas Claudia vai chegar assim que puder. — Os ombros de Jude afundam de alívio enquanto eu pego o frasco longo e fino, cheio de calêndula. — Ela quer que eu passe um bálsamo nas suas mãos enquanto esperamos por ela. Também me disse o que preciso usar para tirar a dor e acelerar o processo de cicatrização.

Jude suspira, como se o fato de eu ajudá-lo fosse o maior inconveniente do mundo, mas não diz mais nada quando pego uma tigela e a encho com a mistura de água e elixires de ervas que minha tia me disse para misturar.

Quando termino, coloco a tigela na velha mesa no canto da sala e gesticulo para que ele se sente na cadeira desgastada. Quando ele se move para me obedecer, o cobertor escorrega de seus ombros, e eu consigo pela primeira vez dar uma boa olhada nas costas dele. Tenho que conter um grito de surpresa, porque ele tem as costas *cobertas* de tatuagens.

Tipo, *cobertas*, cobertas mesmo. Mal se vê um pouco de sua pele entre os redemoinhos negros e plumosos, como cordas que se torcem e se viram em todas as direções, curvando-se sobre seus ombros e descendo até os bíceps.

Assim como o próprio Jude, as tatuagens são belas, mas sinistras; poderosas, mas igualmente etéreas, e não consigo deixar de olhá-las. Assim como não consigo evitar a súbita vontade de passar um dedo nelas — *nele*.

Só de pensar nisso minhas bochechas ardem, e enfio as mãos nos bolsos. Porque elas estão geladas, obviamente, não porque não confio em mim mesma para não tocar em Jude Abernathy-Lee.

Mas não tocar nele não me impede de me perguntar onde ele conseguiu as tatuagens — e quando. Porque, diferente da maioria dos alunos da Academia Calder, que vêm para cá em algum momento do ensino médio, Jude está aqui desde os sete anos. E — assim como eu — ele não saiu da ilha desde então. Nem uma vez.

No entanto, nunca notei as tatuagens antes. Nem mesmo quando ele rasgou a camisa na confusão do corredor, alguns minutos atrás.

É por isso que ele sempre usa mangas compridas?

Por isso que ele nunca foi nadar com a gente na piscina das sereias quando éramos pequenos?

Até onde sei, nunca o vi sem camisa, nem mesmo quando éramos crianças. Na época em que era apaixonada por ele — milênios atrás —, eu costumava imaginar o tanquinho muito sexy que eu tinha certeza de que ele escondia sob a camisa polo da Academia Calder. Mas nunca imaginei o que mais ele estava escondendo.

Mas como ele poderia ter essas tatuagens há tanto tempo? Ele cresceu muito desde os sete anos, e elas estariam distorcidas, esticadas e desbotadas, se tivessem crescido junto com ele. Mas elas não são nada disso. Na verdade, nunca vi tatuagens tão definidas e ricamente saturadas de cor como as dele. Não parecem desenhos, parecem reais, como se pudessem ganhar vida a qualquer momento.

Novamente, meus dedos coçam com a necessidade de encostar em uma delas. Mas mantenho as mãos em seu devido lugar, cerrando os punhos enquanto caminho deliberadamente para o outro lado da mesa.

Claro, uma vez do outro lado, sou confrontada com o abdômen esculpido que é ainda melhor do que eu imaginava. Sem mencionar os implacáveis olhos descombinados, que sempre parecem saber exatamente o que estou pensando.

Jude me observa enquanto se acomoda na cadeira, e é óbvio que ele percebeu que vi as tatuagens. Tão óbvio quanto o fato de que ele não tem a mínima intenção de dizer alguma coisa sobre elas.

Começo a perguntar, mas então ele enfia as mãos na tigela. Seus ombros enrijecem no segundo em que as queimaduras cruas entram em contato com os elixires curativos. Jude não diz uma palavra, apenas fica completamente imóvel durante o que deve ser um pesadelo de agonia.

Um suor nervoso escorre pelas minhas costas. Odeio ver outras pessoas com dor, odeio ainda mais não poder fazer nada para aliviá-la. O fato de ser Jude com tanta dor torna tudo pior.

Eu costumava pensar que desejava o sofrimento dele por ter me machucado do jeito que machucou, mas esse não é o tipo de sofrimento no qual eu pensava.

Para combater o nervosismo, ocupo meu tempo arrumando o resto da sala — não há muito o que fazer, mas isso me impede de olhar para Jude.

Estou suando quando termino — a tempestade que se aproxima transformou o ar já pegajoso em cola —, então tiro meu moletom e procuro algo, qualquer coisa, para fazer. Pego os frascos de remédio e os junto para guardá-los. Mal abri o armário, quando uma mulher sai voando e me enche de uma dor visceral e terrível que arrebenta todas as minhas terminações nervosas.

Capítulo 16

INSTÁVEL COMO UM FANTASMA

Grito, cambaleando para trás enquanto potes caem do armário e batem com força no meu corpo em seu caminho até o chão. Um zumbido enche meus ouvidos — junto com o estilhaçar do vidro —, e tropeço em meus próprios pés, quase caindo em meio aos cacos.

Lágrimas deixam trilhas, diluindo o sangue que cobre o rosto dela. Mas são os olhos que me atraem. Eles se movem com uma velocidade anormal, indo de um lado para o outro, para cima e para baixo, como se estivessem vendo mil imagens ao mesmo tempo. E cada uma parte seu coração.

Sua mão trêmula se estende na minha direção, e eu não me movo. Não consigo me mover. O medo me domina antes mesmo de ela passar um único dedo gelado na minha bochecha. Dói, a dor se dividindo em mil tentáculos diferentes que se enrolam em mim. Dou uma arfada, tento me afastar, mas ela me tem em seu poder. Assim como as imagens que começam a aparecer na minha cabeça — pequenas vinhetas ardendo nas minhas pálpebras em milhões de explosões de luz.

Vejo seu corpo encharcado de suor espalhado em uma cama.

Vejo sangue — muito sangue.

Vejo um aperto de mão, ouço um choro agudo.

Ela é o desespero personificado, sua tristeza um cobertor escuro infinito que me sufoca e torna impossível respirar.

Mas, quando ela se afasta, vejo de relance os olhos azuis brilhantes por baixo do sangue, e sei que a vi uma vez antes — quando eu estava na nona série, pouco antes de tudo ir para o inferno.

— O que foi? — Jude quer saber, correndo em minha direção.

Mas não consigo falar, não com o rosto dela se aproximando cada vez mais do meu. A dor física e o sofrimento mental são demais.

— Clementine, fale comigo — ordena Jude, com a mandíbula rígida e os olhos apertados, se colocando na minha frente.

No instante em que ele faz isso, ela desaparece tão rápido quanto apareceu, me deixando tremendo e encharcada de suor.

— Não é nada — respondo ofegante, mesmo sabendo, bem lá no fundo, que não é verdade. Mas insisto mesmo assim. — Não tem nada aí — digo com firmeza.

Mas Jude não acredita. Por que deveria? Houve um tempo em que eu contei todos os meus segredos para ele.

— Mas tinha alguma coisa aí antes?

— Nada importante — digo enquanto tento empurrá-lo de volta para a mesa e para a tigela curativa de elixires.

Mas Jude nunca foi do tipo que vai aonde não quer, e se mantém firme em sua posição, recusando-se a ceder e me analisando de alto a baixo.

— Alguma coisa machucou você? — pergunta ele.

— Estou bem. — Ele ergue uma sobrancelha, e sei que está pensando em nossa conversa anterior, então mudo para: — Estou *ok*. Já passou.

— Bom. — Ele só parece aceitar a última parte do que eu disse, e me examina da cabeça aos pés. Ao fazer isso, seus olhos se estreitam ainda mais.

— Para alguém que insiste em estar bem, você certamente parece saída do inferno.

Fico rígida com o insulto. Sei que estou mal — foi um dia de merda. Assim como sei que não deveria me importar com o que ele pensa. Mas, por algum motivo, me importo.

— Sim, bem, nem todos podemos ser oneiroi, não é?

Ele revira os olhos.

— Eu quis dizer que tem sangue na sua camisa. E um hematoma no seu rosto. — Ele se inclina para a frente e acaricia meu queixo com o polegar.

Eu me retraio, surpresa. Mas ele parece tão surpreso quanto eu — como se também estivesse chocado por ter me tocado assim.

— Acho melhor cuidarmos desses cortes. — Ele acena com a cabeça em direção ao meu braço.

Olho para baixo e percebo que ele está certo. Deve ter sangrado através das bandagens que Eva e eu colocamos antes. Agora que estou sem meu moletom, não há nada para esconder todo o dano que aquele monstro nojento em formato de cobra causou.

— Como isso aconteceu? — pergunta ele bruscamente.

— Acabei esbarrando com um dos monstros do confinamento antes da aula.

Ele parece muito horrorizado, embora os cortes, ainda que desagradáveis, não sejam tão ruins assim.

Dou uma risada — ou pelo menos tento —, apesar da súbita tensão em minha garganta. Vendo pelo lado bom, minha frequência cardíaca galopante finalmente voltou ao normal.

— A tempestade parece ter deixado muitas coisas de mau humor hoje.

Jude não responde, mas seu olhar é completamente pétreo enquanto ele examina meu corpo, catalogando os danos. Meu estômago pula um pouco com a inspeção. Com a inspeção *dele*.

Digo a mim mesma para me afastar, digo a mim mesma que, depois de tudo o que aconteceu, ele não tem o direito de me olhar assim. Mas não consigo me mover. Não consigo pensar. Não consigo *respirar* — pelo menos até ele dizer:

— Você precisa mesmo cuidar desses ferimentos.

E assim, meu estômago deixa de revirar e afunda de vez. Como posso ser tão patética a ponto de um deslizar dos olhos dele sobre meu corpo fazer minhas defesas desmoronarem como poeira?

— Preciso ir — digo e praticamente fujo para o canto da sala onde deixei minha mochila. — Claudia vai chegar daqui a pouco e...

— Clementine. — A voz dele ecoa no espaço entre nós.

Ignoro a maneira como isso faz meu estômago saltar e minhas bochechas arderem ainda mais, enquanto pego minha blusa.

— Continue com as mãos no bálsamo e ela logo vai...

— Clementine. — Dessa vez, há um aviso nas quatro pequenas sílabas que formam meu nome, mas eu ignoro da mesma forma que o ignoro. Mais ou menos.

— Enfaixe-as ou faça o que for preciso. Você sabe como Claudia é boa com...

— Clementine! — O aviso se transformou em um ultimato, e dessa vez vem de muito mais perto. Tão perto que meu coração e meus pés falham ao mesmo tempo.

— O que você está fazendo? — exijo, me virando. — Você precisa colocar de volta as mãos no bálsamo!

— Minhas mãos estão bem. — Ele as levanta para provar que está certo. E embora "bem" seja um exagero (elas ainda estão muito vermelhas e com aparência irritada), o elixir foi rápido em fechar os ferimentos abertos. — Agora preciso cuidar de *você*.

De repente, ele parece tão triste que não consigo suportar.

— Estou bem. As mordidas não são grande coisa. — Eu cambaleio para trás, em direção à porta.

Mas ele vem atrás de mim, seus passos ultrapassando os meus até estar mais perto — muito mais perto — do que me deixaria confortável.

— Pare de lutar comigo — insiste ele mais uma vez.

— Tá bom.

Eu me viro, e descubro que estou novamente perto do armário. Presa entre a porta que tenho um pouco de medo de abrir e o cara que tenho ainda mais medo de deixar me tocar. — Mas eu mesma faço isso.

Não preciso de magia para saber que Jude não se moveu um centímetro. Seu olhar brilha como uma marca entre minhas escápulas, mesmo com o calor exalando em ondas de seu corpo grande e poderoso. Tão perto que posso sentir o calor. Tão intenso que posso sentir o peso daqueles três longos anos pesando sobre mim como uma balança desequilibrada, uma que estará desequilibrada para sempre.

Desesperada por um pouco de distância, por uma chance de pensar — respirar —, estendo a mão até a maçaneta do armário. Mas Jude chega primeiro, me afastando suavemente em um esforço para me proteger enquanto abre a porta.

Desta vez, porém, nada sai. *Graças a Deus.*

— Tudo bem? — pergunta Jude, e sei que ele está falando sobre o que aconteceu antes, não sobre meus ferimentos.

— Tudo bem — respondo, alcançando e puxando a primeira garrafa com que meus dedos entram em contato. — Mas eu consigo cuidar de mim mesma. — Tento revestir as palavras com o máximo de poder que consigo.

O que, admito, não é nem perto do que eu gostaria.

— Isso é um elixir de menta — é a resposta dele. — A menos que planeje vomitar, não acho que vá fazer bem.

Jude arranca a garrafa da minha mão dormente, depois pega outra da prateleira. Tento tirar dele, mas ele a mantém fora do meu alcance.

— Vire-se.

— Eu não preciso da sua ajuda. — Mas até eu posso ouvir a falta de convicção na minha voz.

— Me dê seu braço, Clementine. — Dessa vez, sua voz não admite discussão. Nem seu olhar inflexível.

Por um longo e interminável momento, nossos olhares se mantêm um no outro, meu coração batendo rápido demais e minha respiração curta e irregular, de um jeito que não consigo mais controlar.

Desejo arduamente que o chão se abra e me engula inteira, mas, quando isso não acontece — quando *nada* acontece, exceto Jude fazendo um som impaciente no fundo da garganta —, finalmente cedo. Sem graça.

— Se você insiste — murmuro, e estendo o braço.

Quando ele enfim dá um pequeno passo, considero o fato de não ter saído imediatamente da sala como um pequeno sinal de crescimento pessoal.

— Obrigado — diz ele, tão baixo e rosnado que não consigo dizer ao certo se não imaginei sobre o som das batidas do meu coração.

Alguns segundos embaraçosos se passam enquanto ele sacode a garrafa e abre a tampa. Mas então seus dedos estão na minha pele.

Um arrepio percorre minha espinha, mas eu o controlo, implacável. Já passei vergonha suficiente na frente de Jude hoje. De jeito nenhum vou fazer isso de novo.

Minha determinação dura até ele começar a esfregar meus cortes com a bola de algodão embebida em antisséptico, como se tentasse tirar uma mancha.

— Ai! — grito, puxando o braço e olhando feio para ele. — Tem terminações nervosas ligadas aqui, sabe. — Estendo uma mão. — Me dá.

— Eu faço — diz ele, e as mãos que coloca no meu braço são tão macias que seu toque é como um sussurro.

Desta vez, quando começa a limpar meus ferimentos, ele é tão gentil que mal sinto a bola de algodão. O que é um problema completamente novo, porque agora tudo em que consigo pensar é o toque de sua pele na minha enquanto ele vai de um ferimento para o outro.

É bom — perigosamente bom —, e preciso de toda a força de vontade que tenho para não me afastar. Para não fugir. Mas me recuso a dar a ele a satisfação de saber o quanto ainda me afeta.

Então eu fico exatamente onde estou, me obrigando a me concentrar na ardência do antisséptico, na dor física em vez de na dor vazia dentro de mim.

Não é nada de mais. Não é nada de mais. Não é nada de mais. As cinco palavras se tornam meu mantra, e repeti-las várias e várias vezes se torna minha salvação. Minha respiração se estabiliza. Meus joelhos param de tremer. Meu coração lembra como bater corretamente.

Respiro fundo e solto o ar devagar. Digo a mim mesma, mais uma vez, que não é mesmo grande coisa. E quase acredito... até que Jude solta meu braço e coloca a mão no meu ombro para me virar de costas para ele. Minha camisa parece queijo suíço, então sei que ele vê a miríade de mordidas que salpicam minha pele. Seus dedos se movem para o ferimento na minha lombar, e ele diz:

— Acho que você vai ter que tirar a camisa para eu cuidar desse.

Capítulo 17

LIMPE OS CORTES E FUJA

De todas as coisas que já imaginei Jude dizendo para mim, honestamente, essa nunca foi uma delas. Pelo menos não desde o primeiro ano, quando me permiti sonhar...

Interrompo o pensamento abruptamente e me concentro no aqui e agora. E, em especial, no fato de que Jude acabou de sugerir que preciso *me despir no meio do escritório da minha tia*. Não vou ficar ainda mais vulnerável do que já estou.

— O que foi que disse? — exijo, virando-me para ele com olhos incrédulos.

Talvez pela primeira vez na vida de Jude Abernathy-Lee, há um leve rubor rosado em suas maçãs do rosto altas e com a barba por fazer.

— Talvez só levantar? Tem um corte na sua lombar, e você não quer que infeccione.

— Como é que é? — De alguma forma, ele fez o pedido soar ainda pior.

O rosa-claro vira um rosa poeirento, e Jude parece cada vez mais confuso conforme continuo a olhar para ele. Seus olhos, normalmente impenetráveis, parecem mais do que um pouco selvagens enquanto focam em qualquer lugar, menos em mim. Mas não vou ceder desta vez, não vou preencher o silêncio entre nós com palavras tranquilizadoras para deixar as coisas mais confortáveis para ele. Eu costumava fazer isso o tempo todo quando éramos amigos, mas ele perdeu o direito a essa cortesia há muito tempo.

Então agora eu apenas o observo enquanto o silêncio se prolonga, ficando mais estranho e desconfortável a cada momento que passa, até que ele finalmente levanta as mãos e diz:

— Você quer que eu limpe suas costas ou não?

— Tenho quase certeza de que falei que podia fazer isso sozinha.

Por um segundo, parece que ele não quer nada mais do que me entregar o tônico de equinácea, mas, no final, apenas balança a cabeça.

— Levante a parte de trás da camisa, sim? Não vou olhar nada.

A maneira como ele diz isso — como se fosse ridículo eu imaginar que ele *quisesse* me olhar — faz com que eu me sinta uma completa idiota. Claro, o interesse dele em tirar minha camisa é puramente medicinal. Afinal, estamos falando de Jude, o garoto que por anos me tratou como se eu tivesse a peste.

— Tudo bem. — Eu pego o topo da minha camisa na parte de trás e puxo para cima, para que minhas costas inteiras fiquem expostas. — Só não me machuque de novo, ok?

Como de repente tenho medo de estar me referindo a muito mais do que apenas minhas costas, fecho os olhos e tento fingir que estou em qualquer lugar, menos aqui. Com qualquer pessoa, menos ele.

Jude, claro, nem se dá ao trabalho de responder.

Mas suas mãos gigantes começam gentis desta vez, e ele usa um pedaço de gaze para limpar o que só posso supor ser sangue, antes de desinfetar o grande corte no centro da minha lombar. O antisséptico queima mais do que eu esperava, mas apenas pressiono os lábios e não digo uma palavra. Em parte, porque não quero mostrar nenhuma fraqueza e, em parte, porque tenho medo de que ele pare se eu reclamar.

Não tenho tempo para esperar tia Claudia chegar — não se eu quiser chegar à minha próxima aula antes que ela termine. Ou pelo menos essa é a história que conto para mim mesma.

Mas é uma boa história também, pelo menos até o momento em que Jude termina de cuidar dos meus ferimentos. Esperava que ele fosse recuar imediatamente, mas em vez disso ele fica parado por um instante, com a ponta dos dedos calejados passando pela minha lombar tão suavemente que não sei dizer se não é só minha imaginação.

Exceto que seus dedos são como fogo enquanto deslizam pela minha pele, deixando calor suficiente por onde passam para rivalizar com o ar grosso e abafado que atualmente cerca nossa pequena ilha. Calafrios percorrem minha espinha, e os pelos na minha nuca fica em pé — em alerta ou algo mais, algo que tenho muito medo de reconhecer. Só sei que não me afasto, ainda que realmente, realmente, devesse fazer isso.

— Acho melhor mostrar para sua tia amanhã. — Suas palavras saem duras.

— Pode deixar. — Minha boca é um deserto, e mal consigo pronunciar as palavras enquanto me viro para ele. — Obrigada.

— Toma. Você consegue alcançar o resto. — Ele me empurra o tônico e o unguento.

— E você? — Alcanço sua mão, passo um dedo pela pele sensível. — Não terminamos...

Algo brilha em seus olhos ao meu toque, algo escuro e faminto — quase selvagem —, e ele rapidamente afasta a mão.

— Machuquei você? — pergunto, preocupada.

— Estou bem, Kumquat. — Ele praticamente suspira as palavras, e por um momento elas ficam suspensas no ar entre nós.

Faz muito tempo que ele não me chama desse jeito, e isso alivia por um instante a dor da aula mais cedo, quando ele me chamou pelo meu nome verdadeiro.

Por um segundo, ele não se move. Não respira. Apenas fica me olhando com as pupilas dilatadas, a mandíbula cerrada e a garganta trabalhando em dobro.

Sobrecarregada pela intensidade do olhar — do momento —, fecho os olhos. Respiro fundo.

Inconscientemente, estendo o braço para pegar a mão dele mais uma vez, mas agora meus dedos encontram apenas o ar. Surpresa, abro os olhos. E percebo que — mais uma vez — Jude me deixou.

Capítulo 18

NÓS JAMAIS VAMOS SAIR DESTA ILHA, TIPO... NUNCA

Jude se foi. Não deu um passo para trás e foi embora, o que já seria embaraçoso o bastante. Ele sumiu por completo. Tipo *o show acabou, pessoal.*

Que merda foi essa?!

Meu estômago despenca, e a humilhação faz minhas bochechas arderem, enquanto começo a limpar a bagunça que fizemos no escritório da minha tia. E por *nós,* quero dizer *ele.*

Uma raiva amarga fermenta no meu coração enquanto arrumo tudo. Raiva dele por fazer isso comigo de novo. E ainda mais raiva de mim por deixá-lo fazer isso.

Quando ele me abandonou no primeiro ano, para começar a sair com Ember e os outros dois amigos deles — Simon e Mozart —, eu prometi a mim mesma que nunca mais confiaria nele. E agora, na primeira vez que ele me olha nos olhos em todo esse tempo, eu o deixo me atrair como se os últimos três anos nunca tivessem acontecido.

Como se eu não tivesse passado a primeira metade do meu primeiro ano chorando até dormir, cambaleando de solidão e confusão por ser descartada pelo meu melhor amigo no mesmo dia em que minha prima favorita, e única outra amiga de verdade, foi enviada para o Aethereum.

Não sei quem é pior — Jude, por ser um idiota, ou eu, por ser tão incrivelmente ingênua. Mas, mesmo me fazendo a pergunta, eu sei a resposta.

Sou eu, definitivamente.

Jude só está sendo Jude, por mais horrível que seja. Sou eu quem sabe muito bem que não dá para confiar nele, mas acabei me descuidando e confiei mesmo assim. E agora sou eu quem está parada aqui, totalmente morta de vergonha.

O instinto me leva a pegar meu telefone para mandar uma mensagem para Serena, contando sobre essa última desgraça. Mas então eu me lembro. Nunca mais vou mandar mensagem para ela, nunca mais vou falar com ela. *Nunca mais vou vê-la.*

Um grito cresce dentro de mim, e dessa vez é muito mais difícil engoli-lo. Mas de alguma forma consigo, mesmo que a tristeza me abale até o âmago. Puxando-me para baixo. Puxando-me ainda mais baixo.

Eu luto para me recompor, pegando o antisséptico e algumas bolas de algodão para tratar o último dos meus ferimentos. Eu me concentro na dor, uso-a para afastar a tristeza pelo menos mais um pouco.

Quando consigo respirar novamente, enfaixo as mordidas e guardo os itens de primeiros socorros antes de fechar a porta do armário. Então, depois de mandar uma mensagem para tia Claudia dizendo que está tudo bem, pego minha mochila do chão e me dirijo até a porta.

Mas eu mal saí da sala quando vejo minha mãe caminhando pelo corredor, com uma expressão muito infeliz em seu rosto contraído.

Ela me vê e para por um instante, antes de vir bem na minha direção. Seus olhos azul-Calder estão fixos no meu rosto, como um míssil de calor, e seus saltos *stiletto* vermelhos batem sua insatisfação a cada passo autoritário que ela dá. Normalmente, eu estaria olhando ao redor, procurando uma rota de fuga — lidar com minha mãe quando ela está vestida com seu *tailleur* Chanel vermelho *nunca* é uma boa ideia.

Mas agora eu não dou a mínima para como isso vai terminar. Estou muito brava, muito triste, muito *machucada* para fugir. A morte de Serena é um ferimento aberto dentro de mim, e o fato de Caspian ter sido aceito na faculdade que seria minha primeira escolha é o suco de limão derramado direto nessa ferida.

Então, em vez de correr, eu fico firme, com os olhos fixos nos dela, enquanto espero que ela descarregue o que tem para me dizer, para que eu possa fazer o mesmo.

Mas em vez de começar com o que a incomoda, ela para na minha frente.

E espera.

E observa.

E observa.

E espera, até eu ter a sensação de que vou explodir de nervoso.

O que é exatamente como ela quer que eu me sinta — minha mãe não é só uma estrategista mestre, é também uma manipuladora mestre. Além disso, ela está errada desta vez e sabe disso, o que significa que vai esperar uma eternidade para falar.

Mas saber tudo isso não torna mais fácil para mim esperar que ela ceda. E definitivamente não torna mais fácil ficar aqui como se eu fosse algum tipo de cobaia enquanto ela me estuda com seu olhar astuto característico, a cabeça inclinada para um lado.

Mas quem fizer a primeira jogada morre — minha mãe me ensinou isso muito antes de *Round 6* —, então eu mantenho a boca fechada e os olhos abertos, e espero mais um pouco.

Finalmente, ela suspira — uma longa e lenta expiração que faz arrepios de ansiedade correrem pela minha nuca. Eu os ignoro e, depois de mais um tempo, ela diz:

— Sua camiseta tem vários buracos.

— Os monstros estavam...

Ela me interrompe antes que eu possa continuar.

— Não tenho certeza do porquê você está apresentando isso como uma desculpa válida. — Ela balança a cabeça, e pela primeira vez um toque de exaustão aparece em seu tom. — Você sabe que prevaricar não é aceitável. O confinamento das criaturas é perfeitamente seguro.

Olho para ela por um segundo, sem saber ao certo como responder. Acho que poderia discutir com ela, mas, em vez disso, eu me conformo com a velha e clássica fuga.

— Tudo bem — digo brevemente. — Vou trocar depois da aula.

— Você representa essa escola, Clémentine. Você é uma *Calder*, precisa estar acima de qualquer reprovação o tempo todo, e isso inclui seguir o código de vestimenta. — Ela levanta uma mão. — Quantas vezes tenho que repetir? Se você não segue as regras, como podemos esperar que qualquer outro aluno faça isso?!

— Sim, porque eu ter um uniforme desarrumado vai levar o resto da escola à anarquia total. — Eu começo a passar por ela, mas seus dedos com unhas vermelhas alcançam e agarram meu braço, agravando os cortes recentes e me impedindo de ir embora.

— Você não *sabe* o que vai levar à anarquia — insiste ela. — E eu também não. Esses alunos tiveram vidas difíceis. Eles cometeram alguns erros terríveis. Um código de vestimenta pode parecer trivial para você, mas manter as *coisas* regimentadas, ordenadas, *uniformes,* é como nós os mantemos em equilíbrio.

Ah, agora eu entendo por que ela está tão nervosa.

Nada deixa minha mãe mais irritada do que quando ocorre uma estranha descarga elétrica e um dos alunos manifesta sua magia, apesar dos esforços mais rigorosos da escola. Hoje foi Ember pegando fogo, mas já foram outros alunos e suas magias no passado. Podemos ter tecnologia de ponta combinada com feitiços realmente poderosos para bloquear os poderes, mas acidentes *acontecem*. Em especial durante descargas elétricas.

Isso me faz pensar em Serena e seus poderes, e em como ela morreu porque nunca aprendeu a controlá-los.

Outra onda de tristeza me tira o ar. Essa quase me esmaga, e eu rebato minha mãe e suas palavras ridículas antes mesmo de tomar a decisão consciente de fazê-lo.

— E eu aqui pensando que mantê-los *vivos* era a maneira de mantê-los em equilíbrio, assim como a escola.

No instante em que minhas palavras a alcançam, ela recua como se eu tivesse lhe dado um tapa físico, mas não me arrependo de tê-las dito. Nem um pouco. Porque focar em códigos de vestimenta, regras e *status quo* me parece bastante ridículo quando o *status quo* não está preparando os formandos da Academia Calder para o mundo real — está os matando, um após o outro.

Minha mãe, no entanto, não vê as coisas da mesma maneira que eu — não se a maneira como sua mandíbula trava indica alguma coisa. E embora o olhar que ela me lança me avise que agora seria uma boa hora para calar a boca, eu não consigo fazer isso. Não agora. Não desta vez.

Mas abaixo a voz, tornando-a mais conciliatória do que acusatória, enquanto continuo:

— É realmente de se admirar que tantos alunos morrem depois de se formarem aqui, quando não damos a eles absolutamente nenhuma habilidade para a vida?

A princípio, minha mãe parece querer apenas ignorar minha tentativa de ter uma discussão de verdade, mas então apenas dá um suspiro pesado.

— Acho que essa pequeno discurso significa que você ouviu falar da Serena.

— Do jeito que você fala, parece que ela é um boletim meteorológico. "Acho que você ouviu falar da tempestade chegando?"

Uma explosão extra-alta de um trovão escolhe esse momento para ecoar pelo céu, como se sublinhasse minhas palavras — e minha raiva.

— Não foi minha intenção.

— Talvez não, mas é o que parece... não só com a Serena, mas com todos os demais — digo a ela, que balança a cabeça e suspira novamente.

— Fizemos o melhor possível para mudar a vida deles. Nós os mantivemos seguros enquanto estavam aqui. Mas o que acontece depois que se formam está totalmente fora de nosso controle, Clementine. Se eu me sinto mal pela morte da Serena? Claro que sim. Se me sinto mal pelos outros ex-alunos que morreram? *Claro que sim.* Mas você tem que entender que as mortes deles são o que são... acidentes tristes e desafortunados.

— E isso não incomoda você? Como pode achar que está tudo bem quando alunos desta escola, que você comanda, desta escola que você continua me lembrando que é o legado da nossa família, não podem viver do lado de fora?

— Agora você está sendo exageradamente dramática. — Outro trovão, dessa vez baixo e longo, sacode o prédio, mas minha mãe o ignora. — Em primeiro lugar, muitos de nossos alunos vivem suas vidas de maneiras muito satisfatórias. E, em segundo lugar, você está colocando palavras na minha boca. Nunca desconsiderei a tristeza nem a importância de suas mortes...

— Você acabou de dizer que suas mortes "são o que são", apenas mais um fato desagradável da vida que temos que aceitar. O que é isso, se não menosprezar os ocorridos?

— É ser realista! — retruca ela. — Os alunos que vêm para cá são problemáticos, Clementine. Muito, muito problemáticos. Eles incendiaram prédios. Explodiram coisas. *Mataram* pessoas de maneiras muito, muito terríveis. Nós fazemos o melhor possível para reabilitá-los e ajudá-los enquanto estão aqui. Nós damos a eles um lugar longe de algumas das consequências mais sombrias de seus poderes. Nós damos a eles uma chance de evitar a prisão, uma chance de respirar, de se curarem... se aceitarem... enquanto se acostumam com quem são e o que podem fazer. Nós damos a eles meios de gerenciar a raiva, terapia *e* mitigação de escolha. Mas nada disso nega o fato de que, quando eles saem daqui, longe de nossa supervisão, coisas ruins podem acontecer a eles, não importa o quanto tentemos evitar.

— Morrer é um pouco mais do que apenas uma coisa ruim, não acha? — pergunto, incrédula. — Tem que haver uma maneira melhor de ajudar essas crianças, uma diferente do que estamos fazendo. Você sabe que a vovó e o vovô não queriam isso...

— Não se atreva a tentar me dizer o que minha mãe e meu pai queriam, quando você sequer os conheceu! — A razoabilidade deixou seu tom de voz, e tudo o que sobrou foi uma fúria fria. — Você acha que, por ter nascido nesta ilha, sabe como as coisas funcionam aqui. Mas a verdade é que você não faz ideia.

Eu não discuto com ela sobre ter ou não conhecido meus avós — há algumas coisas que sei que é melhor nem mencionar, e minha habilidade de ver fantasmas é uma delas —, então me concentro no resto.

— Se eu não sei, então me diga! — imploro. — Me explique por que você acha que essa é a única maneira...

— É a única maneira! Se parasse por um segundo de sonhar em sair da ilha, talvez você descobrisse isso.

— E por que você acha que estou tão desesperada para ir embora, mãe? Será porque você também me mantém prisioneira aqui, como todo mundo? Eu nunca saí da ilha! Você tem ideia de como isso é bizarro? E então você me diz que eu não posso ir para a faculdade, que nenhum de nós, da quarta geração, pode. E eu descubro que isso também é mentira, que Caspian vai sair daqui assim que puder. E vai para a faculdade dos meus sonhos. Como você espera que eu não fique frustrada?

Seu rosto, já cerrado, se fecha completamente.

— Eu não vou discutir isso com você agora, Clementine.

— Porque você não tem uma resposta? — pergunto causticamente. — Porque você sabe que está errada?

— Eu não estou errada!

— Está, sim. O que há de errado em querer ver como é lá fora? Sentir o que é realmente ser uma manticora? Os alunos estão perdendo essa experiência, essa parte fundamental de quem eles são, e isso está literalmente matando-os, mãe.

— Nós já tentamos do seu jeito, Clementine. Já fizemos isso. E não funcionou. Você acha que as coisas estão assustadoras agora? Você deveria ter visto como era antes. Os alunos morriam regularmente sob nossos cuidados, e não conseguíamos impedir, até tentar isso. Funciona. Eles estão seguros, e isso é o que importa.

— Eles estão seguros por enquanto, você quer dizer. Não é a mesma coisa.

— Você... — Ela para de falar quando as notificações de seu celular enlouquecem de repente. — Preciso ir cuidar disso. E você precisa parar de falar sobre mudar as coisas aqui. Isso não vai acontecer. As coisas são como são porque têm que ser assim, goste você ou não. Nós já tivemos vários alunos feridos hoje, naquele surto de energia. Não podemos permitir que eles recuperem seus poderes de forma permanente.

— Eu não acredito nisso...

— Não importa no que você acredita! — A voz dela estala como um elástico que foi puxado demais. — Só importa o que é. Agora pare, Clementine!

Mas ela não é a única que foi levada para além do seu limite.

— Ou o quê? — retruco. — Você vai me mandar para a prisão... para *morrer*... como fez com Carolina?

Rápida como uma cobra, a mão dela dispara e acerta minha bochecha. Com força.

Eu me surpreendo, cambaleando para trás com o ataque, ao mesmo tempo que meu olhar se fixa no dela.

— Você não vai sair desta ilha, Clementine. Não vai para o Aethereum, nem para a faculdade. Por nenhum motivo. Quanto mais cedo entender isso, melhor será para você.

Minha bochecha pulsa intensamente, mas luto contra a vontade de colocar a mão nela. Isso seria uma fraqueza, e eu não demonstro fraqueza — nem mesmo na frente da minha mãe.

Especialmente na frente da minha mãe.

— Você pode dizer isso o quanto quiser — garanto a ela. — E pode até acreditar nisso. Mas depois que me formar, vou deixar esse pesadelo para trás, o mais longe e mais rápido que puder.

— Você não está entendendo. Quando digo que você nunca vai sair desta ilha, quero dizer que você *nunca vai sair desta ilha*. — Ela dá um sorriso fraco. — Mas não se chateie muito com isso. Pesadelos não são tão ruins quanto todo mundo pensa que são... Eu achava que você já tinha descoberto isso a essa altura.

O medo toma conta de mim com as palavras dela, afogando a raiva, a dor e o horror, sem deixar nada além de um terror frio em seu lugar.

— Você não pode estar falando sério — sussurro.

— Pague para ver.

E, com essas palavras, ela se vira e vai embora, seus sapatos de salto verme-lho-sangue marcando o ritmo e a fúria de sua retirada do campo de batalha. Pelo menos até ela chegar ao final do corredor e exclamar:

— Lembre-se, Clementine, sonhos também podem ser prisões. E isso é pior, porque, ao contrário dos pesadelos, não dá para ver a armadilha até que seja tarde demais.

Capítulo 19

QUANDO CAI UMA GOTA DE CHUVA

Olho para minha mãe, chocada e consternada. Ainda que o verdadeiro horror de suas palavras ganhe forma devagar e constantemente, há uma parte do meu cérebro que ainda está focada no mundano. E me incentiva a sair dali, a ir para a aula, a evitar entrar no radar do dr. Fitzhugh. Mas, mesmo que eu diga a mim mesma que preciso pelo menos fazer um esforço para chegar à segunda metade da terapia de grupo, não consigo me mover. É como se tivessem crescido raízes nos meus pés enquanto as coisas que minha mãe disse reverberavam de novo e de novo na minha mente.

Pesadelos não são tão ruins.

Os alunos da Academia Calder nunca terão seus poderes.

Eu nunca terei meus poderes porque nunca...

Interrompo a última frase antes que ela possa se formar completamente. Tenho certeza de que, se eu me permitir pensar nisso — e ainda mais acreditar nisso —, começarei a gritar e nunca, nunca pararei. Na atual situação, sinto que estou me mantendo no controle por um fio muito fino e nebuloso.

Lá fora, a tempestade continua a se intensificar. Está chovendo muito agora, água caindo torrencialmente de um céu que se tornou escuro e opressor. O vento uiva através dos carvalhos, as folhas farfalhando e os galhos se curvando à sua força.

Eu me aproximo da janela e, agora que estou sozinha, permito a mim mesma a fraqueza de pressionar minha bochecha latejante e ardente contra a frescor do vidro. O alívio físico é instantâneo, ainda que não o mental. Por alguns segundos, me deixo afundar no frio e na força da parede, enquanto meus joelhos finalmente se tornam nada. Assim como o resto de mim.

Lágrimas fazem meus olhos arderem, e pela primeira vez não me incomodo em enxugá-las. Em vez disso, olho para a tempestade furiosa — e para o oceano inquieto além da cerca — e digo a mim mesma que ela não quis dizer o que disse.

Nós fizemos isso com Serena. A Academia Calder, com seu amortecimento de poder, suas afirmações e seu foco em qualquer outra coisa que não seja como usar nossa magia. *Nós* fizemos isso com ela. Fizemos isso com todos eles.

Passamos quatro anos impedindo nossos alunos de se transformarem ou realizarem até mesmo o feitiço mais básico, e depois os jogamos de volta no mundo como paranormais adultos, com todo o poder que vem com isso. Então dizemos que não é nossa culpa o fato de não conseguirem funcionar. Que não é nossa culpa eles continuarem a morrer em acidentes mágicos. Que não é nossa culpa eles continuarem se explodindo com uma poção ou se transformando incorretamente ou enfrentando qualquer uma das milhões de outras maneiras que os paranormais têm de se machucar.

E então simplesmente continuamos nossas vidas como se nada tivesse acontecido. E de certa forma, não aconteceu. As pessoas se formam e saem da ilha, basicamente desaparecendo da existência para aqueles de nós que estão presos aqui. Daí, quando eles morrem — como aconteceu com muitos nos últimos tempos —, não parece real porque não é diferente de quando apenas foram embora.

Mas é diferente. E importa.

Serena importa.

Jaqueline importa.

Blythe, Draven e Marcus importam.

Todos mortos agora, e eles não são os únicos.

Carolina importa. Minha prima linda, altruísta e extraordinária importa. Muito.

Pelo menos para mim. Não tenho certeza se ela importa para mais alguém, exceto para minha tia Claudia e meu tio Brandt. E até os dois parecem seguir em frente. Ela era filha deles e eles a amavam, mas, desde o momento em que ela foi mandada embora, é como se tivesse deixado de existir... muito antes de morrer de verdade.

E agora descubro que minha mãe parece achar que isso é o melhor que podemos fazer... É alucinante.

Capaz de devastar a alma, total e completamente.

Como posso ser a única a ver isso? E como posso ser a única que quer fazer algo a respeito?

Lá fora, um raio enorme corta o céu. Instintivamente, dou um pulo para trás, mas, ao fazer isso, vejo um clarão no caminho que circunda o ginásio. Me inclino para a frente, tentando vê-lo outra vez. Mas a escuridão está de volta, embora não seja nem meio da tarde, e não consigo ter uma visão clara de nada que esteja muito além do pátio em frente ao prédio.

Ainda assim, forço minha vista em busca de outro vislumbre do que quer que seja que vi. Porque, tempestade ou não, o que vi se parecia muito com uma *pessoa*.

Mas quem estaria lá fora voluntariamente nesse clima horrendo — e em especial quando todos os outros alunos deveriam estar na aula?

E para onde essa pessoa poderia estar indo?

Observo a área por mais alguns segundos, desejando ter outro vislumbre de... algo. Mas a chuva e o cinza tornaram tudo muito confuso. Desisto, começo a dar as costas, mas, ao fazer isso, outro clarão ilumina o céu, com um trovão que ruge praticamente no mesmo segundo, e então consigo outro vislumbre do que realmente é uma pessoa.

Uma pessoa muito alta, muito grande, muito sem camisa, com cabelo escuro colado ao pescoço e tatuagens pretas e ousadas subindo pelas costas.

Jude.

Mas que diabos?

Para onde ele poderia ir, ainda sem camisa, e coberto de queimaduras ainda cicatrizando?

E o que ele precisaria fazer de tão importante que não pode esperar o fim dessa tempestade?

Ele deveria estar na aula agora. Ou, se estiver dando uma escapada, ele deveria pelo menos ir ao dormitório para pegar uma camisa e uma jaqueta, em vez de correr, seminu, em direção a um enorme emaranhado de árvores no meio de uma tempestade violenta.

E se um raio atingir uma das árvores e um galho cair sobre ele?

Ou pior, e se um raio *o* atingir?

Não que eu me importe, porque não me importo.

Ainda assim, se esconder na floresta durante uma tempestade tão selvagem não é um comportamento normal. Ele obviamente está tramando algo e, seja lá o que for, aposto que não é bom.

Uma rápida olhada no meu celular me diz que tenho cerca de quarenta minutos antes do final da aula. Se eu me apressar, talvez consiga convencer Fitzhugh a me dar uma detenção que não envolva ser mordida por nada...

Mas mal alcanço a metade das escadas quando a voz da minha mãe vem pelo sistema interno de alto-falantes.

— Atenção, alunos. Devido à tempestade, todas as atividades extracurricular serão canceladas nesta tarde. Por favor, dirijam-se diretamente aos dormitórios após o último sinal. Repito, todas as atividades extracurriculares serão canceladas durante o dia de hoje, e o jantar será servido nas áreas comuns dos dormitórios em vez da cafeteria. Obrigada pela cooperação.

Jantar nos dormitórios?

Posso contar nos dedos de uma mão o número de vezes que ela deu essa ordem em toda a minha vida. Quão ruim será essa tempestade? E quão rápida vai ser?

Subo os últimos degraus, dois de cada vez, depois olho pela janela assim que chego no corredor. Por sorte, um raio escolhe aquele momento para iluminar o céu, mas não importa. Jude já se foi.

Maldito seja.

Pego meu telefone e abro o aplicativo de clima. E que merda. Simplesmente... que merda.

Parece que a depressão tropical que estávamos observando passou direto de tempestade tropical para furacão. Mas é claro que passou.

E Jude está lá fora.

Uma parte de mim diz que ele ficará bem. Certamente Jude não ficará lá fora nessa confusão por muito tempo.

E se ficar, bem... isso é problema dele.

Mas a parte lógica em mim grita que algo está errado. Que ele está lá fora fazendo alguma coisa que não deveria. E que, seja lá o que for, pode acabar matando ele.

Deixe isso para lá, digo a mim mesma. *Ele deixou muito claro que você não tem nada a ver com nada relacionado a ele. Deixe ele para lá.*

Eu tento. Tento de verdade. Mas então penso naquele poema de Keats, e percebo que não fiquei com raiva apenas de Keats por ter ignorado Fanny, mas de Fanny por deixar que isso acontecesse. Percebo que estou com raiva dela porque ela não lutou pelo que considerava importante.

Isso não tem nada a ver com amor.

Ainda assim, tem alguma coisa errada com ele. E eu simplesmente não consigo deixar para lá. A chuva começa a cair com mais força, e me vejo procurando seu número de telefone. Posso pelo menos mandar uma mensagem, contar a ele sobre as ordens de voltar para o dormitório.

Certo?

Mas, quando abro nossa conversa, as últimas mensagens me atingem em cheio.

Jude: Me encontre do lado de fora do ginásio

Eu: Não posso. A assembleia é obrigatória

Jude: Vamos lá, Mandarim. Viva um pouco

Eu: Fácil para você dizer, Sgt. Pepper

Eu: Vamos nos meter em encrenca

Jude: Eu protejo você dos lobos grandes e malvados

Eu: É o que você diz

Eu: Mas não é você que eles gostam de mastigar

Jude: Isso porque você tem um gosto melhor

Eu: Como você sabe que gosto eu tenho?

Há uma pausa, e então, dois minutos depois, ele escreveu:

Jude: Talvez eu queira saber

Desnecessário dizer que a conversa termina aí. Eu saí da assembleia tão rápido que é embaraçoso só de pensar. Em especial sabendo como aquela noite terminou.

Pior ainda, há mais algumas mensagens depois disso — todas minhas, enviadas em diferentes momentos nos dias seguintes.

Eu: Ei, Bungalow Bill! Você não estava na aula hoje de manhã. Está bem?

Eu: Devo ficar preocupada com você?

Eu: Ei, o que tá acontecendo?

Eu: Cadê você? Por favor, me responda. Acabei de descobrir que levaram a Carolina e estou enlouquecendo

Eu: Ninguém me diz o que aconteceu com a Carolina. Como podem mandar ela embora desse jeito no meio da noite?

Eu: CADÊ VOCÊ?

Eu: O que tá acontecendo?

Eu: Sério, você vai mesmo passar por mim no corredor como se eu não existisse?

Eu: Não entendo o que está acontecendo

E então, alguns dias depois:

Eu: Eu sinto mesmo a sua falta

E é tudo. Nenhuma outra mensagem de nenhum de nós nos últimos três anos. Até agora.

A humilhação fermenta em meu estômago, mas digito uma mensagem rápida.

Eu: A tempestade está se transformando em um furacão. Minha mãe diz que todos precisam se apresentar nos dormitórios assim que a aula acabar

Releio e começo a questionar o que escrevi. Por volta da quarta vez que leio, me forço a enviar.

Quase de imediato, o aplicativo mostra que ela não pôde ser entregue.

Maldito seja, maldito seja, maldito seja.

Vá para a aula, Clementine, digo a mim mesma enquanto volto para a escadaria e desço os degraus correndo.

Vá para a terapia de grupo. É só uma vez por semana e, se perder, vai ser um problemão.

Amanhã, quando estiver em algum tipo de inferno de detenção, você vai se arrepender de não ter ido para a aula. Especialmente porque Jude vai estar bem, curtindo o almoço com Ember e os outros amigos enquanto você arrisca sua vida e seus membros.

Vá para a aula.

Mas, mesmo ao chegar no corredor que leva para a aula do dr. Fitzhugh, sei que não vou. Em vez disso, viro na outra direção e — depois de olhar para ver se os trolls do corredor estão em algum lugar — corro em direção às enormes portas duplas no final do prédio.

Não faça isso, Clementine, digo a mim mesma mais uma vez. *Isso não é da sua conta. Você precisa ir para a aula.*

Vá para a aula.

Vá para a aula.

Vá para a aula.

Mas não importa o que eu diga a mim mesma, já é tarde demais. A verdade é que já era tarde demais quando vi Jude caminhando pela tempestade.

Quando chego ao final do corredor, corro pelas portas duplas sem pensar duas vezes — aquela maldita Fanny aparecendo na minha mente de novo — e corro direto para a escuridão, úmida e cheia de vapor.

Capítulo 20

CORRA PELA CHUVA
O MAIS RÁPIDO POSSÍVEL

A chuva acerta meu rosto enquanto corro pelo caminho rochoso e escorregadio, coberto de musgo, em direção aos ciprestes-calvos onde vi Jude pela última vez. A chuva é tão pesada que mal consigo ver, mas uma vida inteira passada nesta ilha — nesta escola — me faz desviar para a esquerda bem a tempo de evitar um buraco no lado direito do caminho.

Exatamente vinte e sete passos depois, salto por cima de uma raiz gigante e das pedras que ela arrebentou. Quarenta e um passos depois disso, viro novamente para a direita e evito uma rachadura de quase trinta centímetros de largura que atravessa o caminho.

Quando toda a sua vida se resume a uma ilha de praticamente meio metro quadrado, você decora cada centímetro dela. Em parte, porque não há nada mais para fazer — mesmo quando a umidade é opressora —, e em parte porque nunca se sabe quando você estará correndo para salvar sua vida de um bando de lobos irritados ou de um vampiro literalmente sedento de sangue. Coisas estranhas acontecem diariamente aqui, e conhecer os meandros da sua prisão faz todo o sentido.

Pelo visto, vou enfim colocar meu conhecimento à prova.

A chuva continua a cair através das árvores imponentes, batendo com força em mim enquanto corro pelo que já foi um experimento de jardim estudantil, mas agora é apenas um lar para ervas daninhas. Contorno o ginásio e um velho prédio desmoronado que costumava ser um salão de baile, quando as pessoas pagavam, voluntariamente, muito dinheiro para vir até aqui, na época do resort.

Eu viro à esquerda e corro entre o estúdio de arte — que está mais para um parque de grafite — e a biblioteca, tomando cuidado para evitar o bando de gansos e patos que encontraram abrigo sob os arbustos.

Sigo o caminho depois da curva, e me preparo para a queda de sessenta centímetros que está ali desde que me lembro. Desço a encosta lamacenta sem torcer o tornozelo, depois salto imediatamente por cima de outra raiz retorcida que deslocou as pedras.

Mais alguns minutos de corrida e enfim chego à cerca que separa os prédios acadêmicos dos dormitórios. E embora eu possa atravessá-la facilmente quando não estamos em horário de aula, é muito mais difícil quando as aulas estão acontecendo. Mas isso só significa que eu preciso ser criativa...

O portão é programado para manter cada aluno na área acadêmica da ilha durante as aulas, usando uma combinação de código PIN e biometria de escaneamento ocular. Mas eu vi minha mãe digitar o código dela um milhão de vezes, e não importa quão furtiva ela pense que é, eu sou mais. Além disso, aprendi que todos os olhos de manticoras têm a mesma assinatura. Então posso enganar o sistema e fazê-lo acreditar que sou ela.

É um truque que eu não uso com frequência — a última coisa que quero é que ela perceba que saiu da área acadêmica quando, na verdade, não saiu, se verificar os registros —, mas eu o uso em casos de emergência. E definitivamente acho que esse momento é um deles.

O que me leva à pergunta: como Jude conseguiu passar pela cerca quando eu *sei* que ele tem aula agora? O sistema não deveria tê-lo deixado passar.

Bem nesse momento, uma das árvores do outro lado da cerca dá um estalo sinistro. Segundos depois, um galho gigante cai bem no topo da cerca. Vejo faíscas voando em todas as direções enquanto ele abre caminho pelos arames — carbonizado e esfumando, apesar da chuva —, até finalmente cair no chão.

Porque cercar-nos não é suficiente — as malditas coisas foram eletrificadas também. Se tivesse encostado no teclado, eu teria acabado de um jeito muito parecido com aquele galho...

Eu digito o código, deixo o sistema escanear meu olho e depois espero, impaciente, que o portão se abra.

No instante em que isso acontece, eu o atravesso correndo e sigo pelo caminho central. Mas, quando chego ao entroncamento que separa o lado estudantil da floresta e dos restos abandonados do sanatório, desvio do caminho muito usado e sigo direto para o grande bosque de árvores que marca o outro lado. Quero dizer, claro, Jude e eu exploramos a área quando éramos crianças, junto com Caspian e Carolina. Mas não há muita coisa lá — alguns prédios antigos, um velho poço que usávamos para jogar moedas, e uma adega subterrânea dos dias anteriores à refrigeração, quando as pessoas tinham que armazenar vegetais no subsolo para mantê-los frescos.

Tudo isso nos fascinava quando éramos crianças, mas nada disso seria do interesse de Jude agora.

Ainda assim, o Jude que eu costumava conhecer nunca fazia nada sem um propósito. O que significa que ele tem uma razão muito bem definida para estar aqui. Se eu pudesse apenas descobrir o que é, talvez eu tivesse uma chance de verdade de descobrir *onde* ele está.

Decido que posso começar pelos velhos prédios decrépitos que faziam parte do antigo sanatório, e desvio do caminho principal assim que chego ao pequeno lago artificial que era usado para barcos a remo. Ao contrário de tudo mais nesta área, ainda está em um estado aceitável — sobretudo porque as sereias e as sirenas residentes o adotaram há cerca de uma década e o limparam para seu uso pessoal. Elas não podem se transformar, mas é claro que ainda amam a água.

É a única parte deste lado da ilha que os alunos realmente visitam com regularidade. Além disso, os administradores não se importam, porque isso significa que não precisam mais fazer a manutenção da piscina.

Eu passo pelo lago e me dirijo para o antigo consultório médico e o sanatório. Eles estão encobertos por imponentes ciprestes-calvos, e as folhas em forma de agulhas cobrem os telhados. Mas todas as portas estão trancadas com correntes enferrujadas que parecem não terem sido tocadas em décadas — porque não foram.

Mas ainda me lembro de como entrávamos quando éramos crianças. Então dou a volta no prédio até encontrar a pequena janela do segundo andar com a fechadura defeituosa. O treliçado trêmulo que usávamos para subir até ela ainda está lá, mas é impossível que ele aguente meu peso agora, muito menos o de Jude.

Decidindo que as cabanas são um fracasso, sigo mais adiante pelo caminho até a adega subterrânea. Mas mal estou na metade do caminho quando vejo um flash vermelho.

Ao olhar mais de perto, percebo que alguém está atravessando o terreno rochoso à minha direita, mas definitivamente não é Jude. Quem quer que esteja ali é menor e muito mais magro — mas é definitivamente um estudante.

Tento proteger os olhos da chuva para dar uma olhada mais de perto, mas não adianta. Está chovendo a cântaros agora, e não há nada a fazer senão aguentar. Ainda assim, na minha mente, as chances de essa pessoa — quem quer que seja — estar aqui por um motivo não relacionado a Jude são praticamente inexistentes. Em especial se considerarmos que a pessoa está se arriscando em uma grande tempestade, além de sofrer a ira da minha mãe.

Então o que diabos está acontecendo? E qual será o tamanho da encrenca se Jude for pego? Ou, inversamente, em que encrencas ele já está metido?

É esse pensamento que me faz ir adiante, que me faz seguir atrás da pessoa de short e capuz vermelhos. Eu sigo perto o suficiente para não a perder na tempestade, mas também fico longe o suficiente para não chamar atenção para mim.

Mas, ao contrário de Jude, essa pessoa não está em modo furtivo, então não parece focada em nada além de chegar ao seu objetivo, que, aparentemente, é a adega subterrânea.

Mas que diabos?

Não havia nada lá da última vez que estive naquele lugar. Apenas algumas prateleiras velhas, alguns sacos de estopa vazios e alguns potes quebrados. Então que diabos essa pessoa poderia querer?

Eu fico imóvel quando ela se abaixa e abre a porta enterrada no chão. Porque, ao fazer isso, dou minha primeira boa olhada em seu rosto. E percebo que tenho seguido Jean-Luc, líder autoproclamado dos Jean-Babacas e imbecil extraordinário.

Capítulo 21

HORA DE CHEGAR AO X DA QUESTÃO

O que ele está fazendo aqui?

E o que isso pode ter a ver com Jude? Eles se odeiam. Vi a prova disso na aula de ontem. E ainda assim, ambos estão aqui no meio dessa tempestade fazendo sei lá o quê... Não faz sentido.

Algo definitivamente não está certo — e embora eu seja a primeira a reconhecer que isso pode ser dito sobre qualquer coisa na Academia Calder, há algo aqui que realmente me assusta.

A curiosidade — e mais do que um pouco de preocupação — arde dentro de mim enquanto corro na direção de Jean-Luc, sem mais me importar se ele ou Jude me veem. Tem algo de muito errado acontecendo aqui, e eu até posso estar irritada com Jude, mas ainda tenho dificuldade em acreditar que ele esteja de alguma forma envolvido com os Jean-Babacas.

Vejo Jean-Luc desaparecer na adega subterrânea. Pensar nele lá dentro com Jude me faz correr na direção deles — ou o mais próximo de correr que consigo no terreno escorregadio e rochoso.

Enquanto corro pelos arbustos baixos e ervas daninhas, a areia dá lugar à lama, que suga meus sapatos e torna impossível me mover com rapidez.

Mas Jean-Luc já está longe — e as portas da adega subterrânea se fecharam atrás dele — antes mesmo de eu chegar à estrutura.

Um estremecer de desconforto desliza pelos meus braços, faz arrepios subirem por todo o meu corpo. Nada neste lugar parece estar como costumava ser — nada nele parece certo —, e cada célula do meu corpo de repente está gritando para que eu não toque em nada.

Para eu recuar.

Para eu fugir.

Mas e se Jude não estiver envolvido? E se ele estiver com algum tipo de problema? Se ele estiver lá dentro, não posso deixá-lo assim, posso? Não sei muito bem o que fez os Jean-Babacas serem enviados para a Academia Calder — há um milhão de histórias circulando, muitas das quais eu tenho certeza de que foram iniciadas por eles —, mas sei quem eles são.

Ou, mais especificamente, quem são seus pais — nomes importantes na maior organização criminosa clandestina do nosso mundo. E embora isso não me impeça de enfrentá-los quando preciso, me impede de dar as costas para eles. E Jude pode ter feito exatamente isso.

Seja lá o que estiver acontecendo aqui, o medo e a verdade estão repentinamente me impulsionando adiante.

Para o inferno com a trepidação que agora toma conta de todas as partes do meu corpo. Em vez disso, abro as portas e avanço na escuridão, pela escadaria longa e decrépita, para tentar descobrir o que exatamente está acontecendo aqui.

Capítulo 22

ESCONDE-ESPIA

Estou na metade da escadaria quebrada e bamba quando me lembro do meu celular. Levo um segundo para tirar o excesso de água das mãos, depois tiro o aparelho do bolso encharcado e passo o dedo no aplicativo da lanterna. Felizmente, ainda funciona, apesar de estar ensopado, e todo o depósito é de repente iluminado.

Todo o depósito *vazio*... o que não faz sentido algum.

Analiso a sala com ajuda da lanterna, enquanto continuo a descer a escadaria, verificando cada canto e recanto em busca de alguma pista. Mas não há nada.

Nada de Jean-Luc.

Nada de Jude.

E absolutamente nenhuma explicação do que eles poderiam estar fazendo.

Para ser honesta, sequer há sinal de que *estiveram* aqui.

A sala parece exatamente como devia ser há um século — algumas prateleiras antigas ocupam três das paredes, ao passo que uma antiga tapeçaria cobre a parede do fundo, de um lado a outro. Diretamente no centro da adega fica uma mesa de madeira com uma única cadeira enfiada sob ela. A mesa e o velho prensador de enlatados sobre ela estão cobertos por décadas de poeira, e há um monte de potes vazios fechados nas prateleiras.

Fora isso, a sala está completamente vazia.

Eu vi Jean-Luc abrir as portas. Eu *vi* ele desaparecer pelas escadas. Eu *sei* que vi.

Mas, definitivamente, ele não está aqui dentro.

Dou outra verificada com a lanterna, só para ter certeza. Não, nenhum feérico se escondendo em um dos cantos sombrios.

Mas, conforme a luz passa pela sala, noto pegadas molhadas serpenteando em um padrão estranho por todo o ambiente.

Eu as vejo quase na mesma hora em que noto outra coisa estranha — que não há poeira alguma no velho piso de madeira. As prateleiras estão *cobertas* com anos de pó, assim como a mesa e a cadeira. Mas o chão não tem uma única partícula de sujeira. O que é impossível, a menos que alguém — ou muitos alguéns — tenham vindo aqui regularmente por algum motivo. Isso não é nada bom, tenho certeza.

Tento seguir as pegadas em volta da mesa, mas não fechei as portas da adega — ficar presa aqui com um feérico irritado não pareceu ser a melhor ideia naquela hora. Então a chuva está entrando, molhando o chão perto da escada e apagando algumas das pegadas. E o que a chuva não destrói fica por minha conta, já que estou pingando em cima de tudo.

Dou mais uma volta na sala, procurando algum sinal de que exista uma sala secreta ou um segundo porão, qualquer coisa que possa explicar as pegadas desaparecidas. Mas não encontro absolutamente nada.

Nada atrás das prateleiras. Nada debaixo da mesa. Nada nos cantos da sala. E nada atrás da tapeçaria — exceto poeira suficiente para me fazer espirrar e tossir depois que eu a puxo da parede para verificar.

Enquanto luto para recuperar o fôlego — e para não espirrar pela milionésima vez —, minha lanterna ilumina a tapeçaria em si. É uma típica cena de praia de Galveston do início dos anos 1900. Um oceano alegre ao fundo, com um céu multicolorido e o sol que se põe no horizonte. Em primeiro plano, reconheço o grande hotel circular com suas varandas em espiral. Um guarda-sol está aberto na praia em frente ao hotel, e embaixo dele há uma cadeira de praia de madeira com um livro aberto descansando em seu assento.

Ao lado da cadeira há uma boia inflável e um balde de champanhe, e na pequena mesa ao lado da cadeira há uma taça de champanhe feita de cristal. A alguns metros de distância, há uma grande pilha circular de galhos, como se alguém estivesse planejando acender uma fogueira.

Parece completamente ridículo e mais contrário a tudo o que a Academia Calder representa do que qualquer outra coisa que já vi por aqui. Não é à toa que foi relegado a uma velha adega — não consigo imaginar minha mãe deixando algo assim pendurado nos corredores da nossa escola. Há muita alegria em suas cores brilhantes, muita esperança nessa fogueira que aguarda para ser acesa.

Ainda assim, é estranho pensar no que alguém presta atenção quando é criança, porque me lembro de haver uma tapeçaria aqui antes, mas não me lembro de ela ser assim — tão divertida, tão fantasiosa e tão colorida. Acho que parecia normal quando eu era mais nova, e agora parece algo muito feliz para um lugar como este. Para uma ilha como esta.

Ainda assim, o tempo está se esgotando, e se eu não me registrar no dormitório depois da aula, haverá problemas. Além disso, já ouço a tempestade piorando.

A ideia de deixar Jude, e mesmo Jean-Luc, aqui fora, no meio disso, começa a não me agradar — apesar das minhas suspeitas. Preciso encontrá-los ou voltar para os dormitórios sozinha.

Eu volto para a escadaria e, depois de guardar meu celular no bolso, saio da adega. Raios brilham sobre mim enquanto subo os degraus, e trovões retumbam sem parar. Nunca tive medo de tempestades, mas esta parece exagerada, mesmo para o Golfo.

Tento subir mais rápido — quanto antes sair daqui, melhor —, mas a chuva está forte e meus sapatos escorregam nos degraus estreitos, então vou devagar. Pelo menos até eu aparecer acima do nível do solo e dar de cara com o rosto molhado e irritado de Jude.

Não tenho certeza de qual de nós está mais surpreso. Talvez ele, a julgar pela maneira como seus olhos se arregalam antes que ele pergunte:

— O que diabos você está fazendo aqui?

Capítulo 23

ELE ME AMA, ELE NÃO ME AMA

É sério que ele está rosnando para mim?

— Acho que eu é quem devia fazer essa pergunta a você — disparo de volta, assim que finalmente saio da adega.

Em vez de me responder, ele se ocupa fechando as portas atrás de mim.

— Você precisa voltar para a escola.

— *Nós* precisamos voltar para a escola — corrijo. — O que você está *fazendo* aqui, afinal? E por que Jean-Luc está aqui?

— Jean-Luc está aqui? Onde? — Ele olha ao redor como se achasse que o feérico fosse se materializar do nada.

— Não faço ideia. Eu achei tê-lo visto entrar na adega subterrânea, mas quando eu o alcancei, ele tinha sumido. — Encaro Jude com suspeita. — Vai tentar me dizer que não sabe nada sobre isso?

Ele não responde. Em vez disso, diz:

— Volte para o dormitório, Clementine. — E vira as costas, como se quisesse enfatizar que já falou o que tinha que falar. Como se o uso do meu nome real já não tivesse deixado isso claro.

E isso é o suficiente para que alguma coisa se rompa dentro de mim. Não sei se é a rejeição evidente ou a maneira como ele acha que pode mandar em mim ou o fato de que está mais uma vez se afastando. Seja o que for, algo simplesmente se rompe dentro de mim, e eu acabo resmungando:

— Você não acha mesmo que as coisas vão ficar assim, não é, Bungalow Bill?

Ele para por um segundo diante da minha referência à clássica música dos Beatles — e os apelidos sempre mutáveis que costumávamos dar um ao outro quando crianças. Ele costumava me chamar de diferentes frutas cítricas, populares e obscuras, em vez de Clementine. E como ele tem o nome de uma das mais famosas músicas dos Beatles de todos os tempos, eu o chamava de todas as outras.

Eu sei que ele se lembra — ele já escorregou uma vez hoje e me chamou de Kumquat —, e acho que talvez seja isso. Talvez aqui, nesta chuva torrencial, seja onde finalmente vamos resolver tudo.

Mas então ele continua andando, e isso me irrita. Eu vou atrás dele e pego seu braço, tentando girá-lo. Quando não funciona, eu me esforço para ficar na frente dele e bloquear seu caminho.

Ele me olha completamente sem expressão.

— O que você está fazendo?

— O que *você* está fazendo? — respondo, passando as mãos no rosto em um esforço inútil para enxugar a água. — Você não fala comigo há três anos... três anos, Jude... e então, hoje, você finalmente rompe o silêncio e...

— Não tive escolha. Estávamos no mesmo grupo.

Eu já esperava essas palavras — que diabos, eu conheço muito bem a verdade contida nelas —, mas isso não impede a dor quando elas me atingem. Toda a dor e a raiva de antes se combinam com a dor e a raiva que venho nutrindo desde o primeiro ano, e acabo lançando um monte das minhas próprias palavras nele. Palavras que, em qualquer outro momento, em qualquer outro lugar, nunca teriam saído da minha boca.

— É sério que isso é tudo o que você tem para me dizer? — exijo saber. — Depois de me cortar completamente da sua vida, depois de ignorar todas as mensagens que eu enviei, depois de fingir que Carolina não desapareceu sem mais nem menos da nossa vida, *"estávamos no mesmo grupo"* é o melhor que você tem a dizer?

Ele cerra os dentes, seus lábios cheios se apertam, e ele me encara sob a chuva torrencial.

Passam-se longos e encharcados segundos na tempestade, e eu sei que ele espera que eu desvie o olhar, espera que eu simplesmente desista.

Isso é o que a velha Clementine teria feito, aquela que ele conhecia — e abandonou.

Mas eu cresci desde então. Passei por muita coisa. E esperei tempo demais por este momento para no fim deixar o assunto de lado — ainda mais o conhecendo bem o suficiente para saber que, se desistir agora, nunca mais vou conseguir as respostas que busco.

Então, em vez de recuar — de ceder —, mantenho minha posição. Mantenho meu olhar fixo no dele até que, *por fim*, ele responde:

— É a verdade.

— É uma desculpa esfarrapada, e você sabe disso — retruco, e a raiva me domina. — Assim como sabe que não estou perguntando por que você finalmente falou comigo hoje. Estou perguntando por que você não falou comigo durante três anos. Estou perguntando por que me beijou, por que você me fez pensar que se importava comigo e depois me descartou como se eu fosse lixo. Pior que lixo... pelo menos você dá uma última olhada nele antes de jogar fora. Nem isso eu recebi de você.

— Você acha que foi fácil para mim? — sussurra ele, e, de alguma forma, ouço suas palavras apesar do barulho da tempestade. Mas talvez seja apenas porque elas ecoam dentro de mim, raspando em minha pele e me esvaziando como uma abóbora que espera para ser esculpida. — Acha mesmo que me afastar de você não foi a coisa mais difícil que já fiz? — Ele fecha os olhos, e quando os abre, há algo em suas profundezas muito parecido com dor. — Você era minha melhor amiga.

— Mas você *se afastou*! E tem outros melhores amigos agora, então não foi nada de mais, certo? — Inspiro o ar de maneira instável e, pela primeira vez, sou grata pela chuva, porque ele não pode ver as lágrimas ardendo em meus olhos. — Mas tudo bem, eu acho, porque eu também tenho outros amigos agora.

Ele afasta o olhar, e eu o observo engolir em seco por vários segundos antes de se virar e dizer:

— Eu sei que é difícil sem Carolina.

— Você sabe que é difícil? — exclamo, o choque praticamente parando meu coração enquanto eu o encaro com olhos arregalados e selvagens. — *Você sabe que é difícil?* É isso o que tem a dizer agora?

Jude solta um rugido frustrado, um que em qualquer outro momento faria arrepios descerem pela minha espinha. Agora, porém, isso só me irrita ainda mais. Assim como quando ele exige:

— O que você quer de mim, Clementine? O que diabos você quer de mim?

— A mesma coisa que eu quero de você desde o primeiro ano! — respondo aos gritos. — A verdade. Por que você teve que mudar tudo? Estávamos bem como amigos... melhor do que bem. Então por que você teve que me beijar? Por que você teve que me fazer sentir algo bom pela primeira vez na minha vida só para arrancar isso de mim depois? Eu beijava tão mal assim? Você se arrependeu? Você descobriu que não gostava de mim desse jeito e, em vez de me contar, tomou o caminho mais fácil e resolveu sumir da minha vida? O que foi, Jude?

Minha respiração está pesada quando termino de lançar as perguntas, e acusações, nele. Há uma parte de mim que está horrorizada, que não acredita que eu realmente disse todas as coisas que passaram pela minha cabeça inúmeras vezes nos últimos anos. Mas há outra parte, uma parte maior, que se sente liberta por finalmente ter minhas preocupações expostas.

É vergonhoso? Sim. Mas vale a pena passar um pouco de vergonha para enfim ter minhas perguntas respondidas? Não tenho a menor dúvida disso.

Pelo menos até Jude me olhar diretamente nos olhos e dizer:

— Nós estudamos na mesma escola. É impossível eu sumir da sua vida.

É a minha vez de rugir de frustração, embora meu rugido mais pareça um grito.

— De novo, é nisso que você se concentra? Nos detalhes mundanos em vez da pergunta que estou praticamente implorando que você responda?

— Clementine...

— Não me venha com essa de Clementine — rebato. — Não quando está sendo tão patético que sequer consegue responder uma pergunta simples. Ou talvez você não seja patético. Talvez seja apenas um babaca.

Eu me expus completamente. Furiosa, e mais machucada do que quero admitir, dou as costas para ele. Foda-se. Simplesmente foda-se. E foda-se ele. Ele não vale a...

Jude me detém com uma mão no meu cotovelo. Um puxão gentil, e ele me vira de volta, para encará-lo.

— Seu beijo foi incrível! — grita ele na minha cara. — Seus lábios tinham gosto de abacaxi. Eu queria abraçar você para sempre. E a coisa que eu mais queria na vida era saber que você era *minha*.

Eu olho para ele, chocada, enquanto suas palavras ficam suspensas no ar entre nós. Até mesmo a tempestade se acalma diante de sua confissão, o vento diminui e a chuva para entre uma respiração e outra, de modo que nós dois ficamos olhando um para o outro com nada além de alguns centímetros de ar entre a boca dele e a minha.

— Então por quê? — sussurro, quando finalmente consigo pronunciar as palavras. — Por que você se afastou? Por que você me cortou da sua vida de um jeito tão definitivo? Tão cruel?

— Porque... — responde ele, e sua voz falha um pouco na última sílaba.

— Porque... — repito, a respiração presa e o coração batendo como um turbilhão dentro do peito enquanto espero que ele consiga falar.

— Porque eu não sou bom para você. — Ele engole em seco de maneira convulsiva. — Se estivéssemos juntos, *eu* seria seu pior pesadelo.

Capítulo 24

UM BEIJO PARA FICAR PARA A HISTÓRIA

O vento solta um uivo gigantesco diante do pronunciamento de Jude, um que sacode as folhas e bate na porta da adega.

Eu mal noto.

Estou ocupada demais, olhando para ele e repetindo suas palavras na minha cabeça, para prestar atenção em algo tão trivial quanto uma tempestade — mesmo uma tão selvagem quanto esta.

Ele se move de maneira desconfortável sob meu olhar.

— Clementine...

— Eu não entendo.

— Eu sei, mas...

— Eu. Não. Entendo.

— Eu não consigo explicar para você. — Ele segura meu braço. — Você tem que confiar em mim...

— Confiar em você! — Dou uma risada, puxando o braço da mão dele. Não importa quão gentil ele seja, não quero que ele me toque agora. Não quando a confusão e a raiva estão borbulhando dentro de mim, apenas esperando uma chance para explodir. — Não fale comigo por meio de enigmas vagos se quiser que eu confie em você. E não seja completamente ilógico.

Eu me obrigo a manter a voz baixa, agora que não preciso gritar para ser ouvida por cima do barulho de um monte de trovões e relâmpagos. Mas é difícil quando estou tão confusa, com tanta raiva, tão *machucada*. Não sei o que eu esperava que ele fosse me dizer quando finalmente me desse uma resposta, mas não era "Eu seria seu pior pesadelo".

Jude, enquanto isso, parece apenas desapontado.

Ele dá um passo para trás e deixa a mão cair. Dá para ver em seus olhos — posso vê-lo dando um grande passo mental para trás ao mesmo tempo que dá o físico.

Meu coração bate com força contra minhas costelas em sinal de protesto e pânico, mas eu o ignoro. A velha Clementine tentaria derrubar a parede emocional dele, tijolo por tijolo. Morrendo de medo de perdê-lo para sua própria escuridão.

Não apenas tentaria. Ela fez isso. Várias e várias vezes, até que aquela parede se tornou uma peça permanente.

De jeito nenhum farei isso de novo.

Não importa quão delicioso ele pareça com as gotas de água escorrendo pelo peito firme e esculpido, com aqueles traços de tatuagens rastejando pela tela que é sua pele quente e marrom.

E ele parece delicioso. Muito, muito delicioso.

Mas eu não me importo agora. Mais do que isso, não me deixo me importar. Não quando ele acabou de admitir que virou meu mundo de cabeça para baixo porque não acha que algo daria certo entre nós dois, ainda que nunca tenha nos dado uma chance real. E, de alguma forma, isso torna tudo muito pior do que já era.

— O que faz você ter tanta certeza de que não daria certo? — Eu já entrei na onda, e não há como me parar. — Leu isso em uma revista? Alguma bruxa montada nas costas de um tritão falou? Ou você simplesmente inventou?

Os lábios cheios de Jude ficam finos de tão apertados. É um sinal antigo e familiar de que ele está ficando irritado, mas não dou a mínima. Fico *feliz* que esteja irritado. Se ele aumentar isso em cerca de dois milhões por cento, talvez chegue ao meu nível. Porque eu deixei a irritação para trás há umas cinco perguntas, e não acho que vou voltar a isso tão cedo.

— "Eu seria seu pior pesadelo" — eu o imito. — Um pouco literal demais para um oneiroi, não acha? Ainda mais para um sem mágica, se paramos para...

Mas é a vez dele de me interromper.

— Eu não sou sem mági...

Para o azar dele, não quero nem saber.

— Você acha que isso serve para me assustar como se eu fosse uma flor murcha? O grande e mau Jude Abernathy-Lee é meu pior pesadelo — zombo dele. — Se você não queria sair comigo, só precisava me dizer! Era só isso que você precisava fazer para...

— Chega, Clementine!

A voz de Jude enche o ar ao nosso redor. Ele não grita, mas não precisa. Sua voz é profunda, encorpada e autoritária o suficiente para conseguir minha atenção... ainda que não minha aquiescência.

— Chega? — retruco. — Estou apenas começando. Na verdade...

Desta vez, quando segura meu braço, ele não me dá chance de me afastar. Em vez disso, me puxa com força suficiente para me fazer cair contra seu peito.

Tenho apenas um segundo para reconhecer que meu corpo está pressionado contra o dele, um segundo para minha mente conjurar palavras como quente, duro, forte, e então suas mãos cobrem minhas bochechas e sua boca acerta a minha.

Faz três longos anos desde que senti os lábios de Jude tocando os meus, mas me lembro tão claramente como se tivesse acontecido há uma hora.

O toque hesitante dos lábios dele nos meus.

As cócegas suaves de seu cabelo na minha bochecha.

O calor de seus braços ao meu redor quando gentilmente me puxou para mais perto.

Foi pouco mais que um selinho, mas ainda assim eu costumava me deitar na cama à noite, repassando aquele momento — aquele beijo — na minha cabeça, várias e várias vezes, enquanto tentava descobrir o que tinha dado errado entre nós. Cada pequeno detalhe daquele momento está enraizado na minha mente *para sempre*.

Então, quando digo que este beijo não é nada como seu predecessor, estou realmente falando sério. Mais ainda, é diferente de qualquer coisa que já experimentei antes. Diferente de tudo que já sonhei ser possível.

Há calor. Tanto calor, irradiando do corpo dele para o meu.

Há poder. Tanto poder nas mãos que acariciam meu rosto.

E há desejo. Tanto, tanto, *tanto* desejo naquela boca — nos lábios, na língua e nos dentes —, que devasta o meu.

E eu quero tudo isso. Porque, se eu tiver que viver com apenas esse beijo pelo resto da minha vida... então não vou perder um único segundo disso.

Mais ainda, eu vou memorizar cada segundo.

Vou me lembrar de como uma das mãos de Jude desliza sobre meu ombro, descendo pelo braço e pela cintura até a parte de baixo das minhas costas, ao mesmo tempo que ele pressiona o corpo contra o meu... mais... e mais.

Vou me lembrar da maneira como seus dedos alisam meus ombros e se emaranham no meu cabelo molhado enquanto ele segura minha nuca com a mão.

E vou me lembrar — ah, meu Deus, eu vou me lembrar — da maneira como sinto seu hálito quente, com cheiro de limão, na minha bochecha um pouco antes de seus lábios cobrirem os meus.

E, desta vez, não é um toque suave de lábio contra lábio.

Não, desta vez, há três anos de dor, solidão e traição entre nós. Três anos de calor negado, e desejo, e um desespero abrangente que arde em um lugar profundo em mim — um lugar que eu nem sabia que existia antes deste momento. Deste beijo.

E há Jude — sempre Jude — me guiando através do turbilhão e da magia com sua doçura e sua força.

Sua boca é macia e quente, seu corpo é maravilhoso e excitante. E seu beijo... seu beijo é tudo.

Magia e mistério.

Poder e persuasão.

Certo e, ah, tão errado de todas as melhores e mais importantes formas.

É cada fuga com a qual já sonhei. Cada desejo que já tive. Cada choque do profundo e interminável oceano contra a costa.

Eu perco o fôlego com a intensidade, o comando devorador que me puxa para dentro e me arrasta para baixo, uma vez, e mais outra e outra. Que me banha em sua perfeição, me sobrecarrega com seu poder, ameaça me quebrar em um milhão de pequenos pedaços novamente. E eu. Não. Me. Importo.

Não consigo me importar, não quando cada batida do meu coração é o nome de Jude, e cada respiração do meu corpo é o chamado da minha alma para ele.

O mundo em que vivemos pode ser um pesadelo, mas este momento — este beijo — é um sonho realizado.

Um sonho que eu nunca quero que acabe.

Eu digo seu nome, e embora seja apenas um sussurro alquebrado no doce vento selvagem que sopra ao nosso redor, Jude me ouve. Mais ainda, ele me sente e se aproveita disso, de maneira imediata, desesperada, gloriosa.

Ele abre caminho pelo meu lábio inferior, mordiscando, e depois domina minha boca, lambendo, acariciando minha língua com a sua, até que eu esteja afogada no calor excitante e maravilhoso que sai dele, desliza pelas minhas veias e entra em cada parte de mim.

Ele se parece com o oceano e tem o gosto do sol irrompendo no céu da manhã — e nada na minha vida jamais foi tão bom.

Minhas mãos agarram seus ombros, meus dedos se torcem nas mechas molhadas e selvagens de seu cabelo, e meu corpo se abre para ele como uma flor para aquele sol, meus braços apertando, meu corpo arqueando, tudo dentro de mim buscando mais.

Mais dele.

Mais de nós.

E mais — definitivamente mais — de tudo isso, das sensações que Jude desperta tão facilmente dentro de mim com cada pressão de seus dedos em meu quadril e cada deslizar de seu corpo contra o meu.

Eu o puxo para mais perto, saboreando a maneira como ele se envolve em mim, a maneira como seu perfume quente de mel e cardamomo me envolve. Mas, antes que eu possa levar o beijo ainda mais fundo, antes que eu possa *levá-lo* ainda mais fundo, a calmaria na tempestade termina.

O céu se abre mais uma vez, e a chuva começa a cair ao nosso redor.

E Jude me solta bem devagar.

Eu me agarro a ele com dedos desesperados, determinada a me segurar a ele. E por um segundo, até acho que vai funcionar, quando ele enterra o rosto no meu cabelo e sussurra:

— Eu sempre fui louco por você, Tangelo.

Eu o puxo mais uma vez, e o abraço tão apertado que posso sentir a batida profunda e rápida de seu coração contra o meu.

— Então por quê? — sussurro em meio à tempestade. — Por que você me deixou?

Capítulo 25

O VELHO BEIJAR E FUGIR

— Porque é a única maneira de mantê-la em segurança. — Mais do que ouvir, eu sinto as palavras de Jude, na minha pele, na minha alma. — E não importa o que aconteça, isso sempre será a coisa mais importante para mim.

— Não é seu trabalho me manter em segurança — digo a ele.

O olhar que me dá diz que ele discorda.

— Volte para o dormitório, Clementine. Não há nada para você aqui fora.

Estendo a mão para ele antes que eu consiga me conter.

— Jude, nem pense em...

Mas ele já está se afastando — já está fugindo —, com a cabeça baixa e os ombros encolhidos contra o vento.

E não. De jeito nenhum.

Eu não tenho mais catorze anos nem ele. Ele não pode falar uma merda dessa e sair andando.

Não desta vez.

Então, em vez de apenas deixá-lo ir, eu vou atrás dele, mergulhando na vegetação rasteira e na floresta como um animal fugindo para salvar a própria vida. E talvez eu esteja — se não pela vida, então pela minha sanidade, porque não posso passar os próximos três anos da mesma maneira que passei os últimos três, me perguntando o que eu poderia ter feito para que as coisas fossem diferentes.

Mas Jude já se foi, escapando pelos meus dedos como as gotas de chuva que caem com tanta constância ao meu redor. E ainda assim eu corro, ainda vou atrás dele, determinada a não deixar esse fragmento de esperança desaparecer, tão fácil e completamente quanto ele.

Mas para onde quer que eu olhe — para as velhas cabanas, o poço dos desejos tapado, a floresta circundante —, não consigo encontrá-lo. Meu coração se acomoda pesado no peito ao perceber que ele realmente se foi. Mais uma vez.

Ouço sirenes disparando ao longe. A tempestade deve estar ficando forte, já que minha mãe recorreu às antigas sirenes de furacão, trancadas na cabana do zelador, para chamar todos de volta para os dormitórios. Esta é apenas a terceira vez que a ouço em toda a vida. Preciso mesmo voltar. Talvez Jude já esteja indo para lá — inferno, até onde sei, ele já deve até ter trocado de roupa, enquanto continuo correndo por aí como se fosse uma garota que não consegue se mancar.

Afastando o cabelo do rosto pela milésima vez desde que essa caçada inútil começou, olho em volta e tento me orientar. Já estou perto da borda da floresta, no lado leste da ilha, que se abre para a parte de trás dos dormitórios.

É um atalho, que eu normalmente não pego porque envolve passar pelos aposentos dos professores. Mas roupas secas estão me chamando — e também minha cama —, então atalho é atalho. Além disso, a maioria do corpo docente provavelmente está nos dormitórios, garantindo que os alunos não se metam em nenhuma encrenca, agora que estão todos fechados.

Assim que me aproximo o suficiente da floresta para conseguir alguma cobertura das árvores, tiro meu telefone e disparo uma mensagem para Eva.

Eu: O que tá acontecendo? Ouvi a sirene

Eva: Onde você tá???????

Eu: Do outro lado da ilha

Eva: O quê?!?!

Eu: Longa história

Eva: Pois faça o favor de voltar

Eva: Tem uma reunião obrigatória na área comum do dormitório em vinte minutos. Se não estiver presente, você vai acabar morando naquele maldito confinamento das criaturas

Eva: Ou vai ser levada pela força de um furacão de categoria cinco

Eu: É categoria cinco agora?

Eva: Quer ficar aí fora e descobrir?

Eu: Tô indo

Guardo meu celular no bolso e começo a me mover de novo, bem quando o trovão mais alto que já ouvi ruge pelo ar. O vento chicoteia as árvores com um uivo arrepiante, lançando folhas e areia em uma dança frenética enquanto raios perfuram o céu. Instantes depois, o chão sob meus pés treme com a força do golpe.

É, eu preciso mesmo sair dessa confusão.

Começo a correr, passando por entre as velhas árvores curvadas enquanto me dirijo direto para os dormitórios. Quando Jude, Carolina e eu éramos jovens, explorávamos essa floresta o tempo todo, então conheço todos os atalhos. Viro à esquerda assim que chego ao enorme e antigo carvalho vivo no meio do caminho de terra, depois viro à direita na árvore enegrecida e partida ao meio por um raio há muito tempo.

É uma linha reta entre onde estou e os dormitórios, e começo a correr mais rápido, determinada a voltar antes que minha família perceba que estou desaparecida.

Mas, enquanto desvio das árvores, meu estômago começa a ficar estranho. Não é bem uma dor, apenas um vazio um pouco desconfortável, o que faz todo o meu corpo se sentir um pouco trêmulo. Deve ser apenas por correr no calor sem água — normalmente, a chuva esfria um pouco o ar úmido de setembro, mas a tempestade de hoje parece apenas estar aumentando a temperatura, tornando o ar mais denso a cada minuto que passa.

Além disso, levando em conta o fato de que a barra de granola que peguei para o café da manhã foi a única coisa que comi o dia todo, não é de se admirar que eu esteja me sentindo mal. Tenho certeza de que uma garrafa de água e um sanduíche podem curar tudo.

Desvio de mais algumas árvores, o musgo pendurado acariciando meus braços, e depois passo pelo círculo de terapia. O corpo docente psiquiátrico gosta de liderar caminhadas e discussões em grupo por aqui às vezes. Aparentemente, eles acham que caminhar pelas árvores é muito melhor do que caminhar ao lado de uma parede gigante que lembra às pessoas que realmente não há como sair desta ilha.

Não acho que importe tanto assim. Prisão é prisão, não importa como seja.

Estou na parte mais profunda da floresta agora, onde o dossel das árvores é tão denso e o musgo tão pesado que quase nenhuma chuva penetra nas folhas. Mas isso também significa que muito pouca luz as atravessa, então uso novamente a lanterna do celular para iluminar o caminho enquanto serpenteio pelo espesso conjunto de árvores. Apesar da luz, arrepios percorrem minha espinha enquanto as folhas sussurram ao meu redor.

São apenas pássaros procurando abrigo da chuva, digo a mim mesma. *Talvez até alguns morcegos desorientados pelo céu tão escuro que parece sobrenatural. De qualquer forma, é apenas a natureza. Nada para se assustar.*

Mesmo assim, minha frequência cardíaca aumenta um pouco.

Acelero um pouco mais, mas antes que eu possa dar mais do que alguns passos, uma rajada selvagem de vento atravessa as árvores acima de mim. É tão forte e rápida, que juro que posso ouvir galhos quebrando. Meu estômago se revira de modo doentio. Aquela estranha sensação de vazio se espalha da minha região abdominal para meus membros, e mesmo que eu diga a mim mesma que estou sendo ridícula, não posso deixar de olhar por cima do ombro.

Não há nada aqui além de troncos e sombras. Absolutamente nada para se preocupar.

E ainda assim, a inquietação dança ao meu redor como o vento.

Contorno a árvore em que Caspian, Jude, Carolina e eu construímos uma casa quando éramos pequenos. A casa na árvore já se foi há muito tempo, mas os blocos de madeira que havíamos martelado no tronco para fazer uma escada ainda estão lá.

Deixo meus dedos correrem sobre um deles enquanto passo, e memórias de minha prima surgem dentro de mim. Seu rosto dança diante dos meus olhos, e finalmente admito a mim mesma que ela é o verdadeiro motivo pelo qual não gosto mais de passar por esta floresta — não o fato de que faz fronteira com as moradias dos professores. Carolina e eu passamos tanto tempo de nossa infância brincando nesta floresta que caminhar por ela é dar de cara com os fantasmas de tudo aquilo que costumava ser.

Às vezes sinto tanta saudade dela que mal consigo aguentar. Não conseguir dizer adeus, nem mesmo saber que ela estava morta até Remy vir nos contar... Tem dias em que é realmente insuportável.

Um soluço brota na minha garganta, mas eu o engulo. Já demonstrei muita fraqueza hoje. Agora chega.

Dou a volta na grande pedra no meio do caminho — e ignoro totalmente o fato de que ela tem todas as nossas iniciais gravadas. Três conjuntos de C.C. e um J.A. daquele dia em que estávamos brincando de esconde-esconde e todos nos perdemos na floresta por horas.

De repente, a imagem de nós quatro cintila na minha frente como um filme. Carolina, com nove anos, se agacha para gravar suas iniciais primeiro, enquanto nós três esperamos ansiosamente nossa vez. Mas então algo nebuloso e gelado dança na minha nuca, e a imagem se dissipa como neblina.

Eu me viro, pulando o grande buraco que existe no caminho desde que nasci. Ao fazer isso, me recuso a pensar na maneira como Jude costumava jurar que tinha sido feito por um meteoro.

Antigas lembranças são apenas isso — antigas. Elas não possuem nenhum impacto em...

De repente, algo passa pelo meu rosto, tão perto que posso sentir o frio dele roçando contra a pele quente da minha bochecha.

No começo, acho que é um fantasma, mas, quando olho em volta, não há ninguém.

Dou de ombros — deve ter sido só o vento — e continuo andando. Mas mal consegui andar vinte metros antes que outra coisa deslizasse pelo lado direito, sua frieza cortando meu bíceps como uma faca.

Eu me viro para ver o que é — e para onde foi —, mas ele também desapareceu.

O que diabos está acontecendo?

Cada pelo na minha nuca está arrepiado agora, e eu me viro em um círculo, com a lanterna levantada, enquanto examino a escuridão.

Mas não há nada na minha frente além da escuridão e dos carvalhos retorcidos.

Talvez tenha sido algum pássaro assustado, digo a mim mesma enquanto continuo andando. *Ou talvez um fantasma?*

Definitivamente, nada com que se preocupar.

Mas isso não impede que uma gota de suor desça pela minha espinha nem que meu coração continue martelando no peito. Ainda assim, continuo me movendo, um pouco mais devagar agora que estou apontando a lanterna em todas as direções da floresta, mas me movendo mesmo assim.

Só falta mais um pouco, eu me lembro. *Só mais uns oitocentos metros e estarei fora daqui.*

Nada de mais.

Pelo menos não até que um estranho som estático enche o ar ao meu redor.

Capítulo 26

ASSEMBLEIA?

Eu me viro em um círculo novamente, desesperada para tentar descobrir de onde vem o som. Mas, novamente, não há nada além de árvores. Nada além de sombras.

Até que mais alguma coisa passa pelo meu rosto, tão perto que o frio queima em minha têmpora.

O zumbido estático piora, mais dissonante, enquanto um som auxiliar tenta se infiltrar nele. Escuto atentamente, na esperança de que algo me ajude a descobrir o que está acontecendo. Mas então o som extra desaparece tão rápido quanto apareceu, e volta a ser estática pura.

Minha corrida se transforma em uma disparada através do bosque de pinheiros, minha respiração saindo em arfadas curtas, e pura adrenalina correndo pelas minhas veias. Mas ainda não sou rápida o suficiente, porque momentos depois há uma breve cintilação perto do meu ouvido esquerdo.

Desaparece tão rápido quanto apareceu, deixando para trás aquela estranha substância brilhante que vi na masmorra. Tento ficar a uma grande distância do brilho, mas outra cintilação aparece bem na minha frente.

Tenho um segundo para perceber um cara grande de terno antes de passar por ele.

Eu me preparo para os pingentes de gelo, mas eles não vêm. Em vez disso, aquela sensação estranha acontece novamente, na qual tudo dentro de mim parece acelerar e bater contra a parte interna da minha pele.

Abraço meu próprio corpo com força e me obrigo a continuar em movimento, a continuar correndo, quando outro som rompe a estática.

Dessa vez é alto o bastante para eu perceber que se trata de um grito, antes que a estática o engula novamente.

Meu estômago agora rodopia, e o suor frio se mistura com a chuva na minha pele enquanto avanço. Estou quase lá.

Agora é uma risada que irrompe, uma gargalhada completa que parece ser dirigida a mim — e que zomba da minha expectativa de sair em segurança desse inferno.

Quando mais uma entidade passa por mim, dessa vez ela faz mais do que apenas deslizar pelo meu braço ou rosto. Ela se enrola em mim, girando — uma, duas vezes —, antes de ondular para longe, deixando para trás mais daquela poeira cintilante.

Eu engulo um grito, mas isso não importa, porque toda a floresta de repente se enche deles, rompendo a estática ao meu redor, até que o ar pegajoso se transforme em uma cacofonia de dor e terror que eu puxo mais fundo dentro dos meus pulmões a cada inalação.

Os gemidos viram risadas — rápidas, agudas e assustadoras, de uma maneira que faz meu estômago já perturbado se inclinar e rolar dentro de mim.

São apenas fantasmas, Clementine. Nada de mais. Eles não vão machucar você, não de verdade.

Outro uivo arrepiante, outro grito estridente, rompem o zumbido discordante que enche o ar. Outra coisa deslizando — dessa vez contra meu joelho nu.

Frio, seguido de mais agonia. Agulhas maiores desta vez, fincando em mim repetidas vezes.

Este cortar e fugir é algo novo e absolutamente assustador.

A dor é pior, sim, mas é muito mais do que isso.

É a estática constante rastejando dentro da minha cabeça.

Os gritos atormentados que vêm do nada e desaparecem da mesma maneira.

Os ataques direcionados dos quais não consigo fugir, não importa o quanto eu tente.

Tudo o que posso fazer é avançar e tentar não vacilar. Mas é mais fácil dizer do que fazer.

Desta vez, quando as gargalhadas rompem o barulho, elas são um coro, em vez de uma vocalização única. Elas ecoam ao meu redor e enchem o ar — e minha mente —, enquanto entram em mim e me seguram com garras afiadas como lâminas.

A agonia explode dentro de mim ao primeiro arranhão, e já chega. Já. Chega.

Fantasmas, cintilações, seja lá o que essas coisas são, vou dar o fora daqui. Agora mesmo.

Corro pela floresta, meus pés voando sobre o terreno irregular enquanto o terror se transforma em uma fera selvagem dentro de mim. Quanto mais rápido eu corro, mais alta fica a estática — e os gritos. Não demora para que sejam tudo o que consigo ouvir, enquanto meus pés atingem o chão de novo e de novo. Mas então o frio volta, e com ele a estranha sensação de que estou sendo impiedosamente virada do avesso. A dor floresce onde quer que eles toquem, enquanto a borda da floresta acena.

Avanço, determinada a passar pela agressão sensorial, determinada a chegar no...

Eu grito quando a dor — amarga e fria — bate nas minhas costas como um soco. Tenho um segundo de descrença e surpresa enquanto a agonia subsequente se espalha da nuca aos calcanhares. E então me atravessa inteira, engolindo cada grama de mim por um segundo, dois — me transformando em algo que nem mesmo parece humano mais —, antes de explodir na minha frente.

Eu tropeço, minha respiração saindo como um apito de trem. Eu me curvo para apoiar as mãos nos joelhos, enquanto tento recuperar o fôlego e descobrir o que acabou de acontecer comigo.

Mas o que resta do meu instinto de lutar ou fugir assume o controle, e meu corpo se impulsiona em direção à última linha de árvores na minha frente. Os gemidos viram gritos agudos ao meu redor, mas não paro. Não posso.

Eu corro o mais rápido que posso, me lançando para fora das árvores como um corredor se lança na linha de chegada, desesperado por uma vitória. Ao fazer isso, uma última cintilação aparece na minha frente. Eu dobro o corpo para trás, determinada a evitá-la, mas é tarde demais. Eu atinjo com tudo uma mulher alta e assustadora, vestida de renda preta. Assim que a toco, ela se enrola em mim, me segurando com força enquanto, de algum modo, transforma minhas entranhas em uma massa vibrante de moléculas com bordas afiadas.

Desesperada e aterrorizada, eu me liberto e me afasto dela.

Então, uso a última reserva de forças que tenho para me contorcer no ar antes de cair no chão e rolar, assim que finalmente ultrapasso a linha das árvores.

No instante em que saio da floresta, há silêncio. A estática para, assim como os gritos, as risadas e as estranhas vibrações dentro de mim. A dor desaparece com eles, tão rápido que tudo parece não ser mais do que o produto da minha imaginação fértil.

Estou tremendo ao me levantar, e cambaleio vários passos para longe da floresta, com a respiração presa na garganta e meu coração batendo como um metrônomo em alta velocidade. Eu ilumino a floresta com a lanterna do celular, mas não consigo ver nada se mover — nem mesmo as folhas ou os galhos. A chuva parou, e até o vento acalmou por enquanto.

Estranho. Muito, *muito* estranho.

Aponto a luz do celular para mim mesma, observando meu peito, minhas mãos, minhas pernas — todos os lugares em que senti a dor me cortar —, mas não encontro nada de diferente. Sem sangue, sem hematomas, nem mesmo novos rasgos na minha camisa. Nada que já não estivesse lá antes. É como se tudo que acabou de acontecer... não tivesse acontecido.

Mas *aconteceu*. Eu sei que aconteceu. Eu ouvi. Eu senti, na minha pele e dentro de mim. Havia algo naquela floresta, algo que nunca senti, vi ou ouvi antes.

Puxo ar para meus pulmões e digo a mim mesma que acabou. Que seja lá o que me atacou, não vai me perseguir novamente. Mas dizer e acreditar são duas coisas diferentes, e continuo olhando por cima do ombro, na direção das árvores, enquanto inspiro grandes e barulhentas quantidades de oxigênio.

Determinada a me afastar o máximo possível daqui, antes que seja lá o que for volte, viro à esquerda e meio que corro, meio que tropeço pelo caminho rochoso que faz fronteira com os aposentos dos professores. E não paro até finalmente chegar ao antigo anexo redondo do hotel, de seis andares, que agora é a residência para alunos dos primeiros anos.

Levo alguns segundos para recuperar o fôlego, depois deixo o sistema escanear meu olho e entro, me preparando para o que quer que eu vá encontrar.

— Aí está você! — Luís se lança sobre mim assim que passo pela porta, seus olhos prateados pestanejando. — Por onde você andou?

— Mais tarde — respondo pelo canto da boca, porque ele não é o único cuja atenção atraí. Minha mãe está me observando de seu lugar no centro da sala comum... e não parece feliz.

Mas, é claro, ninguém no aposento parece estar.

O corredor finalmente termina, no centro do prédio, onde fica a sala comum do andar principal. Como o prédio em si é circular — um projeto comum em áreas propensas a furacões no final dos anos 1800 —, cada um dos seis andares é construído em torno de uma sala central, com os dormitórios dos alunos formando um círculo completo ao redor dela.

Nos andares superiores, essa sala central é dividida em salas de estudo, uma pequena biblioteca, uma sala de TV — embora as TVs tenham sido há muito tempo roubadas de todas elas — e uma pequena cozinha onde se pode fazer um lanche. Mas, aqui embaixo, no térreo, o aposento foi praticamente deixado como sempre foi, já que funcionava como um quarto para hóspedes que realmente pagavam pelo privilégio de estar aqui.

A pintura azul-clara de sua época de glória está craquelada e descascada.

As cadeiras e sofás do saguão estão manchados e rasgados em alguns lugares, desconjuntados em outros.

E, como no resto da escola, metade das lâmpadas está queimada. Aqui, as lâmpadas mortas estão embutidas em abajures de vidro colorido com representações de criaturas marinhas. De alguma forma, os resquícios da decoração exagerada do resort apenas fazem o prédio parecer ainda mais triste e mais negligenciado.

Uma vibe que só é ajudada pela penumbra sinistra que preenche o lugar, junto com a estranha escuridão do lado de fora, que entra pelos corredores que perpassam o círculo.

Em preparação para a reunião, meu tio Christopher fez com que os móveis fossem movidos até as paredes e preencheu o centro da sala com cadeiras sufi-

cientes para caber todo o corpo estudantil. A maioria das cadeiras já está ocupada
— o que significa que estou de fato atrasada para a festa —, e todo o lugar está
repleto de uma energia inquieta que deixa meus nervos em alerta.

Porque esse tipo de energia quase sempre leva a problemas, mesmo sem a
ameaça de uma grande tempestade pairando sobre a ilha. Algo que é comprovado
pela maneira aflita como minhas tias e tios estão correndo entre grupos de alunos,
tentando controlar os conflitos de todos os níveis, antes que se transformem em
guerras abertas.

Minha mãe — que trocou de roupa e agora usa um agasalho da mesma cor
vermelho-brilhante que a calça do meu uniforme — está no centro da sala,
olhando o relógio e esperando que marque o segundo exato em que ela possa
começar a reunião.

Pelo jeito, manter a paz e, ao mesmo tempo, reunir algumas centenas de
paranormais com problemas de controle, mau comportamento e uma tendência
à violência em um espaço apertado não é tão fácil quanto parece. Sem mencionar
que é lua cheia hoje à noite, o que sempre faz com que o corpo estudantil aja de
maneira mais selvagem do que o normal.

— Separei lugares para a gente aqui — sussurra Luís, me entregando uma
toalha para eu me secar e me guiando até duas cadeiras que estão o mais longe
possível da minha mãe e dos outros alunos.

Mas, antes que eu possa dar mais do que alguns passos nessa direção, tia
Claudia vem correndo até mim.

— Clementine, graças a Deus você está aqui! — exclama ela, sua voz normalmente alta ficando ainda mais alta devido ao estresse da situação.

Seus olhos azuis estão com duas vezes o tamanho normal, e seu coque alto
ruivo treme um pouco mais a cada segundo que passa. Antes que eu possa dizer
algo, Caspian aparece do nada, no modo sobrinho superútil.

— O que podemos fazer, tia Claudia? — pergunta ele.

— Ah, meu doce e querido menino. — Ela acaricia a bochecha dele, depois
aponta para o tio Christopher, que, neste instante, está diante de uma sereia irritada
que grita com dois feéricos ainda mais irritados. E ainda que estejam mantendo o
controle — mais ou menos —, tio Christopher está preso ali. Porque, no instante em
que ele se afastar, alguém vai levar um soco. E uma vez que isso aconteça, vale tudo.

— Por que você não vai ver o que pode ser feito com aquela... situação?

Mas Caspian já saiu correndo na direção do pai, para ver como pode ajudar.
Ele se move pela multidão como alguém que tem feito isso a vida toda... porque
é o que ele tem feito.

Do outro lado da sala, tio Carter está preso em uma batalha própria — com
o que parece ser uma nova matilha de lobos metamorfos, todos eles o cercando
como se estivessem prestes a atacar sua jugular.

— Clementine, querida...

Eu suspiro.

— Deixa comigo, tia Claudia.

— Você vai mesmo se meter no meio daquilo? — pergunta Luís, alarmado, enquanto me dirijo até onde meu tio está. — Esses caras são encrenca.

— O que eu devo fazer? Deixá-los comer meu tio?

— Na primeira mordida, eles vão cuspi-lo — diz ele com um encolher de ombros. — Além disso, se mordiscarem seu tio um pouco, talvez ele perceba que não é muito divertido e pense duas vezes antes de mandá-la de novo para o confinamento das criaturas.

Parte de mim concorda com Luís, mas, ainda assim, a responsabilidade — e o olhar da minha mãe — pesam sobre mim, então caminho até tio Carter. Mas, quando chego perto dele, ele está com um lobo no chão e já encara um segundo. Lobos podem ser difíceis, mas aposto meu dinheiro em um manticora irritado a qualquer momento. Em especial quando os lobos não podem se transformar...

Eu me volto para onde está Luís, mas, antes de chegar lá, meus avós entram flutuando.

— Alguém tem que ajudar com essa bagunça. Essas crianças parecem selvagens. — Vovô Claude flutua para perto de mim. — Cuidado com a vampira zangada à direita. Ela está louca por uma briga.

Um olhar por cima do ombro me diz que ele está falando de Izzy e, bem, ele não está errado.

— Estou mais preocupada com os dragões no canto — diz minha avó enquanto paira ao meu lado. — Quando passei por eles mais cedo, estavam com cara de que queriam aprontar alguma.

— Não sei por que Camilla achou que uma assembleia era uma boa ideia agora. — Meu avô balança a cabeça.

— Vou dar uma olhada naqueles leopardos — responde minha avó. — Parece que vão ser um problema.

Dou um pulo para sair do caminho dela, para evitar o frio doloroso que acompanha qualquer toque de fantasma — mesmo o dela. Depois do que acabou de acontecer na floresta, essa é a última coisa da qual preciso.

E acabo trombando nas costas de alguém.

— Desculpa — começo a falar, olhando automaticamente para cima. — Eu não...

Minha voz falha quando percebo que, no final das contas, não vou precisar encontrar Jude.

Porque ele acaba de me encontrar.

Capítulo 27

A CALMA NADA CALMA
ANTES DA TEMPESTADE

Por um momento, não digo nada. Não consigo. Sei que o persegui na tempestade, sei que tinha um milhão de coisas diferentes para dizer quando ele se afastou de mim, mas agora não consigo me lembrar de nenhuma delas. E talvez seja melhor assim — de toda forma, não é como se eu quisesse ter essa conversa no meio do salão.

Então, me contento em dizer:

— Com licença. — E dou um passo para o lado, para passar por ele.

Só que Jude não se toca. Em vez disso, ele dá um passo para o mesmo lado, para que fiquemos cara a cara. Exatamente onde eu não quero estar agora.

— O que você está fazendo? — pergunto, e desta vez tento empurrá-lo para o lado.

Mas Jude é inabalável, na melhor das hipóteses. Quando se recusa a ceder, nada menos que uma empilhadeira pode movê-lo.

— O que aconteceu? — pergunta ele.

— Além do seu padrão de beijar e fugir?

Ele passa a mão pelo cabelo, frustrado.

— Não é o que eu quero dizer. Você parece...

— Irritada? — interrompo.

— Abalada — responde ele, examinando meu rosto. — O que aconteceu depois que eu fui embora?

— Nada. — Tento passar por ele mais uma vez. E, mais uma vez, não tenho sucesso algum. Juro que parece que ele cresceu ainda mais, embora não saiba como isso é possível.

— Kumquat.

Pela segunda vez em dois minutos, meus olhos encontram seu olhar agitado e multicolorido.

E, embora a última coisa que eu queira agora seja sentir algo, o que eu quero não parece importar. Porque, no momento em que nossos olhos se conectam, um arrepio de algo que me recuso a admitir abre caminho através de mim.

Mas eu me esforço para deixar isso de lado.

Ele me beijou e me deu o fora... de novo. De jeito nenhum vou baixar a guarda uma terceira vez.

— Saia da minha frente, *Dear Prudence*.

Os olhos dele escurecem, mas ele se mantém firme.

— Me diga o que fez você parecer tão assustada e eu saio.

Meu coração — e minha respiração — aceleram, e meus dedos de repente coçam com a necessidade de alcançar e suavizar a ruga ao lado de sua boca. É quase como uma covinha, uma linha de preocupação, e está lá desde que ele era criança.

Quanto mais preocupado ele fica com algo, mais profunda fica essa pequena ranhura. E, agora, está parecendo muito profunda.

Não que eu me importe, recordo a mim mesma enquanto enfio as mãos nos bolsos encharcados.

— Estou *indo* — digo a ele.

— Me ajude a lembrar. — Ele ergue uma sobrancelha. — O que é mesmo que significa a música "F.I.N.E"?

Eu reviro os olhos para ele, em especial porque ele está certo. No momento, me sinto exatamente como o Aerosmith descreveu naquela música. Mas, considerando que Jude é o culpado por muitos desses sentimentos, não estou muito com vontade de compartilhar com ele.

— Significa ok — retruco. — Que é como estou. Ou como ficarei, se você sair da minha frente.

A mandíbula de Jude se contrai, mas, antes que ele possa dizer qualquer outra coisa, minha mãe sopra três vezes o apito de ouro que usa sempre que está de plantão como diretora — o sinal aqui na Academia Calder para que todos se sentem e se calem.

— Preciso ir — digo a Jude e, desta vez, quando tento passar por ele, ele deixa. Mas posso sentir seus olhos me seguindo enquanto Luís se aproxima e me guia em direção aos nossos lugares.

— O que foi aquilo? — pergunta Luís, com as sobrancelhas arqueadas.

Mas eu apenas balanço a cabeça — em parte porque não quero falar sobre Jude, e em parte porque realmente não sei o que foi aquilo.

O que eu sei é que ter Jude olhando para mim daquele jeito me faz sentir todos os tipos de coisas que é melhor não sentir — em especial porque tenho certeza de que ele não quer retribuí-las. Acabo desejando que pudéssemos voltar ao que éramos, quando simplesmente nos ignorávamos.

Pelo menos eu sabia em que patamar estávamos.

— Tudo bem, pessoal. — A voz da minha mãe ecoa por todos os cantos da sala redonda e espaçosa, enquanto ela segura o microfone que tio Carter lhe estendeu. — Tenho algumas atualizações sobre a tempestade, bem como algumas instruções que preciso que sigam. Sei que as condições não são ideais, mas se permanecermos juntos, podemos superar isso.

Ela pausa por um momento, e Luís se inclina na minha direção.

— Atualizações? — repete ele, com as sobrancelhas levantadas. — Vai chover muito. O que mais há para dizer?

— Presumo que ela não usou as sirenes de furacão sem motivo.

Ele encolhe os ombros e faz um aceno com a mão.

— Furacão, furaquinho. Parece uma tempestade num copo d'água para mim.

— Sim, até sua cabana ficar submersa.

— Ei, eu sei nadar cachorrinho. — Ele dá um sorriso irônico.

Antes que eu possa pensar em uma resposta adequada a essa piada ridícula, a sala ao nosso redor fica quieta, e minha mãe continua:

— A tempestade que estamos tendo agora é apenas uma prévia de coisas maiores que estão por vir. Passei a tarde me comunicando com vários meteorologistas experientes e serviços meteorológicos paranormais, e todos eles determinaram a mesma coisa. Esta ilha e a Academia Calder estão diretamente no caminho de um grande furacão de categoria cinco... um cujo diâmetro atual é de cerca de quatrocentos quilômetros. Normalmente, nós o enfrentaríamos sem qualquer preocupação. Nossas salvaguardas são as melhores que existem. Mas há uma preocupação de que esta tempestade seja muito poderosa para nossos feitiços de proteção regulares... ou para qualquer feitiço, aliás.

Um arrepio de desconforto percorre meu corpo quando a sala mais uma vez irrompe em dezenas de conversas paralelas. Furacões de categoria cinco são ruins — muito ruins. E ser um alvo fácil em uma ilha no caminho de um, em geral, significa um bocado de destruição.

Eu odeio estar aqui — odeio as regras e os regulamentos, a injustiça de ter praticamente nascido em um centro de detenção juvenil —, mas isso não significa que eu queira que todo o lugar seja destruído.

Vejo pânico genuíno em mais do que alguns rostos. Todos sussurram de maneira desconfortável uns para os outros, em vez de brincar ou de se prepararem para uma briga, como estavam há alguns minutos. E, como eu, todos estão relativamente quietos para poder ouvir o que minha mãe vai dizer em seguida, antes de entrarem em pânico total e completamente.

Desta vez, minha mãe não espera que as conversas diminuam antes de continuar. Em vez disso, ela avança direto, confiante e com os olhos de aço enquanto se vira para encarar cada parte do círculo, uma por vez.

— No momento, estamos experimentando as faixas externas de chuva desta tempestade muito grande, mas isso é apenas o começo. Ela vai chegar à costa e trará consigo o que tememos que sejam chuvas e ventos catastróficos... bem como algumas ondas perigosas.

Ela levanta uma mão para impedir a explosão inevitável que suas palavras causam, e funciona. Cada aluno na sala, embora tenso e cheio de expectativa, permanece calado. E enquanto toda a sala a observa, tão atenta quanto possível, não posso deixar de sentir uma pontinha de orgulho.

Minha mãe é impossível de muitas maneiras. Ela é difícil de conversar, difícil de entender, difícil de... bem, apenas difícil. Há muito pouco nela que cede a algo, e isso torna ser sua filha excepcionalmente difícil às vezes. Mas é essa mesma dureza que a faz ficar de pé no meio da sala, completamente calma e no controle, enquanto entrega notícias devastadoras. E é essa mesma dureza que mantém todos na sala calmos, porque sabem que, de alguma forma, ela está no controle da situação.

Mais do que isso, ela está no controle de todos nós.

Em uma escola como esta, onde a confiança é escassa e uma grande porcentagem do corpo estudantil foi prejudicada pelo que parece ser o mundo inteiro, esse tipo de confiança é impossível de comprar. Eles podem não confiar nela para dar-lhes uma chance justa se eles se comportarem mal, mas confiam nela com suas vidas. E em nosso mundo, isso é muito mais importante — mesmo que não haja um furacão gigante no horizonte.

— Surpreendentemente, a tempestade surgiu muito rápido, por isso não tivemos notícias antes — continua ela, varrendo a sala com o olhar para que possa encarar o maior número possível de alunos nos olhos. — Mas a equipe de emergência e eu passamos as últimas duas horas elaborando um plano para que todos nós passemos por isso em segurança.

Meus tios Carter e Christopher dão um passo adiante com as palavras dela, junto com minhas tias Carmen e Claudia.

— Na verdade, temos muita sorte — prossegue ela, assim que estão todos ao seu lado. — Porque a tempestade parou no sul do Golfo do México. Não sabemos quanto tempo ficará lá antes de começar a avançar novamente, mas isso nos dá as horas de que precisamos para preparar a ilha. — Ela faz uma pausa. — E para evacuar.

Capítulo 28

QUANDO A VIDA LHE DÁ MONSTROS, NÃO PARE PARA BEBER LIMONADA

Por um segundo, tenho certeza de que ouvi errado. Minha mãe não pode ter dito que vamos evacuar. Em toda a sua história de oitenta anos, a Academia Calder *nunca* foi evacuada.

Nem por causa de Carla ou Camille.

Nem por Gilbert ou Andrew.

Nem mesmo por causa de Harvey ou Rita.

Todos eles furacões devastadores. Todos eles quase nem registrados no radar da Academia Calder.

É uma das muitas vantagens de ser mágico, tia Claudia sempre diz. Os alunos podem ser proibidos de acessar seus poderes, mas temos bruxas, feiticeiros e outros paranormais poderosos suficientes na equipe para criar barreiras que resistam até mesmo às tempestades mais difíceis... e a outras situações.

Se até mesmo minha mãe acha que precisamos evacuar, então o que isso diz sobre este furacão em particular? Ainda mais se levarmos em conta que se passaram apenas algumas horas desde que ela me disse que nunca me deixaria sair desta ilha.

Por um momento, uma alegria pura e imaculada me invade ao pensar que finalmente — finalmente — vou sair daqui. Mas então sou levada a me perguntar que tipo de desastre realmente levaria minha mãe a tomar uma medida tão drástica...

Como o nível de decibéis na sala começa a aumentar, pego meu celular e procuro informações sobre a tempestade eu mesma. Não me surpreendo quando um rápido olhar me diz que a maioria das pessoas ao meu redor faz exatamente a mesma coisa.

O surpreendente é que ainda não há muita coisa lá fora sobre a tempestade. Chama-se Gianna, está no Golfo do México e é enorme, mas isso é tudo o que consigo encontrar. Talvez seja muito recente?

Não acredito nem um pouco nessa desculpa, mas não consigo encontrar uma melhor antes que meu tio Carter incline seu corpo de quase dois metros para falar no microfone que minha mãe ainda está segurando.

— Vai ficar tudo bem — diz ele, a voz profunda e reconfortante que me lembra da minha infância. Mas então me recordo de ele usar essa mesma voz, esse mesmo tom, no dia em que levaram Carolina embora, e o som se transforma em unhas em um quadro-negro. — Eu sei que é incomum, mas é apenas uma precaução, e nós vamos proteger todos vocês e a ilha como sempre fizemos. Mas esta tempestade é forte o suficiente para que não queiramos correr riscos. A segurança de todos vocês é nossa prioridade máxima e, agora, isso significa evacuá-los para uma grande instalação a cerca de cento e cinquenta quilômetros de Galveston, onde podemos garantir que estarão seguros.

— Puta merda — murmura Luís enquanto se encolhe mais em sua cadeira. — Isso não parece bom.

— Nada disso parece bom — respondo, me encolhendo com ele.

Porque, embora haja uma parte de mim que está extasiada com a ideia de realmente sair desta ilha pela primeira vez na minha vida — é o que eu sempre quis, desde que me lembro —, há outra parte maior que espera por problemas. Porque, com minha família, sempre há um problema.

E se alguém acha que vão simplesmente pegar um monte de paranormais perigosos desta ilha isolada e muito protegida e nos colocar em um hotel em algum lugar, então não conhecem minha família — sobretudo minha mãe — muito bem.

É muito mais provável que ela envie todos nós para o próprio Aethereum em um futuro próximo.

O simples pensamento de acabar na mesma prisão mortal onde minha vibrante e bela prima passou os últimos anos de sua vida muito curta me deixa com o sangue gelado. Um olhar pela sala, até onde Remy está, sentado ao lado de uma Izzy de aparência muito irritada, ainda que definitivamente não esteja falando com ela, me diz que não sou a única cujos pensamentos correm nessa direção.

Uma sensação que fica ainda mais clara quando a voz dele — com o sotaque de Nova Orleans em toda a sua força cajun — ecoa pela sala oval.

— Instalação? — Ele parece tão cético quanto o tom de sua voz. — De que tipo de instalação estamos falando aqui?

Antes que meu tio possa responder, uma rajada de vento violenta leva as árvores do lado de fora do dormitório a uma loucura absoluta.

Seus galhos sacodem.

Suas folhas se esfregam umas nas outras, causando um ruído arrepiante que enche o ar ao nosso redor.

E seus troncos se curvam tanto que eu me pergunto se não vão desistir e quebrar ao meio.

Enquanto os observo através de uma das grandes janelas de vidro da sala, uma sensação de presságio me invade, deslizando pelo meu cabelo até a nuca e penetrando lenta e constantemente para dentro dos meus poros. Tento descobrir o que é, tento identificar exatamente o que está me deixando tão desconfortável, mas não encontro nome para o sentimento.

Só sei que não gosto disso — mesmo antes de uma mulher em uma longa camisola rosa passar pela janela. Ela está descalça, e seu cabelo comprido cai em tufos molhados em volta do rosto, ainda que ela levante as mãos em um esforço inútil para manter a chuva longe dos olhos.

Minha mente começa a se encher de perguntas, como quem ela é e o que está fazendo lá fora nesse tempo, e então ela se vira e eu percebo que está muito, muito grávida.

Fico de pé em um salto e começo a correr pela sala na direção dela. Mas ela desaparece antes que eu tenha dado mais do que alguns passos, e percebo que ela não era real, no mesmo instante em que percebo que todos estão olhando para mim. Luís estende o braço e agarra minha mão, depois me puxa suavemente de volta ao meu lugar, mas não antes de o olhar irritado da minha mãe me atingir.

Tenho certeza de que, mais tarde, vou pagar pelo meu pequeno surto.

— Tá tudo bem? — pergunta Luís, preocupado. — Está doente ou algo assim?

— Estou bem. É só que vi um... — Paro de falar quando percebo que a mulher que vi tinha cabelo castanho. E estava usando uma camisola rosa. O que significa que não tinha como ser um fantasma; eles são sempre cinzentos. Mas como ela desapareceu assim? E quem é ela? Estranhos não costumam surgir aleatoriamente em nossa pequena ilha, muito menos durante um furacão.

Antes que eu possa descobrir o que está acontecendo, a voz confiante da minha mãe enche o aposento mais uma vez.

— Encontramos um armazém para alugar em Huntsville, Texas. Já entramos em contato com um coven local, que começou a prepará-lo para nós. — Ela pausa e, mais uma vez, tenta olhar o maior número possível de nós nos olhos. — Claro, as coisas serão um pouco diferentes lá, mas essa é uma ponte que cruzaremos quando chegarmos nela. O importante a lembrar é que a segurança de todos vocês é de extrema importância para nós. Asseguro que todas as precauções estão sendo tomadas para que as coisas corram exatamente como planejado.

Tive dezessete anos para me tornar fluente no idioma da minha mãe, e sei que o que ela está realmente dizendo é: *Não confiamos em nenhum de vocês, mesmo no meio de uma tempestade enorme, e vamos trancar vocês bem trancados para garantir que ninguém escape ou faça qualquer outra coisa que consideremos inaceitável.*

O sentimento de apreensão dentro de mim cresce, mesmo enquanto continuo a olhar pela janela, tentando pegar outro vislumbre da mulher de camisola rosa.

Minha preocupação deve estar evidente, no entanto, porque as sobrancelhas de Luís disparam para cima quando olho para ele.

— Por que você parece tão assustada? Achei que estaria pulando de alegria.

Eu também. Esperei a vida toda por uma oportunidade como esta. Uma chance de ver algum lugar, outro lugar, qualquer lugar. Mais ainda, uma chance de nunca, nunca mais voltar.

Então por que estou tão inexplicavelmente nervosa?

— Não sei — digo a ele. — Mas algo parece... estranho.

— É a Academia Calder. — Ele revira os olhos. — Algo sempre parece estranho.

— Porque algo sempre *está* estranho — retruco. — E tenho certeza de que isso não é uma exceção.

— O que você quer dizer? — pergunta ele.

Antes que eu possa pensar em uma resposta, minha mãe continua:

— Preciso da cooperação de cada um de vocês nas próximas horas.

Ela faz uma pausa, levantando a mão para afastar as objeções esperadas, mas, pela primeira vez, nenhuma vem. Em vez disso, todos os alunos presentes simplesmente a encaram, esperando por qualquer coisa que venha a seguir. O que é mais do que um pouco assustador por si só, considerando que cooperação não é exatamente nosso forte.

Minha mãe parece tão surpresa quanto eu, mas ela se recupera de imediato.

— Assim que as coisas estiverem arrumadas no armazém, o coven que está lá vai se juntar à nossa equipe de segurança aqui e criar um portal pelo qual poderemos evacuar amanhã de manhã, às seis horas. Devemos estar todos seguros no armazém até as sete, no máximo.

— Por que vamos esperar tanto? — pergunta alguém do meu lado. Um olhar rápido a identifica como a amiga de Jude, Mozart. A dragão metamorfa corre uma mão pelo cabelo escuro e sedoso, enquanto continua: — Se o furacão for tão ruim quanto você diz que é, não deveríamos sair daqui agora?

Os olhos azuis da minha mãe piscam perigosamente com as palavras dela, mas sei que não é a pergunta que a irritou de verdade. É o fato de Mozart — de qualquer um — ter a audácia de questionar seu plano.

— Como eu disse — começa ela, sua voz fria como gelo —, a tempestade parou e isso nos dá várias horas. As melhores projeções dizem que a tempestade chegará entre dezoito a trinta horas, então isso dá tempo suficiente para sairmos daqui. Mas precisamos garantir que o armazém esteja pronto para que vocês também fiquem em segurança lá. Não adianta tirá-los de uma situação perigosa para colocá-los em outra.

Mozart levanta uma sobrancelha escura.

— Você podia muito bem nos devolver nossos poderes e nos deixar dar o fora daqui como bem entendermos.

Um dos novos lobos metamorfos — um cara loiro que ainda não conheço — lhe dá um olhar de desprezo.

— Nem todos nós podemos voar, idiota.

Mozart devolve o olhar com interesse.

— Não tenho certeza de que essa seja uma desvantagem do meu plano.

— Ninguém vai sair voando daqui. Nem nadando. Nem fazendo qualquer outra coisa além de seguir o plano. — A voz irritada da minha mãe ecoa pelo microfone. — O portal estará pronto às seis da manhã de amanhã. Até lá, temos algumas tarefas que precisamos que cada um de vocês cumpra.

Ela entrega o microfone à minha tia Carmen, que assume com um enorme sorriso que não chega aos seus olhos azuis. Não tenho certeza se é porque ela discordou do plano da minha mãe e perdeu, como costuma acontecer, ou se está mais preocupada do que quer deixar transparecer. Mas algo definitivamente não está certo.

— Eu sei que é muita coisa para absorver — diz ela em sua voz baixa e calmante. — Mas tudo vai ficar bem. Vamos evacuar o lugar, deixar a tempestade passar e voltar para cá em apenas alguns dias.

— Se tiver sobrado algo. — Jean-Jacques ri de seu lugar, bem na frente dela. — Talvez a tempestade destrua todo esse maldito lugar.

— Isso não vai acontecer — assegura ela, antes de se virar e olhar para o resto de nós. — E as tarefas que temos para vocês vão garantir que esse continue sendo o caso. Gostaríamos que todos vocês ajudassem a preparar a escola para resistir ao furacão. Precisamos de sacos de areia cheios e alinhados para criar uma barreira contra a ressaca, janelas cobertas com compensado, árvores e arbustos podados para que não passem por nenhum telhado ou janela, assim como algumas outras tarefas.

Gemidos enchem a sala com suas palavras, mas antes que fiquem generalizados, os olhares de aço da minha mãe e do tio Christopher os calam rapidamente.

— Há mesas em cada andar dos dormitórios, com membros do corpo docente, que os ajudarão com as próximas etapas — continua minha tia Carmen. — Veteranos, fiquem onde estão por mais alguns minutos. Alunos mais novos, subam para seus quartos e façam uma mala pequena para a evacuação. Em seguida, reportem-se à mesa em seu andar para receberem suas tarefas de grupo. Quando concluídas, voltem aqui e façam o check-in para receberem uma caixa de jantar que as bruxas da cozinha prepararam. — Ela examina a sala. — Alguma pergunta?

Não há nenhuma, então ela termina com um rápido agradecimento por nossa ajuda antes de nos dispensar.

— Então, qual tarefa emocionante você acha que ficará sob nossa responsabilidade? — murmura Luís enquanto esperamos que os alunos da nona à décima primeira série saiam, e juro que, se ele se encolher mais em sua cadeira, vai ficar sentado no chão.

— Desde que não seja estocar o suprimento de comida dos chricklers, não me importo.

O arranhão no meu ombro lateja só de pensar, e parte de mim é incapaz de acreditar que eu o ganhei apenas ontem. Parece que dias se passaram desde então.

— Claro que não — responde Luís, com uma bufada. — Nem sua mãe poderia ser tão cruel.

— Acho que ambos sabemos que isso não é verdade.

— Ok, alunos veteranos, obrigado por sua paciência. — Tio Christopher pega o microfone. — Como vocês ficam todos alojados nas cabanas, centralizamos suas mesas de tarefas aqui.

Ele aponta para quatro mesas colocadas ao redor da sala, cada uma com letras correspondentes a uma faixa de sobrenomes.

— Reportem-se à sua mesa e obtenham sua tarefa de grupo. Uma vez concluída, vocês podem voltar aqui para pegar seu jantar e depois retornar para seu quarto, arrumar as malas e dormir um pouco antes de sairmos. Alguma pergunta?

Algumas perguntas são feitas, mas o resto de nós já está em movimento. Quanto mais rápido fizermos isso, maiores serão nossas chances de vencer a próxima leva de chuva.

Não me incomodo em fechar janelas ou podar árvores, mas prefiro não fazer isso na chuva torrencial. Apesar da toalha de praia que Luís me entregou antes, minhas roupas e cabelo ainda estão muito molhados da última rodada.

Exceto que, quando recebo minha tarefa, percebo que não importa se ainda está chovendo ou não.

Porque descobri que eu estava certa e Luís estava errado.

Minha mãe pode ser realmente muito cruel.

Capítulo 29

DEPRESSÃO NAS MASMORRAS

— Você não pode estar falando sério. — Luís parece irritado enquanto caminhamos até a porta leste, onde o professor que me deu minha tarefa disse para encontrar o resto do grupo do prédio administrativo.

— Pelo menos não vou estar sozinha desta vez — respondo. — Mais pessoas significa menos chances de eu ser mordida.

— Pelos chricklers, talvez. — Ele bufa. — E quanto ao resto das criaturas?

— Sinto que a teoria ainda vale.

— Mesmo para aqueles que ficam agitados com mais pessoas por perto? — retruca ele. — Não consigo acreditar que deram o confinamento das criaturas para você. Sua família odeia você ou algo assim?

— Eu acho que sim, eles me odeiam.

Mas minha resposta não tem nada a ver com a tarefa que me foi dada e tudo a ver com quem está ao lado da porta leste, onde devemos encontrar todos os outros designados para o prédio administrativo. Porque, à medida que a multidão diminui, posso ver muito claramente Jude, Mozart, Ember e o outro amigo deles, Simon.

É um desastre escrito com todas as letras.

— Pronta para martelar algumas coisas? — pergunta Eva, que vem por trás de mim e coloca um braço sobre meus ombros. — Podemos descontar nossa raiva da noite passada naquelas tábuas.

— *Nós* podemos descontar nas tábuas — diz Luís a ela. — Clementine foi designada para o confinamento das criaturas. De novo.

Ela parece atônita.

— Puta merda. Você precisa mesmo parar de colocar água no cereal da sua mãe — diz ela, balançando a cabeça.

— Para ser justa, tia Carmen disse que designou dois de nós lá para baixo. Eu acho que deve ser Caspian. — Ele é o único outro aluno que deixam entrar nas gaiolas do confinamento, embora ele quase nunca tenha que fazer nada porque eu sempre estou encrencada. — Talvez mordam ele.

— Na verdade, o consenso é de que o problema é a mãe da Clementine ser má e hedionda — sugere Luís.

— Verdade — murmuro enquanto enfio as mãos nos bolsos e olho para o chão. Posso sentir o peso dos olhos de Jude sobre mim, mas me recuso a dar a ele a satisfação de olhar para cima.

Vou ignorar Jude. Vou ignorar Jude. Vou IGNORAR Jude.

Não vou olhar para ele.

Não vou tocar nele, nem mesmo por acidente.

E, com certeza, não vou beijar ele. Nunca mais.

— Espera aí. *Simon* está no nosso grupo? — A voz de Eva vira um guincho, e ela para de repente. — Não posso ficar em um grupo com Simon!

— Está tudo bem — digo a ela, empurrando-a de leve para a frente com uma das mãos. — Tenho certeza de que ele nem se lembra do que aconteceu.

Ela me lança um olhar que diz "está falando sério?".

— Todo mundo se lembra.

— Foi bem marcante — concorda Luís.

— Você não está ajudando — sibilo, antes de voltar para minha colega de quarto. — Está tudo bem, Eva.

— Não está nada bem. — Ela treme. — Eu ainda culpo o fato de ele ser uma sirena. Eu nem sei cantar!

— Isso é fato — ironiza Luís.

— Todo mundo sabe que é porque ele é uma sirena — eu a acalmo. — Tenho certeza de que coisas assim acontecem com ele o tempo todo.

— Coisas assim não acontecem com *ninguém* o tempo todo — geme ela.

Luís abre a boca, mas eu lanço a ele um olhar de advertência. Ele fecha a boca, com um revirar de olhos.

— Vai ficar tudo bem — digo a ela novamente. — Juro. Vamos só acabar logo com isso. Quanto mais cedo começarmos...

— A única maneira de ficar tudo bem é se você trocar de lugar comigo, e um dos monstros daquele maldito confinamento me comer.

— Você poderia se oferecer como alimento para um deles — recomenda Luís. — Tem uma cobra-monstro que provavelmente aceitaria.

Antes que eu possa *começar* a pensar em uma resposta para essa sugestão, Jude olha para nós. Seus olhos verde-prateado e preto encontram os meus, e todas as palavras na minha cabeça desaparecem de repente. Tudo o que sobra é uma cacofonia de emoções descombinadas revirando dentro de mim, tão emaranhadas que não há como eu separá-las, mesmo que quisesse.

O que não quero — pelo menos não aqui.

Determinada a não cair nas baboseiras dele de novo — ser humilhada duas vezes pelo mesmo cara em um período de vinte e quatro horas é mais do que suficiente —, eu me obrigo a desviar o olhar. Mas não sem notar o conflito nos olhos dele, normalmente impenetráveis, todas as cores se revirando juntas em um lindo quebra-cabeça que estou desesperada para resolver.

Uma pena que estejam faltando várias peças importantes nesse quebra-cabeça — peças que quero achar, mas que suspeito estarem perdidas para sempre.

Com a mãos ainda firmes nos bolsos, eu passo por Jude sem nem mesmo acenar com a cabeça. Ainda estou mais do que irritada por ele me beijar e depois sair como se não fosse nada. De novo. Estou ainda mais irritada por não poder encurralá-lo agora e exigir as respostas que passei tanto tempo atrás dele para conseguir.

— Clementine... — começa ele, mas o uso do meu nome verdadeiro só me deixa mais nervosa. É como se ele estivesse tentando me irritar de novo.

— Ei, você — diz Simon, sorrindo para mim enquanto eu caminho em sua direção, seus olhos da mesma cor que o oceano sob uma lua cheia. Eles são tão claros quanto os de Jude são torturados.

— Ei.

Eu discretamente prendo a respiração enquanto passo por ele — não dá para ser cuidadosa demais com sirenas —, mas isso só faz com que o sorriso dele se alargue. Simon sabe muito bem que efeito tem sobre todos nós, e gosta disso, não importa que finja o contrário.

Quando eu me aproximo, ele pisca para mim, mas eu apenas reviro os olhos em resposta... e, *mesmo assim*, não respiro até estar a vários metros de distância dele. Mas isso não impede seu cheiro de ficar no ar ao meu redor — limpo, quente e provocante, daquela maneira que só uma sirena pode ser. Não é de admirar que Eva tenha perdido a cabeça da última vez que participou de um projeto em grupo com ele.

— Oi, Eva. — A voz de Simon é inocente ao cumprimentar minha amiga, mas há uma expressão divertida em seus olhos que diz que, na verdade, ele se lembra. Mesmo antes de Mozart começar a cantar "Kiss the Girl", de *A Pequena Sereia*.

As bochechas normalmente bronzeadas de Eva ficam da cor da calça do nosso uniforme, e ela faz uma meia-volta abrupta, apoiada nos calcanhares de seus preciosos Vans xadrez vermelhos.

— Eu preciso de um novo grupo! — grita ela para meu tio Carter, que está passando por ali.

— Sem mudanças — diz ele com severidade, sua barba por fazer tremendo de determinação. — Temos que ter um registro de onde todos estão a todo momento enquanto a tempestade se aproxima.

— Ela está bem com a gente — digo a ele, enquanto começo a conduzi-la de volta para os outros.

Ele me dá um olhar sério.

— Só se certifique de que vocês duas fiquem com Jude enquanto estiverem no confinamento das criaturas, Clementine.

Claro que eu *não* vou fazer isso.

— E as chaves? Eu só tenho uma para o recinto dos chricklers.

— Eu as entreguei a Jude — responde ele. Parece que quer dizer mais, mas então tia Carmen o chama, e ele começa a se afastar. Mas ele só dá alguns passos antes de se virar para me lembrar: — Fiquem com Jude. Ele vai mantê-las seguras.

Eu quero perguntar por que ele deu as chaves para Jude e não para mim, mas ele já está a meio caminho da minha tia.

— Você ouviu o que Mozart estava cantando? — sussurra Eva assim que meu tio se afasta.

— Se serve de consolo, não é a primeira vez que alguém faz uma serenata para ele com essa música — comenta Ember, sentada com as costas na parede, braços cruzados e pernas estendidas à sua frente. — E provavelmente não será a última.

— Eu amei — acrescenta Simon, com outro sorriso tão sexy que faz meu próprio coração bater forte, mesmo que eu não tenha absolutamente nenhum interesse no cara.

Ele se aproxima, e eu volto a respirar pela boca, enquanto Luís faz um pequeno som sufocante no fundo da garganta.

— Sirenas realmente não jogam limpo — rosna ele.

Enquanto isso, Eva parece estar a um segundo de começar a cantar, *de novo*. Seu lábio inferior treme, e ela vira os olhos desesperados na minha direção.

— Me ajuda — sussurra. — Eu imploro.

Jude interrompe com um rosnado.

— Já chega, Simon.

— Eu só estou tendo uma conversa — responde Simon, todo inocente; contanto que você não preste atenção ao brilho malvado em seus olhos ou às duas manchas de cor em suas próprias bochechas marrom-escuras. O cara é pra lá de diabólico.

— E esse maldito furacão é apenas uma tempestade — resmunga Luís.

— Olhem, podemos começar logo com isso? Quanto mais cedo começarmos essa tarefa, mais cedo terminaremos — comenta Ember, enquanto se afasta da parede.

— Eu já disse a vocês que posso cuidar disso — diz Jude a ela, mexendo no grande chaveiro que abrirá todas as gaiolas do confinamento. — Fiquem do lado de fora, como suas tarefas dizem, e eu vou lá embaixo cuidar do confinamento das criaturas. Não vai demorar muito.

Até parece. O cara realmente se acha.

— Para você ser comido, talvez — zombo. — De jeito nenhum você vai entrar em alguma dessas gaiolas sozinho.

— Que gaiolas são essas, exatamente? — pergunta Izzy enquanto ela e Remy caminham até nós.

Como quase todo mundo, Remy está vestido com roupas frescas, em vez do uniforme — não que eu esteja com inveja por estar com minha camisa molhada e grudada ou qualquer coisa assim —, ao passo que Izzy está com todo aquele cabelo ruivo escondido de alguma forma em um boné roxo do New Orleans Saints.

— No confinamento das criaturas. — Mozart dá um sorriso malicioso para os dois. — Vocês também ficaram com as tarefas do prédio administrativo?

— Ficamos. — As sobrancelhas escuras de Remy chegam à linha do cabelo dele. — Mas eu pensei que íamos apenas tapar algumas janelas. Também temos tarefas no jardim zoológico?

— Acho que dá para chamar de zoológico, mas é altamente desaconselhável acariciar qualquer coisa ali — diz Luís a ele.

— Ah, eu não acho. Você pode acariciar o que quiser lá embaixo — diz Ember, e se dirige para a porta mais próxima. — Contanto que não se importe em perder alguns dedos.

— Mais provável perder um braço inteiro. — O sorriso que Simon dá para Remy e Izzy é tão caloroso que até eu sinto um pouco de formigamento, e eu não estou nem perto da linha de fogo.

— Puta merda — murmura Jude, com um balançar irritado da cabeça. Mas ele se posiciona entre Simon e eu, bloqueando o sorriso brilhante da sirena com seus ombros muito largos.

Eu agradeceria a ele pelo resgate, mas ainda estou muito irritada com o que aconteceu entre nós na floresta. Então apenas faço uma careta para ele antes de seguir Ember em direção à porta.

Além disso, Izzy parece ser mais do que capaz de lidar com uma pequena sirena. Como não tenho tanta certeza sobre Remy, enrosco meu braço no dele quando passo e o levo comigo. Depois de conversar com ele no corredor hoje, não me imagino sendo cruel com a única outra pessoa no planeta que sente tanta falta de Carolina quanto eu.

— Eu agradeço — murmura ele, em seu pesado sotaque de Nova Orleans. — Sirenas são loucas pra caramba.

— Acho que você quis dizer traiçoeiras pra caramba — respondo, enquanto caminhamos pelo corredor.

Uma espiada por cima do ombro — para não mencionar o peso de seu olhar queimando na parte de trás da minha cabeça — me diz que Jude segue logo atrás de nós, com uma cara azeda.

Não faço ideia do que ele tem para ficar azedo, mas, considerando que estou me sentindo bastante azeda também — pelo menos no que diz respeito a ele, graças ao seu último beijo e fuga —, estou mais do que bem com isso.

Eva caminha a vários metros de distância, com fones de ouvido e óculos de sol, claramente uma manobra para bloquear Simon. Penso em chamá-la, mas antes que eu possa fazer isso, Mozart começa a caminhar do meu outro lado.

— Não se preocupe. Você vai se acostumar com ele.

— Antes ou depois de fazer uma serenata com uma música de amor da Disney? — zomba Remy.

Mozart encolhe os ombros, a elegante trança preta dela balançando a cada passo.

— Eu diria que as chances são de cinquenta por cento.

— Sinto que poderia fazer uma versão bem boa de "You've Got a Friend in Me". — Ele limpa a garganta, como se estivesse se preparando para praticar.

— Ei, eu achei o "Kiss the Girl" da Eva brilhante — diz Mozart com um sorriso que só destaca a selvageria em seus olhos de gelo negro.

— Já ouvi versões melhores — observa Ember, com um fungada. — Ela estava um pouco fora do tom.

— Uau — comento. — Muito crítica, não?

— Eu só digo o que ouvi — responde ela com um encolher de ombros, depois atrasa o passo para se juntar a Jude.

Remy levanta as sobrancelhas em uma pergunta silenciosa, mas Mozart apenas balança a cabeça enquanto caminhamos para o lado de fora, onde, felizmente, parou de chover por um instante.

— As fênix podem ser... temperamentais. Eu aprendi que é melhor não perguntar.

— E você é uma covarde — retruca Ember, provando que ainda está ouvindo, mesmo que não queira estar perto de nós.

— Covarde. Gênio. — Mozart ergue as mãos diante de si, com as palmas viradas para o céu, e as move para cima e para baixo como pesos em uma balança. — Tenho certeza de que é gênio.

Ember lhe mostra o dedo do meio quando ela e Jude passam por nós.

— Viu? — Mozart encolhe os ombros. — Temperamental.

— Um dia desses ela vai colocar fogo em você — comenta Jude quando atravessamos o portão.

— Por favor — rebate Mozart. — Eu sou um dragão. Isso faz de mim o fogo, gato! Posso aguentar qualquer coisa que ela tente fazer comigo.

— Isso é só papo, considerando que não temos nenhum poder agora — responde Ember.

— Viu? — Ela faz uma careta atrás de Ember. — Eu estou sempre pensando à frente. Gênio.

Ela é tão ridícula que não tem como eu não cair na risada. Tento parar — não a conheço bem o suficiente para descobrir se isso vai ofendê-la —, mas ela apenas sorri para mim, então eu decido que está tudo bem.

É meio estranho que estejamos juntos na escola há três anos e esta seja a maior quantidade de palavras que Mozart já me disse. Não tenho certeza se foi escolha dela ou minha — desde o dia em que finalmente descobri que Jude estava me abandonando, eu fiquei bem longe dele e de seus novos amigos.

Eles sempre pareceram um pouco intimidadores, e meus anos em Calder me ensinaram que, a menos que conheça a história de alguém, sempre é melhor deixá-los virem até você.

Mas Mozart parece ser bem legal, na verdade. Assim como Simon, contanto que eu não olhe nos olhos dele ou respire quando ele estiver por perto.

E, sim, estou perfeitamente ciente de como isso soa ridículo. Mas, apesar do comentário de Mozart sobre se acostumar com ele, não é fácil fazer amizade com sirenas.

— Então, o que é, exatamente, um confinamento de monstros? — pergunta Izzy. Ela é a última a passar pelo portão. Não parece preocupada, mas intrigada, e o portão se fecha atrás dela.

Capítulo 30

POR QUE VOCÊ TEM QUE SER TÃO JUDE

— Os administradores mantêm um monte de criaturas na masmorra da escola — explico enquanto caminhamos em direção ao prédio administrativo. — A maioria delas não é bem o que eu chamaria de amigáveis.

Meu ombro escolhe exatamente esse momento para repuxar, como se me chamasse a atenção por meu eufemismo.

— De que tipo de criaturas estamos falando? — pergunta Remy, e ele não parece mais preocupado do que Izzy. Mas é claro que ele passou quase toda a sua vida no Aethereum, a prisão mais assustadora do mundo paranormal. É provável que ache que alguns monstros não vão chegar nem perto do que ele já passou. E quem sabe? Talvez ele esteja certo.

Além disso, ele não vai fazer nada além de pregar compensado nas janelas. Por que deveria se preocupar?

— Tem os chricklers — diz Jude a ele com naturalidade. — E mais um monte de criaturas tão incomuns que eu realmente não acho que tenham nomes.

— É uma escolha interessante para povoar um confinamento de criaturas — comenta Remy. — Eu pensei que já tinha ouvido falar de tudo, então não consigo imaginar criaturas *mais* obscuras que chricklers. — Ele levanta uma sobrancelha. — O que são chricklers, afinal?

Luís e eu trocamos um olhar.

— Eles são especiais — diz ele.

— Provavelmente não é o tipo de projeto que gostaria de assumir — acrescento.

— Já falei que eu dou conta — garante Jude.

— Por acaso você já foi até o confinamento das criaturas? — pergunto, incrédula. — Ouvir falar sobre o que há lá embaixo não é a mesma coisa que realmente estar nas gaiolas com eles.

Ele não responde — grande surpresa —, apenas aumenta o passo para poder abrir, sem esforço, vários metros de distância do resto de nós.

Tento manter o ritmo dele, mas decido que não há sentido. Não é uma competição — e, mesmo que fosse, eu perderia. Em parte porque ele é uns vinte centímetros mais alto que eu, que já tenho um metro e setenta e cinco. E em parte porque eu sempre perco quando se trata de Jude.

É praticamente o modelo do nosso relacionamento.

Quando chegamos à base do prédio administrativo, minha apreensão está nas alturas. Não apenas porque algumas dessas pessoas parecem mesmo achar que vão para o confinamento das criaturas comigo e com Jude — o que, definitivamente, não deveriam —, mas também porque estou com medo de que o corredor se encha novamente com fantasmas — ou, pior, com aquelas estranhas coisas cintilantes. E enquanto uma coisa é deixar Luís ou Eva me verem tentando lidar com elas, outra coisa é deixar Jude e um monte de gente que mal me conhece me ver tão vulnerável.

Quero dizer, não é como se eu gritasse para todo mundo na escola que posso ver fantasmas. Contei para minha mãe algumas vezes quando era mais jovem, mas ela insistiu que não existem tais coisas. Mas os anos nesta ilha me ensinaram o contrário, e a crescente negatividade da reação dela me ensinou a manter minha estranha habilidade para mim mesma.

Um olhar de relance para o céu me diz que a tempestade ainda deve estar parada, porque a estranha pausa entre as faixas de chuva ainda está durando. O céu tem um tom cinza-esverdeado esquisito, que eu nunca vi antes, e quando uma rajada ocasional de vento passa e sacode as árvores loucamente, desaparece quase tão repentinamente quanto apareceu.

Talvez, apenas talvez, terei a sorte de os fantasmas terem decidido que a fuga do estranho monstro-cobra mais cedo torna o corredor um lugar muito arriscado para ficar.

A esperança é a última que morre, afinal...

— As instruções dizem para pegar madeira, martelos e pregos da estação montada ao lado da cabana do jardineiro — diz Simon, olhando para o folheto de instruções que todos nós recebemos. — Devemos usá-los para tapar o porão e as janelas do primeiro andar por fora. Depois precisamos nos certificar de que tudo lá dentro tenha comida e água suficientes para durar pelo menos uma semana.

— Eles não acham de verdade que a tempestade vai durar tanto tempo, não é? — Eva desistiu de fingir usar os fones de ouvido e se juntou à conversa outra vez, embora definitivamente fique o mais longe possível de Simon.

— Tenho certeza de que eles só querem garantir que tudo fique bem. — Eu a acalmo. — Dependendo da quantidade de danos que a tempestade causar, pode levar alguns dias para voltarmos.

— Eu não entendo essa coisa toda — comenta Remy. — Não dá para eles usarem um portal para verificar a escola? Ou, ainda nesse tema, por que esperar por barcos quando eles podem nos transportar para fora? Eu sei que os poderes dos alunos estão bloqueados, mas certamente o corpo docente...

— É provável que eles não estivessem pensando nisso — digo a ele. — Temos um bloqueio de portal na ilha há décadas. Ninguém consegue contorná-lo, nem mesmo o corpo docente e a equipe. Deve ser por isso que eles não podem nos transportar para fora antes de amanhã de manhã... Provavelmente leva esse tanto de tempo para derrubar o bloqueio.

— Sério? Ninguém consegue contorná-lo? — Ele parece surpreso, mas ao mesmo tempo, estranhamente, não.

— Ninguém — reitero. É a primeira e mais inquebrável regra da Academia Calder. Até minha mãe pega um barco ou um helicóptero quando tem que sair.

— Me parece uma perda de tempo e esforço — comenta Remy. — Eu poderia dar a volta ao mundo pelo menos duas vezes no tempo que leva para chegar aqui de barco da costa do Texas.

— Você é tão bom assim em abrir portais? — pergunta Eva, parecendo cética. — Costuma levar pelo menos uma década para um bruxo...

— Feiticeiro do tempo — diz ele com uma piscada. — Não um bruxo.

— Sério? — Seus olhos se arregalam, e ela se aproxima dele. — Nunca conheci um antes. O que você...

Ela se interrompe quando uma pequena adaga voa por sua cabeça e atinge o tronco de uma árvore próxima.

Todos nós nos viramos para Izzy, incrédulos, mas ela apenas encolhe os ombros.

— Oops. Escapou de mim.

Remy sorri em resposta, mas Eva parece irritada.

— Você não deveria ter armas nas dependências da escola, sabe?

— Quem vai me impedir? — pergunta Izzy com o levantar de uma sobrancelha. Então ela se afasta para pegar a faca antes que Eva possa responder.

— Dá para acreditar nisso? — pergunta Eva para Remy e para mim.

Depois de ver o que ela fez na aula há algumas horas, eu posso acreditar totalmente nisso.

Remy apenas encolhe os ombros enquanto continuamos andando.

— Não se preocupe com ela, *cher* — diz ele. — Ela é um pouco selvagem, mas vai acabar se acalmando.

Assim que diz isso, ele se contorce um pouco para a direita — quase como se esperasse a faca que vem voando em sua direção. De qualquer forma, ele tem sorte, porque tudo o que a faca faz é cortar algumas mechas de seu cabelo castanho desgrenhado.

— Sabe, princesa, você só precisava pedir — diz ele para Izzy. — Se queria tanto assim uma mecha dos meu cabelo sob seu travesseiro, eu ficaria feliz em lhe dar.

— Você acha mesmo que provocá-la é o caminho certo a seguir? — pergunto, enquanto Izzy mostra a ele suas presas muito impressionantes. — Ela ameaçou cortar alguns dedos na aula de literatura ontem.

— Acho que não. — Seu sorriso largo e impressionante é completamente contagiante. — Mas eu gosto de brincar com o perigo.

— Continue assim e você também vai morrer com o perigo — ironiza ela quando paramos nas escadas diante do prédio administrativo.

— Então, qual é o plano? — Eu entro, esperando distrair Izzy o suficiente para manter os dedos de Remy, e todo o resto dele, inteiros. — Jude e eu vamos cuidar do confinamento das criaturas, então acho que vocês só precisam dividir as diferentes partes do prédio administrativo, certo?

— Na verdade, eu voto para nos dividirmos. — Simon oferece ajuda enquanto enfia as instruções no bolso. — Metade de nós cuida das janelas, enquanto a outra metade cuida da comida e da água. Vocês vão terminar com o confinamento das criaturas mais rápido dessa forma.

— É realmente uma ideia muito boa — concorda Mozart, dando um passo para trás para dar uma olhada em todas as enormes janelas que se alinham no exterior dos andares inferiores do prédio administrativo. — Temos muito que fazer...

— Eu fico com as janelas! — interrompe Eva.

— Eu também. — Luís levanta ambas as mãos para enfatizar.

Eu reviro os olhos para ele em resposta, mas ele apenas sorri, mostrando todos os dentes.

— Uma vez por dia é o suficiente para qualquer pessoa. Se você tivesse algum bom senso, ficaria aqui fora também.

Não me dou o trabalho de responder a ele. Mas não preciso, porque ambos sabemos que isso não vai acontecer. Eu posso estar irritada pra caramba com Jude agora, mas eu realmente não quero que ele morra nas mãos de algum aspirante a hidra irritado. Alguém que realmente sabe o que está fazendo — e que também seja um Calder — tem que liderar o caminho pela masmorra. Tenho certeza de que é por isso que minha mãe me deu essa missão.

De qualquer forma, não vou mandar ninguém lá para baixo para se machucar enquanto fico em segurança aqui em cima. Não quando sei exatamente o que espera por eles lá embaixo.

— Eu vou para a masmorra — digo. — E Jude vem comigo. Essa é a nossa parte do plano.

— Eu também vou — Izzy se voluntaria. — Quero ver esse zoológico com animais nada de estimação.

— Eu também — concorda Mozart.

Remy dá um passo à frente.

— Eu posso ir ou posso ficar aqui. O que vocês acharem que será mais útil.

— Por que você não fica com a gente? — sugere Eva a ele. — Você é tão alto, aposto que poderíamos fazer muitas dessas janelas em bem pouco tempo.

— Farei o meu melhor — responde Remy, com um olhar sorridente na direção de Izzy. Mas a vampira já virou as costas, tendo perdido interesse em sua provocação.

— Acho que todo mundo deveria ficar aqui em cima. Jude e eu podemos lidar com isso. — Espero que Jude diga algo, ou que pelo menos dê um passo à frente, mas ele não diz uma palavra. Quando olho para ele, percebo que é porque eu o tenho ignorado tão bem que não me atentei a algo muitíssimo importante.

Em outras palavras, que ele já foi embora.

Eu me viro bem a tempo de ver a porta principal do prédio administrativo se fechando atrás do grande e exageradamente heroico idiota.

Pena que ele não faça ideia de onde está se metendo.

Capítulo 31

NÃO VAMOS FAZER A DANÇA DO MONSTRO

— Aonde ele vai tão rápido? — pergunta Izzy. Como antes, ela não parece preocupada, apenas levemente curiosa.

— Se meter em encrenca — respondo, enquanto saio em direção à mesma porta pela qual Jude desapareceu. Estou vagamente ciente de Izzy e Mozart me seguindo em um ritmo mais lento, mas não presto muita atenção nelas. Estou mais preocupada com as encrencas nas quais Jude vai se meter antes que eu possa alcançá-lo.

O fato de que um dos outros está tocando "Save Your Tears" do The Weeknd no celular, enquanto se dedicam ao trabalho, não me passa despercebido. Tenho certeza de que deveria ser a música-tema da minha amizade com Jude — ou da falta dela, considerando que parece que passei o dia inteiro correndo atrás do idiota.

Em que diabos ele está pensando? Sei que ele continua dizendo que pode dar conta de tudo, mas Jude não tem ideia de com o que vai lidar. Quero dizer, o que o cara realmente acha que vai fazer sozinho contra um bando de monstros irritados e metidos a besta? Eles odeiam chuva quase tanto quanto fantasmas. Aprendi isso no ano passado... da maneira difícil.

Meu estômago se contrai só de pensar com o que estou prestes a encontrar — monstros e espíritos —, mas eu o ignoro. Não há nada que eu possa fazer a respeito neste momento, além de esperar pelo melhor.

Não que o melhor seja sempre uma opção aqui na Academia Calder. O máximo que podemos esperar, em geral, é *não* ser o pior. Não só é possível contar com a pior coisa acontecendo aqui no pior momento possível, como também se pode esperar que essa coisa pior seja mortífera... ou pelo menos perigosa pra caramba. Pelo lado bom, quando se entra em uma situação com expectativas tão baixas, qualquer coisa que não seja uma catástrofe total parece uma história de sucesso.

Eu faço a curva no corredor que leva para a masmorra, e meu estômago afunda ainda mais. Eu não fui rápida o suficiente. Jude já fez o caminho que desce pelas escadas até as entranhas do prédio.

Tento esconder minha preocupação, mas Mozart deve ter percebido, porque coloca uma mão tranquilizadora em meu ombro.

— Não se preocupe, Clementine. Se ele diz que dá conta, ele dá conta.

— Não estou preocupada. — Mas a mentira mal saiu da minha boca quando uma nova série de trovões ecoa lá em cima, sacudindo as paredes e fazendo a única lâmpada no corredor lá embaixo, que tio Carter deve finalmente ter substituído depois que perseguiu a aspirante a hidra mais cedo, cintilar.

Claro, a tempestade decide recomeçar bem neste momento.

Como se meus pensamentos o conjurassem, um grito enorme soa de lá embaixo. Por um segundo, acho que o monstro-cobra gigante se soltou novamente, mas então ouço o barulho de uma fechadura, seguida pelo estrondo de uma porta, e percebo que é muito, muito pior.

Jude entrou na gaiola com o monstro-cobra.

Ah, merda.

Eu acelero, descendo os últimos degraus dois de cada vez, enquanto imagino o que os dedos de cobra daquela coisa poderiam fazer com ele.

Estrangulá-lo.

Empalá-lo.

Arrancar membro por membro dele.

Pelo lado bom, o ataque de antes garantiu que os fantasmas permaneçam desaparecidos, mas estou tão assustada com Jude que mal noto. Em vez disso, corro pelo corredor, com o coração batendo e o terror se retorcendo dentro de mim. Mas, quando chego à cela já sem a corrente do monstro-cobra, Jude já está saindo lá de dentro, devagar e desinteressado. Como se acabasse de alimentar seu filhote favorito em vez de um monstro selvagem e sanguinário.

— Eu falei que ele ficaria bem — sussurra Mozart no meu ouvido quando chega perto de mim. — Jude tem jeito com monstros — acrescenta ela, enquanto ele caminha em direção ao próximo cercado.

— Não tem como você ter alimentado ele tão rápido assim — digo, enquanto me apresso até onde ele está. — Eu nem ouvi um som de lá dentro. E sei por experiência própria que ele fica muito, muito barulhento quando está chateado.

Jude me dá um olhar penetrante, que retribuo com interesse até que ele finalmente encolhe os ombros.

— Eu nem vi o monstro quando entrei. Devia estar dormindo em algum lugar.

— Você quer que eu acredite que a coisa estava dormindo, e você simplesmente entrou lá, despejou um monte daquela maldita ração brilhante, e ele sequer se mexeu? — Sei que pareço cética, mas por favor, né? Tenho ficado de detenção, lidando com essas malditas criaturas, desde o segundo ano. Elas mudam regularmente, pois minha mãe ganha dinheiro extra com alojamento de monstros a curto prazo, e nenhum deles é fácil de lidar. Nenhum deles.

E então Jude entra sem mais nem menos, como se não fosse nada de mais? Enche os comedouros com uma semana de comida e água e sai andando? Não faz sentido.

— Eu não sei se ele se mexeu ou não, Satsuma. Eu não o vi. Não vi nada.

Estreito os olhos para o apelido e finjo — até para mim mesma — que estou irritada com o fato de que ele voltou a me chamar de nomes aleatórios e cítricos.

— Acho que não. Mas não sugiro que você tente entrar nas jaulas de qualquer jeito, com alguns dos outros monstros, *Eleanor Rigby*.

— Eu não estou preocupado. — Ele acena com a cabeça na direção do final do corredor. — Por que você não deixa esses para mim enquanto vocês três lidam com os chricklers?

— Você acha mesmo que vou deixar você fazer todos esses cercados sozinho, é? Nós vamos nos dividir... dividir e conquistar. E então poderemos entrar todos juntos no recinto dos chricklers. É definitivamente um trabalho para mais de uma pessoa. Quanto mais, pior.

Jude não parece impressionado, e percebo que é a primeira vez que ele demonstra algo além de sua expressão impassível de sempre em referência a este trabalho. Há algo acontecendo com ele, e estou determinada a descobrir o quê. Não tenho uma resposta — ainda —, mas se os últimos anos me ensinaram alguma coisa, é que sempre que algo acontece com Jude, eu acabo me machucando.

De jeito nenhum vou deixar que isso aconteça de novo.

— Eu tenho uma ideia melhor — sugere ele. — Que tal um trato?

Dou uma risada, embora não haja humor no som.

— Esse foi o meu trato.

— Ok. Então que tal uma aposta?

— Uma aposta? — Estreito meus olhos. — Que tipo de aposta?

— E pensar que eu me achava ruim por sempre querer as coisas do meu jeito — comenta Izzy, preguiçosamente. — Mas vocês dois me venceram.

— Jude só é assim com Clementine — diz Mozart a ela.

Penso em perguntar o que ela quer dizer com isso, mas estou ocupada demais encarando Jude — que também está ocupado fazendo o mesmo comigo. Encaro fixamente aqueles olhos que, de repente, se tornaram uma miríade de cores. Verde e prata, ouro e preto, todos misturados na combinação mais cativante que já vi.

Eu pisco para quebrar o feitiço, e depois me odeio quando os cantos da boca dele se movem, no que percebo rapidamente ser a coisa mais próxima de um sorriso que o Jude de dezessete anos é capaz de oferecer.

— Eu faço o próximo cercado sozinho e, se eu sair ileso, você me deixa cuidar do resto, enquanto vocês três cuidam dos chricklers.

Analiso mentalmente a aposta, procurando por brechas. Pelo que posso ver, não há nenhuma, considerando que não há como ele sair daquela gaiola sem pelo menos alguns arranhões. Não sei como ele passou pelo monstro-cobra, mas há dois dos monstros mais assustadores que já vi lá dentro, e não há como ele escapar de ambos.

Além disso, é melhor deixá-lo fazer essa rotina ridícula de lobo solitário lá dentro, do que quando ele tentar entrar em algumas das outras cercas...

Ainda assim, não vale a pena ceder de modo muito fácil — ou muito ansioso.

— E o que acontece se eu tiver que salvar seu traseiro?

— Não vai ser preciso — responde ele, com aquele pequeno sorriso ainda brincando nos cantos de sua boca.

— Claro que não — concordo, sarcástica. — Mas vamos supor que eu tenha que resgatá-lo. Ou mesmo que você saia um pouco machucado. O que acontece então?

Ele encolhe os ombros.

— Então nós fazemos o resto dos cercados do seu jeito.

— Até mesmo o dos chricklers?

Ele faz uma careta.

— Até mesmo o dos malditos chricklers.

— Então temos um acordo. — Eu estendo a mão para um aperto, e imediatamente me arrependo quando a palma dele desliza contra a minha.

Pequenas faíscas dançam ao longo da minha pele onde quer que nos toquemos, e eu puxo minha mão de volta cedo demais.

Jude finge que não percebe, mas é exatamente isso. Fingimento. Dá para ver na maneira como seus ombros se enrijecem e na forma como ele esfrega a palma da mão contra a calça algumas vezes, como se estivesse tentando se livrar da sensação.

Eu entendo. Faria o mesmo se achasse que realmente funcionaria.

— Ok, então. — Aceno na direção da pesada porta de madeira que fica entre os monstros-aranha e o resto de nós. — Acho melhor você começar antes que o tempo piore.

Observo seu rosto com atenção, em busca de algum pequeno sinal de medo, mas não há nada. Nenhum aperto de lábios, nenhum bater de cílios, nem mesmo uma respiração profunda para se acalmar. Nenhuma das pequenas dicas da infância dele. Apenas masculinidade pura e confiante.

Isso me faz querer mudar a aposta — não porque eu tenha medo de enfrentar os chricklers sozinha, obviamente, mas porque estou aterrorizada com o que vai acontecer se ele entrar sozinho em alguns desses cercados.

Mas já é tarde demais. Ele já está abrindo a porta e deslizando para dentro.

Meu estômago se aperta quando a porta se fecha atrás dele, e embora eu esteja convencida de que minha cara de paisagem é tão boa quanto a de Jude, Mozart se vira para mim logo em seguida.

— Ele vai ficar bem.

— Você não tem como saber.

Ela começa a responder, depois se interrompe com um alarmado:

— O que você está planejando fazer com essa coisa *agora*?

Eu me viro a tempo de ver Izzy segurando outra faca de aparência malvada.

Ela não responde a Mozart, apenas caminha até a porta mais próxima e enfia a faca na parte inferior do cadeado.

— Tenho certeza de que isso não fazia parte da aposta — diz Mozart a ela cautelosamente.

Mas ela apenas levanta uma sobrancelha.

— Eu não me lembro de ter concordado com nenhuma aposta. E se acha que vou ficar parada aqui fora e esperar que o Príncipe Não Tão Encantado volte em pedaços, você é mais ingênua do que parece.

Ela mexe a faca um pouco, depois a vira rapidamente para a esquerda.

O cadeado se abre, assim como a porta.

— Você vem? — pergunta ela, os olhos azuis arregalados e não tão inocentes ao olhar por cima do ombro para mim.

— De jeito nenhum — respondo, mas ela já está deslizando para dentro do cercado, sem nem um pouco de hesitação... ou qualquer tipo de plano sobre como lidar com a coisa que espera por ela lá dentro.

Porque, aparentemente, o instinto de autopreservação dela é tão forte quanto o de Jude.

Começo a ir atrás dela, mas Mozart se coloca na minha frente.

— Você tem certeza de que quer fazer isso?

— Claro que não — respondo. — Mas eu não posso deixá-la entrar sozinha.

— Tudo bem. — Ela suspira. — Vamos entrar juntas...

Ela para de falar quando um grito assustador vem do cercado da besta-aranha. Finalmente, ela parece tão preocupada quanto eu.

— Veja como Jude está — digo a ela. — Eu cuido de Izzy.

Ela não parece convencida — pelo menos não até que um longo e estranho som venha na sequência do grito.

— Anda — eu a apresso. Então puxo meu cotovelo para me libertar da mão dela e mergulho pela porta aberta, bem quando outro grito arrepiante enche o ar ao nosso redor.

Capítulo 32

JOGOS DA LULA-ZILLA

Fecho a porta atrás de mim e depois pisco algumas vezes, enquanto meus olhos se acostumam com a estranha luz vermelha que preenche o recinto. A última coisa de que precisamos é que essa coisa escape.

Eu me lembro vagamente da minha mãe reclamando por ter que encontrar lâmpadas especiais para acomodar essa criatura, mas não prestei muita atenção na época. Ao que parece, a coisa não gosta de luz normal, porque não só todas as lâmpadas no lugar são vermelhas, como as pequenas janelas perto do teto também estão cobertas por um estranho filme vermelho que dá à sala inteira um brilho aterrorizante, carmesim, que faz os pelos na minha nuca ficarem em pé.

No entanto, Izzy não parece nem um pouco afetada por isso, e caminha de maneira confiante rumo ao centro da grande sala vazia.

— Você não quer saber onde a coisa está antes de se expor assim? — pergunto, olhando ao redor enquanto a sigo mais para dentro do cercado. Meu tempo com os chricklers me ensinou que devagar e sempre é o ritmo que mantém todos os seus membros e a maior parte da sua pele no lugar.

Ela encolhe os ombros.

— Eu não me importo com monstros. Pelo menos eles não escondem quem são e o que querem.

— Sim, mas o que eles querem, geralmente, é alguma parte do seu corpo. Carne. Ossos. Sangue... — Eu paro de falar quando me lembro de com quem estou falando.

Mas Izzy apenas sorri, expondo suas presas muito longas e afiadas.

— Ei, não critique até ter experimentado.

— Não é bem uma coisa de manticora — respondo enquanto giro, tentando descobrir onde está o maldito monstro. Não é como se houvesse muitos lugares aqui para ele se esconder.

Há três grandes árvores em vasos no fundo do recinto, com o que parecem ser marcas de arranhões indo até o topo dos troncos. Alguns dos galhos estão partidos ao meio e pendurados nas árvores, enquanto outros simplesmente desapareceram — cortados ou arrancados dos troncos. Pelo menos uma das árvores deve ser uma macieira, porque o chão ao redor dos vasos está cheio de caroços que foram mastigados até as sementes.

O resto da sala é bastante vazio — desde que você desconte as paredes, que estão ainda mais arranhadas do que os troncos das árvores. Há apenas um grande pálete que eu presumo que seja para dormir, várias calhas cheias de água e mais da ração brilhante em forma de Z com a qual alimentamos os monstros, um armário acorrentado que imagino conter mais comida, e uma corrente pesada que corre pelo centro da sala.

Tenho menos de um segundo para registrar que a corrente provavelmente está ligada à lula-zilla — e começar a segui-la com meus olhos —, quando um forte e retumbante rosnado enche a sala.

— Onde está o monstro? — pergunta Izzy, enquanto nós duas nos viramos para a esquerda, de onde veio o som.

Não há nada lá... exceto pela enorme e pesada corrente. Só que essa parte não está no chão. Em vez disso, está pendurada no teto.

E acontece que eu estava certa. Está definitivamente ligada ao monstro. Que é muito mais assustador do que eu imaginava, a partir da descrição do tio Carter quando a criatura chegou ao confinamento. E também excepcionalmente irritado, se os rosnados vindos de sua boca enorme e muito afiada dão alguma indicação.

— O que diabos é isso? — pergunta Izzy, de repente com uma faca em cada mão, e essa nova edição é ainda maior e mais assustadora do que a primeira.

Antes que eu possa processar o que está acontecendo, ela se aproxima e coloca uma das facas na minha mão.

— Eu não quero isso! — grito, tentando devolver, em parte porque não tenho ideia de como usar uma faca para me defender e, principalmente, porque o que quer que aquela coisa planeje fazer comigo não é tão ruim quanto o que minha mãe fará se eu for pega com uma arma na escola.

O fato de Izzy ter conseguido durar tanto tempo com sua coleção de facas é definitivamente um testemunho de quem ela é, em vez da política normal da Academia Calder em relação à posse de qualquer tipo de arma na ilha. Mas Izzy não tem como aceitá-la de volta, uma vez que já está segurando uma terceira faca. E, a julgar pela maneira como rodopia as duas, ela sabe muito bem como usá-las.

— *Onde* você consegue essas coisas? — pergunto enquanto continuamos a recuar sob os olhos escuros e vigilantes da lula-zilla. — Que eu saiba, procuramos por armas quando os alunos chegam.

— Não tenho certeza se esse é o momento para essa discussão — responde Izzy enquanto levanta as facas diante de si, como se estivesse apenas esperando uma chance de empalar a besta.

— Você sabe que estamos aqui para alimentar e dar água para ela, certo? Não para matá-la. — Eu baixo minha faca e tento descobrir o que devo fazer com essa coisa, agora que ela tem minhas impressões digitais por toda parte. — Tenho certeza de que as pessoas que estão pagando minha mãe para hospedá-la aqui vão ficar muito chateadas se ela voltar faltando um...

Eu paro de falar, tentando descobrir como chamar os apêndices translúcidos da coisa.

— Tentáculo? — completa Izzy.

E, tecnicamente, acho que ela está certa. O corpo inferior do monstro é composto de quase cem membros em forma de tentáculo. Só que, enquanto a maioria dos tentáculos tem algum tipo de ventosa, os dele têm lâminas. Dezenas e dezenas de lâminas. O que explica os arranhões em todas as superfícies disponíveis neste lugar.

Mas que diabos?

Eu sei que a escola sempre precisa de dinheiro, mas tem que haver uma maneira melhor de consegui-lo do que se voluntariar para cuidar de criaturas como esta.

Aquele monstro-cobra horrível fugiu mais cedo. O que diabos faríamos se *essa* coisa aqui escapasse da corrente e entrasse no terreno da escola?

— Eu vou... — Paro de falar quando o monstro se move, ainda de cabeça para baixo, pelo teto e segue bem na nossa direção.

Ele faz um som de estalo enquanto se move — as lâminas deslizando pelo teto — e, ao se aproximar, a repulsa me revira o estômago. Porque é realmente a coisa mais nojenta que já vi.

Para começar, sua metade superior parece muito com um daqueles gatos sem pelos — grande, com orelhas pontudas, olhos pretos largos e pele enrugada. Ele até tem dois pequenos membros que parecem ter patas nas pontas. Nada disso é ruim — até você chegar ao focinho alongado e aos dentes de sessenta centímetros de comprimento que saem de sua boca em todas as direções. Sem mencionar o fato de que a pele enrugada não é apenas sem pelos, mas também translúcida.

E então vêm os tentáculos. Tantos, tantos, tantos tentáculos translúcidos com sangue amarelo-esverdeado correndo logo abaixo da superfície, e — agora que está mais perto — posso ver que o que eu pensava serem lâminas são, na verdade, algum tipo de concha com bordas afiadas como facas.

No geral, um pesadelo vivo, sem dúvidas.

E está olhando diretamente para mim.

— Precisamos alimentá-lo e dar o fora daqui — digo a Izzy enquanto me movo cuidadosamente em direção ao armário de comida e tento ao máximo não me importar com o monstro se movendo comigo, o arrastar de suas conchas no teto como unhas em uma lousa.

— Então seja rápida! — rosna Izzy. — Vou distraí-lo.

Começo a perguntar se ela tem certeza disso, mas Izzy já se moveu para me dar cobertura, as facas em riste. E embora eu tenda a duvidar de quase qualquer outra pessoa que pensasse que poderia lidar com essa coisa, há algo nos olhos de Izzy que me diz que ela está mais do que pronta para o desafio. Não tenho certeza se é bravura ou sociopatia, mas neste momento não me importa muito. Só quero fazer o trabalho que viemos fazer e então tirar nós duas daqui, vivas.

Eu aprendi ao longo dos anos que há bem poucas pessoas em quem posso confiar nesta ilha, mas agora parece um bom momento para estender essa fé aos demais. Então, em vez de exigir ser a única a lidar com a besta, uma tarefa para a qual tenho certeza de que não estou preparada, eu aceito a sugestão de Izzy e corro em direção ao armário de comida.

No segundo em que viro as costas para a criatura, espero sentir seus dentes afiados afundarem na minha jugular, enquanto suas garras com pontas de lâmina me rasgam membro após membro. Mas, para minha surpresa, chego ao armário completamente ilesa — embora os rosnados e os sons de estalo atrás de mim me façam pensar que o mesmo não pode ser dito sobre Izzy.

Um grito de dor particularmente alto faz meu coração ameaçar explodir no peito, mas, quando olho por cima do ombro, vejo Izzy ainda em pé, suas próprias presas expostas em um rosnado. É toda a segurança de que preciso, pelo menos por enquanto, e eu abro as portas do armário e puxo dois sacos gigantes de comida.

Com os chricklers, costumo dividir a comida em seus muitos cochos, certificando-me de que fique espalhada para eles por todo o recinto. Eles são notoriamente exigentes quanto ao lugar em que comem e diante de quem comem, incluindo uns aos outros. Mas sei muito pouco sobre essa lula, e me importo ainda menos. Desde que a comida esteja realmente disponível, não ligo se ela come ou não.

Em especial porque o monstro acaba de envolver uma dúzia de seus tentáculos afiados ao redor do braço direito de Izzy e, neste instante, tenta arrancar a faca dela.

— Ei! — grito, para chamar sua atenção, e imediatamente desejo não ter feito isso, pois ele começa a abrir caminho pelo teto em minha direção. E embora fosse o que eu esperava que fizesse, não imaginei que ele arrastaria Izzy consigo.

Mas é exatamente o que aquela coisa faz agora — pelo que vejo, ter cem tentáculos significa que ele pode vir atrás de mim enquanto segura Izzy, e ainda ter o suficiente disponível para enfrentar a maior parte da classe veterana.

Izzy luta contra o monstro usando o que parece ser cada grama de sua força vampiresca para tentar se manter firme. Mas a coisa é forte, muito forte e, quanto mais ela luta, mais os tentáculos da lula cortam seu braço.

É fácil ver que ela está tão irritada quanto a tal da lula agora, e ainda que a criatura a continue puxando, Izzy começa a balançar. A criatura a fez largar a faca da mão direita, mas ela ainda tem a da esquerda, e a balança em um poderoso soco ascendente, bem na direção do tentáculo que a mantém presa.

A faca acerta, cortando profundamente o tentáculo, mas sem conseguir arrancá-lo. O monstro responde com um rugido de raiva tão alto que faz meus ouvidos zumbirem. E então começa a envolver seus tentáculos ao redor de Izzy, um após o outro.

Eles deslizam em torno de suas pernas, quadril, cintura, diafragma, peito, pescoço, braços. Quase todas as partes dela estão cobertas de tentáculos nojentos. Quase todas as partes dela estão sendo cortadas por conchas afiadas como lâminas.

Izzy não grita ou chora, não faz som algum. Mas sei que ela está sendo cortada, sei que está sentindo dor. Posso ouvir a aspereza de sua respiração, posso ver o sangue caindo no chão perto de seus pés.

E isso ainda é antes de o monstro começar a apertá-la.

Capítulo 33

MALVADO, MAS NÃO TÃO AFIADO

O sangue que caía em gotas agora começa a jorrar, e embora Izzy ainda não diga nada, sei que tenho de fazer algo, rápido.

Corro adiante, rezando sem parar para que o maldito monstro permaneça preocupado com Izzy tempo suficiente para eu pegar...

Eu me abaixo enquanto deslizo pelo chão e pego a faca que Izzy deixou cair. Então eu me levanto em um salto, com uma lâmina em cada mão, e corto os tentáculos que consigo alcançar. Parte de mim acha que esfaquear pode ser mais eficaz, mas tenho medo de também esfaquear Izzy.

Então eu giro as facas novamente, cortando mais fundo desta vez. A besta berra de indignação dolorosa, e vários tentáculos caem no chão e começam a se contorcer perto dos meus pés.

Eles podem estar cortados, mas ainda são afiados como uma lâmina, e pulo por cima de dois deles para evitar ser cortada. Ao fazer isso, dou outro golpe na criatura, mas desta vez ela está pronta para mim.

Ela desenrola seus tentáculos com pressa, e joga Izzy em mim com tanta força que eu cambaleio para trás, e nós duas caímos no chão. Segundos depois, o monstro pula em cima de nós, e eu grito. Não posso evitar. Ser cercada — e sugada — por seus tentáculos pode ser a coisa mais assustadora que já aconteceu comigo, o que quer dizer muito.

Desesperada para tirar Izzy e a mim mesma dessa confusão, eu seguro as facas com toda a força que tenho e soco com a mão direita.

O monstro grita quando recua, e consigo tirar alguns centímetros do meu corpo de baixo do dele.

Mas então a criatura está de volta, sua boca gigante aberta e seus dentes afiados à mostra enquanto mergulha em busca da minha cabeça.

Ah, não mesmo. Eu não vou ser mordida por mais nada hoje. E definitivamente não vou ser mordida por dentes com *essa* aparência.

Eu chuto com força, enquanto agarro Izzy e tento rolar. Mas ela está ocupada demais enfiando o punho — inteiro e segurando uma faca gigante — direto na boca da lula.

A lâmina se conecta com o palato mole da coisa e afunda profundamente.

Não a mata — a cabeça da criatura é grande demais para a faca atingir seu cérebro —, mas a faz rodopiar para longe de nós, rugindo de dor e indignação.

É a chance que estávamos procurando, e nos apressamos para ficar em pé, correndo para a porta. Para o inferno com alimentar aquela coisa. A essa altura, ela está por conta própria.

Izzy chega primeiro à porta e a abre, mas, antes que eu possa atravessá-la, um monte de tentáculos me agarra por trás e me puxa de volta para o centro da sala.

Eu saio voando, me sentindo um pouco como o Homem-Aranha diante dessa coisa que se acha o Doutor Octopus. Vendo pelo lado bom, seus tentáculos não são feitos de titânio, e eu ainda tenho uma das facas.

Estendo o braço e tento abrir caminho serrando alguns tentáculos que me seguram, mas a besta já cansou de brincar. Ela me puxa para a frente e para trás, para cima e para baixo, me sacudindo até o âmago do meu ser, ao mesmo tempo que garante que eu nunca tenha a chance de realmente causar algum dano.

Mas isso não me impede de tentar, e eu abaixo a faca novamente — dessa vez em um movimento para esfaqueá-la. Sei que posso me machucar, mas agora isso parece o menor dos dois males. Qualquer coisa que não envolva ser devorada viva por um monstro enfurecido em forma de lula.

A criatura me sacode para longe de novo, antes que a lâmina possa se conectar a ela, e, desta vez, me desequilibro tanto que realmente deixo a faca cair. Droga.

Desesperada, mas determinada a não morrer horas antes de finalmente sair desta ilha, faço a única coisa em que posso pensar. Abaixo a cabeça e mordo com toda a força que posso os tentáculos que me seguram.

O horror que se segue é indescritível.

O tentáculo se parte ao meio, e de repente minha boca fica cheia de sangue da criatura e não sei o que mais. O gosto nojento me dá ânsia, mas me obrigo a continuar mordendo enquanto a criatura grita e se contorce ao meu redor.

Juro que, se eu sair desse pesadelo, vou esterilizar toda a minha boca. E todas as outras partes do meu corpo também.

Depois de um tempo, o tentáculo cede sob meus dentes, e eu o cuspo, enquanto o desgraçado continua a se debater pelo recinto. Agarro outro tentáculo, mas não consigo me forçar a mordê-lo também, então tento afastá-lo do meu corpo.

O monstro está com tanta dor que mal parece perceber o que estou fazendo. No início, acho que é por causa da mordida, mas então olho para baixo e percebo que Izzy cortou um de seus pequenos braços com patas e está tentando enfiar uma faca bem em seu olho.

O monstro se abaixa e ela erra, mas torna a atacar. E erra mais uma vez. Ele estende o braço não cortado e bate nela com tanta força que ela voa pela sala. Izzy acerta a parede com tudo, mas se recupera imediatamente e começa a ir atrás dele outra vez.

Antes que ela possa alcançá-lo, porém, Jude entra correndo pela porta aberta, direto para nós três.

— Não se aproxime! — grito, mas ele passa direto por Izzy e agarra um punhado de tentáculos.

A criatura grita assim que Jude a toca. Seus tentáculos me soltam, e, assim, começo a cair. Me preparo para o impacto com o chão de pedra — tento me encolher para bater o ombro e não a cabeça —, mas Jude chega primeiro.

Ele me pega no ar e me segura com força, me puxando contra seu peito enquanto recua em direção à porta, seus olhos ainda fixos naquela lula nojenta. Mas a criatura não o persegue — ou a mim. Em vez disso, ela se enfia no canto mais distante da sala, com os tentáculos enrolados em si mesma enquanto solta um gemido baixo que é estranhamente semelhante ao que ouvi vindo do cercado das criaturas-aranhas.

— Vamos dar o fora daqui — resmunga Jude enquanto acena para Izzy ir à nossa frente.

Mas ela já está acelerando — movendo-se no modo rápido que só os vampiros conseguem — porta afora, deixando que Jude a siga.

— Você pode me colocar no chão agora — digo a ele assim que Mozart fecha a porta atrás de nós e tranca o cadeado.

Jude não responde, apenas me encara enquanto caminha pelo corredor.

— Para onde estamos indo? — quero saber, começando a me debater contra ele. — Ainda precisamos cuidar dos outros monstros.

Mais uma vez, ele não me responde. E não para de andar.

Começo a gritar para ele me soltar, exijo uma explicação do que acabou de acontecer naquele cercado. Aquele monstro que estava sedento por nosso sangue deu uma olhada em Jude e saiu correndo. Literalmente se encolheu em um canto, fazendo o possível para se tornar quase invisível. E eu preciso saber por quê.

Mais uma vez, começo a ordenar que me solte no mesmo instante. Mas então paro, porque a verdade é que estou tremendo tanto que tenho medo de que meus joelhos não me aguentem. Então, em vez de fazê-lo me soltar, pressiono meu corpo contra o dele e o abraço por um tempo.

Eu me apoio no poderoso subir e descer de seu peito.

Eu me apoio na força fluindo por seu grande corpo musculoso.

E, mesmo que eu me diga para não fazer isso, me apoio no cheiro quente de couro e mel que vem dele. Até me atrevo a virar a cabeça e enterrar meu rosto em seu peito, mesmo que ligeiramente.

Mais tarde, tenho certeza de que ficarei morta de vergonha com meu comportamento. Mas, por enquanto, vou aceitar o conforto.

O pensamento faz com que eu me enrosque ainda mais nele, e é aí que percebo. A tremedeira que sinto não vem de mim, não mesmo. Vem de Jude.

Eu me afasto para poder olhar para ele, olhar de verdade para ele. E então percebo. Jude não está com raiva. Ele está apavorado. Por minha causa. Por mim.

— Foi mal — sussurro, as palavras saindo antes que eu tenha ideia de que vou dizê-las.

— Tínhamos um acordo — retruca ele, e sua voz é tão baixa e grave que mal consigo ouvi-la.

— Fizemos uma aposta — corrijo. — Não é a mesma coisa. Mas eu sei que Izzy e eu cometemos um grande erro.

Jude começa a se irritar novamente — posso ver isso na maneira como sua mandíbula se contrai. Sinto na maneira como seu peito se tensiona contra mim.

Mas no final, ele apenas balança a cabeça enquanto abre as portas duplas do prédio da administração e começa a subir as escadas, três degraus de cada vez.

Ele não para até estarmos no térreo, a vários metros do prédio. Então, e só então, ele me abaixa lentamente, com cuidado, para me deixar em pé. Jude me segura por um minuto para ter certeza de que minhas pernas — e tudo mais — podem aguentar meu peso.

Percebo que podem. Mais ou menos. Travo os joelhos, só por precaução.

Jude observa tudo, os olhos lindos rodopiando com um milhão de palavras e ainda mais emoções enquanto me encaram.

— Você precisa confiar em mim, Kumquat — diz ele por fim, e sua voz ainda está muito grave. — Eu não farei nada que a coloque deliberadamente em perigo.

— E quanto a você mesmo? — contra-ataco, porque nada do que Jude faz deixa de ter um risco.

— Eu nunca estive em nenhum perigo. Isso é o que eu estava tentando dizer.

— Desta vez, até pode ser. — Estreito os olhos, enquanto a reação do monstro-lula a ele se repete várias vezes na minha cabeça. — E por que é assim, exatamente? O que há em você que transformou aquela criatura de homicida em aterrorizada num piscar de olhos?

Mais uma vez, ele começa a dizer algo. E, mais uma vez, ele se contenta com fechar a boca e balançar a cabeça.

— Você quer que eu confie em você — sussurro. — Mas você não confia em mim. Em relação a *nada*. Como exatamente você acha que isso deveria funcionar?

Ele apenas me encara, frio, e de repente tudo é demais.

Os segredos de Jude.

A tempestade.

O fato de eu ainda ter o sangue do monstro na boca.

A náusea me invade, e eu cambaleio vários passos para trás. Jude estende o braço, como se quisesse me ajudar, mas eu levanto uma mão para detê-lo. Então cambaleio até a lata de lixo mais próxima e vomito. Muito.

O único problema é que eu mal comi o dia todo, o que significa que tudo o que tenho para vomitar é um monte de ácido estomacal e qualquer sangue que tenha realmente conseguido descer pela minha garganta.

Só de pensar naquilo me faz vomitar ainda mais, uma e outra vez, até que tenho certeza de que expulsei o revestimento do estômago e talvez até o próprio estômago.

Nem posso fingir que sinto muito, não quando a lembrança de morder aquele tentáculo ficará para sempre gravada no meu cérebro.

Quando enfim me levanto, com o estômago mais calmo, mas o resto de mim absolutamente morto de vergonha por vomitar na frente de um monte de meus colegas de classe e de Jude, Eva está em pé ao meu lado com uma garrafa de água, enquanto Luís esfrega minhas costas. Eu enxáguo a boca várias vezes, depois uso o resto para lavar o sangue do rosto e das mãos antes de finalmente me virar para olhar os demais.

É evidente que todo eles, exceto Eva, Luís e Jude, fazem questão de não olhar para mim. Nunca vi tantos paranormais tão interessados em uma pilha de compensado em toda a minha vida...

Olho em volta, procurando Izzy, e a encontro encostada em uma das árvores, com uma garrafa de água na mão também. A única diferença entre nós duas é que ela parece saudável e quase completamente de volta ao normal, porque, ao que parece, os vampiros se curam muito mais rápido que manticoras, mesmo com seus poderes bloqueados. Não que isso pareça justo, considerando que, para começar, foi ela quem entrou naquele recinto.

Ainda assim, estou feliz que ela esteja bem. Estou com dor mais do que suficiente por nós duas.

— Você está bem? — pergunta Eva, com os olhos castanhos arregalados e preocupados, enquanto me examina da cabeça aos pés. — Isso parece muito pior do que seus ferimentos normais relacionados ao chricklers.

A dor também é muito pior. Mas não há nada que eu possa fazer a respeito agora. O tempo está passando, e ainda temos que terminar de cuidar das criaturas do confinamento.

Só de pensar naquilo me dá náusea novamente. A última coisa que quero fazer agora é voltar para aquele prédio.

Ainda assim, tem de ser feito. Jude pode ser capaz de lidar com os outros monstros — e eu vou conseguir descobrir como isso é possível —, mas os chricklers ainda precisam ser tratados. E eu, de longe, sou a pessoa que tem mais experiência com isso.

Mas quando digo isso a Eva, todas as pessoas que fingiam não prestar atenção em mim enquanto eu vomitava entram em ação.

— O único lugar para onde você vai é de volta para os dormitórios — me garante Luís, parecendo completamente irritado. — Responsabilidade é uma coisa. Autossabotagem é outra coisa completamente diferente.

— Eu estou bem — respondo.

— Acho que não é bem assim, *cher* — me diz Remy. E embora sua voz esteja relaxada, seus olhos estão atentos enquanto deslizam de Izzy para mim. — Parece que qualquer vento mais forte vai conseguir derrubar você de cabeça naquela lata de lixo.

Considerando que sinto como se a brisa mais leve fosse capaz de fazer isso acontecer, vou considerar uma vitória. Penso em fazer esse comentário, mas os olhares de todos me convencem de que fazer isso definitivamente não ajudará minha causa.

— Eu dou conta — me diz Jude.

— Mas os...

— Nós damos conta — repete Mozart, com a mesma firmeza, seu rabo de cavalo balançando com cada palavra. — Além disso, você não me privaria de ver o interior do recinto dos chricklers, não é? Tem sido um sonho durante toda a minha vida.

— Meu também — concorda Remy instantaneamente.

Faço uma careta para ele.

— Me diga o que é um chrickler e talvez eu acredite em você.

Ele sorri.

— Não é mais uma razão para eu ir descobrir?

Até Izzy entra em ação, e tira mais duas facas do nada, uma delas parece um sabre de verdade.

Quando olho para ela com uma expressão que diz *mas-que-diabo-é-isso*, ela apenas dá de ombros.

— Se os chricklers não tentarem me matar de verdade, sempre posso usá-los para fazer um bom kebab de oneiroi.

Jude revira os olhos, mas todos os outros riem — eu inclusa. Mas fazer isso me dá dor de cabeça. Para não mencionar meu estômago. E a lateral do meu corpo. E o meu... tudo.

Talvez eles estejam certos. Talvez eu realmente *deva* abrir mão dessa. Quer dizer, se eu puder andar, o que — neste momento — não tenho certeza de que posso.

Para testar, dou alguns passos para trás sob o olhar atento de todos... o que não é nada vergonhoso Começo a me virar para não ter que olhar para eles e acabo trombando direto com uma fantasma.

Capítulo 34

ABALADA ATÉ MEU ÂMAGO DE MANTICORA

Sou atacada pelo som, enquanto a fantasma grita:

— Corra... corra... corra.

Cabelo desgrenhado, olhos arregalados, a agonia torcida em seu rosto tenso; tenho quase certeza de que é a mesma fantasma de antes, do escritório da tia Claudia. Mas agora ela praticamente desaparece no momento em que passo por ela, se dissolvendo em algo que parecem ser mil agulhas que se espetam em todo o meu corpo.

Mordo meu lábio inferior à medida que o tormento me atinge e, de alguma forma, consigo conter o grito de dor que surge dentro de mim. Mas não posso fazer nada com minhas pernas — agredidas, exaustas e já muito trêmulas —, que cedem com meu peso.

Eu caio no chão com força, e fico tremendo na calçada como uma criancinha que não consegue manter a cabeça erguida, mesmo que a fantasma pareça ter ido embora tão rápido quanto apareceu.

Começo a me levantar, mas Jude, Eva e Luís já estão todos em volta de mim, com expressões preocupadas no rosto. Remy, Simon e Mozart estão poucos passos atrás e parecem igualmente preocupados — mas ainda assim estão perto demais, na minha opinião.

Apenas Ember e Izzy me dão um bom espaço. Não sei se é porque elas não se importam ou se simplesmente têm medo de pegar o que quer que esteja acontecendo comigo agora.

Seja lá o que as faça se manterem distantes, estou agradecida. Eu só queria que os outros seguissem o exemplo delas. Estou muito cansada de Jude me ver como uma espécie de donzela em perigo, quando *não* sou nada disso. E definitivamente não é o que quero ser.

É esse pensamento, mais do que qualquer outro, que me faz ficar em pé. Mostrar fraqueza de qualquer tipo é perigoso aqui, mesmo para amigos como

Luís e Eva. Mostrar isso a todos os outros que estão em volta — incluindo o cara que me machucou várias vezes ao longo dos anos?

Preciso parar com isso.

— Desculpem, eu perdi o equilíbrio — digo a eles assim que torno a ficar em pé, por conta própria.

Os olhos de Eva se estreitam.

— Não pareceu que você tinha perdido o equilíbrio. Pareceu que...

Ela para de falar quando eu, muito deliberadamente, dou um pisão em seu pé.

— Estou bem — digo novamente. — Vamos terminar logo para podermos dar o fora daqui.

Jude deve perceber que essa é a única concessão que estou disposta a fazer no momento, porque não discute comigo, apenas acena com a cabeça antes de se virar e voltar em direção à entrada do prédio administrativo.

Mas ele está apenas na metade do caminho quando um enorme raio corta o céu cinza-escuro. Ele ilumina toda a área antes de cair em uma das enormes murtas que margeiam o pátio. Faíscas voam, e um estranho som crepitante enche o ar por vários segundos antes de um galho gigante cair da árvore e, a caminho do chão, bater na cerca circundante.

— Com que tipo de tempestade estamos lidando? — pergunta Mozart, com os olhos arregalados enquanto se vira para nos encarar. Mas, no momento em que as palavras saem de sua boca, uma chama gigante sai logo na sequência.

— Cuidado! — grito para Jude, que está diretamente na linha de fogo. Mas ele já está se movendo, pulando para trás a tempo de evitar ser assado por uma de suas melhores amigas.

— Mas que diabos? — grita Simon, parecendo horrorizado. — Você está bem, Jude?

Antes que Jude possa responder, os olhos de Simon ganham um brilho dourado profundo e reluzente que faz cada célula do meu corpo ser chamada para ele. Sua pele é a próxima a mudar, o marrom profundo assumindo um brilho dourado reluzente que emana em todas as direções. O dourado ocupa cada vez mais espaço à medida que o resto dele começa a se transformar.

Eva grita, alarmada, mas estou ocupada demais tentando entender o que acontece dentro de mim para verificar o que está acontecendo com ela. Porque, de repente, todo o meu corpo parece estar pegando fogo. Não como aconteceu antes com Ember, quando ela literalmente pegou fogo, mas como se eu tivesse uma febre muito alta. Uma febre que derrete — e remodela — meu corpo de dentro para fora.

— Está tudo bem, Kumquat. — A voz de Jude é firme quando ele se aproxima de mim. — Você está bem.

Eu não me sinto bem. Eu me sinto doente. Muito, muito doente.

Meu estômago se revira, minha respiração fica ofegante, sem controle, e minha pele dói como se estivesse prestes a se romper.

Jude se aproxima e, com calma, esfrega minhas costas, mas até mesmo esse pequeno contato reconfortante torna o fogo dentro de mim pior. Eu me afasto dele bem a tempo de ver as pernas de Simon cederem sob seu corpo.

Não, não são as pernas dele. É sua *cauda*.

O que diabos está acontecendo aqui?

Segundos depois, Simon começa a se contorcer no chão, lutando para respirar. Tenho apenas um segundo para registrar o fato de que ele não consegue respirar *porque tem guelras*, e me pergunto como ajudá-lo, enquanto um inferno me engole por inteiro antes de Remy dar um passo à frente.

— Eu cuido disso — anuncia ele, parecendo impertubável ante o que está acontecendo. Ele pega Simon e, segundos depois, o coloca na velha fonte quebrada no meio do pátio. Normalmente está vazia, mas a chuva tem sido tão forte hoje que está cheia de água quase até o topo. Simon afunda sob a superfície assim que Remy o coloca lá.

Outro clarão de raios corta o céu, seguido por um forte trovão que sacode o chão onde estamos. Minhas pernas, já doloridas e bambas, ficam ainda mais instáveis.

Estendo o braço na direção de Jude, e ele agarra minha mão no mesmo instante em que Mozart solta outra lufada de chamas — um pouco antes de um enorme par de asas preto-prateadas brotarem de suas costas.

Ao mesmo tempo, Luís fica de quatro. O cabelo na cabeça dele começa a crescer segundos antes de o pelo começar a brotar por todo o resto de seu corpo. Uma iridescência o cerca, e, em menos de um minuto, ele se transforma em um enorme e belo lobo preto.

Estendo o braço na direção dele, e ele se aproxima, deixando que eu deslize a mão pela sua espinha antes de sair correndo com uma rapidez absurda ao redor do pátio.

— Está tudo bem — Jude me diz, só que não está. As tatuagens pretas em seus braços, aquelas que estão sempre cobertas pelo moletom que ele usa, sobem pelo pescoço, até a mandíbula, as bochechas e a testa. — Tudo está bem.

— Você... — começo a dizer, mas minha voz soa diferente. Mais grave. Quase como um rosnado em vez de uma voz.

Tento limpar minha garganta, e quando isso não funciona, levo uma mão ao pescoço. Ao fazer isso, minhas unhas cutucam a pele delicada ali. Olho para baixo e percebo que meus dedos se curvaram e minhas unhas se transformaram em garras afiadas como lâminas.

E é aí que finalmente percebo. Não tenho doença alguma... *estou me transformando em uma manticora*.

Capítulo 35

UMA MANTICORA NÃO NEGA A QUE VEIO

Por um momento, minha mente fica em branco, e tento absorver o que está acontecendo.

Há uma parte do meu cérebro que diz que devo estar enganada. Que de jeito nenhum essa é a sensação de uma transformação — a sensação de *magia*. Mas, ao meu redor, as pessoas estão fazendo coisas que não deveriam ser capazes de fazer.

Coisas que a escola proíbe expressamente e as impede de fazer.

É impossível, mas está acontecendo agora.

A sensação de ardência profunda dentro de mim piora a cada segundo que passa, até que mal consigo suportar estar no meu próprio corpo.

— Está tudo bem — Jude me diz mais uma vez. — Você está bem.

Não sei como ele pode estar tão calmo, considerando que está praticamente na mesma situação que eu. Todos os outros sabem como é sentir seu poder — eles vieram para cá quando eram calouros ou alunos do segundo ano *por causa* desses poderes.

Mas Jude está aqui desde criança. Não tanto quanto eu, que nasci aqui. Entretanto... minha mãe concordou em aceitá-lo quando ele tinha *sete anos*. E embora eu saiba que ele havia experimentado seu poder mesmo sendo tão jovem, dez anos se passaram sem ele sentir nada.

Então, sim, estou superimpressionada que ele esteja lidando com as coisas tão bem quanto está, porque estou enlouquecendo — em especial cada vez que olho para minhas mãos e vejo patas no lugar. Ou quando olho por cima do ombro e vejo uma cauda gigante, com um ferrão na ponta.

E pense em um rabo nojento, gigante e com um ferrão. Porque, caramba, é nojento — comprido, escamoso, preto e com um ferrão gigante na ponta que parece capaz de causar sérios danos a qualquer um que se aproxime demais. Não sei se devo ficar aterrorizada, horrorizada ou uma combinação de ambos enquanto o vejo se mover para a frente e para trás e se enrolar por baixo e por cima, como se tivesse vontade própria.

Eu tento pará-lo, mas de alguma forma isso só piora a situação, até que a coisa está completamente fora do meu controle.

Jude dá um pulo para trás quando meu rabo passa por ele, o ferrão chegando tão perto de seu rosto que quase lhe arranca o olho.

— Faça ele parar! — choramingo, só que não é o que parece. Sai cerca de uma oitava mais grave que minha voz normal, e soa muito como um rosnado.

— Eu não posso, Kumquat. Você tem que descobrir o que fazer.

— Você faz parecer tão fácil.

— Sei que não é — ele tenta me acalmar. — Mas só precisa de prática. Você vai pegar o jeito em algum momento.

Em algum momento? Quanto tempo esse lapso deve durar? Tempo suficiente para aquelas coisas se contorcendo em sua pele cobrirem todo o seu rosto? Tempo suficiente para eu dar uma ferroada nele ou em qualquer outra pessoa que se aproximar demais? Tempo suficiente para toda a escola se tornar completamente mágica? Eu não estou pedindo ao universo um número exato. Só preciso de uma estimativa para que eu possa me acalmar um pouco.

Atrás de mim, Eva grita, e eu me viro bem a tempo de ver Jean-Luc voando pela cerca, direto em nossa direção. Seu cabelo loiro flui pelo ar atrás dele, e ele tem asas de feérico vermelho-sangue saindo de suas costas. Jean-Jacques vem logo atrás, só que suas asas são cinza-escuro.

— Bem, essa é a última coisa que você quer ver no meio de uma catástrofe — comenta Jude baixinho, e tenho que admitir que ele está certo.

Os Jean-Babacas são ameaças sem sua magia. Com ela então... Nem quero saber que tipo de destruição esses feéricos mafiosos podem causar.

Como se quisesse confirmar meus temores, Jean-Luc voa até a nogueira mais próxima e arranca um galho dela. Ele então começa a jogar nozes verdes em nós, enquanto Jean-Jacques se acaba de gargalhar.

Porque, ao que parece, mesmo em uma emergência, os dois têm a maturidade emocional de crianças pequenas irritadas.

— Mas que porra? — rosna Ember quando uma das nozes acerta seu ombro.

Segundos depois, outra acerta Izzy direto no rosto, e ela tira mais uma faca do que, obviamente, é um suprimento inesgotável.

Mas antes que ela possa mirar, Mozart — em sua forma completa e linda de dragão negro — joga um jato de fogo direto no feérico irritante.

O fogo chamusca suas asas translúcidas e vermelho-sangue, e ele grita:

— Qual é a sua, dragão? Eu só estava me divertindo!

Ele começa a jogar o galho inteiro em Mozart, mas a faca de Izzy zumbe no ar naquele exato momento e abre um buraco bem no meio de sua asa direita.

Jean-Luc grita e deixa cair o galho, entrando em uma espiral que termina com ele se esparramando no chão. Outro jato rápido de fogo de Mozart, e Jean-Jacques pousa ao lado do amigo.

Jean-Luc se levanta, furioso, mas uma sobrancelha erguida de Jude — que parece imponente pra caramba com as tatuagens subindo pelo rosto — e os dois decidem seguir na outra direção. Mas não sem antes nos mostrar o dedo do meio.

Eu abro a boca para chamá-los, e o rugido mais assustador que já ouvi na minha vida sai dela. *De mim.*

Minha mãe, tias e tios não têm problemas para falar quando estão em suas formas de manticora, então por que eu tenho?

Outra tentativa, outro rugido — mesmo com tudo e todos ao meu redor voltando ao normal.

As tatuagens deslizaram novamente pelo pescoço de Jude, em direção ao seu peito.

Mozart e Luís voltaram a suas formas humanas.

Simon saiu da fonte e está de volta à forma humana, e Remy relaxa, recostado em uma árvore. Ember parece aliviada, enquanto Izzy parece um pouco desapontada. Eva nem chegou a se transformar, então todos os quatro parecem bem para mim.

E, do outro lado da cerca, posso ouvir os Jean-Babacas xingando e reclamando enquanto caminham de volta para os dormitórios.

Aparentemente, seja lá o que o relâmpago fez para causar aquela estranha sobrecarga de energia passou, e todos voltaram ao normal. Até mesmo minha cauda descontrolada desapareceu.

Eu fecho os olhos e solto um suspiro de alívio. Preciso mesmo ler sobre como controlar essa coisa antes de me transformar de novo, porque isso foi *muito louco*. E não de um jeito bom.

— Todo mundo firme e forte? — pergunta Remy ao se aproximar.

— Firme e forte é relativo, mas sim. Estamos bem — diz Mozart a ele.

E, de alguma forma, apesar dos monstros, dos raios e da sobrecarga de energia, estamos mesmo.

Exceto que, quando abro os olhos novamente, nada parece como deveria ser.

Consigo ver cada uma das pétalas de uma flor do outro lado do pátio. E as manchas nas folhas no topo das árvores. Além disso, consigo sentir o cheiro das flores e das árvores e de tantas outras coisas também — incluindo Izzy, Mozart e todos os outros em pé ao meu redor.

Consigo ouvir Jude respirando e Izzy batendo o pé na calçada rachada, mas também consigo ouvir o ruído suave dos passos de Remy na grama e o roçar dos cílios de Simon contra as bochechas.

Até mesmo o ar que respiro parece estranho, tem um gosto diferente — salgado, fresco, verde e um milhão de outras coisas que não consigo identificar ao certo.

É como se meus sentidos estivessem todos em estado de hiperatenção — o que ouvi dizer que é uma coisa de metamorfo. Isso, por si só, não é alarmante. Mas o fato de a cauda e as garras terem desaparecido e isso ter ficado definitivamente é.

Acho que aparento estar tão esquisita quanto me sinto, porque de repente Jude está muito mais perto de mim, com as sobrancelhas franzidas e os olhos descombinados examinando meu rosto.

— Ei, o que foi? — pergunta ele depois de vários segundos.

— Eu não sei — respondo, só que, mais uma vez, minha voz sai como um rosnado. Diferente dos rugidos de antes, pelo menos é compreensível, mas definitivamente não é minha voz normal.

Os olhos de Jude se arregalam, e os outros se aglomeram em volta de mim, com expressões preocupadas.

— Tudo bem? — indaga Mozart, se aproximando. De alguma forma, ela parece ainda mais preocupada do que Jude.

— Quase certeza de que não — respondo no que, mais uma vez, definitivamente não é minha voz normal.

E agora que ela está tão perto, sei que comeu um sanduíche de peru no almoço, enquanto Simon comeu um de atum, e Remy optou por um pedaço de bolo de chocolate. Tenho certeza de que não podia perceber nada disso quando falei com eles antes, mas agora não consigo deixar de notar — e mais mil outras coisas sobre eles também.

— Eu me sinto estranha — digo a eles, orgulhosa de como consigo manter a calma —, como se meus sentidos estivessem aguçados. Consigo ouvir, cheirar e ver tudo.

Só que as palavras não soam calmas. Elas soam como um rosnado. Ainda são palavras, mas certamente rosnadas.

— Ah, merda — diz Mozart, trocando um longo olhar preocupado com Simon.

— Ah, merda o quê? — pergunto, enquanto meu coração começa a bater duas vezes mais rápido.

— Algo mais parece estranho? — questiona ela, ficando cara a cara comigo para poder olhar nos meus olhos.

— Humm, minha voz? — digo, em um tom que deveria ser óbvio, mas acaba soando como um rugido.

— Os olhos dela ainda são de manticora — comenta Mozart, e embora ela tente parecer calma, consigo ouvir, e cheirar, o pânico logo abaixo da superfície.

— Isso é ruim? — pergunto, enquanto o mesmo pânico começa a me atingir.
— Vou machucar algum de vocês?

Começo a recuar só por precaução, morrendo de medo que minha cauda venenosa possa ressurgir de repente.

— Não é *com a gente* que estamos preocupados — responde Luís, e os três metamorfos trocam um longo olhar.

— Não façam isso — imploro. — Por favor. Não tentem me enrolar. Digam logo o que está acontecendo.

Mozart coloca a mão no meu braço, tentando me reconfortar, ao mesmo tempo que solta um longo suspiro que tem notas de salgadinho sabor churrasco e água tônica com limão.

— Não entre em pânico.

Eu recuo.

— Nada de bom começa com "não entre em pânico"!

— Não entre em pânico — diz ela novamente, dessa vez com mais firmeza. — Mas achamos que você possa estar desentranhada.

Capítulo 36

AS COISAS ESTÃO PRESTES
A FICAR ENTRANHADAS

— Desentranhada? — Esqueça o duas vezes mais rápido, meu coração acaba de quadruplicar de velocidade. — Não faço ideia do que isso significa.

Nunca ouvi essa palavra antes. Mas seja lá o que for, não é bom — pelo menos não a julgar pelos olhares de todos eles. Até Luís parece sério, e ele nunca é sério, com nada.

— Em geral, quando você é um metamorfo, os dois lados de sua natureza existem juntos. — Mozart faz uma espécie de trança com os dedos para ilustrar. — Estar aqui amortece isso em todos nós. Traz muito mais o nosso lado humano, mas o outro lado está sempre lá, nos dando alguma coisinha extra.

— Como a velocidade que os lobos conseguem alcançar? — pergunto. — E o quão fortes são os dragões?

— Exatamente — concorda Simon. — É por isso que consigo prender a respiração debaixo d'água por vários minutos, mesmo quando não estou em minha forma de sirena. — Sua voz, sempre musical, soa absolutamente mágica em meus ouvidos agora, e me vejo oscilando em direção a ele. Todo o meu corpo dói com a necessidade de estar mais perto dele.

Jude revira os olhos e me impede passando um braço em torno da minha cintura.

— Então, o que a gente faz? — pergunta ele. — Como a des-desentranhamos?

— Acho que a palavra que você está procurando é "entranhamos" — corrige Luís.

— Preciso consertar isso — enfatizo, porque não são apenas a voz e os sentidos que me preocupam. O calor estranho em meu estômago parece ter se espalhado para meu sangue. Corre pelas minhas veias e artérias agora, me fazendo sentir como se estivesse pegando fogo de dentro para fora. Ou como se minha pele fosse começar a derreter a qualquer segundo.

Nada disso é uma sensação agradável.

— Em geral, se transformar novamente resolve o problema — responde Simon.

— Mas eu não consigo me transformar! A sobrecarga de energia acabou e...

— Nós sabemos — me acalma Luís, que agora está apertando minha mão. — Só me deixe pensar por um minuto.

Como se atendesse a um pedido, um raio brilha logo acima de nossas cabeças. Menos de um segundo depois, um trovão atravessa o céu, tão alto que mal consigo suportá-lo. A agonia me atinge, e eu tampo os ouvidos com as mãos até que termine.

Mas, quando as tiro novamente, meus dedos estão cobertos de sangue.

— Você está bem? — rosna Jude, furioso enquanto se vira para os metamorfos.

— Estou bem — digo a ele, mas não sei se é verdade. Minha cabeça está me matando, e tenho certeza de que acabei de estourar meus tímpanos.

— O que diabos está acontecendo com ela? — Ele encara Simon, Luís e Mozart. — E não me venham com essa merda de desentranhamento.

— Sinto muito, mas é o que é — diz Mozart, com expressão sombria. — Na verdade, é um problema muito sério se não for consertado logo, porque nossos corpos humanos não são construídos para lidar com as coisas da mesma maneira que nosso lado animal. Meus ossos de dragão são pesados demais para meu corpo humano... eles rasgariam minha pele sempre que eu tentasse me mover se eu estivesse desentranhada.

Ora, que merda. De repente, estou muito mais preocupada com o calor que venho sentindo, que parece derreter minha pele.

— Precisamos levar você à curandeira — me diz Eva.

— Não tenho certeza se podemos encontrá-la. É provável que tia Claudia esteja em algum lugar no meio de todos os preparativos para o furacão. — O que significa que ela pode estar em qualquer lugar da ilha.

— Mande uma mensagem para ela — diz Jude, sombrio.

Eu mando, mas não recebo nenhuma resposta.

— Mande uma mensagem para sua mãe — pede ele.

Essa é a segunda coisa que menos quero fazer, perdendo apenas para derreter até virar uma poça bem no meio do pátio. Então, faço o que ele sugere.

Mas ela tampouco responde.

O calor piora, e começo a puxar minha gola, tentando conseguir um pouco de ar na minha pele.

— O que é isso? — pergunta Izzy, apontando para minha camisa, e pela primeira vez ela não soa entediada. Parece estar preocupada, o que me deixa *ainda mais* preocupada.

— Estou me sentindo arder — digo a ela, acenando com as duas mãos na frente do rosto como se fossem leques.

— Deve ser o veneno — diz Remy calmamente.

— O quê? — pergunta Eva, parecendo ainda mais assustada do que eu.

— Manticoras têm veneno — explica ele. — Calder costumava me dizer que parecia fogo correndo pelas veias dela.

— É exatamente o que parece — digo a ele.

— Isso não é bom. — Eva agora parece completamente em pânico.

— Já chega. Vou encontrar a maldita curandeira. — Luís sai correndo em direção aos dormitórios. Segundos depois, Mozart faz o mesmo, só que sai em alta velocidade em direção à cafeteria.

— Devemos nos dividir, cobrir mais terreno — diz Remy. — Com certeza a encontraremos.

— Não procurem apenas a curandeira — sugere Simon. — Quem encontrar uma das manticoras, traga-a até aqui. Talvez uma de suas tias ou tios possa ajudar. Eles têm que saber algo.

E assim, todos se dispersam em direções diferentes.

Todos, exceto Jude.

Capítulo 37

UMA TATUAGEM PARA MIM,
OUTRA PARA VOCÊ

— Você não precisa esperar — começo a falar.

Mas ele me interrompe.

— Eu não vou a lugar nenhum, Pomelo.

— Pomelo? Sério? — Tento brincar, apesar do fato de que todo o meu corpo está em agonia agora. — Isso é o melhor que você consegue, "Rocky Raccoon"?

— Você prefere laranja sanguínea? Ou talvez bergamota? — pergunta ele.

— E você, prefere "Lucy in the Sky with"... — Eu paro de falar quando a dor e o calor me dominam.

Jude xinga baixinho, depois pega minhas mãos.

— Olhe para mim, Clementine. — Desta vez, quando ele diz meu nome, não parece tão ruim.

Na verdade, soa quase gentil. Então faço o que ele pede. E mesmo com a dor me rasgando por dentro, mesmo com o calor parecendo que vai me derreter de dentro para fora, não consigo evitar me perder por alguns instantes na intensidade de seu olhar.

Como se fosse a pedido, "Look What You Made Me Do", da Taylor Swift, termina, e "The Ancient Art of Always Fucking Up" começa a ser transmitida do telefone esquecido nos degraus do prédio administrativo.

Minha respiração fica presa na garganta, e todo o meu corpo anseia por Jude, enquanto Lewis Capaldi canta sobre erros e sobre partir o próprio coração repetidas vezes.

Pelo menos até ele recuar e ordenar:

— Tire a camisa. — É a segunda vez hoje.

Minha reação não é melhor agora do que da primeira vez.

— Não me parece que os ferimentos causados pelos monstros importem agora...

Eu paro de falar quando, de repente, ele estende o braço para trás, pega a gola de sua camisa e a arranca, junto com o moletom, de uma só vez.

Minha boca, já seca, se transforma no Vale da Morte. Porque o peito forte, musculoso e *lindo* de Jude agora está coberto por aquelas mesmas tatuagens negras que correm por seus braços e costas.

Cada. Centímetro.

Coberto por cordas negras, emplumadas, em espiral e girando... É a coisa mais sexy que já vi. *Jude* é a coisa mais sexy que já vi — entre as tatuagens e seu peitoral muito musculoso, sua barriga esbelta e o pequeno rastro de pelos que desaparece sob a cintura do jeans surrado que ele colocou mais cedo...

Eu o vi sem camisa depois que ele ajudou Ember. E sei que seu peito não estava tatuado. Suas costas e braços estavam — e ainda estão —, mas o peito e a barriga não.

E sei que, mais cedo, as tatuagens começaram a subir pelo pescoço e rosto dele, mas desapareceram assim que os poderes de todos foram contidos novamente.

Então por que elas não desapareceram do peito de Jude também? E eu deveria me importar quando ele parece tão incrivelmente bem?

Isso faz com que eu me pergunte quanto de seu corpo está coberto por elas agora... e quais partes.

O calor dentro de mim aumenta em outro nível, mas dessa vez não tenho certeza se tem algo a ver com o veneno fluindo por mim.

— Você vai tirar a camisa ou o quê? — rosna ele.

Eu o encaro, boquiaberta.

— Não pensei que você estivesse falando sério.

— Só porque sou conhecido por meu senso de humor? — Ele segura minhas mãos novamente, e desta vez usa os polegares para acariciar os nós dos meus dedos. — Você confia em mim? — pergunta ele, enquanto o vento uiva ao nosso redor, agitando as árvores e soprando mechas de seu cabelo preto em seus olhos.

Sem pensar, eu levanto a mão e afasto as mechas, então imediatamente desejo não ter feito isso quando ele me prende em seu olhar ardente.

— Me responda, Clementine, antes que seja tarde demais. Você. Confia. Em. Mim?

Com meu coração, não. Nem em um milhão de anos. Mas com minha vida? Eu passo a língua nos meus lábios muito secos, tento pensar além do inferno que está dentro de mim.

— Acho que sim — sussurro por fim.

Ele faz um som triste no fundo da garganta.

— Acho que isso vai ter que servir.

Então ele estende a mão e puxa minha camisa por sobre minha cabeça antes de me puxar fortemente contra si.

— O que você está...? — Perco o fôlego, chocada tanto pelo fato de estarmos de repente pele a pele, quanto pelo frio de seu corpo contra o meu.

— Envolva seus braços em mim — ordena ele, e agora sua voz está ainda mais rouca que a minha.

Quando eu não me mexo de imediato para fazer como ele diz, ele o faz por mim — entrelaçando seus braços e seu corpo em volta do meu.

E, de alguma forma, mesmo no meio de toda essa dor, nada nunca pareceu tão certo.

Eu respiro fundo, puxando o cheiro picante dele, de mel e couro, para dentro de mim, ao mesmo tempo que o instinto me faz deslizar meus braços em torno de sua cintura.

Em resposta, ele me puxa para ainda mais perto, até que minha bochecha descanse contra seu coração. Que bate quase tão rápido quanto o meu.

Eu inspiro o cheiro dele para dentro de mim novamente, memorizando o momento — memorizando Jude —, enquanto a frieza de sua pele apaga apenas um pouco do calor dentro de mim. Porque eu sei que, o que quer ele esteja fazendo, não é suficiente.

Mas neste exato momento, aconchegada bem perto do coração de Jude, posso pensar em um milhão de lugares piores para morrer.

— Feche os olhos — sussurra ele, depois abaixa a cabeça, e seu hálito frio roça minha bochecha. Um arrepio que não tem nada a ver com temperatura se espalha por mim e, envergonhada, começo a me afastar.

Mas Jude fica imóvel, seu corpo me abrigando ao mesmo tempo que me mantém perto.

— Espera.

Novamente, suas palavras roçam minha pele. Novamente, arrepios deslizam pela minha espinha.

— Confie em mim.

E assim, apenas por este único, belo e terrível momento, eu confio.

Os minutos passam, Jude me abraça e, no início, a dor só piora. Meus pulmões começam a queimar, e fica mais difícil — muito mais difícil — respirar.

Mas Jude não me deixa ir. Em vez disso, me puxa para mais perto e, lentamente — tão lentamente que mal noto a princípio —, a conflagração dentro de mim começa a aliviar.

Começa apenas com uma fatia de gelo deslizando sobre meus ombros. Mas então ela se move para baixo, circulando meus bíceps, deslizando sobre minhas costas e costelas até minha espinha. Daí o frio cascateia sobre mim, se infiltrando na minha pele e descendo pelas minhas veias e artérias até meu coração, meus pulmões. Meu cérebro.

Centímetro por centímetro, célula por célula, a agonia começa a ser drenada.

E Jude me abraça o tempo todo, seu corpo forte e poderoso, de alguma forma — de algum jeito —, salvando o meu.

Quando finalmente consigo respirar sem total miséria, abro meus olhos. Então me surpreendo com o que eu vejo.

Porque as tatuagens de Jude — aquelas sexy, negras e com penas — não estão mais apenas em sua pele. De alguma forma, elas se arrastaram até mim.

Agora elas deslizam pelos meus braços, torcendo-se ao redor da minha cintura, girando no ar ao nosso redor. E, em cada lugar que tocam, cada pincelada delas contra meu corpo, alivia um pouco mais o calor e a dor.

— Eu não entendo — sussurro. — O que está acontecendo com a gente?

Mas Jude não responde. Apenas abaixa a cabeça e me segura como se sua vida — e não a minha — dependesse disso.

E eu o abraço da mesma forma, meus dedos pressionando os músculos magros e resilientes de suas costas enquanto me enterro ainda mais nele.

Mais tempo passa — segundos, minutos, não consigo dar um chute —, e o veneno continua a ser drenado de mim, uma gota de cada vez, e meus ferimentos continuam a sarar. Quando termina, quando finalmente posso respirar sem sangrar, eu sussurro:

— Obrigada.

Meu cabelo está caindo do coque que fiz há o que parecem ser dias, e é a vez de Jude afastá-lo do meu rosto. Ao fazer isso, ele inclina a cabeça para que nossos olhos — e nossas bocas — se alinhem.

Eu o inspiro para dentro de mim, o cheiro alegre e cítrico de sua respiração enchendo os lugares vazios e desertos no meu interior. E, pela primeira vez em muito tempo, posso acreditar que Jude realmente é feito de sonhos.

Mesmo antes que ele sussurre:

— Você não sabe que eu nunca poderia existir em um mundo sem você nele?

Capítulo 38

NÃO SE MISTURE COMIGO

Suas palavras me dilaceram, e quero perguntar se ele fala sério. E se fala, por que ele está sempre correndo na direção oposta? Exceto que há uma parte de mim que tem medo até mesmo de trazer a pergunta à tona e fazê-lo sair correndo de novo. E eu não quero que isso acabe. Ainda não. Não quando é tão bom — tão certo — senti-lo contra meu corpo.

E não quando, só por um instante, posso ter um sonho que não se transforme em pesadelo.

Mas, cedo demais, Jude se afasta, seus olhos focados em algo distante.

— O que foi? — pergunto.

E é quando percebo — não é só a dor do veneno que se foi, mas meus sentidos voltaram ao normal também.

— Mozart está de volta, e sua tia Claudia está com ela.

— Como ela a encontrou tão rápido?

Ele encolhe os ombros enquanto me joga minha camisa ainda encharcada.

— Não há muito que ela não possa fazer quando cisma com algo.

Não consigo evitar um tremor ao sacudir minha camisa. A última coisa que quero fazer agora é colocá-la de volta — está úmida, ensanguentada e rasgada pra caramba, por causa dos ataques dos malditos monstros. Só de segurá-la parece nojento. Mas como tampouco quero explicar para minha tia por que estou sem camisa na companhia de um garoto, começo a vestir a coisa nojenta mesmo assim.

Mas Jude deve notar meu desgosto, porque a tira de mim e me dá sua camisa antes de vestir o moletom pela cabeça.

Pego a camisa sem discussão — em parte porque é uma alternativa muito melhor ao meu uniforme pra lá de nojento e, em parte, porque tem o cheiro dele. Se ele precisa me deixar, pelo menos parece um pouco que ele ainda está com os braços ao meu redor. Eu até abaixo a cabeça e deixo o cheiro de mel, couro e cardamomo dele encher meu nariz enquanto visto a peça, depois suspiro baixinho quando ela se ajeita.

Jude se vira para mim com as sobrancelhas levantadas.

— Tudo bem por aí?

— Bem é um termo relativo — respondo.

— Justo. — Ele inclina a cabeça. — Mas é melhor do que "indo".

Eu sorrio.

— Acho que sim. Jude...

Paro de falar quando minha tia chama meu nome.

Ela e Mozart estão correndo a toda velocidade pelo pátio, e eu sei que é porque ela está preocupada comigo.

— Está tudo bem — respondo, me movendo para interceptá-las.

Ela para com tudo diante de mim.

— Me deixe ver seus olhos!

— Eles estão bem. Estou bem — reitero. — Jude me ajudou.

— Jude? — Ela lança um olhar para ele, os olhos arregalados. — O que ele fez?

Eu começo a explicar, mas agora é ele quem me interrompe.

— Na verdade, eu não fiz muito. Acho que ela conseguiu lidar sozinha.

Olho para ele com uma expressão que quer dizer "como assim?", mas ele faz questão de não me encarar. Imagino que deva haver algum motivo para não contar à minha tia o que aconteceu, então mantenho a boca fechada. Por enquanto.

Mas em algum ponto, ele vai ter que explicar tudo isso para mim. E eu quero dizer *tudo*.

— Humm. — Minha tia olha para ele e para mim, estreitando os olhos.

E eu entendo. Talvez Jude e eu não tenhamos conversado muito — ou nada — nestes últimos anos, mas, durante a maior parte de nossas vidas, nós dois e Carolina fomos inseparáveis. Isso significa que encobríamos muita coisa uns dos outros. E, como mãe de Carolina, ela ouviu mais do que o suficiente de histórias ridículas e desculpas ainda mais ridículas.

No final, ela não tenta nos desmascarar. Em vez disso, apenas abre sua bolsa médica vermelho-brilhante e diz:

— Ainda quero examiná-la, certificar-me de que está bem. Sinto muito que demorou tanto para eu chegar aqui. Você é o terceiro desentranhamento que tivemos hoje por causa daquele maldito surto de energia. Eu estava cuidando dos outros dois, e foi por isso que não vi sua mensagem.

Nem me dou ao trabalho de discutir sobre o exame — ao contrário da minha mãe, tia Claudia raramente força a barra com alguém... a menos que a saúde da pessoa esteja envolvida. Então ela se torna uma baita pugilista.

— Houve outros desentranhamentos? — pergunto, porque realmente quero saber o que causa isso.

— Sim. — Ela pega sua luz e examina meus olhos. — Um dragão e uma sereia. Eles estão bem, mas foi bem tenso por alguns minutos. — Ela dá uma batidinha no meu queixo. — Abra a boca. Quero ver sua garganta.

— Eu estou bem, de verdade — digo a ela, mesmo fazendo o que ela me pede.

— Já vamos ter certeza disso. — Ela pega o estetoscópio para ouvir meu coração.

Eu me viro para compartilhar meu divertimento com Jude, mas vejo que ele já está voltando para o prédio administrativo.

— Aonde você vai? — pergunto.

— Vou terminar lá dentro. — Ele parece surpreso com o fato de eu não saber disso.

— Você deveria levar alguém com você. É perigoso...

Desta vez, ele não se incomoda em responder. Apenas revira os olhos.

E, por um segundo, não estou olhando para o Jude de dezessete anos. Estou olhando para o Jude de catorze anos. Já alto, já bonito, mas muito mais magro e menos forte do que agora. Seu rosto está mais sombrio do que nunca, mas sua expressão não é tão reservada. E talvez a maior dica seja que ele está com as velhas botas de cano curto que usou até o segundo ano. Não que eu perca meu tempo percebendo o que Jude usa, mas foi difícil não perceber quando ele as trocou por um par de botas Tom Ford Chelsea.

— Ei... — eu o chamo, totalmente confusa. Mas então pisco, e o Jude de catorze anos se foi. Em seu lugar está o cara que acabou de salvar minha vida.

— Qual é o problema, Clementine? — pergunta tia Claudia, com atenção. — O que você viu?

Mas eu apenas balanço a cabeça — se eu contar para ela, provavelmente vou acabar na enfermaria pelo resto da noite.

— Nada. Só estou preocupada com ele.

— Não fique — diz tia Claudia, enquanto examina meus ouvidos, que pararam magicamente de doer, juntamente com o resto de mim. — Ele vai ficar bem.

Lá está ela novamente, a crença completa e profunda da minha família, de que Jude pode lidar com os monstros — e ele o fez, pelo menos com os que eu vi. Sem mencionar o fato de que suas tatuagens acabaram de fazer o que quer que tenham feito para me salvar.

Será isso? Elas o mantêm seguro de alguma forma? E se sim, como? E o que são exatamente?

— Você está em uma forma extraordinariamente boa, considerando tudo pelo que passou — anuncia tia Claudia alguns minutos depois, após me fazer um exame completo. — Mozart disse que você também teve problemas com um dos monstros do confinamento, mas não vejo nenhuma evidência disso. Jude deve ter estado com você.

Começo a dizer a ela que não, mas depois decido que não há sentido. Só vai chateá-la. Além disso, é óbvio que ninguém na minha família tem intenção de me contar o que realmente acontece com Jude e seus poderes. É só mais um segredo da Academia Calder, aparentemente.

Queria saber mais sobre os oneiroi, mas Jude é o único que conheço. Tentei pesquisar sobre eles várias vezes ao longo dos anos, incluindo o verão antes do meu primeiro ano, quando eu estava apaixonado por Jude e queria saber tudo o que podia sobre ele. Mas nenhuma das informações que encontrei sobre os oneiroi parecia ter relação com Jude, não mesmo. Quando a internet me deixou na mão, eu até fui para nossa assustadora e não muito bem cuidada biblioteca. Mas o único livro que encontrei que mencionava os oneiroi tinha só algumas páginas. A maior parte das informações era superóbvia e, mais uma vez, o que não era não parecia ter relação com ele.

— Mesmo assim, sugiro que você volte para o dormitório, pegue seu jantar e descanse — diz tia Claudia enquanto começa a arrumar sua bolsa. — A transformação queima muitas calorias e exige muito da pessoa... especialmente quando algo dá errado.

— É normal algo dar errado? — Faço a pergunta que me incomoda desde o início. — Ou sou só eu?

Pensar que talvez minha inexperiência tenha causado o desentranhamento tem me corroído. Essa transformação quase me matou — e, pelo visto, o mesmo aconteceu com outros alunos —, o que só torna mais óbvio que a Academia Calder tem que fazer algo a respeito disso. Não dá para simplesmente deixar os alunos saírem daqui para resolver essa merda sozinhos. Ainda existe qualquer dúvida de que muitos ex-alunos morrem em acidentes?

Eu tive Mozart, Luís e Simon para me explicar as coisas, e Jude para me ajudar a passar por isso — Serena não tinha ninguém. E nenhum dos outros azarados também.

Lágrimas florescem nos meus olhos quando penso em Serena passando por algo como o que eu acabei de passar. Não, ela não era uma metamorfa, mas tenho certeza de que, em algum momento, ela soube que algo estava errado, assim como eu. E, assim como eu, ela não sabia como consertar tudo. Só que não havia ninguém para ajudá-la a descobrir. Ela estava completamente sozinha.

A raiva ferve dentro de mim, mas eu a engulo. Quando essa tempestade acabar, quando tivermos passado por isso, vou falar com minha mãe novamente. Vou me fazer ouvir. Porque ninguém merece morrer da maneira como eu quase morri, em especial quando estão sozinhas, aterrorizadas e completamente destruídas.

— Ah, querida, não há nada de errado com você. — Tia Claudia coloca uma mão suave em minha bochecha. — Tivemos todo tipo de problema com os alunos quando a sobrecarga de energia aconteceu. Isso atrapalhou o sistema que usamos para manter sua magia segura e contida. As coisas ficaram estranhas para muitos dos alunos, não apenas com o desentranhamento. Alguns vampiros ficaram presos no modo de aceleração, uma banshee gritou até a cabana dela cair, e várias das bruxas enfeitiçaram a si mesmas e ficaram invisíveis. Nem conseguíamos encontrá-las para ajudá-las a voltar ao normal. Felizmente acabou, por enquanto, e devemos sair da ilha antes que algo assim aconteça de novo.

— Você não acha que precisamos nos preocupar com esta noite? — A última coisa que quero é acabar, de alguma forma, desentranhada outra vez. Mesmo sabendo que Jude pode me consertar, não dá para esquecer a dor que vem com isso.

— De verdade? Acho que não. Tio Christopher está trabalhando no sistema de segurança agora, garantindo que não falhe novamente.

Escolho acreditar nela, porque de fato não tenho outra escolha.

Antes que eu possa dizer qualquer outra coisa, Eva e Luís correm até mim.

— Mozart mandou uma mensagem. Ela disse que você estava bem. — Eva se vira para tia Claudia. — Ela está bem?

Minha tia sorri compreensiva.

— Ela está bem. Mas sugeri que pegasse algo para comer. — Ela olha em volta. — Na verdade, sugiro que todos peguem algo para comer. Vocês trabalharam duro, e aquele pequeno contratempo não deve ter sido fácil para nenhum de vocês.

Eu sigo seu olhar até o prédio administrativo e percebo que todos voltaram.

— Vão na frente — sugere Remy, que continua a tapar uma janela com Simon. — Terminaremos em breve!

Izzy franze as sobrancelhas para mim antes de se encostar no prédio e voltar a lixar as unhas.

Quando Mozart pergunta se ela planeja ajudar, Izzy apenas dá de ombros.

— Eu já fiz meu trabalho. Este é todo seu.

Como se para provar isso, ela começa a se encaminhar para os dormitórios. Sem surpresas, ninguém tenta pará-la. Nem mesmo minha tia.

Em vez disso, ela fecha a bolsa com um estalo e me diz:

— Tudo bem, então. Vou voltar para o ginásio. Temos vários alunos lá que ainda precisam de atenção médica após o infeliz incidente.

Observamos minha tia se afastar, então Eva se vira para mim e estuda meu rosto.

— Sem enrolação — diz ela. — Saímos daqui e pensei que você estivesse morrendo. Agora você não tem um arranhão. O que aconteceu?

Meu estômago escolhe esse momento para roncar alto. Aquela barra de granola já se foi há tempos.

Luís faz uma careta.

— Tudo bem, vamos voltar para o dormitório. Mas quero *todos os detalhes* no caminho. Então comece a falar. Agora.

Capítulo 39

É ASSIM QUE A COISA SE DESENROLA

Não sei o quanto devo dizer sobre o que Jude fez — ou mesmo sobre as tatuagens que ele esconde de todos —, então tento ser o mais vaga possível.

Mas nem Eva nem Luís ficam satisfeitos com isso, então tento distraí-los e finalmente pergunto:

— O que vocês sabem sobre os oneiroi?

— Não muito. — Eva me olha com ar de compreensão. — O que aconteceu com odiar Jude e torcer para que ele se engasgue com um kumquat?

— Eu... nós... É... — Eu desisto quando ambos começam a rir.

— Sim, foi o que eu pensei.

— Foi um dia muito estranho — digo a ela.

— Ah, por favor. — Luís acena com a mão de forma desdenhosa. — Já faz horas que esse dia deixou o estranho para trás.

— Verdade, e vocês nem sabem o que mais aconteceu.

Os olhos dele se arregalam.

— Tem mais?

— Muuuuuuito mais — respondo. E então conto a eles tudo o que aconteceu desde que Ember explodiu em chamas no corredor, o que parece ter sido há dias.

Os olhos deles ficam cada vez maiores. Mas quando chego à adega e como um dos Jean-Babacas, e talvez até Jude, literalmente desapareceu assim que entrou, Eva passa o braço pelo meu e começa a me arrastar para o outro lado da ilha.

— Você tem que me mostrar esse lugar.

— Ela tem que *nos* mostrar esse lugar — corrige Luís.

— Agora? — Minha barriga ronca em protesto. — Mas estou morrendo de fome.

Eva revira os olhos e procura em sua bolsa um pacote de M&Ms para emergências.

— Coma isso. Porque você vai nos levar lá agora mesmo. E se o furacão inundar tudo enquanto estivermos longe?

— Então tenho certeza de que ninguém mais desaparecerá lá dentro tão cedo.

— Sério, Clementine? — resmunga ela. — Juro que você não tem nenhum senso de aventura.

— Eu tenho, só que já tive aventura demais hoje. — Mas abro o pacote de M&Ms e paro de protestar. A verdade é que eu estava morrendo de vontade de dar outra olhada no lugar. Só para ver se eu deixei passar algo. Porque devo ter deixado, certo? Nem mesmo os feéricos costumam desaparecer do nada — em especial quando estão sem seus poderes.

Além disso, Eva está certa. E se a tempestade realmente inundar o lugar? Para início de conversa, ele já não parecia estar exatamente em sua melhor forma.

Quando digo isso, os olhos de Luís se arregalam.

— Quão ruim é a situação da qual estamos falando? Porque não tomo vacina contra tétano há um tempo...

— Você é um lobo — resmunga Eva, exasperada. — Por acaso você pode pegar tétano?

— Eu também sou humano — diz ele com uma fungada. — E humanos com certeza podem pegar. A propósito, quando foi a *sua* última vacina contra tétano?

— Se preocupe com suas próprias vacinas e deixe as minhas em paz — rebate ela. — Até onde sei, você também pode estar atrasado na de raiva. Pode crer, você está atrasado na vacina contra cinomose.

— Tenho certeza de que cinomose não significa o que você pensa que significa — diz Luís a ela.

— Sim, bem...

— Parem! — digo a ambos, com uma risada. — Nenhum de nós vai pegar tétano naquele lugar! Ou raiva ou cinomose ou *tuberculose*. Então se acalmem ou este pacote de M&Ms e eu voltaremos para o dormitório. Sozinhos.

Ambos resmungam um pouco para si mesmos, mas a briga finalmente para — pelo menos por enquanto. É a coisa que os dois mais gostam de fazer juntos, afinal.

Seguimos o resto do caminho falando sobre a evacuação de amanhã. Mas, quando chegamos à adega, há um enorme cadeado na porta que definitivamente não estava lá antes.

— Como você entrou da última vez? — pergunta Eva.

— Isso não estava aqui. — Olho para a fechadura. Alguém realmente trancou o lugar porque eu entrei? E, se sim, quem foi? Jean-Luc? Ou Jude?

Os olhos dela se iluminam.

— A trama se complica. — Então ela começa a inspecionar o chão ao redor da adega.

— O que você está procurando? — Luís começa a vasculhar o chão. — Talvez possamos ajudar.

— Com sorte, uma chave. — Ela continua procurando, enquanto eu apenas a encaro, incrédula.

— Você não acha de verdade que quem quer que tenha feito isso teve todo o trabalho de colocar um cadeado no lugar só para esconder a chave à vista, né? — questiono.

— As pessoas têm muito menos imaginação do que você pensa — rebate ela.

— Em especial os Jean-Babacas — concorda Luís.

Com menos de dois minutos de busca conjunta, ela solta um grito de triunfo ao se abaixar e pegar uma pedra de fato oca.

— Eu falei! Zero imaginação.

— Então, com certeza foi Jean-Luc, e não Jude — comenta Luís enquanto ela abre o topo da pedra e tira uma chave.

— É o que parece. — Eva coloca a chave na fechadura e solta outra exclamação feliz quando ela se abre. — Prontos?

Eu como o último dos M&Ms e enfio o pacote no bolso da frente.

— Como nunca.

Do jeito que esse dia está indo, eu não ficaria surpresa se uma banshee saísse voando em nossa direção. Ou um leviatã. Ou, pior ainda, minha mãe.

Mas a adega está escura e silenciosa, e descemos cuidadosamente os degraus trêmulos, com as lanternas ligadas.

— Caramba, quão profundo é esse lugar? — pergunta Eva quando está na metade do caminho até lá embaixo. — É uma quantidade de degraus realmente assustadora.

— Bem profundo — respondo, porque ela não está errada. — Deve ser para proteger os vegetais do calor do Texas.

— Ou matar qualquer intruso que não esteja esperando uma descida tão grande — sugere Luís, enquanto começa a explorar a adega. — Então, por onde você acha que eles desapareceram aqui dentro? Não há muitos lugares para se esconder.

— Não há lugar *nenhum* para se esconder — respondo. — Era o que eu estava dizendo a vocês.

— Sim, mas eu não acreditei em você. — Eva se junta à conversa. — Achei que você tinha deixado passar algo, mas não deixou.

— Não deixei mesmo — concordo.

Mas enquanto Luís e Eva continuam procurando por algum lugar, qualquer lugar, por onde eles poderiam ter desaparecido, eu me fixo na tapeçaria. Porque a cena feliz na praia que vi hoje mais cedo desapareceu. Em seu lugar há um homem solitário, em pé em uma praia tempestuosa enquanto uma enorme onda ameaça quebrar bem sobre ele.

— Aaaaah, que tapete legal — diz Eva, seguindo meu olhar. — Deprimente, mas muito legal.

— Não era assim antes — digo a ela enquanto me aproximo, tentando dar uma olhada melhor nos fios individuais.

Isso é algum tipo de piada? Mas por que alguém — até mesmo um dos Jean-Babacas — se daria ao trabalho de colocar um cadeado no lugar enquanto brincava de esconde-esconde?

Quando digo isso a Eva e Luís, ela apenas dá de ombros.

— Talvez seja uma tapeçaria diferente. Alguém poderia tê-la trocado.

— Talvez — respondo, ainda em dúvida. — Mas, de alguma forma, não acho que seja isso.

— O quê, então? — Agora Luís parece completamente intrigado. — Você acha que a tapeçaria mudou mesmo sozinha?

Se tivesse, não seria nem o top dois de coisas mais estranhas que me aconteceram hoje.

— Eu não sei. Mas vou descobrir — respondo, por fim. Então pego a tapeçaria e a arranco da parede.

— Aí sim! — Eva se anima. Ela então para e pergunta: — O que estamos fazendo exatamente?

— O que parece? Vou levar isso com a gente.

As sobrancelhas dela sobem.

— Você não acha que isso vai irritar os Jean-Babacas?

— Eu pareço me importar se vou ou não irritar os Jean-Babacas?

Coloco a tapeçaria no chão e começo a enrolá-la. É mais pesada do que parece. Luís se abaixa e me ajuda.

Uma vez que a tapeçaria está enrolada, Eva se aproxima da parede onde ela estava pendurada e passa as mãos pelas pedras.

— Eu estava meio que esperando uma passagem secreta — diz ela, depois de alguns momentos de busca. — Mas não há nada.

— Eu sei. É a coisa mais estranha.

Ela segue até a próxima parede e também a inspeciona.

— E você tem certeza de que eles estavam aqui?

— Eu vi Jean-Luc entrar com meus próprios olhos. E havia pegadas molhadas por todo o chão que não levavam a lugar nenhum que eu pudesse ver.

Ela balança a cabeça.

— Estranho.

Trovoadas ressoam pelo céu, e Luís suspira, desapontado.

— Talvez seja melhor voltarmos, se não quisermos ser pegos na próxima rodada de chuva. Ainda mais com essa tapeçaria.

Eu aceno em concordância, depois me abaixo e me preparo para levantar a enorme tapeçaria nos braços. Mas o peso dela se foi. Agora está mais leve que minha mochila.

— Aqui, me deixe ajudar — diz Luís, pegando a ponta mais próxima a ele. Seus olhos se arregalam ao registrar a mesma coisa que eu já notei. — Humm, Clementine, será que você é *bem* mais forte do que eu pensava?

Eu balanço a cabeça.

— Então o que... — Ele parece tão perplexo quanto eu.

— Não faço ideia. Talvez qualquer que seja a magia que a faça mudar de imagem tenha decidido que gosta de nós.

Eva parece cética.

— Ou está nos levando a uma falsa sensação de segurança para que possa nos matar.

— A bruxa sempre coloca a culpa na magia das trevas — brinca Luís enquanto subimos cuidadosamente os degraus para sair da adega.

— Não é pessimismo se for verdade — responde ela, com um sorriso.

— Bem, vamos esperar que seja apenas pessimismo desta vez — digo. — Para o nosso bem.

Mas mal fechamos a porta da adega e a trancamos atrás de nós, uma rajada de vento nos atinge e faz a tapeçaria voar dos meus braços. Ela cai no chão, de ponta a ponta, e o impacto a faz se desenrolar parcialmente.

— Eu pego — me diz Luís, se curvando para enrolá-la novamente. — A lama... — Ele para de falar. — Puta merda.

— O que foi? — pergunta Eva, correndo até ele. — O que há de errado?

Estou logo atrás dela, aterrorizada com a possibilidade de termos arruinado a tapeçaria.

Mas o que vejo é ainda pior.

— Termine de desenrolá-la — digo a Luís enquanto pego a outra ponta para ajudar.

— Aqui fora? — pergunta ele.

Eu sei que ele está certo, sei que corremos o risco de danificá-la com a chuva, mas agora não me importa.

Muitas coisas assustadoras aconteceram desde que essa tempestade apareceu, e eu não aguento o maldito suspense nem mais por um segundo.

Eva deve sentir o mesmo, porque já está pegando o rolo e andando para trás com ele para que a tapeçaria se abra.

E é aí que eu fico louca. Porque só nos últimos dois minutos, a tapeçaria mudou *de novo*.

A cena sinistra da praia desapareceu, e em seu lugar está uma palavra gigante, pingando sangue.

CUIDADO.

Capítulo 40

A PODEROSA MÃEZONA

— Que diabos é isso? — diz Eva, subindo o tom de voz a cada palavra. — Como é possível?

— Eu disse para vocês que tinha mudado — digo, mas isso não quer dizer que estou mais calma do que ela.

— Sim, mas eu pensei que você estivesse confusa ou algo assim. Foi um dia bastante difícil. Mas isso... — Ela olha para a tapeçaria. — Isso é realmente assustador.

— Muito assustador — ecoa Luís.

Eles não estão errados. Eu sei o que vi antes, e eu sei que a cena era diferente, mas havia uma parte de mim que pensava que deveria haver uma explicação. Mas isso... Não há explicação para isso. Pelo menos nenhuma explicação que não me deixe completamente louca. Em especial quando penso em todos os fantasmas que continuam me dizendo para fugir.

O que está acontecendo nesta ilha? E o que isso tem a ver comigo?

— Vocês acham que é por causa da tempestade? — pergunta Eva, sua voz ainda uma oitava acima do normal.

— Não sei, mas não vou esperar para descobrir. — Luís começa a enrolar a tapeçaria de novo, o mais rápido que pode. — Do jeito que esse dia tem sido, isso poderia ser um aviso sobre qualquer coisa, desde o apocalipse até um tiranossauro *rex* gigante saindo da floresta. E eu sei como essas coisas funcionam. O melhor amigo gay sempre morre primeiro em filmes de terror.

— Nem sempre — diz Eva a ele. — Às vezes é a coadjuvante corajosa.

Luís olha para ela com uma expressão maldosa.

— Sim, bem, eu sou o coadjuvante corajoso também. E eu digo para sairmos rápido daqui.

— Eu é que não vou discutir — digo a ele.

— Nem eu — concorda Eva. — Mas vocês têm certeza de que queremos levar essa coisa conosco?

— Eu quero saber o que mais ela vai dizer. Vocês não? — Tenho que gritar para ser ouvida por cima do vento, que aumentou significativamente nos últimos minutos.

— Humm, com certeza — diz Luís enquanto termina de enrolar a tapeçaria e a apoia sobre o ombro. — Agora vamos sair daqui, sim?

Saímos correndo de volta para os dormitórios. A chuva cai tão forte e rápido que o chão está encharcado, tornando cada passo um sofrimento conforme seguimos pela lama e pela areia molhada.

O trajeto é lento e pior ainda por causa das rajadas violentas que continuam nos atingindo de frente. Mais de uma vez, Luís quase derruba a tapeçaria. Mas, de alguma forma, seguimos em frente, e finalmente chegamos à calçada que leva dos prédios acadêmicos aos dormitórios.

É então que começamos a correr — ou tentamos. Mas nossos sapatos enlameados escorregam e deslizam no caminho liso. Quando um raio particularmente assustador divide o céu, começo a me perguntar se algum dia chegaremos de volta.

Finalmente, *finalmente*, passamos pela cerca e seguimos direto para o dormitório principal. Estamos quase lá quando um clarão rosa chama minha atenção, e paro de uma vez. Tento limpar a chuva dos meus olhos e encontrar a mancha rosa vagando pelo aguaceiro.

É ela de novo — a mulher grávida com a camisola rosa, andando de um lado para o outro na frente do dormitório.

Seu cabelo está solto agora, e o vento o soprou de modo que está cobrindo seu rosto. Mas há algo na maneira como ela anda e se comporta — mesmo no meio dessa tempestade — que me parece familiar.

Mais estranho ainda, eu sei que ela é um fantasma, mas ela parece viva. Sim, ela é translúcida, de um cinza leitoso. Mas, ao contrário de outros fantasmas, seu cabelo é um marrom profundo e escuro, e as flores em sua camisola são um magenta brilhante e vívido.

Não sei por que ela parece tão diferente dos outros espíritos ou por que ela age de modo tão peculiar. Em vez de interagir com os outros — ou tentar interagir comigo —, ela simplesmente vagueia de um lado para o outro. Ela sequer parece perceber que eu existo, enquanto eu não posso deixar de notá-la.

Um raio novamente atravessa o céu, e Eva envolve meu braço com a mão.

— Por que você está parada? — grita ela. — Vamos!

— Foi mal! — Eu acelero o passo, e nós irrompemos pela porta principal do dormitório como se nossas vidas dependessem disso. E talvez dependam, considerando que a porta mal se fechou atrás de nós quando o céu se abre com um espetáculo de raios como nunca antes visto.

Nós desmoronamos assim que entramos. Luís deixa cair a tapeçaria e se larga esparramado no chão. Eva se encosta na parede, a respiração saindo ofegante.

E eu apenas me inclino, apoiando as mãos nos joelhos, enquanto tento desesperadamente recuperar o fôlego.

Mas não podemos ficar largados na sala comum do dormitório para sempre — estou molhada e congelando. Eva pega a tapeçaria, e nos dirigimos até a mesa para pegar nossos jantares. Mas eu só andei alguns passos quando a voz da minha mãe soa atrás de mim, seguida pelo *clique, clique, clique* de seus sapatos contra o piso gasto.

— Clementine! Você está bem? — pergunta ela.

Eva e Luís dão uma olhada na direção dela e correm para o outro lado da sala com a tapeçaria, enquanto eu me coloco na frente deles para bloquear sua visão.

— Estou bem — digo a ela, me obrigando a me endireitar mesmo que eu ainda mal consiga respirar. — Estávamos apenas tentando escapar dos raios.

Seus olhos são intensos, e ela me cataloga da cabeça aos pés.

— Sua tia me disse que houve um problema antes. Está tudo bem agora?

"Um problema" parece um eufemismo, mas como não quero que ela me acorrente ao seu lado pelas próximas doze horas, eu apenas encolho os ombros.

— Não foi nada de mais. Estou bem.

— Tem certeza? — Seus olhos me examinam.

— Ah, sim. Eu fiquei um pouco assustada no meio dessa coisa de desentranhar, mas estou bem agora. De verdade.

— Tudo bem, então. Pegue o jantar e volte para seu quarto. Instituímos um toque de recolher às oito horas hoje à noite, e a equipe vai patrulhar a escola para garantir que todos fiquem seguros onde devem estar.

Eu aceno com a cabeça.

— E tome um banho quente, por favor. A última coisa que você precisa é ficar doente agora.

É uma coisa tão materna a ser dita que, no começo, fico convencida de que ouvi errado. Mas, definitivamente, ela ainda parece preocupada.

— Eu estou bem, de verdade, mãe — asseguro a ela.

— Você sempre está — diz ela, soltando um longo suspiro. — Claudia me lembrou esta tarde que posso ser muito dura com você às vezes, e peço desculpas por isso. Eu sei que não concordamos em muitas coisas agora, mas eu amo você, Clementine. Muito.

— Eu sei que você me ama, mãe. — Lágrimas ardem atrás dos meus olhos. Eu as repreendo pelo que parece ser a milionésima vez hoje. Porque nós temos nossos desentendimentos. E eu acho que ela está errada sobre muitas coisas, especialmente sobre como administra este lugar. Sem mencionar que ainda estou furiosa com ela pelo que aconteceu com Serena. Mas... — Eu também amo você, mãe.

Ela acena com a cabeça, sua garganta se movendo de uma maneira que nunca vi antes.

— Ok. Vá, antes que seus amigos se cansem de esperar. Vejo você pela manhã.

— Ok.

Em um impulso, me inclino para a frente e lhe dou um rápido beijo na bochecha.

— Certifique-se de descansar também.

— Eu descansarei quando todos os meus alunos e professores estiverem a salvo. Até lá, tenho trabalho a fazer.

Como se para enfatizar o que disse, o walkie-talkie que ela tem preso à cintura começa a estalar.

— Vá para o seu quarto — diz ela com um olhar severo antes de partir, colocando o rádio no ouvido.

— O que foi tudo isso? — pergunta Luís, os olhos arregalados, quando me junto a ele e Eva ao lado de uma grande pilha de toalhas dobradas.

— Acho que ela ficou preocupada com toda a coisa do desentranhamento — respondo enquanto Eva me entrega uma toalha. — Acho que ela queria ver como eu estava. Eu disse a ela que estava tudo bem.

— Prefiro não receber um castigo enorme por nossa pequena aventura de roubo de tapete mágico, então boa ideia — diz Eva. — Agora, estou morrendo de fome, então vocês se importam se pegarmos o jantar e sairmos daqui?

— Vou na frente — avisa Luís. — Tenho que fazer umas coisas na minha cabana, então vejo vocês mais tarde. Mas me liguem se essa coisa mudar, sim?

— Com certeza — prometo.

Luís parte com um pequeno aceno. Eva e eu pegamos a tapeçaria, nossos jantares nas caixas, um guarda-chuva e um par de ponchos da mesa montada perto da porta, depois saímos. Em seguida, nos dirigimos para o corredor central que atravessa toda a área dos dormitórios e leva diretamente às nossas cabanas. Mas só chegamos na metade do caminho quando erguemos os olhos e damos de cara com Jean-Claude, que vem caminhando bem na nossa direção.

Capítulo 41

A FÚRIA PELO TAPETE

— O que vamos fazer? — sibila Eva para mim.

— Não há muito o que podemos fazer — digo, mesmo evitando fazer contato visual com ele. Não há necessidade de irritar aquele idiota, e talvez, se não prestarmos atenção nele, ele não prestará atenção em nós... ou à tapeçaria nada sutil que estamos carregando.

O vento está tão forte que todos temos que nos curvar para a frente para enfrentá-lo, e acho que talvez tenhamos uma chance de passar por isso sem atrair sua atenção.

Quase dá certo. Mas assim que estamos prestes a passar por ele, Jean-Claude se coloca na minha frente.

— Onde você conseguiu isso? — Quer saber, e quando o encaro, ele parece irritado, mas também muito assustado. É claro que poderia ser apenas a chuva, que arrepiou os cachos verdes dele a ponto parecer que ele está usando um daqueles vasos de barro com chia plantada na cabeça, sob seu poncho.

Meu estômago afunda um pouco — acabou-se a esperança de que ele não reconhecesse a tapeçaria.

Sem mencionar que, qualquer ideia que eu possa ter tido sobre eles não estarem todos envolvidos no que quer que esteja acontecendo naquela adega subterrânea acabou de voar pela janela.

Mas o que exatamente está acontecendo?

No minuto em que Jude me disse para ficar longe, eu fiquei desconfiada. Mas quando encontramos o cadeado, eu tive certeza de ter tropeçado em algo que não deveria. Agora, olhando para o medo nos olhos de Jean-Claude, estou mais convencida do que nunca de que algo nada bom estava acontecendo naquela adega subterrânea.

Mas o quê? E o que Jude tem a ver com isso? Ele não é, e nunca foi, exatamente o tipo de pessoa sociável. Então o que ele está fazendo com os Jean-Babacas, entre todas as pessoas, quando jamais deu nenhuma indicação de que sinta algo além de desprezo por eles? Não faz sentido.

Mas é claro que tampouco faz sentido uma tapeçaria que muda quando quer, então estamos todos lidando com algo totalmente novo aqui.

Quando não respondo de imediato, Eva entra na conversa.

— Isso? — pergunta ela, fingindo surpresa. — A mãe da Clementine pediu que tirássemos do escritório dela. Parece que está pendurado lá desde que a Academia Calder existe. Ela não queria deixá-lo, caso o furacão seja tão ruim quanto eles pensam que será.

Os olhos dele se estreitam, desconfiados, e ele olha alternadamente para ela e para mim.

— Está me dizendo que pegaram isso no escritório da diretora?

— Pegamos. — Eu apoio Eva. — É o favorito da minha mãe.

— Ah, é?

Ele se inclina para a frente, mas não tenho certeza se está tentando ser ameaçador ou apenas se proteger do vento.

— O que tem nele?

Neste momento? Não faço a mínima ideia. Pode ser qualquer coisa. Mas como isso é exatamente o que eu não quero contar a ele, faço a única coisa em que posso pensar. Invento algo.

— Uma manticora. Tipo, várias manticoras. — Eva olha para mim como se eu estivesse muito confusa, mas continuo tropeçando nas palavras, tentando vender minha história pra lá de ridícula. — Como uma espécie de retrato de família, em forma de tapeçaria, que recebemos de herança.

— Um retrato de família em uma *tapeçaria*? — repete ele. — Que tem um monte de manticoras nele?

— Isso mesmo — digo. E de alguma forma, até consigo manter uma cara séria.

— Sabe, já estive no escritório da sua mãe várias vezes. Nunca vi nada parecido lá dentro.

— Bem, não é como se ela o mantivesse exposto para exibição pública — resmungo. — É óbvio que é pessoal.

— Ah, sério? É pessoal? — Agora ele realmente parece ameaçador, antes mesmo de dar um passo adiante. — Eu quero ver.

— Como é que é? — Finjo estar muito mais ofendida do que estou. — Não!

— O que você quer dizer com não? — Ele parece nunca ter ouvido a palavra antes, o que, para ser justa, talvez não tenha. A máfia feérica tende a conseguir o que quer, quando quer.

— Quero dizer, que parte de "pessoal" você não entende? Eu não vou mostrar a você o patrimônio pessoal e privado da minha família — digo. — E se você tem um problema com isso, então azar o seu.

Desta vez, sou eu quem avança sobre ele.

— Agora saia da minha frente. Estou cansada de ficar nessa chuva.

Ele recua um par de passos, mas não desobstrui o caminho. E quando eu me movo para contorná-lo, ele se move comigo, bloqueando minha passagem. E ainda que uma parte de mim só queira chutá-lo nas bolas, também sei que, se eu não jogar direito, a tempestade que se aproxima será o menor dos meus problemas.

Ao mesmo tempo, não há como eu deixá-lo ver a tapeçaria. Jean-Claude já provou que não tem problemas em bater em garotas — o idiota me deu mais do que algumas contusões ao longo dos anos. De jeito nenhum vou deixar que ele faça o mesmo com Eva.

— Sairei do seu caminho assim que me deixar ver esse seu tapete de manticoras — diz ele, com os braços cruzados e um olhar cínico no rosto.

— Eu já disse que isso não vai acontecer. E não tenho ideia do que faz você pensar que tem o direito de me mandar fazer qualquer coisa, ainda mais com algo que obviamente é propriedade da escola.

Desta vez, quando avanço, bato com meu ombro no dele. E então continuo andando, avançando até que ele não tenha outra escolha a não ser recuar ou me empurrar de volta. Felizmente, ele não é tão corajoso sozinho quanto quando os outros Jean-Babacas estão por perto, então recua. No início, apenas alguns passos, mas depois vários, e agora sei que venci — quer ele queira reconhecer ou não.

E ainda que eu veja que ele está se preparando para me empurrar de volta — literal e figurativamente —, pela primeira vez a tempestade vem ao nosso resgate. Um raio atravessa o céu, atingindo uma árvore que está perto demais de nós para ser confortável, e o trovão sacode o chão sob nossos pés.

Segundos depois, um barulho sinistro soa e um grande galho cai.

Eu me jogo sobre Eva, tirando-a do caminho bem a tempo de evitar que o pesado galho caia sobre ela.

Ela está bem — todos estamos —, mas, ao ser empurrada por mim, Eva acaba soltando a tapeçaria.

Ela voa pelo ar antes de cair no chão e se desenrolar, bem aos pés de Jean-Claude.

Capítulo 42

UM ÚNICO TAPETE
VALE MAIS DO QUE MIL PALAVRAS

Eva e eu trocamos um olhar enquanto Jean-Claude se abaixa para dar uma olhada mais de perto através da chuva torrencial.

— Corra! — sussurro para Eva, e me preparo para lutar com Jean-Claude pelo tapete.

O bom senso diz que eu deveria deixar a maldita tapeçaria para lá, mas há algo realmente estranho e mágico nela. Os Jean-Babacas são as últimas pessoas da ilha inteira que eu quero que estejam no comando de algo com tanto poder. Todo instinto que tenho grita para eu me certificar de que vou ficar com ela.

— Eu não vou deixar você sozinha com ele — rosna Eva. E então nós duas nos aproximamos, procurando uma maneira de arrancar o tapete dele.

Mas, quando me abaixo para pegá-lo, percebo que a imagem mudou novamente. Desapareceu o aviso de antes e, no lugar, está *uma família de manticoras, sentada em torno de uma mesa, fumando charutos e jogando pôquer.*

Puta. Merda.

O tapete me ouviu. Ele realmente ouviu o que eu disse e mudou para me ajudar.

Que tipo de tapete mágico é esse?

Jean-Claude rosna quando dá sua primeira boa olhada na tapeçaria.

— Sério? Essa é sua herança de família?

— Ei, isso soou muito crítico — repreende Eva, enquanto se agacha para me ajudar a enrolar a tapeçaria. — Toda família tem alguma coisa especial. Só porque a sua talvez não goste de jogar pôquer...

Ela para de falar quando outra explosão de raios divide o céu.

— Precisamos sair daqui — digo, inquieta. — Antes que todos acabemos esmagados sob uma árvore caída.

Como se para me apoiar, as árvores que margeiam o caminho rangem, ameaçadoras.

Jean-Claude lança um olhar preocupado para os galhos balançando antes de recuar.

— Isso não acabou.

— Eu meio que acho que acabou, sim — respondo a ele, pego o tapete e o jogo sobre o ombro. Mais uma vez, pesa quase nada, e começamos a voltar pelo caminho até nossa cabana.

Desta vez, ele está ocupado demais correndo na direção oposta para até mesmo pensar em nos impedir.

— Que diabos foi isso? — pergunta Eva, gritando para ser ouvida por sobre a tempestade. — Quase fomos agredidas por causa de uma velha tapeçaria encantada.

— Na verdade, acho que quase fomos agredidas por algo muito mais complicado do que isso — digo a ela. Ainda não acredito que essa coisa possa ouvir o que acontece ao seu redor... e mudar de acordo. — Eu só queria saber o que ela é de verdade. O que eu sei é que algo não está certo.

— Bem, eu não gosto de nada disso — grita ela por cima do uivo do vento. Então ela quase é derrubada quando pega o guarda-chuva que deixei cair e tenta me entregá-lo.

A tempestade piorou no tempo em que ficamos paradas, e uma rajada de vento nos atinge, jogando-me vários metros para trás.

— Eu sei que acabamos de esconder isso da sua mãe, mas a atitude de Jean-Claude me fez mudar de ideia. Agora, eu me pergunto se não precisamos chamar reforços. O que você acha?

— Não faço ideia — respondo, e recomeçamos a andar. O vento e a chuva vêm tão furiosamente agora que estamos quase dobradas ao meio enquanto abrimos caminho através deles. — Concordo que há algo de estranho, mas não faço ideia do que seja.

— E falar com Jude sobre isso? Se ele estava na adega, obviamente sabe algo sobre o que está acontecendo.

— Sim, mas isso só significa que ele pode estar envolvido — grito, para ser ouvida por sobre a tempestade. — E ele não me contou nada sobre isso.

— Você perguntou a ele? — Quando permaneço em silêncio, ela olha para mim. — Como você pode saber o que ele sabe ou não sabe... ou o que ele está ou não fazendo... se você não fala com ele?

Não é um mau conselho. Realmente não é. Mas, ainda assim, instintivamente começo a dizer não. Então penso no olhar de Jean-Claude e reconsidero. Talvez eu precise me comportar como uma manticora e falar com Jude sobre essa maldita tapeçaria. Talvez ele possa ajudar.

Ou talvez ele me diga algo que vai me fazer ranger os dentes.

De qualquer forma, talvez seja mesmo hora de perguntar.

— Talvez — concordo, quando enfim chegamos à área de piquenique coberta no centro do edifício. É um vestígio dos dias do resort, e embora as mesas não estejam nas melhores condições, o lugar oferece um pouco de abrigo dos elementos naturais e, agora, aceito isso de muito bom grado. — Se eu puder fazer com que ele fale comigo por mais de alguns segundos.

— Mande uma mensagem para ele — sugere ela.

Eu travo.

— Ah, eu não acho...

Ela revira os olhos e arranca o celular do meu bolso de trás.

— Está na cara que o relacionamento de vocês... qualquer que seja... está passando por algum tipo de mudança. Ele *salvou* você hoje. *Duas* vezes. Além disso, vi o jeito que ele olhou para você quando a carregou para fora da masmorra. Ele não vai se incomodar *nem um pouco* se você mandar uma mensagem.

— Eu não me importo se isso o incomoda — digo a ela. — Eu me importo se...

— Se o quê? — pergunta ela, impaciente.

— Eu não quero parecer...

— O quê? — insiste ela, quando paro de falar outra vez.

— Carente, eu acho. Quero dizer, ele me beijou hoje e depois me rejeitou novamente. Em que lugar isso diz: "Estarei aqui quando você precisar"?

— Ah, eu não sei. Que tal quando ele salvou você de morrer desentranhada? — pergunta ela, sarcástica. — Ou quando ele salvou você, mais uma vez, do monstro mais nojento que existe? É óbvio que o cara não tem problema em estar presente quando você precisa dele. — Ela estende o celular para mim. — Além disso, não é carência tentar obter informações do único cara que parece ter uma ideia do que está acontecendo. Mande uma mensagem para o garoto já. Pergunte.

Ela está certa. Eu definitivamente não sou o tipo de garota que fica parada pensando no que um cara vai pensar sobre algo que ela faz. E a estranheza entre mim e Jude não vai me transformar nisso também. Então eu disparo algumas mensagens rápidas, uma na sequência da outra, me recusando a pensar se ele vai responder ou não.

Eu: Você já terminou no confinamento das criaturas?

Eu: Tem algo estranho acontecendo, e eu meio que queria falar com você sobre isso

Eu: Algo ainda mais estranho do que o que já aconteceu, quero dizer

Quando ele não responde de imediato, guardo o celular de volta no bolso e começo a andar de novo.

— Ele ainda deve estar distribuindo lanches para os monstros — me diz Eva.

É a minha vez de revirar os olhos, enquanto saímos da relativa segurança do pátio coberto, viramos a esquina e começamos a descer pelo caminho que leva até nossa cabana.

— Eu sei. Está *tudo bem*.

— Eu *sei* que está tudo bem. Eu só queria dizer que...

Ela para de falar quando a porta da primeira cabana no caminho se abre de repente, e um braço magro e musculoso a puxa para dentro.

Capítulo 43

EI, JUDE

Ela grita, depois fica em silêncio. Corro atrás dela, com o coração batendo forte e a tapeçaria batendo contra meu ombro, só para ficar cara a cara com uma Mozart sorridente.

— Bem-vindas à humilde morada de Ember e Mozart — diz ela, com um floreio de mão.

— Estávamos esperando vocês — acrescenta Simon, enquanto fecha a porta atrás de nós.

— Sério? — exclama Eva. — Vocês não podiam só ter, sei lá, mandado uma mensagem?

— Onde está a diversão nisso? Além do mais, como é que vou manter minhas antigas habilidades em dia se eu nunca chegar a praticá-las?

— Considerando que suas antigas habilidades envolviam seduzir as pessoas e depois despossuí-las de seus bens, eu não me importo muito se você chega a praticá-las ou não — retruco. — Embora você esteja se saindo bem... pelo menos no primeiro departamento.

— Eu sabia que havia uma razão pela qual eu gostava de você — me diz ele, e nos leva mais para dentro da casa, onde descobrimos que Remy, Izzy e Ember já estão acomodados, conversando, enquanto "Fast Car", de Luke Combs, toca no alto-falante. — Você tem esse jeito de quem não leva desaforo para casa, e é difícil de resistir a isso.

— Não tenho tanta certeza. Algumas pessoas não têm problema algum em resistir a mim.

— Você pode se surpreender — diz ele, e então gesticula para a mesa de café, onde há vários pacotes de salgadinhos, junto com alguns refrigerantes e águas com gás. — Sirvam-se.

— Uma festa no meio da tempestade, obviamente! — comenta Eva, contornando a mesa de café. — Eu *amo* essa música.

— É uma nova versão de uma música antiga da Tracy Chapman — diz Remy.

— Se você gosta dela, deveria ouvir a original.

— Sério? — Ela parece intrigada enquanto pega um pacote de salgadinhos.

— Você pode colocar pra tocar na sequência.

— Vamos mesmo fazer isso? Uma festa, quando deveríamos estar embalando nossas coisas? — Eu sei que soou tão perplexo quanto me sinto.

— Empacotar coisas é um saco. — Simon acena com a mão, e aqueles olhos azul-marinho estão de novo brilhando daquela maneira que me deixa muito desconfortável. — Jogue um uniforme e um par de jeans em uma bolsa de viagem e já está tudo pronto. Não é como se fôssemos ficar fora por muito tempo.

— A menos que toda a escola seja levada embora — comenta Izzy.

Ele encolhe os ombros.

— Então embale muita roupa íntima e meias. Você vai ficar bem.

Parte de mim está tentada a ficar, mesmo sabendo que não deveria. A tempestade está prestes a piorar a qualquer momento, e a última coisa que quero é ficar presa na cabana de outra pessoa. Ao mesmo tempo, isso parece muito mais divertido do que ficar deprimida no meu quarto pelas próximas horas. Além disso, Jude provavelmente mandará uma mensagem para um deles enquanto eu estiver aqui, e pelo menos terei certeza de que ele está bem...

— Jude acabou de terminar no confinamento das criaturas e está a caminho — informa Mozart enquanto me entrega uma toalha. — Então por que você não coloca essa coisa... seja lá o que for... ali no canto, e se seca? Deixei umas camisetas e uns moletons na minha cama para você e Eva. Pegue algo para beber enquanto espera por ele.

— Eu não vim aqui procurando por Jude! — digo a ela, e não preciso de um espelho para saber que minhas bochechas estão ficando vermelhas.

— Você não veio aqui de jeito nenhum — me acalma Remy. — Nós arrastamos vocês para dentro.

Ah, certo.

— Eu preciso ir...

Mozart me conduz para seu quarto.

— Vá se trocar, Kumquat.

— Do que você me chamou? — pergunto, estreitando os olhos.

— Ah, desculpe. — Ela levanta as mãos, em um gesto de "oops". — Eu não sabia que o velho *Sargento Pepper* era o único que podia chamar você assim. Erro meu.

Minhas bochechas passam de rosa para flamejantes em um segundo, e eu abaixo a cabeça para tentar esconder meu constrangimento. Agora não quero nada mais do que fugir, mas vou parecer ainda pior — ainda mais fraca — se fizer isso. Então que se foda. Que se foda tudo.

Fecho a porta atrás de mim, depois me seco e me troco rapidamente. Mozart é ainda mais alta que eu — e um pouco mais curvilínea —, então eu tenho que enrolar as pernas da calça de moletom um pouco para não tropeçar nelas. Mas as roupas estão secas e quentes, e parecem bem luxuosas depois das roupas nojentas e molhadas que tenho usado há um bom tempo. Nem me importo que sejam do mesmo tom de vermelho da Academia Calder.

Eu me sento ao lado de Remy, que pega o saco de salgadinho de picles apimentados e me entrega com um aceno de sobrancelha.

— Como você sabia que esses são meus favoritos? — pergunto. Então, antes que ele possa responder, eu faço isso por ele. — Carolina.

Ele sorri, e dessa vez é apenas um pouco triste.

— Quando fica trancado em uma cela com alguém por vários anos, você tende a falar sobre tudo. Incluindo o sabor de salgadinhos que você e sua prima favorita gostam.

— É o que parece.

A tristeza aperta meu estômago ao pensar em Carolina contando um monte de histórias sobre nós duas para fazer o tempo passar mais rápido na prisão, mas tento não ceder a isso agora. Tenho emoções dolorosas mais do que suficientes revirando dentro de mim.

— Ei, *por que* sua prima foi enviada para o Aethereum mesmo? — pergunta Izzy. — Normalmente, catorze anos é muito jovem para esse tipo de prisão.

— Nada disso — responde Remy, agindo ofendido, embora eu perceba que ele está apenas tentando desviar a pergunta, e a atenção, de mim. O que eu aprecio. Muito. — Eu estive lá a minha vida toda.

— Exatamente — concorda Izzy, pestanejando seus grandes olhos azuis para ele com fingida inocência. — E veja como você acabou.

— Muito bem, modéstia à parte — retruca ele com um sorriso.

Ela balança a cabeça.

— Você é impossível.

— Aaaahh, eu sei que você acabou se apegando a mim.

— Como a uma verruga, talvez — rosna ela de volta.

— Todo mundo tem que começar de algum lugar. — Ele dá a ela o que tenho certeza ser seu sorriso mais charmoso. — Na verdade...

Ele para de falar quando uma faca voa por sua cabeça e se crava na parede bem atrás de nós.

Eva, que está saindo do quarto depois de se trocar, solta um gritinho, enquanto o resto de nós se sobressalta um pouco. Mas Remy encara a situação com calma, mandando um beijo para Izzy enquanto tira a faca da parede.

Ela rosna em resposta, mas percebo que não joga outra faca nele. E ele não devolve a que ela jogou.

Eu tomo um gole de La Croix para acalmar meu estômago agitado, esperando que a conversa continue agora que a emoção acabou. Mas parece que todos ainda me observam, esperando que eu responda à pergunta de Izzy.

Então eu respondo, embora nem mesmo eu saiba por quê. Exceto que, de alguma forma estranha, parece bom falar sobre isso quando minha família nunca o faz.

— Eu não tenho ideia do que Carolina fez. Estava tudo bem quando fui dormir naquela noite, mas quando acordei na manhã seguinte, tinha um monte de chamadas perdidas e algumas mensagens de texto dela. Mas era tarde demais. Ela já havia ido embora, e ninguém quis me dizer por quê.

— O que as mensagens diziam? — pergunta Ember. É a primeira vez que ela fala comigo desde que cheguei aqui.

— Ela me disse para cuidar de Jude, que ele precisaria disso. — Dou um sorriso triste, porque todos sabemos como isso acabou. — E para confiar que sempre haveria tempo suficiente. Só que não havia. O dela acabou.

Remy faz um pequeno som inconsciente ao ouvir isso, e quando me viro para ele, descubro que suas mãos estão fechadas com tanta força que os nós de seus dedos ficaram brancos. E eu sei que ele está se culpando.

Eu estendo o braço e coloco uma mão sobre a dele. Não digo nada porque não tenho as palavras ainda, não sei se algum dia terei. Mas eu sei que não importa o quanto eu queira culpá-lo, não é realmente culpa dele que Carolina esteja morta.

Foi minha mãe quem a mandou embora da ilha, quando nada que ela pudesse ter feito aos catorze anos justificasse isso. Mas ela o fez mesmo assim, e agora Carolina está morta.

Minha mãe e eu tivemos a pior briga das nossas vidas na manhã em que acordei e descobri que Carolina havia ido embora, que ela a havia mandado embora. Eu implorei que a trouxesse de volta, implorei que mudasse de ideia. Eu a avisei que estava sentenciando Carolina à morte.

Minha mãe não concordou, disse que estava fazendo o que tinha que ser feito para manter as pessoas que amava seguras, e que essa situação não era da minha conta — algo que ela garantiu que eu entendesse antes de me deixar sair. E quando ficou ruim, muito ruim, por um minuto pensei que ela me mandaria para a prisão junto com minha prima. Mas, em vez disso, ela apenas me deu minha primeira parcela de detenções no cercado dos chricklers, entre outras coisas.

E nada mais foi igual desde então.

Não entre minha mãe e eu.

Não entre Carolina e eu, obviamente.

E tampouco entre Jude e eu, porque foi naquele dia que ele decidiu que não tínhamos mais nada a dizer um ao outro. Mesmo que eu ainda tivesse coisas a dizer a ele. E acho que sempre terei.

A dor de tudo isso volta até mim e, por um segundo, não quero nada mais do que sair daqui o mais rápido possível. Mas isso só me fará parecer uma covarde — a única coisa que não posso me dar ao luxo de ser, mesmo na frente dessas pessoas que parecem querer minha amizade.

Mas as aparências tendem a ser enganadoras, especialmente aquelas que parecem boas. Aquelas que fazem todos ao redor se sentirem normais, mesmo que seja por um tempo. Então eu fico onde estou, até mesmo me forçando a comer alguns dos salgadinhos que Remy me ofereceu. Ninguém precisa saber que eles têm gosto de serragem na minha boca.

Antes que eu possa pensar em outra coisa para dizer, "Dead of Night", de Orville Peck, começa a tocar. Mas é claro que sim.

— Aumente o volume — diz Ember para Mozart.

Ela obedece, e o ritmo macabro e melancólico enche a sala e meus sentidos.

Sempre que ouço essa música, tudo em que consigo pensar é Jude. Talvez seja por isso que não me surpreendo nem um pouco quando a porta se abre e ele entra, parecendo tão sombrio e misterioso quanto a própria canção.

Capítulo 44

EU BEM QUE PODIA PASSAR SEM ESSA

A primeira coisa que noto é que ele acabou de alimentar e arrumar nada menos que seis recintos de monstros, e não sofreu um arranhão — nem mesmo dos chricklers.

A segunda é que ele não parece nada feliz.

Assim que a porta se fecha atrás dele, seus olhos encontram os meus do outro lado da sala e, por um segundo, tenho um vislumbre de um sofrimento puro e irritadiço. Penso em perguntar a ele o que há de errado, mas antes que eu possa dizer as palavras, as persianas emocionais dele descem, deixando a mim, e a todos os outros, na sala de fora.

Não que alguém mais pareça notar. Mas é claro que é assim que ele sempre se comporta com eles.

— Como foi? — pergunta Mozart, e lhe entrega uma garrafa de água.

Jude encolhe os ombros.

— Bem. Mas não posso ficar. Tenho... — Ele para de falar, engolindo o que quer que fosse dizer.

Mozart, Simon e Ember trocam um olhar, mas não dizem nada quando a música chega ao refrão — e ninguém mais fala também.

Espero que Jude diga mais alguma coisa, mas isso não acontece. Ele apenas se encosta na parede e bebe a água em dois goles longos. E não olha para mim, nem mesmo uma vez.

Uma pequena rajada de dor começa dentro de mim, mas eu a espanto.

Porque, apesar de tudo, não se trata de mim. Há algo errado com ele. E eu me pergunto se ele não está evitando olhar para mim porque tem medo de que eu descubra o que é.

Quando termina, Jude joga a garrafa em direção à pequena lata de reciclagem no canto da cozinha, sem olhar para ela. Segundos depois, a garrafa cai com tudo lá dentro, sem nem mesmo roçar na borda.

— Exibido — murmura Simon com um revirar de olhos.

Mas a atenção de Jude já foi capturada pela tapeçaria enrolada no canto.

— O que é isso? — pergunta ele, com voz rouca.

E, como eu quero respostas dele, faço algo que não fiz com ninguém mais. Digo a ele a verdade sobre a tapeçaria. E observo de perto sua reação.

— Só algo que eu encontrei naquela velha adega do outro lado da ilha. Foi sobre isso que mandei mensagem para você. — Eu o observo atentamente, querendo ver sua reação. Ele sabe o que a tapeçaria pode fazer? E, se sim, foi por isso que insistiu tanto para que eu ficasse longe de lá?

Não pensei que fosse possível, mas de alguma forma seu rosto fica ainda mais inexpressivo — mas de uma forma claramente perturbada.

— É bem legal — começa Eva. — Ela faz essa coisa em que...

Ela para de falar quando percebe meu olhar.

— O que ela faz? — Os olhos escuros de Ember estão intrigados, e ela olha alternadamente para Jude e para mim.

Eva me encara, impotente.

— É só uma foto de como a ilha costumava ser, quando ainda era um resort — digo a ela. — Não é grande coisa.

Tenho certeza de que os olhos de Jude se contraem quando eu digo a última parte. O que faz meus próprios olhos se estreitarem enquanto tento descobrir por que ele está tão chateado. É porque eu peguei a tapeçaria? Ou porque Eva e eu podemos conhecer o segredo dela? E qual é o problema se conhecermos? Por que essa tapeçaria importa tanto para os Jean-Babacas? E — pelo jeito — para Jude também?

— Talvez eu devesse ir embora... — começo a falar.

Ao mesmo tempo, Simon comenta:

— Sabem do que esse nosso encontro realmente precisa? — pergunta ele, se levantando.

— De um gerador de emergência? — responde Mozart, sarcástica, quando as luzes começam a piscar.

Fico paralisada, meu coração batendo descontrolado enquanto espero para ver se minha manticora vai se manifestar de novo. Não se manifesta — e, até onde sei, nada acontece aos outros também. Talvez tia Claudia esteja certa, e tio Christopher realmente tenha conseguido consertar as coisas por enquanto.

Eu gostaria de dizer que estou desapontada, mas depois do que aconteceu comigo mais cedo, estou bastante aliviada — pelo menos por ora.

— *Eu* ia falar que precisamos de uma partida de "Eu nunca" — diz Simon a ela, e agora seu corpo inteiro brilha de uma maneira que torna impossível eu tirar os olhos dele. Remy está certo. Toda essa coisa de sirena é uma viagem. — Mas acho que sua resposta também funciona.

— Dá um tempo — resmunga Ember. — Estamos trancados em uma escola no meio do Golfo do México. Um jogo melhor seria "Talvez eu tenha feito algo ruim uma vez há muito tempo".

Dou uma risada, mesmo sem querer, porque Ember pode até ser um osso duro de roer, mas quando está certa, está certa.

— Tudo bem, então. Que tal "Verdade ou Desafio"? Mas eu não vou beijar Jude novamente. — Simon simula arrepios. — Ele tem gosto de hortelã.

— Não, ele... — Eu paro de falar quando percebo o que estou prestes a revelar.

Felizmente, todos os outros estão ocupados demais rindo da cara de "você não teria tanta sorte" que Jude está fazendo para Simon, e não notam meu ato falho. Bem, todos menos Remy, que me observa, pensativo.

Desesperada para fazê-lo focar em algo que não seja meu deslize ridículo, lanço a primeira ideia que me vem à mente.

— Poderíamos jogar "Duas Verdades e uma Mentira" — sugiro.

— Aí sim! — concorda Simon com um largo sorriso. — É disso que estou falando!

— E como é que isso vai funcionar, se a maioria de nós mal se conhece? — pergunta Izzy, em um tom de voz que demonstra que ela está mais do que satisfeita com as coisas permanecendo assim.

— Essa é a parte divertida! Vai tornar o palpite bem mais interessante — diz Eva, e soa surpreendentemente interessada no que foi uma sugestão feita por desespero. — Já que não temos mais nada para fazer hoje à noite.

— E se não quisermos saber mais sobre os outros? — rosna Ember. Mas, quando a expressão de Eva mostra sua decepção, ela logo recua. — Me ignore. Acho que preciso comer algo.

Mozart pega um saco de salgadinhos e joga na cara dela. Ember o pega, depois mostra o dedo do meio para a colega de quarto antes de abrir o pacote e enfiar uma porção na boca.

— Ok, então — diz Simon, pegando outra bebida —, quem vai primeiro?

Ninguém se voluntaria, o que na verdade não me surpreende. Uma coisa é ouvir os segredos dos outros — outra coisa é contar os seus. Eu meio que espero que o sr. Eu-Não-Posso-Ficar saia, mas Jude não se move.

Em vez disso, ele apenas observa e espera — embora eu não tenha certeza pelo quê. Estou quase certa de que não é pelo jogo.

Enquanto o vento uiva ao redor da cabana, fazendo as janelas tremerem e sacudindo as cadeiras na varanda da frente, todos nós meio que olhamos uns para os outros de maneira questionadora, até que, por fim, Eva diz:

— Eu vou. — Mas, antes de começar, ela toma um longo e lento gole de seu refrigerante. — Primeiro, eu nasci em Porto Rico, e quando finalmente me formar aqui, quero voltar a morar lá. Segundo, tenho medo de altura. E, terceiro, não faço ideia de qual elemento eu tiro meu poder.

Nada do que ela diz me surpreende — e eu sei imediatamente que ela ter medo de altura é a mentira. Ainda na semana passada ela estava pendurada no telhado da cabana, colocando luzes pisca-pisca em volta das calhas para "dar um ar divertido ao lugar".

E não estou nem um pouco surpresa com o fato de que ela não sabe qual é o elemento — ela mal teve a chance de explorar seus poderes antes de ser enviada para a Academia Calder. Ela foi enviada para cá porque estava tentando fazer o feitiço elementar mais básico que uma bruxa pode fazer: acender uma vela usando magia. Infelizmente, o feitiço saiu muito, mas muito errado, e ela acabou incendiando todo o complexo de apartamentos em que vivia. Várias pessoas morreram e muitas outras ficaram feridas. Eva tem medo de fogo desde então.

— Eu digo que a coisa do elemento é a mentira — tenta Simon. — Tenho certeza de que as bruxas podem simplesmente sentir qualquer elemento com o qual tenham afinidade.

— Diz a sereia que passa o máximo de tempo possível na água — provoca Ember.

— Sirena — responde ele, enfático. — Não é a mesma coisa.

— Você tem uma cauda, guelras e vive na água — rebate ela. — Para mim é a mesma coisa.

Ele não diz mais nada, mas continua olhando para ela. No começo, eu acho que é porque ele está irritado, mas então eu olho realmente para o rosto dele.

E não posso deixar de pensar em como Simon é bonito, com olhos escuros e pele bronzeada banhada de luz. Além disso, ele tem um cheiro muito, muito delicioso. Eu me inclino para a frente, tento capturar mais de seu perfume, e percebo que, de alguma forma, é tudo o que eu mais gosto. Baunilha, cardamomo, mel, limão, tudo misturado de uma maneira que me faz querer me aproximar ainda mais dele. E, desta vez, quando ele diz "Sou uma sirena", parece que as palavras de alguma forma se infiltram nos meus poros.

Eu respiro fundo, puxo seu perfume mais fundo para dentro de mim, e...

— Pare com isso — rosna Jude, que de repente não está mais do outro lado da sala. Ele está agachado ao meu lado, sua mão no meu ombro enquanto me puxa gentilmente para trás, até que eu fique sentada de novo.

Começo a ficar ofendida, pensando que ele está me dizendo para parar quando eu não estou fazendo nada de mais. Mas, quando ele se inclina para mais perto, eu sinto um cheiro quente de seu próprio perfume de mel e especiarias, e percebo que o de Simon é apenas uma imitação pobre.

Eu respiro fundo antes que consiga me conter, e de repente Jude está ali mesmo, dentro de mim. Preenchendo todos os lugares que ficaram vazios, dormentes, nos últimos três anos. Então ele levanta o rosto e encara o meu, e eu mergulho direto em seus olhos caleidoscópicos. E continuo mergulhando, mergulhando e mergulhando.

— E essa, meus amigos — nos diz Simon, com um pequeno estalo da língua no canto da boca —, é a diferença entre uma sereia e uma sirena, mesmo aquela cujos poderes estão contidos.

As palavras me lembram de onde eu estou, e eu afasto meu olhar do de Jude. Só para ver todos os outros na sala piscando lentamente, como se estivessem acordando de um transe. Eu olho para Simon, que balança as sobrancelhas para mim, e finalmente me ocorre o que aconteceu. Ember estava brincando com ele, e ele respondeu mostrando a ela exatamente o que uma sirena pode fazer.

— Você é um idiota! — diz Ember, e joga um salgadinho nele.

Ele o pega com um sorriso.

— Ei, eu estava apenas fazendo uma demonstração educacional — diz, antes de colocar o salgadinho na boca.

— Acho que você deveria ser o próximo. Punição por essa pequena "demonstração educacional". — Uso meus dedos para fazer aspas em torno das palavras.

Ele encolhe os ombros.

— Claro. Mas primeiro Eva tem que nos dizer qual foi a mentira. A coisa do elemento, certo?

— Na verdade, era a altura. Estar no alto não me assusta nem um pouco.

— Então você gosta de voar? — pergunta Ember, de repente parecendo muito interessada na conversa.

— Nunca voei. Eu não conheci muitos metamorfos na minha vida antiga, antes de vir para cá.

— Eu levo você — oferece Ember. — Quando nos formarmos. Se você quiser, quero dizer.

Eva se ilumina.

— Eu adoraria.

— Então faremos isso. — Ember parece o mais perto de estar feliz que já vi. Mas no momento em que ela percebe que estamos olhando, a carranca normal volta com força. — Quem é o próximo?

— Eu já estive em quarenta e sete países. Na verdade, tenho setenta e oito anos. E nunca matei ninguém. — Izzy boceja e passa a mão pelo cabelo longo e ruivo, sua expressão claramente dizendo que não se importa se conseguimos adivinhar sua mentira ou não.

— Humm, isso foi... — Simon parece perplexo, como se não tivesse ideia do que dizer. E eu não o culpo. Foi muita coisa para absorver... e tentar descobrir qual dessas coisas é a mentira é alucinante.

Eu olho para Jude, para ver o que ele pensa, mas acho que ele sequer ouviu o que ela falou. Ele está sentado ao meu lado, mas está completamente focado na tapeçaria no canto da sala, os olhos estreitos e os pés batendo do jeito que sempre faz quando está tentando descobrir algo.

— Eu vou com a coisa dos quarenta e sete países — chuta Mozart, e se inclina para me entregar uma garrafa de Topo Chico.

Eu levanto uma sobrancelha para ela, mas ela apenas sorri e sussurra:

— Você parece um pouco sedenta.

Meu rosto todo arde de vergonha — sei que ela não está falando da água com gás —, e eu tiro meu olhar de Jude.

— Ela está certa? — pergunta Eva, curiosa. — Em quantos países você já esteve realmente?

— Todas são mentiras — responde Remy, enquanto estica as pernas e se inclina para trás sobre os cotovelos.

— Todas? — exclama Eva, e sei que ela está pensando na última mentira de Izzy. — Não é assim que o jogo...

— Por favor — diz Izzy, com um revirar de olhos. — Eu acabei de conhecer vocês. Vocês acham mesmo que vou contar algo sobre mim?

— Mas você meio que acabou de fazer isso — comento, porque uma das coisas que esse jogo sempre me prova é que as mentiras de uma pessoa dizem tanto quanto suas verdades.

E Izzy não é a única pessoa nesta escola a matar alguém — por acidente ou de propósito. O jeito como ela usa a faca por si só torna essa verdade nada surpreendente.

Mas o que é surpreendente — e me faz pensar — é o fato de que ela mentiu sobre isso. A única questão agora é: essas mentiras eram apenas aleatórias ou ela as escolheu porque queria que fossem a verdade?

Um silêncio constrangedor se segue — durante o qual me lembro que, apesar do que Izzy e eu passamos juntas, eu realmente não a conheço. Não conheço nenhuma das pessoas nesta sala, exceto Eva... e talvez Jude.

Ah, eu costumava conhecê-lo. Mas agora? A maneira como ele continua olhando para aquela tapeçaria e depois pela janela, como se quisesse estar em qualquer lugar menos aqui, me faz pensar em quanto eu senti falta dele nos últimos três anos.

Todos nós meio que olhamos uns para os outros por um momento, tentando descobrir o que dizer ou fazer a seguir. E então Simon parece decidir "que se foda", porque sai com um:

— Parece que é a minha vez. — Ele nos dá uma escolha entre *eu já afundei duas dúzias de navios, gosto de caçar tesouros afundados* e *escrevo poesia de amor não correspondido*, todos os quais soam totalmente críveis para mim.

Mas Ember apenas ri.

— Você é uma sirena. De jeito nenhum seu amor é não correspondido.

Imagino que ele vá fazer um comentário sobre sua óbvia queda por ela, mas, em vez disso, ele apenas faz que não com a cabeça.

— Eu acho... — Mozart começa a falar, mas Ember a interrompe.

— Sério? Quem nesta escola você não consegue ter, se enfiar isso na cabeça? Ainda mais se considerarmos aquela pequena demonstração que você acabou de nos dar. — É bem claro que ela não está pronta para deixar o assunto de lado, e parte de mim quer perguntar a ela como ela pode ser tão obtusa. Em especial porque Simon olha firme para ela, enquanto Jude e Mozart olham para qualquer outro lugar.

Porque é óbvio que não sou a única que sabe o que ele está tão claramente tentando dizer a ela. E o que ela, também claramente, não está entendendo. Eu só não consigo definir se é porque ela é ingênua ou se está se fazendo de ignorante.

Mozart limpa a garganta, mas Ember a ignora, claramente esperando uma resposta que Simon não vai lhe dar de maneira verbal. Então Mozart limpa a garganta outra vez. E de novo. E...

— Você está tentando vomitar uma bola de pelo ou o quê? Você é um dragão, não a porra de um lobisomem! — exclama Ember, finalmente parando de encarar a sirena.

— Estou tentando falar na minha vez — responde ela, olhos apertados de irritação.

Ember levanta as mãos.

— Bem, então o que você está esperando? Anda!

Mozart pensa por um segundo — se sobre suas declarações ou sobre morder a mão dela, não consigo dizer —, mas então fala:

— Eu sou um dragão. Estou na ilha há três anos. E... eu sou vegetariana.

Por vários segundos, suas declarações são recebidas com um silêncio mortal. E então todos nós irrompemos em risadas ao mesmo tempo.

— Ei, o que é tão engraçado? — pergunta ela, parecendo perplexa.

— Você... — começa a falar Simon, mas então acaba rindo tanto que não consegue terminar a frase.

— Eu o quê? — A perplexidade se transformou em insulto.

— Nós simplesmente não conseguimos decidir — digo a ela, engolindo a risada que ainda borbulha dentro de mim — se você é terrível neste jogo ou um gênio absoluto.

Mozart se anima com aquilo.

— Um gênio, óbvio.

— Eu digo que a coisa de ser vegetariana é mentira — diz Ember, divertida. — Considerando que você comeu três sanduíches de peru no almoço.

— Então eu sou um livro aberto. — Mozart encolhe os ombros. — Nada de errado com isso.

— Nada de errado — concordo, mas ainda estou sorrindo, e todos os outros também.

O jogo passa para Remy e para mim, mas nada surpreendente vem de nenhum de nós — provavelmente porque temos o mesmo problema. Nunca tivemos a chance de fazer muita coisa, porque passamos nossas vidas inteiras trancados.

Mas então é a vez de Jude. E eu não posso deixar de prender a respiração enquanto me pergunto o que ele *finalmente* vai compartilhar.

Capítulo 45

QUATRO JEAN-BABACAS E UMA MENTIRA

Por alguma razão, Jude parece completamente perplexo que é a vez dele, mesmo que não seja diferente de quando era a de qualquer outra pessoa. Mas antes que ele possa dizer algo, uma batida soa na porta.

— Quem vocês acham *que é*? — pergunta Simon. — Todos de quem gostamos já estão aqui.

Ember resmunga.

— E alguns de quem não gostamos.

Tento não levar para o lado pessoal o fato de que ela está olhando direto para mim quando diz isso, mas tenho certeza de que é exatamente o que ela quer dizer, então...

— Seja gentil! — Simon a adverte com um aceno de cabeça.

— Deve ser algum professor, se certificando de que estamos onde deveríamos estar — diz Mozart, que se levanta para atender à porta. — Parece que a festa acabou.

Izzy olha para Jude.

— Salvo pelo gongo? — pergunta ela, sobrancelhas levantadas.

Ele dá um pequeno encolher de ombros, como se dissesse é-você-quem-es-tá-dizendo-não-eu, e então fica de pé em um salto quando Mozart recua para revelar os quatro Jean-Babacas à porta.

— Posso ajudá-los? — indaga Mozart, levantando tanto as sobrancelhas que elas quase tocam a linha do cabelo.

— Sei que a manticora está aqui — rosna Jean-Luc. — Queremos falar com ela.

Se é que algo assim é possível, as sobrancelhas de Mozart ficam ainda mais altas.

— Cuidado com quem você fala desse jeito, feérico. — O tom de voz dela permanece suave, mas há uma mudança sutil em seu corpo que diz que ela não está procurando problemas, mas é mais do que capaz de lidar com eles se quiser.

— Cuidado com as companhias com as quais você anda, dragão — provoca Jean-Claude. — Pode acordar com pulgas.

— Tenho certeza de que o ditado não é assim — comenta Simon enquanto se posiciona atrás de Mozart.

— Dragões não pegam pulgas — diz Mozart a ele, com um sorriso que mostra uma quantidade exorbitante de dentes. — Talvez você devesse ir procurar alguns trolls para brincar com seus brilhantes sarcasmos.

— Peguem a manticora — ordena Jean-Luc em um tom de voz que já ouvi muitas vezes para não ter medo. — *Agora*.

Jude se moveu para que seu grande corpo bloqueasse minha visão, mas a última coisa que quero é que ele ou qualquer outra pessoa aqui entre em uma briga com os Jean-Babacas para me proteger.

Eva balança a cabeça para mim, mas eu a ignoro enquanto me levanto para que eles possam me ver.

— Estou aqui.

Jude rosna baixinho para mim, e se move para mais uma vez se posicionar entre os Jean-Babacas e eu.

— Onde? — pergunta Jean-Jacques.

E como não gosto do tom dele ou de sua pergunta, finjo ser burra.

— Onde o quê?

Mas isso só deve irritar ainda mais os Jean-Babacas, porque, de repente, Jean-Luc rosna e empurra Mozart para fora do caminho para que ele possa entrar, sem ser convidado, em sua cabana.

O que desperta todas as outras pessoas na sala.

— Não ouse tocar nela — rosna Simon, em uma voz que nunca ouvi sair da boca brincalhona e descontraída da sirena antes.

Enquanto isso, Jude está do outro lado da sala antes que Jean-Luc possa dar mais um passo para dentro da cabana.

Ember e Remy estão logo atrás dos dois, e até Eva tem os punhos cerrados enquanto se move para ficar ao meu lado.

Izzy é a única que fica onde está, mas passa a língua sobre as presas em um gesto que aprendi ser um sinal de sua irritação. Facas também se materializaram em cada uma de suas mãos.

Quanto a Mozart, bem, ela parece prestes a transformar os Jean-Babacas em feéricos flambados para sua próxima refeição.

Enquanto me movo ao redor deles para chegar aos Jean-Babacas — não quero que ninguém se machuque por minha causa —, tenho um vislumbre do que minha mãe está tentando impedir com o bloqueio mágico. Porque algo me diz que, se Mozart tivesse acesso ao seu dragão agora, os feéricos já estariam grelhados.

Porque essas pessoas com quem acabei de comer salgadinhos, que estavam jogando e provocando umas às outras, de repente parecem muito mais como os adolescentes problemáticos que acabaram na Academia Calder. Sombrios, perigosos e mais do que prontos para fazer o que for preciso — são mais do que apenas assustadores.

São absolutamente terríveis.

— Saia da minha casa — diz Ember a Jean-Luc. Seu tom é baixo, uniforme e, de alguma forma, muito mais assustador por causa disso. — Agora.

Os olhos dele encontram os meus e se estreitam até quase parecerem fendas.

— Não sei o que está tentando fazer, Calder, mas precisa repensar isso... antes que acabemos com você.

— Saia. Daqui. Agora — diz Mozart, ecoando Ember. Só que ela adiciona o mesmo empurrão no peito que Jean-Luc lhe deu.

O que o irrita o suficiente para ele preparar um soco. Ele mira em sua cara com o punho fechado, e eu me lanço para a frente, para detê-lo. Já fui atingida por ele o suficiente para saber como é a sensação, e com certeza não quero que aconteça com Mozart por tentar me proteger.

Mas estou cerca de dois passos longe demais para alcançá-lo a tempo.

Jude não está, no entanto. Sua mão dispara na frente do rosto de Mozart no último segundo.

O punho de Jean-Luc bate na palma de Jude, e ele envolve os dedos em torno dele em resposta. Então começa a apertar.

Leva apenas um ou dois segundos para a fúria desaparecer do rosto de Jean-Luc, e a dor toma seu lugar. Leva ainda menos tempo para que essa dor se transforme em medo, e Jude continua a apertar.

— Vamos, cara. Só queremos a tapeçaria — arfa Jean-Luc enquanto luta contra a pegada de Jude. — Nos entregue, e iremos embora.

Mas Jude mal parece notar — nem a dor nem as palavras do feérico. Só continua apertando, mesmo quando os joelhos de Jean-Luc cedem e ele cai no chão com força.

— Vamos, cara. Já é o suficiente. Porra, solta ele. — Jean-Jacques avança.

Quando Jude nem se dá ao trabalho de olhar, Jean-Jacques se lança sobre ele com os punhos cerrados. Ao mesmo tempo, Jean-Claude e Jean-Paul se movem para os lados e tentam agarrá-lo.

Mas nenhum deles encosta nem mesmo um dedo em Jude.

Simon agarra Jean-Jacques e o manda longe, fazendo-o girar pela sala.

Mozart dá um chute bem certeiro nas bolas de Jean-Claude.

E eu estico um pé apenas o suficiente para fazer Jean-Paul tropeçar e sair voando. Eu não queria que ele se chocasse com Remy, mas quando o feiticeiro do tempo o derruba com um cotovelo bem colocado na garganta, também não posso dizer que me sinto particularmente mal por isso.

Os Jean-Babacas se levantam — muito mais irritados do que estavam no início. Não que isso seja exatamente uma surpresa.

Eles passaram toda a vida conseguindo tudo o que queriam. Capitalizaram suas reputações, seu dinheiro, seu poder e o medo que vem com isso. Eles *fazem* o que querem. E quando alguém diz "não" a eles, o que não acontece com muita frequência, eles usam todos os meios necessários para transformar esse "não" em um "sim".

É por isso que tenho levado mais do que alguns socos no rosto e em outras partes do corpo nos últimos três anos... mas é melhor do que apenas me deitar e deixá-los pisar em mim.

— Não vamos sair daqui sem essa tapeçaria — rosna Jean-Luc. E desta vez, quando dá um soco, ele está com um soco-inglês em ambas as mãos.

Jude desvia do primeiro golpe, mas parece que ele não era o alvo real de Jean-Luc. Em vez disso, ele gira no último instante e lança um segundo soco direto em mim.

Eu cambaleio para trás, em um esforço para desviar, mas sei que não sou rápida o suficiente. Não há como eu realmente evitar o golpe.

Mas então Jude se move mais rápido do que eu jamais imaginei que pudesse, deslizando na minha frente no último segundo e me protegendo com seu corpo. O punho de Jean-Luc acerta em cheio as costelas de Jude.

E juro que consigo ouvir um osso quebrar.

Capítulo 46

EM CLIMA DE FIM DE FESTA

Jude não se move. Na verdade, não tenho certeza se ele sequer respira. Embora, para ser justa, acho que ninguém mais o faz. Até mesmo Jean-Luc parece tão chocado quanto o resto de nós com o fato de ter mesmo conseguido acertar Jude.

— O que... — começa Mozart, depois congela quando o familiar trinado da sra. Aguilar de repente enche o ar ao nosso redor.

— Yoo-hoo, Ember e Mozart! Vocês realmente não deveriam deixar a porta da frente aberta no meio dessa tempestade. — Um guarda-chuva verde-limão aparece pela porta aberta, seguido de perto pela minha professora de literatura em um casaco combinando. — A chuva vai dani... — Ela para no meio da palavra, seus olhos azul-brilhantes se arregalando enquanto ela olha de Jude para Jean-Luc, depois para mim, para Jean-Claude e para Ember. — Ah, meu Deus! O que exatamente está acontecendo aqui?

— Eles já estavam de saída, sra. Aguilar — diz Mozart.

— A quem exatamente você está se referindo? — pergunta ela.

Jean-Claude dá aos amigos dele um sorriso arrogante que diz "eu cuido disso", enquanto sacode o cabelo e se vira para — tenho certeza — assediar novamente a sra. Aguilar. Só que, desta vez, ela não está sozinha diante da sala de aula. Porque o sr. Danson, instrutor de controle de raiva e durão extraordinário, entra pela porta logo depois. E parece estar tão irritado quanto ela está confusa.

— Vocês querem me dizer o que diabos está acontecendo aqui? — grita ele ao mesmo tempo que nos examina um por um.

— Nós estávamos apenas... — Mozart começa a falar, mas ele a interrompe.

— Fazendo uma festa durante a tempestade — completa ele, sua voz profunda e áspera de minotauro enchendo a sala, mesmo que ele não tenha aumentado em nada o tom. — Apesar do fato de que todos vocês deveriam estar em seus quartos agora.

— Tecnicamente, eu estou... — começa a dizer Ember.

— Não force, Collins. Este pode ser o seu quarto, mas isso não está exatamente a seu favor agora. — Ele vira os olhos para os Jean-Babacas, dois dos quais estão lentamente deslizando para o canto onde eu deixei a tapeçaria antes. — Não pensem que não sei que vocês estão aqui para causar problemas — troveja ele. — Agora saiam.

— Estamos aqui apenas para a festa — tenta Jean-Paul.

— Sim, bem, a festa acabou. — As sobrancelhas de Danson se juntam para formar uma lagarta muito irritada na testa enquanto ele acena com a cabeça em direção à porta. — Mexam-se.

— Claro. — Jean-Claude assume o controle, tentando o que sei que ele acha ser um sorriso encantador. Pena que ele só acabe parecendo um belo de um idiota. — Só precisamos pegar...

— Deixe-me colocar dessa maneira. Eu não sei exatamente o que está acontecendo aqui, mas sei que não é bom. O que significa que não sairei desta sala sem vocês quatro. E, uma vez que estou saindo agora... — Ele inclina a cabeça para o lado. — Tenho certeza de que já entenderam, certo?

— Sim. — Jean-Claude murmura baixinho algo que eu não consigo ouvir direito. Pelo jeito, o sr. Danson consegue, porque seus olhos se estreitam perigosamente — logo antes de ele cruzar a sala em um único salto e pegar Jean-Claude pela parte de trás da camisa.

— Agora significa agora — diz ele enquanto marcha pelo aposento levando Jean-Claude, logo atrás dos outros três Jean-Babacas, que já estão correndo para a porta. Ao que parece, Danson é uma das únicas pessoas na ilha que eles não podem comprar, assediar ou intimidar para fazer o que querem.

Tenho que dizer, isso me faz gostar mais dele.

— Todos os outros também precisam sair — diz a sra. Aguilar em uma voz cantada que eu sei que ela acha que é severa. — Vocês já perderam o toque de recolher, e eu deveria escrever um relatório sobre vocês. Mas se voltarem para seus quartos agora, vou fingir que isso não aconteceu.

Ela se vira e se dirige para a pequena varanda na frente da cabana, mas não antes de acenar para mim e sussurrar:

— Oi, Clementine! Oi, Jude!

Eu sorrio de volta — ela é tão ridícula que é impossível não sorrir —, e um rápido olhar para Jude pelo canto do olho me diz que ele também o faz. Ou pelo menos ele dá a ela o pequeno sorriso de canto de boca que é o mais próximo que ele chega de sorrir.

Eu me dirijo ao canto da sala para pegar a tapeçaria, mas Eva já está com ela. Ela olha na direção de Jude — sua maneira de me dizer para ficar e conversar com ele —, antes de fazer uma grande encenação para mostrar como está cansada e dizer que vai levar a tapeçaria de volta para nosso dormitório.

Remy, Izzy e Simon saem logo atrás dela e depois seguem em direções diferentes — Remy e Izzy para suas cabanas no fundo da seção dos veteranos, e Simon direto pelo caminho central, até sua cabana.

O que deixa Jude e eu olhando um para o outro em silêncio — até que a sra. Aguilar estica a cabeça para dentro do quarto e diz:

— Vamos, vocês dois. Haverá tempo suficiente para ficarem parados e olhando um para o outro no armazém amanhã.

O constrangimento me atinge com suas palavras, e eu quase mergulho pela porta. Jude segue em um ritmo mais lento, enquanto Mozart exclama atrás de nós:

— Não façam nada que eu não faria!

A sra. Aguilar dá um aceno de satisfação, depois se vira enquanto eu pego meu poncho e desço os degraus da frente. Mas nem chego ao degrau inferior antes de Jude pousar uma mão no meu ombro.

— Posso falar com você? — pergunta ele, a voz elevada para ser ouvida por sobre a tempestade.

Meu coração começa a bater forte ao mesmo tempo que congelo.

— Claro! — Eu também aumento minha voz, e espero que ele diga algo, qualquer coisa, sobre o que aconteceu entre nós há apenas algumas horas.

Mas, quando me viro em sua direção, o rosto dele está sombrio, e posso sentir a frágil bolha de esperança dentro de mim estourar. Mesmo antes de ele dizer:

— Preciso que você me dê aquela tapeçaria.

Estava meio que esperando essas palavras, e ainda assim elas me atingem mais forte do que eu esperava — e mais do que eu gostaria. Mas só porque fui afetada, não significa que preciso facilitar para ele. Não quando ele não fez nada para tornar isso fácil para mim.

Há um milhão de coisas que quero dizer a ele agora, um milhão de coisas que quero perguntar, mas enquanto o vento nos envolve, eu começo com o mais básico.

— Por quê?

— O que você quer dizer com "por quê"? — Ele parece chocado com a pergunta. — Se você ficar com isso, Jean-Luc e sua gangue vão continuar vindo atrás de você. Isso coloca um baita alvo nas suas costas.

— E por que você se importa? São as minhas costas.

Seus olhos ficam escuros e espiralados, daquela maneira que diz que ele está realmente chateado. E tudo bem por mim — significa que ele enfim está se tocando.

— Olha, Orangelo, agora não é hora de ser teimosa. Você precisa me deixar ficar com a tapeçaria.

— E você precisa me dizer o que está acontecendo, "Penny Lane". Porque seu interesse nessa tapeçaria tem a ver com muito mais do que me manter fora do radar dos Jean-Babacas.

— Os Jean quem?

— Jean-Babacas — rosno. — É como eu os chamo.

Então ele sorri, seus lábios se curvando em algo que seria uma careta na maioria das pessoas, mas que é definitivamente um sorriso para Jude.

— Um bom apelido — diz ele.

— Mudança de assunto não tão boa — contra-ataco. — Sabe, você poderia parar de jogar e apenas me dizer o que realmente está acontecendo aqui.

— Você acha que é isso que estou fazendo? Jogando? — A expressão em seu rosto é tão intensa quanto as próprias palavras.

— Eu não sei o que pensar! — retruco. — Porque você não fala comigo. Sobre nada!

— Não é tão fácil assim!

— Claro que é. — Eu não vou recuar desta vez só para deixá-lo mais confortável, não vou aliviar, porque estou tão preocupada em irritá-lo quanto em relação às respostas que ele tem trancadas. — Você só precisa respirar fundo, abrir a boca e deixar as palavras saírem.

Ele abre a boca, depois a fecha. Passa a mão pelo cabelo, frustrado, depois abre a boca novamente. E a fecha outra vez.

— É mesmo tão difícil ser honesto comigo? — pergunto, depois de vários segundos se passarem.

— É mesmo tão difícil confiar em mim? — rebate ele.

Sim!, eu quero gritar para ele. Em especial quando sinto que estou a uma traição de me partir em pedaços de novo.

Mas dizer isso para ele só vai aumentar ainda mais as barreiras entre nós. E isso só vai nos manter nesse impasse em que parecemos ter chegado, no qual nenhum de nós está disposto a ceder um centímetro sequer ao outro.

Então, mesmo que haja uma grande parte de mim que não quer nada mais do que lançar um monte de palavras dolorosas nele, para que eu possa construir essa parede e me proteger, eu as engulo de volta. E, em vez disso, estendo uma pequena bandeira branca, bem pequena.

— Eu sei que há algo de estranho na tapeçaria.

Capítulo 47

NÃO ESTOU A FIM DE JUDE

Se é que isso é possível, a expressão de Jude fica ainda mais fechada.

— Eu não sei o que você quer dizer.

— Sério? É assim que você quer brincar? — pergunto, me aproximando para ficar cara a cara com ele. Ou o mais perto possível da cara dele que eu posso chegar, já que sou vinte e cinco centímetros mais baixa.

— Eu não estou brincando de jeito nenhum — rosna ele de volta. — Estou tentando protegê-la. Você não percebe?

— Já ocorreu a você que talvez eu não queira que você me proteja? Talvez eu queira que você confie em mim também.

— Eu não confio em mim mesmo, Kumquat. Não tem nada a ver com você.

As palavras dele ficam suspensas no ar quente e úmido entre nós. Parte de mim acha que essa é a coisa mais triste que eu já ouvi, e parte de mim está apenas girando essas palavras na minha cabeça várias e várias vezes, tentando descobrir se é apenas outra desculpa. Apenas outra mentira.

Mas Jude não mente, não realmente. Ele omite. Ele se cala. Ele desaparece quando você mais precisa dele, mas ele não mente. Então o que significa ele não confiar em si mesmo? E mais importante, por quê?

— É isso que você quer, então? — pergunto, e pela primeira vez não me incomodo em esconder meu espanto ou minha dor. — Apenas continuar me afastando, até eu não voltar? Destruir tudo... não apenas o que costumamos ser, mas tudo o que poderíamos ser também?

A máscara escorrega, e por um segundo posso ver o tormento por baixo dela. Posso ver a dor, a indecisão e uma grande quantidade de autoaversão que eu nunca soube que existia nele. Aquilo chama a dor dentro de mim, faz meu corpo inteiro ser puxado na direção dele, com uma necessidade de confortá-lo mesmo enquanto ele me destrói.

— Eu só não quero machucar você — diz ele, em uma voz rouca de agonia.

— Você não está fazendo nada *além* de me machucar — contra-ataco, enquanto a tempestade continua a rugir ao nosso redor. — Você não fez nada além de me machucar por três longos anos. Como é que dizer a verdade pode ser mais difícil ou pior do que o que já passamos?

Todo o ser de Jude parece recuar com minhas palavras.

Mas então ele estende a mão na minha direção.

Me puxa para dentro de seu abraço grande, quente e poderoso.

Me segura com tanta força e com tanto cuidado que mal consigo respirar devido a todas as emoções que brotam dentro de mim.

— Parece que passei toda a minha vida tentando não machucar você — sussurra ele em meu ouvido.

As palavras me atravessam como uma das facas de Izzy, cortando em pedaços o que resta das minhas defesas e me rasgando completamente.

— Parece que passamos os últimos anos nos machucando involuntariamente — sussurro de volta. — Talvez seja hora de tentarmos algo novo.

Ele não responde de imediato — pelo menos não com palavras. Em vez disso, seus lábios roçam minha têmpora devagar, com suavidade, antes de deslizarem com todo o cuidado para baixo. Ele dá beijinhos na curva da minha bochecha, ao longo da minha mandíbula, no ponto sensível logo atrás da minha orelha.

E é preciso só isso para que ele me tenha. Tudo de mim. A amante e a lutadora. A boa menina e a rebelde. A cética e a mulher tão desesperada por acreditar que está em pé na chuva e literalmente implorando para um garoto — implorando para *o* garoto — deixar que ela o ajude a carregar seus fardos.

Meus braços o envolvem por vontade própria.

Meus dedos se agarram ao tecido úmido e áspero de seu moletom.

Meu corpo derrete no dele, e eu o abraço o mais forte que posso. Tão forte que talvez, apenas talvez, eu possa impedi-lo de se estraçalhar também... se ele me permitir.

Raios brilham no céu, e ainda assim eu o abraço.

A trovoada sacode o chão, e ainda assim eu o abraço.

A chuva cai do céu como uma cachoeira enlouquecida, e ainda assim eu o abraço.

E não posso deixar de pensar que quero abraçá-lo assim para sempre.

Mas então ele me solta. Se afasta. Dá alguns passos para trás e me diz:

— Eu não posso. — Em uma voz rouca de tristeza.

— Não pode o quê? — sussurro, embora já saiba o que ele vai dizer.

— Eu não posso contar para você o que está acontecendo. E não posso ficar com você... não da maneira que você quer que fiquemos juntos. Não é seguro.

— Você não tem como saber.

— Eu sei — responde ele com uma intensidade tão grande que seus olhos brilham. — Eu sabia disso há três anos, quando beijei você. E eu sabia disso hoje à tarde, na floresta. Eu só não consegui me conter. Eu arruinei tudo há três anos. Não posso deixar que isso aconteça de novo.

Meu coração se acelera com suas palavras, mas de uma forma muito ruim, ao pensar em tudo o que aconteceu há três anos. Ao pensar em Carolina.

— O que você arruinou, Jude?

Mas ele apenas balança a cabeça, sai da varanda e entra na chuva.

— Você precisa me dar essa tapeçaria, Clementine.

Eu balanço a cabeça, ao mesmo tempo que suas palavras sobre o que aconteceu na nona série continuam a reverberar em mim. Ele está falando apenas sobre nós? Ou está falando sobre algo mais sinistro? Mas, antes que eu possa perguntar, ele passa a mão no cabelo encharcado pela chuva, frustrado, e rosna:

— Eu não quero brigar, Clementine.

— Você nunca quer brigar — digo a ele enquanto entro na chuva. — Esse é o problema, Jude. Eu só espero que um dia você encontre algo ou alguém *pelo qual* valha a pena brigar. Talvez, se tiver sorte, será você mesmo.

E então eu me viro e vou embora, rezando a cada passo que dou para que ele me siga. Que pelo menos uma vez ele brigue por mim *e* por nós.

Capítulo 48

NÃO SUMA COMO UM FANTASMA

Mas ele não me segue, e todos os meus piores medos se tornam realidade em um instante.

Eu lutei o máximo que pude. Me abri completamente — me desnudei —, e nada disso importou.

Ainda estou andando para casa na chuva torrencial... sozinha.

Só que agora está pior — muito pior — do que antes. Porque agora não consigo parar de pensar no que Jude disse sobre arruinar tudo há três anos. Não consigo parar de me perguntar se, de alguma forma, ele se referia a muito mais do que apenas nós dois. Se, de alguma forma, ele também estava se referindo ao que aconteceu com Carolina.

Sempre achei muito estranho que a noite em que Jude me beijou, a noite em que fui para a cama pensando que, finalmente, tudo estava certo com meu mundo, também foi a noite em que tudo desmoronou.

Eu acordei na manhã seguinte mais feliz do que jamais me lembrava de estar, só para descobrir que Carolina tinha desaparecido.

Eu tive a maior briga da minha vida com minha mãe por isso, e ambas dissemos coisas que nunca poderemos retirar. Coisas que ainda não tenho certeza se quero retirar.

Então eu me voltei para Jude em busca de conforto e ele me afastou, simplesmente me cortou de uma vez por todas, como se o beijo — e os sete anos de amizade que vieram antes dele — não existissem.

E agora, aqui está ele, fazendo a mesma coisa novamente... e me dizendo que tudo está interligado.

Ele está certo? O beijo dele e o desaparecimento de Carolina estão de alguma forma ligados, afinal? Não foi apenas meu cérebro traumatizado de catorze anos juntando as duas coisas? Ou talvez seja apenas meu cérebro traumatizado de dezessete anos fazendo a mesma coisa agora.

Foi um dia infernal. Perdi Serena e, de certa forma, sinto que perdi Jude mais uma vez.

A essa altura, honestamente, não faço ideia do que é real e o que é apenas minha imaginação torturada. Tudo que sei é que vou descobrir isso. Não importa o quanto Jude obscureça os fatos, não importa o quanto minha mãe minta, vou descobrir a verdade. A respeito de tudo.

Só... não hoje à noite.

Hoje à noite, estou cansada, estilhaçada e triste. De verdade, muito triste. Então vou tomar um banho, deitar na cama e tentar dormir algumas horas antes de termos que evacuar.

Em um dia normal, eu teria ficado animada com a evacuação — não com a parte da tempestade, óbvio, mas com a chance de finalmente, finalmente, sair dessa maldita ilha. Mas entre Serena e todas essas novas perguntas que tenho, de repente, agora parece o pior momento possível para isso acontecer. Como vou conseguir respostas se estivermos trancados em um armazém sabe-se lá onde?

Mas é claro que esta é a Academia Calder. Sempre que você pensa que as coisas já estão ruins, cuidado. Porque elas sempre podem piorar.

O vento aumenta, rosna e me rodeia como uma besta selvagem, mas eu me inclino para a frente, de frente para ele, e continuo andando. Eu estava tão chateada que acabei deixando meu poncho na varanda de Mozart e Ember, mas não há como voltar para buscá-lo agora. Em vez disso, me encolho mais no moletom que Mozart me deu e ando o mais rápido que posso enquanto o vento continua a me empurrar para trás.

Raios cortam o céu ao meio, mas já estou tão acostumada a isso que não presto muita atenção neles — ou ao trovão que vem depois. E quando acontece novamente, segundos depois, eu nem me dou ao trabalho de olhar.

Mas então acontece mais uma vez, e percebo duas coisas ao mesmo tempo. Primeiro, os raios estão ficando muito, muito mais perto de mim. E segundo que, apesar disso, não houve absolutamente nenhum trovão.

Merda.

Eu me viro no próximo clarão, apenas para perceber que meus instintos estavam certos. Os últimos clarões não foram relâmpagos.

O medo se acumula em meu estômago quando um cara enorme, com um uniforme de prisão, aparece bem ao meu lado. Ele se arrasta para a frente, com uma expressão assombrada no rosto quando me alcança.

Eu pulo para fora do caminho, mas quando ele se vira para me pegar, percebo que a metade esquerda de seu rosto está coberta por uma tatuagem gigante que diz *"É melhor correr"*.

É essa a tatuagem dele, ou outro aviso?

Antes que eu possa descobrir a resposta, ele desaparece.

E, se for um aviso, mas que diabos? É o segundo que recebo em menos de doze horas, o que é um pouco bizarro, considerando que parece que não fiz nada *além* de correr durante essas mesmas doze horas.

Que pena que não há nenhum lugar para onde ir.

Eu respiro fundo, mas mal tenho um segundo para tentar descobrir qualquer coisa antes que haja outro clarão de luz no caminho. Desta vez é do meu lado esquerdo, e eu me viro bem a tempo de ver uma mulher — meio humana, meio animal selvagem — cintilar no caminho.

Há sangue pingando de suas presas, e tenho um segundo para me perguntar se ela morreu desentranhada — um pensamento terrível, considerando o que aconteceu comigo —, antes que ela se lance na minha direção.

Eu cambaleio para trás, gritando. Ela desaparece, e outra cintilação — agora um garotinho de cerca de sete anos, com olhos descombinados e cabelo preto espetado — toma seu lugar. Ele segura um urso de pelúcia marrom e desgastado nos braços enquanto chora.

— Jude? — sussurro, porque, com exceção do pijama verde de tiranossauro *rex*, o menino se parece exatamente com Jude nessa idade.

Mas é impossível. Jude está vivo — eu acabei de vê-lo. Acabei de brigar com ele. Esse menino deve ser um fantasma, certo?

Ainda assim, quando ele caminha até mim e levanta as mãos como se quisesse ser pego, fico surpresa o suficiente para me ajoelhar.

— Você está bem? — As palavras saem antes que eu possa impedi-las.

— Preciso do papai — me diz ele, com os olhos arregalados. — Eu tive um pesadelo.

— Ah, querido. — Mesmo sabendo que ele não pode me ouvir, as palavras saem antes que eu possa impedi-las. — Onde *está* seu papai?

— Eu *preciso* do papai — repete ele, com urgência, e tamborila em minha bochecha com os dedinhos.

E é aí que percebo — assim como foi com a criancinha na masmorra — que ele pode me ouvir. E mais, ele pode me *sentir*.

— Busca ele, por favor!

— Sinto muito. Eu não sei quem é seu papai — sussurro, e ele começa a chorar. Eu o puxo na minha direção, e um forte choque elétrico percorre meu corpo quando ele enterra o rosto no meu pescoço. Mas não é tão ruim quanto costumava ser, então faço o possível para ignorar a dor.

— Qual é o seu nome? — pergunto enquanto o envolvo lentamente.

Mas ele não responde. Ele apenas balança a cabeça e diz:

— Você tem que encontrar o papai! Ele vai manter os monstros longe.

Começo a perguntar o que ele quer dizer com isso, mas ele desaparece tão repentinamente quanto apareceu.

Há um soluço na minha garganta agora, um peso no peito que não estava lá antes, embora eu não saiba por quê. Isso não me impede de me sentir horrível por não poder ajudá-lo.

Ao virar a última esquina que leva à minha cabana, estou meio andando, meio correndo. O vento e a chuva continuam a me acertar, e estou determinada a entrar antes que a tempestade piore — ou que outra cintilação apareça.

Mas mal dei mais do que alguns passos em direção ao meu dormitório quando uma estudante da Academia Calder aparece do nada. Eu não consigo reconhecê-la, então pisco algumas vezes para tirar a chuva dos olhos. Uma vez que faço isso, percebo que a razão pela qual eu não a reconheço é que ela não é uma estudante. Ou pelo menos não uma aluna atual. É um fantasma.

Como o espírito que vi antes, de camisola florida, sua pele tem o tom cinza translúcido que estou acostumada a ver. Mas, também como aquela mulher — e o garotinho que vi há apenas alguns momentos —, suas roupas são coloridas. Assim como seu cabelo castanho desgrenhado, que me deixa completamente fora de mim.

Ela veste a mesma saia xadrez vermelha da Academia Calder que tenho pendurada no meu armário, bem como a mesma camisa polo preta. Mas usa um grande gorro preto na cabeça, óculos de sol ovais espelhados no rosto e uma camisa xadrez grande amarrada na cintura. Para não mencionar as dez ou mais pulseiras de corda que adornam seus punhos.

Além disso, ela tem um sorriso largo no rosto, o que definitivamente não é o normal para a Academia Calder com a qual estou acostumada, e ela meio que anda, meio que pula direto em minha direção, como se não tivesse um pingo de preocupação no mundo.

Considerando que tudo isso se desenrola no meio de uma tempestade, enquanto a chuva que ela não consegue ver cai a cântaros e o vento que ela não consegue sentir passa por seu cabelo, a cena parece ainda mais estranha.

Especialmente porque há algo familiar em seu rosto e na maneira como ela anda, que me induz a uma falsa sensação de segurança. Em vez de recuar, fico exatamente onde estou, observando-a mesmo enquanto um monte de cintilações aparece ao redor dela.

Homens, mulheres e crianças surgem ao seu redor conforme ela anda — aparecem e se vão, de um momento para o outro.

Quando eles se aproximam, finalmente me viro para encará-los. E é aí que a garota ataca. Seus olhos afundam em sua cabeça, sangue goteja pelo seu rosto, e sua boca se abre em um grito silencioso e irregular enquanto ela se transforma da estudante dos anos noventa que tenho observado na horrível criatura que vi mais cedo no escritório da tia Claudia. Ao fazer isso, ela se joga direto em minha direção, e acabo caindo de bunda no chão enquanto tento, desesperada e inutilmente, evitá-la.

Uma mão ossuda se prende ao meu antebraço, choques elétricos correm por mim no momento em que nos conectamos. Cada nervo do meu corpo se acende da pior maneira, e imagens fluem pela minha mente como gotas de chuva geladas por um instante, e depois varridas pelas águas da emoção que ameaçam me afogar um pouco mais a cada segundo que passa.

Olhos azul-Calder.

Um bebê recém-nascido chorando.

Mãos hesitantes.

Uma cadeira de balanço.

Um túmulo.

Medo.

Luto.

E dor.

Tanta dor que me inunda. Eu tento lutar contra isso, mas é impossível, mesmo antes de ela abaixar o rosto distorcido na direção do meu.

— Olhe! — arfa ela, ao mesmo tempo que me prende no lugar. — Preciso que você veja.

— Estou tentando — respondo, sem fôlego, tentando desesperadamente me libertar de seu aperto.

Mas ela me segura com força, enquanto mais visões inundam minha mente. Desta vez, todas são de Carolina. Minha bela prima perdida.

Carolina, no escritório da minha mãe. Carolina, olhando para um cercado na masmorra. Carolina, na velha adega. Carolina, acorrentada.

Minhas emoções revoltas colidem como cometas, enviando faíscas de agonia que se espalham por mim enquanto tudo fica escuro.

Eu tento respirar, e luto para permanecer consciente. Nunca desmaiei em meio a fantasmas — ou cintilações — antes, mas algo me diz que fazer isso agora é uma ideia muito, muito ruim.

Eu continuo lutando, tentando libertar meu braço, enquanto as ondas de choque queimam cada vez mais fundo. Só que ela não me solta, e as coisas ao meu redor passaram de escuras para muito escuras.

Mas ainda tenho forças dentro de mim para lutar, e faço a única coisa na qual consigo pensar. Agarro seu ombro com a outra mão e puxo meu braço para trás o mais forte que posso.

A eletricidade me atinge quando minha mão desliza através dela. Dou um grito e caio de cara. Sua mão finalmente sai do meu punho, e ela desaparece. Para meu alívio, também desaparecem todas as outras cintilações, que se vão tão rápido quanto apareceram.

Eu fico no chão encharcado, encolhida em posição fetal e tentando puxar o ar muito necessário para meus pulmões enquanto a chuva continua a me atingir.

— Clementine! — De repente, a sra. Aguilar está agachada ao meu lado, seu ridículo guarda-chuva verde-limão me protegendo da tempestade. — O que aconteceu? Você está bem?

Eu consigo me sentar, meu corpo ainda tentando assimilar a falta repentina de dor excruciante.

— Estou bem — digo a ela depois de um momento, mas mesmo ao dizer essas palavras, não tenho certeza se são verdadeiras. Porque isso foi assustador.

Minha mente ainda está acelerada, meu coração batendo muito rápido. E todo o meu corpo treme — se por medo ou porque acabei de receber uma pancada de eletricidade, não sei.

Parte de mim quer verificar se há queimaduras, porque não consigo imaginar sentir tudo isso e não ter algum sinal físico.

Eu solto um longo suspiro e tento me recompor. Mas é difícil porque estou realmente muito assustada agora.

Os fantasmas *nunca* foram assim antes, então algo deve ter mudado. Eu só preciso descobrir o quê. Porque não sou fã das cintilações e tenho certeza de que não sou fã de ter milhares de volts de eletricidade bombeados pelo meu corpo.

Mas a única coisa na qual consigo pensar de diferente é a tempestade. Poderia ser o raio que vem com ela que transforma os fantasmas em cintilações? Isso *poderia* explicar aquele influxo repentino e horrível de eletricidade que senti quando ela me tocou.

Mas já houve tempestades na ilha antes. Nenhuma tão grande quanto esta, é verdade, mas elas tiveram um monte de raios e trovões, e isso *nunca* aconteceu.

Então o que é tão diferente agora? E como posso consertar isso antes de acabar eletrocutada de verdade da próxima vez?

— Você não parece bem — diz ela, puxando meu braço em uma tentativa de me ajudar a levantar.

Mas as fadas não são exatamente conhecidas por sua força, então eu me levanto por conta própria. Se minhas pernas ainda parecem um pouco bambas, ela não precisa saber. Ninguém precisa.

Além disso, como elas não poderiam estar bambas? Uma porrada de eletricidade acabou de passar por mim.

— Acho que dissemos para você ir para o seu quarto — rosna Danson, e percebo pela primeira vez que ele está atrás de mim.

— Desculpe — digo a ele. — Estou indo.

— Vamos acompanhar você — diz ele, e eu não sei se é porque ele não confia em mim ou porque eu pareço tão mal quanto me sinto. Afinal, ninguém quer que a filha da diretora caia morta na frente deles...

Ou talvez seja porque ele não acredita que os Jean-Babacas não virão atrás de mim novamente. E, para dizer a verdade, eu também não.

Seja qual for o motivo, ele e a sra. Aguilar me acompanham até minha cabana, e ela segura seu guarda-chuva sobre minha cabeça o tempo todo. Já estou toda molhada da primeira metade da minha caminhada, mas ainda é um gesto bonito, pelo qual agradeço quando finalmente chegamos à cabana.

— Não seja boba! — exclama ela com um aceno de sua mão livre. — Não posso deixar minha colega amante da poesia pegar um resfriado agora, posso?

— Entre — ordena Danson bruscamente.

Eu aceno com a cabeça, mas, quando me viro para fazer o que ele diz, ele me detém com uma mão gigante no ombro.

— Não é para você ficar aqui fora sozinha outra vez esta noite.

Não sei se ele quer que as palavras soem sinistras, mas definitivamente soam. Quero atribuir isso ao fato de ele usar um tom de voz muito sério, mas a verdade é que é mais do que isso. Ele parece estar esperando problemas. Mesmo antes de se virar para a sra. Aguilar e dizer:

— Vamos, Poppy. Algo me diz que, com tempestade ou não, essas crianças vão garantir que tenhamos uma longa, longa noite.

Capítulo 49

DORMITÓRIO DA MALDIÇÃO

Eu os observo partir até que a escuridão da tempestade os oculta da vista. Eles formam um par ridículo — Danson, tão grande, sério e durão, ao lado de Aguilar, tão pequena, feliz e totalmente submissa. Mas, de alguma forma, eu entendo por que eles são amigos.

Depois que desaparecem, finalmente entro. Eva desenrolou a tapeçaria na nossa sala de estar, mas o desenho não mudou desde a última vez que a vi — ainda está cheia de manticoras jogando pôquer.

Ainda assim, eu me agacho ao lado dela e a observo por um tempo, procurando... não sei o quê. Alguma pista sobre por que ela muda, talvez. Ou uma dica do que ela vai fazer a seguir.

Depois de alguns minutos, no entanto, o cansaço pesa em mim, e volto para o quarto que Eva e eu compartilhamos. *Heartstopper* está passando na TV, mas, quando entro para contar tudo o que acabou de acontecer, ela já está dormindo, um biscoito de chocolate ainda na mão.

Eu tiro o biscoito da mão dela — me surpreendo ao ver como sua mão o segura com força — e pego um cobertor do pé da minha cama para cobri-la. Então, vou até o banheiro para tomar um banho, limpar minhas feridas mais recentes e tentar entrar em algum tipo de estado de espírito para dormir.

Mas, no segundo em que a água quente me atinge, começo a chorar. Não é de todo inesperado — desde que me conheço por gente, o chuveiro é o único lugar onde me permito desabar. O único lugar onde me permito ser vulnerável.

Ainda assim, hoje à noite, eu esperava apenas uma rápida esfoliação e lavagem de cabelo. Estou exaurida — física e emocionalmente.

Mas isso não parece importar, pois tudo o que aconteceu hoje transborda de mim.

Tudo me atinge de uma vez, e eu nem tento parar o dilúvio de lágrimas que rola pelo meu rosto.

Choro por Serena, que morreu sozinha e provavelmente aterrorizada.

Por Jude, que está mais destruído e torturado do que eu imaginava.

Pelas cintilações que parecem determinadas a me torturar — e pelo garotinho que procurava o pai.

Pelo terror e a dor de ser desentranhada... e a beleza de ser abraçada por Jude, mesmo que por pouco tempo.

Eu choro por todos esses motivos e por muitos outros nos quais nem consigo pensar agora, como meu relacionamento danificado com minha mãe e o quanto sinto falta de Carolina.

E, quando as lágrimas secam, eu fico debaixo da água até que ela esfrie, e a deixo lavar a agonia e a tristeza.

Só então eu desligo o chuveiro e me concentro no que tenho que fazer para estar pronta para amanhã.

Enrolo o cabelo em uma toalha e me seco antes de vestir meu pijama favorito, de bolinhas coloridas. Depois vou até a cozinha e faço uma xícara do meu chá de cevada favorito. Jude sempre adorou esse chá, e me viciou nele quando tínhamos dez ou onze anos.

Eu o bebo desde então — em parte porque o gosto é bom, e em parte porque, de alguma forma, faz eu me sentir perto dele... embora eu preferisse morrer a admitir isso antes de hoje.

Passo os minutos seguintes bebendo chá, arrumando minha mochila para a evacuação, mandando mensagens para Luís, que também enfrenta problemas para dormir, e evitando cuidadosamente pensar mais sobre tudo que aconteceu hoje. Depois de arrumar meu uniforme, algumas roupas e meus produtos de higiene pessoal, seco meu cabelo, ajusto o alarme e então — enfim! — apago as luzes e me arrasto para a cama.

Surpreendentemente, ou talvez não, depois do dia que tive, o sono toma conta de mim com facilidade.

Mas, em algum momento no meio da noite, acordo com o coração batendo rápido e um grito preso na minha garganta seca. Com a boca aberta e os olhos arregalados, eu grito, grito e grito, mas nada sai.

Cobras.

Muitas cobras.

Muitas, muitas cobras.

Serpentando por todo meu corpo.

Na minha cama. No meu cabelo. Na minha *boca*.

Eu posso sentir uma delas enrolada em meu pescoço, e levanto a mão para arrancá-la, com outro grito rangendo na minha garganta.

Mas não há nada ali, apenas a gola do meu pijama e minha própria pele quente do sono.

Desta vez, eu engulo o grito e respiro fundo, ao mesmo tempo que alcanço a luz de leitura ao lado da cama.

Foi só um pesadelo, digo a mim mesma. *Apenas um sonho ruim. São apenas frutos da sua imaginação. Não podem machucar você de verdade.*

Acendo a luz para provar a mim mesma que está tudo bem. Então eu surto, porque sentada no meio da minha colcha laranja-brilhante está uma grande cobra preta, enrolada. E ela olha diretamente para mim.

Por um segundo, eu apenas pisco enquanto olho para ela, convencida de que ainda estou presa no pesadelo. Mas então ela se move, sua cabeça balançando para a frente e para trás enquanto sua língua, bifurcada e negra, sai para cheirar o ar. Para me cheirar.

Eu pulo para fora da cama e vou até o outro lado do quarto tão rápido que meus pés mal têm a chance de tocar o chão.

O que eu faço, o que eu faço, o que eu faço?

Quando eu tinha doze anos, fui mordida por uma cascavel do outro lado da ilha. Mesmo que Jude e Carolina tenham me levado até tia Claudia em meia hora, foi uma experiência muito desagradável, e cobras têm sido praticamente um dos meus piores pesadelos desde então.

Por um segundo, penso em acordar Eva para que ela cuide dessa coisa — ela não gosta de cobras, mas não tem medo delas como eu —, mas isso me parece ser um ótimo jeito de azedar meu relacionamento com minha colega de quarto.

Eu posso cuidar disso.

Eu posso cuidar disso.

A cobra começa a rastejar sobre meu edredom, e o grito que engoli antes escapa.

Levo uma mão até a boca para abafar o som, e acho que funcionou, porque Eva apenas resmunga um pouco, passa a mão no rosto, depois se vira e começa a roncar de novo.

A cobra ainda desliza sobre meu edredom, mas agora se aproxima da borda. O que significa que, se eu não fizer algo logo, vou passar o resto da noite procurando essa coisa maldita em todos os cantos do quarto. E se eu não a encontrar, tenho certeza de que não dormirei mais esta noite. Ou, quem sabe, nunca mais.

Respiro fundo, conto até três e então vou. Me aproximo rapidamente da cama, pego as bordas do edredom e enrolo a cobra nele. Então corro pela casa, abro a porta da frente e jogo a cobra — e o edredom — lá fora, na chuva torrencial.

O que não tem problema algum, porque eu nunca mais vou conseguir dormir com aquele edredom.

Eu bato a porta e a tranco — porque isso vai manter uma cobra errante à distância —, e por fim me encosto nela enquanto tento recuperar o fôlego. Sem contar ontem, quando tentava escapar da cobra-monstro, não acho que já tenha corrido tanto na minha vida.

Quando por fim consigo voltar a respirar normalmente, pego um copo de água da cozinha e volto para o quarto. Tento decidir se há alguma maneira de voltar para a cama essa noite sem trocar os lençóis.

A lógica diz que era apenas uma cobra, apenas uma cobra grande e feia, e que não há como outra estar escondida debaixo da minha cama ou entre os lençóis. Mas lógica e fobias, em geral, não andam de mãos dadas, e depois de beber a água e recuperar o fôlego, decido que, se tenho alguma chance de conseguir mais algumas horas de sono, os lençóis precisam partir.

Levo cerca de dez minutos para refazer a cama e verificar minuciosamente — e falo sério, minuciosamente — os cobertores e debaixo da cama. Mas finalmente estou convencida de que não haverá mais surpresas, então rastejo de volta entre os lençóis e estendo o braço para desligar a luz.

Mas, quando estou prestes a acionar o interruptor, Eva faz um estranho ruído ofegante.

Eu me viro para ver como ela está e assisto horrorizada enquanto ela pega fogo.

Capítulo 50

DOR CAUSTICANTE

Por um longo e horrível segundo, não acredito nos meus olhos.

Por dois segundos ainda mais longos, penso que talvez ela seja uma fênix, como Ember, e simplesmente nunca soube disso.

Mas, em algum momento por volta dos quatro segundos, percebo que isso não tem nada a ver com o que aconteceu com Ember.

Eva está *em chamas*.

Ela estende o braço na minha direção, e eu saio com tudo da cama, gritando, enquanto procuro algo para abafar o fogo. Como sou uma total idiota, acabei de jogar meu edredom na chuva, então arranco o lençol da cama e jogo sobre ela, em uma tentativa desesperada de fazê-la parar de queimar. Depois bato nela, como Jude fez com Ember, mas o fogo continua a aumentar. Pior ainda, agora Eva está gritando também, e é o som mais horrível que já ouvi.

— Você vai ficar bem — digo, enquanto pego o copo de água que acabei de trazer da cozinha e jogo nela, depois pego o lençol de baixo da minha cama também. Bato nela com ele, mas sei que não vai funcionar.

— Eva, você vai ficar bem! — grito, e pego meu celular e ligo para o diretor de emergência do dormitório, para pedir ajuda.

Então eu puxo o cobertor extra da cesta que fica na beirada da minha cama e o levo lá fora, para molhá-lo.

Leva poucos segundos para a chuva molhá-lo, mas mesmo isso é muito tempo. Porque o fogo se espalha, subindo pelas paredes e cortinas até o teto. Eu jogo o cobertor encharcado em Eva mesmo assim, mas ela já não está mais sentada, e não se move. O que resta dela fica deitado, imóvel no centro da cama, enquanto as chamas engolem todo o quarto, e a ligação no meu celular cai direto na caixa postal.

Olho para Eva, em choque, e o fogo se espalha pelo chão, seus dedos gananciosos comendo o alegre tapete que havíamos escolhido juntas assim que descobrimos que seríamos colegas de quarto este ano. Há uma parte de mim que sabe que preciso sair daqui, sabe que é perigoso ficar neste aposento por mais tempo.

Mas eu não posso deixar Eva queimando aqui desse jeito. Mesmo que ela já tenha partido, não posso simplesmente ir embora e deixá-la...

— Clementine!

Uma voz atravessa o rugido do fogo e o rangido da madeira queimando lentamente.

— Clementine!

— Jude? — grito de volta quando minha mente registra o dono da voz.

— Onde você está?

Eu começo a responder — talvez ele possa me ajudar a tirar Eva daqui —, mas a fumaça me causa um ataque de tosse que quase me faz ficar de joelhos.

— Clementine, caramba, onde você está? — grita Jude, e arromba a porta da frente.

E é aí que sei que não posso ficar aqui mais tempo. Não posso deixar Jude arriscar sua vida entrando neste quarto, não quando toda a casa está prestes a pegar fogo.

Eu me viro e olho para Eva — um último olhar —, para a garota que há apenas algumas horas estava me dizendo que tudo ia ficar bem.

E então eu saio correndo.

Capítulo 51

DEIXE A DOR ARDER

— Clementine! — Jude grita meu nome do que parece ser a sala de estar.

— Estou aqui! — grito de volta o mais alto que posso, e corro pelo corredor na direção dele.

Nós trombamos um no outro na frente da porta do banheiro, e ele me agarra, me puxando para seus braços e enterrando o rosto no meu cabelo.

— Eu pensei que você estava morta — diz ele, seu corpo inteiro tremendo contra o meu. — Eu pensei que você estava *morta*.

— Eva... — começo a falar, mas minha voz falha.

— Onde ela está? — Ele quer saber. Mas então seus olhos vão na direção do nosso quarto, das chamas lambendo a porta e o corredor do lado de fora, e ele entende. — Sinto muito. Sinto muito mesmo.

E então me pega no colo e sai correndo pela porta da frente, na tempestade torrencial que parece ter ficado mais forte nos últimos minutos. Toda a chuva só torna o que aconteceu lá dentro ainda pior — há toneladas de água em todos os lugares, e mesmo assim não consegui salvar Eva.

— Você está bem? — Jude ainda está gritando para ser ouvido sobre o rugido da tempestade. — Você está machucada em algum lugar?

Não faço ideia de como responder a isso, então apenas olho para ele, com seus olhos arregalados e enlouquecidos. Quando não respondo, Jude passa as mãos sobre mim da cabeça aos pés, procurando ferimentos. Quando não encontra nenhum, exceto algumas queimaduras menores nas minhas mãos, ele grita:

— Fique aqui!

E então ele volta correndo para dentro da casa.

— Ela se foi! — grito de volta, ignorando sua ordem e correndo pelos degraus atrás dele. Se eu pensasse que havia alguma chance de Eva ainda estar viva, jamais a teria deixado lá. Mas ela estava morta. Eu sei que estava, e ver Jude arriscar sua vida para tentar salvar alguém que já se foi...

Mas antes que eu possa até mesmo abrir a porta de tela da casa, ele está de volta, de cara sombria e coberto de fuligem.

Também está carregando a maldita tapeçaria. Só que agora as manticoras se foram e no lugar estão as palavras O TEMPO ESTÁ SE ESGOTANDO, em letras imensas, pretas e em negrito.

Não diga. O aviso chegou um pouco atrasado, se quiser minha opinião.

— Ela se foi — confirma ele, como se eu já não soubesse.

— Você voltou por causa de Eva? Ou foi por causa desse maldito tapete? — pergunto, enquanto a raiva cresce dentro de mim.

— Dos dois — responde ele, porque estamos falando de Jude, e ele não mente. Nunca.

E, assim, a raiva desaparece, afogada na tristeza e na confusão que me atingem como um tsunami.

— Eu não sei o que aconteceu! — digo a ele. Raios cruzam o céu, e a chuva, malditos baldes de chuva, cai sobre nós. — Ela estava bem. Eu estava acordada. Eu vi. Juro que ela estava bem! E então, do nada, ela pegou fogo. Não sei como aconteceu.

— Ela simplesmente pegou fogo? — pergunta Jude. — Como Ember?

— Exatamente como Ember, só que *não*. Eu pude ver no mesmo instante... — Minha voz falha, mas eu limpo a garganta. Me obrigo a continuar falando. — Pude ver no mesmo instante que não era a mesma coisa.

— Porque ela estava queimando de verdade — conclui ele.

— Sim. Juro que tentei apagar o fogo. Eu usei tudo que tinha para tentar... — Estou gritando para ser ouvida por sobre o contínuo rolar de trovões acima de nós, e minha voz falha mais uma vez. — Eu tentei apagar, mas não consegui. Nada do que eu fiz funcionou. Não importa o que eu fizesse, não consegui salvá-la.

— Não é sua culpa — me diz Jude, com uma expressão séria.

— Sinto como se fosse — respondo. — Tentei pedir ajuda no meio de tudo aquilo, mas Michaels não atendeu e, então... então já era tarde demais. Aconteceu tão rápido.

— Michaels não atendeu? — Ele parece surpreso, e eu entendo. Michaels é o diretor do dormitório, e ele *sempre* atende.

— Ninguém atendeu. Não sei se a tempestade... — Eu paro de falar, de repente muito exausta para dizer mais alguma coisa.

— Precisamos ligar para ele novamente — diz Jude, me puxando para a varanda da frente de uma das outras cabanas para nos tirar da chuva. — E talvez seja bom ligar para sua mãe também.

— Eu sei. Eu estava prestes a... — Eu paro quando minha cabana treme de forma violenta, antes de começar a desabar sobre si mesma. As chamas lambem o teto que está desabando, mas é apenas uma questão de alguns minutos antes que a chuva se encarregue disso, extinguindo as chamas assim que o telhado cai por completo.

— Eva está lá dentro — sussurro, meu corpo inteiro tremendo enquanto olho para os destroços do que outrora era meu lar.

— Nós vamos tirá-la de lá — promete Jude, e envolve seus braços em torno da minha cintura por trás, para que eu possa me inclinar contra seu peito e me apoiar nele. — Mas não há mais nada que possa machucá-la lá dentro agora.

Saber disso não torna mais fácil deixar o que resta de Eva lá dentro. Sozinha. No escuro e na tempestade.

Mas Jude está certo. Há coisas que precisam ser feitas agora.

— Vou ligar para a minha mãe. Você liga para Michaels.

Ele acena com a cabeça, pega seu celular e começa a discar. Eu faço o mesmo. Mas, no instante em que pressiono o ícone verde do celular, a chamada cai.

Tento novamente, mas acontece uma segunda vez. E uma terceira. E uma quarta vez.

— Não estou conseguindo sinal — diz Jude, passando a mão pelo cabelo, em clara frustração.

— Deve ser a tempestade, certo? — digo. — Está bloqueando o sinal de celular.

— Deve ser — concorda ele. — Vamos ter que ir até a casa de Michaels.

— Eu sei. — Olho para trás, para a cabana, para Eva. Não sei por quê, mas deixá-la sozinha parece muito errado.

Jude nota meu olhar.

— Eu posso ir sozinho. Você pode ficar aqui. — A parte *com Eva* fica sem ser dita, mas está implícita.

— Não. Preciso contar a ele o que aconteceu. Ele vai ter que tentar entrar em contato com a família dela. — Não tenho certeza se os pais dela vão se importar, mas eles merecem saber o que aconteceu com a filha deles. Não que eu realmente saiba a resposta para isso. Eu só sei o que vi.

Jude acena com a cabeça, e seguimos em direção ao dormitório principal. Como o local abriga os alunos mais novos, o apartamento do supervisor do dormitório fica sempre no térreo.

— É estranho que Danson e Aguilar não tenham aparecido — digo a ele. — Achei que fossem patrulhar a noite toda.

— Eu também — responde Jude, parecendo mais preocupado do que confuso. Quero perguntar o que ele está pensando, mas, antes que eu possa pronunciar as palavras, uma explosão abala o ar ao nosso redor e nos faz voar.

Capítulo 52

CABANA DO TERROR

Sou arremessada por cima da cerca desgastada e desbotada da cabana diante da qual estávamos — a cabana de Caspian —, e aterrisso de cara no tapete de boas-vindas vermelho-vivo da Academia Calder. Segundos depois, Jude pousa meio em cima de mim e meio dentro de um buraco que ele criou na varanda.

— Que diabos foi isso? — pergunta ele, enquanto apoia os braços de cada lado do meu corpo e se levanta do buraco como se fosse a coisa mais fácil do mundo. E suponho que, quando se tem bíceps do tamanho de troncos de árvores, é fácil mesmo.

— Não sei. — Meus ouvidos estão zumbindo, e não há uma parte do meu corpo que não esteja doendo agora. Ainda assim, eu agarro a mão que Jude me oferece e olho ao redor enquanto ele me puxa para cima. — Parece que algo explodiu, mas...

Paro de falar no meio da frase, ao ver o que de fato explodiu. A cabana em cuja varanda Jude e eu nos abrigávamos há pouco.

— Ai, meu Deus! — grito, e começo a bater na porta de Caspian com força, antes de começar a correr/mancar ladeira abaixo. — Havia pessoas lá dentro! Jude, havia pessoas lá dentro.

Duas sereias, para ser exata — Belinda e Bianca. Eu tive aulas com ambas ao longo dos anos. Nós fomos parceiras de laboratório e estivemos nas mesmas equipes em educação física e...

— Onde elas estão? — pergunto, ao mesmo tempo que dou uma primeira boa olhada na cabana delas. Ou, devo dizer, no que resta da cabana, porque o lugar está devastado. A explosão destruiu tudo. — Elas têm que estar aqui. Elas têm que estar aqui em algum lugar. Elas têm que...

Começo a procurar, desesperada, em busca de qualquer sinal das duas sereias.

Por favor, não deixe que estejam mortas. Por favor, não deixe que estejam mortas. Por favor, não deixe que...

De repente, ouço Jude gritar ao lado de outra cabana, duas portas abaixo da de Belinda e Bianca. Mas não consigo ouvir o que ele está dizendo por causa da insanidade da tempestade.

Sigo até onde ele está, andando o mais rápido que a dor na lateral do meu corpo me permite. Acima de nós, os trovões estão tão altos que parecem prestes a rasgar o céu enquanto os raios sacodem o chão a cada poucos segundos.

Se estas são apenas as faixas externas do furacão, como será o olho da tempestade? De qualquer forma, não temos absolutamente nada que fazer no meio desse troço. Mas não é como se tivéssemos escolha. Minha cabana acabou de queimar — eu não me permito pensar em por que ela queimou —, e outra cabana acabou de explodir.

Algo terrível está acontecendo aqui, mas não sei o quê. Só sei que não parece haver um lugar seguro para irmos.

Além disso, duas meninas estão desaparecidas, e temos que encontrá-las.

Quando finalmente me aproximo de Jude, ele está de joelhos, inclinado sobre uma garota negra de pijama rosa curto, deitada no chão e com o braço dobrado em um ângulo anormal.

Belinda.

— Ela está bem? — grito enquanto me abaixo no chão, do outro lado dela.

Mas, no instante em que faço isso, percebo que não. Ela não está bem.

Seu rosto lindo está arranhado, e seus olhos cegos encaram fixamente o nada.

— Como ela... — Minha garganta se aperta, e não consigo pronunciar a palavra. Simplesmente não consigo. Houve muita morte aqui esta noite, muita devastação e destruição.

— Ela bateu a cabeça — diz Jude em uma voz monótona. — Ainda está sangrando.

Olho para ele bruscamente, porque não parece estar melhor do que eu. Mas ele mantém o rosto virado, recusando-se a olhar nos meus olhos.

Imagino que ele deva precisar de um minuto, então me inclino e fecho os olhos de Belinda antes de me levantar. Depois corro até o edredom laranja que joguei na chuva pouco antes e o pego. Uma vez que verifico se a cobra se foi, eu o uso para cobrir a garota que foi minha parceira de laboratório no segundo ano.

Então digo:

— Precisamos encontrar Bianca. — O medo me preenche no instante em que digo as palavras. Morro de medo de encontrá-la da mesma forma que encontramos Belinda, e não acho que vou aguentar. Primeiro Serena, depois Eva, agora Belinda.

Não aguento mais.

Não que eu tenha escolha. Vou ter que lidar com isso, porque, onde quer que esteja e o que quer que tenha acontecido com ela, Bianca *tem* que ser encontrada.

— O que está acontecendo? — sussurro para Jude. — Por que isso está acontecendo?

Ele não responde, enquanto se levanta ao meu lado. Ainda se recusa a olhar para mim. Eu me pergunto se é porque ele conhecia Belinda também, ou se está tão farto da morte quanto eu.

Mas, quando nos viramos, não somos mais as únicas pessoas por perto. Estudantes saem de suas cabanas — e do dormitório dos alunos mais novos — e se reúnem no corredor central que atravessa toda a área residencial.

A chuva ainda cai, trovões e raios ainda estão devastando o céu, mas os alunos aterrorizados saem em massa mesmo assim.

O que só pode significar uma coisa.

Eva e Belinda não são as únicas.

Capítulo 53

A HORA DO PESADELO:
NA MINHA RUA — PARTE?

Meu estômago se revira ao pensar que mais pessoas estão *morrendo*, e engulo o medo repentino que me arrasta para um abismo de horror. Porque, se todos esses alunos estão aqui fora, e nenhum dos adultos atualmente no comando aparece, então algo muito ruim está acontecendo.

Ou, mais provável, já aconteceu.

— O que você acha que está acontecendo? — sussurro para Jude.

Acho que ele não me ouve por causa do caos da tempestade, porque não responde.

Eu me viro para ele, mas seu rosto é estoico mesmo quando a chuva o acerta sem parar.

— Jude. — Aumento o volume desta vez, para ter certeza de que pode me ouvir, mas ele continua sem me responder e olha, indiferente, para a tempestade. — Jude! — Agora eu grito seu nome. — Temos que ajudá-los.

Ele acena com a cabeça, mas não se move. Apenas continua a olhar para o escuro.

Não sei se isso significa que ele está em choque ou se está tão sobrecarregado quanto eu. De qualquer forma, não posso deixá-lo assim. Não posso deixar nenhum deles assim — não quando tantas pessoas obviamente precisam de ajuda.

Eu agarro os ombros de Jude e o chacoalho até que seus olhos multicoloridos encontrem os meus e retomem o foco.

— Temos que ajudá-los — digo novamente.

— Estou tentando — responde ele, o que não faz sentido, considerando que ele não sai do lugar.

Mas agora que tenho sua atenção, não vou perguntar o que ele quer dizer. Em vez disso, digo:

— Acho que precisamos encontrar nossos amigos. Eles podem ir buscar ajuda enquanto procuramos Bianca.

Tomo o cuidado de não mencionar o fato de que nossos amigos podem não ter sobrevivido a tudo isso. Eva não sobreviveu. E nem Belinda.

Posso dizer pela tensão em sua mandíbula que os mesmos pensamentos, dignos de pesadelos, estão passando pela cabeça de Jude.

Pego meu celular novamente e tento enviar uma mensagem para Luís. Mas — assim como antes, com Michaels e com minha mãe — não consigo sinal. Tento manter o pânico sob controle, mas é difícil quando eu penso em Eva.

— Onde você... — Jude começa a falar, mas para quando um grito corta a noite, seguido por uma série de vários outros.

Eu me viro, com o coração na garganta, bem a tempo de assistir a uma garota sair de sua cabana e derreter a menos de seis metros de onde estou. Como se realmente dissolvesse bem na minha frente.

— Ah, meu Deus!

Eu grito e saio correndo pela rampa em direção a ela, enquanto Jude simplesmente salta por cima da grade.

Mas ele dá alguns passos antes de resmungar:

— Merda! — E então se vira novamente na minha direção, erguendo a mão para me parar no meio do caminho. Sua voz está rouca quando ele diz: — Não venha até aqui.

No começo, não consigo entender o que quer dizer. Mas ele está em pé sob uma das antigas lâmpadas de querosene que se alinham entre os dormitórios, e assisto com horror enquanto a chuva lava sangue de seus sapatos.

Um grito se encrava na minha garganta, e preciso de todo o autocontrole que tenho para mantê-lo goela abaixo.

— De quem é isso? — pergunto quando finalmente consigo.

Jude balança a cabeça e, por um segundo, parece tão derrotado quanto me sinto.

— Precisamos descobrir — digo a ele. — Precisamos...

— Nós já descobrimos — diz Mozart, enquanto ela e Simon aparecem à esquerda de Jude. — Pertence a uma das calouras. Uma fada.

— O que aconteceu com ela? — pergunto.

Mozart apenas balança a cabeça.

— A mesma coisa que está acontecendo com um monte de gente no dormitório — diz Izzy, enquanto ela e Remy vêm em nossa direção, certificando-se de contornar as poças cada vez maiores de água tingida de sangue que se acumulam na calçada. — Elas acordam todas apavoradas e depois...

Ela para de falar quando mais gritos cortam o ar.

Meu estômago despenca assim que olho em direção aos gritos, bem a tempo de ver uma das banshees do último ano andando no telhado de sua cabana. Seus olhos estão fechados, e parece que ela ainda está dormindo, enquanto se aproxima da borda.

— Não! — grito, e corro na direção dela, acenando com os braços. — Acorde!

Izzy corre à minha frente, mas nem mesmo a vampira consegue alcançá-la antes que ela pule. Um estrondo nauseante enche o ar quando ela cai de cabeça no chão.

— Temos que parar isso — sussurra Ember, os olhos arregalados de horror ao aparecer atrás de mim. — Temos que...

Ela para de falar, tão perdida quanto o resto de nós agora.

Do outro lado dos dormitórios, um dragão do segundo ano rasteja pelo chão, puxando o corpo para a frente um centímetro de cada vez.

Jude o alcança antes de mim e se agacha ao lado dele, parecendo devastado.

No começo, eu não sei por quê, mas, à medida que me aproximo, percebo que falta metade do rosto do garoto, e sua jugular está rasgada. Ele está perdendo sangue por todo o caminho, e não é preciso mais do que uma aula de saúde do primeiro ano para saber que, se não pararmos o sangramento, ele estará morto em três minutos, talvez menos.

Eu me ajoelho ao lado dele e pressiono as mãos em seu ferimento, mas Izzy — que está logo atrás de mim — diz:

— Isso não vai adiantar, Clementine. Ele já sangrou demais.

— Temos que tentar — digo a ela. — Eu não posso deixar ele assim.

— Ninguém está pedindo que faça isso. — Ela se agacha ao meu lado. — Afaste-se um pouco.

— Se eu me mover, vou...

Ela desiste de esperar e simplesmente me empurra para fora do caminho, depois inclina e lambe o ferimento várias vezes.

Meu estômago dá uma volta, e eu me viro. Sei que a saliva dos vampiros tem propriedades coagulantes especiais que nosso bloqueio de poder não tira deles, mas uma coisa é saber, e outra é ver isso em ação. Ainda assim, sinto-me grata que ela queira ajudar o garoto, então me forço a olhar para qualquer lugar, menos para eles, até que ela termine.

Quando Izzy finalmente levanta a cabeça, eu me viro de volta e faço o melhor possível para ignorar o fato de que ela tem sangue escorrendo pelo queixo.

— Você parou o sangramento? Ele vai ficar bem?

Ela diz algo, mas há tanta coisa acontecendo ao nosso redor agora — gritos, choros, berros e luta —, que não consigo ouvi-la mesmo que ela esteja a poucos centímetros de mim.

Olho para o garoto, e ele ainda está vivo, o que é dizer muito, considerando a forma como ele estava. Mas seus olhos estão meio fechados, e sua respiração é tão superficial que é difícil acreditar que ele não vá morrer a qualquer segundo.

— Precisamos levá-lo para a sua tia — diz Jude enquanto começa a erguer o garoto.

— Nós cuidamos disso — responde Remy, e há uma seriedade em seu tom normalmente divertido que só ouvi quando ele falou sobre Carolina. — Fique aqui, veja quem mais você pode ajudar.

No começo, acho que Jude vai discutir, mas então ele acena com a cabeça, sombrio, e entrega o garoto para Remy, que sai correndo em direção aos aposentos da escola com Izzy logo atrás dele.

— Precisamos encontrar minha família — digo enquanto os observo partir.

— E qualquer outra pessoa que possa ajudar.

— Nós podemos fazer isso — Ember se oferece.

— Sim, vamos nos dividir. Ver quem podemos encontrar — concorda Mozart, enquanto Simon acena com a cabeça.

Quando eles saem correndo, eu me viro para Jude.

— Ainda precisamos encontrar Bianca. Ela ainda pode estar viva.

— Não está — responde ele.

Estou realmente com medo de que ele esteja certo, mas, ainda assim, não há como ter certeza.

— Você não tem como saber...

— Eu sei. Eu a encontrei no caminho para cá. — Ele aponta para um banco quebrado em forma de uma gigante anêmona-do-mar rosa, que está aqui desde os dias do resort. — Ela está bem ali.

Há uma das antigas lâmpadas de querosene, não muito longe do banco, e, agora que sei onde procurar, mesmo através da chuva, posso ver suas pernas saindo de trás do banco, ambas dobradas em ângulos estranhos e não naturais.

A tristeza me inunda ao pensar no ano que passamos juntas na terapia de grupo. Ela costumava falar sobre como queria se mudar para a Grécia um dia, e me contava histórias sobre o Mediterrâneo, sobre como é lindo e como as pessoas de lá são incríveis. Ela até memorizou receitas gregas para que pudesse fazê-las quando saísse daqui.

Parecia que tinha uma vida realmente boa planejada lá, e me corta o coração saber que ela não vai chegar a ver o sol cintilando na água, como nas fotos que me mostrou.

Porque ela se foi, assim como Eva, Serena e Belinda, e quem sabe quantas outras vidas neste momento.

É desolador e aterrorizante, e eu daria qualquer coisa para acordar na minha cama quente — mesmo com uma cobra em cima de mim — e perceber que tudo isso é apenas um pesadelo. Que nada disso é verdade. Que tudo na minha vida, em todas as nossas vidas, não virou totalmente de cabeça para baixo.

Mas quando olho para o rosto de Jude, percebo que não é apenas uma fantasia. Isso tudo é real. Está acontecendo agora, neste exato momento, para todos nós. E *vai* continuar acontecendo se não descobrirmos qual é o problema.

— Temos que colocar um fim nisso — digo a Jude.

Ele acena com a cabeça, sério, os traços nítidos de seu rosto enrugados com uma dor que eu não entendo.

— Eu vou — me diz ele, e parece um juramento.

— Você? E como é que... — Paro de falar quando ouço alguém chamando meu nome atrás de nós. Eu me viro e dou de cara com Luís cambaleando em minha direção, a camisa encharcada de sangue.

Capítulo 54

TODOS OS PESADELOS

Não, Luís não. Por favor, por favor, por favor, Luís não.

Eu corro na direção dele, escorregando e deslizando no calçadão escorregadio e quebrado. Jude me ultrapassa, segurando meu melhor amigo bem quando ele tropeça e começa a cair.

— O que há de errado com ele? — pergunto, e Jude o ajuda a se deitar no chão.

— Estou bem — diz Luís, mas seus olhos estão vidrados de dor, e ele treme apesar do calor. — Só preciso de um minuto para... — Ele para de falar com uma crise de tosse.

— Precisamos tirar a camisa dele. — O rosto de Jude está sombrio enquanto ele se agacha ao meu lado. — Temos que ver com o que estamos lidando.

Concordo com a cabeça, mas no momento em que tento puxar a camisa de Luís sobre a cabeça dele, ele arfa de dor.

— Desculpe — sussurro, e tento puxar seu braço bom pelo buraco da manga.

— Está tudo bem — garante ele. Mas está com a pele cinzenta e suando, é óbvio que está tudo menos bem.

Antes que eu possa descobrir o que fazer, Jude avança e agarra a gola da camisa de Luís.

— O que você está... — arfa Luís, um pouco antes de Jude rasgar a camisa dele ao meio com um rápido puxão.

Eu pisco, chocada por um segundo, mas Jude apenas acena com a cabeça, impaciente, em direção ao meu melhor amigo.

E ele está certo. Agora não é o momento de admirar quão fácil foi para Jude fazer isso. Então me volto para Luís. E tento não demonstrar surpresa com o ferimento aberto que cobre a lateral de seu corpo, se estendendo desde a axila até a cintura.

— Quem fez isso com você? — pergunto, enquanto uso sua camisa rasgada e encharcada para limpar o máximo de sangue que consigo. Por sorte, seu metabolismo de metamorfo já começou a coagular o ferimento, então é muito mais fácil do que seria normalmente.

Contanto que não seja um ferimento fatal como o do dragão que estávamos tentando ajudar, a maioria dos metamorfos pode se curar bastante rápido. Essa habilidade é um pouco retardada pelo amortecimento de poder na ilha, mas não de todo dizimada, pois faz parte de sua química corporal, ao contrário da magia. O mesmo vale para as propriedades coagulantes na saliva de Izzy e para a habilidade de Simon de seduzir qualquer pessoa com pulsação.

— Um lobo — responde Luís, sua voz em um tom irritado.

— Quem? — exijo saber. Ninguém deveria ser capaz de se transformar agora, não enquanto o bloqueio de energia ainda está de pé.

— Não foi um estudante — responde ele, tentando se levantar, sem conseguir. — Foi um lobo de verdade.

Mas que diabos? Disparo um olhar perplexo em direção a Jude, mas ele não parece tão confuso quanto eu. Em vez disso, parece... devastado.

— Não temos lobos na ilha, Luís.

— Diga isso ao gigante cinza que me cortou ao meio — responde ele, depois grita: — Caramba, Clementine! Será que dá para ser um pouco mais sádica?

Eu o ignoro e continuo a limpar seu ferimento o mais gentilmente possível.

— Precisamos levá-lo para tia Claudia também — digo a Jude. — Ele vai precisar de pontos.

— Estou bem — diz Luís, sem fôlego. — Só preciso me transformar e ficarei muito melhor.

— Sim, bem, essa não é exatamente uma opção no momento, caso você tenha esquecido.

— Só me tire dessa chuva e ficarei bem. — Desta vez, ele realmente consegue se sentar, embora xingue bastante ao fazer isso. Pelo lado bom, o ferimento já parece muito melhor do que quando ele quase desmaiou.

— Acho que você deveria se deitar novamente por mais alguns minutos — sugiro.

— Nessa bagunça? — Ele lança um olhar desdenhoso para o chão encharcado de chuva e sangue. — Não, obrigado.

E é assim que solto um suspiro de alívio. Se Luís está de volta ao seu eu normal, sarcástico, então tenho certeza de que ele vai ficar bem — ao contrário de muitos dos que vimos na última hora.

Pelo menos os gritos pararam.

Olho em volta, tentando descobrir o que está acontecendo. Eu estava tão preocupada com Luís que parei de prestar atenção em todo o resto.

Agora, os alunos estão todos andando pela chuva, parecendo traumatizados, mas não mais histéricos. Alguns estão obviamente feridos, enquanto outros parecem bem, mas ninguém parece estar sangrando ou lutando.

— Acabou — digo a Jude enquanto me levanto.

Ele não responde, e quando me viro em sua direção, percebo que ele está olhando para o vazio outra vez.

Queixo cerrado, rosto inexpressivo, olhar distante. Mas, desta vez, suas mãos estão estendidas diante dele, como se estivessem tentando alcançar algo.

Por um horrível segundo, tenho medo de que ele esteja sofrendo a mesma coisa que tantos outros alunos sofreram. Que esteja prestes a arder em chamas, ter sua jugular arrancada ou qualquer uma das outras coisas horríveis que aconteceram hoje à noite.

— Jude! — Eu chamo seu nome, mas ele não responde.

Coloco uma mão em seu ombro e o chacoalho, como fiz antes, mas ainda não há resposta.

— Jude! — O pânico se instala, e eu começo a gritar. — Mas que droga, Jude! Me responde!

Ainda nada.

— Ei, me ajude a levantar — me diz Luís, inquieto. Quando me viro para ele, percebo que também está observando Jude. E parece tão preocupado quanto eu.

Estendo o braço, pego a mão de Luís e o puxo para cima, antes de voltar para Jude e sacudi-lo com muito mais força do que fiz da primeira vez.

Mas agora ele não parece apenas estar fora de si. Parece estar em algum tipo de transe, completamente fora de alcance. Não consigo imaginar o que está acontecendo com ele, mas, a julgar pelo que todos os outros passaram, sei que deve ser horrível.

O medo me ataca na garganta, faz meu coração bater descontrolado e minhas mãos tremerem, enquanto agarro os braços de Jude em uma tentativa desesperada de fazê-lo voltar a si.

— Me ajude! — peço a Luís, ao mesmo tempo que tento freneticamente trazer Jude de volta de onde quer que ele tenha ido, puxando-o para a varanda de uma cabana próxima.

Luís concorda com a cabeça, mas não parece ter ideias melhores. Embora diga:

— Sabe o que foi estranho naquele lobo que me atacou?

Eu lanço um olhar incrédulo para ele — não acredito que ele ache que agora é uma boa hora para falar sobre isso.

— O fato de haver um lobo na ilha?

— Bem, sim. E também o fato de eu ter tido pesadelos com ele quando criança.

Mal estou ouvindo, ocupada demais tentando entrar em contato com Jude, então preciso de alguns segundos para as palavras de Luís me atingirem. Quando isso acontece, me lembro de acordar com a cobra na minha cama — meu pior pesadelo. Também me lembro de Eva dizer que queimar viva, como aconteceu com Ember no corredor, era seu pior medo.

Eu me viro para Luís, os olhos arregalados.

— Pesadelos? — sussurro. — Você acha que todos os pesadelos das pessoas estão ganhando vida?

— Eu não sei o que pensar — responde ele, com um aceno solene de cabeça. — Mas não tenho uma explicação melhor agora. Você tem?

Não.

Eu quero uma explicação melhor. Quero mesmo, de verdade. Mas não tenho.

A ideia de Luís parece improvável, mas Jude é um oneiroi, um daimon dos sonhos. E tudo em que consigo pensar no momento é nele parado há alguns minutos, assim como agora, me dizendo que *estava* tentando ajudar as pessoas.

Eu não tinha entendido — diabos, tampouco entendo agora —, mas, de alguma forma, não fico nada surpresa quando me viro para Jude e vejo que as tatuagens pretas estão se contorcendo em seu corpo mais uma vez. E, como ontem, não estão mais contentes em ficar apenas nas costas e nos braços. Elas sobem pelo pescoço até o queixo, as bochechas, até mesmo a testa.

Olho para suas mãos, que seguro entre as minhas, e percebo que as coisas pretas estão lá também. Dezenas — talvez centenas — de cordões negros sinuosos e plumosos rastejam por todo o corpo dele.

A constatação faz o medo se transformar em terror absoluto dentro de mim. E não devo ser a única, porque Luís diz:

— Vou tentar conseguir ajuda.

Estou ocupada demais enlouquecendo com Jude para responder. Em vez disso, agarro seus ombros novamente e, desta vez, o sacudo uma vez, e mais outra e outra. Quando não funciona, quando ele continua a me olhar sem me enxergar de fato, faço a única coisa na qual consigo pensar.

Dou um tapa no rosto dele. Não forte, mas — espero — o suficiente para chamar sua atenção.

O corpo de Jude recua com o tapa, seus olhos se voltam para os meus. Mal consigo reprimir um grito ao ver as coisas pretas lá também. Rastejando pelo branco de seus olhos, mas também girando ao redor de si mesmas e em torno das profundezas de suas íris multicoloridas.

Parecem bonitas, macabras e absolutamente assustadoras, tudo ao mesmo tempo.

— Jude! — exclamo. — Você está bem?

Ele não responde, e é aí que percebo que não está olhando para mim. Não de verdade. Ele ainda está perdido em algum lugar dentro de si mesmo. Se por escolha ou por causa das tatuagens que agora cobrem todo seu corpo, não sei.

O que eu sei é que não posso deixá-lo assim. Não quando não consigo dizer se ele está bem. Não quando não consigo dizer se ele está no controle das coisas pretas e plumosas ou se *elas* controlam *ele*.

Estou há muito tempo brava com ele, mas a ideia de perdê-lo me vira do avesso. Já perdi tanta gente. Não posso perder Jude também. Simplesmente não posso.

Então faço a única coisa que posso fazer. Deixo a raiva ir embora e me aproximo, ficando na ponta dos pés para alcançá-lo melhor. Então seguro suas bochechas entre minhas mãos e sussurro:

— Estou aqui, Jude. Estou bem aqui. Por favor, não faça isso. Por favor, por favor, volte para mim.

Capítulo 55

BEIJE E VÁ EMBORA

Jude não responde.

Ele não se move. Não pisca. Sequer tenho certeza se respira.

Ele apenas olha para a frente, com olhos que refletem uma miríade de horrores que não consigo ver e dos quais não sei como libertá-lo.

Os pesadelos dele?, eu me pergunto enquanto afasto o cabelo molhado de seu rosto. *Ou os de todos nós?*

Se for essa última opção, eu nem consigo imaginar pelo que ele está passando.

Sempre me perguntei como é ser um oneiroi. Quando éramos pequenos, costumava lhe perguntar se ele se lembrava de sua vida antes da Academia Calder, como era ter acesso aos sonhos e pesadelos das pessoas. Ele nunca quis falar sobre isso naquela época, e agora posso ver por quê.

É horrível. Muito mais que horrível.

— Jude, por favor — sussurro, me inclinando ainda mais para perto dele, até que o frio de seu corpo se misture ao calor do meu. — Por favor — imploro novamente, enquanto a batida selvagem e instável de seu coração faz o meu próprio vacilar no peito. — Por favor — digo mais uma vez, como se fosse um segredo que guardei por anos, até de mim mesma, brotando dentro de mim.

Um segredo que queima o interior da minha garganta, atinge as muralhas que mantive no lugar por tanto tempo. Mas de que servem essas muralhas se Jude ficar perdido neste abismo? Já perdi muita gente — Carolina, Serena e, agora, Eva. Não vou perder Jude também — não se houver algo que eu possa fazer para salvá-lo.

E assim eu respiro fundo e digo as únicas palavras que me sobraram para alcançá-lo. As únicas palavras que realmente importam.

— Eu amo você, Jude. Eu amo e preciso de você, e não posso perdê-lo, não assim. Eu *não* vou perder você.

Ele se contorce para trás, arquejando, e todo o seu corpo convulsiona como se uma onda de eletricidade vermelha e quente fluísse repentinamente através dele.

— Jude? — O medo abala minha determinação. — Jude! O que...

— Não — ele me diz, em uma voz rouca devido a sabe-se lá que imagens.

— Não o quê? — pergunto, confusa.

Ele pisca algumas vezes, e as coisas pretas e plumosas saem lentamente de seus olhos, até que — por fim — estou olhando para Jude novamente, o verdadeiro Jude, e ele está olhando para mim.

— Não me ame.

As palavras me atingem como um tijolo — como um milhão de tijolos — caindo de volta no lugar enquanto a muralha que trabalhei tanto para derrubar é reconstruída entre nós. Eu me sinto abalada pela dor, pela dor de ser afastada por Jude mais uma vez.

Mas não recuo, não fujo, como um pedaço de mim quer fazer. Em parte porque, para onde eu iria? E em parte porque me recuso a desistir tão facilmente — não desta vez. Porque Jude vale a pena, e eu também.

— Muito tarde — digo a ele com uma arrogância que estou longe de sentir. — Já aconteceu. Além disso, desde quando dou ouvidos a você?

— Pela primeira vez, você *precisa* me ouvir — diz ele com a voz rouca.

— Talvez eu precise fazer outra coisa. — Fico novamente na ponta dos pés, o mais alto que posso chegar dessa vez. E então, enquanto a chuva e o vento batem contra nós, eu mergulho em Jude. Me derreto nele. E pressiono minha boca contra a dele.

No início, Jude não se move — nem os lábios, nem os braços, nem mesmo o corpo. Ele apenas fica parado como uma estátua.

Eu recuo, envergonhada. Traumatizada. Ferida — tão ferida —, porque pensei que eu importava para ele. Pensei que nós importávamos. E, em vez disso, fiz papel de tola novamente.

— Desculpe — murmuro, enquanto rezo para que um dos raios caia sobre mim. — Eu não sei por que eu...

E é aí que ele ataca.

Jude estende a mão e agarra minha cintura. Tenho um instante para me perguntar o que está acontecendo, e então ele me puxa em sua direção, sua boca batendo na minha.

Meu cérebro entra em curto-circuito por um, dois segundos, enquanto ele... Não há palavras para o que ele faz comigo.

Me devora?

Me consome?

Vira meu mundo de cabeça para baixo com o desejo que derrama dele em ondas selvagens, agitadas pela tempestade, e que me atingem — que me submergem — da melhor e mais indescritível maneira?

O calor me atravessa, e todo o meu corpo — toda a minha alma — desaparece nele. Passo meus braços em torno de sua cintura. Eu o puxo para mais perto. Pego cada pedaço dele que posso — cada pequena molécula que ele esteja disposto a me dar.

E ainda assim, não é suficiente. Ainda quero mais dele. Preciso de mais dele.

Eu me pressiono ainda mais contra seu corpo, até sentir o tremor de sua respiração e a batida selvagem e furiosa de seu coração contra o meu.

Em algum lugar no fundo da minha mente, há uma voz me dizendo que este não é o momento ou o lugar para isso, mas não me importo. Não dou a mínima.

Porque finalmente, finalmente, finalmente, este é Jude. Comigo. E este momento tão imperfeito, mas de alguma forma absolutamente perfeito, é tudo que importa.

Ele mordisca meu lábio, e eu me abro para ele, oferecendo-lhe todos os pedaços quebrados, maltratados e tão imperfeitos de mim. Dou a ele tudo o que tenho, tudo o que sou, e...

Ele se afasta.

Eu solto um gemido, agarrando-o com mãos gananciosas e desesperadas, mas ele já está recuando. Suas bochechas estão rubras, seu cabelo molhado pela chuva está emaranhado nos meus dedos, e as cordas pretas e plumosas enchem o ar ao nosso redor.

Ele está aqui, bem na minha frente. Mas consigo ver em seu rosto. Em suas pupilas dilatadas. Jude já se foi, de todas as maneiras que importam.

— Você não pode me amar, Kumquat — diz ele, em uma voz tão profunda e violenta que mal a reconheço. — Ninguém pode.

— Não é verdade — sussurro, com os lábios ainda inchados e ardendo de seu beijo. — *Eu* amo você.

Ele balança a cabeça.

— Se você soubesse...

— Mas eu não sei. — Estendo o braço, mas ele recua novamente. — Porque você nunca me contou. Se quer que eu retroceda, se quer que eu deixe você em paz, me conte qual é o segredo que mantém você afastado de mim. Me diga por que você continua fugindo.

Ele gesticula para o espaço ao nosso redor, para as plumas negras que enchem o ar. E então abre os braços e, bem na minha frente, puxa as tatuagens de volta para seu corpo. Uma após a outra.

Elas desaparecem em instantes, mas ele não para por aí. Mantém os braços onde estão e cerra os punhos, puxando o ar uma e outra vez. E continua puxando mais e mais das cordas que estão no ar e sobre sua pele.

Não apenas as que estão ao nosso redor, mas de todos os lugares. Eu me viro para vê-las flutuar como névoa negra pelos alunos que ainda andam pelos dormitórios, um após o outro. Então elas deslizam pelo ar encharcado pela chuva, direto para Jude, se enroscando em cordas cada vez mais apertadas até finalmente o alcançarem e deslizarem sobre sua pele.

— Eu não sou apenas um oneiroi — me diz ele com a voz falhando. — Eu sou o Príncipe dos Pesadelos. E isso... — Ele gesticula para os alunos machucados, espancados ao nosso redor. — É tudo minha culpa.

Capítulo 56

FELIZES PARA NUNCA

O choque reverbera através de mim com suas palavras.

Sei que existem famílias reais para cada tipo de paranormal — além de cortes inteiras e elaboradas para cada um também.

Assim como sei que a reintegração da Corte das Gárgulas varreu o mundo paranormal como um ciclone, sacudindo a todos com sua nova rainha. Estamos isolados aqui na Academia Calder, mas não tão isolados a ponto de algo assim não aparecer em nosso radar. Em especial porque minha prima, Carolina, morreu tentando ajudar a nova Rainha das Gárgulas em uma guerra contra o Rei dos Vampiros.

Mas *Príncipe dos Pesadelos*? *Corte dos Pesadelos*? Essas são coisas sobre as quais só se sussurra nas histórias assustadoras que as crianças contam umas às outras — ou os adultos, tarde da noite, depois de terem certeza de que as crianças foram para a cama.

A Corte dos Pesadelos — e seu governante — é tão temida que ninguém quer atrair sua atenção. No entanto, Jude, aparentemente o *Príncipe dos Pesadelos*, esteve aqui na Academia Calder esse tempo todo.

Como isso é possível? E por quê?

Mas ele ainda está me observando com olhos que ficaram prismáticos de dor. Sei que tenho que dizer algo, sei que tenho que dar alguma resposta. Mas não tenho ideia de como fazer isso agora.

Então, no final, digo a única coisa que sei que é verdade.

— Eu não entendo.

— O que há para entender? — pergunta ele, com um riso doloroso. — Você nunca se perguntou por que nunca teve pesadelos depois que cheguei à ilha? Por que ninguém tem? É porque eu os colho.

— Colhe?

— Ainda tenho minha magia, Clementine. Toda ela.

— O que você quer dizer? — pergunto, enquanto me aproximo para ficar ao lado dele. — A escola bloqueia os poderes de todos.

— Não os meus — diz ele calmamente. — O bloqueio de energia da ilha nunca funcionou em mim... não sei por quê. É assim que sempre foi.

Sua explicação tranquila me abala até o âmago, me faz reavaliar tudo o que minha mãe, minhas tias e meus tios já me disseram sobre a magia dos estudantes e como eles a controlam na ilha.

— Eu não entendo — digo, depois de um tempo. — Como isso é possível?

— Eu não sei — responde ele com um encolher de ombros perplexo. — Quando cheguei aqui, ninguém nunca mencionou nada sobre bloquear meus poderes, e ninguém nunca fez nada para amortecê-los. Eu nem sabia que era política da escola até você e Carolina mencionarem isso semanas depois.

Ainda estou me recuperando, então deixo isso para lá — assim como a pergunta sobre por que ele não me contou nada disso antes. Temos coisas mais importantes com as quais nos preocuparmos agora. Embora eu esteja curiosa com uma coisa.

— É muita magia que você carrega por aí. Como impediu que as pessoas percebessem?

— Eu a uso todas as noites. Para exaurir meu poder e mantê-lo sob controle. Para evitar que machuque alguém, eu colho os pesadelos de todos na ilha. Eu os armazeno...

— Em sua pele — sussurro, parte fascinada e parte horrorizada. — Todas aquelas coisas pretas e retorcidas. São pesadelos.

Ele confirma com a cabeça.

— Mas não há o suficiente. Quero dizer, há muitos — digo a ele, especialmente agora que eles estão todos sobre seu rosto. — Mas não o suficiente para serem cada pesadelo que você colheu de cada pessoa da ilha na última década ou mais. Certo?

— Depois de colhê-los, eu os canalizo para outra coisa, que cuida deles.

Quero perguntar a ele o que ele canaliza e para onde — e como exatamente eles são cuidados —, mas, agora, isso parece ser o menor dos nossos problemas. Então eu me contento com algo mais pertinente.

— Certo, e depois que você os colheu, eles acidentalmente escaparam, de alguma forma? — Olho para a devastação ao nosso redor. — Foi o que causou isso?

— Não foi acidental — responde ele. — Eu os libertei deliberadamente.

— Deliberadamente? — Estou tão chocada que nem consigo ficar com raiva. Porque conheço Jude, sei quão consciente em geral ele é com tudo... bem, tudo exceto nosso relacionamento. Isso não é algo que ele faria. De jeito nenhum. — Por que você...

Eu paro de falar porque, de repente, tudo fica claro.

— Por mim. O desentranhamento. Você os libertou para salvar minha vida.

— Eu não podia deixar você morrer — responde ele, engolindo em seco, os olhos tomados por algo que suspeito serem lágrimas. — Não se houvesse algo que eu pudesse fazer para impedir. Mesmo que fosse isso. — Agora é ele quem olha ao redor, com um horror profundo em seu rosto.

— Você sabia? — sussurro, com o coração alojado na garganta.

Porque acho que preferiria ter morrido a saber que me salvar significava que todas essas pessoas — que Eva — sofreriam e morreriam da maneira que morreram.

— Que isso aconteceria? — Ele nega com a cabeça. — Eu usei a mesma magia que uso para puxar pesadelos das pessoas e puxei o veneno de você. Mas fui tão cuidadoso. Trabalhei tanto para puxar tudo de volta. Eu tinha medo de que um deles pudesse ter escapado, mas nunca imaginei que pudessem ser tantos.

— É por isso que você estava tão chateado — digo, colocando as coisas em ordem agora. — Quando você apareceu na cabana de Mozart e Ember, mais cedo. Você tinha medo de que um pesadelo tivesse escapado. Por que você não pediu ajuda?

— Porque ninguém pode me ajudar com isso. Ninguém pode consertar os erros que cometo... não esse tipo de erro.

— Você não sabe...

— Eu sei! — O tom de voz dele aumenta, mas termina em um sussurro. — Eu sei.

— A única maneira de você saber seria isso ter acontecio antes... — Eu paro de falar quando a verdade me ocorre. — É por isso que você foi enviado para a ilha? Você tinha apenas sete anos!

— Não é disso que estou falando. — Seu rosto se fecha como sempre fazia quando eu perguntava sobre o que o fez parar na Academia Calder, então não insisto. Já tenho informações mais do que suficientes para lidar agora.

— Então quando? — pergunto. — Porque estou aqui com você o tempo todo, e nada do tipo aconteceu antes.

— Na noite em que beijei você pela primeira vez.

— O quê? — sussurro.

— Eu perdi o controle. — Ele engole em seco. — Eu me perdi em você e eu...

E, assim, tudo fica claro. Tudo. Carolina partir sempre foi meu pior pesadelo — muito pior do que uma cobra feia — e depois que Jude e eu nos beijamos... Eu me interrompo, porque o pensamento é muito horrível para ser compreendido por completo.

— Foi por isso que você me ignorou. Não porque você não se importa comigo, mas porque...

— Eu amo você, Kumquat. Eu amo você há anos. Mas não podemos ficar juntos. Não quando há a chance de algo assim acontecer outra vez.

— Você me ama? — repito as palavras, como se nunca as tivesse ouvido antes. Para ser honesta, nunca ouvi. Não da maneira que ele quer dizer.

— Você precisa mesmo me perguntar isso? — Ele ri, mas não há humor no som. — Eu amo tanto você, que tive que tirá-la completamente da minha vida porque sabia que não era forte o suficiente para ficar perto e não querer você.

— Você me ama — repito, sem expressão. Porque tenho certeza de que meu cérebro atingiu sua capacidade de revelações para o dia. Para a semana. Para o mês. Possivelmente até para o ano.

— Amo você — diz ele pela terceira vez esta noite, estendendo a mão e passando um dedo sobre a covinha em meu queixo, da maneira que ele costumava fazer.

O pequeno e familiar gesto traz lágrimas aos meus olhos — eu não sabia o quanto sentia falta disso até agora.

— Eu amo tudo em você — sussurra ele, triste. — O jeito como você sempre faz a coisa certa. O jeito como você sempre se preocupa com as outras pessoas, mesmo quando elas não merecem... especialmente aqui. O jeito como você toma leite com um pouco de café, em vez do contrário, e o jeito como você nunca, nunca, nunca desiste. Nem mesmo de mim.

As lágrimas ameaçam cair, mas eu as contenho com pura força de vontade e muitas piscadas.

— Mas é por isso que eu tenho que fazer isso — sussurra ele. — Eu tenho que desistir de nós, porque você nunca vai desistir. Desatar pesadelos, destruir a vida das pessoas... Eu perco o controle quando estou com você e não posso... não vou... deixar isso acontecer novamente.

Eu sei que ele está certo. Eu sei. Nossa felicidade não é mais importante que a vida de outras pessoas. Mas isso não faz com que doa menos. De repente, não consigo conter as lágrimas, não importa o quanto eu tente.

Elas borram meus olhos, tornam Jude — e todo o mundo ao meu redor — embaçados, até parecer que estou vendo triplicado.

Há uma parte de mim que não consegue evitar e fica maravilhada com a impressão — com a sensação — de chorar em um lugar que não o chuveiro. Mas o resto de mim não consegue parar de soluçar tempo suficiente para realmente processar tudo. Não quando os pedaços do meu coração já quebrado se desintegraram em tantos sonhos destroçados.

Capítulo 57

TRÊS BOLAS FORA E VOCÊ MORRE

— Kumquat. — A voz de Jude falha, e ele desliza um polegar sobre minha maçã do rosto e limpa minhas lágrimas. — Não posso me afastar quando você está assim.

Eu quero implorar que ele não vá embora de jeito nenhum. Mas não posso. Não quando ainda consigo ouvir Eva gritar e ver seus restos mortais sempre que fecho os olhos. Não quando não consigo deixar de pensar nos anos que Carolina passou em uma cela de prisão sem motivo. E não quando consigo sentir o peso de tudo o que aconteceu hoje à noite — o peso de tudo que deu tão terrivelmente errado — pressionando meus ombros.

E assim faço o que parece impossível. Paro de chorar. Limpo meus olhos. E digo a ele:

— Não se preocupe. Vá embora. Eu estou indo.

Se é que é possível, ele parece ainda mais triste.

— Você não quer dizer que está bem?

Sei o que Jude está perguntando, e a resposta é não. Eu não quero dizer bem. Eu quero dizer indo. Porque agora estou o mais fodida e emotiva possível. Mas ele também. Então, sim:

— Sim, é isso. Estou bem.

Ele não diz mais nada. Apenas acena com a cabeça e começa a recuar lentamente.

— Clementine! — A voz do meu primo atravessa a dor que se estende entre nós. — Ah, meu Deus, aí está você! Temos procurado por você em todos os lugares! Daqui a pouco vamos nos atrasar para o portal.

Eu me forço a tirar os olhos de Jude e observo Caspian. É a coisa mais difícil que já fiz. Porque sei, no fundo da minha alma, que, quando eu me virar de volta, ele terá ido embora.

— Quem é *nós*? — pergunto quando ele se aproxima, mesmo sabendo a resposta.

Ele revira os olhos, mas estou ocupada demais tentando descobrir por que ele parece tão estranho, mesmo que eu não esteja mais chorando. Tudo o que posso dizer é que, se isso é o que chorar fora do chuveiro faz com você, sou ainda menos fã do que pensei que era.

Eu pisco algumas vezes, esfrego os olhos, pisco mais um pouco. Então olho para Caspian novamente.

Só que nada mudou. Na verdade, ficou mais claro. Ele ficou mais claro.

Todos os três dele.

— Você está bem? — pergunto outra vez, tentando não entrar em pânico.

— Estou bem. — Desta vez, o Caspian do meio, o que está vestido com o vermelho da Academia Calder e que se parece com o que eu espero que ele pareça, me olha estranho. — E você? Está?

— Eu não... — Tiro meu olhar dos três dele e observo em volta... o que acaba sendo um grande erro.

Já estou instável depois de tudo o que aconteceu com Jude, e o que vejo agora só me deixa mais trêmula. Porque não é apenas de Caspian que estou vendo três.

É de todo mundo.

E mais, é de *tudo*.

Capítulo 58

CAIR E LEVANTAR

Eu pisco novamente.

Nada muda.

Esfrego os olhos com força.

Nada ainda.

Pisco mais uma vez, e quando isso também não funciona, faço a única coisa na qual consigo pensar.

Entro em pânico.

Minha frequência cardíaca dispara.

Esqueço como respirar.

E minha cabeça — na verdade, meu corpo inteiro — parece que vai explodir.

Porque o mundo inteiro não está apenas triplicado — o que já seria ruim o suficiente. Não, o mundo que eu vejo, o mundo espalhado bem na minha frente, parece ser o passado, o presente e o futuro.

Tudo ao mesmo tempo.

O Caspian na minha frente, falando comigo, é o primo de dezoito anos com quem estou acostumada, vestido da cabeça aos pés com o pijama vermelho da Academia Calder. Mas o Caspian ao lado dele é o garotinho de joelhos sempre ralados com quem eu costumava construir casas na árvore. E o Caspian do outro lado é um homem de quarenta anos de idade, usando um terno de três peças, e que, assustadoramente, está sem uma das mãos.

O. Que. Diabos. Está. Acontecendo?

— Clementine? — Caspian soa preocupado, mas estou ocupada demais para responder, tentando entender o que é isso, ao mesmo tempo que impeço meu cérebro de implodir.

Frenética, confusa e mais do que um pouco horrorizada, volto para os dormitórios, onde alguns dos professores finalmente conseguiram reunir a horda de alunos traumatizados que davam voltas em torno de si mesmos e uns nos outros.

Procuro Jude pelos corredores — não deve ser difícil encontrá-lo, considerando quão alto e forte ele é —, mas tudo está tão confuso que não consigo achá-lo.

Na verdade, não consigo encontrar ninguém. Porque o dormitório não parece mais o dormitório. Ou pelo menos não uma versão única dele.

Porque é um lugar chuvoso, com muito vento e cheio de calçadas quebradas... e de alunos mais quebrados ainda.

Mas, quando pisco, também é um lugar ensolarado e cheio de paranormais sorridentes caminhando por corredores enfeitados com belas flores. Alguns estão transformados — há lobos, leopardos e até um casal de dragões voando sobre nossas cabeças —, mas também bruxas em trajes de banho antigos e vampiros passeando sob grandes guarda-chuvas pretos.

E então, também vejo um monte de outras pessoas. Não reconheço nenhuma delas, e o fato de estarem vestidas com roupas normais, em vez de uniformes, me faz questionar de onde elas são. Em especial porque a calçada em que estão caminhando não está quebrada. E elas não parecem assustadas. E não está chovendo.

O QUE DIABOS ESTÁ ACONTECENDO?

Pressiono uma mão contra meu coração galopante, tento puxar o ar para dentro dos meus pulmões apertados demais. E acho que consigo, porque o mundo não fica escuro ao meu redor. O que é uma pena, porque agora eu meio que quero que isso aconteça.

— Sua mãe quer que eu a leve até ela — me diz um dos Caspians, olhando para mim com inquietude. — Ela está lá embaixo, na praia, supervisionando o portal. Diz que vamos sair mais cedo.

Considerando o que está acontecendo aqui, consigo acreditar completamente que ela queira sair o mais rápido possível. Mas isso não resolve de todo o meu problema.

Fecho os olhos e me forço a me acalmar — o que não é exatamente fácil. Respiro fundo, prometo a mim mesma que, o que quer que aconteça quando eu abrir os olhos, vai ficar tudo bem, e solto devagar a respiração.

Então, abro os olhos e vejo um mundo que ainda está completamente de cabeça para baixo. Ignoro tudo por um momento, me recusando a olhar para qualquer coisa ou qualquer pessoa além do Caspian de dezoito anos. E pergunto:

— Mas e quanto a...

As palavras me faltam, e faço um gesto abrangente com a mão, muito sufocada por tudo o que acabou de acontecer para tentar encontrar as palavras certas para falar sobre Eva. E sobre Bianca. E sobre todos os muitos, muitos outros.

Felizmente, porém, Caspian entende.

— Fizemos planos na última meia hora para poder lidar com tudo. O dormitório está uma bagunça... — A voz dele falha, mas ele limpa a garganta e tenta novamente. — Temos listas, e verificaremos cada aluno que passar pelo portal para garantir que encontramos... todos os outros. Não deixaremos ninguém para trás, Clementine, juro.

— Eva... — Agora é minha voz que falha, e Caspian parece querer chorar comigo. Suas outras duas versões, passado e futuro, estão cuidando das próprias vidas: o Caspian futuro mexendo no celular e o Caspian pequeno quicando uma bolinha de borracha.

— Nós vamos resgatar o corpo dela — promete ele, depois de limpar a garganta. — Vamos resgatar todo mundo. Mas preciso levar você para sua mãe antes que ela enlouqueça completamente.

Eu aceno com a cabeça, porque sei que ele está certo. Não importa quão difícil seja meu relacionamento com minha mãe — e ele é excepcionalmente difícil —, também estou aliviada por saber que ela está viva, que os pesadelos não a pegaram.

— Jude? — pergunto, minha voz falhando mais uma vez porque só o som de seu nome me inunda de dor novamente. Ainda não acredito que tenha que terminar assim. Não depois de dez anos. Não depois de tudo o que passamos. E não depois que ele finalmente me disse o que eu queria ouvir há tanto tempo.

Ele me ama. Jude me ama. Mas, em vez de estar comigo, ele foi embora — para sempre desta vez. E eu fico aqui, destruída e de coração partido, em um mundo que não faz mais nenhum sentido.

— Meu pai acabou de encontrá-lo. — Caspian parece sombrio. — Ele me disse que Jude deve ter perdido o controle de muitos pesadelos.

— Você sabe? — Eu me surpreendo. O terror me atravessa enquanto começamos a descer os degraus da cabana. Porque agora que minha mãe e tio Christopher sabem que Jude perdeu os pesadelos, não sei o que vão fazer. Mas seja lá o que for, não vai ser bom. E há uma parte de mim que não consegue evitar o pensamento de que o Aethereum pode ter algo a ver com isso.

— Não entendo bem o que está acontecendo — admite Caspian. — Mas sei que meu pai não vai perdê-lo de vista até que possamos chegar ao armazém e descobrir.

Eu não comento nada, em parte porque não sei o que dizer e em parte porque mal consigo descer um degrau antes de tropeçar no vazio. Meu cérebro está completamente enlouquecido agora, tentando processar as múltiplas imagens diante de mim. Exceto que não são de fato três cabanas desta vez, porque, no que eu acho que é o futuro, não há cabana. E nenhum degrau. Então, são realmente duas cabanas e um banco cercado por várias árvores pequenas em vasos.

E eu continuo pensando que estou prestes a bater em uma das árvores.

Estendo um braço para tentar pegar o corrimão que eu sei que está lá, mas também não consigo ver. Felizmente, minha palma se conecta a ele, e eu me obrigo a descer as escadas que meu cérebro não acredita que estejam mais lá. Por fim, digo:

— Jude me contou.

— Contou? — Agora Caspian parece incrédulo. — Ele disse por que fez isso? O que ele achava que ia ganhar? Ele estava...

— Pare! — Sei que pareço dura, mas não posso aceitar toda a condenação sendo lançada sobre Jude agora. — Apenas pare por um...

Paro de falar quando tropeço em uma enorme rachadura que eu não sabia que estava aqui, na calçada. Eu me recupero e pisco várias vezes, tentando me concentrar em ver apenas o presente. Mas não é tão fácil quanto parece.

Dou mais alguns passos, depois salto para o lado para evitar um banco — só para trombar com uma bicicleta que alguém abandonou no meio do caminho central. Acabo tropeçando nela e quase caio de cara.

De algum modo, Caspian consegue me segurar, mas me olha com muita preocupação.

— Você está bem, Clementine?

Não tenho nada a dizer sobre isso, então me viro, tentando me manter focada apenas no presente. Os tubos internos no meio do caminho não são reais. Nem esse monte de roseiras. Apenas as rachaduras são reais.

Eu passo por cima de uma enorme, e começo a me parabenizar por não cair de bunda, então acabo trombando com uma dragoa metamorfa.

Ela se vira na minha direção.

— Qual é o seu problema? — diz a versão presente dela.

— Desculpe! — se intromete Caspian, me puxando para longe. — Ela bateu forte a cabeça.

— Eu não bati a cabeça — digo a ele, que agora segura meus ombros com firmeza enquanto me conduz pelo caminho.

— Bem, você está agindo como se tivesse — garante ele. — Tente manter a sanidade mais um pouco, pode ser?

— Estou tentando! — digo a ele. — É mais difícil do que parece.

Não sei como explicar — exceto que tudo continua mudando. Cada vez que me movo ou pisco ou olho para um lugar novo, tenho que tentar descobrir onde estou novamente. E se estou me concentrando no passado, no presente ou no futuro.

Se os três tempos se alinhassem na mesma ordem todas as vezes, seria mais fácil. Mas às vezes o futuro vem primeiro. Às vezes, o presente é o último. E às vezes o passado está no meio, o que realmente me atrapalha porque continuo pensando que o presente está sempre no meio — foi exatamente o que aconteceu quando trombei com aquela maldita dragoa.

— O que está acontecendo? — pergunta Caspian, parecendo meio preocupado e meio perplexo. — Sério, você está bem?

— Estou bem — resmungo, enquanto continuo a andar, e tento não pensar em como essas palavras me fazem sentir. Agora que já saí da área coberta, tenho mais do que o suficiente para lidar em campo aberto. As coisas ficaram bem mais difíceis porque seguir pelo caminho central, com pessoas existindo em diferentes dimensões de tempo, é muito parecido com como eu imagino que seriam os carros de bate-bate. Ou um jogo real de *Frogger*.

Eu desvio para a esquerda para evitar um aluno da Academia Calder, antes de perceber que ele não está realmente ali. Então viro imediatamente à direita para evitar uma mulher em um vestido curto amarelo e com óculos de sol gatinho.

Ela solta um grito assustado e deixa cair a bebida que estava segurando. O coquetel frutado — parece uma piña colada — sai voando para todos os lados.

O que acabou de acontecer? Ela realmente me sentiu, mesmo estando separada por décadas? Como isso pode... Meus pensamentos são interrompidos assim que algo frio e com um cheiro doce me acerta o rosto.

Hum. No fim das contas, não é uma piña colada. É um mai tai.

Estou tão chocada com a revelação de que esta mulher e eu podemos sentir, ver e até derramar coisas uma na outra que ignoro completamente o banco em forma de anêmona rosa na minha frente. Bato nele com tanta força que caio no chão, e a dor sobe pelo meu pé.

— Clementine! — exclama Caspian, meio exasperado e meio preocupado. — O que você está... — Ele para de falar quando vê o que está bem na minha frente. O corpo destruído de Bianca, enrugado e ensanguentado, debaixo do banco.

Eu a vi de longe mais cedo, mas isso... isso é horrível. Em especial porque uma versão muito perdida do passado dela paira ao seu lado, tornando-se de um cinza translúcido enquanto a cor escorre dela lenta e metodicamente.

Assim como sua colega de quarto, seus braços e pernas estão dobrados em um ângulo anormal e seus olhos estão vazios, encarando fixamente o nada. Uma enorme poça de sangue se acumulou sob sua cabeça, protegida da chuva pelo grande banco de gesso sob o qual está esticada.

— Sinto muito — sussurro, a histeria se tornando um peso esmagador em meu peito.

Porque eu fiz isso. Eu. Fiz. Isso.

Ah, Jude se culpa, mas era eu quem estava desentranhada. Foi por mim que ele libertou os pesadelos. Sou eu quem ele salvou.

A culpa é avassaladora, assim como a tristeza.

— Sinto muito — sussurro novamente. — Sinto muito, muito mesmo.

— Temos que ir — diz Caspian, em algum lugar à minha frente.

— Vá — respondo, enquanto estendo a mão e fecho os olhos de Bianca. — Eu alcanço você.

— Não posso deixá-la aqui! — diz ele. — Tia Camilla vai me matar. Além disso, ninguém tem permissão para ficar na ilha.

A ironia é incrível.

Ele gesticula para os professores, que reúnem crianças no caminho em direção à praia, em geral completamente proibida.

Mas, enquanto estou sentada aqui, aos pés de Bianca, tudo em que consigo me concentrar é na garota cuja morte eu causei.

— Precisamos... — Ele para de falar quando alguém se agacha ao meu lado.

— Ei, Clementine. — Eu olho para a voz familiar, só para dar de cara com três versões de Simon agachadas ao meu lado. — Você a conhecia? — pergunta ele com simpatia.

— Passei a vida inteira aqui — respondo. — Conheço todo mundo.

Ele acena com a cabeça e, gentil, estende a mão para segurar a minha.

— Sinto muito — diz ele, daquela sua maneira taciturna.

— Não é você quem deveria se desculpar. — Sou eu. Eu fiz isso.

Meu estômago se revolta pela segunda vez hoje, e me vejo vomitando o que restava dos meus salgadinhos favoritos no vaso de uma das plantas atrás do banco, e um raio corta o céu acima de nós.

— Vão! — digo a Simon e Caspian, acenando para eles enquanto meu corpo continua a fazer os movimentos de vomitar muito depois de meu estômago já estar vazio de bile ou de qualquer outra coisa.

Quando a náusea finalmente passa, eu descanso a cabeça no vaso frio e molhado por alguns segundos e tento recuperar o fôlego — e minha vontade de continuar.

O primeiro é muito mais fácil de encontrar do que o último.

— Posso ajudá-la a se levantar? — pergunta Simon, e é a primeira vez que percebo que ele ainda está aqui. Assim como Caspian. Eles não me deixaram.

Eu quero dizer que não, quero dizer a eles para irem logo sem mim. Nem era para eu deixar essa ilha mesmo. Mas está cada vez mais óbvio que nenhum dos dois tem planos de ir a lugar algum sem mim.

Então eu aceno com a cabeça, e Simon envolve um braço surpreendentemente forte em torno dos meus ombros e me ajuda a levantar.

— Não podemos deixá-la assim — digo a ele e Caspian.

— Eles virão buscá-la — responde meu primo. — Prometo, Clementine.

Como se por mágica, dois dos magos do corpo docente se dirigem em nossa direção, com uma grande bolsa preta nas mãos — pelo menos acho que são dois, já que consigo ver seis deles.

Eu me afasto para que eles possam se aproximar de Bianca, e Simon — que ainda tem o braço em torno dos meus ombros — começa a me guiar pelo caminho.

Normalmente, eu diria a ele que consigo fazer isso sozinha, mas o contato me ajuda a me concentrar no Simon presente, enquanto o Simon passado e o futuro — ambos vestidos com uniformes da Academia Calder, apenas para tornar as coisas mais complicadas — pairam por perto.

Além disso, para variar, não estou reagindo aos seus feromônios de sirena, e esse parece ser o caminho mais fácil. E mais, como ele está nos guiando, não preciso me esforçar tanto para tentar descobrir o que é real e o que não é.

Mais raios partem o céu acima de nós, seguidos instantaneamente por trovões que sacodem até o solo sob nossos pés. Ao mesmo tempo, o vento aumenta tão rápido e forte que Simon e eu tropeçamos e quase caímos.

A pura força de vontade — dele, não minha — nos mantém de pé enquanto o uivo arrepiante da sirene de furacão corta a noite. É apenas minha mãe, chamando todo mundo para a praia, mas o som baixo e dissonante se mistura com o grito do vento, transformando o sinistro em apocalíptico. Caspian deve pensar assim também, porque acelera até ficar o mais próximo possível de correr, considerando o vento contrário que enfrenta.

— Por que você tinha ficado para trás? — grito para que Simon possa me ouvir por sobre a tempestade. — Caspian disse que estão segurando todo mundo na praia.

— Jude — responde ele, da forma mais simples possível. — Eles o trancaram, mas ele queria ter certeza de que você chegasse ao portal.

Eu não sei o que dizer, pois uma nova onda de dor flui através de mim. É apenas mais uma camada para adicionar ao que já está dentro de mim.

— Cuidado! — Simon me puxa para a direita, me ajudando a dar a volta em algo no chão.

Não, não apenas algo.

A tapeçaria. A maldita tapeçaria.

Só que agora o aviso sobre o tempo se foi. Em seu lugar há um monte de linhas rabiscadas e difusas em todas as cores imagináveis.

Capítulo 59

GRANIZO NA TURMA TODA

O desenho parece aquele ruído técnico, como o chiado que se vê nas antigas televisões dos filmes e séries.

Fico olhando por alguns segundos, tentando decidir se devo pegar a tapeçaria ou deixá-la ali para ser levada pelo furacão. Talvez seja ridículo, mas não consigo evitar culpá-la pelas mensagens meias-bocas. Nos dizer para ter cuidado não é a mesma coisa que nos dar algum tipo de aviso sobre os horrores que estavam por vir. Principalmente porque ainda consigo ver o rosto de Eva enquanto ela lia o aviso que não a salvou.

E, ainda assim, Jude queria tanto aquilo que chegou a brigar comigo por causa disso. E alguém se preocupou o suficiente para passar um cadeado naquela maldita adega — Jude ou um dos Jean-Babacas, não sei.

— Qual é o problema? — grita Simon, seguindo meu olhar para a tapeçaria molhada e enlameada.

Foda-se. Simplesmente foda-se.

Eu me agacho e enrolo essa porcaria. Apesar da chuva que a encharcou na última hora, ela ainda é leve e fácil de carregar quando me levanto e a entrego para Simon.

— Você consegue levar isso para Jude?

— Para Jude? — Seus olhos se arregalam, surpresos. — É por isso que vocês dois estavam brigando antes.

Não é uma pergunta, mas aceno com a cabeça mesmo assim. Porque tudo parece muito bobo agora.

Todas as discussões.

Todos os segredos.

Todo o tempo perdido, considerando-se que a tapeçaria acertou em uma coisa — estamos completamente sem tempo.

— Garanto que ele vai receber isso — me diz Simon, com a expressão mais séria que eu já vi.

— Vocês, vamos! — grita Caspian, e uma tempestade de raios toma conta do céu. — Temos que ir *agora*!

Segundos depois, começa a cair granizo em tudo e em todos. Não é um granizo grande, felizmente, apenas do tamanho de uma moeda, mas ainda dói muito quando nos acerta.

Caspian sai correndo, Simon e eu seguimos logo atrás dele. Mas o granizo só complica as coisas enquanto tento evitar... todo mundo.

Desvio de um homem com roupa de banho carregando um caiaque — *um caiaque* —, só para acabar trombando com um futuro aluno da Academia Calder em uma bicicleta. A dor me atinge, choques elétricos correm pelo meu corpo da cabeça aos pés.

Eu cambaleio um pouco, mas consigo continuar enquanto luto contra a agonia.

— Clementine? — chama Simon, parecendo confuso e preocupado, ao passo que o granizo continua a nos bombardear.

Mais adiante, Caspian grita ao esbarrar em um gigante que atravessa o caminho central dos dormitórios com uma vara de pescar, do tamanho de um grande galho de árvore, pendurada no ombro.

— Qual é o problema? — O pobre Simon parece completamente perplexo agora, e meu primo cambaleia até parar.

— O que foi isso? — Caspian agita sem parar os braços.

— Você sentiu algo? — pergunto.

Mas, antes que ele possa responder, uma das outras alunas começa a gritar e girar em círculos. Posso ver que ela passou direto por um grupo de futuros alunos da Academia Calder, mas não consegue ver e está em pânico.

Assim como vários dos outros alunos ao nosso redor, gritando e se coçando, parecendo completamente possuídos para todos ao redor, enquanto atacam o nada.

Ou, pelo menos, o que parece ser o nada, para todos eles. Para mim, parece que, de alguma forma — de algum jeito —, eles estão de repente sentindo, mas não vendo, as pessoas do passado e do futuro que nos cercam.

Mas *eu* posso vê-los, e todos que estão enlouquecendo o fazem porque acabaram de esbarrar em, passar por, ou se aproximar demais de alguém que estava exatamente onde estavam no passado — ou que estará, um dia, no futuro.

É a coisa mais louca que eu poderia ter imaginado, e ver isso acontecer bem na minha frente é ainda mais louco. Além disso, fica um milhão de vezes pior pelo fato de que os fantasmas da ilha decidiram se juntar à confusão. Eles estão tremendo e reclamando da chuva, mas estão aqui em todos os tons indefinidos de cinza. Provavelmente porque todos os fantasmas que já conheci morrem de medo de ficar de fora. Todos sabem que algo estranho está acontecendo aqui, e não querem perder o que quer que seja, mesmo que isso signifique enfrentar a pior tempestade que já atingiu a ilha.

Mas a presença deles torna uma situação já complicada infinitamente mais complicada — pelo menos para mim. Porque não só posso ver o velho e decrépito Finnegan acenando para mim, como também posso ver o Finnegan do passado. É impossível não olhar para o cara de casaco de lã e botas de trabalho que flutua atrás dele, com um largo sorriso em seu rosto muito bonito.

Finnegan era *assim* quando jovem?

Como se pudesse ler meus pensamentos, o jovem Finnegan pisca para mim e faz um joinha. E, com isso, desisto até mesmo de tentar descobrir o que está acontecendo nesse show de merda que se tornou minha vida.

Mas Caspian não desiste, considerando que olha bem para mim e exige:

— O que está acontecendo aqui, Clementine? — pergunta, enquanto treme sem parar.

Eu estendo a mão e pego a dele, puxando-o vários metros para a frente — e longe da jovem garota com rabo de cavalo e um ursinho de pelúcia que ele estava literalmente atravessando.

Não tenho tempo para explicar, então apenas digo:

— Fique bem atrás de mim e siga *exatamente* meus passos.

— Humm, por quê? — pergunta Simon.

— Porque ela pode ver fantasmas! — responde Caspian para ele.

Os olhos de Simon se arregalam.

— Sério?

Mas estou chocada demais para responder.

— Você sabia? Mas eu nunca...

— Carolina me contou! — diz ele, com a chuva escorrendo pelo rosto. — Ela queria ter certeza de que eu poderia cuidar de você se ela não estivesse por perto.

Suas palavras me atingem como golpes, e quase caio.

É demais. Tudo é demais.

Tristeza demais.

Dor demais.

Luta demais, só para perder de novo e de novo e de novo.

Nunca para, e eu não quero mais fazer isso.

Eu não consigo mais fazer isso.

Estou tão cansada. Tão machucada. Tão destruída, de um jeito impossível de consertar.

Eu só quero que tudo pare.

Mas então olho para Caspian, e não posso deixar de pensar que ele guardou meu segredo todos esses anos. Que, à sua maneira, ele me protegeu o tempo todo, e eu não tinha ideia.

Respiro fundo e faço o melhor possível para lutar contra a tristeza que cai sobre mim com o peso de todo um oceano. Porque eu não posso desistir. Eu não posso deixar que nada aconteça a ele — ou a Simon, ou a qualquer pessoa que está nisso conosco. Eu tenho que levá-los através do emaranhado de tempo que está entre eles e a praia.

Entre eles e o portal.

Então empurro a tristeza e o horror para um lugar no qual não preciso pensar agora. E corro direto para a muralha que isola toda a ilha e, normalmente, separa os alunos da praia e das docas.

Ao correr, eu me desvio de fantasmas e de cintilações, do passado, presente e futuro, e da dor. Muita dor. Mas continuo abrindo caminho e avançando, porque agora alunos e professores seguem a trilha que estou cortando.

Só a equipe de resgate fica para trás, embalando os restos mortais dos alunos para que não fiquem para trás também.

Quanto mais perto chegamos da praia, maior e mais forte fica o granizo, mas não há tempo nem lugar para nos abrigarmos. Então abaixo a cabeça, levanto as mãos para me proteger o melhor que posso, e continuo em frente, com Caspian e os outros logo atrás.

Passamos o dormitório principal, atravessamos o denso bosque de árvores que fica entre os alunos e a muralha, e finalmente — finalmente — chegamos à abertura recém-feita na estrutura, que dá acesso à praia.

E então eu corro mais. Não paro — nenhum de nós para — até chegar à areia, um pouco antes de o oceano encontrar a praia.

Nós corremos tanto e por tanto tempo que minha respiração parece um apito de trem. Dobro o corpo, com as mãos apoiadas nas coxas, e tento controlá-la, enquanto olho para o oceano revolto.

É a coisa mais bonita que já vi, mas também a mais perigosa. Porque a maré está agitada com a tempestade, causando ondas gigantes que atingem continuamente a costa. A água do mar, escura e espumosa, levanta detritos e os carrega até a praia. O rugido do mar é ensurdecedor, avassalador, e não posso deixar de me perguntar — mesmo com o portal — como vamos conseguir passar por isso.

Cada onda que arrebenta é maior que a anterior, e é apenas uma questão de tempo até um tsunami chegar e inundar toda essa parte da ilha.

Olho em volta, à procura de Jude, dos nossos amigos, da minha mãe, mas, entre a tempestade e as centenas de pessoas de todos os tempos andando por aí, está um desastre total aqui fora. Não consigo ver nada.

Pelo menos não até minha mãe começar a gritar meu nome através de um megafone.

Eu sigo o som em meio à multidão — e até consigo passar ilesa pelos Jean--Babacas — até finalmente ver minha mãe, sempre tão impecável, encharcada de chuva, com o cabelo colado à cabeça e o rosto sujo de sangue, que tenho certeza de que não é dela. Ao seu lado estão uma versão mais jovem do passado — toda lustrosa e brilhante, com calça de risca de giz, uma camisa branca de botão e uma mochila pendurada no ombro — e uma versão futura, curvada com a idade, um xale sobre os ombros.

Por um segundo, só consigo olhar para essas duas versões da minha mãe que eu sequer reconheço. Mas então outra coisa chama minha atenção, e eu me viro para ver meu tio Christopher ao lado dela. Ao lado dele está Jude, parecendo tão destruído — tão derrotado — quanto eu.

Eu cambaleio na direção deles, chamando o nome de Jude. Mas a tempestade é muito barulhenta, e ele não consegue me ouvir — nenhum deles consegue. Pelo menos não até que eu esteja bem diante deles.

— Clementine! — Minha mãe parece tonta de alívio enquanto me puxa para seus braços. — Ah, meu Deus. Eu estava com tanto medo de que os pesadelos tivessem...

Ela para de falar quando eu a abraço também, e embora eu esteja aliviada por ver que ela está bem, só tenho olhos para Jude, que me encara como se eu fosse a única salvação que ele tem.

— Aí está ela! — Ouço tio Christopher resmungar para ele. — Ela está bem. Agora é hora de você cumprir sua parte do acordo, Jude. Vamos.

No começo, Jude não parece ouvi-lo. Ele só continua olhando para mim, com olhos assombrados, caleidoscópicos.

— Clementine — sussurra ele, e, pela primeira vez, não me incomoda que ele tenha usado meu nome verdadeiro. Como me incomodaria, quando ele faz parecer que eu sou a coisa mais importante, a única coisa, em seu mundo?

Mesmo sabendo o que ele me contou, mesmo sabendo o que nós, de alguma forma, fizemos, não consigo me impedir de estender o braço na direção dele. De precisar dele.

Ele fecha os olhos quando meus dedos roçam sua mão, seu rosto vivo com uma agonia que me corta até os ossos.

— Jude — sussurro, segurando-o com força, porque posso senti-lo se afastando de mim. Mesmo antes de ele tirar a mão da minha.

E, desta vez, quando ele olha para mim, seu rosto está completamente sem expressão.

— Jude — digo novamente.

Mas ele não responde. Ele não diz uma palavra. Em vez disso, dá três passos para trás e simplesmente desaparece.

Capítulo 60

UM PORTAL QUALQUER
EM UMA TEMPESTADE

Eu grito o nome dele e tento segui-lo, mas minha mãe me agarra pela cintura, e as três versões de tio Christopher seguem Jude para dentro do portal logo em seguida.

— Me solta! — exclamo enquanto luto contra ela.

Mas minha mãe tem força de manticora, e usa toda ela para me segurar firme, ao mesmo tempo que ordena:

— Calma, Clementine! Você o verá em breve.

— Ele vai para o armazém?

— E para onde mais ele iria? — Ela me olha, impaciente.

— Não sei — respondo lentamente. — Pensei que... As pessoas estão...

Eu paro de falar porque não quero dizer. Não tenho certeza se posso dizer.

— Mortas? — Minha mãe não foge da verdade. — Evitar falar não faz com que não seja verdade, Clementine. Assim como não faz com que não seja culpa de Jude. Haverá consequências para isso... consequências graves. Mas você pensou mesmo que eu o baniria por um erro? Esta escola não funciona assim, e você deveria saber. Além disso, não há outro lugar para ele ir. *Nós* somos o último recurso.

O nome *Aethereum* dança na ponta da minha língua — é para onde tenho medo que o enviem, desde o instante em que ele me contou o que aconteceu, assim como fizeram com Carolina —, mas, se minha mãe não pensou nisso, certamente não serei eu a trazer o assunto à tona agora. Ou nunca.

— Será que agora você pode me ajudar com isso? — Ela me entrega seu tablet com capa à prova d'água. — Christopher estava marcando as pessoas antes de enviá-las pelo portal, mas agora você pode fazer isso. E precisamos nos apressar, sim? Quanto mais cedo conseguirmos passar todos, mais cedo também poderemos passar.

Eu pego o tablet da minha mãe, e quando começo a fazer o que ela me pede, há um estranho cintilar — meio ao lado dela, meio em cima dela —, e então dou de cara com uma mulher mais jovem, que se parece muito com ela, ao mesmo tempo que não.

No começo, acho que é apenas o passado dela, mas isso não faz sentido. Porque sua versão passada já está ao seu lado, perto do futuro dela. Não pode haver quatro versões da minha mãe, pode?

Exceto que, quando olho mais de perto, percebo que a cintilação é a mesma mulher que tem me assombrado — mesmo cabelo castanho, mesma camisola floral, mesma barriga de grávida.

Tento ignorá-la, mas ela olha diretamente para mim, com grandes olhos azuis da mesma cor que os da minha mãe — e os meus. É então que percebo que ela está colorida. Tipo, colorida de verdade, inteira. Não apenas a camisola, mas ela toda. Cabelo castanho-escuro, lábios corados, pele de marfim com sardas, camisola em várias tonalidades de rosa.

Ela estende o braço na minha direção, sua mão longa e esquelética voa até meu punho e, instintivamente, eu recuo. Então ela grita, um uivo longo e baixo que se transforma em um berro assim que ela se transforma na criatura desesperada de cabelo selvagem que tem me assombrado desde que a tempestade começou.

Seus dedos se enroscam no meu punho, com mão de ferro, e, no momento em que começam a apertar, a dor irradia através de mim. Aguda, visceral, avassaladora.

Visões me envolvem e me atingem como ondas selvagens, agitadas pela tempestade na costa, antes de me arrastarem para um abismo.

Um homem — um feérico com os mesmos olhos laranja de Jean-Luc.

Minha mãe, agarrando-se a um punho com várias pulseiras coloridas da amizade.

Carolina, lutando para libertar o punho enquanto lágrimas escorrem em seu rosto.

Minha mãe parece tão brava, e Carolina, tão assustada.

O medo cresce dentro de mim, se mistura com a confusão selvagem que agita minha mente. Mas, pela primeira vez desde que essas visões começaram, o medo é quase afogado pela raiva.

— Clementine! — A voz da minha mãe, aguda e impaciente, atravessa o medo. — Recomponha-se e me ajuda, pode ser?

Eu pestanejo, e a criatura desaparece como neblina, embora as emoções que ela invocou demorem mais para desaparecer.

— Clementine! Você está ouvindo? — pergunta minha mãe.

— Sim! — Aceno com o tablet e me forço a prestar atenção ao que acontece bem na minha frente, no presente real e corporal. — O que eu preciso fazer?

— Eu acabei de explicar — diz ela. — Você não estava ouvindo nada?

Eu baixo a cabeça e murmuro:

— Perdão.

Ela gesticula para o tablet.

— Nós dividimos os alunos alfabeticamente e em grupos de vinte. Cada grupo está com um professor que os acompanhará pelo portal. Marcamos cada aluno assim que eles entram no portal, e sua tia Carmen os marca assim que chegam ao armazém do outro lado. Não podemos correr o risco de deixar nem um aluno para trás, então você tem que fazer isso direito. Fui clara?

— Sim, com certeza. — Eu olho para a lista no tablet na minha frente. Alunos do terceiro ano, com sobrenomes de A a C.

— Nós já atravessamos os calouros e os alunos de segundo ano, então vamos levar os de terceiro e último anos agora. E então finalmente poderemos sair desta tempestade infernal.

Como se quisesse reforçar as palavras dela, o vento escolhe esse momento para soltar um uivo longo, baixo, animalesco. Ele me atinge com a força de uma bola de demolição, quase me derrubando.

Minha mãe me segura, e seu rosto está ainda mais sombrio, embora eu não soubesse que fosse possível.

— Vamos acabar logo com isso — diz ela.

— Por que escolhemos fazer o portal aqui fora? — pergunto, gritando para ser ouvida por sobre o rugido do vento e do mar.

— As bruxas da segurança disseram que aqui era nossa melhor aposta para construir um portal tão complexo, um que nos permitisse transferir vários alunos ao mesmo tempo — responde minha mãe, com um gesto irritado da mão. — Algo sobre o encontro de três elementos poderosos ser muito mais forte do que dois não tão poderosos.

Não posso deixar de olhar para o oceano. Sim, definitivamente há poder lá. Muito poder no momento, se me perguntar.

Começamos a atravessar o primeiro grupo, e eu marco cada aluno assim que eles entram no portal.

— Todos os portais são assim? — pergunto para minha mãe, enquanto o céu cintila e vibra acima de nós. Não consigo ver nenhuma parede definida para o portal, mas definitivamente há algo ali, porque tudo o que é levantado pelo vento bate em alguma coisa ao voar pelo céu.

— Os seguros são — responde ela. — Temos um protocolo muito específico em vigor para manter os alunos em segurança e seus poderes trancados. Esse brilho que você vê faz parte disso.

Não tenho certeza de onde isso parece seguro para ela, mas não digo mais nada, e começamos com os alunos com sobrenomes entre D e F. Mas de que outro modo poderíamos evacuar pessoas com segurança em meio a tudo isso? Nenhum meio de transporte tradicional conseguiria passar por essa bagunça.

Então, enquanto a tempestade urra ao nosso redor, eu me concentro em fazer meu trabalho o mais rápido e eficientemente possível — assim como minha mãe.

Estamos chegando ao fim da turma de terceiro ano, de T a Z, quando outro round de raios toma conta do céu.

Mais uma vez, vejo no céu aquele brilho estranho, que não me parece muito certo. Eu pestanejo, esfrego os olhos encharcados de água com a mão e olho novamente. E grito quando vejo dezenas de alunos caírem repentinamente pelo ar.

— Clementine! — Minha mãe se vira para mim com os olhos selvagens. — O que há de errado com você?

— O que você quer dizer com o que há de errado? — Eu aponto para o desastre que se desenrola à minha frente. — Você não consegue ver?

— Ver o quê? — pergunta ela.

Eu pisco, e a cena desaparece, tão rápido quanto apareceu.

— Eu não entendo — sussurro. — Eu vi...

— O quê? — exige minha mãe. — O que você viu?

— Eu não sei. Havia alunos caindo do céu. Não fazia nenhum sentido para mim.

Ela me estuda por alguns segundos, seus olhos se movendo por cada centímetro do meu rosto, como se procurasse algo. Não sei o quê. E então ela se vira e caminha vários metros na direção da sra. Picadilly e do sr. Abdullah — os dois bruxos mais poderosos do campus —, que, agora percebo, têm mantido o portal aberto todo esse tempo.

— Está tudo bem? — pergunta minha mãe para eles. — Algum problema para manter o portal?

— Não — grita a sra. Picadilly, para ser ouvida por cima da tempestade. — Está tudo perfeito. Funcionando como um relógio.

— Abe? — pergunta minha mãe, virando-se para o sr. Abdullah. — O que você acha?

— Eu acho que está tudo bem, Camilla — diz ele. — Por quê? Você acha que algo está errado?

Ela ignora a pergunta.

— Não há flutuações? Os raios não estão atrapalhando?

Agora ele só parece perplexo.

— Não. Por quê?

Ela balança a cabeça.

— Por nada.

— Temos tudo sob controle, Camilla. Já fiz isso mil vezes, e se parece com todas as anteriores.

Ela analisa o sr. Abdullah — e a sra. Picadilly — por um momento, seu olhar alternando entre ambos. Então parece tomar uma decisão.

— Ok, então. Continuem com o bom trabalho.

Ela volta apressada para a abertura do portal.

— Vamos terminar isso, Clementine.

— Claro.

Ainda estou chocada que ela tenha levado minhas palavras a sério quando nem eu sei se deveria. O que vi só durou uma fração de segundo antes de desaparecer. Diferentemente de tudo — e todos — aqui, que ainda seguem triplicados.

Minha mãe chama o primeiro grupo de veteranos — em ordem alfabética reversa desta vez —, e eu começo a marcá-los assim que outro vendaval varre a praia. Segundos depois, relâmpagos iluminam o céu, e o trovão ruge no mesmo instante.

— Entre — ordena minha mãe a Izzy, que tem esperado paciente sua vez. — Agora.

Izzy a olha com uma expressão nada impressionada, mas faz o que minha mãe pede, desaparecendo no portal assim que granizos gigantes, do tamanho de melões, começam a cair do céu.

Um deles despenca no chão a centímetros dos meus pés, e eu dou um pulo para trás, horrorizada.

Ao nosso redor, os alunos começam a gritar e a correr para se abrigar. Mas não há abrigo aqui fora. O dormitório está muito longe, e não há mais nada. Somos alvos fáceis.

— Mãe, nós temos que...

Eu paro de falar quando outro granizo enorme cai bem na frente da minha mãe, tão perto que pega a ponta de sua bota.

Ela pula para trás com um grito assustado.

— Você está machucada? — pergunto, curvando o corpo para verificar seu pé.

— Entre no portal — diz ela com urgência.

— O quê?

— Entre no portal, Clementine. — Ela leva o megafone aos lábios. — Todo mundo, entrem no portal, agora!

O pânico se instala quando todos que sobraram na praia correm para o portal de uma só vez — exceto a sra. Picadilly e o sr. Abdullah, que ficam exatamente onde estão para manter o portal aberto.

— Vão, vão, vão — exclama minha mãe, apressando os alunos três e quatro de cada vez.

Atrás de nós, alguém grita, e eu me viro para ver uma das bruxas veteranas no chão, com a cabeça rachada e sangue escorrendo lentamente.

— Vamos — grita minha mãe no megafone enquanto a sra. Picadilly e o sr. Abdullah alargam a abertura do portal. — Todos para dentro!

Ela se vira para mim.

— Entre lá, Clementine!

— Estou esperando por você!

Ela não se dá ao trabalho de me responder. Em vez disso, apenas coloca uma mão no meio das minhas costas e me empurra para dentro do portal com toda a força.

Eu não estava esperando por isso, então caio para a frente apenas o suficiente para o portal me agarrar.

E começo a cair, cair e cair.

Capítulo 61

EM GRAVE PERIGO NO PORTAL

Nunca estive em um portal antes — eles estiveram bloqueados na ilha durante toda a minha vida —, então não sei como alguém se sente quando está em um.

Mas é estranho. Muito, muito estranho. Como se todo o meu corpo estivesse sendo esticado, como um daqueles brinquedos de borracha para tirar o estresse. É como se, a cada segundo que passa, eu estivesse ficando mais longa, mais estreita, mais *achatada*... E então, de repente, não estou mais. O alongamento para em um instante, e então meu corpo retorna, deixando de ficar alongado, voltando ao normal em um piscar de olhos.

Eu respiro fundo e tento me ajustar à sensação de estar de volta ao normal. Então me pergunto por que me dei ao trabalho, já que as paredes do portal começam a se fechar do nada sobre mim. Estendo os braços para tentar pará-las, mas elas continuam pressionando, pressionando, *pressionando*, até que eu começo a sentir que estou ficando menor. Sinto que estou sendo comprimida, ficando mais curta e mais achatada com a contração do portal.

No início, fico apenas um pouco alarmada, e espero que tudo volte ao normal, como da primeira vez. Mas não volta. O portal só continua me apertando, centímetro por centímetro, até que sinto como se um piano tivesse sido colocado sobre meu peito.

Sei que há muita gente neste portal comigo — posso ouvi-los batendo por aí, acertando as paredes estranhas e elásticas. Alguns até estão gritando, embora eu não faça ideia de onde tiram o oxigênio para isso. Isso é normal? E se for, quem viajaria assim? Sei que, supostamente, é mais rápido e mais seguro que um barco, mas agora eu preferiria me arriscar no Golfo do México agitado pela tempestade.

Mas nem consigo levantar a cabeça para olhar em volta, para ver se encontro alguém passando pela mesma coisa. Tudo o que consigo fazer é ficar deitada aqui, suspensa, e tentar não enlouquecer enquanto o portal faz o possível para me esmagar até a morte.

Não é fácil.

De repente, a pressão em meu peito aumenta, e passa de difícil de respirar para impossível. O instinto toma conta, e começo a lutar inutilmente para conseguir um pouco de ar. Mas tudo dói, e as coisas começam a ficar embaçadas, até que haja apenas alguns pequenos pontos de luz à distância.

O embaçamento piora à medida que a escuridão toma conta dentro da minha cabeça, e eu começo a flutuar em um mar de...

A compressão para de forma tão abrupta quanto começou, e eu despenco vários metros em um instante, em queda livre.

O instinto me faz estender os braços outra vez, e eu inspiro fundo sem parar, de novo e de novo, para encher meus pulmões famintos. O embaçamento desaparece, e estou alerta novamente... bem a tempo de um som terrível de algo se rasgando ecoar ao meu redor.

De repente, os gritos ficam piores. Mais aterrorizados e, definitivamente, mais desesperados. E então eu estou caindo mais uma vez.

Só que agora não é no vácuo. É através de ventos ferozes, chuva e *raios*, direto para o oceano furioso e revolto.

Eu caio com força na água e afundo, afundo e afundo no mar. Há um momento em que me pergunto se isso é apenas parte do portal, parte da magia. Mas então um grande peixe — um peixe realmente grande — passa nadando perto de mim e mergulha. Eu não estou mais no portal. Estou no maldito Golfo do México.

À noite.

No meio de um furacão.

Com tubarões.

E estou afundando rápido.

Tudo o que eu já li sobre ser puxada para o fundo do oceano sempre diz para buscar a luz e nadar para cima. Mas, onde estou, não há luz. Apenas uma escuridão sem fim, em todas as direções.

Digo a mim mesma que os monstros que enfrentei na Academia Calder nos últimos um ou dois dias são muito piores do que qualquer coisa no oceano. Tudo isso soa bem, até que algo se esfrega na minha perna, dentro da água, e eu enfim desisto. E enlouqueço.

Começo a me debater e a me contorcer — a pior coisa que posso fazer, mas o terror é um animal desesperado que luta com unhas e dentes dentro de mim, e tudo em que consigo pensar é *Vá embora, vá embora, vá embora*.

Além disso, eu estou debaixo d'água há pelo menos um minuto agora — talvez mais —, e meus pulmões estão queimando.

Então faço algo que parece muito errado, mas que pode ser minha única chance de sobrevivência. Li em algum lugar que, desde que você tenha ar nos pulmões, seu corpo tentará flutuar. Então me viro até ficar deitada na água — ou pelo menos achar que estou. E então eu me forço a relaxar todos os músculos que puder.

Leva alguns segundos terríveis, angustiantes e desesperadamente importantes, mas então eu irrompo na superfície e respiro fundo, inalando quase tanta água salgada quanto ar, antes de ser arrastada para baixo outra vez.

Mas isso é tudo de que preciso. Eu me viro e começo a nadar, sem nenhuma indicação de que estou no caminho certo. O pânico tenta se instalar novamente, mas eu o venço.

Segundos depois, a água muda — de alguma forma ela fica ainda mais agitada e difícil de atravessar. Tomo isso como um sinal de que estou me aproximando da superfície, em especial porque o que está além da água, bem acima de mim, parece um pouco mais claro. Como se talvez, só talvez, eu estivesse me aproximando da costa. Minha cabeça rompe a superfície da água novamente e, desta vez, quando tento respirar fundo, coloco a mão sobre a boca, como um filtro improvisado. Meio que funciona, e eu realmente consigo obter mais oxigênio do que água.

Faço isso mais algumas vezes antes de me sentir capaz de olhar em volta e tentar me orientar. Se tiver sorte, estarei perto da ilha e poderei nadar até a costa.

Não deixo de notar a ironia em querer voltar para a ilha, agora que enfim estou fora dela, mas acho que, neste momento, é qualquer ilha em uma tempestade. Literalmente. Vou me preocupar em dar o fora outra vez se conseguir sobreviver aos próximos dez minutos.

Mas flutuar em um oceano furioso e agitado pela tempestade não garante exatamente a melhor das visões, e eu não consigo ver a ilha. Não consigo ver nada além da próxima onda, pronta para arrebentar em cima de mim. E depois a próxima. E a próxima depois daquela.

Cada onda tira mais energia de mim, e cada luta para permanecer na superfície me deixa mais e mais exausta. Mas consigo me manter na superfície. Sem ideia de para onde estou indo, sabendo apenas que tenho que fazer algo, espero que a próxima onda me atinja. As ondas se movem em direção à costa — ou pelo menos acho que sim. Não tenho muita experiência com elas, apesar de ter crescido em uma ilha. Mas, talvez, se eu for com a onda, em vez de lutar contra ela, ela me leve para mais perto da ilha.

Mais perto da segurança.

O vento está selvagem agora, e ele deixou o oceano em frenesi, então não leva muito tempo até que outra onda passe e eu possa testar minha teoria maluca.

Eu posso ver a onda se formando, vê-la ficando cada vez mais alta. Então respiro fundo e digo a mim mesma que, quando ela passar por cima de mim, eu não vou lutar. Em vez disso, preciso relaxar e apenas deixá-la me levar.

É a coisa mais difícil que já fiz. Mais difícil do que perder Jude. Mais difícil até do que perder Carolina — para a prisão e depois para a morte. É definitivamente mais difícil do que aceitar que eu posso morrer aqui fora, sem nunca ver nada além da prisão que era aquela ilha.

Mas acho que eu sempre soube disso. É por isso que, desde que me lembro, eu luto para ter controle. Controle sobre minhas escolhas, controle sobre meu corpo, controle sobre minha magia. Controle sobre toda e qualquer coisa em um mundo projetado para arrancar esse controle de mim a cada oportunidade.

Perdi mais batalhas do que ganhei — muito mais. Mas não importa quão ruins as coisas tenham ficado, eu nunca parei de lutar. Nunca parei de tentar me apegar a algum tipo de controle sobre minha própria vida.

Então, agora, ter que abrir mão disso? Ter que me entregar a essa tempestade, a essa onda, a esse oceano sem fim e revolto que não dá a mínima para minha vida ou para minhas escolhas, é a coisa mais difícil que já tive que fazer.

Mas sei que, se eu não fizer isso, tudo acabará de qualquer jeito. Porque eu já perdi qualquer chance que tive de controlar algo que importa. Tudo o que resta é aceitar... e então ver o que acontece.

A onda está maior agora, tão grande que eu nem consigo ver o topo dela. O medo é um pesadelo correndo desenfreado dentro de mim, mas eu o ignoro. E então, quando a onda finalmente me atinge, eu paro de lutar, respiro fundo e me entrego ao que vier.

Capítulo 62

ONDE HÁ VONTADE, HÁ UMA ONDA

Acontece que o que vem não é nada bom.

A onda me leva para o fundo, me rodopia, me joga para a frente e para trás debaixo da água, de modo que eu perco a noção, mais uma vez, de qual é o caminho. Mas eu me obrigo a esperar alguns segundos, me obrigo a não usar toda a minha energia lutando contra algo que não pode ser combatido.

Quando funciona, ninguém fica mais surpresa do que eu. Em vez de continuar me puxando para baixo, a corrente me empurra de volta para cima, enquanto a onda sobe e ganha corpo. Minha cabeça irrompe na superfície, e eu inspiro um monte de ar em meus pulmões antes que a onda quebre e me leve para baixo mais uma vez.

Novamente, eu luto contra todos os instintos que tenho e deixo a água me levar.

Novamente, ela me arrasta para baixo e depois me levanta em outra onda crescente.

Isso acontece várias vezes e, cada vez que eu subo, a onda é um pouco maior e me leva um pouco mais para o alto — até que finalmente consigo ver algo além do oceano revolto e da chuva forte.

Longe, à minha frente — tão longe que me pergunto se não é uma miragem, considerando que meus olhos queimam com a água salgada e eu ainda enxergo tudo triplicado —, consigo ver luzes.

Luzes brilhantes, muitas delas, como os holofotes que margeiam o muro que cerca a ilha.

Eu pisco e esfrego os olhos várias vezes para tentar limpá-los. Mas isso só piora a queimação — e a visão nublada. Então, no final, tenho que desistir de confirmar qualquer coisa e apenas acreditar que o que estou vendo é real.

Outra coisa na qual eu não sou nada boa. Acreditar.

Mas a tempestade está piorando, e as ondas ficam mais violentas. Raios dividem o céu acima de mim, seguidos por trovões tão altos que nem mesmo o rolar do oceano pode mascará-los.

A próxima corrente que me agarra é completamente dominante. Ela me arrasta para baixo, cada vez mais fundo, até meus pulmões doerem, e começo a pensar que esta pode ser a hora em que ela não me trará de volta.

Então começo a nadar para cima, determinada a chegar à costa agora que sei que ela está lá e que estou indo na direção certa.

O oceano me mostrou o que precisava. Ele me deu o curso para minha rota de fuga. O resto depende de mim.

E assim eu me esforço até os limites — para além deles — e nado mais do que nunca.

Depois do que parece uma eternidade, finalmente atravesso a parede de água cada vez maior. Espero estar na superfície, mas, quando olho para baixo, percebo que, na verdade, estou vários metros acima da superfície — na crista de uma onda que fica cada vez maior a cada segundo que passa.

Tenho apenas um instante para perceber que há outros alunos comigo na esteira da onda, e penso que isso vai machucar todos nós, antes que ela arrebente de novo, me levando junto de si.

Sou arremessada de novo na superfície da água — todo esse trabalho nadando, para nada —, e saio rolando com força. Eu giro e giro, completamente fora de controle, enquanto o oceano me joga para cima e para baixo feito espuma.

Finalmente paro de rolar depois do que parecem horas, mas que não deve ter passado de um minuto. Começo bater os pés, e tento me mover em direção às luzes que consigo ver à distância. Mas outra corrente me agarra e começa a me puxar para baixo e cada vez mais fundo.

O pânico se instala enquanto a correnteza me arrasta sem parar para baixo, e embora eu tente controlá-lo, embora eu tente pensar de forma lógica, é quase impossível. Porque desta vez parece diferente.

Desta vez parece que eu não vou encontrar meu caminho de volta.

Eu começo a lutar, começo a me debater na água que me arrasta sem parar para baixo. Mas a corrente me tem sob seu controle e não vai me soltar. Não desta vez.

A compreensão chega lentamente até mim, a compreensão de que vou morrer aqui fora e não há nada que eu possa fazer a respeito.

A tristeza me atinge com força — junto com o reconhecimento de que nunca mais vou ver Jude.

Nunca mais vou ver seus olhos girando, selvagens, com todas as emoções que ele se recusa a reconhecer.

Nunca mais vou sentir o cheiro dele, quente, de mel e cardamomo, me envolvendo como um abraço.

E nunca mais sentirei seu coração batendo contra minha bochecha ou ouvirei sua voz baixa e grave dizendo que me ama.

Perder isso — perdê-lo pela terceira e última vez — dói tanto quanto perder todo o resto junto.

É nesse momento que percebo que meu amor por Jude é infinito.

É tão profundo quanto o oceano, tão poderoso quanto este furacão, tão sem fim quanto o céu que se estende acima de mim agora mesmo. É cada sonho que nunca tive, cada monstro que já matei, e é... para sempre. É isso. Para sempre. Não importa o quê.

E admitir isso, mesmo para mim — mesmo sozinha no meio desse mar furioso que parece determinado a me matar —, me traz uma incrível sensação de tranquilidade.

Uma incrível sensação de que tudo está certo.

Outra onda me atinge, e eu afundo, descendo cada vez mais fundo na água. Para minha surpresa, não é tão ruim. Na verdade, agora que não luto mais, parece quase que... bom.

Não há mais dor.

Não há fome de ar.

Nenhuma luta para vencer, de alguma forma, um mundo que não dá a mínima se eu vivo ou morro.

Em vez disso, há um tipo insidioso de paz, uma estranha lassidão, viscosa, que escorre pelas minhas veias. Que acalma minha mente e meu coração frenético. Que torna quase fácil deslizar cada vez mais fundo e...

De repente, algo agarra meu punho e me puxa com força.

Capítulo 63

QUANTO EU AMO VOCÊ?
DEIXE-ME CONTAR AS ONDAS

No começo, acho que é algum tipo de tubarão ou algo assim, mas não há dor na pegada, nenhum dente cortando minha pele. Apenas determinação, enquanto aquilo, seja lá o que for, me puxa cada vez mais para cima.

Eu irrompo na superfície vários segundos depois, e imediatamente começo a tossir, tentando puxar o ar para meus pulmões famintos e encharcados.

O amanhecer já rompeu no céu, e embora ainda esteja cinza e escuro em meio à tempestade, posso ver meu salvador pela primeira vez.

E de alguma forma, de alguma maneira, é Jude. Mas isso é impossível — ele já passou pelo portal. Ele deveria estar no armazém em Huntsville.

No começo, acho que estou alucinando, que desmaiei e estou prestes a morrer, e ele é um produto da minha imaginação faminta por oxigênio. Mas então Jude me vira e me puxa para mais perto, até deixar minhas costas contra o peito dele. Ele junta as mãos logo abaixo da linha do meu sutiã e começa a apertá-las contra mim repetidas vezes.

Isso dói muito mais do que afogar. Assim como a enorme quantidade de água do mar que imediatamente sobe pela minha traqueia.

Eu começo a tossir, e vomito tudo no mar.

Mal terminei, mal tive a chance de respirar, e Simon aparece bem na minha frente. Há três dele — grande surpresa —, mas todos parecem tão diferentes, que é fácil para mim descobrir qual é o Simon presente, mesmo antes de ele sorrir para Jude e dizer:

— Parece que você chegou primeiro.

— Eu estava motivado — responde Jude.

Mas Simon já está lançando um olhar desconfortável para o tempo cada vez pior.

— Precisamos chegar à costa, rápido.

Posso sentir o aceno de Jude contra minha nuca mesmo antes de ele resmungar:

— Agarre-se em mim, Kumquat.

Eu começo a protestar, mas ele apenas me olha de um jeito que quer dizer *não me provoque*, e, pela primeira vez, decido obedecer e envolvo meus braços em seus ombros.

E então partimos para a costa, com Simon ao nosso lado caso precisemos dele.

O vento está mais feroz agora, e as ondas estão ficando maiores, quebrando com mais força. Elas nos fazem rolar mais de uma vez, e mais de uma vez Jude tem que voltar para a superfície comigo nas costas.

Mas ele faz isso toda vez, seus braços enormes e poderosos devorando a distância entre o ponto em que estamos e a costa, apesar da tempestade que parece determinada a nos deter.

Eu sei que isso não é verdade, sei que a tempestade é apenas uma coisa inanimada que não se importa com nada — ela apenas existe. Mas não é o que parece agora. Ela parece malévola, como se seu coração estivesse determinado a chegar à costa e levar todos nós para baixo junto de si.

Mas isso não importa, porque estamos quase lá. As luzes na muralha estão tão perto agora, que é quase como se eu pudesse estender as mãos e tocá-las. Jude deve sentir isso também, porque, de alguma forma, ele bate os pés com mais força, e suas braçadas ficam mais ritmadas até que finalmente — *finalmente* — chegamos à costa.

No segundo em que a areia fica sob nossos pés, começo a descer das costas dele, tão grata por ter terra firme embaixo de mim novamente que não me importo com a chuva, com o vento, ou mesmo com o raio que rasga o céu em dois. Eu só quero me deitar na areia por um momento.

Mas é óbvio que Jude não sente o mesmo, porque torna a ficar de pé em segundos. Ele corre pela praia comigo ainda nas costas e não para até nos levar para bem longe de qualquer onda que possa nos alcançar, não importa quão alta esteja.

Só então ele me ajuda a sair de seus ombros e cai deitado ao meu lado na praia.

Minha garganta está em carne viva por causa da água salgada, meus olhos parecem ter sido esfregados com lixa, e meus pulmões queimam com cada respiração que dou. Assim que encontro energia para realmente me mover, eu me viro e olho para Jude, que agora está deitado de costas, o braço dobrado sobre os olhos para protegê-los da chuva que continua caindo sobre nós.

— O que você está fazendo aqui? — pergunto. Minha garganta machucada queima em protesto, mas não dou a mínima para ela. Preciso de respostas. — Você passou pelo portal há tempos. Estava em segurança no armazém em Huntsville.

Ele não responde, apenas balança a cabeça para a frente e para trás enquanto continua a aspirar o ar em uma velocidade alarmante.

Sei que deveria esperar até ele recuperar o fôlego, sei que deveria dar a ele alguns minutos para se recompor, mas isso também lhe daria a chance de colocar sua armadura de volta no lugar. E não. De jeito nenhum. Estou mais do que cansada de omissões, evasões e respostas incompletas que não me dizem nada.

Então, mesmo que cada músculo do meu corpo grite comigo, mesmo que eu ainda esteja tremendo de exaustão e choque, eu me obrigo a me sentar e afastar o braço dele do rosto para poder ver seus belos olhos. Esperava que eles estivessem fechados, distantes, como costumam ser. Em vez disso, estão ardentes e mais do que um pouco selvagens, enquanto ele se senta para me fazer companhia.

Mas ele ainda não responde, apenas me olha de uma maneira que faz com que cada terminação nervosa do meu corpo entre em alerta máximo, de todas as melhores maneiras. Ainda assim, preciso de respostas.

— Estou falando sério, Jude. Por que você está aqui? Você estava em segurança e...

— O portal quebrou — responde ele abruptamente. — E sua mãe veio do outro lado. No segundo em que a vi lá sem você, soube que você não havia conseguido passar, então... — Ele para de falar, com um encolher de ombros.

— Então o quê? Apenas mergulhou em um portal que estava quebrando? — pergunto, incrédula.

Ele contrai o canto dos lábios naquele quase sorriso de Jude, estende o braço e passa um dedo sobre a pequena covinha que tenho no queixo.

— Eu já falei, Satsuma. Não vou viver em um mundo sem você nele.

Deixo o nome ridículo de fruta cítrica passar e me concentro no resto do que ele tem a dizer. É difícil, em especial quando todo o meu corpo se ilumina por dentro, um calor inexplicável se movendo por cada parte de mim. Ainda assim, preciso de mais.

— E quanto aos pesadelos? — pergunto. — Você disse que nunca poderíamos ficar juntos. Você disse que me amava, mas... — Minha voz falha, e a tranquilidade que senti no oceano escapa diante de toda a dor do nosso último encontro.

Jude fica sério.

— Eu não sei o que vamos fazer. Ou como diabos vou aprender a ter um melhor controle sobre esses pesadelos. — Ele trava o queixo. — Só sei que, quando pensei que você estava...

Desta vez, é a voz dele que falha. Ele limpa a garganta e tenta novamente.

— Quando pensei que você estava morta, eu... — E, de novo, sua garganta apertada não deixa as palavras passarem.

Então eu as completo para ele, e sou inundada por uma estranha confiança que tem faltado em nosso relacionamento — e em tudo mais que eu faço — há muito tempo.

— Você percebeu quão bobo é tentar fugir.

Jude me lança um olhar.

— Não tenho certeza se diria bobo...

— Talvez não, mas eu diria — falo para ele.

Ele me ignora e continua.

— Eu diria fútil. Passei três anos longe de você. Não acho que consiga fazer isso novamente.

— Jude. — Estendo a mão para ele, bem quando um coro de gritos ecoa pelo ar.

284

Capítulo 64

HORA DE LIBERTAR A MANTICORA

Eu me viro bem a tempo de ver outra onda enorme quebrando na praia. Ela carrega um monte de alunos consigo, mas apenas alguns deles conseguem realmente rastejar praia adentro antes que a onda arraste os demais de volta para a água.

— Merda! — Jude sai correndo em direção à água, e vou logo atrás dele... ou tão atrás dele quanto consigo, já que meu corpo exausto ameaça desmaiar a cada passo que dou.

Mas as pessoas estão morrendo, se afogando como teria acontecido comigo, e eu tenho que pelo menos tentar salvá-las. Em especial porque Luís e os outros podem estar entre elas.

Simon, felizmente, já chegou lá e puxa uma Ember encharcada do mar. Cada uma das três versões dele carrega uma versão diferente dela, e todas são deixadas aos nossos pés quando ele grita "Cuidem dela!", antes de dar meia-volta e correr mais uma vez para o oceano.

— Eu perdi Mozart! — exclama Ember, que se vira e tosse um monte de água.

— Está tudo bem — digo a ela, mesmo enquanto meu estômago afunda. — Ela vai ficar bem, certo, Jude?

Mas ele parece tão sombrio quanto Ember.

— Ela não sabe nadar — diz ele.

— O quê? Como...

Eu paro de falar quando Ember agarra a mão de Jude.

— Ela estava comigo quando o portal se rompeu, mas eu a perdi quando caímos. Eu não consegui segurá-la. Eu não consegui... — Ela engasga com um soluço. — Você tem que encontrá-la, Jude!

Mas ele já foi, correndo atrás de Simon até o oceano. O terror toma conta de mim, e eu penso em correr atrás dele. Mas sei que, se eu fizer isso, ele terá que me salvar novamente. Consigo ajudar mais aqui.

Eu passo um braço em volta de Ember e a levo para longe do alcance das ondas, que continuam subindo cada vez mais na praia.

Assim que a coloco a salvo, ela me indica que já posso ajudar os outros.

Por favor, que Luís esteja bem.

Por favor, que Jude esteja bem.

Por favor, que Mozart esteja bem.

As palavras são um mantra desesperado na minha cabeça, enquanto eu corro na direção da primeira pessoa que vejo — uma banshee com quem eu tive educação física no primeiro ano. Não me lembro muito dela, exceto que ela era muito boa em queimada.

Mas, agora, sua versão presente está deitada de bruços na areia, enquanto sua versão passada torce as mãos, um pouco além do alcance das ondas.

— Alina! — chamo seu nome e me ajoelho ao lado dela, mas ela não responde.

Eu a viro e tento novamente.

— Alina! — Nada ainda.

A chuva cai torrencial, e o vento sopra ao longo da praia, tornando impossível ver se ela está inconsciente ou...

Eu nem me permito pensar nisso — assim como não me permito pensar que não há uma versão futura dela pairando por aí —, e pressiono uma mão em seu peito para ver se ela está respirando. Vários segundos se passam e nada acontece, e o horror me preenche.

Eu chamo o nome de Alina enquanto me inclino e tento ouvir se há algum som de respiração vindo dela, mas a tempestade é muito alta. Mesmo que ela estivesse respirando, eu não conseguiria ouvi-la.

Meu cérebro me diz que ela está morta, mas eu não posso deixá-la sem pelo menos tentar salvá-la, então começo a fazer a RCP ao mesmo tempo que tento desesperadamente me lembrar da aula de saúde que tive no segundo ano.

Eu me lembro do professor dizendo que não devemos mais fazer boca a boca, apenas compressões torácicas — então começo com essas. Mas me lembro do livro didático explicando que havia algumas exceções, e embora eu não tenha certeza, estou quase certa de que afogamento era uma delas.

Mas eu não me lembro bem, e realmente não quero errar.

Eu olho em volta, em busca de ajuda, mas não há ninguém para quem perguntar. Todos que vejo estão inconscientes, mortos ou tentando subir a praia. Eu estou realmente sozinha aqui.

Foda-se. Eu me abaixo e dou dois sopros em sua boca. Talvez eu possa salvá-la, talvez não. Mas, neste instante, ela já se foi. Pelo menos isso lhe dará uma chance.

Faço uma série de compressões torácicas, seguidas por mais dois sopros e mais compressões torácicas. Dessa vez, água sai de sua boca, o que eu considero um bom sinal, então continuo.

Segundos depois, os olhos de Alina se abrem e ela se levanta, mesmo com uma tosse alta e forte sacudindo seu corpo pequeno.

Eu caio sentada bem a tempo de desviar de um soco.

— Está tudo bem! — grito para ela, e uma rajada de vento particularmente forte uiva ao nosso redor. — Você está bem.

Ela paralisa no meio do soco, os olhos arregalados, e percebe que eu estava mesmo ajudando. Então fica de joelhos e começa a vomitar muita água.

E, assim, uma versão futura dela aparece na minha frente.

Isso, mais do que qualquer outra coisa, me convence de que ela está bem, então eu não fico por perto. Em vez disso, me levanto e vou para a próxima pessoa — um lobo macho que ainda não conheci. Ele é relativamente novo na escola e parece um idiota, então sempre fiz questão de ficar longe dele.

Mas como, neste instante, ele se arrasta pela praia e vomita água para todo lado, eu corro para ver se ele está bem. Seu grunhido subsequente — ecoado por seus eus passado e futuro — me faz recuar bem rápido. Pelo jeito, ele está bem.

Eu ajudo mais algumas pessoas — um leopardo que está vivo, mas fraco demais para subir a praia, e uma bruxa que definitivamente não estava bem até eu ter feito RCP nela também — antes que outra grande onda quebre na areia.

Subo a praia correndo para evitar ser pega pela correnteza, mas ela me agarra mesmo assim e começa a me puxar para trás. Eu luto para me livrar dela, escapando bem a tempo de ver a Izzy do presente cambaleando pela praia, seu braço envolvido no peito de um Remy inconsciente. Os eus passado e futuro de ambos pairam por perto.

Corro até eles e começo a ajudá-la com Remy. Mas ela apenas me dá um olhar, como se dissesse *"Ah, por favor, né"*, e o arrasta por vários metros antes de jogá-lo na areia.

— Ele está respirando? Precisa de RCP? — pergunto.

— Ele está bem — responde ela, com um revirar de olhos. — Ele não parava de se debater, então eu o nocauteei.

Fico sem saber o que responder, então apenas aceno com a cabeça. Depois, mesmo sabendo que é uma pergunta ridícula, acabo perguntando:

— Você viu...

— Jude? — Ela nega com a cabeça. — Se quer saber, eu não conseguia ver nada lá. Foi um verdadeiro milagre Remy ter me encontrado. E por me encontrar, quero dizer que ele se agarrou a mim e pensou que poderia me ajudar. Até parece. — Ela revira os olhos.

— Se você estiver bem, vou ver se mais alguém precisa de ajuda — digo a ela.

Izzy acena com a mão e se deita no chão, ao lado da forma ainda inconsciente de Remy.

— Vá. Eu cuido de tudo por aqui.

Passo não sei quanto tempo cambaleando pela praia, ajudando as pessoas e tentando encontrar Luís. Mas não tenho sorte nenhuma. Eu me lembro de Jude dizer que, de alguma forma, minha mãe chegou ao outro lado do portal, em Huntsville, apesar de ter sido a última a entrar nele, e eu continuo rezando para que esse seja também o lugar onde está meu melhor amigo.

Ele pode não estar mais seguro lá do que nos últimos três anos aqui na Academia Calder, mas pelo menos estará vivo. E, agora, isso é tudo o que posso pedir.

É tudo o que qualquer um de nós pode pedir.

Por favor, que Luís esteja bem.

Por favor, que Jude esteja bem.

Por favor, que Mozart esteja bem.

Eu começo meu mantra novamente, bem quando tropeço em alguém na areia. Eu me agacho para ver se posso ajudar e percebo que é o sr. Abdullah, um dos bruxos que construíram o portal. Um olhar, e sei que ele está morto. Assim como a sra. Picadilly.

Um soluço fica preso na minha garganta, mas eu o engulo. Eu nem os conhecia muito bem, então não faz sentido eu ficar tão chateada. Exceto que eles estavam apenas tentando ajudar. Ficaram naquele portal o máximo que puderam e...

Isso é horrível. Isso é muito, mas muito horrível.

Passo a mão sobre os olhos para enxugar as lágrimas e a chuva, bem quando outra onda quebra na praia, trazendo consigo muita gente.

Eu corro para a primeira pessoa que vejo. Por causa da chuva, a princípio só consigo ver um corpo. Mas, à medida que me aproximo, as coisas ficam um pouco mais claras, e levo um susto quando vejo o cabelo inconfundível, amarelo-brilhante.

É a sra. Aguilar, e ela não está bem. Nem sua versão futura, que está agora sentada na areia abraçando os joelhos contra o peito — e ficando mais fraca a cada segundo que passa.

Ela está toda machucada, seu antigo macacão rosa-choque rasgado e encharcado de sangue por causa de um ferimento que ainda não consigo ver.

Chamo seu nome, mas ela não responde — seja porque desmaiou ou porque está morta, não consigo dizer. Tudo o que sei é que não vou deixá-la assim.

Eu pego seu ombro e a viro, depois quase desejo não ter feito isso. Porque sua pele está cinza, seu brilho normal se foi. O lado bom é que ela ainda está respirando, embora superficialmente. O lado não tão bom é que agora posso ver de onde vem o sangue — de um ferimento feio na lateral da cabeça.

O pânico me preenche... Eu consegui fazer uma RCP rudimentar em um monte de pessoas saudáveis que pararam de respirar devido ao afogamento, mas um ferimento na cabeça está muito além de qualquer coisa que eu saiba fazer.

Ainda assim, tenho que tentar. Um rápido olhar para o oceano me diz que outra onda está se formando — e parece ainda maior que a última. O que significa que a primeira coisa que preciso fazer é tirar nós duas da zona de impacto. Com o que resta da minha energia, eu a levo pelo menos até a metade da praia. Então me ajoelho ao seu lado e começo a sacudi-la suavemente enquanto chamo seu nome. Ela não responde — grande surpresa —, mas não sei o que mais fazer a essa altura.

Eu olho em volta, em busca de ajuda, mas, antes que possa encontrar alguém, um forte chiado enche o ar ao nosso redor. Olho para cima, esperando que um raio caia na praia a qualquer segundo. Mas, em vez disso, um estalo muito alto enche o ar, seguido por... nada.

Bem, nada além do contínuo rugido da tempestade.

Eu olho em volta, tentando descobrir o que diabos acabou de acontecer. E é aí que percebo que as luzes no topo da enorme muralha que bloqueia a praia do resto da escola — as luzes que eu sei que estavam acesas há pouco tempo, porque as usei para me guiar em direção à costa — estão apagadas. E, ao olhar com mais atenção, percebo que várias das enormes lâmpadas parecem ter literalmente explodido.

Digo a mim mesma que não é grande coisa, que foi por causa de um raio ou algo assim. Mas é difícil acreditar nisso quando olho para baixo e percebo que as mãos segurando o ombro da sra. Aguilar — minhas mãos — são, de repente, patas.

Capítulo 65

ESTOU TOTALMENTE FORA DE MIM

Agora não.

Por favor, agora não.

Não consigo lidar com tudo o que está acontecendo devido a essa tempestade e também lidar com o retorno da minha magia.

No entanto, pelo que parece, minha manticora está aqui, quer eu queira ou não. Eu observo minhas unhas se transformarem de curtas e robustas, pintadas de verde-ciano junto de Eva e Luís duas noites atrás — Deus, parece muito mais tempo do que isso —, em longas, afiadas e finas garras de um leão. Garras que também são, de alguma forma, ainda verdes. Todo o meu corpo também fica estranho agora, como se não fosse meu. E, quando olho para trás, vejo que, sim, minha assustadora cauda preta está de volta também.

Porque o que essa merda de dia realmente precisava era que um bando de paranormais desequilibrados, que nunca aprenderam a usar seus poderes, os recuperassem bem no meio de um furacão gigante.

E, sim, eu sei exatamente quão irônico é o fato de que passei toda a minha vida querendo ter acesso à minha manticora. Mas agora estou aterrorizada e com raiva. Eu não sei como usar esse corpo no qual estou presa, e é tudo culpa da minha mãe.

Só de pensar em ficar desentranhada de novo faz com que eu me sinta impotente, assim como pensar que não poderei ajudar ninguém com essas garras — e, embora elas sejam retráteis, eu certamente não sei como fazer isso ainda.

Se minha manticora partisse agora — de preferência sem me deixar desentranhada —, seria ótimo.

Olho de novo para a muralha, me perguntando se é apenas mais uma falha, mas as lâmpadas parecem inquestionavelmente mortas. Assisto horrorizada enquanto um dos vampiros agarra um feérico parado ali perto e começa a se alimentar.

Não muito longe deles, um casal de metamorfos leopardos circula em torno de uma bruxa chamada Olivia, que eu conheço da terapia, enquanto — atrás deles — dois lobos começam a brigar entre si, no que eu tenho certeza ser uma luta de dominância.

Porque o que esse dia precisava era de mais uma coisa para deixá-lo ainda mais fodido.

Deve ser bom que minha mãe esteja segura em Huntsville, enquanto todos os alunos, que ela nunca acreditou que deveriam ter a chance de aprender aos poucos a lidar com sua magia de forma responsável, agora a recuperaram de uma vez.

E definitivamente não a estão usando de forma responsável.

Não tenho ideia de por onde começar, mas saio correndo em direção a Olivia, em modo de pânico total. Não posso deixar a pobre garota assim, à mercê de dois leopardos irritados — em especial porque, agora, eu só consigo ver duas dela, a garotinha que ela costumava ser e a adolescente que é agora. Não sei se o fato de não conseguir ver seu futuro significa que ela não terá um se eu não interferir — como fiz com Alina —, mas não vou correr o risco.

— Ei! — grito, e a profundidade da voz de manticora mexe com minha cabeça enquanto corro para ficar entre a bruxa e os leopardos. — Parem por um...

Eu paro de falar quando Olivia lança o que obviamente é algum tipo de feitiço, porque, de repente, os leopardos voam pelo ar. As versões presentes deles aterrissam a vários metros dela, enquanto o passado e o futuro ficam onde estavam.

Eu paro de supetão. Porque Olivia não mandou apenas os leopardos voando com aquele feitiço. Ela também se explodiu.

O horror me invade, e eu me detenho a alguns metros de seu corpo. Ela está encolhida no chão, de lado, e, no começo, acho que talvez haja uma chance de salvá-la. Mas, quando me agacho e a viro de costas, metade de seu rosto está faltando — e também uma boa parte do crânio. Algo que só piora à medida que a chuva continua a cair sobre todos nós.

Fico desesperada ao ver o que costumava ser Olivia e tropeço para trás, ao mesmo tempo que lágrimas ardem em meus olhos. Uma náusea me contorce o estômago, e todos os nervos do meu corpo gritam para que eu corra. Para fugir dali. Colocar a maior distância possível entre mim, ela e esta praia.

Porque, quando olho mais uma vez para seu corpo ainda destruído, não é Olivia que vejo. É Serena. E parece que meu coração se parte outra vez.

Começo a recuar, começo a procurar uma rota de fuga, mas não há nenhuma, não de verdade. Estou presa nesta ilha, assim como todo mundo, e não há como fugir até que a tempestade decida finalmente parar.

Mas eu não posso entrar em parafuso. A sra. Aguilar ainda precisa de ajuda. Eu me viro para voltar até ela, mas dou de cara com os dois grandes felinos de antes, que retornaram e, aparentemente, decidiram que sou a melhor coisa por ali, depois de Olivia, para servir de lanche.

Eles avançam na minha direção e, embora eu recue o mais rápido que posso, em uma tentativa de escapar, sei que já é tarde demais. Porque não são apenas os eus presentes deles que avançam na minha direção. São também suas formas futuras.

Toda essa coisa de passado, presente e futuro é completamente desconcertante, para não dizer horrível, agora que sei que de fato me mostra o futuro.

Eu já lidei com metamorfos irritados antes, mas nunca em suas formas animais, então estendo as mãos em uma tentativa de acalmá-los e afastá-los.

— Olha, cada um de nós pode seguir seu caminho numa boa... — digo a eles, mas paro de falar quando recuo direto para um de seus outros eus, se passado ou futuro, não consigo dizer. Tudo o que sei é que dói da mesma forma que dói quando eu esbarro em uma cintilação. É como se, de repente, eu pudesse sentir todas as células que compõem minhas entranhas vibrando umas contra as outras. Calor ardente e dor aguda se espalham por mim até eu mal conseguir respirar ou pensar.

O desespero faz com que eu me jogue para a frente, para longe de — olho para trás — um velho com um tapa-olho, para ser exata.

Ainda que a dor cesse imediatamente, no mesmo instante eu crio outro problema. Porque os leopardos não sabem que seus eus passado e futuro estão aqui. Então, quando eu avanço, eles obviamente tomam isso como um ato de agressão.

E respondem de acordo.

Um dos leopardos salta sobre mim, com a boca aberta e os dentes à mostra bem na minha jugular. Eu desvio, mas como a Clementine manticora é vários centímetros mais alta que a Clementine normal, o leopardo acaba batendo bem na minha cara.

Com os dentes.

Uma dor ardente desliza por mim, e os dentes dele, afiados como lâminas, se fincam na minha bochecha e testa. Desesperada e com medo de que ele vá morder minha cabeça, levo as mãos ao espaço entre nós e empurro. Com força.

No momento em que o empurro para longe, o leopardo solta um grito assassino. Um rápido olhar em seu peito quando ele cai no chão me diz por quê. Minhas garras pintadas de leão fizeram longos e profundos sulcos em seu peito.

Sei que o melhor seria chutá-lo enquanto ele está caído, mas esse não é meu jeito de agir. Então começo a recuar pela praia, rezando para que se toquem e fiquem longe. Mas é apenas uma questão de segundos antes que o leopardo que eu feri volte a ficar de pé, rugindo de dor e fúria. Ele avança novamente, só que desta vez o outro leopardo pula com ele.

De repente, tenho dois felinos furiosos vindo em minha direção e absolutamente nenhuma ideia de como lidar com qualquer um deles.

Mais uma vez, levanto as mãos para afastá-los. Minhas garras estão totalmente estendidas, parcialmente para defesa e parcialmente porque não tenho ideia de como retraí-las. Eu me preparo para arranhar o primeiro, mas minha cauda desajeitada — sobre a qual não tenho absolutamente nenhum controle — decide entrar em ação também.

Ela vem direto por cima do meu ombro, no exato momento em que o primeiro leopardo se conecta com minhas patas, e o ferroa bem no olho.

Ele grita ao primeiro contato e tenta se contorcer em meio ao salto para escapar. Mas, pelo visto, não é assim que as caudas de manticora funcionam, porque os espinhos afundaram bem, e ele está verdadeiramente preso.

Ele começa a se debater, determinado a tirar minha cauda do olho. Não posso culpá-lo. Eu também gostaria de verdade que minha cauda estivesse em qualquer outro lugar deste planeta que não fosse o olho dele. Mas então o segundo felino se conecta com minhas patas.

Desta vez, porém, ele está pronto para mim, e sua mandíbula e dentes poderosos se fecham em uma de minhas patas.

É a minha vez de gritar enquanto a dor dispara através de mim, e eu perco toda a intenção de tentar não o machucar. Só quero descobrir uma maneira de acabar com a agonia.

Ele me segura com força, e resistir apenas faz com que seus dentes se cravem ainda mais fundo em mim.

Com medo de perder minha mão, faço a única coisa que consigo pensar nessa situação. Eu flexiono os dedos, estendendo-os o máximo que posso, e vou para o palato mole no fundo de sua boca com minhas garras.

Ele grita assim que o atinjo, mas não me solta. Então vou até o fim, cravando minhas garras no céu da boca dele o mais forte que posso, antes de raspar meus dedos no topo de sua boca e direto para o fundo de sua garganta.

Os olhos dele se arregalam, e ele se engasga de imediato quando o sangue começa a fluir de sua boca. Suas mandíbulas se destravam no mesmo instante, e ele solta minha pata, mas não antes que meu pelo fique todo coberto de seu sangue.

Enquanto isso, o outro leopardo ainda está se debatendo para lá e para cá, piorando um pouco o dano ao olho com cada puxão desesperado de cabeça.

Tão pronta para ter minha cauda de volta quanto ele está para ter seu rosto, eu respiro fundo e tento me concentrar nela. É difícil porque, ao contrário de minhas patas, não tenho nenhuma parte do corpo que seja correspondente. Então, ainda que eu controle minhas patas como controlo minhas mãos — exceto pelos polegares opostos, claro —, não tenho ideia do que devo fazer para minha cauda funcionar.

Ainda assim, estamos em um impasse que só está ficando mais sangrento e mais perigoso com o passar do tempo. Então preciso dar um jeito.

Imagino minha cauda e me concentro no que sinto quando ela se move para a frente e para trás, depois faço o melhor possível para tentar movê-la de maneira consciente. Primeiro para a direita, depois para a esquerda. Para a direita, para a esquerda.

Nada acontece no início, ou pelo menos nada além do que minha cauda parece estar fazendo sozinha. Mas, em algum momento, por volta da sétima ou oitava tentativa, ela se move para a direita, que é a direção que eu digo para ela ir. Mas, para ser justa, não sei se é uma coincidência ou se eu realmente consegui fazer isso, então tento novamente.

Assim que penso na esquerda, minha cauda se move nessa direção também. Depois volta para a direita mais uma vez.

Ok, estou pegando o jeito. Agora tento pensar também nos espinhos da minha cauda, cada um individualmente.

Isso é muito mais difícil, em parte porque não passei tempo suficiente olhando para minha cauda para saber onde está cada espinho. E em parte porque a dor na minha mão — na minha pata — consegue realmente me desconcentrar.

Então tento compartimentalizar, esquecer a dor e me concentrar apenas no que preciso fazer para retrair os espinhos.

Preciso me concentrar nos espinhos.

É o que faço, começando com os mais próximos do fim da cauda. *Soltar. Soltar, soltar, soltar.*

Eles não se movem.

Eu respiro fundo mais uma vez e me concentro. E, lentamente, um a um, consigo que os espinhos se soltem.

No momento em que o último se solta, o leopardo e eu nos separamos com um som de algo esguichando, que me revira o estômago, e ele voa para trás.

Eu me viro, preparada para lutar contra os dois, se for necessário — mas percebo que estão vários metros abaixo de mim. Porque, em algum momento no meio de toda essa bagunça, minhas asas começaram a funcionar.

Agora eu estou *voando*.

Capítulo 66

UMA VISÃO GERAL DE TUDO

Eu me dou um momento para surtar — porque estar aqui em cima é muito melhor do que estar no chão com aqueles leopardos.

Percebo que me equilibro no ar como uma criança pequena que acabou de descobrir os pés, em parte devido à falta de experiência e em parte devido aos ventos fortes. Mas só preciso aprender a usar minhas asas antes de me deparar com outra coisa — ou com alguém.

Abaixo de mim, os leopardos andam em círculos e saltam na minha direção, tentando pegar meus pés, minha cauda ou qualquer outra parte do meu corpo que conseguirem. E como, na verdade, não estou voando muito mais alto do que eles conseguem pular, a ideia de que eles logo terão sucesso não é tão improvável.

Eu me concentro em bater ambas as asas ao mesmo tempo, para poder voar em linha reta. Ao fazer isso, noto que estar aqui em cima me dá um ponto de vista incrível. Mas é assustador, porque posso ver o oceano triplicado também. Um dia ensolarado e lindo do passado. A tempestade aterrorizante do presente. E uma noite estrelada do futuro.

Isso mexe com meu cérebro, faz meus olhos arderem e minha cabeça doer enquanto tento ver apenas o presente. E qualquer um que possa voar ou nadar — dragões, sereias, sirenas, pássaros de fogo — está tentando escapar. Assisto horrorizada enquanto eles voam e nadam direto para a tempestade, apenas para serem empurrados de volta, várias e várias vezes. Eles caem no oceano, despencam na terra, são puxados para baixo da água e não voltam.

Os que conseguem se recuperar tentam novamente. Já os que não conseguem... Eu não me permito pensar nisso agora.

Pela primeira vez, começo a analisar a tempestade. Durante todo esse tempo, achei que era apenas um furacão normal — um bem forte —, mas, ao observar como ele realmente se recusa a deixar alguém sair, começo a me perguntar se há algo mais em ação aqui além da mãe natureza. Em especial quando recordo como o portal, que minha mãe muito consciente garantiu que era o mais forte e com a melhor qualidade possível, quebrou antes que pudéssemos terminar a evacuação.

Alarmes soam profundamente dentro de mim.

Mas antes que eu possa pensar mais a respeito, uma rajada gigante de vento vem uivando ao longo da praia e me acerta em cheio. Ela me joga voando para trás, rolando de cabeça para baixo pelo céu.

Assim que começo a cair, bem dentro do alcance dos leopardos, três gigantescos pássaros dourados e vermelhos vêm voando em nossa direção. Tenho um segundo para registrar que na verdade só há um pássaro — os outros dois são as encarnações passada e futura —, antes que ele ataque o rosto do leopardo com suas garras.

O pássaro é a forma fênix de Ember, e ela veio me ajudar.

Eu pouso — ou, mais precisamente, despenco — no chão ao lado do leopardo cuja garganta arranhei antes. Ele ainda está sangrando, mas está de pé. Então, em um instante, o leopardo sai voando pelo ar. Ele pousa a vários metros, e volta correndo em nossa direção, mas Jude surge na minha frente, parecendo mais feroz do que eu jamais o vi.

Um dragão negro — Mozart, eu acho — se aproxima e pega o leopardo no meio da corrida com suas garras. Ela carrega o felino até a arrebentação e o joga lá dentro antes de voar de volta para o resto de nós.

Enquanto isso, o outro leopardo salta enraivecido em Jude. Eu surto e fico na frente dele — de jeito algum vou deixar Jude morrer por mim.

Eu ataco com minha garra não ferida e o atinjo no ventre, ao mesmo tempo que minha cauda dá uma volta e o ferroa no pescoço. Desta vez, sinto algo estranho, algo incandescente correndo pelo meu corpo inteiro antes de se ampliar na minha cauda.

É meu veneno, percebo com um pouco de horror. É o mesmo calor que senti quando estava desentranhada, só que muito mais gerenciável. E, assim que minha cauda esfria tão rapidamente quanto aqueceu, percebo que é porque eu esvaziei meu veneno no leopardo.

E, no mesmo instante, o leopardo cai no chão, convulsionando.

Capítulo 67

DÉJÀ-VU

Estou surtando. Eu não pretendia matá-lo. Eu não queria matá-lo.

Jude vê o pânico se espalhar pelo meu rosto. Então ele se abaixa e coloca dois dedos no pescoço do leopardo.

— Ele ainda tem pulso — anuncia. — Você só o atordoou. Ele vai ficar bem quando voltar a si.

— Queria que ele estivesse morto — murmura Ember.

— Vamos pelo menos tirá-lo das ondas — sugere Mozart, pegando um de seus braços. Jude pega o outro, e eles começam a arrastar seu corpo inerte pela praia.

Enquanto fazem isso, um lobo aparece na crista do morro perto do prédio administrativo, correndo bem em nossa direção. Meu modo de luta ou fuga entra em ação na mesma hora, e levanto minhas patas em defesa. No começo, estou completamente apavorada, mas, quando ele se aproxima e seus olhos prateados encontram os meus, percebo que não é apenas um lobo qualquer.

É Luís. E ele está bem. Maltratado, mas bem.

Pela primeira vez desde que cheguei à praia, o medo dá lugar ao alívio, porque Luís está vivo. Ele passou pelo portal e pelo oceano, e está aqui, na minha frente.

Ele corre direto para mim, se transformando e me envolvendo em um abraço. Eu faço o melhor possível para manter minha cauda exatamente onde está e não acabar machucando-o mais ainda.

— Como você saiu da água? — pergunta ele quando enfim me solta.

— Jude me encontrou. — Me esforço ao máximo para não corar. — E você? Ele levanta uma sobrancelha.

— Eu sou um lobo, baby. Nadei cachorrinho até a praia.

— Deve ter sido um cachorrinho e tanto — digo a ele com um grande sorriso.

— É bom apressarmos esse reencontro — comenta alguém com um sotaque britânico, e Remy e Izzy aparecem. Parece que Remy se recuperou de seu encontrão com os problemas de controle de Izzy.

Ela aponta para a praia, onde o leopardo que Mozart jogou no oceano emergiu parecendo um rato afogado. E parece irritado.

Mas logo atrás dele está o passado, o presente e o futuro Simon. Ele tem pernas, mas a água escorre dele em ondas brilhantes e seus olhos refletem um dourado profundo e rico. É hipnotizante.

O leopardo aos pés de Jude se mexe quando seu colega encharcado percebe que há carne fresca logo atrás dele.

— Vão! — grita Simon enquanto prende o leopardo em seu olhar hipnótico.

— Para o dormitório — declara Jude, e todos saem correndo contra os ventos violentos.

Leva mais tempo do que deveria — correr em um furacão quando se está completamente exausto é péssimo —, mas, por fim, nos encontramos no meio da sala comum do dormitório. Ou, pelo menos, o que eu acho que é a sala comum do dormitório. Porque, pelo que vejo, parece que em algum momento este lugar foi decorado com estrelas-do-mar de gesso adornado e ouriços-do-mar de vidro. Já no futuro, tornou-se um fliperama, completo com mesas de *air hockey* e máquinas de jogos muito high-tech.

Um por um, todos nós atravessamos as portas, encharcados e ofegantes. Até mesmo Simon, que milagrosamente nos alcançou. Ele para com tudo e bate as portas com a força de todo o seu corpo.

Todos retornaram à sua forma humana, o que faz com que eu seja a única que não fez isso.

Não é que eu não queira me transformar. Eu só não sei como. Estou aterrorizada, com medo de acabar desentranhada novamente.

Ember descobre qual é o problema antes de qualquer outra pessoa, porque todas as três versões dela me puxam para um lado.

— Você está pensando demais. Só precisa se imaginar em sua forma humana, e vai funcionar.

— Só isso? — pergunto, altamente cética.

Ela faz uma careta.

— Bem, não imagine que você é a Zendaya e espere que aconteça. Mas se você se imaginar, deve ser uma transformação bem fácil.

Não sei bem se acredito nela, mas acho que mais uma experiência de quase morte no mesmo dia não vai fazer mal.

— Não pense no que aconteceu antes — aconselha Ember, quando fecho meus olhos. — Apenas imagine sua forma humana e queira que aconteça.

Eu faço exatamente o que Ember me diz. Fecho os olhos, me imagino em minha forma humana e tento manifestá-la.

Exceto que... nada acontece.

Ember revira os olhos e exclama:

— Se concentre. Você tem que realmente acreditar que vai acontecer, ou não vai dar certo.

Passo vários segundos pensando especificamente em meu cabelo castanho--escuro, que tenho certeza de que parece um ninho de rato no momento, cortesia do ataque de monstro, da chuva e da água do mar.

Então passo a pensar em meus olhos azuis e em meus cílios surpreendentemente longos. E nas sardas no meu nariz. Na pequena covinha no queixo...

De repente, um monte de faíscas começa a sair de dentro do meu corpo. Elas começam nos meus pés e sobem até o peito, pescoço e cabeça. Momentos depois, sou novamente a Clementine humana de sempre.

— Viu? Falei que era fácil. — Ember me examina da cabeça aos pés e estende a mão. — Me dê sua mão. — Ela acena para a que o leopardo tentou arrancar.

— Para quê? — pergunto, intrigada.

Parece melhor do que estava na forma de pata, mas acho que é porque algo na magia de mudança ajuda a curar feridas.

Com cautela, faço o que ela pede.

— O que você fez com aqueles gatos babacas mais cedo — diz ela enquanto levanta minha mão até logo abaixo de seu rosto — foi bem foda.

E então ela pisca várias vezes, até que algumas lágrimas escorrem pelo seu rosto e caem na minha mão.

— Não faço isso com muita frequência, mas... — Ela dá de ombros.

No começo, não faço ideia do que ela quer dizer, mas então uma estranha sensação começa na minha mão. No início é só onde suas lágrimas tocaram, mas depois é até o osso. Por instinto, puxo a mão de volta e assisto, com espanto, a minha pele — e o tendão abaixo dela — se remendarem sem nem um arranhão.

Assim que estou curada, Ember larga minha mão e enxuga sua bochecha úmida, um pouco sem jeito.

— Eu não entendo — digo a ela, ainda um pouco chocada com o que acabou de acontecer.

— Lágrimas de fênix podem curar muitas coisas — responde ela, com um pequeno levantar de sobrancelhas. — Não podem trazer os mortos de volta e não podem reverter por completo ferimentos mortais, mas fazem um bom trabalho em todo o resto.

— Obrigada.

Ela se vira e volta para onde estão os outros, em pé e trocando histórias de guerra.

Todos menos Jude e Remy, é claro. Penso em perguntar aonde eles foram, mas, antes que eu faça isso, a porta do armário de suprimentos se abre de repente e os dois saem, com os braços cheios de todo tipo de uniformes da Academia Calder que puderam encontrar.

Casacos, camisetas, moletons, shorts esportivos, meias — todos em uma variedade de tamanhos e todos em um vermelho-cardeal brilhante e preto.

— Bem, pelo menos as equipes de resgate poderão nos ver — comenta Luís quando Remy lhe joga uma camiseta e um short vermelhos.

— Verdade. — Ri Simon, dando um tapinha nas costas dele.

Jude distribui roupas para todos os outros antes de ir até mim com uma camiseta preta e um short vermelho.

— Pegamos moletons também, se você quiser.

— Já está bom, obrigada.

Espero que ele diga mais alguma coisa, mas ele não diz. Em vez disso, apenas me observa, parado. Começo a ficar irritada, mas então percebo que também não disse nada para ele. Não porque eu não queira, mas porque não faço ideia alguma de por onde começar a desfazer a confusão de palavras e emoções que rodopiam dentro de mim agora.

Talvez aconteça o mesmo com Jude.

Então, em vez de apelar para o sarcasmo, como normalmente faço, apenas pego as roupas e começo a me afastar. Com sorte, um de nós descobrirá a coisa certa a dizer em algum momento em breve.

Mas eu mal dou um passo, e a mão de Jude se fecha levemente em meu cotovelo. No segundo em que seus dedos tocam minha pele, meu coração acelera e sinto uma pequena tontura. O que é estúpido. É o Jude, apenas o Jude. Só que... não.

Eu me obrigo a me acalmar — a respirar — e me viro para encará-lo.

Ele parece o mesmo de sempre — olhos sérios, lábios cheios e comprimidos em uma linha reta, rosto impassível. Só que tudo suavizou — ele suavizou —, e eu sinto a bola apertada dentro de mim, feita de muita emoção e muita perda em um tempo muito curto, começar a se desfazer lentamente. Mesmo antes de os cantos de seus lábios se curvarem para cima naquele sorriso minúsculo, que é tudo o que Jude consegue fazer, e ele me dizer:

— Aconteça o que acontecer, estou com você, Kumquat.

Eu levanto uma sobrancelha e dou um sorrisinho para ele. E respondo:

— Acho que você quis dizer "Estou com você, *Sargento Pepper*".

E então eu me viro e me afasto antes que acabe o agarrando e beijando do jeito que quero fazer desde que tínhamos catorze anos.

Capítulo 68

SÃO NECESSÁRIAS DUAS PESSOAS
PARA ENTENDER UMA TRAMA

Luís me espera do lado de fora do banheiro quando termino de me trocar. É a primeira chance que tenho de falar com ele desde que tudo deu errado.

Jogo meus braços em volta do pescoço dele e o abraço com força. Quando dou um passo para trás, não consigo parar de olhar para Luís. Sua versão do passado tem cerca de quatro anos, completamente precoce e absolutamente adorável. Não é à toa que ele se safou de tanta coisa... até que não se safou mais.

— Acho que não reconheço mais você quando está seca — provoca ele.

— Estou experimentando um novo visual — digo com um grande sorriso, fingindo jogar meu cabelo.

— É quase como se você quisesse impressionar alguém. — Luís dá uma piscadela para mim... e depois para Jude.

— Ah, meu Deus, você é terrível! — digo, com uma irritação fingida.

Mas então o sorriso dele desaparece.

— Você está bem?

Eu sei que agora ele está falando sobre Eva e tudo o que aconteceu depois, então balanço a cabeça.

— Não muito, não.

— É, eu também não. — Ele me puxa para outro abraço, este ainda mais longo que o primeiro. — Não acredito que isso está acontecendo.

— Eu só queria saber como sair dessa — digo a ele enquanto pegamos um dos baldes de lanches nas mesas da administração e voltamos para onde estão os outros.

Ao fazermos isso, os ventos lá fora ficam ainda mais fortes. Dá para ver na maneira como as árvores balançam para trás e para a frente, e ouvir no aumento repentino dos galhos batendo nas janelas dos corredores.

Apenas cerca de um terço das janelas foram tapadas antes que os pesadelos de Jude se soltassem. Será que este é realmente o melhor prédio para se esconder durante a pior parte do furacão?

Ao mesmo tempo, pelo menos as janelas não tapadas deixam entrar tanta luz quanto a tempestade permite. Além disso, temos suprimentos médicos e para a tempestade, roupas secas, lanches... além de uma série de quartos de alunos para saquear em busca de suprimentos, se precisarmos.

Sem mencionar o fato de que já estamos aqui, o que supera muitas das desvantagens, na minha opinião.

Pego um pacote de biscoitos de manteiga de amendoim do topo, antes de entregar o balde para Simon.

— Só temos que esperar passar, certo? — diz Mozart de onde está sentada, de pernas cruzadas, em um dos sofás gastos da sala. — Quero dizer, a tempestade não tem como durar para sempre, tem?

Izzy pega uma barra de granola e a joga para Remy, que neste momento está sentado no chão, as costas contra a parede.

— Você pode abrir um portal para fora da ilha? — pergunta ela.

— O que ela quer dizer? — Nunca pensei muito em portais antes. E por que deveria, quando eles estiveram bloqueados na ilha a minha vida toda? Além disso, não estou muito ansiosa para entrar novamente em um, sendo bem sincera.

— Quer dizer que Remy tem um jeito especial com portais — diz Izzy enquanto gira uma adaga entre os dedos. — Os portais dele são lendários... pelo menos em sua própria mente — completa ela.

— Não é o melhor elogio que já recebi. — A voz de Remy é pesarosa, e ele se vira para o grupo. — Mas, para responder à pergunta, já tentei. Várias vezes. Mesmo que o bloqueio do portal ainda esteja desativado, a tempestade deve estar me impedindo, porque não consigo sair.

— Isso é normal? — pergunto. — Você não conseguir usar seus poderes em uma tempestade?

Seu sotaque de Nova Orleans está mais pesado que o normal quando ele responde:

— Para ser justo, *cher*, não tenho certeza do que é normal. Passei a maior parte da minha vida na prisão.

— Ah, certo. Desculpe. — Não acredito que me esqueci disso.

— Não se preocupe. — Ele dá de ombros. — Só mais uma coisa que você e eu temos em comum.

Não esperava a dor que a verdade traz.

— Por que você está perguntando sobre os poderes dele? — Os olhos prateados de Luís estão intensos enquanto me observam. — De que importa se eles não podem nos ajudar agora?

— Talvez não importe — admito. — Mas continuo achando que há algo estranho nessa tempestade.

— Graças a Deus! — exclama Simon. — Eu não sou o único.

Eu viro meu olhar para o dele.

— Você também acha estranho?

Ele confirma com a cabeça.

— Antes de vir para cá, passei toda a minha vida no Atlântico. Já passei por mais furacões do que consigo contar. De categoria um até categoria cinco. Nunca vi nada parecido antes. Nunca.

— O que você quer dizer com isso? — pergunta Jude. Ele está meio sentado, meio encostado em uma das mesas, com as pernas compridas esticadas à sua frente.

Ele esteve calado até agora, não porque não está ouvindo, mas porque está.

— O que há de tão diferente? — insiste ele.

— O portal quebrando do jeito que quebrou. Todas as sereias, selkies e sirenas levando uma surra quando tentaram fugir depois de recuperarem seu poder. E agora Remy não consegue nos tirar daqui? — Simon encolhe os ombros. — Eu não sei, cara. Talvez eu esteja imaginando coisas, mas é como se a tempestade estivesse fazendo hora extra para nos prender aqui ou nos matar.

— Por que uma ou outra? — observa Luís, sério. — Não pode ser as duas coisas?

— Né? — concordo. — Quando estava na praia, eu também pensei que a tempestade estava fazendo isso de propósito. E eu sei — levanto uma mão para afastar quaisquer objeções ou explicações sobre a indiferença da natureza — que a natureza não está tentando nos pegar. Mas essa coisa não parece indiferente. Parece...

— Maligna. — Mozart termina por mim. A futura Mozart parece impressionada enquanto olha para nós duas por cima do livro que está lendo.

— Exatamente — digo a ela. — Some isso a todas as outras coisas estranhas que têm acontecido por aqui, e não posso deixar de pensar que algo mais está rolando. E não percebemos porque estamos...

— Cercados por um monte de ondas de quatro a seis metros que continuam tentando nos matar? — comenta Izzy, sua voz seca.

— Basicamente isso — concordo.

— Que outras coisas estranhas? — Ember fala pela primeira vez. Ela está estendida no chão, os olhos fechados e as mãos atrás da cabeça. Pensei que estivesse dormindo, mas vejo que ela apenas estava absorvendo a conversa.

Não respondo de imediato. Não que eu não ache que deva contar a todos o que está acontecendo — inferno, Caspian literalmente acabou de despejar isso sobre Simon —, mas é que não sei como explicar.

— Eu consigo ver... coisas — digo, depois de um momento.

Os olhos de Luís se arregalam, porque ele sabe como eu me sinto sobre contar às pessoas a respeito dos fantasmas. Mas não se trata mais apenas dos fantasmas. Tudo me diz que se trata de algo muito maior, e, se vamos descobrir o que fazer para salvar a nós mesmos, vamos precisar descobrir o que é.

Eu aceno para Luís, para que ele saiba que aprecio sua preocupação — mas que sei o que estou fazendo. Então eu me viro para Jude, e ele está me olhando fixamente, seus olhos místicos sérios, mas apoiadores. E quando ele olha para o lugar vazio ao seu lado na mesa, eu aceito o convite e vou até lá.

Eu não sei o que passa pela cabeça dele, não sei para onde vamos depois do que aconteceu nas cabanas e na praia. Mas Jude diz que está comigo, e, por enquanto, é o suficiente. Embora esteja pronta para enfrentar o que quer que venha nas próximas horas, não posso fazer isso sozinha.

— De que tipo de coisas estamos falando? — pergunta Remy, e, de repente, ele parece muito, muito interessado em me ouvir.

Eu não digo nada até me sentar ao lado de Jude, sua mão descansando na minha parte inferior das costas, para me dar o apoio de que eu não sabia precisar.

— Sei que parece estranho, mas sempre fui capaz de ver fantasmas. O bloqueio de poder da ilha nunca me impediu, como fez com minhas habilidades de manticora. — Encolho um pouco os ombros para deixá-los saber que é tão confuso para mim quanto deve ser para eles.

— Fantasmas? — repete Mozart, seus olhos ficando enormes. — Sério? Tipo, fantasmas assustadores, fantasmas normais ou algo entre os dois?

Penso na fantasma de olhos selvagens que tem aparecido quando menos espero e digo:

— Ambos.

— Isso é incrível — comenta Ember, e pela primeira vez ela realmente parece interessada no que vem a seguir.

— É diferente — digo a ela. — Não tenho certeza se "incrível" é a palavra certa. Especialmente porque eu tenho visto mais do que apenas fantasmas desde ontem à noite.

Os olhos de Luís ficam ainda mais arregalados com essa revelação, e Jude se enrijece ao meu lado. Mas, antes que qualquer um deles possa perguntar o que quero dizer, as sobrancelhas de Remy sobem.

— O que isso significa exatamente? — pergunta ele, e seus olhos estão mais do que curiosos. Estão atentos.

Como eu explico a ele que agora eu posso ver três dele e de todos os outros nesta sala, exceto Jude? Ah, e eu também posso ver onde ficava a antiga recepção do hotel — bem como o velho que trabalhava lá.

— Eu sei que isso parece bizarro — começo a falar —, mas tenho certeza de que consigo ver o passado *e* o futuro, além do presente.

Um longo silêncio saúda minha revelação, cheio de olhares confusos que dizem "mas que diabos?" e trocas não verbais entre nosso grupo. Jude e Luís parecem muito preocupados. Izzy se vira e olha para Remy, mas ele está ocupado demais me estudando para notar.

— Então você pode ver o que vai acontecer? — De repente, Ember parece se arrepender das lágrimas que compartilhou comigo. — Porque, se for assim, preciso dizer que você realmente deveria ter nos avisado sobre aquele portal se quebrando.

— Não é assim — respondo. — Eu não consigo dizer o que vai acontecer no futuro. Só posso ver pedaços estáticos dele.

— Como assim? — pergunta Mozart. Ela parece mais fascinada do que preocupada. — Você consegue ver algo do passado ou do futuro agora?

— Consigo.

— Como o quê? — Luís se inclina para a frente, obviamente intrigado.

Em vez de contar a ele que o futuro Luís se parece exatamente com o presente Luís, até mesmo na roupa — o que me preocupa muito, considerando tudo o que aconteceu na praia —, eu digo:

— Há uma garotinha perto da mesa de lanches. Ela está usando um vestido com babados e brincando com um ioiô.

Todos se viram para olhar — exceto Remy, é claro.

— Onde?

— Ela está do lado em que estão as caixas. E há um velho sentado no sofá ao lado de Mozart. Ele está lendo o *New York Times* de segunda-feira, 7 de fevereiro de 2061. É por isso que você fica esfregando o braço.

Os olhos de Mozart se arregalam, mas tudo o que ela diz é:

— Eu fico esfregando o braço porque parece que algo está rastejando nele.

— Você faz isso toda vez que ele vira a página do jornal.

— Puta merda! — Ela pula do sofá e se vira para encará-lo, como se isso fosse mostrar algo a ela. — Tem mesmo alguém sentado aí?

— Não no momento, mas, ao que parece, haverá em pouco menos de quarenta anos.

— Estranho. Muito, muito estranho. — Ela se acomoda no sofá de novo, com muito mais cuidado do que antes. — Mas por que eu posso sentir ele quando não consigo vê-lo?

— Não sei. Mas eu notei que as pessoas começaram a agir de um jeito estranho ontem à noite depois do ataque do pesadelo.

— Não consigo imaginar por quê... — murmura Izzy. Eu escolho ignorar o gracejo.

— Especialmente quando estavam esperando para entrar no portal. Todos estavam agindo como Mozart. Tropeçavam no vazio, davam um tapa em um inseto inexistente, coçavam algo que os incomodava, mas eu podia ver exatamente o que estava provocando a reação, então...

— Sim, mas como você sabe que não são apenas fantasmas? — pergunta Luís, enquanto Ember se levanta. — Você sempre foi capaz de ver os detalhes deles.

— Um fantasma de 2061? — Simon parece cético.

— Eu não sei, talvez. Ela vê muitas coisas estranhas com frequência — garante Luís a ele antes de se voltar para mim. — Como você consegue diferenciar?

— Eu não sei como explicar — respondo. — Eu só sei. Quando eu olho para um lugar, eu posso vê-lo no passado e no futuro, e as pessoas que pertencem a essas eras. É como um filme passando na minha frente. Enquanto os fantasmas têm uma espécie de névoa estranha que eles arrastam, e tendem a estar cientes de mim de uma maneira que essas pessoas não estão.

— E a garotinha? — pergunta Ember, do nada. — Ela é do passado ou do futuro?

Eu olho mais uma vez para a menina, e não consigo evitar um sorriso enquanto ela joga o ioiô no ar sem parar.

— Acho que do passado... Ela usa o cabelo naqueles grandes cachos estilo Shirley Temple, que eram populares há muito tempo.

Eu observo Ember cruzar a sala até o lugar onde eu disse que a garotinha estava. E, embora esteja na área correta, ainda está cerca de um metro e meio mais para a esquerda.

— Eu não sinto nada — diz ela ao parar.

Dou um suspiro, e digo a ela:

— Se mova para a direita.

Ela parece ainda mais cética, mas faz o que eu digo.

— Ainda não sinto nada.

— Continue — respondo.

Ela dá outro passo, e é óbvio que acha que eu estou zoando com todos eles.

— Dê mais dois passos para a direita.

— Sério? — pergunta ela.

— O que você quer que eu diga? — Eu levanto as mãos em exasperação. — A criança está onde está. Eu não posso mudar isso para fazer você acreditar em mim.

— Que seja.

Ela revira os olhos e dá mais dois pequenos passos, o que ainda a deixa a vários centímetros da garotinha.

Eu sei que Ember está prestes dizer que não acredita em mim. Mas, assim que ela abre a boca para falar algo, a garotinha joga o ioiô bem na canela dela.

Capítulo 69

DAVA PARA SER PIOR

No segundo em que o ioiô a toca, Ember agarra a canela e pula cerca de dois metros para trás. Ver a fênix em geral toda descolada e blasé ficar desesperada é muito divertido.

Todos os outros recuam quando ela perde a cabeça, mesmo antes de ela correr de volta pela sala até o resto de nós.

— Ok, então talvez Clementine saiba do que está falando, afinal. — Ela treme violentamente. — Com o que aquela criança me acertou?

— Um ioiô — respondo, enquanto luto para não rir.

Ela ainda parece mais do que um pouco assustada quando se acomoda novamente no chão.

— Então você pode ver coisas que aconteceram ou que acontecerão em qualquer lugar em que você estiver — recapitula Simon, enquanto marca o tópico com o dedo. — O que você nunca foi capaz de fazer antes. — Ele se move para o segundo dedo. — E, ao mesmo tempo que você se tornou capaz de ver essas coisas, o resto de nós se tornou capaz de senti-las.

— Basicamente isso — concordo.

— É como se os dois períodos de tempo diferentes, ou dimensões, ou qualquer coisa que seja, estivessem se esfregando um no outro — diz Mozart com admiração.

— Não faço ideia se estão se esfregando um no outro ou não. Eu só sei que o que Simon descreveu está acontecendo.

— Ok. E...

Mozart para de falar quando Jude levanta uma mão.

— É isso? — pergunta ele para mim.

— Não é o suficiente, cara? — exclama Simon, incrédulo. — Sua garota está vendo coisas que não estão realmente lá...

— Ah, eu não sou a garota dele... — começo a falar, mas paro abruptamente quando Luís, Ember e Mozart fazem ruídos meio de engasgos, meio de risadas, todos os quais tenho certeza de que são sons de discordância. Luís joga as mãos para cima em um gesto que definitivamente diz "só não vê quem não quer". Remy e Simon evitam cuidadosamente meu olhar, enquanto Izzy revira tanto os olhos que me sinto um pouco ofendida.

Eu olho para Jude pelo canto do olho, só para encontrar aquele sorriso ridiculamente pequeno dele brincando no canto dos lábios.

— Cuidado, ou você vai partir meu coração, Yuzu.

— O que diabos é um yuzu? — pergunta Luís, sem expressão.

Jude e eu respondemos ao mesmo tempo:

— Uma fruta cítrica.

Isso faz todo mundo rir ainda mais. E minhas bochechas ficam vermelhas de completa vergonha.

— Tem um gosto meio parecido com o de uma toranja — responde Jude, o que só piora as coisas. Dou a ele um olhar incrédulo.

— O que você faz? Apenas fica por aí pesquisando frutas? — provoca Simon.

Ele encolhe os ombros.

— Talvez eu só saiba muito sobre frutas.

— Talvez você só saiba muito sobre mexer comigo — retruco.

Pela primeira vez em talvez sempre, os cantos de sua boca se curvam para cima em algo que só pode ser descrito como um meio-sorriso.

— Talvez.

Eu apenas olho para ele, sem palavras, minha mente completamente em branco. Em parte porque seu sorriso transforma todo o seu rosto de lindo para algo que *nem consigo descrever de tão glorioso*, e em parte porque não vejo essa versão de Jude — aquela que me olha com calor nos olhos enquanto ele me provoca — há muito tempo.

Tudo o que consigo fazer é olhar para ele com um sorrisinho torto.

— Agora que esclarecemos isso — continua Simon, quebrando o silêncio constrangedor —, talvez possamos descobrir quando você começou a ver o passado e o futuro de uma vez.

Eu saio do meu transe.

— A coisa do passado e do futuro aconteceu mais ou menos quando a tapeçaria quebrou.

Toda a diversão desaparece do rosto de Jude em um instante.

— O que você quer dizer com "quebrou"? Tipo, começou a se desfazer?

— Não, quero dizer que ficou toda estranha, quase como estática em uma tela de TV. Apenas um monte de pontos sem nenhuma imagem nela. Foi muito esquisito.

— Onde está a tapeçaria agora? — pergunta ele, já de pé e indo em direção à porta. — Está onde a deixamos?

— Acho que está perdida — digo a ele. — Como parecia ser algo tão importante para você, eu a entreguei para Simon, já que eu tinha que atravessar o portal com a minha mãe. Mas então o portal quebrou e...

— Está no oceano? — O rosto de Jude fica sem expressão novamente, mas há um ar nele que me faz pensar que isso é ainda pior do que eu imaginava. Mesmo antes de ele repetir: — A *tapeçaria* está no *oceano*?

— Suponho que sim, já que Simon estava no portal quando ele quebrou. — Eu me viro para Simon, mas ele saiu correndo. — Ei! Aonde você vai? — chamo.

Ele não responde, apenas dá um aceno rápido com a mão, em reconhecimento, enquanto Jude sai atrás dele, correndo pelas escadas principais do dormitório.

Apenas alguns minutos se passam antes que Simon e Jude estejam de volta.

— Eu guardei em um armário depois que Caspian levou você até o portal — me diz Simon, envergonhado. — Eu não sei o que me impediu de levá-la comigo...

— Bom senso, talvez? — comenta Ember.

— Mais ou menos, sim. — O sorriso que ele dá para ela ilumina todo o rosto dele, mas ela não parece notar. — Bem, isso e um mau pressentimento que eu não conseguia deixar de lado.

— Talvez você também esteja vendo o futuro agora — sugere Izzy, indiferente.

Vou até onde Jude colocou a tapeçaria e a está desenrolando. Parte de mim tem esperança de que ela volte ao normal, que a coisa estranha que a fez ficar errada ontem à noite tenha, de alguma forma, se resolvido.

Mas dá para dizer, assim que ela começa a ser desenrolada, que não é o caso. Parece tão estranha e assustadora quanto ontem à noite — talvez mais, agora que estamos abrigados da chuva.

— Então, eu não quero parecer ignorante — diz Mozart, que se levanta e vem olhar a tapeçaria. — Mas o que é isso?

— É um têxtil — responde Simon. — Uma tecelagem de...

— Sério? — ela o interrompe. — Eu sei o que é uma tapeçaria. Estou perguntando o que é *essa* tapeçaria, já que é obviamente especial, ou os Jean-Babacas não teriam vindo procurá-la, e Clementine não teria sido capaz de quebrar o tempo ou qualquer que seja a coisa que ela fez.

— Eu não fiz nada! — reclamo. — Eu nem estava perto da tapeçaria quando aconteceu. Só sei que as coisas saíram do controle para mim, e então, quando eu a peguei, ela estava arruinada também.

Mozart se vira e olha para Jude.

— Eu vi como você ficou desesperado quando Clementine estava com a tapeçaria. Então, o que é isso? Por que você se incomodou tanto que estivesse com ela?

Jude a encara por vários segundos, a mandíbula travada e o rosto ficando inexpressivo, como ele faz quando não quer falar sobre algo. Eu vejo o momento em que ele desiste de esconder o jogo e resolve contar a verdade de uma vez.

— É uma tapeçaria dos sonhos — finalmente ele nos diz, relutante. — Ou, nesse caso, uma tapeçaria de pesadelos.

— Uma o quê? — pergunta Simon, dando um grande passo para trás.

Não que eu o culpe — depois de tudo o que aconteceu no meio da noite, também preciso de toda a coragem que tenho para ficar no lugar.

— Uma tapeçaria dos sonhos... é tecida com os sonhos das pessoas.

— Sonhos? — pergunta Remy, se aproximando para dar uma olhada melhor. — Ou pesadelos?

Jude solta um longo e lento suspiro, antes de dizer:

— Eu sou o Príncipe dos Pesadelos. Então, faça as contas.

É a segunda vez que ouço essas palavras, mas elas ainda parecem um soco no estômago. Um rápido olhar em volta me diz que ela causa a mesma impressão nos outros também — bem, todos menos Izzy, que não se deu ao trabalho de erguer os olhos de suas unhas ou de sua faca.

Mas, antes que eu possa pedir a Jude uma explicação melhor, um enorme trovão sacode todo o dormitório — bem antes de ouvirmos o som da porta externa se abrindo.

Capítulo 70

DESLIZE TEMPORAL

— O que diabos foi aquilo? — exclama Luís, ficando em pé de um pulo.

Eu me dirijo ao corredor que leva à porta externa para investigar, mas mal consigo atravessar a sala antes que a sra. Aguilar, Danson e — o que eu acredito ser — o que resta do corpo estudantil entrem na sala.

Há cerca de sessenta alunos no total, apenas, e fico um pouco nauseada quando penso em quantos ainda estavam na praia quando o portal quebrou. Quase toda a classe veterana — que é bem mais de cem alunos —, e há alunos de terceiro ano aqui também, então quem sabe quantos não foram pegos no portal e cuspidos de volta quando ele se quebrou. Sem mencionar um punhado de professores.

Talvez alguns deles, como minha mãe, tenham sido sugados pelo portal até o outro lado e estão quentes, secos e nem um pouco preocupados com furacões, pesadelos ou qualquer uma das coisas pelas quais estou atualmente enlouquecendo.

Mas sei que isso deve representar apenas um pequeno número dos desaparecidos. O resto se afogou nas ondas ou morreu no ataque do pesadelo ou, pior, nas mãos de seus colegas, quando todos nós recuperamos nossos poderes.

É um pensamento terrível, que faz brotar lágrimas nos meus olhos e tristeza na garganta. Eu me forço a respirar apesar da dor e do horror.

Mais tarde haverá tempo para lidar com tudo o que aconteceu. Agora, só temos que aguentar as próximas vinte e quatro horas ou mais, até que a tempestade, com sorte, se dissipe.

— Ah, Clementine! — a sra. Aguilar se anima ao me ver.

Estou feliz em vê-la bem. Eu estava preocupada com ela desde que a tirei da arrebentação, na praia — mas ela definitivamente está com uma aparência pior. A chuva lavou muito sangue de sua ferida na cabeça, revelando o corte aberto na testa. Além disso, suas roupas, sempre tão reluzentes, estão rasgadas e cobertas de lama, e uma de suas asas coloridas está meio arrancada das costas.

— Aí está você, Calder! — rosna Danson ao entrar na sala. Ele está com uma aparência melhor do que ela, mas mal. O minotauro não tem feridas visíveis, mas um de seus chifres está pendurado por um fio ao lado de sua bochecha, e em algum lugar ao longo do caminho ele perdeu a camisa. — Sua ajuda teria sido útil lá fora.

— Para dizer a verdade, a sua também, senhor. Eu acabei em uma luta pela minha vida com um bando de leopardos.

Como se por mágica, um desses leopardos — agora em forma humana — solta um rugido alto.

— Pare com isso — dispara Danson. — Chega dessa merda territorial, certo?

O leopardo não responde, então eu tomo isso como um sim.

Assim como Danson, que diz:

— Ótimo. — E então começa a disparar ordens como se fosse o capitão da guarda da Corte Minotauro.

Ele me manda invadir o almoxarifado para pegar mais roupas e distribuir a todos, e diz que a sra. Aguilar vai anotar tudo em um pedaço de papel solto que minha muito exigente mãe nunca aprovaria.

Uma vez feito isso, ele coloca Luís e eu na distribuição de lanches, enquanto Jude e os outros são colocados no comando da distribuição de toalhas e cobertores. Felizmente as bruxas da cozinha conjuraram um monte de lanches quando estávamos correndo por aí, tentando proteger a escola da tempestade.

Não que nossos esforços pareçam estar fazendo muito bem agora, já que nunca me senti mais insegura. Em especial porque Luís e eu estamos agora mesmo andando pelo salão comum distribuindo pretzels e salgadinhos para um bando de paranormais que parecem querer nos matar.

E quando digo nós, quero dizer eu.

O que eu entendo. Eles estão procurando alguém para culpar pela confusão, e, entre eles, eu sou a única na sala com Calder no nome.

Se eu fosse eles, também me culparia.

Estou vendo a maioria deles triplicada, então seu acúmulo extra de inimizade não torna o trabalho mais fácil. Algo precisa ser feito com aquela maldita tapeçaria de Jude, porque eu realmente não consigo continuar desse jeito.

Dou um grito quando uma cintilação aparece bem na minha frente, e eu caminho através dela antes que consiga me impedir. Dou um salto para trás assim que percebo, mas não antes que a dor ardente exploda através de mim.

Por um segundo, é como se eu pudesse sentir cada molécula dentro de mim, e todas estão batendo umas nas outras e contra o interior da minha pele ao mesmo tempo. A dor é ainda pior do que eu me lembro.

Meus olhos encontram os da cintilação, e eu perco o fôlego, porque pela primeira vez reconheço o que é. Não só porque já o vi antes, mas porque é *Luís*, só que agora há um enorme ferimento aberto bem no centro do peito dele.

Capítulo 71

SEM ESSA DE QUEBRAR O TEMPO OUTRA VEZ

— Clementine... — diz ele, e estende o braço na minha direção.

Estou tão chocada, tão destruída, que nem pulo para trás para evitar o contato. Em vez disso, eu me movo para a frente, lágrimas que mal percebo escorrem pelo meu rosto, e eu estendo o braço também.

— Clementine! Você está bem? — O Luís perfeitamente saudável ao meu lado parece muito assustado ao agarrar meu braço. — O que está acontecendo?

A dor ricocheteia através de mim no segundo em que me conecto com o Luís cintilação, mas não é nada comparado à devastação emocional que isso causa em mim.

Luís não.

Luís não.

Por favor, por favor, por favor, não o Luís também.

Eu não aguento. Eu não posso...

Um soluço escapa da minha garganta, e mesmo sabendo que é impossível, eu tento agarrar a cintilação, tento segurá-lo, tento ajudá-lo. Mas, quando faço isso, minha mão passa direto pelo buraco sangrento no centro do peito dele, e ele desmaia.

Eu tento pegá-lo, mas ele cai direto através de mim, e é aí que eu grito. Eu grito, grito e grito, minhas pernas falham sob meu corpo e eu caio no chão com força.

Luís não.

Luís não.

Por favor, Luís não.

Agora ele se contorce no chão, seu corpo convulsionando bem na minha frente, e eu tento chegar até ele. Tento consertá-lo. Mas agora, quando toco nele, ele desaparece tão rápido quanto apareceu.

O Luís real me agarra, tenta me puxar para cima. Mas eu nem consigo olhar para ele, porque cada vez que eu olho, eu o vejo no chão na minha frente, morrendo.

— Maldição, Clementine! — grita ele, parecendo tão assustado quanto eu. — Você tem que me dizer o que está acontecendo aqui. Você tem que...

Ele para de falar quando Remy chega correndo e para diante de nós.

— Ei — diz ele, se agachando na minha frente.

Eu tento responder, mas tudo o que sai é outro soluço. E eu sei que ainda não aconteceu, eu sei que Luís está vivo, saudável e inteiro ao meu lado, mas não consigo tirar a imagem dele, sangrando e destruído, da minha cabeça.

Aquilo se mistura com a última imagem que tenho de Eva, a última imagem que tenho de Serena, a última imagem que tenho de Carolina, e não consigo respirar. Não consigo pensar. Não consigo fazer nada além de me sentar aqui e chorar.

— Eu não quero mais fazer isso — balbucio para Remy, que segura meus ombros. — Eu não consigo fazer isso. Eu não quero fazer isso. Eu não posso...

— Clementine. — A voz de Remy é firme, mas calma, ao dizer meu nome, mas estou distante demais para ouvir. Então ele fala de novo, e desta vez segura meu queixo entre o polegar e o indicador, inclinando meu rosto para cima até que eu não tenha escolha a não ser olhar para seus calmos olhos escuros.

— O passado está definido, mas o futuro pode mudar — me diz ele, com um tom de voz baixo e urgente.

— Eu não... eu não posso...

— Me escute — repete ele, e há uma expressão em seus olhos que eu não posso deixar de corresponder. — O passado está definido, mas o futuro pode mudar. Nada que ainda não aconteceu está definido.

— Você não sabe — digo a ele, minha voz falhando na última palavra. — Você não...

— Eu sei — garante ele. — Eu juro que sei.

E, desta vez, quando encontro seus olhos, eu vejo lá dentro — o conhecimento e o entendimento de quem sabe exatamente pelo que estou passando.

— Como? — sussurro, a palavra crua e entrecortada na minha garganta muito apertada.

E mesmo sabendo a resposta, mesmo que eu possa vê-la tão claramente quanto vejo Luís, Jude e Mozart parados atrás dele, com olhares preocupados nos rostos, eu ainda preciso que ele diga.

Remy também deve ver que eu preciso, porque o Remy presente se inclina para a frente e responde, muito baixinho:

— Porque eu também posso ver o futuro.

Capítulo 72

NÃO ME VENHAM COM OS JEAN-BABACAS

Mesmo sabendo o que Remy ia dizer — vendo isso em seus olhos —, eu não acredito nele no começo. Ainda assim, deixo que ele me ajude a levantar.

A sra. Aguilar se aproxima de mim com um sorriso determinado, e eu não consigo de jeito nenhum aceitar animação bizarra agora. Então passo a mão pelo rosto para secar minhas bochechas molhadas de lágrimas e anuncio para toda a sala — depois que a maioria dos presentes me viu surtar:

— Estou bem agora.

Agora que me acalmei, estou muito brava comigo mesma. Passei todos esses anos escondendo qualquer fraqueza, e então acabo perdendo completamente a compostura na frente dos maiores imbecis da escola.

Além disso, Luís me olha como se achasse que há algo muito, muito errado comigo. Tenho certeza de que, em algum momento, ele vai querer alguma explicação sobre o que acabou de acontecer. Ainda assim, não acho que seja uma boa ideia contar a ele que fiquei fora de órbita depois que o vi morrendo.

Mas ele não protesta quando dou meia-volta e saio em linha reta para longe da sra. Aguilar, tão rápido quanto meus pés podem me levar.

Ninguém protesta.

Todos apenas acompanham meu ritmo.

Estamos a meio caminho da área que reivindicamos como nossa quando os Jean-Babacas entram diretamente em nosso caminho — porque os imbecis não podem ver uma vulnerabilidade sem querer explorá-la.

— Nunca tem uma boa camisa de força por perto quando se precisa de uma, hein, Clementine? — começa Jean-Paul, com um sorriso. — Será que sua mamãe sabe...

Jude nem espera que ele termine de falar, e o empurra para fora do caminho. Depois se coloca entre mim e os Jean-Babacas enquanto damos a volta neles sem nenhuma palavra.

— Ei! — rosna Jean-Luc, pulando na nossa frente enquanto Jean-Claude e Jean-Jacques o flanqueiam de ambos os lados. — Não coloque a porra das mãos nele, Jude.

Eles estão todos completamente no modo feérico agora: olhos brilhando, pele cintilante, asas em posição de alerta, e eu sei que é apenas uma questão de tempo antes que façam algo muito mais desagradável — e muito mais perigoso — do que comentários sarcásticos sobre mim. Tudo neles diz que estão loucos por uma briga.

— Talvez você deva amordaçá-lo, então — retruca Jude.

— Você está me ameaçando? — pergunta Jean-Paul, e se coloca ao lado de Jean-Luc.

Jude inclina a cabeça para o lado, como se estivesse pensando no assunto.

Mas, antes que ele possa responder, Jean-Luc chama:

— Você ouviu isso, Poppy? — Seu olhar se volta para a sra. Aguilar, que parece incrivelmente nervosa enquanto se aproxima saltitante do nosso grupo. — Um de seus alunos está ameaçando meu menino aqui. Ele se sente inseguro. Não é, Jean-Paul?

— Muito inseguro.

— Vamos sair daqui. — Passo a mão pelo braço de Jude e tento puxá-lo para longe, mas ele não está disposto a ser movido.

Eu olho para Luís, Remy e Mozart, pedindo ajuda, e então percebo que eles parecem tão imóveis quanto Jude. Na verdade, a julgar pela expressão no rosto de Mozart, tenho certeza de que ela está pensando em grelhar todos os quatro.

Para evitar isso, me coloco bem na frente dela. E sei que tomei a decisão certa quando ela resmunga:

— Desmancha-prazeres.

Parte de mim quer deixar que ela os ataque. Afinal, não é como se os Jean-Babacas não merecessem. E não é como se eles fossem sentir falta de alguém aqui, além de si mesmos. Mas já houve morte e mutilação suficientes aqui hoje. Não acho, não mesmo, que precisa haver mais.

Além disso, já fui espancada vezes suficientes pelos Jean-Babacas para saber que eles não jogam limpo. A última coisa que quero é que mais pessoas que eu amo sejam machucadas — seja em uma luta injusta agora ou em uma luta ainda mais injusta com a máfia feérica mais perigosa depois.

— Ah, estou certa de que foi apenas um mal-entendido, Jean-Luc — diz a sra. Aguilar. — Certo, Jude?

Jude não responde.

— Clementine, por que você e seus amigos não voltam para sua área? E eu mandarei o sr. Danson escoltar Jean-Luc e seus amigos de volta para a deles.

Danson segue em nossa direção, seu rosto tão sombrio e tempestuoso quanto o céu lá fora.

Meus amigos não parecem ter pressa em seguir as instruções da sra. Aguilar — com ou sem Danson para impô-las. Mas, depois de um tempo, os Jean-Babacas seguem para o lado oposto da sala comum, e Jude e Luís finalmente me deixam puxá-los.

Mas, quando voltamos para onde estão os outros, a primeira coisa que Izzy diz para mim é:

— Esqueça os dedos. Um dia, muito em breve, eu vou cortar as línguas desses imbecis.

— Por que não hoje? — pergunta Mozart, que se deixa cair no sofá.

Jude pega uma garrafa de água do nosso estoque e abre a tampa antes de entregá-la para mim.

— Obrigada — digo, aliviada por ele não ter feito nenhuma pergunta. Mas esse alívio é de curta duração, pois nossos olhos se encontram, e eu percebo que ele pode até não ter feito nenhuma pergunta, mas com certeza procura por respostas.

Todo mundo procura.

Sei que devo a eles uma explicação, mas a verdade está fora de questão, e eu não faço ideia do que mais dizer.

Antes que eu possa dizer algo, porém, Remy vem ao meu resgate.

— Às vezes, quando você vê o futuro, vê coisas de que não gosta. Isso aconteceu comigo dezenas de vezes. Mas acho que devemos nos concentrar em consertar essa maldita tapeçaria, em vez de qualquer coisa que Clementine tenha visto.

Nunca fui tão grata a outra pessoa em minha vida quanto sou a Remy neste momento. Mas seu resgate não impede que tanto Jude quanto Luís me deem olhares que prometem uma cobrança mais tarde.

Também não significa que o grupo não tenha perguntas — só que, agora, elas são direcionadas a Remy em vez de a mim. Graças a Deus.

— Você mencionou antes que era um feiticeiro do tempo — diz Simon. — Mas eu achava que eles eram bem raros.

— E eu acho que são. — Remy lança um olhar pesaroso para Simon, e quando responde, seu sotaque cajun é mais acentuado que o normal. — Embora, para ser justo, eu tenha passado quase toda a minha vida na prisão. Não faço ideia do que é realmente raro ou não.

Eu não sei o que dizer quanto a isso, e, a julgar pelos olhares nos rostos dos demais, acho que ninguém mais sabe. Penso que ter ficado presa nesta ilha a minha vida toda foi ruim, mas não consigo imaginar o que Remy passou. Nascido na pior e mais notória prisão do mundo paranormal, apenas para finalmente escapar e acabar aqui.

— Justo — diz Mozart por fim. — Mas só para você saber, eles são muito raros. E ainda assim parece que temos dois deles só no nosso grupo de amigos. Alguém mais acha isso estranho?

— Não sou uma feiticeira do tempo — digo a eles. — Eu não sei o que está acontecendo comigo agora, mas definitivamente não sou uma feiticeira de qualquer tipo. Eu sou uma manticora. Vocês todos viram.

— Não há lei que diga que você não pode ser ambos — comenta Izzy.

— Sim, mas isso não faz sentido.

— Exceto pelo fato de que você pode ver uma série de coisas que não deveria ser capaz de ver — me diz Simon com tranquilidade.

Eu não sei o que responder, porque ele não está errado. Mas não quero falar mais sobre isso, não quando tudo o que eles dizem me deixa mais assustada.

Remy deve sentir isso, porque se agacha, olha para a tapeçaria e faz a mudança de assunto mais óbvia na história das mudanças de assunto.

— Então, me diga como essa coisa funciona, Jude. Você a teceu com os pesadelos das pessoas?

Capítulo 73

INSÔNIA É UM INFERNO

No começo, não acho que Jude vá responder. Mas então ele suspira e diz:

— Meu pai a teceu há muito tempo. Eu vim com ela para a Academia Calder há dez anos.

— E você tem usado isso para brincar com os pesadelos das pessoas desde então? — pergunta Simon.

— Não é bem assim que eu descreveria, não.

— Então *como* você descreveria? — pergunta Remy.

— Ele usa isso para dar pesadelos às pessoas — responde Mozart, com um encolher de ombros. — Não deve ser tão complicado.

— Eu não uso isso para dar pesadelos a *ninguém* — retruca Jude. — Por que vocês não tentam recordar um pouco? Quando foi a última vez, antes da noite passada, que realmente *tiveram* um pesadelo?

Penso em argumentar, mas então faço o que ele sugere. A última vez que tive um pesadelo real, antes da cobra ontem à noite, deve ter sido... *há dez anos*. Como é que nunca notei isso antes? Como nenhum de nós notou isso antes?

Mas é claro que as pessoas não pensam em ficar doentes quando estão saudáveis — talvez seja a mesma coisa. É fácil esquecer que os pesadelos existem se você não estiver tendo nenhum de verdade.

— Então você desvia nossos pesadelos *antes* de termos eles? — pergunto, tentando entender como ele faz isso.

Ele solta um longo suspiro.

— Algo do tipo, sim.

— Agora que penso no assunto, isso é incrível! — diz Mozart. — Gostei muito dos meus três anos sem pesadelos, então... obrigada, Jude.

Dá para ver que as palavras dela importam para ele, dá para ver a maneira como seus ombros e sua mandíbula relaxam um pouco quando ele percebe que não está sob ataque. Só estamos tentando entender.

— Quando você pega os pesadelos, para onde eles vão? — pergunta Ember, e pela primeira vez ela não soa irritada com o mundo. Apenas curiosa.

— Não importa onde você os coloca — intervém Mozart. — Eu quero saber como você pode fazer isso com seus poderes bloqueados. Nada disso deveria ser possível.

— Eles não podem bloquear meus poderes.

— Sério? — pergunta Ember, com os olhos quase saindo da cabeça. — Você tem sua magia?

— E não disse nada para nós? — Mozart parece tão surpresa com isso quanto pelo fato de ele ainda ter seu poder.

— Eu não sabia o que dizer — responde ele, exasperado. — É uma coisa muito séria para todos aqui, e parecia muita idiotice se gabar disso.

Ela pensa naquilo por um segundo — todos nós pensamos —, e então Simon encolhe os ombros.

— Para ser justo, você tem muitas atitudes idiotas, então deve entender nossa confusão.

Jude revira os olhos e todos os outros riem, e, aparentemente, a crise foi evitada.

— Ainda que tudo isso seja fascinante — comenta Izzy, com um tom de voz que diz que é tudo menos aquilo —, não estamos mais perto de descobrir por que a tapeçaria está quebrada.

Os fantasmas devem ter se cansado de qualquer que seja o drama que está acontecendo na praia, porque começaram a aparecer, circulando ao meu redor, procurando atenção. Eu tento ignorá-los, mas está ficando cada vez mais difícil fingir que não os noto.

— Além disso, nada explica por que os Jean-Babacas querem a tapeçaria — digo.

— Ou por que Clementine, de repente, vê passado, presente e futuro — acrescenta Luís.

— Nada disso faz sentido. — Jude soa determinado. — A tapeçaria não tem nada a ver com essas coisas. É só onde eu filtro os pesadelos, para que eles possam voltar para o Firmamento, e depois retornarem lentamente para o mundo de novo.

— Mas deve haver algo que você está deixando passar — diz Simon a ele, parecendo tão frustrado quanto Jude. — Conte-nos o processo. Talvez possamos encontrar a resposta se você compartilhar conosco.

— Não é tão complicado — responde Jude. — Toda noite, eu filtro os pesadelos das pessoas e os coloco em minha pele, onde eu os armazeno.

Como se para enfatizar o que ele está dizendo — ou talvez por saberem que Jude está falando deles —, os pesadelos ao redor de seu pescoço começam a se contorcer para cima, passando pela gola da camisa e indo até seu pescoço.

Jude os ignora.

— Daí, você os canaliza diretamente para a tapeçaria? — pergunta Remy, embora pareça tão distraído quanto eu.

Ele continua varrendo a sala como se estivesse esperando por algo, e não deixo de notar o brilho revelador, que aponta para o fato de que um monte de cintilações veio fazer companhia aos fantasmas.

— Não exatamente — responde Jude. — Os pesadelos não podem ir direto para a tapeçaria...

— Como assim? — pergunta Simon, incrédulo. — Qual é o objetivo de ter uma tapeçaria dos sonhos, então?

— Por que eles não podem entrar diretamente? — pergunta Mozart para ele.

— Parece um projeto ilógico... — Ember começa a falar.

— Ele tinha sete anos! — falo alto o suficiente para ser ouvida por todos eles. — Quando chegou aqui, ele tinha sete anos, e não tinha ninguém para ensiná-lo de verdade. Então, se tiverem problemas com o funcionamento da tapeçaria, talvez devessem questionar a pessoa que realmente a projetou!

Minha voz é definitivamente alta o suficiente para chamar a atenção do grupo, considerando que todos eles se voltam para mim ao mesmo tempo — sobretudo Mozart, com as sobrancelhas levantadas, e Ember, com um sorrisinho satisfeito dançando ao redor dos lábios.

Infelizmente, minha voz elevada também atraiu a atenção dos fantasmas e cintilações na sala, nenhum dos quais parece muito feliz com minha explosão.

Capítulo 74

ME DEIXE FORA DESSA

— A pessoa que a projetou está morta — diz Jude com calma, sua voz completamente desprovida de emoção.

— Então por que você não pode mudar isso? — pergunta Luís para ele, com um encolher de ombros descontraído. — Quero dizer, qual é o objetivo de ser um príncipe se você não pode fazer tudo o que quiser?

Izzy solta uma risada áspera, mas, quando nos viramos para ela, ela apenas encolhe os ombros e volta a girar uma adaga incrustada de joias sobre os nós dos dedos, agora que terminou de olhar as unhas que se parecem com garras.

— Se você não coloca os pesadelos diretamente na tapeçaria, o que faz com eles? Apenas sai andando por aí vestindo todos eles? — Remy acena na direção da faixa preta e plumosa que sobe meio que deslizando, lenta e furtivamente, pela bochecha de Jude.

Eu a observo, fascinada, até Jude esfregar a mão no queixo e ela deslizar de volta para baixo da camisa. Como ele perde o controle delas sendo que respondem a ele tão prontamente?

— Há pesadelos demais para isso. Eu os armazeno e, então, quando há o suficiente deles, eles geram monstros. São esses monstros que são filtrados na tapeçaria. — Ele pausa e balança a cabeça. — Os monstros debaixo da cama não são besteira. São apenas pesadelos tomando uma forma corpórea.

Suas palavras caem como uma bomba dentro de mim quando percebo o que ele está dizendo.

— Quer dizer que os monstros na contenção... o monstro-cobra, a lula-zilla e os chricklers... estão todos lá por sua causa?

Minha voz aumenta na última parte, mas não consigo evitar. Passei os últimos vários anos da minha vida sendo torturada por essas coisas, e eu não estou nada impressionada.

Agora faz sentido por que eles não o atacam. Ele é o criador delas.

Estremeço só de pensar.

E pelo jeito não sou a única.

— Espere aí, dr. Frankenstein — diz Luís para ele. — Você fica fazendo monstros que tentam o tempo todo matar a garota que você tem torturado nos últimos três anos, e nunca lhe ocorreu que o sistema pode precisar de uma reforma?

— Luís! — Olho para ele como quem quer dizer "mas que diabos?".

— O quê? — Ele levanta a mão, indignado. — Pode ficar brava comigo se quiser, Clementine, mas só estou falando o que vejo. Ele não ajudou você naquele maldito porão nos últimos três anos. E ele certamente não foi o cara que remendou você esse tempo todo. Então, sim, eu estou mais do que um pouco irritado, em seu nome.

No começo Jude não diz nada, mas, quando ele se vira para mim, posso ver o arrependimento em seus olhos. Sua mandíbula se aperta quando a culpa e a dor tomam conta.

— Desculpe — sussurra ele, finalmente.

E eu percebo o que Luís não nota — que Jude não me deixou sozinha, pelo menos não da maneira que meu melhor amigo pensa que ele fez. Em muitos dos dias em que eu estava lá embaixo, alimentando os chricklers, ele também tinha estado lá, só que um pouco antes de mim.

Porque eu me lembro bem do vislumbre de uma sombra correndo no escuro, ou de um capuz preto desaparecendo em um canto. Eu pensava que era minha mente brincando comigo ou um fantasma, mas o tempo todo era Jude. Eu não estava sozinha.

Não é à toa que havia dias em que os chricklers ainda tinham tigelas cheias de comida e água. Jude tinha cuidado disso para me poupar — e assim eu só levaria uma ou duas mordidas em vez de uma dúzia ou mais, como sempre. E eu nem fazia ideia.

Tenho uma visão completamente nova dos últimos três anos, e estou descobrindo que não foram nada como eu pensava. Algo se desbloqueia dentro de mim, e outra corrente que me impedia de confiar em Jude desliza lentamente para longe.

— Tudo bem — sussurro de volta. — Eu entendo.

— Pelo menos um de nós — bufa Luís.

Eu olho para ele como quem quer dizer "já chega". Ele cruza os braços sobre o peito e revira os olhos em resposta.

Mas então me lembro da mancha vermelha que vimos correr ontem, antes de os fantasmas descerem sobre nós.

— Era você no porão ontem? — sussurro.

— Não, eu... — Jude começa a falar, a preocupação marcada em seu rosto, mas Simon o interrompe.

— Então como os monstros são feitos? Tipo, existe uma fórmula ou...

— Eu não sei — diz Jude. — Não sou eu quem os faz.

— O que você quer dizer com isso? — pergunta Ember. — E em quem diabos você confiaria para criar coisas que fazem barulho à noite?

— De novo, eu tinha sete anos quando cheguei aqui — lembra ele. — Você confiaria em uma criança de sete anos para fazer esses monstros? Então a mãe de Clementine assumiu a tarefa, e ela tem feito isso desde então.

Eu pensava já não ter mais nada para me chocar, pensava que tudo o que aconteceu nas últimas vinte e quatro horas já havia me tornado insensível. Mas parece que eu estava errada, porque há uma parte de mim que não consegue processar o que ele acabou de dizer.

Minha mãe faz monstros com os pesadelos de Jude?

Minha mãe cria essas coisas nojentas e terríveis no porão usando a magia do cara que ela sabe que eu odiei por três anos e depois me manda lá para cuidar delas?

Porque, uau! Há o diabólico, e então há simplesmente o doentio. Minha mãe definitivamente fica na última categoria, em especial quando adiciono todas as mentiras que ela teve que me contar ao longo dos anos para manter todo o sistema funcionando. Ela não hospeda monstros por prazos curtos para ganhar dinheiro para a escola. Ela os abriga até que Jude possa colocá-los de volta na tapeçaria, onde aparentemente eles se dissolvem e se tornam pesadelos outra vez.

Minha mente fica confusa, as peças desse quebra-cabeça muito complexo giram em minha cabeça, e não faço ideia de como elas se encaixam.

Interrompo o pensamento quando outra pergunta me ocorre. Uma que não tem nada a ver com minha mãe, porque é certo que não estou pronta para lidar com a parte dela nessa confusão, ainda não. Sei que terei que fazer isso em algum momento, porque deve ter muito mais na história de Carolina ser mandada embora, mais do que Jude sabe. Afinal, minha mãe não é realmente do tipo a ser motivada por pesadelos — dela ou meus. Mas ainda não é hora de seguir por aí.

— Se os pesadelos são condensados em monstros com o único propósito de colocá-los de volta na tapeçaria, por que esses monstros ficam tanto tempo no porão? — pergunto a Jude. — Alguns deles estão lá há meses.

— Porque a tapeçaria só os aceita quatro vezes por ano — responde Jude, com ar sombrio. — Temos que esperar quando a magia está no seu poder máximo para colocá-los de volta na tapeçaria.

— Os solstícios? — adivinha Luís.

Jude confirma com a cabeça.

— E os equinócios.

Posso dizer pelo olhar no rosto de Remy que ele já chegou à mesma conclusão que eu.

— Hoje é a noite do equinócio — diz ele lentamente.

E Jude parece ficar ainda mais sombrio do que há alguns segundos.

Capítulo 75

AH, A BANSHEE NÃO FEZ ISSO

Não é à toa que ele surtou por eu pegar a tapeçaria ontem — e por ela estar quebrada agora. Ele precisa dela hoje à noite, ou esses monstros vão ter que esperar mais três meses.

— Então, o que fazemos? — pergunta Ember, olhando de um lado para o outro, entre Jude, a tapeçaria e eu.

— Nós consertamos. O que mais podemos fazer? — Simon passa a mão pelo cabelo, em frustração.

— E você acha que consertar a tapeçaria também vai consertar Clementine? — Luís bate como um dedo no joelho, em um gesto nervoso. — Ela não pode passar de novo por outro incidente como aquele.

Dou um sorriso grato para ele.

Ele me devolve o sorriso, mas ainda tem aquela expressão nos olhos — que me diz que em algum momento vamos falar sobre o que aconteceu.

Pensar naquilo me faz sentir dor no estômago, então eu me aferro ao que Remy me disse. Que o passado está definido, mas o futuro não. Não sei o que eu tenho que fazer para garantir que Luís não termine como aquela cintilação, mas, de alguma forma, vou descobrir.

— Se Clementine estiver certa, e a tapeçaria estiver falando com ela porque seu novo poder está relacionado a isso, então é lógico que consertar a tapeçaria também deve consertar o que quer que esteja acontecendo com ela — diz Remy. — Mas se não for...

— O que você quer dizer com "se não for"? — Eu me sento para a frente, alarmada agora. — Não tem como eu passar o resto da minha vida vendo todos e tudo triplicados. Eu simplesmente não posso!

Jude pega minha mão e acaricia os nós dos meus dedos com o polegar, em um gesto calmante.

— Nós vamos descobrir — me diz ele, com tanta confiança que eu quase acredito.

Claro, não ajuda o fato de ele parecer tão estressado quanto eu.

Luís se inclina diante da tapeçaria e, como se para provar que está determinado, puxa um par de fios soltos no canto da peça. Em vez de desfiar aquela pequena seção, a tapeçaria acende. Ela entra em algum tipo de modo de defesa, e todas as suas quatro bordas rolam para baixo, de modo que ninguém pode alcançar quaisquer pontas dos fios.

— Alguém mais viu isso? — pergunta Luís. — Ou é o estresse me fazendo alucinar?

— Ah, nós vimos — garante Simon.

— Mesmo porque não foi muito difícil — diz Mozart com ironia.

— Tem que haver alguma maneira de... — Eu me agacho ao lado da tapeçaria e dou uma olhada melhor nela.

Sou interrompida quando uma discussão começa do outro lado da sala. Eu me viro bem a tempo de ver um dragão em forma humana sair rolando pela metade do salão comum.

Ele bate na parede com força, e leva um momento para se recuperar. Mas então corre a todo vapor na direção da vampira que o atingiu. Enquanto corre, permanece na forma humana, exceto pelo enorme par de asas amarelo-esverdeadas que brota de suas costas.

Quando ele está a cerca de um metro e meio de distância da vampira, ele a agarra e a leva para o ar, subindo até o teto de nove metros da sala antes de soltá-la.

Por incrível que pareça, ela cai de pé, depois se lança no ar atrás dele. Ela não pode voar, mas pode pular muito alto, e quase consegue agarrar o pé dele.

Mas ele a chuta no último segundo e a acerta em cheio no rosto. Desta vez, quando ela despenca no chão novamente, é mais como um acidente. Ela pousa de lado e vai deslizando pelo piso gasto, só para parar nos pés de Danson.

Ele toca um apito, e quando o dragão o ignora, ele berra:

— Desça, agora!

Mas, de repente, o dragão é o menor dos problemas, porque uma matilha de quatro lobisomens em suas formas humanas aproveita a distração momentânea e cerca um pequeno grupo de banshees.

— Ah, merda — murmura Jude ao meu lado.

— Eles não fariam isso — digo a ele.

— Caralho, sim, eles fariam — diz Izzy, como se não tivesse dúvida do que vai acontecer.

Danson está ocupado, então eu olho em volta, procurando a sra. Aguilar, mas a encontro mediando algum tipo de desentendimento entre uma sirena e uma bruxa.

Eu quero chamá-la, para dizer que estamos prestes a ter um problemão, mas não vale a pena. Porque não importa quão estranhamente adorável a sra.

Aguilar seja, sua disciplina não é páreo nem para um aluno obstinado do jardim de infância, muito menos para um bando de paranormais irritados.

Então, em vez disso, eu saio correndo na direção dos lobos assim que eles avançam. Se eu conseguir chegar rápido o suficiente, talvez possa impedir que isso se transforme em uma catástrofe absoluta e irremediável.

Jude me ultrapassa na metade do caminho e quase se joga entre os lobos e as banshees. Mas já é tarde demais, porque, no instante em que um dos lobos faz um movimento para pegar uma das banshees, ela solta um grito que é uma das coisas mais horríveis que já ouvi.

Nos primeiros segundos, ela para a sala inteira. Nos segundos seguintes, todos nós — até mesmo o vampiro e o dragão lutando — cobrimos os ouvidos e caímos no chão. Vários segundos depois disso, os lobos começam a uivar com ela, quando seus delicados tímpanos estalam com o grito extremamente agudo. E, por fim, cerca de trinta segundos depois que a banshee começa a gritar, as janelas explodem em um milhão de cacos de vidro.

E é aí que tudo vira um inferno.

Capítulo 76

QUEM QUER LEVAR UM SUSTO

À medida que as janelas se quebram, uma após a outra, a tempestade invade o interior e a banshee finalmente para de berrar. Mas seus gritos — ou a súbita falta deles — são o menor dos nossos problemas quando o vento e a chuva invadem a sala.

A sra. Aguilar pede a todos que se protejam e depois mergulha atrás do móvel mais próximo que consegue encontrar — um carrinho de TV com um console central vazio, que nos dá uma visão perfeita dela se encolhendo atrás dele.

Ao mesmo tempo, Danson começa a gritar para todas as bruxas se reunirem no centro da sala — imagino que ele queira que elas façam algum tipo de feitiço para consertar as janelas. Mas apenas três bruxas aparecem. O que significa que o oceano ou seus pesadelos as pegaram.

Por um segundo, o rosto de Eva aparece na minha frente, mas eu afasto a imagem — afasto a lembrança dela. Haverá tempo mais tarde para eu lamentar. Agora, só preciso passar por isso.

Lutas eclodem mesmo enquanto vidro voa pela sala comum, cacos transformados em projéteis pelo vento vicioso e violento.

Feéricos contra dragões.

Dragões contra vampiros.

Vampiros contra sirenas.

Sirenas contra leopardos.

A lista é interminável.

— O que fazemos? — grita Luís, e eu percebo chocada que ele está logo atrás de Jude e eu.

Todos estão, exceto Izzy, que está sentada no sofá com seus AirPods. No início, penso que ela está fugindo da responsabilidade, mas então noto a tapeçaria enrolada aos seus pés e percebo que ela está de guarda.

Olho para os outros — para Mozart, cujos olhos já estão em modo de dragão. Para Simon, que resplandece por todo lado. Para Luís, que observa tudo com uma familiar inclinação canina de cabeça. Para Remy, Ember e Jude, que parecem preparados e prontos para qualquer luta que apareça em seu caminho — e percebo, pela primeira vez na minha vida, que eu realmente sou parte de uma matilha.

É uma matilha um pouco estranha, descombinada, mas ainda é uma matilha. E todos eles são meus.

Apesar do pesadelo em que todos nos encontramos, uma profunda gratidão me preenche. Assim como uma necessidade avassaladora de manter essas pessoas seguras, apesar de todas as probabilidades contrárias.

— O que você quer fazer? — Remy grita para ser ouvido sobre a cacofonia brutal que nos cerca.

— Impedir que eles se matem e, mais importante, que matem Danson e Aguilar? — respondo, embora seja mais uma pergunta.

Ember resmunga.

— Boa sorte com isso.

Mas, mesmo ao dizer isso, ela estende o pé e faz um feérico veterano, que persegue uma sereia do terceiro ano com uma intenção claramente nefasta, tropeçar.

Ele sai voando, e cai de cabeça em uma das mesas. Ele volta, louco para brigar, os olhos com aquela coisa estranha e brilhante que aparece quando os feéricos estão fazendo algo errado. Mas ele mal dá um passo antes que Luís dê um soco em seu rosto e cuide da situação.

Ouço o estalo de osso contra osso, e então o feérico cai de cara, desmaiado.

Ele despenca no chão com um baque, mas já seguimos em frente.

— Um a menos. Falta só um milhão — diz Mozart, enquanto suas asas e suas garras saem.

— Vou buscar a sra. Aguilar — digo a eles, porque ela ainda está atrás do carrinho de TV, só que agora as versões passada, presente e futura de Jean--Claude e Jean-Paul estão todos a assediando, como de costume.

— Vou com você — diz Jude, a voz ficando mais profunda de raiva.

— Nós tentaremos ajudar Danson — oferece Luís, com um olhar questionador para Remy, que acena com a cabeça.

— Nós vamos descobrir para onde levar todo mundo — diz Ember, e desvia de um vampiro com as presas fincadas profundamente na jugular de um leopardo.

— Porque aqui não é mais seguro.

Uma rajada de vento com chuva escolhe este momento para atravessar as janelas quebradas. É rápida — com a velocidade de algumas centenas de quilômetros por hora — e faz cacos de vidro voarem pelo ar como mísseis vindos de todas as direções.

Conseguimos desviar dos quatro ou cinco que vêm em nossa direção, mas alguns dos outros não têm tanta sorte. Um uivo vem de uma das extremidades da sala quando uma longa lasca corta as roupas de um lobo e se encrava em seu abdômen.

Eu me viro para olhar, e me dou conta de que uma sirena não teve tanta sorte. Um caco de vidro atingiu bem o lado de seu pescoço, abrindo sua jugular.

Ao nosso redor, a mesma cena se desenrola — se não do vidro da janela sendo arremessado nas pessoas a velocidades de furacão, então dos paranormais atacando uns aos outros.

É muito pior do que a praia, muito pior do que eu jamais imaginei que pudesse ser.

Temos que fazer algo. Não podemos simplesmente deixá-los se matarem.

— Ajudem Danson! — grito para Luís e Remy.

Jude e eu partimos em direção à sra. Aguilar, que agora está em posição fetal, com Jean-Paul inclinado sobre ela. Não sei o que ele está dizendo, mas a julgar pela maneira como ela chora, não é nada de bom.

Jude agarra Jean-Paul pelo ombro e o vira, batendo sua cara no carrinho de TV.

Jean-Paul solta um grito quando seu rosto racha a tela da TV, mas Jude apenas o puxa de volta e bate novamente.

Em resposta, Jean-Claude se lança nas costas de Jude. Eu me movo para interceptá-lo, mas Jude já está girando, os olhos ferozes e as tatuagens emitindo um estranho brilho hipnotizante enquanto deslizam por suas mãos e até sua garganta.

— Parem! — uma voz familiar grita do centro da sala. — Parem com isso agora!

Eu me viro e vejo meus avós correndo de um lado para o outro da sala. Várias vezes, vovô tenta ajudar alguém, mas não consegue. Suas mãos passam direto pela pessoa que ele está tentando salvar, e é óbvio que ele está ficando cada vez mais agitado.

Eu me viro para Jude, porque a última coisa que quero fazer é deixá-lo se ele precisar de mim. Mas os dois Jean-Babacas estão agora de cara no chão, e ele está ajudando a sra. Aguilar a se levantar.

— Eu já volto — digo a ele antes de correr até meus avós mortos.

Mas, no meio do caminho, noto outra coisa. Algo absolutamente terrível. Jean-Luc e Jean-Jacques estão em forma completa de feéricos, enquanto rastejam na direção de Izzy... e daquela maldita tapeçaria.

Capítulo 77

SINTA O TAPETE QUEIMAR

— Jude! — grito para ser ouvida por sobre toda a briga e confusão ao nosso redor. Ele se vira de imediato, as sobrancelhas erguidas seguindo a direção para onde aponto. Seu rosto fica sombrio assim que ele percebe o que está acontecendo, e então saímos os dois correndo na direção de Izzy, gritando seu nome.

Mas ela está com a cabeça baixa e os olhos fechados. Será que está... dormindo? Ela está de costas para nós, e não se vira quando gritamos seu nome. Torço para que ela se vire, e tento ir mais rápido, mas é tarde demais. Os Jean-Babacas já a alcançaram. Jean-Luc caminha por trás do sofá e a agarra pelo cabelo, torcendo-o em torno do punho antes de puxar sua cabeça para trás e apoiá-la contra o ombro.

Então ele joga um de seus AirPods no chão antes de se inclinar e sussurrar Deus sabe que obscenidades em seu ouvido. Enquanto isso, Jean-Jacques segue para a frente do sofá e agarra a tapeçaria. Assim que a tem em mãos, faz uma pequena dança, na frente de todos nós.

O que diabos esses caras querem com aquela maldita tapeçaria?

Eu rezo para que a tapeçaria seja tudo o que eles querem, rezo para que peguem aquela coisa e vão embora. Podemos rastreá-los mais tarde. Eu só não quero que eles a machuquem. Aprendi da maneira mais difícil quão mesquinhos e vingativos eles são, e Izzy já os fez parecer tolos mais de uma vez. Se decidirem que agora é a hora da vingança, as coisas estão prestes a ficar feias. E rápido.

Quando Jude e eu nos aproximamos, Jean-Luc tira uma faca do capuz e passa o cabo pelo braço de Izzy. Ela nem sequer se contrai, mesmo quando ele vira a faca e raspa a lâmina contra sua pele.

Não posso dizer o mesmo, pois me arrepio quando percebo que é uma das lâminas que ela usou para esfaquear a mesa de Jean-Luc ontem. Parece que mesquinhez e vingança estão definitivamente no cardápio de hoje.

Considerando o caos ao nosso redor e o fato de que Danson está distraído, posso ver com clareza por que este é o momento perfeito para atacar.

Dou um último impulso de velocidade, mas Jude chega até eles um segundo antes de mim.

— Deixe ela em paz, babaca — rosna ele, ao pular por sobre o sofá e olhar Jean-Luc e Izzy nos olhos.

Jean-Luc já está com a faca na garganta de Izzy quando dou a volta no sofá.

— Tenho que admitir que sempre tive curiosidade — diz ele ao pressionar a lâmina na pele de Izzy o suficiente para tirar uma gota perfeita de sangue. — Os vampiros sangram tanto quanto outros paranormais ou têm no sangue o mesmo coagulante da saliva? — Ele pressiona um pouco mais fundo. — Você não acha que agora parece um momento perfeito para descobrir?

— Sério? — diz Izzy para ele. — De onde você tira suas falas? De algum filme de terror de quinta categoria? — E então ela boceja. Ela *realmente* boceja enquanto um babaca ressentido pressiona uma faca em sua garganta.

— Vá se foder — rosna Jean-Luc, e a puxa com tudo por sobre a parte de trás do sofá. Ao fazer isso, a faca se crava ainda mais profundamente na garganta de Izzy, e o sangue começa a correr livremente do corte.

— Não machuque ela! — grito, com as mãos erguidas em um esforço para provar que não sou uma ameaça.

— Você não manda em mim, Clementine — diz ele em uma voz cantada que faz o cabelo na minha nuca se arrepiar. Porque, de repente, ele não parece são.

— Tudo bem, eu vou falar o que você tem que fazer — diz Izzy, em uma voz entediada e monótona. — Me deixe ir ou você vai se arrepender. — Mas então o olhar dela se volta para mim, e há uma malícia ali que não entendo. Pelo menos não até ela continuar. — Essa é minha fala, certo? Ou devo implorar para o homem grande e mau não me machucar? — Ela faz uma voz fina e infantil ao dizer a última parte, e até bate os cílios, para garantir o efeito. — Por favor, por favor, estou tão assustada.

Jude me lança um olhar de "que merda é essa?".

Os outros, que também vieram correndo, param alguns metros atrás de Jean-Luc, sabendo que se aproximar não é a melhor ideia.

— Cale a boca! — rosna Jean-Luc, seu rosto distorcido de raiva enquanto seu olhar se volta para Jean-Jacques. — Você conferiu? É aquela tapeçaria?

Jean-Jacques confirma com a cabeça.

— É ela.

— Bom. Tire ela daqui. — Ele aperta a faca ainda mais, e de repente muito mais sangue desce pela garganta de Izzy.

O alarme dispara em mim antes mesmo que ele continue.

— Vou cuidar disso e depois vou logo atrás de...

E é aí que Izzy ataca.

Capítulo 78

JEAN-JÁ ERA

Ela levanta a mão, agarra o polegar que segura a faca e o dobra para trás até um forte som de estalo encher o ar.

O grito correspondente de Jean-Luc é agudo e infantil. Ele se afasta e imediatamente deixa cair a faca. Izzy a pega no ar, a gira na mão e depois a enfia bem no centro do peito dele.

Ela torce a faca várias vezes antes de retirá-la.

Jean-Luc está morto antes mesmo de atingir o chão.

Izzy sequer se dá ao trabalho de sair do caminho dele. Apenas o chuta quando cai, depois leva a faca à boca e lambe a lâmina da ponta até o cabo.

Quando termina, ergue o olhar e dá de cara conosco, todos com olhos arregalados e boquiabertos. Mas ela apenas dá de ombros e diz:

— O quê? Todo mundo tem que fazer um lanche.

Não tenho ideia do que devo dizer. Acho que ninguém tem.

Exceto por Remy, que se aproxima para pressionar os dedos suavemente na garganta de Izzy.

— Não parece tão ruim, mas talvez devêssemos fazer um curativo.

— Ah, por favor. — Ela revira os olhos. — Já passei por coisa pior nas noites em que meu querido e velho papai estava realmente satisfeito comigo.

Ela deixa o resto sem ser dito, mas, levando em conta que acabou de matar uma pessoa e está completamente impassível, acho que não foi nada bom.

Jude se vira para Jean-Jacques, que está em choque olhando para o corpo de Jean-Luc, e arranca a tapeçaria de suas mãos.

— Saia daqui — rosna ele.

Jean-Jacques acena com a cabeça e cambaleia para trás, mas, antes que ele possa se afastar, Jean-Paul voa direto em nossa direção, com Jean-Claude logo atrás. Suas asas estão trabalhando duas vezes mais rápido, e seus rostos estão torcidos de raiva. Jean-Paul grita para Izzy:

— Sua vadia!

As sobrancelhas dela se erguem, e um sorriso perigoso brinca em seus lábios, o que sugere que Jean-Jacques pode se tornar o único Jean-Babaca vivo. *Se* tiver sorte. É por isso que, quando a mão dela aperta o cabo da faca, eu quase me jogo entre eles.

— Vocês precisam ir...

Jean-Jacques me chuta na cabeça, com força, e eu recuo, vendo estrelas. Jude avança, arranca o feérico do ar e desfere um soco bem no meio da cara dele. É o que basta para Jean-Jacques desmaiar.

Momentos depois, Jude faz o mesmo com Jean-Paul, depois joga os dois feéricos inconscientes ao lado do corpo de Jean-Luc. Então ele se vira para Jean-Claude, com as duas sobrancelhas erguidas — e é o que basta para o outro feérico dar o fora aos tropeços.

Uma vez que ele se foi, o resto de nós leva um momento para digerir tudo o que acabou de acontecer.

Eu sei que foi justificado — ou tão justificado quanto matar poderia ser.

Mas Jean-Luc está morto. E Izzy fez isso como se fosse a coisa mais fácil do mundo. Não sei como lidar com essa situação, mesmo estando cercada por tanta morte. Tudo o que consigo fazer é olhar para a única versão passada de Jean-Luc em pé sobre seu corpo ainda sangrando, de alguma forma com um olhar presunçoso ainda no rosto.

— Você está bem? — pergunta Jude, a voz baixa e urgente enquanto observa meu rosto.

— Sim, claro — digo a ele, porque é verdade, ainda que minha cabeça esteja latejando agora.

Ele não parece convencido, nem Remy, que vem logo atrás dele.

— Você precisa se abrir — me diz Jude, em uma voz tão gentil que mal a reconheço.

— Uau, você realmente tem todas as melhores falas.

— Ela está coerente o bastante para colocar você no seu lugar — diz Remy, entretido. — Acho que isso deve ser um bom sinal.

— Para outra pessoa, talvez. Mas ela poderia me colocar no meu lugar até dormindo.

Mas, no final, Jude deve ter decidido que estou bem de verdade, porque deixa o assunto de lado.

Tudo ainda está caótico. O vento e a chuva varrendo o lugar garantem isso. Apesar de Danson conseguir controlar parcialmente o salão, os grunhidos baixos e os desafios de dominância continuam.

Há vários corpos inconscientes — e coisas piores — espalhados pela sala, corpos pelos quais meus amigos e eu *não somos* responsáveis.

Eu ignoro meu estômago embrulhado, engulo a bile que ameaça voltar pelo meu esôfago e tento pensar no que devemos fazer a seguir.

Danson sobe em uma mesa no meio da sala, com um megafone em mãos — e espero que signifique que ele tem um plano, porque estou sem ideias.

A sra. Aguilar está logo abaixo dele e tenta silenciar os alunos, para que prestem atenção. Nenhum deles dá bola para ela, mas pelo menos ficam quietos quando Danson pede atenção pelo megafone.

— Primeiro de tudo, quero começar dizendo que o que acabou de acontecer aqui não pode acontecer, nunca mais. — Ele faz uma pausa de efeito e passa um tempo olhando de grupo em grupo. — Se não acreditarem em mais nada que eu lhes contar hoje, acreditem nisso. Esta tempestade vai piorar antes de melhorar.

As palavras dele ressoam pela sala, e embora algumas pessoas riam, a maioria dos alunos rapidamente fica séria.

— O olho do furacão ainda não chegou até nós, o que significa que qualquer pancada de chuva que passar a seguir será pior do que essa que já estamos experimentando. Serão chuvas mais fortes, ventos mais rápidos e, provavelmente, raios e trovões piores.

Como se para enfatizar suas palavras, um raio corta o céu ao mesmo tempo que uma enorme rajada de vento atravessa o salão, de uma extremidade até a outra. Derruba cadeiras, arremessa vários alunos em seu caminho, que se chocam contra as paredes e uns nos outros, e quase derruba a mesa sobre a qual Danson está em pé.

Ele consegue descer com um pulo, um pouco antes de a mesa deslizar selvagemente pela sala, mas o vento o pega e ele quase vai com ela.

— O que vamos fazer? — pergunta Ember, inquieta. — Não podemos ficar em um prédio com as janelas quebradas se as coisas vão ficar tão ruins quanto ele diz.

Se for mesmo um categoria cinco, metade da ilha vai ser arrasada. E estamos presos aqui, um bando de alvos fáceis, sem lugar para ir e nada a fazer além de matar uns aos outros.

O pensamento me gela até os ossos, e tento pensar em um lugar seguro para onde podemos ir. A masmorra no prédio administrativo seria a escolha lógica... se o lugar não estivesse cheio de monstros de pesadelo esperando por presas frescas.

O antigo salão de bailes também tem um nível inferior, mas ninguém vai lá há anos — não desde que minha mãe o fechou porque os alunos continuavam sendo pegos fazendo "atividades ilícitas" lá.

Fora isso, nossas escolhas são limitadas. Talvez o ginásio, porque não tem janelas ou portas expostas. Mas também significa que todos nós ficaremos sentados no escuro. A biblioteca tem enormes pilhas de livros que podem ser empurradas para cobrir as janelas pelo lado de dentro. Não tenho certeza se isso realmente fará algum bem contra ventos de duzentos e cinquenta quilômetros por hora, mas é uma boa ideia.

Danson finalmente se orienta e consegue chamar a atenção de todos.

— Não podemos ficar aqui — diz ele. — Não com as janelas quebradas e a proximidade do oceano. Estaremos mais seguros no interior da ilha. Sair daqui não será fácil... foi difícil há algumas horas, e as condições só pioraram desde então. Mas permanecer aqui só vai ficar cada vez mais perigoso, e a tempestade tem piorado a cada minuto que passa.

— Esqueça as aulas de controle de raiva — diz Simon com um revirar de olhos. — Esse cara deveria ser um orador motivacional.

— Para ser justa, estou me sentindo muito motivada agora — comenta Mozart com uma careta.

— E não estamos todos? — pergunta Remy, irônico.

— Então, a sra. Aguilar e eu decidimos que vamos levar todos vocês para o ginásio — continua Danson. — Tem proximidade com a cafeteria, o que garante uma transferência imediata de comida, além de não ter janelas e estar cercada por outros prédios para ajudar com o bloqueio do vento. Mas, para chegar lá, vamos precisar da cooperação de cada um de vocês.

Mais uma vez, ele faz uma pausa e, desta vez, se certifica de olhar diretamente nos olhos dos maiores causadores de problemas do salão.

— Precisamos de ajuda para pegar o que resta de seus pertences pessoais, suprimentos e qualquer comida que tenha sobrado para podermos levá-los conosco. Vamos nos encontrar nas portas da frente em cinco minutos.

Ele leva um segundo para limpar a garganta antes de repetir:

— Sairemos daqui em cinco minutos, então não haverá *absolutamente* nenhuma briga entre vocês. Precisamos chegar ao ginásio antes que a tempestade piore, e não temos tempo para mais hostilidade. Fui claro?

Quando ninguém responde, ele estreita os olhos e pergunta outra vez:

— Fui claro?

Algumas pessoas murmuram respostas que soam afirmativas, e acho que isso é bom o bastante para Danson, porque ele não pergunta uma terceira vez. Em vez disso, nos lembra que temos cinco minutos para arrumar nossas coisas e chegar à porta, e então nos dispensa.

Perdi minha mochila e meu celular no portal, então não tenho nada além das roupas descombinadas em meu corpo. Mas pego uma bolsa de viagem e a encho com blusas de moletom extras para todos nós, enquanto Jude e Remy fazem o mesmo com lanches e garrafas de água.

Cinco minutos passam em cinco segundos e, de repente, é hora de ir.

— Estou com um mau pressentimento — murmura Jude ao nos juntarmos aos outros.

— Para ser justo, não tem muita coisa aqui que cause uma boa sensação agora — diz Simon a ele.

— Não é? — Ember solta um longo suspiro. — Estamos presos em uma ilha com um bando de imbecis que tentam se matar à menor provocação. Um furacão de categoria cinco está se aproximando, e estamos completamente isolados e sem qualquer forma de comunicação. Sem boletins meteorológicos, sem internet, sem telefone, sem luz.

— Para mim, parece um passeio de acampamento como qualquer outro — responde Remy com ironia.

— Se quando diz acampamento, você quer dizer *Jogos Vorazes* com a mãe natureza como uma das participantes, então sim, isso é exatamente como acampar — digo a ele.

Os outros riem, mas só por um segundo, porque Danson abre caminho pela fila dupla de alunos até a porta principal.

— Vamos direto para a cerca, e de lá para o lado norte do ginásio. Não parem por nenhum motivo. Não voltem por nenhum motivo. E em nenhuma circunstância entrem em uma briga por nenhum motivo. Entendido?

Se estamos prontos ou não, não importa mais, porque assim que Danson abre a porta, todos nós saímos, dois de cada vez.

De alguma forma, é ainda pior do que eu poderia imaginar.

Capítulo 79

SAIBA QUANDO SE ASSUSTAR

A chuva bate no meu rosto. A água que cai torrencialmente encharca minhas roupas e meu cabelo, tornando impossível pensar, em especial quando combinada com ventos que tornam cada passo uma agonia absoluta.

A temperatura caiu, então o calor pegajoso se foi. Mas a chuva fria só torna tudo milhões de vezes mais desconfortável, o que eu não achava ser possível.

Ao meu redor, as pessoas estão ofegantes, xingando e lutando para continuar contra ventos que parecem determinados a nos levar ao chão. Penso em me transformar em manticora, só porque me dá mais massa corporal, mas agora não parece ser a hora de complicar a situação.

Então, em vez disso, apenas encolho os ombros e me inclino para a frente enquanto espero pelo melhor.

Ao meu lado, Ember — que é muito mais baixa e frágil do que eu — continua sendo atingida pelo vento. E embora as fênix tenham muitas coisas realmente legais a seu respeito, força física não é uma delas. Então, para cada dois passos que ela dá, o vento a manda de volta até parecer que ela está andando sem sair do lugar.

— Fique atrás de mim! — grito, dando um passo à frente para bloquear sua versão presente o máximo possível do vento, enquanto seu passado e futuro continuam sendo levados para o inferno uma e outra vez.

Jude ajusta sua posição quando faço isso e, pela primeira vez, percebo que ele tem usado seu corpo grande para fazer exatamente a mesma coisa para mim.

— Obrigada! — grito para ser ouvida por sobre os rugidos do vento e do oceano. Ridiculamente, meu coração dispara um pouco enquanto espero uma resposta dele. Mas, no final, Jude não diz nada. Ele apenas lança um olhar longo e inabalável por cima do ombro que, de alguma forma, tem o poder de me deixar quente e fria, flutuante e firme ao mesmo tempo.

E assim desmorona outra parte da barreira impenetrável que tento desesperadamente manter entre nós.

Exceto por aquele momento na praia, não tivemos tempo para conversar desde que tudo deu errado. E embora pular através de um portal desmoronando para salvar alguém seja algo bem sério... não faço ideia do que isso significa para nossa amizade ou qualquer outra coisa.

Mas, agora, tudo que importa é chegar a um lugar seguro antes que o próximo nível do inferno nos atinja.

Finalmente chegamos à cerca e, enquanto esperamos nossa vez de passar por ela, Jude se vira e me encara com um olhar tão intenso que começo a pensar que ler mentes é outro de seus poderes. Então ele se inclina tão perto que posso sentir o calor de sua respiração em meu ouvido, e diz:

— Estou com um mau pressentimento. Fique de olho nos Jean-Babacas.

Não posso deixar de rir, porque ele também começou a chamá-los pelo apelido que criei, mas também concordo com ele.

— Você também acha que eles vão fazer algo nojento? — pergunto.

— Acho que vão fazer algo reprovável — responde ele. E não tenho como discutir. Essa é praticamente a definição dos três.

Os próximos cinco minutos passam sem incidentes. Embora eu fique vigilante, não há sinal dos três feéricos, felizmente, e não demora muito para ser nossa vez de passar pela cerca. Mas mal conseguimos percorrer cem metros do portão quando ouço um som familiar.

Meus ouvidos se aguçam e arrepios percorrem meu corpo. Porque só conheço uma coisa na Terra que faça esse barulho em particular.

Eu me viro para olhar ao redor, e descubro que Jude e Luís estão fazendo a mesma coisa. Quando nossos olhos se encontram, Luís agarra meu braço e diz:

— Eu sabia que era uma má ideia.

— Você também ouviu? — pergunto, o frio dentro de mim piorando à medida que o som fica mais alto. — Ah, merda.

— Ah, merda, mesmo — responde ele.

— Qual é o problema? — Pela primeira vez desde que matou Jean-Luc, Izzy parece realmente interessada. — O que está aconte...

Ela para no meio da frase, seus olhos se arregalando. O que... caramba.

E mesmo que eu diga a mim mesma que não pode ser, que precisamos seguir em frente, não consigo resistir e me viro para olhar o que ela está vendo.

Então desejo de verdade, mas de verdade mesmo, não ter feito isso, pois centenas de chricklers irritados correm bem na direção de todo o nosso grupo.

— O que vamos fazer? — sibila Luís enquanto a chuva continua caindo sobre nós.

— Fique imóvel — digo a ele, porque todas as nossas opções são ruins no momento, mas de todas as ruins, essa é definitivamente a melhor.

— Sério? Você quer que deixemos eles nos alcançarem? — rosna ele.

— O que eu quero é dar uma chance aos outros alunos de chegarem ao ginásio — respondo. — Então, sim, eu quero deixar que nos alcancem.

Ele revira os olhos.

— Ser o melhor amigo que se sacrifica não é uma boa ideia — resmunga ele. Mas se move e se posiciona bem no meio da passagem central.

Os outros também percebem o que está acontecendo agora, e leva apenas cerca de trinta segundos para formarmos uma espécie de bloqueio com nossos corpos. Espero que Danson aprecie a ajuda desta vez, porque, se ele me der um sermão por não o seguir até o ginásio, pode ser que eu quebre minhas próprias regras sobre usar minha cauda e o ferroe de propósito.

— E agora? — pergunta Simon, enquanto se move para minha direita.

— Nós esperamos — diz Jude, sombrio. — E algo me diz que não será por muito tempo.

Capítulo 80

NO CALOR, TUDO SE DESCONTROLA

Ele está certo. Não leva muito tempo. Porque, menos de um minuto depois, Ember pergunta:

— O que são essas coisas? — Ela soa mais curiosa do que assustada, o que é prova de que nunca teve que lidar com os monstrinhos malignos antes.

— Chricklers — respondo, meu coração afundando até os pés ao ver o que parece ser um exército inteiro dos babaquinhas subindo pela passarela em nossa direção.

— Chricklers? — repete Mozart. — É dessas criaturinhas fofas que você reclama tanto?

— Eles são malignos — diz Luís a ela, sem rodeios, enquanto começa a recuar com um olhar horrorizado no rosto.

— Não se mova! — digo a ele, e ele congela instantaneamente.

— De jeito nenhum! Eles são adoráveis. — Mozart se agacha para que eles possam se aproximar com mais facilidade dela.

— Eles são o diabo encarnado — Luís a corrige, embora tenha obviamente atendido meu aviso sobre não se mover, porque fala apenas com o canto da boca. — Cada um pesa menos de três quilos, e o vento não conseguiu tirar nenhum deles do curso. O que você chama isso se não de uma linha direta para o Inferno?

— Mas o que devemos fazer? Devemos correr ou... — pergunta Simon enquanto começa a recuar lentamente.

— Não! De jeito nenhum, não corra! — digo a ele. — Eles reagem ao movimento.

— Como um tiranossauro *rex* — acrescenta Luís.

Os outros riem, mas ele não está errado. É por isso que alimentá-los e limpar seu cercado é sempre tão difícil.

— Não tem como você nos transportar para longe daqui? — pergunta Izzy a Remy. — Nos levar para o ginásio, longe dessas coisas? Ou, melhor ainda, nos teleportar para fora da ilha?

Ele balança a cabeça, parecendo sombrio.

— Já tentei várias vezes. Supostamente, o bloqueio de portais foi desligado, mas cada vez que tento abrir um para algum lugar fora da ilha, não funciona. A porta bate na minha cara.

Izzy revira os olhos.

— Me lembra de novo por que eu mantenho você por perto?

Mas, quando ela começa a mudar o peso do corpo de um pé para o outro, eu a advirto:

— Não se mova!

— Ou o quê? Temos apenas que ficar aqui, torcer para que o vento não nos leve embora e esperar que eles não notem que estamos respirando? — pergunta Ember, incrédula. — Ou isso não conta como movimento?

— Ah, conta... — digo a ela.

— Foda-se isso. — Ela começa a se virar, mas eu estendo a mão e agarro seu punho para mantê-la no lugar.

— Pare! — sibilo.

— Quão ruins eles podem ser? — pergunta Remy, de olhos arregalados, mas pelo menos ele tem o bom senso de não se mover.

— Dá um tempo. Vocês não são nada maus, certo? — À medida que eles se aproximam, Mozart faz carinho nos chricklers, da mesma maneira que faria com um filhote ou um bebê. Algo que tenho certeza de que ela vai se arrepender muito em breve, considerando que pegou no colo as coisinhas pretas e brancas, com as orelhas caídas... que parecem muito fofas, mas dão uma mordida enorme. — Vocês são só mal interpretados. É só isso. Apenas incompreendidos e completamente adoráveis.

Ela está certa em uma coisa. Todos os chricklers são adoráveis — e em todas as cores do arco-íris. Alguns têm patas grandes e orelhas peludas. Outros têm caudas longas e os olhos mais doces e grandes que já se viu. E ainda outros têm longos e brilhantes bigodinhos e a pelagem mais macia e cintilante imaginável. Sem mencionar que todos têm os rostos mais fofos que existem.

Mas também são descendentes totais e completos do diabo. Cada um deles.

— Eu resolvo isso — diz Jude para nós enquanto se coloca diante de Mozart. — Vocês vão em frente.

— Tem certeza? — pergunto, em dúvida. — Tem um monte deles.

— Eles são tranquilos. São apenas pesadelos bebês — explica ele com um revirar de olhos. — E eu já falei para você, os monstros não me machucam.

Logicamente, eu sei que isso é verdade. Vi com meus próprios olhos quando a lula-zilla nojenta fugiu assim que Jude entrou no recinto. Então talvez ele esteja certo. Talvez o melhor seja deixar os chricklers com Jude.

— Acho que podemos ir para o salão de baile enquanto você cuida disso — digo a ele, e afrouxo a mão que segura o punho de Ember.

— Sim, por que você não... — Ele para de falar quando o primeiro chrickler o alcança. Ele sobe correndo pela sua perna e crava os dentes muito grandes, muito afiados, muito pontiagudos bem em seu bíceps.

— Que porra! — rosna ele, sacudindo o braço e arremessando o chrickler bem na hora em que um monte de seus irmãos cercam a ainda encantada Mozart. E mordem cada pedaço dela que conseguem.

— Ai! — grita ela, pulando para tentar tirá-los de si.

Mas eles já pegaram um pedaço dela agora — vários pedaços —, e não têm pressa em soltar.

Jude tenta tirá-los dela, e eles respondem virando-se e mordendo ele também. Várias vezes.

Ele parece chocado, embora pareça mais insultado por sua traição.

— Tire essas coisas de mim! — grita Mozart, girando e sacudindo os braços para cima e para baixo, como se estivesse tentando voar.

Um grupo inteiro de chricklers de cor rosa-choque acaba de ver Ember também.

— Merda, merda, merda! — exclama ela, e, quando o primeiro salta em sua direção, ela se transforma em fênix e voa. Mas dois dos chricklers não estão dispostos a deixá-la ir tão facilmente e saltam atrás dela, cada um conseguindo agarrar suas patas de pássaro.

Eles a mordem, e a fênix grita e tenta voar mais alto para fazê-los soltar. Mas o vento violento a lança de volta ao chão, bem no meio de outra pilha de chricklers.

Ela muda de forma assim que o resto de nós corre para ajudá-la. Mas isso alerta os chricklers de nossa presença também, e os que correm em direção a ela mudam de curso, suas patas enormes devorando a curta distância entre eles e o resto de nós.

— Ah, Deus — geme Simon baixinho, com o canto da boca. — Eles me encontraram.

Um chrickler todo preto está em seu pé, vários laranja e brancos estão em suas costas, e um prata, bastante esforçado, está empoleirado em seu pescoço, muito perto da jugular para o meu gosto.

Desta vez é Izzy quem se junta à briga, arrancando o chrickler do pescoço de Simon e lançando-o o mais longe que sua força de vampiro permite — o que, é claro, é muito longe. Mas também é a última coisa que ela faz antes de ser cercada, e, ao contrário de Simon, não fica parada quando isso acontece.

Em vez disso, ela solta um grito muito diferente do habitual e usa sua velocidade sobrenatural para arrancá-los de si mesma e lançá-los ao vento — o que só os deixa mais irritados. Mais monstrinhos a mordem e a arranham, até que nem mesmo sua velocidade de vampiro é suficiente para dar conta deles.

Remy tenta resgatá-la, avançando e arrancando vários dos pequenos animais que estão presos no cabelo de Izzy. Mas eles não desistem sem lutar, e se viram para morder Remy.

Mozart luta sua própria batalha, e solta um jato de chamas destinado a mantê-los à distância.

É fogo de dragão, então leva pelo menos um minuto para a chuva apagar. Como se por milagre, eles perdem o interesse em nós por um momento enquanto observam o incêndio — antes de pularem direto no fogo, um após o outro, e emergirem segundos depois pelo menos cinco vezes maiores do que quando entraram.

— Mas que diabos, Clementine! — resmunga Luís. — Você não nos disse que eles evoluem como a porra de um Pokémon.

— Desculpe, mas eu nunca taquei fogo neles antes! — grito de volta.

É então que um chrickler azul, que agora tem o tamanho de um dogue alemão, se vira para me encarar, suas enormes presas pingando uma combinação nojenta de sangue e cuspe.

E foda-se isso. Estamos em um número muito menor para fazer qualquer coisa além de fugir.

— Corram! — eu grito.

E é o que fazemos, todos em disparada na direção do velho salão de dança. Mas, por mais que pareça impossível, o vento e a chuva pioraram, de modo que a cada passo parece que estamos atolando em areia movediça.

Um dos chricklers maiores — que agora tem o tamanho de um Cão dos Pirenéus — pula direto em mim. Eu desvio para a esquerda, mas o vento está muito forte e me desacelera. A coisa aterrissa em cima de mim e vai direto para minha jugular.

Jude, que corre bem ao meu lado, agarra o bicho e o arranca de mim antes que ele afunde os dentes — cada um agora do tamanho de uma fatia grande de pizza — no meu pescoço.

Jude consegue lutar contra ele — e esmagar a coisa na árvore mais próxima.

Mas algo no ataque — talvez devido à proximidade de um monte de pesadelos condensados — ativa suas tatuagens, e elas começam a brilhar na opacidade cinza da tempestade.

No segundo em que as tatuagens começam a se mover, o chrickler preso às suas costas solta um guincho. Quando cai no chão, todo o seu corpo treme, como se tivesse acabado de ser atingido por um choque elétrico.

Jude parece tão surpreso quanto eu, mas agora que o monstro não está no caminho, posso observar as tatuagens se contorcendo, inquietas, em suas costas, indo até o pescoço e subindo e descendo pelos braços através dos rasgos em seu moletom. Parece que estão tentando se libertar, tentando ajudá-lo a repelir o ataque.

Jude as suprime com um rápido aperto de mandíbula e toque da mão na pele exposta, de modo que o brilho desaparece tão rápido quanto apareceu.

Mas, no instante em que o brilho desaparece, os chricklers estão sobre ele novamente. Dezenas deles o cercam ao mesmo tempo.

— Vão! — grita ele para nós quando os monstros começam a arrastá-lo para o chão.

Ele se solta, mas ainda mais chricklers se amontoam, sufocando-o sob seu peso e número.

Eu assisto com horror quando Jude cai no chão.

Suas tatuagens começam a se mover e brilhar novamente, mas há tantos chricklers sobre ele agora, que as camadas externas não podem ver ou sentir as tatuagens, e eles continuam se amontoando, enquanto a camada interna grita de medo e tenta escapar. Os chricklers estão em um frenesi total.

Simon, Mozart, Remy e eu corremos até Jude — ou fazemos o melhor possível para correr, pois também arrastamos nossos próprios chricklers acessórios conosco.

— Você consegue encantá-los ou algo assim? — pergunta Mozart a Simon, enquanto trabalhamos juntos para tentar arrancar alguns desses monstros vis de cima de Jude.

— Eu já tentei — responde ele, e soa tão apavorado quanto eu. — Eles não são sencientes, são apenas pesadelos em uma forma orgânica.

— Então o que fazemos? — Mozart parece quase em lágrimas.

Mas não importa o quanto tentemos arrancar os chricklers de Jude, nada funciona. Olho em volta à procura de algo para fazer, alguma ideia que ainda não tentei, mas antes que eu possa encontrar algo, Izzy espeta sua faca em um dos chricklers que tenta morder sua perna.

No segundo em que a lâmina entra no monstro, ele sibila — depois se condensa instantaneamente em um dos pesadelos escuros e etéreos que Jude usa em seu corpo.

Agora que descobriu que pode matar os chricklers a facadas, ela está na sua praia. Com uma faca em cada mão, ela começa a cortar. Segundos depois, uma dúzia de fitas de pesadelo estão girando no ar.

Eu observo com espanto conforme o vento as pega.

— Me dá uma faca! — grito para Izzy, mas ela está se divertindo demais para ouvir, enfrentando a próxima camada de chricklers presos a Jude.

Então Remy decide resolver o problema e estende a mão para enfiá-la atrás da camisa de Izzy e pegar uma faca — o esforço quase o fez perder o braço.

— Mas que diabos? — pergunta ela ao se virar para encará-lo, de olhos arregalados. E, de alguma forma, ainda consegue matar dois chricklers pintadinhos de roxo, um após o outro, mesmo estando virada para o outro lado.

— Precisamos de facas! — diz Remy a ela, com urgência na voz.

— Por que você sempre tem que estragar a diversão de tudo? — Ela faz um bico. Mas então tira uma faca gigante da perna da calça e entrega a ele.

Um dia desses ela vai me contar como consegue. Porque não há como uma pessoa carregar tantas facas consigo. De jeito nenhum. Juro, esta é quase tão grande quanto ela.

Remy se vira e começa a cortar os chricklers também, usando a faca como uma foice.

— E quanto ao resto de nós? — pede Mozart, desesperada.

Izzy revira os olhos e saca a menor adaga que já vi.

Ela a joga para Mozart e diz:

— Divirta-se.

— Sério? — Mozart parece totalmente ofendida.

— Sim, bem, da próxima vez pense antes de disparar fogo.

Eu me inclino e tento tirar um chrickler de Jude — pelo visto, não sou digna de uma lâmina —, e ganho um par de dentes na mão pelo meu esforço. Mas, pelo lado bom, consigo ver parte da perna de Jude, então eu sinto que estamos chegando perto.

Izzy deve sentir o mesmo, porque fica um pouco entusiasmada demais e faz um rasgo enorme em um bando de chricklers — e também acerta o antebraço de Mozart.

— Ai! — grita Mozart, deixando cair sua faca. — Você é uma ameaça tão grande quanto os chricklers.

— Faça-me o favor — zomba Izzy. — Essa é a minha versão com travas de segurança.

— É o que eu temo. — Mozart não parece impressionada.

Como ela está sangrando e não pode mais usá-la, eu pego a faca. Nunca esfaqueei nada antes, e se me perguntassem há dez minutos, eu teria dito que ficaria bem feliz vivendo o resto da minha vida sem nunca esfaquear ninguém ou coisa alguma.

Mas eu me recuso a me dar uma chance de pensar demais e mergulho a faca no chrickler mais próximo. Então quase recuo, não porque é nojento, mas porque não é.

É a sensação mais estranha. O monstro não é tão sólido quanto eu esperava que fosse. Parece quase... vazio. Não há resistência quando a faca desliza para dentro, e no instante em que ela está enterrada até o cabo, o chrickler faz exatamente o que os outros fizeram. Ele se condensa em uma pluma preta e é levado pelo vento.

Eu miro um segundo, depois fico louca porque uma nova horda de chricklers vem correndo em nossa direção. E todos eles parecem sedentos por paranormais.

Simon, que está mais para trás com Remy, Ember e Luís, tentando manter os outros chricklers longe de nós para que possamos ajudar Jude, geme.

— Droga, Clementine. Não podemos lutar contra todos eles.

— Eu sei — respondo, séria, enquanto me preparo para o que pode muito bem ser um banho de sangue.

Então, de repente, um grito enche o ar — seguido pelo som de dentes caindo no chão.

— Ah, não, porra — diz Luís, sua voz pingando horror.

Mas ele e eu não somos os únicos a ouvir o grito de batalha daquela coisa monstruosa, em forma de hidra, com a qual tivemos que lutar na masmorra. Os chricklers também ouvem, e suas cabeças se levantam em alarme.

Com ouvidos atentos, tentando enxergar através da chuva, eles ficam paralisados por vários segundos. Então, com uivos de terror, abandonam a luta e se dispersam em todas as direções, deixando os oito de nós observando a fuga.

— Então, alguém quer ir para o salão de bailes? — pergunta Luís.

O resto de nós não precisa pensar duas vezes. Saímos correndo direto para o velho prédio decadente.

Capítulo 81

E O ASSUSTADOR NÃO DÁ TRÉGUA

Nós lutamos contra o vento enquanto corremos em direção à segurança. De vez em quando, encontramos um chrickler desgarrado, mas Izzy já pegou o jeito com eles, e chegamos ao salão de baile com quase nenhuma outra lesão.

Paramos bruscamente na porta, prontos para entrar. Mas um cadeado gigante e uma corrente pendem das maçanetas, tilintando ao vento. Olho, nervosa, para trás, para me certificar de que mais chricklers não nos encontraram.

— O que fazemos agora? — pergunta Ember, com desespero na voz.

— Deixem comigo — diz Mozart, que se aproxima da porta e lança um jato preciso de fogo de dragão bem na fechadura. Devo dizer que ela derrete as maçanetas e um pequeno pedaço da porta junto, mas quem somos nós para reclamar? Deu certo.

Corremos para dentro assim que um grupo de chricklers vira a esquina e nos vê.

— Movam-se! — grita Jude, e fecha a porta com um golpe, trancando a fechadura bem a tempo. Segundos depois, ouvimos o *bum, bum, bum* dos chricklers trombando na porta e ricocheteando.

— Não vamos fazer isso de novo — comenta Simon enquanto todos nós levamos um segundo para recuperar o fôlego. Quando conseguimos respirar novamente, Luís e Remy pegam um par de cadeiras velhas de uma pilha no canto e fazem uma barricada na porta, só por garantia, e então todos nós nos aprofundamos no salão de bailes.

O lugar inteiro está escuro e quieto, exceto pelo uivo do vento lá fora. Não há eletricidade, mas há janelas pequenas, o suficiente para que o lugar não fique completamente escuro. Nós vamos até o meio da pista de dança, enfim podendo respirar — embora estejamos todos encharcados, sangrando e exaustos.

Ao caminharmos, levantamos poeira com nossos passos — há muito tempo ninguém vem aqui. Isso cria uma névoa sinistra na luz natural e baixa, mas é um milhão de vezes melhor do que estar lá fora, com os monstros, no furacão.

E essa não é uma frase na qual eu imaginei pensar.

— Se aqueles são os pesadelos bebês, como são os adultos? — pergunta Simon, afundando no chão e encostando as costas no velho palco na frente da pista de dança.

— Como o próprio inferno — diz Luís a ele.

Penso em explicar com mais detalhes, depois paro, porque Luís realmente deu a descrição perfeita.

— Sabem do que esse grupo realmente precisa? — diz Remy, que também desliza para o chão.

— Sair dessa ilha? — responde Mozart, espalhando-se no chão.

— Bem, sim. Também — concorda Remy, com uma risada. — Mas também precisamos de um curandeiro.

— Vou colocar isso na lista de desejos — digo a ele, sarcástica, enquanto estendo a mão para ajudar Jude a se sentar. Espero de verdade que seu sacrifício lá fora não o acabe matando.

Só de pensar nisso já sinto meus pulmões doerem e meu coração bater violentamente no peito. Mas, quando me viro e olho para ele, os cortes em seu rosto já estão cicatrizando.

Os arranhões em seus braços — que eu sei que eram bem ruins porque os vi há apenas um minuto — já desapareceram, e os do peito estão sumindo diante dos meus olhos.

— Como? — Fico surpresa e chocada com o fato de ele ter quase nenhum dano em seu corpo, mesmo eu tendo visto aqueles bastardinhos mordê-lo e arranhá-lo até a morte.

Quando ele não responde, olho em volta para os outros, depois olho para mim mesma. Mas não, todos os nossos ferimentos ainda estão muito presentes. E sei que Jude se curou rápido no escritório de tia Claudia, mas foi só depois que preparei um elixir para ele. Isso está acontecendo em tempo real e é a coisa mais impressionante que já vi.

— Não acho que tenha suprimentos médicos aqui, tem? — pergunta Jude, afastando o cabelo do meu rosto. O ataque dos chricklers finalmente acabou com o coque que eu estava usando desde ontem à tarde.

— Há alguns na minha mochila — diz Ember a ele. — Eu peguei do cesto quando estávamos no dormitório. Mas me dê alguns minutos, porque não consigo fazer isso agora. — Ela está deitada de bruços, braços estendidos, bochecha espalmada no frio chão de madeira, completamente exaurida.

— Eu cuido disso — diz Jude a ela, antes de se virar para mim. — Você deveria se sentar.

— Você não está errado — digo a ele.

Estou a cerca de dez segundos do fim da adrenalina, e não sei o que vai acontecer depois.

Ironicamente, é Jude quem me ajuda a sentar, antes de pegar a mochila de Ember.

— Você se importa se eu olhar dentro dela? — pergunta.

— Se eu me importo? Se você conseguir encontrar um maldito ibuprofeno para mim, serei a mãe dos seus filhos.

O restante de nós ri, mas percebo que Simon não.

Jude tira os suprimentos e começa entregando ibuprofeno para todos na sala — exceto Izzy, porque ela se cura quase tão rápido quanto ele.

Vampiros, cara. E, pelo visto, Príncipes dos Pesadelos.

Então ele faz a ronda, limpando feridas e fazendo curativos o melhor que pode. Começando comigo.

Eu prendo a respiração quando ele usa um lenço com álcool para limpar uma mordida de chrickler particularmente profunda. O lado bom é que ele pelo menos é gentil com isso. Ele *tem* prática.

Quando a ardência finalmente para, faço a pergunta que me incomoda desde que atravessamos a porta.

— Como você se curou tão rápido? Você foi o que mais se machucou.

Ele acena com a cabeça para mostrar que ouviu a pergunta, mas leva um tempo para respondê-la, enquanto continua a tratar a mordida. Depois de um minuto ou mais, porém, ele responde:

— Eu tenho me perguntado a mesma coisa. Nunca fui mordido por um dos monstros antes, então me curar rápido desse jeito é uma experiência nova para mim. Mas acho que é porque os pesadelos não podem me machucar.

— Sem ofensa, cara, mas preciso discordar — diz Simon a ele. — Eu vi você levar uma *surra*.

— Não é isso que eu quero dizer. Digo, eles podem me causar dor momentaneamente. Me morder, me arranhar, o que quer que seja... mas nada mais que eles me fizeram ficou. Já o resto de vocês parece que ficou preso em uma gaiola com um urso faminto, então a diferença tem que ser que...

— Você é o Príncipe dos Pesadelos — termino, quando ele para de falar.

Ele encolhe os ombros.

Jude termina de limpar minha última ferida, depois passa para Ember e os outros.

O ibuprofeno entra em ação cerca de dez minutos depois, e eu me levanto para ajudar.

Deve estar agindo nos outros, porque eles também estão se movendo. Mozart vai até ao velho piano desafinado na beira do palco e começa a tocar "It's the End of the World as We Know It", do R.E.M. E, caramba, acho que é pelo menos tão boa quanto a original — e isso em um piano velho e decrépito. Só posso imaginar como soaria em um instrumento decente.

Pelo visto, ela recebeu esse nome por um motivo.

Além disso, não consigo pensar em uma música mais perfeita para resumir o show de horrores das últimas vinte e quatro horas.

Sem mencionar o show de horrores ainda maior que tenho a sensação de que ainda está por vir. Então, parabéns para ela.

Como se para enfatizar meus sentimentos, um grito estridente — mais alto até que o trovão, o vento ou o outro rugido distante — soa bem do lado de fora do salão.

Capítulo 82

DUAS VERDADES E UM AMOR

— O que diabos foi isso? — pergunta Mozart, e para no meio da música.

Quando a coisa grita de novo, meio que desejo que ela continue tocando, porque tenho certeza de que sei exatamente o que faz esse barulho.

— Lula-zilla — diz Izzy em meu lugar. — Aquela coisa soava exatamente assim quando estava tentando nos matar ontem.

— Então, isso significa que todos os monstros estão soltos lá fora? — pergunta Luís, inexpressivo. — Porque já são três agora.

— Não sei se são todos... — Eu paro de falar quando um grito diferente enche o ar, mais alto e mais assustador que o primeiro.

— Tenho certeza de que isso responde sua pergunta — constata Remy.

— Mas como? Eu já estive lá embaixo centenas de vezes com você. As gaiolas não são elétricas. Talvez uma fechadura tenha falhado. Mas todas elas? — Luís balança a cabeça. — Não tem como isso acontecer.

— As ondas não atingiram com força suficiente para terem bagunçado as coisas no prédio administrativo. Se fosse o caso, toda esta área estaria inundada — comenta Mozart. — Então o que soltou os monstros?

— Eu acho que você quer dizer quem — respondo.

Acabo me lembrando do rosto de Jean-Luc ontem na aula de literatura britânica, depois do ataque daquela cobra monstruosa. Ele estava bastante animado, até mesmo alegre. Na hora, não consegui entender o que tinha deixado ele de tão bom humor, mas agora que sei que Jude não era o misterioso visitante na masmorra ontem, tudo começa a se encaixar.

— Os Jean-Babacas — Luís se antecipa. Somos melhores amigos há muito tempo, e ele obviamente consegue ler minha expressão.

Eu conto a eles sobre ontem e termino com:

— É o tipo de babaquice mesquinha que eles fariam. — Olho para Jude, que parece se sentir absolutamente culpado. Porque a regra da máfia tende a ser que, se você mexer com eles, eles vão atrás das pessoas que você mais ama. Jude os fez calarem a boca na aula, e eu quase levei uma surra do monstro-cobra mais nojento que se pode imaginar.

— Matem nosso amigo e eu soltarei uma praga de monstros em todo mundo? — Remy soa cético.

— Eu faria isso se alguém me irritasse o suficiente — diz Izzy a ele.

Todos nós nos viramos simultaneamente para ela, com horror. Mas Mozart é a única corajosa o suficiente para perguntar:

— De verdade?

Izzy espera um segundo, depois ri e diz:

— Não. Mas tenho cem por cento de certeza de que esses imbecis fariam isso.

— Com que propósito? — Ember ouve toda a conversa, mas é a primeira vez que ela realmente tem algo a dizer.

— Vingança? — sugiro.

— Para ver o mundo queimar? — contribui Simon.

— Por causa da tapeçaria.

É a primeira vez que Jude fala também, mas ele diz isso com tanta certeza que todos nós o escutamos.

— Pensem bem — prossegue ele. — Por alguma razão que não faz sentido algum para nenhum de nós, esses imbecis querem a tapeçaria. Já tentaram pegá-la duas vezes, até matariam por ela, e falharam duas vezes. E, na segunda vez, um deles acabou morto.

Tomo o cuidado de não olhar diretamente para Izzy quando ele diz isso, mas isso não parece incomodá-la.

— Eles estão ficando sem tempo e sem opções, então qual a melhor maneira de ter mais uma chance de pegar a tapeçaria do que nos distrair? — conclui Jude.

— Com monstros de pesadelo? — pergunta Mozart, incrédula. — Você realmente acha que eles estão dispostos a correr esse risco?

— Acho que eles estavam *morrendo* de vontade de correr esse risco — diz ele.

— Porque, no final das contas, eles são babacas imprudentes. Eles querem vingança, são feéricos sombrios e são absolutamente o tipo de babacas que bagunçam as coisas só para ver tudo queimar— comento, marcando os pontos com os dedos.

— Basicamente isso — concorda Jude.

— Bem, isso é um problema. — Luís se levanta e atravessa o piso de tacos polidos para olhar pela janela. A administração não se deu ao trabalho de tapá-las para o furacão, provavelmente porque ninguém mais usa esse lugar, e não achavam que alguém enfrentaria a tempestade aqui dentro.

— Não acho que seja um problema de verdade — comenta Izzy, deitada de costas e apoiada nos cotovelos com as pernas estendidas diante de si.

353

— Claro que *você* não acha — resmunga Mozart, e troca um olhar divertido com Simon.

Um sorriso brinca nos lábios de Izzy, mas tudo o que ela diz é:

— Estou falando sério. Temos a tapeçaria, o que significa que nosso problema é exatamente o mesmo de antes: descobrir como consertá-la para que Jude possa fazer seu pequeno truque mágico de pesadelo e enviar os monstros de volta ao lugar a que pertencem. Se estão na masmorra ou vagando pelo campus, não importa, pelo menos não até descobrirmos como consertar o maldito tapete.

— Você está certa — digo a ela.

— Eu sei que estou certa. — Ela dá de ombros. — Mas, uma vez que descobrirmos, poderei matar mais três Jean-Imbecis. Consideraremos isso um bônus por um trabalho bem-feito, uma vez que cuidarmos dos monstros.

Não faço a menor ideia de como responder — até porque acho que ela está brincando, mas também acho que não.

— Então alguém tem alguma ideia? — Olho para Jude, já que é a tapeçaria dele. Mas ele apenas olha de volta com um aceno solene da cabeça.

— Eu digo que precisamos fazer uma pausa — sugere Ember, pegando sua mochila. — Estou com fome e estou cansada, vou pensar muito melhor se puder cuidar de ambas as situações. Podemos tirar uma meia hora de folga antes de tentar descobrir como resolver essa bagunça de uma vez por todas?

Os outros concordam, então fazemos como ela sugere. Entre nós, temos cerca de uma dúzia de barras de granola, vários pacotes de mix de castanhas e um monte de biscoitos de manteiga de amendoim.

Não é o ideal, mas é muito melhor do que nada.

Depois de comer um pacote de mix de castanhas e beber um pouco de água — felizmente o salão de bailes tem um banheiro e torneiras funcionais —, eu me levanto e ando pelo local elaboradamente decorado, enquanto Mozart continua ao piano. Desta vez é "hope ur ok", de Olivia Rodrigo, e é inevitável pensar em Carolina.

Quando éramos crianças, ela e eu adorávamos vir aqui — com o papel de parede floral ousado e o lindo piso de madeira com estrelas incrustadas, era o paraíso para uma garotinha. Especialmente uma garotinha como Carolina, que adorava acender os lustres com suas luzes brilhantes, faltando alguns cristais, e dançar por toda a pista, até o grande palco que ocupa toda uma extremidade do salão. Na maioria dos dias, nem precisava de música. Ela simplesmente dançava.

Alguns dias ela subia até aquele palco e fazia um discurso, recitava um monólogo ou fingia que estava aceitando um Oscar, enquanto eu aplaudia, entusiasmada, do camarote do andar de cima.

Eu me viro para olhar o palco, e juro que quase posso vê-la nele. Essa é a verdadeira razão pela qual não venho aqui há três anos — não porque fiquei muito ocupada para visitar este lindo lugar, mas porque, toda vez que faço isso, sinto ainda mais falta de Carolina.

Se eu tenho que ver fantasmas, por que não posso, só uma vez, vê-la?

Eu balanço a cabeça para afastar a nova onda de tristeza que me invade, e vejo Jude subindo as escadas ornamentadas, de estilo art déco, até o camarote. Ele se senta em uma das cadeiras de veludo dourado, com os olhos pensativos e distantes, então decido me juntar a ele.

Não sei o que vou dizer, e não tenho a menor ideia do que ele pode me dizer. Sei que não tivemos uma chance de conversar, conversar de verdade, desde que ele me tirou do oceano esta manhã. E eu realmente quero ouvir o que ele tem a dizer.

Ele pareceu bastante claro naquele momento — *Não vou viver em um mundo sem você nele* é simplesmente um certo nível de... algo. Mas estamos falando de Jude, e essa não seria a primeira vez que ele me diz palavras bonitas apenas para retirá-las quando mais preciso delas. Antes de me permitir pensar sobre ele... sobre nós, preciso ter certeza de que não é tudo coisa da minha cabeça.

Mesmo sabendo o que quero — o que preciso —, subir essas escadas é uma das coisas mais difíceis que já fiz. Minhas mãos tremem quando chego ao topo, e meus joelhos estão tão bambos que me surpreendo que eles consigam me sustentar — mesmo antes de Mozart começar a tocar "The Scientist", do Coldplay, e minhas entranhas, já trêmulas, pararem nos dedos dos pés.

Meus pés esquecem como andar.

Meus pulmões esquecem como respirar.

E meu coração — meu pobre coração maltratado — esquece como *não* se partir.

Os fantasmas do nosso passado destruído se espalham pelo espaço entre nós, e, agora que estou aqui — agora que *nós* estamos aqui —, não consigo me forçar a cruzar a linha. Não de novo. Não mais uma vez.

Não quando fui machucada tantas, tantas vezes antes.

O olhar de Jude se encontra com o meu do outro lado da sala, e um soluço brota na minha garganta. Embora eu tente ao máximo segurá-lo — engoli-lo —, ele escapa.

Jude arregala os olhos com o som, e a humilhação me queima. Todos esses anos trabalhei tanto para esconder minha dor — para me concentrar na fúria —, que esse deslize agora parece uma traição a mais em um oceano selvagem e furioso cheio delas. Só que, dessa vez, não há ninguém para culpar a não ser eu mesma.

Eu me viro para fugir lá para baixo, onde os únicos monstros que tenho que enfrentar são os que têm dentes e garras. Mas só consigo chegar ao segundo degrau antes que Jude me alcance e me puxe para seus braços. Me segurando contra seu coração. Sussurrando palavras rápidas e frenéticas em meu ouvido.

— Sinto muito — diz ele repetidas vezes. — Sinto muito. Eu nunca quis machucar você. Tudo o que eu sempre quis foi manter você segura.

— Não é seu trabalho me manter segura. — Todos os anos de medo e confusão reprimidos explodem em um instante. — Seu trabalho é ser meu lugar seguro... e isso não é a mesma coisa.

— Eu sei — sussurra ele, recuando o suficiente para olhar nos meus olhos. Apenas o suficiente para passar o dedo pela covinha no meu queixo, daquela maneira doce e séria que ele tem e que me parte o coração toda vez. — Eu finalmente descobri isso.

— Então por que... — Minha voz falha, assim como minha determinação, e eu me afundo nele antes que eu possa me impedir.

Apesar de tudo, estar com ele parece tão bom, seguro e certo. Tão certo. Respiro fundo, me envolvendo no cheiro de mel quente e confiança. Então me aproximo ainda mais e espero o que parece uma eternidade para ele falar.

Quando ele o faz — quando ele se afasta e passa uma mão por minhas bochechas —, diz a última coisa no mundo que eu esperaria que ele dissesse.

— Eu odeio couve-de-bruxelas.

No começo, estou convencida de que ouvi errado. Convencida de que muitas mordidas de chricklers e lutas contra monstros lhe causaram algum dano sério.

— Como é? — Eu balanço a cabeça. — O que você disse?

Os cantos de sua boca se curvam naquele sorrisinho que só é um sorriso quando se trata de Jude, e, embora eu esteja confusa pra caramba, meu coração começa a bater acelerado mesmo assim.

Ele levanta um dedo.

— Eu odeio couve-de-bruxelas.

Mas que...

Ele levanta um segundo dedo, o tempo todo com os olhos nos meus.

— Eu amo você.

Tudo dentro de mim congela com suas palavras — ao perceber o que ele está fazendo.

Ele está terminando o que começamos ontem à noite, antes que nosso mundo virasse de cabeça para baixo. A versão de Jude Abernathy-Lee de "Duas Verdades e uma Mentira".

Tenho medo de me mexer, medo de respirar, medo de ter esperança, enquanto espero pelo que vem a seguir.

Ele levanta um terceiro e último dedo. E desta vez tenho que me esforçar para ouvir quando ele sussurra:

— Fui enviado para cá quando tinha sete anos porque matei meu pai.

Capítulo 83

UM OMBRO NO QUAL MORRER

Suas palavras me desmontam.

Elas me destroem.

Elas me rasgam e derrubam os últimos vestígios de todas as barreiras que já tentei colocar entre nós.

Porque Jude gosta de verdade de couve-de-bruxelas — Caspian costumava zombar dele quando éramos mais jovens.

E também porque ainda consigo ver aquele garotinho descendo do barco naquele dia há muito tempo. Olhos cerrados, rosto fechado, ombros encolhidos como se estivesse se preparando para um golpe a cada respiração que dava.

— Ah, Jude. — As palavras são arrancadas de mim. — Sinto muito. Sinto muito mesmo.

Ele balança a cabeça, sua garganta se movendo para cima e para baixo, enquanto ele tenta manter a compostura.

— Ele estava me ensinando como canalizar pesadelos, como puxá-los para dentro de mim e cultivá-los para que eu pudesse manter as pessoas seguras.

Ele solta um suspiro, depois passa a mão pelo cabelo, em um gesto de frustração.

— Pesadelos têm uma má reputação. Todo mundo tem medo deles, e ninguém quer ter um. Mas quando você faz direito... eles não são tão ruins. As pessoas passam por muita coisa, sabe? Os pesadelos as ajudam a descobrir, as ajudam a *resolver* antes que toda essa merda afete suas vidas reais.

— Nunca pensei nisso antes.

Ele dá uma risada, mas não há humor nela.

— Ninguém nunca pensa. Mas é só quando eu não faço meu trabalho direito, quando eu fodo com tudo, que coisas realmente ruins acontecem.

Há tormento em seus olhos, em sua voz, na maneira como ele sustenta o próprio corpo, como se mais um golpe pudesse parti-lo ao meio.

— Você deixou um pesadelo escapar no dia em que seu pai morreu? — pergunto, descansando gentilmente a mão em seu bíceps.

Ele confirma com a cabeça.

— Passamos o dia todo praticando, e eu tinha certeza de que tinha conseguido. Certeza de que eu era bom o suficiente para fazer isso sozinho. Então, tarde daquela noite, eu tentei, e tudo o que pude pensar foi em como ele ficaria orgulhoso quando descobrisse. Exceto que deixei um escapar e...

Ele para de falar, balançando a cabeça.

— Você tinha sete anos — digo a ele. — Crianças de sete anos cometem erros.

— Ele morreu gritando — responde ele, simplesmente. — Eu não consegui impedir. Eu não pude salvá-lo. Tudo o que pude fazer foi assistir a isso acontecer. Foi...

— Um pesadelo — completo para ele.

— Sim. — Ele pressiona os lábios e, por um segundo, acho que vai parar por aí. Mas então ele continua: — Minha mãe tentou superar. Tentou de verdade. Mas nunca pôde me olhar da mesma forma depois daquela noite. No final, ela não conseguia me olhar de jeito nenhum... mas tudo bem. Eu também não conseguia me olhar. Foi aí que ela me mandou para cá.

— Você era só uma criança — sussurro, enquanto o horror me serpenteia.

— Uma criança com um poder inimaginável e que não conseguia controlar — me corrige ele. — Não é para isso que serve esta escola?

— Honestamente, eu não sei mais para que serve esta escola. Mas eu sei que o que aconteceu quando você tinha sete anos... não foi sua culpa.

— Eu *matei* meu pai. Não dá para ser mais minha culpa do que isso. Assim como com Carolina. Eu ainda não...

— O quê? — pergunto, porque seja lá o que ele está escondendo, quero que seja revelado. Tivemos segredos suficientes fermentando entre nós, e tudo o que eles fizeram foi nos machucar. Se algum dia vamos ficar juntos, precisamos trazer até o último deles à tona.

— Eu nem entendo como aconteceu, como deixei escapar. Passei os sete anos seguintes me certificando de que isso *nunca* mais aconteceria — sussurra ele. — Quando cheguei aqui, eles não conseguiram tirar meus poderes, então passei a noite toda, todas as noites, aprendendo a controlar os pesadelos. Aprendendo a controlar esse poder. Me certificando de nunca perder o controle e machucar alguém novamente. E funcionou. Por sete anos, funcionou, e comecei a acreditar que talvez, só talvez, as coisas ficariam bem. Que talvez, só talvez, eu pudesse confiar em mim mesmo novamente. E então... eu beijei você, perdi o controle, e Carolina... — A voz dele se apaga, e ele respira fundo antes de tentar novamente. — Seu pior pesadelo era que ela fosse enviada para o Aethereum. Ela sempre estava se metendo em encrencas, sempre infringindo uma ou outra regra e ficando de detenção por causa disso. Tínhamos dez anos quando começaram a ameaçar mandá-la embora, mas ninguém acreditava que realmente fariam isso. Exceto você.

— É porque conheço minha mãe melhor do que qualquer outra pessoa.

— Eu sei que conhece. — Ele sorri tristemente. — É por isso que havia uma parte de você que sempre teve tanto medo de que isso acontecesse. Mas não teria acontecido se eu não tivesse tornado seu pior pesadelo realidade. Mas eu tornei e arruinei tudo.

Ainda dói ouvi-lo dizer.

Não consigo tirar isso da cabeça desde que ele me contou ontem à noite, e parte de mim quer gritar com a injustiça de tudo aquilo. Quer se revoltar com as circunstâncias bizarras que situaram todos nós no mesmo lugar e no mesmo instante no tempo para colocar todas essas coisas em movimento.

Se Jude não fosse o Príncipe dos Pesadelos.

Se Carolina não fosse tão selvagem.

Se eu não tivesse medo de perdê-la.

Se minha mãe não fosse uma mulher tão dura e inflexível.

Se minha família — se esta escola — realmente fizesse seu trabalho e ensinasse os alunos a controlarem seus poderes.

Tantas hipóteses. Tanto desperdício. Porque, se alguma dessas coisas não fosse verdade, talvez Carolina ainda estivesse viva. Talvez ela estaria aqui conosco agora.

Talvez tudo estaria bem.

Mas elas são verdadeiras. Cada uma delas.

No entanto, fora de toda essa lista, a única que não poderia ter sido mudada é *quem Jude é*.

Ele é o Príncipe dos Pesadelos. Culpá-lo por isso é tão absurdo e injusto quanto culpar a chuva por molhar.

Então eu faço a única coisa que posso fazer, a única coisa que é certa. Eu enterro a dor, pelo menos por enquanto, e me concentro no amor.

Dou um passo adiante e coloco as mãos em seu rosto, para que ele não possa desviar o olhar. Para que ele não possa olhar para outro lugar senão os meus olhos, para que saiba que estou dizendo a verdade agora. Para que saiba que cada palavra que digo é verdadeira.

— Eu amo você.

Ele apenas balança a cabeça.

— Você não pode.

— Mas amo. — Eu olho direto nos olhos dele. — Eu sei quem você é. Eu sei o que você fez. Assim como eu sei que você se torturou por isso todos os dias. Assim como eu sei que você vai se torturar por muitos anos ainda. Mas é aí que está. E eu preciso que você me ouça. Preciso que acredite em mim. — Respiro fundo, deixo o ar sair lentamente. E digo a ele o que sei que é verdade. — Não é sua culpa.

— Clementine, não. — Ele tenta se afastar, tenta recuar da verdade, mas eu o seguro firme.

— Não é sua culpa — digo novamente. — Não foi sua culpa quando você tinha sete anos e estava apenas começando a entender o que é seu poder. Não foi sua culpa quando você tinha catorze anos e teve um deslize momentâneo. E tampouco foi sua culpa ontem à noite. Você tinha sete anos quando foi colocado em uma situação insustentável, em uma escola que prometia protegê-lo e, em vez disso, deixou você se virar sozinho. Não é sua culpa, Jude.

Ele não pisca. Ele não respira. Ele nem se move. Apenas fica ali, olhando para mim, seu rosto esculpido em pedra, até o medo apertar minha barriga e me fazer pensar se eu não tornei tudo pior.

Mas então acontece. Eu assisto, com a respiração suspensa e o coração na garganta, enquanto seus olhos — seus olhos místicos, mágicos, maravilhosos — começam a mudar, e pela primeira vez em muito tempo, talvez pela primeira vez desde sempre, ele deixa suas barreiras caírem. Finalmente posso ver até as profundezas de sua bela e torturada alma.

E o que eu vejo lá quase me faz cair de joelhos. Porque Jude me ama. Ele realmente, realmente me ama. Eu posso ver isso. E mais, eu posso sentir isso. E nada em toda a minha vida fodida foi tão bom.

— Eu amo você — diz ele, e desta vez não precisa de um jogo para conseguir me falar as palavras.

— Eu sei — respondo.

E então fico na ponta dos pés para poder beijá-lo.

Capítulo 84

SÓ QUERO ENTRELAÇAR ISSO

No segundo em que nossos lábios se tocam, tudo para.

Meu coração.

Nosso mundo.

Até o próprio tempo.

Tudo para, até que não exista nada além de Jude, nada além de mim, só nós e este momento que é uma vida inteira — uma eternidade — em construção.

Desejo.

Amizade.

Dor.

Absolvição.

Segurança.

Medo.

Amor.

Está tudo ali.

No deslizar das mãos dele pela minha pele.

No carinho gentil de seus dedos em minha bochecha, meu ombro, minha nuca.

No vai e vem de sua boca contra a minha.

Cada momento antes disso e cada momento que virá depois, de alguma forma se fundem, e eu posso ver todos eles.

Doce e sexy.

Divertido e assustador.

Mais fácil e mais difícil do que qualquer coisa que já imaginei.

Está tudo ali, um milhão de pontos de luz espalhados diante de mim, tão perto que quase posso tocá-los. E Jude está em cada um deles.

Pela primeira vez na minha vida, eu entendo por que os gregos antigos viam a vida como um fio a ser fiado e, por fim, cortado. Porque é isso que vejo neste momento, em que Jude e eu estamos abertos e expostos. Milhares de fios coloridos nos conectando ao mundo, aos nossos amigos, um ao outro. Milhares de fios coloridos entrelaçados para...

— Ah, meu Deus! — Eu recuo quando, de repente, a ideia me ocorre.

— Clementine? — Jude parece assustado enquanto me solta. — O que há de errado? Eu machuquei...

— Nada! Nada está errado! Eu sei o que fazer!

Não perco tempo explicando a ele. Em vez disso, pego sua mão e o puxo escada abaixo até onde estão nossos amigos.

Eles estão deitados ou ainda cochilando. Mas, ao redor deles, posso ver os homens e mulheres do passado, com ternos e lindos vestidos, bem como outras pessoas em roupas que nunca vi antes. São obviamente pessoas do futuro. Só que agora, elas não estão separadas pelo espaço *ou* pelo tempo. Estão juntas, se misturando e conversando, dançando, rindo e girando pela sala. O passado e o futuro combinados em uma bela tapeçaria de vida.

Um casal — um homem do futuro e uma mulher do passado — fica um pouco entusiasmado demais e tromba em uma mesa que não está no presente. Ember, que está lá, grita e pula de onde estava cochilando.

— Você ouviu isso? — pergunta ela.

— Ouvir o quê? — Mozart começa a olhar em volta.

— Isso! As pessoas estão rindo! Você não consegue... — E é aí que percebo que ela pode senti-los. Não apenas como um toque nebuloso em seu braço ou um arrepio na espinha. Neste momento, ela realmente pode ouvir e sentir as pessoas do passado e do futuro reunidas ao seu redor.

— Não há nada com que se preocupar — diz Remy, tentando confortá-la, e percebo que ele também pode vê-los. Que ele sempre foi capaz de vê-los.

— Os monstros... — começa ela.

— Não são os monstros — diz Remy, compartilhando um sorriso conspiratório comigo. — É o futuro.

— E o passado — acrescento.

— Que porra é essa? — pergunta ela.

— Está rolando uma festa agora, e está saindo um pouco do controle.

Ember faz uma careta.

— Temos que descobrir como consertar essa merda logo, porque está me assustando pra caramba.

— Um problema de cada vez — diz Luís para ela. — E eu digo que os monstros são um pouco mais importantes agora.

— É porque você não consegue ouvir um monte de gente falando por cima da sua música favorita.

— Na verdade, eu consigo — diz ele para ela. — Só que tenho ignorado isso, e a horrível música swing, já faz uma hora.

— Isso não é swing — comenta Izzy, rolando para o lado. — Isso é rock 'n' roll dos anos 50.

Luís lança um olhar para ela.

— Eu não sei que tipo de rock 'n' roll você ouve, garota, mas Elvis definitivamente não tem nada a ver com isso.

Até que estou fascinada com a discussão deles, porque o que ouço são os Beatles. Mas também, o que mais tocaria enquanto beijo Jude?

— Foi isso o que aconteceu lá em cima? — pergunta Jude, parecendo fascinado. — Você ouviu tudo isso?

— Não. Quero dizer, sim, mas já estava desse jeito desde o começo. Eu vi outra coisa, e isso me deu uma ideia de como consertar a tapeçaria e prender os monstros.

— Ah, é? — pergunta Remy. — Como?

De repente, todos parecem muito mais interessados do que assustados enquanto esperam minha resposta.

— Temos que desfazer a tapeçaria.

— Desculpe, o quê? — pergunta Simon. — Você quer desfazer a única coisa que temos que realmente pode parar os monstros?

— Sim. Porque é a única maneira de consertá-la.

E, assim, o entusiasmo desaparece.

— Essa é uma jogada bem arriscada — me diz Mozart. — Se você estiver errada, estaremos completamente fodidos.

— Se bem que já estamos completamente fodidos — diz Izzy. — Caso não tenha percebido...

Ela está certa. Estamos mesmo. O vento bate nas janelas sem parar, e raios cruzam o céu a cada dois segundos. Tudo isso significa que é apenas questão de tempo antes que os prédios comecem a ser danificados. A única coisa que quero menos do que estar lá fora, a céu aberto, é estar lá com um monte de monstros de pesadelo.

— Se desfizermos a tapeçaria e não conseguirmos tecê-la novamente, nunca mais poderei canalizar outro pesadelo — diz Jude para mim. — Não terei onde colocá-los e nenhuma maneira de enviá-los de volta ao éter.

— Você não pode canalizá-los agora, de qualquer maneira, não com a tapeçaria quebrada. — Coloco a mão em seu braço e observo os pesadelos começarem a girar em torno do contato. — Mas essa tapeçaria é feita de pesadelos, certo?

— Sim, claro.

— E você pode controlar pesadelos, certo?

— Sim...

— Então você pode desfazer a tapeçaria.

Ele parece completamente horrorizado.

— Por que eu faria isso?

— Se cada fio é um pesadelo diferente, então uma vez que a tapeçaria estiver desfeita, você terá todos os fios separados e poderá tecê-los novamente, da maneira que quiser.

Posso ver que meu plano começa a fazer sentido para Jude, porque, instintivamente, ele começa a recuar.

— Eu não posso fazer isso. Não há como eu controlar tantos pesadelos ao mesmo tempo. E se eu perder um?

— E se você não perder? — respondo.

— É sério? — pergunta ele. — Depois de tudo que acabou de acontecer?

— Você não estará sozinho desta vez, Jude. — Eu reduzo a distância entre nós para poder envolver um braço em sua cintura. — Todos nós estaremos lá para ajudar a garantir que nenhum dos pesadelos escape.

— E como exatamente você acha que faremos isso? — pergunta Luís.

Dou de ombros.

— Nos últimos dois dias, nós lutamos contra a lula-zilla, um monstro-cobra raivoso, e um monte de chricklers mutantes... todos feitos de uma tonelada de pesadelos. Quão difíceis podem ser mais alguns pesadelos?

Jude ainda não parece impressionado, mas Simon definitivamente está mudando de ideia.

— Sabe, ela tem um pouco de razão, Jude.

— Você faz ideia de quantos fios compõem uma tapeçaria? — diz Ember. — Devem ser milhares. Então como ele vai armazenar todos? Quero dizer, ele é grande, mas tenho certeza de que nem todos caberão em seu corpo.

— Um bom argumento — digo. — Mas tem que haver um jeito.

— Como você os armazena agora? — pergunta Luís.

— Em potes — diz Jude a ele, com relutância.

— Potes? — repito, enquanto as coisas começam a ficar claras para mim.

— Sim, potes — responde ele, parecendo ainda mais cauteloso.

— Tipo potes de conserva?

— Potes de conserva? — diz Mozart. — Não dá para...

— Sim — admite Jude, por fim, com um suspiro. — Eu os armazeno em potes de conserva.

— Era isso que você estava fazendo na adega ontem. Canalizando pesadelos nos potes que estão lá. — Eu balanço a cabeça. — Como é que nunca pensei nisso...

— Em sua defesa, a maioria das pessoas não vê um pote de geleia e pensa *"Ah, esse é meu pior pesadelo"* — brinca Luís, embora sério.

— Então precisamos ir para a adega — digo a eles. — Você pode desfazer a tapeçaria o mais lentamente que quiser e armazenar os pesadelos nos potes lá. Então, quando estiver pronto para tecer tudo de novo, você pode tirá-los da mesma maneira. Você terá controle total.

Jude não aceita de imediato minha sugestão, mas posso dizer que ele está pensando no assunto.

Mesmo quando Ember pergunta:

— O que acontece se você estiver errada?

Não gosto de pensar nisso porque, se eu estiver errada, estaremos ferrados. Mas também estamos ferrados agora, como Izzy disse. Além disso, não sei se tem relação com essa coisa de poder ver o passado e o futuro, que tem acontecido comigo, mas tenho uma impressão muito, muito forte de que estou certa.

— Então pensamos em um novo plano — digo a ela, depois de um segundo.

— Mas, a menos que alguém mais tenha um plano melhor agora, acho que temos que ir com esse. Alguém mais tem uma ideia diferente?

Olho ao redor, mas nenhum deles se voluntaria. Então me viro para Jude e digo:

— Eu sei que é horrível. Mas prometo, aconteça o que acontecer, você não estará sozinho. Vou estar lá, e todos os outros também. Juro que vamos dar um jeito.

— Ok. — Ele acena com a cabeça.

— Ok? — repito, porque não pensei que seria tão fácil assim.

— Você disse que posso contar com você, certo? — Seus olhos procuram os meus.

— Você definitivamente pode contar comigo.

— Tudo bem, então — diz Jude, soando qualquer coisa menos entusiasmado.

— Vamos desfazer alguns pesadelos.

— Você fala como um psicólogo — resmunga Simon. — Talvez devêssemos começar a chamá-lo de dr. Abernathy-Lee. E você pode nos dizer o que nossos sonhos significam.

— Ou posso garantir que o primeiro pesadelo que eu deixar escapar por acidente vá direto para você.

— Isso não parece muito um acidente — protesta Simon.

Jude sorri de leve em resposta.

— Exatamente. — Então ele se vira para mim e diz: — Está pronta para isso?

Capítulo 85

TEMPOS DESESPERADOS EXIGEM
PORTAIS DESESPERADOS

— Ei — chama Izzy, quando todos nós partimos desanimados em direção à porta. A adega pode ser o lugar certo, mas entre o furacão e os monstros, chegar lá vai ser difícil. — Nós queremos mesmo sair por aí?

— Queremos? Não — diz Luís a ela. — Precisamos? Um pouco. Porque tenho certeza de que o Príncipe das Trevas ali não vai conseguir fazer o que precisa ser feito aqui dentro.

Izzy mostra os dentes para ele em um sorriso que é, definitivamente, mais uma ameaça do que um gesto de boa vontade, e então se volta para Remy.

— Acho que você deveria tentar a coisa do portal mais uma vez.

Ele revira os olhos.

— Eu já disse. Tentei umas *cinco* vezes. Não consigo nos tirar dessa maldita ilha.

— Não estamos mais tentando sair da ilha. Só precisamos chegar à adega. Pelo menos isso você consegue, não? — Ela faz parecer um desafio e um insulto, tudo junto.

— Não se trata do que posso fazer — responde ele, parecendo insultado. — Trata-se do bloqueio do portal.

— Que foi suspenso para criar aquela catástrofe de portal que nos deixou encalhados aqui, para começar. Já decidimos que há algo estranho nessa tempestade, que ela está tentando nos manter na ilha. Então, mais uma vez, pare de choramingar por causa de um pequeno fracasso e nos leve para aquela adega.

— Eu não chamaria de fracasso. — Remy levanta uma sobrancelha. — E o que eu ganho quando realmente nos levar lá?

— Não ser atacado por monstros? — sugere Jude, inexpressivo.

— É praticamente um ganha-ganha, na minha opinião — acrescento.

Remy não parece impressionado... pelo menos não até Izzy mostrar seus caninos para ele em um olhar muito diferente do que ela deu para Luís.

— Que tal eu morder você?

— Não sei ao certo como *isso* pode ser um prêmio — murmura Simon.

— Falou alguém que nunca foi mordido por um vampiro — responde ela, com um sorriso que não é nada doce.

— *Eu* nunca fui mordido — diz Remy a ela.

Izzy levanta uma sobrancelha.

— Faça isso por mim e veremos o que pode ser feito.

Trinta segundos depois, Remy nos tem todos dentro da adega na escuridão total. E, posso dizer, foi uma viagem muito mais suave do que a daquele portal que o sr. Abdullah e a sra. Picadilly criaram.

Quando digo isso a ele, Izzy comenta:

— Eu falei que ele tinha jeito para portais. — Ela soa quase orgulhosa, um fato que definitivamente não parece passar despercebido por Remy. De repente, um trovão enorme ecoa acima de nós, e dou um pulo. A tempestade parece um milhão de vezes pior lá fora, as portas rangendo como se estivessem prestes a sair das dobradiças. Eu me lembro que é realmente mais seguro para nós estarmos debaixo da terra agora, mas é difícil acreditar nisso.

Tiro uma das lanternas de emergência do meu bolso de trás, mas, assim que vou ligá-la, um rosto fantasmagórico aparece na minha frente. É a mulher de ontem, a grávida de camisola rosa. Só que, em vez de caminhar calmamente com uma mão na barriga, como antes, ela parece desgrenhada e com dor.

Seu cabelo está suado e colado no rosto. A camisola rosa está molhada e ensanguentada, e seu rosto, contorcido de medo.

— Meu bebê! — grita ela, e sua mão treme quando ela me alcança. — Meu bebê!

Tenho um segundo para registrar que ela deve estar em trabalho de parto, mas, quando faço isso, outra fantasma aparece de repente ao lado dela.

É a fantasma assustadora da sala da tia Claudia. Seus olhos estão arregalados, seu cabelo, escorrido, e ela está coberta de sangue.

E, quando grita, não é para pedir ajuda. Em vez disso, é a personificação da agonia — um grito grave, longo e desesperado, muito desesperado. Seus olhos se voltam para todos os lados, como estavam na enfermaria, como se ela estivesse vendo o passado, o presente e o futuro de uma vez só e isso a estivesse torturando.

— Mas que diabos! — exclama Luís, parecendo totalmente assustado. E é aí que percebo que ele também pode ouvi-la.

— Quem é essa? — pergunta Mozart, parecendo desesperada. — Como podemos ajudá-la?

— Ei. Está tudo bem — digo suavemente, estendendo a mão para as fantasmas, mesmo sabendo que vai doer.

Ambas estão tão aterrorizadas, com tanta dor, que tenho que pelo menos tentar fazer algo. Mas, antes que eu possa descobrir o quê, uma terceira fantasma se junta a elas — a garota de cabelo castanho com o uniforme da Calder, boné e óculos dos anos 1990. Ela não parece tão assustada quanto as outras, apenas resignada. E triste. Muito triste. É um contraste tão marcado com a garota que vi no corredor central, que me parte o coração.

— Vai ficar tudo bem — digo novamente, estendendo a mão para elas.

— *O que* vai ficar bem? — pergunta Ember.

Eu não respondo, porque, no momento em que minhas mãos tocam as três fantasmas, elas se fundem em uma só. Assim que elas fazem isso, a dor física dentro de mim cessa. E, pela primeira vez, percebo que tenho visto a mesma mulher em três períodos de tempo diferentes.

E é aí que tudo se encaixa. Ela sempre quis que eu visse. E, pela primeira vez, eu realmente entendo.

Ela perdeu a vida e seu bebê, tudo de uma vez. E eu era aquele bebê.

O choque reverbera em mim, faz meus joelhos tremerem e meu coração bater fora do peito. Todo esse tempo, todos esses anos, e eu nunca soube. Eu nunca soube.

Eu pestanejo, e a fantasma desaparece em segundo plano, enquanto o bebezinho, com dedos enrugados e bochechas rubras de tanto chorar, é entregue a uma jovem. O bebê — é tão difícil imaginar que sou eu, mas no fundo sei que é — envolve a mãozinha em torno de um dedo com uma unha vermelho-sangue. Meu estômago afunda quando um novo choque vibra através de mim. Essa mão pertence à minha mãe. Não, não à minha mãe. À mulher que me criou. Camilla.

Mas então sua mão se fecha em torno da minha, e ela me levanta até seu peito e dá beijos suaves na minha cabeça, ao mesmo tempo que lágrimas correm como rios por suas bochechas. E ela sussurra:

— Não importa o que aconteça, vou manter você segura aqui.

E assim, a imagem — a cintilação — desaparece.

Tanto sofrimento. Tanto amor. Tantas mentiras e promessas quebradas.

— Quem está chorando? — Mozart soa ainda mais preocupada do que há alguns momentos. — Parece estar devastada.

Luís, Simon e Remy pegam todas as lanternas e, quando as movem em direção ao som, percebo que sou eu.

Os fantasmas se foram, e sou eu quem está chorando, meu coração recémremendado se partindo novamente.

Mozart se assusta e corre em minha direção, mas Jude se coloca entre nós. Ele pousa as mãos gentilmente em meus ombros, seus olhos escuros e solenes enquanto observa meu rosto.

— Do que você precisa? — pergunta. — O que posso fazer?

— Vamos acabar logo com isso. Preciso que acabe.

Ainda tenho perguntas que necessitam de respostas, e desmoronar não vai me dar o que eu preciso. Terei tempo suficiente para pensar mais tarde. Neste instante, só precisamos fazer o pesadelo parar.

— Pode contar comigo — me diz ele, e pega minha mão. — Vamos resolver isso.

Eu olho em volta da adega, uma manobra flagrante para evitar os olhos preocupados de todos, então congelo quando percebo que algo está muito, muito errado.

Todos os potes que estavam alinhados nas prateleiras agora estão derrubados. Alguns ainda estão nas prateleiras, virados de lado, enquanto outros estão no chão ou em pedaços. A única coisa que todos têm em comum, no entanto, é que estão abertos, com as tampas espalhadas aleatoriamente pela sala.

— Tenho que dizer, Jude, você não é muito bom em cuidar da casa — provoca Simon, a voz tensa apesar de sua tentativa de normalidade.

Mas Jude nem percebe. Ele está muito ocupado olhando para todo o estrago.

— Não foi ele — garanto, e é minha vez de apertar sua mão em apoio. — Quando eu estive aqui ontem, eles estavam todos alinhados nas prateleiras.

— Você acha que foi a tempestade? — pergunta Mozart, mas o tom de sua voz é de dúvida.

— Acho que foram os Jean-Babacas — respondo, e uma combinação de raiva e horror me atravessa. — Eu vi Jean-Luc xeretando aqui ontem.

Não me dou ao trabalho de entrar no assunto do desaparecimento — não é importante agora. O que importa é Jude e o que isso significa para ele — e em relação a ele.

— Ei — digo, tentando avaliar o estado mental de Jude. — Você está...

— Não — rosna ele, em um tom de voz que nunca ouvi antes. — Eu não estou nada bem.

Mas em vez de dizer mais alguma coisa, ele anda até a última estante. Na prateleira de cima está um único pote. Não só é o único que ainda está de pé, mas também ainda tem a tampa.

Penso em perguntar o que é aquilo, mas antes que eu consiga, Jude o segura pela tampa e o inclina para a frente.

Quando ele faz isso, o teto se abre e uma escada desce lentamente.

— Que diabos é isso? — exclama Luís, parecendo animado e desgostoso ao mesmo tempo. E eu entendo.

Luís, Eva e eu verificamos todos os cantos deste lugar, mas nunca pensamos em verificar o teto. Mas também, quem faria isso? É uma adega subterrânea. Quem constrói alguma coisa no teto de algo que é completamente subterrâneo?

Jude não responde, apenas sobe as escadas. Ele é obrigado a inclinar o corpo antes de chegar na metade.

Começo a subir as escadas atrás dele, enquanto os outros ficam à espera do que vai acontecer, perplexos, mas curiosos.

Mas eu nem chego ao topo antes que Jude exclame "Puta que pariu!" e volte para baixo.

Eu nunca o vi assim, tão fora de si de raiva que mal consegue ser coerente.

— O que tem lá em cima? — pergunto, querendo conferir eu mesma.

Mas ele já passou por mim, visivelmente angustiado.

— Mais potes — diz brevemente.

— Estão todos abertos também?

— Cada um deles — rosna ele.

— Você sabe o que isso significa, não é? — diz Remy quando voltamos ao chão.

— Significa que eu deveria ter matado os outros três quando tive a chance — responde Izzy com indiferença. Mas há uma raiva em seus olhos normalmente distantes que eu nunca vi antes.

Não que eu a culpe. Se um Jean-Babaca aparecesse aqui agora, Izzy teria que esperar na fila, porque estou mais do que pronta para dizimar cada um deles eu mesma.

O que eles fizeram aqui é inconcebível. O que eles fizeram aqui é... Não há sequer uma palavra para o que eles fizeram.

— Eles deixaram os pesadelos saírem. — Jude diz em voz alta o que todos nós já descobrimos porque acho que ele precisa ouvir. — Eu não fodi com tudo e deixei que eles escapassem quando ajudei você. Foram eles que fizeram isso.

— Sim — digo, enquanto estendo a mão para pegar a dele. — Foram eles que fizeram isso.

Jude engole em seco convulsivamente, e pela primeira vez nos dez anos em que o conheço, há lágrimas em seus olhos.

— Eu não matei todas aquelas pessoas.

— Não — sussurro, lágrimas escorrendo pelo meu próprio rosto, porque sua dor é tão palpável quanto seu alívio. — Você não matou. É culpa deles. Eles fizeram isso.

— Eu não... — Sua voz falha, então ele tenta novamente. — Eu não matei Eva.

— Não, Jude. Não, você não a matou.

Ele assente com a cabeça, depois solta um longo, lento e trêmulo suspiro enquanto os outros se reúnem em torno dele.

Eu olho para seus rostos, vejo a mesma raiva devastada que sinto espelhada em seus olhos. Porque Jude não merece isso — e nenhuma das pessoas que morreram merecia.

Remy coloca a mão em solidariedade no ombro de Jude, e diz:

— Então, o que você quer fazer?

Jude nem precisa pensar.

— Eu quero consertar a maldita tapeçaria, capturar os monstros e depois alimentá-los com os Jean-Babacas.

Luís concorda com a cabeça, depois abre a tapeçaria e a espalha sobre a mesa no centro da sala.

— Pois bem, então é isso que faremos.

Capítulo 86

UMA CHANCE PARA OS POTES

— Acho que devemos preparar os potes — sugere Simon, abaixando-se para pegar alguns do chão.

Ele está certo, então passamos os próximos cinco minutos arrumando todos eles para que Jude possa canalizar os pesadelos.

Quando terminamos, eu olho para ele.

— Você consegue — digo.

— Ah, eu sei que consigo. — Ele está mais controlado, mais focado e mais confiante em seus poderes do que jamais vi antes. Também está incandescente de raiva, então isso vai ser um espetáculo e tanto.

— Ok, então. O que você precisa de nós, cara? — pergunta Simon, tremendo um pouco. Suponho que seja porque ele esbarrou em uma bruxa do passado que está neste momento misturando seus próprios elixires.

— Apenas certifiquem-se de que nada escape, eu acho — responde Jude, embora não pareça tão preocupado, como se soubesse que tem tudo sob controle. E, sem dúvida alguma, eu sei que ele tem.

Eu o vejo levar a mão até a tapeçaria e começar puxando a linha no canto.

Nada acontece.

— Talvez você precise puxar mais forte? — sugere Mozart de onde ela está olhando, por cima do ombro de Luís.

— Estou puxando bem forte — garante Jude a ela, depois tenta novamente, e é óbvio que ele está colocando bastante força.

Nervos se agitam em meu estômago, e uma vozinha no fundo da minha cabeça se pergunta o que acontecerá se eu estiver errada. Mas eu ignoro as dúvidas, porque não estou errada. Eu *sei* que precisamos desfazer a tapeçaria, mesmo que Jude esteja tendo dificuldades com ela.

— Tente um canto diferente — sugere Izzy.

Mas isso também não funciona.

Um olhar para Jude me diz que ele ainda está tentando — que ainda acredita que estou certa. Mas é óbvio que os outros começam a duvidar, mesmo antes de Luís me perguntar baixinho:

— Você tem certeza disso?

— Eu tinha — respondo. Mas não consigo mais ver a tapeçaria brilhante ou todos os pontos no espaço.

Eu fecho os olhos, na esperança de ver algo — qualquer coisa —, e lá está ela. A tapeçaria e todos os muitos, muitos fios.

Coloco minha mão sobre ela, e toda a coisa ondula. Faço isso de novo, dessa vez com a mão vários centímetros acima dela, e ela faz a mesma coisa. Só que também começa a brilhar novamente. E é aí que me ocorre.

— Não toque nela — digo a ele. — Use a mente em vez das mãos.

— Minha mente? — pergunta ele. Pela primeira vez, há uma pitada de dúvida em sua voz. — Eu não sou telecinético.

— Você não precisa ser. Pesadelos não são tangíveis, certo? Quero dizer, você não pode tocar neles *de verdade*. Então talvez não possa tocar neles aqui também. Talvez só precise usar sua imaginação para acessá-los — digo. — Feche os olhos. Imagine a tapeçaria como milhares de pequenos fios...

Eu paro de falar, porque *ele já está fazendo isso*. Diante de nossos olhares chocados, ele puxa um longo e plumoso fio de prata da tapeçaria.

— Ah, meu Deus... — exclama Mozart, espantada.

— Ele precisa de um pote! — comenta Simon, e Luís empurra um por baixo da mesa na direção de Jude.

Mas Jude já mandou o pesadelo flutuando em direção a um pote diferente e voltou sua atenção para a tapeçaria, onde ele começa a puxar um segundo fio.

Só que há um problema.

— Ei, Jude — diz Luís, nervoso. — O pesadelo não está entrando.

Jude para no meio do puxão, um pesadelo roxo-escuro em sua mão. Ele usa a outra mão para indicar ao primeiro pesadelo a direção do pote uma segunda vez. O pesadelo se move a seu comando, mas não entra como deveria. Em vez disso, se enrola em torno do recipiente de vidro.

— Eles nunca fizeram isso antes. — Jude estreita os olhos, concentrado, e tenta uma terceira vez. Novamente, o pesadelo segue suas instruções em todos os sentidos, só que ainda não desliza dentro do pote, como deveria.

Jude parece irritado, e desta vez, quando acena com a mão, o pesadelo se enrola em torno de seu antebraço e se instala em sua pele.

Suponho que essa seja uma maneira de resolver o problema.

Jude volta a colher o segundo pesadelo, mas ele faz a mesma coisa quando Jude tenta armazená-lo em um pote diferente.

Ele se recusa a ir.

— Bem, isso vai ficar interessante — diz Izzy, olhando Jude de cima a baixo. — Ainda bem que você é alto.

Jude a ignora e continua em frente. E em frente. E em frente.

Em quinze minutos, ele puxou cerca de quinhentos pesadelos da tapeçaria. O único problema é que usou quase todos os centímetros de pele disponível em seu corpo, e ainda tem cerca de três quartos da tapeçaria para desmanchar.

Na verdade, o pesadelo que ele tira na sequência — um dourado e brilhante — o rodeia, procurando um lugar para pousar. Quando não encontra um, começa a girar e se contorcer pela sala. Simon pula para fora do caminho, Mozart se abaixa quando ele rodopia perto dela, e Luís mergulha debaixo da mesa.

— Sério? — digo, me abaixando para olhá-lo.

Ele nem parece envergonhado.

— De jeito nenhum vou comer a cara de alguém.

— É outro dos seus pesadelos? — pergunta Izzy. — Malvado.

— Não é malvado — diz Luís a ela. — É nojento.

Infelizmente, o pesadelo ainda está solto e à procura de um lar. Além disso, Jude já tirou outro, que tenho certeza de que circulará em breve, e a última coisa que queremos é que ele escape por alguma rachadura na porta ou algo assim.

Não que eu ache que Jude deixaria isso acontecer, mas essas coisas são escorregadias. Embora eu não tenha ideia do que vou fazer com ele se for *capaz* de pegá-lo, mesmo assim estendo a mão. Mas, ao contrário dos outros, ele não se aproxima de mim. Na verdade, ele abre uma grande distância.

Eu me pergunto o motivo.

Mas, neste momento, Jude segura dois pesadelos, que se contorcem em sua mão esquerda enquanto ele continua a desfazer a tapeçaria com a direita, então sei que tenho que pensar em algo.

Tenho mais uma ideia, mas é completamente absurda. Mas, é claro, tudo nos últimos dias tem sido um absurdo. O que seria mais um?

Eu vou até ele e coloco uma mão no centro de suas costas. No segundo em que faço isso, os pesadelos em suas mãos tentam vir até mim.

Não só isso, mas o cinzento que flutua pela sala também faz uma linha reta em minha direção.

Talvez não seja uma ideia tão absurda quanto eu pensei. Eu olho para Jude.

— Você confia em mim? — pergunto.

Em um momento que vou lembrar para sempre, Jude — que não confia em ninguém — nem precisa pensar antes de dizer:

— Sim.

E assim, algo estala dentro de mim.

O puxão repentino é tão poderoso que eu tropeço para trás — e em Jude, que também acabou de perder o equilíbrio.

Nossos olhos se encontram, e no momento em que isso acontece, um calor como nunca senti antes floresce em meu peito antes de se espalhar para todo o meu corpo. É um calor exatamente igual ao que sinto quando Jude me abraça, seu grande corpo e bela alma me protegendo do mundo. E, nesse instante, ao sentir sua força, determinação, firmeza e poder profundamente dentro de mim, descubro o que acabou de acontecer.

O nosso elo entre consortes se encaixou no lugar.

Capítulo 87

UM CONSORTE QUE VALE A PENA

Por um momento, fico chocada demais para fazer qualquer coisa que não seja olhar para Jude com admiração. Ele deve sentir o mesmo — na verdade, eu sei que ele sente o mesmo, já que posso sentir isso profundamente dentro de mim. Além disso, ele olha bem para mim, com a mesma expressão admirada que sei estar no meu rosto.

— Clementine — sussurra ele. — Nós acabamos de...

— Vocês acabaram de o quê? — pergunta Luís, colocando a cabeça para fora de debaixo da mesa para verificar o que está acontecendo. Quando não respondemos, ele se vira para os outros. — Eles acabaram de o *quê*?

Eu o ignoro, porque agora tenho algo muito mais importante para fazer.

— Acho que sim — sussurro para Jude.

Seu rosto todo se suaviza daquela maneira que só vi uma vez antes, no salão de baile. E então ele estende a mão para mim.

Quando pega minha mão, vários dos pesadelos em sua pele saem dele e vêm direto para meus braços.

Jude tenta pegá-los de volta, alarmado, mas algo me diz que não tenho nada com que me preocupar, então eu balanço a cabeça para ele.

— Só espere.

Nós observamos — Jude com muito mais cautela do que eu — enquanto eles seguem pelo meu antebraço até meu bíceps. Eles não se acomodam na minha pele como fazem com ele, mas tampouco tentam entrar em mim como fizeram com alguns dos outros.

Em vez disso, eles se enrolam em mim como em um abraço, girando e virando até encontrarem o lugar perfeito.

Os olhos de Jude se arregalam enquanto ele assiste a tudo se desenrolar. Uma vez que os pesadelos finalmente se acomodam, ele murmura:

— Eles não podem mais machucar você.

— Eu não acho que eles queiram me machucar — respondo, e percebo que estou me inclinando na direção de Jude. Sua presença por si só é um ímã ao qual não tenho vontade de resistir.

— Puta merda! — diz Luís quando finalmente entende o que acabou de acontecer. — Vocês são consortes!

— Nós somos consortes — confirmo.

— Isso é totalmente incrível. — Suspira Mozart, com os olhos arregalados e maravilhados.

Eu reconheço a expressão porque sinto o mesmo.

E embora estejamos no meio de uma atividade importante, que salvará nossos traseiros, tiramos um segundo para aceitar os parabéns. Porque um momento como este só acontece uma vez na vida, e merece ser reconhecido.

Remy é o último a me parabenizar, e quando se inclina para um abraço, ele murmura:

— Viu, Kumquat? Eu disse que você ficaria bem.

— Você sabia? — pergunto, surpresa.

Mas ele apenas dá de ombros daquela maneira misteriosa dele e se afasta. Eu estreito os olhos, desejando poder ver coisas úteis sobre o futuro como ele, em vez dessa coisa estranha de passado, presente e futuro que está acontecendo comigo.

De que adianta ter que descobrir quem está comigo no presente e quem na sala é de fato do passado ou do futuro? Como a bruxa fazendo suas poções sobre... Eu paraliso quando percebo que a bruxa se foi.

O que não é um grande problema em si, mas o mesmo aconteceu com o funcionário do hotel colocando geleia nas prateleiras. Sem mencionar o vampiro adolescente do futuro que gosta de usar o lugar para dar uns amassos. *Todos* se foram.

Eu me viro para Jude, que sorri para mim e volta a pescar pesadelos. Só há um dele — mas sempre houve só um dele. Não quero ser sentimental, mas não deixo de me perguntar se é porque ele é meu consorte. Ele é meu passado, meu presente e agora meu futuro de uma forma que ninguém mais é ou jamais será.

Ele me entrega mais alguns pesadelos, e eu os faço deslizarem para cima do meu outro braço, depois me viro e olho para Luís. E, não. Ainda vejo três pessoas — o bebê Luís, o Luís do presente e um Luís futuro muito fraco. Por um segundo, eu volto para aquele momento no dormitório, quando o vi sangrando daquele ferimento no peito. Mas eu o suprimo, bloqueio a lembrança. Porque não há absolutamente nada que eu possa fazer a respeito agora, então eu tenho que deixar isso para lá.

— Você está bem? — pergunta Jude, ao tirar mais dois pesadelos da tapeçaria e me entregá-los.

Eu os enrolo nos meus braços e respondo:

— Sim. Muito bem, na verdade.

Depois dos últimos dias — dos últimos anos —, é uma sensação estranha. Mas boa.

Alguns minutos depois, Jude me entrega quase uma dúzia de pesadelos — agora que ele está fazendo isso há algum tempo, já está pegando bem o jeito. Mas, quanto mais rápido ele vai, mais rápido eu fico sem espaço no meu corpo também.

Mas então me lembro da ideia que tive, pouco antes de o elo entre consortes entrar em ação. Não faço ideia se vai funcionar ou não, mas como os pesadelos estão respondendo tão bem a mim agora, estou disposta a tentar.

Eu me viro para Jude e observo atentamente o que ele faz para desmanchar a tapeçaria. Depois de ter uma boa ideia do processo, pego dois dos pesadelos que ele me deu e os penduro no ar à minha frente. E faço o melhor possível para entrelaçá-los.

Eles se unem, mas não é fácil, e definitivamente não fica bonito.

— O que você está fazendo? — pergunta Mozart, chegando perto o bastante para assistir, mas ainda deixando um grande espaço entre ela e os pesadelos.

— Estamos ficando sem espaço. Estou tentando tecê-los novamente... e fazendo um trabalho de merda.

— Quer ajuda? — pergunta Remy, se aproximando o suficiente para de fato tocar os pesadelos.

— Não sei se eles vão responder a você — digo a ele.

— Vale a pena tentar. — Ele acena com a mão, e eu assisto com espanto quando os dois pesadelos se entrelaçam perfeitamente.

— Como você fez isso? — pergunto, chocada.

Até Jude para o que está fazendo tempo suficiente para conferir — e, claro, aprovar — o trabalho manual de Remy.

Remy encolhe os ombros.

— Pesadelos e sonhos existem fora do tempo — explica ele. — Então as pessoas que podem existir nos espaços entre o tempo tendem a lidar com eles muito mais facilmente do que as pessoas que não podem.

— É isso que você faz? Existir nos espaços entre o tempo?

Ele sorri.

— É isso que *nós* fazemos, Clementine. Não sou só eu.

— Então, acho que vou ter que discordar, considerando que você pode tecer pesadelos muito melhor do que eu.

— Talvez. — Ele estende a mão para pegar um pesadelo de Jude, mas, no que pode ser a coisa mais estranha que já vi hoje (e vi muitas, por sinal), o pesadelo literalmente foge de Remy, tão rápido que acaba batendo na parede diante de nós. — Ou talvez tenhamos apenas papéis diferentes a desempenhar aqui. — Ele acena com a cabeça para os dois fios que já estão entrelaçados. — Ponha mais alguns pesadelos aqui e vamos ver o que pode ser feito.

Faço o que ele pede, e assisto com espanto enquanto ele os tece com facilidade e melhor do que qualquer artista de tapeçaria. Mas, quando Jude se move para lhe entregar vários outros pesadelos, eles fogem dele e me cercam.

Remy me dá um olhar que diz "viu só?", enquanto eu pego os pesadelos e os entrego a ele.

— Que imagem você está tecendo? — pergunta Izzy, que mantém uma distância segura. Se de Remy ou dos pesadelos, não sei dizer.

— Não estou tecendo nada — responde ele. — Está se formando sozinha.

— Você não está fazendo a imagem? — pergunto, surpresa.

— Sou um feiticeiro do tempo, não um artista.

Sua resposta só me deixa mais curiosa, porque me lembra o que a tapeçaria podia fazer antes de quebrar. Nunca vi nada que pudesse mudar sua imagem sempre que quisesse, como aquela coisa.

— Ei! — diz Mozart de repente. Eu olho na direção dela e percebo que parece completamente aliviada. — Aquela sensação arrepiante que tive desde que chegamos aqui se foi.

— Que sensação arrepiante? — pergunta Simon, confuso.

— Como se eu estivesse tendo um mau presságio. — Ela treme. — Me deu calafrios.

— Havia um vampiro adolescente aqui por um tempo — digo a ela. — Ele ficou trazendo uma garota diferente aqui a cada cinco minutos desde que chegamos. Você está praticamente em cima do lugar de amassos favorito dele.

Ela pula cerca de três metros para a esquerda.

— Mas que diabos? Por que você não me contou?

Eu pego um par de pesadelos azul-turquesa brilhantes de Jude e os passo para Remy, que os adiciona à tapeçaria. Pela primeira vez, entendo por que os chricklers são de tantas cores diferentes. Porque cada pesadelo tem uma tonalidade distinta.

Quero perguntar a Jude o que são os pesadelos mais coloridos. Imagino que eles sejam os mais suaves — sair de casa sem calça ou ser atacado por um esquilo —, mas tenho medo de que ele me diga que é o contrário, e eu não quero que ele arruíne isso para mim.

Então pego um amarelo e o passo para Remy, que o tece com um rosa que já está na tapeçaria enquanto responde à pergunta de Mozart:

— Porque está lotado aqui e não havia outro lugar onde você poderia ter ficado. Além disso, ele desapareceu há algum tempo, então eu pensei que estivesse tudo bem com você.

— Quanto tempo atrás foi isso? — pergunta Remy.

Eu pego vários outros pesadelos de Jude e os enrolo em torno da minha cintura, pois meus braços estão ficando cheios.

— Há alguns minutos, acho.

Ele levanta uma sobrancelha.

— Há quantos minutos?

— Eu não sei. Por quê?

Ele não responde, apenas me observa constantemente. E então me ocorre.

— Você acha que o elo de consortes entre mim e Jude... — Ainda é tão novo que eu tropeço um pouco nas palavras. — Você acha que, de alguma forma, isso fez algo?

Novamente, ele não responde, apenas pega os pesadelos preto e verde que lhe entrego e os entrelaça na tapeçaria.

— Eu não sei, Remy. Isso é bastante egocêntrico, não acha? Pensar que nosso relacionamento pode afetar o tempo e o espaço dessa forma? — pergunto, enquanto Jude me entrega um lindo pesadelo escarlate. — Quero dizer, é importante para nós. Mas para o mundo? Eu não acho que...

— Acho que depende de quais são seus poderes, não é? — interrompe ele, acenando com a mão para a tapeçaria que está tecendo. Instantaneamente, as cores se reorganizam em uma matriz mais agradável.

— Quero dizer, Jude é o Príncipe dos Pesadelos, então talvez o que ele faz seja importante. Mas eu sou apenas uma manticora.

— Você conhece alguma outra manticora que vê fantasmas? — Remy me dá um olhar suave enquanto eu lhe entrego mais pesadelos. — Ou que pode ver o passado e o futuro da maneira que você pode? Ou que...

— Aonde você está tentando chegar? — pergunto, porque estou exausta e tenho um monte de pesadelos pendurados em mim. Embora eu realmente queira saber o que Remy pensa, também quero acabar logo com isso.

— Ele está tentando dizer que você não é *apenas* uma manticora — diz Jude, colocando uma mão reconfortante em meu ombro antes de voltar a desmanchar a tapeçaria. — Há algo mais acontecendo com você.

— Isso não faz nenhum sentido.

Remy levanta uma sobrancelha, um brilho malicioso em seus olhos verde-floresta.

— Me ajude a lembrar, Clementine. Quem é seu pai?

— O que diabos você acabou de dizer a ela? — O pesadelo que Jude terminava de desmanchar de repente dispara pela sala, fazendo todos os nossos amigos desviarem e se abaixarem. E justo quando enfim tínhamos tirado Luís de debaixo da mesa...

Remy ri, levantando a mão em um gesto pacífico.

— Eu só estou dizendo que seu DNA vem de duas fontes diferentes, Clementine. Metade é manticora, e metade é...

Capítulo 88

NÃO ME ENLACE NESSA

Meu estômago revira enquanto eu recupero o pesadelo que Jude mandou para longe. Porque eu nem sei o nome do meu pai, muito menos que tipo de paranormal ele é. Eu costumava perguntar sobre ele quando era mais jovem, mas ninguém na família me dizia nada.

Carolina costumava prometer que descobriríamos algum dia, que ela encontraria uma maneira de me dar as respostas de que eu precisava. Mas então ela foi mandada embora e Jude partiu meu coração, e por um longo tempo eu fiquei triste demais para me preocupar com qualquer coisa além de viver cada dia.

— Você acha mesmo que eu quebrei o tempo? — pergunto, consternada com as implicações disso enquanto lhe dou uma dúzia ou mais de pesadelos, incluindo o que Jude soltou após o comentário que Remy fez sobre meu pai.

— Você não quebrou nada — responde ele, entrelaçando-os sem esforço na tapeçaria. — Mas você definitivamente causou alguns deslizes no tempo... você *e* Jude.

— Está falando sobre viagem no tempo? — pergunta Mozart, de olhos arregalados, e percebo que todos os outros na sala estão tão fascinados por esta conversa quanto eu.

Mas não dá para negar que é bem maluco.

— Não. — Ele pausa por um segundo e deixa os pesadelos pendurados meio dentro e meio fora da tapeçaria enquanto pensa na pergunta dela. — Quero dizer, *existem* várias escolas de pensamento. Mas não é o que *eu* acho que está acontecendo aqui.

— Então o que exatamente *você* acha que está acontecendo? — pergunto, e Jude me entrega mais alguns pesadelos.

Ele começa a me dar outro olhar misterioso, e fico de saco cheio disso.

— Olha, chega dessa merda de você-tem-que-descobrir-sozinha, como se você fosse um mestre Jedi. Meu cérebro parece que está prestes a explodir. Eu não dormi, não comi, passei dois dias vendo o triplo de tudo e sendo atacada por cintilações, duas das minhas melhores amigas morreram nas últimas quarenta e oito horas, estou machucada, mordida, e acabei de formar um elo entre consortes com o Príncipe dos Pesadelos enquanto tentava ajudar a desfazer uma tapeçaria para salvar toda a maldita ilha dos monstros mais nojentos que existem. Então, se puder desenhar tudo, vai ser ótimo.

— Atacada pelo quê? — sussurra Luís, mas de modo que todos ouçam.

— Ela disse cintilações — responde Mozart, da mesma maneira. — Mas eu não sei o que são.

— Fantasmas do futuro! — exclamo, um pouco antes de Jude parar de desfazer a tapeçaria e me puxar sobre seu peito.

E embora eu queira dizer que dou conta disso sozinha — e provavelmente dou —, ainda é muito bom descansar em seu grande corpo sólido por alguns segundos e apenas respirar. Mesmo que ainda esteja molhado da chuva, ele cheira a mel, couro e especiarias, e eu me deixo respirar nele enquanto escuto o ritmo constante de seu coração sob meu ouvido.

Já lidei com informações suficientes na última meia hora, e mal consigo manter meus pensamentos claros. Entre a bomba das cintilações sobre minhas mães e a bomba recente de Remy sobre o tempo, e também toda a coisa de elo entre consortes, estou surpresa por ainda me lembrar do meu nome.

Jude me entende, porque murmura:

— Estamos quase lá. — Seu tom de voz é tão baixo que é quase inaudível.

Eu aceno com a cabeça contra seu peito.

— Eu sei.

E dou mais uma respiração profunda para puxar seu cheiro reconfortante para dentro de mim antes de me voltar para Remy.

— Sinto muito — murmuro com relutância.

— Eu também. — Ele sorri daquela maneira que faz a pessoa se sentir melhor sem qualquer motivo. — Eu só sinto que você poderia responder a algumas dessas perguntas melhor do que eu... você só não sabe disso ainda.

— Eu não tenho tanta certeza — resmungo.

— Eu tenho. — Ele inclina a cabeça. — Mas, dito isso, cintilações não são fantasmas do futuro. São deslizes temporais.

— Ok, eu fui atacada por deslizes temporais. — Eu levanto as mãos, exasperada. — O que isso significa?

Remy volta a tecer.

— Significa que todo o tempo existe simultaneamente, estamos apenas em linhas do tempo diferentes. Então algo sobre você e Jude...

— Eu voto no fato de que eles se recusaram a arrumar as coisas entre eles por três malditos anos — intervém Izzy de seu assento nos velhos degraus de madeira.

Remy revira os olhos para ela, e pega mais alguns pesadelos que lhe entrego.

— Às vezes leva o tempo que tem que levar, Isadora.

— Então, enquanto eles resolvem isso, ioiôs são atirados em Ember? — pergunta Simon, com as sobrancelhas erguidas.

Ember o encara.

— Sendo bem sincera, não acho que foi *em* mim.

Ele e Mozart trocam um olhar que quer dizer "ah, claro".

— Ah, foi em você, sim — zomba Mozart, enquanto Jude me entrega mais pesadelos.

Ele quase terminou de desfazer a tapeçaria, e Remy está quase terminando de tecer a nova. Já é possível perceber uma imagem nela — e já parece um milhão de vezes melhor do que a quebrada —, mas, por algum motivo, não consigo distinguir o que é. É quase como se estivesse deliberadamente bloqueada.

— De qualquer forma... — Remy revira os olhos para o grupo. — Jude tem a coisa do pesadelo acontecendo, e todo mundo sabe que sonhos existem fora do tempo. Você tem passado, presente e futuro na ponta dos dedos. Junte essas coisas e terá um ioiô de cem anos voando em suas canelas.

O choque de suas palavras reverbera em mim, e de repente estou muito feliz por Jude ter acabado de me abraçar, porque ainda posso sentir seu calor mesmo que um calafrio esteja subindo minha espinha.

— Mas o elo entre consortes deles acabou de se formar há vinte minutos — questiona Luís. — Como isso poderia ter bagunçado todo o resto?

— Porque o elo entre consortes não quebrou nada. — Jude soa determinado, suas mãos voando enquanto ele desfaz o último pedaço de tapeçaria. — Ele consertou o que estava quebrado.

Ele está certo. Foi o que aconteceu. Inclusive com nós dois.

Penso novamente em todas as vezes nos últimos dias em que coisas estranhas aconteceram.

Jude e eu fomos colocados no mesmo grupo para o projeto sobre Keats, e eu vi minhas primeiras cintilações.

Ele me beijou, e a floresta enlouqueceu.

Ele disse que me amava, e eu comecei a ver passado, presente e futuro, todos juntos.

E em meio a tudo isso, esses pequenos deslizes temporais estavam acontecendo, ficando cada vez piores sempre que nos afastávamos um do outro. Cada vez que nosso elo entre consortes não se encaixava no lugar.

Porque sempre fomos feitos um para o outro.

Apenas alguns dias atrás, pensei que Jude era um quebra-cabeça para o qual eu não tinha um monte de peças. Mas agora percebo que o quebra-cabeça é muito maior do que eu pensava inicialmente. Porque todas as peças dos últimos dias

— tudo o que vi, tudo o que aprendi, tudo o que fiz — estão espalhadas na minha frente. Eu só preciso formar a imagem. E algo me diz que esta tapeçaria vai ajudar.

Jude me entrega os últimos fios de pesadelo, e eu os passo para Remy. Então ele se aproxima e passa os braços em torno da minha cintura, enquanto observamos tudo se juntar.

Mas não importa quanto eu observe, não consigo ver a imagem.

Até que, de repente, consigo.

Remy termina de tecer o último fio e, quando recua, todos nós olhamos para a imagem de um homem sorrindo, bem no centro da tapeçaria.

— Quem você acha que é? — pergunta Simon a Remy.

— Não tenho ideia — responde Remy, balançando a cabeça. — Mas ele parece um pouco trapaceiro.

— Eu diria muito trapaceiro — comento.

— E agora o quê? — pergunta Ember. — Como vocês pretendem pegar o...

Ela para de falar, arregalando os olhos, quando o homem na imagem de repente sai da tapeçaria e entra na adega conosco. Ele tem cabelo castanho e desgrenhado, uma longa barba, um robe de chambre roxo-escuro que já viu dias melhores e o par mais velho e mais gasto de chinelos que já vi.

E, ao que parece, também é arrogante, porque a primeira coisa que diz para nós é:

— Bem, já era hora. Vocês demoraram tempo demais.

Capítulo 89

NEM TUDO ESTÁ NO PASSADO

Acima de nós, o céu tem mais uma explosão gigantesca de trovão, e então tudo fica quieto. A chuva para. O vento se acalma. E os raios e trovões cessam em um instante.

— Mas que diabos? — exclama Luís. — A tempestade acabou de... parar?

— Foi mal — diz o homem da tapeçaria. — Meus amigos podem ser um pouco exagerados, e eles estão me procurando há algum tempo.

— O que isso significa? — questiona Ember.

— Vocês não acharam mesmo que aquilo era um furacão, não é? — Ele faz um som de reprovação, depois se vira para Simon. — Eu pensei que uma sereia saberia diferenciar.

Simon cerra os dentes.

— Sirena.

O homem acena com a mão.

— Dá na mesma — diz ele enquanto passa por nós.

— Humm, com licença — começa a falar Mozart, mas o homem a ignora.

Então Izzy se coloca bem no caminho dele e exige saber:

— Quem diabos é você?

— Pare com isso, Isadora. — Ele balança a cabeça, parecendo para todo mundo como um pai desapontado. — Uma infância difícil não é desculpa para ser profana.

— Sim, sabe como é, saltar de uma tapeçaria não é desculpa para ser um babaca, mas isso não parece incomodar você de jeito nenhum — rebate ela.

Ele apenas ri.

— Você sempre foi rápida no gatilho.

Eu espero que ele diga algo mais, mas, em vez disso, ele apenas vai até a mesa no meio da sala e pega a mochila de Luís. Então tira a garrafa de água que está guardada em um bolso lateral e esvazia tudo em um gole só.

— Peço desculpas. — Ele dá um olhar pesaroso para Luís. — Já faz dez anos desde que tomei um copo de água. Ou qualquer outra coisa, aliás.

— Dez anos? — repito. — É o tempo você ficou preso nessa tapeçaria?

Seu rosto fica contemplativo enquanto ele me examina da cabeça aos pés. No início, acho que é por causa da pergunta que fiz, mas então ele se aproxima, com a mão estendida.

— Aí está você, minha querida Clementine. Esperei muito tempo para conhecê-la.

— Dez anos, talvez? — pergunto, ríspida. Mas não faço nenhum movimento para apertar sua mão. Podem me chamar de desconfiada, mas homens de cabelo desgrenhado que saem de tapeçarias definitivamente não estão no topo da minha lista de pessoas em quem confiar. Para dizer a verdade, nunca foi uma lista longa, e já vinha encolhendo antes mesmo de esse cara aparecer.

— Talvez. — Ele examina o rosto de todos os outros, mas seu olhar permanece mais tempo em Jude. — É bom ver você, meu velho amigo.

Eu esperava que Jude ficasse tão perplexo quanto o resto de nós, mas ele parece ser o mais tranquilo. Ou talvez uma descrição melhor seria o menos perturbado.

— Aquela imagem das manticoras jogando pôquer foi genial — diz Jude ao homem.

— Não foi? — O homem ri. — Que pena que não posso levar o crédito por isso. Foi tudo ideia de Clementine. Ela é inteligente. — Ele me olha com um sorriso, como um professor para um aluno brilhante.

Eu nem sei como responder, então continuo apenas observando-o. Na verdade, é o que todos nós fazemos.

Embora, depois de um minuto, ele diga:

— Vocês podem me dar licença um momento, por favor?

— É uma adega de um cômodo — digo a ele. — Não há muitos lugares para onde ir.

Ele simplesmente me dá um sorriso antes de caminhar até um canto e desaparecer. Bem, não desaparecer de verdade. É mais como se estivesse se escondendo atrás de uma cortina borrada.

Segundos depois, o som dele abrindo uma torneira enche a sala.

— Mas. Que. Porra? — Simon olha de um lado para o outro, entre o canto borrado e Jude. — Quem diabos é esse cara? E por que diabos ele está fazendo gargarejo aqui?

— Não faço ideia — responde Jude.

— O que você quer dizer? Ele acabou de chamar você de "velho amigo"! — digo para ele.

— Ao que parece, eu e ele compartilhamos essa adega nos últimos dez anos. Quanto a quem ele é? Não faço ideia. Imagino que seja o cara que estava controlando a tapeçaria o tempo todo. Quando eu era pequeno, ele fazia desenhos engraçados na tapeçaria para me fazer rir. Quando fiquei mais velho, já não eram tão engraçados. — Ele encolhe os ombros. — Além disso, não tenho ideia de quem ele é ou o que estava fazendo lá dentro.

— Posso dizer uma coisa que ele não fez — diz Ember, quando um chuveiro é ligado atrás da cortina borrada. — Ele não tomou nenhum banho.

Verdade verdadeira.

— E você nunca pensou em perguntar a ele? — Mozart soa tão incrédula quanto eu me sinto.

— Em minha defesa, eu nunca o vi. Tudo o que sei é que a tapeçaria muda regularmente. E, até onde eu sabia, era um monte de pesadelos fazendo os desenhos.

— Sabe o que mais? Estou fora — informa Izzy, andando até a estante e puxando o pote que abre a parte superior da adega. — Liguem para mim quando a rotina de higiene acabar.

— Vou com você — diz Mozart.

Eu assisto enquanto Luís sobe as escadas atrás delas, e tento não pirar com quão fraco o Luís do futuro parece agora.

— Ei — chama Jude enquanto todos, menos Remy, sobem as escadas. — O que há de errado?

Não quero falar em voz alta — certamente não em qualquer lugar em que Luís possa ouvir —, então apenas balanço a cabeça.

— Essa coisa de ver triplicado é uma dor gigante, às vezes.

— Posso ajudá-la com isso — diz Remy. — Quando eu pude ver o futuro pela primeira vez, também não conseguia bloqueá-lo. Estava lá, o tempo todo, o que... como você sabe... torna difícil fazer qualquer coisa.

— Muito difícil — concordo. Ele definitivamente tem minha atenção.

E de Jude também, a julgar pela intensidade com que ouve nossa conversa. Remy acena com a cabeça como se entendesse, porque, aparentemente, ele entende.

— Agora eu faço uma coisa que ajuda a bloquear o que eu não quero ver. Posso mostrar como fazer, se você quiser.

— Me mostrar como não ver todo mundo aqui presente de três maneiras diferentes ao mesmo tempo? — pergunto. — Sim, por favor!

Ele acena com a cabeça, depois me puxa para o canto oposto da cortina borrada.

— Eu gosto de pensar nisso como construir uma porta entre mim e todo o futuro — me explica ele. — Uma que eu possa abrir sempre e como eu quiser.

— Ok. — Parece razoável. — Como faço isso?

Ele ri, um pouco triste.

— Nunca ensinei ninguém a fazer isso antes, então tenha paciência. Mas eu diria que você começa escolhendo algo... ou, no seu caso, alguém... que está vendo no passado, presente e futuro.

— Isso é praticamente todo mundo aqui, exceto Jude.

— Ok, então. Você pode começar se concentrando em mim. — Ele dá um passo um pouco para trás, para que eu possa ter uma visão melhor de todas as três versões dele: Remy com cerca de catorze anos, depois no presente e, por fim, no que eu diria que é a versão dele por volta dos trinta anos.

— Agora, uma vez que puder ver as três versões, quero que se imagine fechando uma porta no passado ou no futuro.

Eu tento fazer o que ele diz — parece fácil o bastante. Mas, depois de quatro ou cinco tentativas, ainda não cheguei a lugar nenhum.

— Não está funcionando — digo a ele, frustrada.

— *Ainda* — corrige ele, com um sorriso. — Ainda não está funcionando.

— Dá no mesmo.

Ele ri.

— Comece aos poucos...

— Estou começando aos poucos. Mesmo assim não funciona.

Ele inclina a cabeça para o lado por um momento, me estudando. Então pergunta:

— Que tipo de porta você está imaginando?

— Eu não sei. Uma porta.

— Isso não é bom o bastante. Para funcionar, você precisa realmente saber como é a porta que está fechando. É preta com moldura ornamentada? De madeira marrom com um olho mágico? Branca com uma pequena guirlanda pendurada nela? Como espera ser capaz de fechar uma porta se não consegue ver como ela é?

Eu penso no que ele me diz por um minuto, depois fecho os olhos e tento fazer o que pede. Mas, cada vez que tento imaginar uma porta branca e simples, minha mente a substitui por uma janela — e não qualquer janela, uma janela de vitral com três cores distintas. Vermelho, roxo e verde.

Não é preciso ser um gênio para saber que cada uma das cores deve corresponder a um período de tempo, então eu as atribuo aleatoriamente — vermelho para o passado, roxo para o presente e verde para o futuro.

E então tento a sorte, fechando todos os Remy atrás da janela.

Preciso de algumas tentativas, mas, depois de um tempo, chego ao ponto em que não o vejo de jeito nenhum — como se eu pudesse bloquear o Remy presente tão facilmente quanto o passado ou o futuro Remy. E sempre que eu quiser ver um deles novamente, abro a janela correspondente.

— Você conseguiu! — diz Remy quando tento explicar a ele o que eu fiz. — Isso é brilhante.

— Obrigada — digo a ele, bem quando o chuveiro finalmente para.

Jude chama os outros, e quando todos começam a descer as escadas, eu me viro para eles e tento fazer a mesma coisa que acabei de fazer com Remy. Dá um pouco mais de trabalho — cada um requer sua própria janela —, mas consigo depois de um tempo, até que eu só veja a versão presente de cada um.

É a sensação mais incrível do mundo, como se uma sobrecarga sensorial gigante tivesse acabado de ser desligada. Nunca fui tão grata a ninguém em minha vida.

Depois de agradecer a Remy mais uma vez, eu me inclino na direção de Jude assim que o som de um barbeador elétrico começa.

— Mas que diabos? — Luís parece perplexo.

— Higiene é muito importante — diz Jude, com um sorriso. É um sorriso real, que lança faíscas elétricas dançantes ao longo de minhas terminações nervosas.

Sim, eu definitivamente posso me acostumar com esse Jude.

Eu me viro para Remy, querendo agradecer a ele mais uma vez por me ensinar como ficar focada no momento — com Jude e com o resto dos meus amigos. Mas quando me viro, ele não é o único lá.

Capítulo 90

AÍ VEM O FILHO

Uma cintilação apareceu bem atrás de Remy, um cara por volta dos dezessete anos, vestido de jeans e uma camisa preta usada. É alto — tão alto quanto Jude, mas não tão musculoso —, com cabelo preto espetado, tachas nas orelhas e sardas salpicadas no nariz.

Quando percebe que estou olhando para ele, dá um sorriso amplo.

Por instinto, eu me aproximo dele e, ao fazê-lo, acabo notando que ele tem olhos de cores diferentes — um azul e um verde e prata. E é aí que me ocorre — ele está todo em cores, ao contrário da maioria das cintilações, que são em preto e branco. E não só isso, percebo que já o vi antes, duas vezes. Ele é o menino da masmorra e o do pijama de tiranossauro *rex* no dormitório, na chuva, já crescido.

Eu levanto a mão e aceno para ele, e seu sorriso fica ainda maior.

— Parece que você o encontrou — me diz ele, com uma rápida levantada de sobrancelha.

— Quem? — pergunto, confusa.

— Papai, obviamente.

Ele acena com a cabeça na direção de Jude e do homem da tapeçaria, que acabou de sair de trás de sua cortina borrada.

O choque me mantém imóvel por um segundo, e eu sussurro:

— Qual é o seu nome?

O sorriso dele fica ainda maior, se é que isso é possível.

— É Keats. Por causa do poeta. Você sabe, da aula em que tudo começou. — Então ele dá uma pequena ondulada e desaparece.

— Desculpem, já faz um tempo desde que consegui cuidar de tudo isso. E deixem-me dizer, minha pele está muito seca — diz o cara da tapeçaria, enquanto eu olho para onde estava Keats, abalada.

— Algum de vocês tem hidratante? Estou precisando muito.

Eu meio que quero contar a Jude o que acabou de acontecer, mas sei que haverá tempo. Então me viro para o cara e pisco, surpresa, porque ele parece um milhão de vezes diferente do homem que surgiu há alguns minutos.

O cabelo selvagem e desgrenhado se foi. Em seu lugar está um sofisticado penteado para trás. Seu robe de chambre sujo e desbotado foi substituído por um terno de risca de três peças, completo com uma gravata *paisley* rosa brilhante. Até seus sapatos foram substituídos — os velhos chinelos se transformaram em um par de brogues de couro trabalhado. Ah, e a barba desapareceu completamente.

Não tenho certeza de como ele conseguiu tudo isso em quinze minutos e naquele canto, mas magia é magia por um motivo.

— Obrigado por sua paciência — diz ele ao nosso grupo com um sorriso benigno, embora eu tenha a sensação desconfortável de que olha principalmente para mim.

Não sou a única que percebe isso. Definitivamente, Jude também, e, embora não faça nenhum comentário aberto, ele se posiciona um pouco na minha frente.

O cara também percebe o que Jude está fazendo, e parece fazer uma careta muito ligeira. O que me deixa mais inclinada a apreciar a proteção de Jude. Se o cara está cheio de boas intenções, por que ele se importa com onde meu consorte está?

Izzy fica farta do silêncio e exige saber:

— Então, você vai nos contar quem você é ou teremos que adivinhar?

— Não há necessidade de adivinhar — diz ele com um pequeno sorriso. — Sou Henri, o Oráculo de Monroe.

— Oráculo? — Remy fala pela primeira vez. Ele parece em dúvida, mas, quando olho para ele, seu rosto está sem expressão, de uma maneira nem um pouco típica dele. — Você é um oráculo?

— Eu sou, de fato. — Ele tira um chapéu masculino sofisticado do meio do nada e o coloca na cabeça. — E se eu esqueci minhas maneiras antes, por favor me perdoem. Já faz um tempo desde que não me relaciono com pessoas. Quanto ao motivo pelo qual meus amigos enviaram uma tempestade para me procurar, estou desaparecido há dezessete anos. Acho que se cansaram de procurar.

— Dezessete anos? — pergunto, com os olhos estreitos de suspeita. — Pensei que você estava na tapeçaria há dez.

— É uma longa história, uma que ainda não estou pronto para contar. Desnecessário dizer, sua tia Camilla estava envolvida. — Ele balança a cabeça com tristeza.

— Tia? — repete Luís, parecendo confuso. — Não tenho certeza de que você seja um oráculo muito bom, cara. Camilla é a mãe dela.

— É mesmo? — A fúria reluz em seu rosto, mas desaparece tão rápido que não tenho certeza se não foi minha imaginação.

Quero perguntar como ele sabe disso, já que acabei de descobrir sozinha. Mas não estou com vontade de ter essa conversa com toda a sala — em especial porque ainda não contei ao meu consorte —, então mordo a língua, mesmo quando Henri se aproxima.

— Você se importaria de satisfazer o capricho de um velho oráculo por apenas um momento, Clementine?

— Acho que depende do capricho — respondo, com as sobrancelhas erguidas.

— Posso apertar sua mão?

Ele me estende a mão em um gesto que pode ser de boa vontade ou uma armadilha. Mas, considerando que não pediu nada e não tentou fazer uma barganha comigo, vou presumir que seja a primeira opção.

Talvez.

Entretanto, no momento em que minha palma desliza na dele, uma imagem de minha mãe — minha mãe biológica — enche minha consciência. Ela está com a gravidez avançada e descansa uma mão na lateral da barriga enquanto recua e admira um mural que acabou de pintar em uma parede do quarto.

O mural tem meu nome, e cada letra está cheia de coisas mágicas e fantásticas. Eu conheço bem o mural; ficou na minha parede por quase dez anos antes de finalmente pintarmos por cima. Eu não tinha ideia de que minha mãe biológica havia feito aquilo para mim.

Meu lábio treme um pouco, mas eu o mordo até que fique firme novamente. De jeito nenhum vou desmoronar agora — não na frente de um completo estranho.

— Peço desculpas por mostrar a verdade tão duramente — diz ele. — Mas os oráculos precisam enfrentar sua própria bagagem antes de tentarem ser eficazes para qualquer outra pessoa.

— Como essa é *sua* bagagem? — pergunto. — Ela era minha mãe.

— Boa pergunta — diz ele com um pequeno aceno de cabeça. — É de se pensar, não é?

Em qualquer outra hora, sem sombra de dúvidas. Mas agora? Estou cansada de tentar descobrir coisas e ainda mais cansada de aprender coisas que viram meu mundo de cabeça para baixo. Então, em vez de fazer uma suposição sobre o que ele está falando, eu me contento com a única coisa que sei.

— Eu não sou um oráculo — digo. — Eu sou uma manticora.

— Tem certeza disso? — Ele inclina a cabeça com a questão. — Porque...

Ele para de falar quando um alto e agudo grito soa logo atrás das portas da adega.

— Merda! — Jude imediatamente entra em ação, agarrando a tapeçaria. — Remy, precisamos sair daqui agora.

Mas Remy já está trabalhando nisso. Ele abre um portal no exato instante em que o monstro-cobra com o qual Luís e eu tivemos que lutar na masmorra arranca a porta da adega com dobradiça e tudo.

— Espere! Não precisamos lutar contra isso? — pergunta Ember, parecendo confusa. — Pensei que esse era o objetivo de consertar essa maldita tapeçaria, para começar.

— Precisamos — concorda Jude, apressando todos para dentro do portal, incluindo Henri. — Só não acho que uma pequena adega subterrânea seja o lugar para isso.

Sou obrigada a concordar com ele. Não há aonde ir na adega para escapar disso — se ficar no meio da sala, os dedos de cobra do monstro podem alcançar todos os quatro cantos e qualquer lugar entre eles.

Eu mergulho no portal um segundo antes que um desses dedos de cobra me pegue, e fico praticamente atordoada de alívio quando saio no centro do salão de baile dois segundos depois. Até que trombo direto nas costas de Luís.

— Ei, o que é... — Eu paro de falar quando percebo o que ele está olhando. O que todo mundo está olhando.

O salão de baile está cheio de monstros, cada um mais assustador que o outro.

Capítulo 91

NÃO DÁ PARA ESCONDER
UMA BOA MANTICORA

— Estou errada, ou esse é o pior pesadelo de Kafka? — rosna Izzy ao sairmos do portal direto para o inferno.

Agora que a tempestade passou, é um contraste direto com o clima lá fora, onde o ar é doce, o sol se põe e o canto dos sabiás enche os céus.

— Esqueça Kafka — resmungo ao mesmo tempo que retrocedo desesperada para evitar um gigante de oito pés, tipo barata, com pinças gigantes no final de cada uma das pernas e duas agulhas gigantes saindo da boca.

São as agulhas que mais me deixam horrorizada. O que exatamente há nelas e o que elas podem fazer comigo? Aposto em assassinato quando ele rasteja pelo chão em minha direção.

— Se transforme, Clementine! — grita Mozart, que começa a correr. Asas negras brotam de suas costas, e então ela salta no ar bem a tempo de evitar dois chricklers gigantes que a têm em sua mira.

Ela não se transforma por completo — o salão não tem o tamanho adequado para um dragão gigante voando em círculos dentro dele —, mas não precisa. Ela já está quase no teto e lança fogo na direção de vários monstros na sala, tomando cuidado para não acertar os chricklers, obviamente. A última coisa de que precisamos é um chrickler do tamanho de um SUV. Mas os outros monstros não parecem ter a mesma capacidade de evolução que os chricklers, e quando ela acerta a Baratona Kong, ela rola com um chiado.

No início, acho que está ferida, mas então percebo que seu estômago é feito de algum metal defletor de fogo. Porque é exatamente disso que o mundo precisa vindo de uma barata gigante: ser ainda mais difícil de matar. É um pesadelo absoluto.

Enquanto isso, Simon corre em zigue-zague pelo salão de bailes, com facas emprestadas de Izzy em cada mão. Os chricklers começam a cercá-lo, e ele os acerta com facadas, um após o outro.

Eles estouram como balões.

— Acha que isso funciona nos outros monstros? — grito para Jude, e corremos em direção à frente do salão, onde Izzy e Remy estão lutando, um de costas para o outro, contra dois monstros gigantes iguais.

À primeira vista, parecem ser um cruzamento entre aranhas gigantes e centopeias. Têm patas enormes e peludas, e um milhão de olhos por todo o corpo longo e magro. Mas então eles se viram, e percebo que têm asas, bocas cheias de presas com bordas dentadas e antenas feitas de algum tipo de material afiado, que usam para esfaquear na direção de Remy e Izzy repetidamente.

À medida que nos aproximamos, sigo o conselho de Mozart e me transformo em manticora enquanto corro. Não é tão suave para mim quanto para Mozart — é apenas minha terceira vez —, mas consigo dar conta.

Então, enquanto Jude entra no meio da briga com Izzy e Remy, eu corro em direção a uma coisa repugnante tipo lagarto que mantém Ember e Luís encurralados no lado esquerdo do salão de baile. A coisa cospe algum tipo de gosma preta nojenta sobre eles, e os dois parecem precisar muito de ajuda.

Ember está em sua forma de fênix, e continua mergulhando, tentando atingir os olhos do monstro. Mas, aparentemente, a coisa não se importa com seus olhos, porque não parece nem um pouco incomodada com o ataque.

Luís — que se transformou em lobo — continua atacando as pernas ósseas e magras do monstro, em um esforço para derrubá-lo. Mas cada vez que se aproxima da coisa, a gosma vem voando em sua direção como um projétil.

Imaginando que minha melhor chance é pegá-lo de surpresa, eu venho por cima e o seguro com minhas garras. Ou, mais especificamente, *tento* agarrá-lo com minhas garras. Porque, assim que me aproximo, um monte de espinhos enormes surge por toda a parte de trás da coisa. É como um porco-espinho vindo direto do inferno. Estou mergulhando rápido e com força, e quase me empalo neles antes de conseguir desviar para cima, no último segundo. Um deles me pega, no entanto, abrindo uma longa fenda na minha barriga.

Eu me engasgo de dor, e o sangue jorra de mim. O único lado positivo é que o sangue cai no rosto da criatura, cegando-a tempo suficiente para Luís mergulhar e agarrar a pata dianteira em suas poderosas mandíbulas.

Ela fica frenética, começa a se debater e a gritar em um estranho chiado agudo que faz todo o meu corpo se arrepiar. E então ela enterra Luís sob uma corrente contínua de seu nojento lodo preto.

Dou meia-volta, muito mais confiante agora do que há um minuto. Mas com Luís fora do caminho, ela levantou a cabeça e agarrou Ember em seus dentes afiados de crocodilo. Ela morde, e Ember grita alto.

Em pânico, mergulho de lado quando ela se vira para me enfrentar, com Ember ainda na boca. Então eu a espeto com minha cauda, que — pela primeira vez — realmente faz o que eu quero.

Eu a chacoalho, e posso sentir o corpo do monstro rasgar enquanto minha cauda faz um buraco cada vez maior nele. Mas a coisa não se dissolve como os chricklers, e agora estou presa, bem presa a essa coisa.

Ela finalmente solta Ember, que meio que voa, meio que cai a vários metros de distância. O monstro aproveita a boca agora livre para se virar e cuspir toneladas daquela gosma nojenta em mim também.

Eu me engasgo quando ela me atinge, porque queima como ácido, mesmo através da minha pele de manticora. Desesperada para evitar outra rodada daquela coisa em mim, eu balanço a cauda e arremesso a criatura pelo ar a vários metros de distância de nós.

Então aterrisso para verificar Ember, que voltou à sua forma humana e se arrasta pelo chão, bem quando um novo grupo de chricklers a coloca em sua mira.

Eu me jogo na frente deles, determinada a impedi-los de atacá-la quando ela está em tão mau estado. Mas mal consigo ver para defendê-la, pois agora a gosma parece queimar meus olhos até fazê-los saltar para fora das órbitas.

Balanço a cauda, tentando manter os chricklers à distância, mas eles sabem que mal consigo vê-los. Então aproveitam a chance de imediato, indo para minha jugular, enquanto o monstro-lagarto, aparentemente ileso, dá meia-volta para tentar outra chance com Ember. Eu me pergunto se ele tem a habilidade de regenerar partes do corpo como os lagartos.

Dois dos chricklers pulam em mim ao mesmo tempo, e eu caio. Dentes afiados arranham meus braços enquanto eu os levanto para proteger rosto e garganta.

Não posso deixar de sorrir com a ironia de que, após tudo o que aconteceu nos últimos dois dias, vou acabar morrendo nas mãos das mesmas criaturas que me atormentaram nos últimos três anos.

Pelo visto, o destino tem um péssimo senso de humor.

Eu ataco os chricklers com meus dentes, em uma última tentativa de salvar a mim mesma, mas eles estão distraídos demais para perceber. Estão em frenesi, toda sua atenção voltada para fazer Ember e eu em pedaços. Tento tirar minha cauda de debaixo do meu corpo para, pelo menos, tentar esfaquear as criaturas, mas não consigo me mover bem o suficiente para isso.

Ember grita novamente, só que dessa vez soa muito parecido com um chamado de pássaro. Viro a cabeça e a observo retomar o voo, sua fênix determinada a se erguer das cinzas. Tento segui-la com os olhos, para ter certeza de que ela vai escapar, mas tudo ao meu redor começa a ficar escuro, e só o que consigo fazer é pensar em Jude.

Perder um consorte é uma das experiências mais agonizantes que um paranormal pode ter, e só a ideia de fazê-lo passar por isso me devasta ainda mais do que a possibilidade real de morrer. Jude passou por muita coisa. Não precisa de mais dor. Tenho que lutar, mas o vazio começa a se espalhar pelo meu corpo.

De repente, um rugido furioso rasga o salão de baile. Segundos depois, os chricklers são lançados para trás, e então um Jude sem camisa se agacha na minha frente.

Seu rosto está coberto de arranhões, o sangue pinga de uma série de mordidas em seu ombro, mas seus olhos estão cheios de preocupação e amor enquanto buscam meu rosto.

— Você está bem, Kumquat? — pergunta ele, com a voz feroz e os olhos lívidos de raiva.

Bem é um exagero. Aceno com a cabeça e começo a dizer para ele ver como Ember está, mas Jude já se virou para enfrentar os monstros. E, pela primeira vez, percebo que não estou olhando apenas para Jude. Estou com certeza olhando para o Príncipe dos Pesadelos.

Capítulo 92

SE DÁ PARA SONHAR COM A COISA,
DÁ PARA MATÁ-LA

A primeira coisa que ele faz é soltar um rugido que chama a atenção de todos, humanos ou criaturas. Então se move para ficar bem na minha frente — sua maneira de me proteger de mais ataques.

Jude se mantém relaxado, as pernas abertas e bem apoiadas, os braços estendidos para os lados. As tatuagens em seu peito e braços começam a brilhar e ondular, torcendo, virando e deslizando sobre sua pele até que todo o seu torso esteja iluminado com a magia e o poder de mil pesadelos. Um movimento de seus dedos chama uma rajada de vento do nada. Ele agita o ar ao redor de si em um frenesi, e toda a sala esfria vinte graus em um instante. E é aí que Jude envia os pesadelos girando, revirando e voando de seu corpo para a sala ao redor dele.

Ele jamais teria feito isso antes de tudo o que aconteceu no porão, jamais teria confiado em si mesmo para empunhar os pesadelos como as armas que são. Mas algo aconteceu no momento em que ele percebeu o que os Jean-Babacas tinham feito, algo mudou dentro dele, e eu sei que essa incrível demonstração de poder e força é o resultado direto disso.

Os monstros também devem saber, porque recuam, gritando e berrando sua insatisfação. Mas já é tarde demais para eles.

Jude os tem em sua mira, e é óbvio que está determinado a resolver isso de uma vez por todas.

Como um maestro em uma sinfonia macabra, ele usa mãos e braços para tecer um padrão complexo — uma proteção — com os pesadelos no ar ao nosso redor.

Eu esperava que eles fluíssem para a sala imediatamente, até me preparei para o que quer que viesse. Mas, em vez disso, os pesadelos formam uma barreira plumosa que gira em torno de nós dois, ganhando velocidade e poder com cada torção e curva, até brilhar tanto que ilumina toda a sala.

E é aí que Jude ataca.

Um movimento de seu punho, um giro rápido de sua mão, e os pesadelos se espalham em cem direções diferentes. Eles cobrem todo o salão de bailes — e todos os monstros dentro dele —, enrolando-se em torno das criaturas como camisas de força.

As criaturas se debatem e gritam, arranham e cerram os dentes em tentativas frenéticas de escapar de seus grilhões astrais. Mas os pesadelos as seguram com firmeza. Então Jude circula a mão no ar e a puxa para trás. Em segundos, os pesadelos começam lenta e inexoravelmente a arrastar os monstros para mais perto de Jude.

A tapeçaria está no canto da sala. Remy corre até ela e a leva para Jude. Simon e Mozart, com uma aparência muito pior, a pegam e a desenrolam no chão a seus pés.

E mesmo que todos os músculos do meu corpo doam e eu não queira nada mais do que ficar onde estou, eu me forço a levantar e me juntar a Jude. Meu consorte.

Ele não olha para mim — sua concentração é muito feroz para isso —, e continua a arrastar o bando de monstros rosnadores, furiosos e ferozes diretamente em sua direção.

Mas ele consegue perguntar, pela segunda vez, se estou bem.

Como eu disse antes, "bem" é um termo relativo — especialmente porque tenho certeza de que estou com algumas costelas quebradas. Então, em vez disso, respondo com a única coisa que é verdade.

— Estou indo — informo a ele, e observo seus olhos se escurecerem de preocupação.

— O que posso fazer? — pergunta ele.

— Coloque os monstros na tapeçaria para que possamos acabar com isso — respondo. — Você sabe como fazer?

— Não tenho ideia — responde ele, sério.

Era o que eu temia. Não podemos arriscar a chance de que até mesmo um único monstro venha até nós outra vez ou escape — então faço a única coisa em que consigo pensar.

Eu caminho até o monstro mais próximo, ignorando a objeção surpresa de Jude. É o monstro-lula contra o qual Izzy e eu lutamos. Entro na minha mente e encontro a vidraça que meu cérebro criou para ele.

Abro primeiro a janela verde, mas o futuro da criatura está completamente ausente.

Então passo para a segunda janela — a vermelha que cobre o passado. Talvez, se puder ver como ela foi feita, eu possa descobrir como colocá-la de volta na tapeçaria.

Eu me preparo para ver nossa luta do ponto de vista dela. Retrocedo as imagens, passando pelo ginásio. Sem dúvida passando pelo ataque contra mim e

Izzy em sua cela. E por dias e dias de sede de sangue e nada mais, até que acabo vendo minha mãe.

Desacelero e deixo as imagens passarem como um vídeo reproduzido lentamente, enquanto tento encontrar o momento em que o monstro passou a existir.

Eu pauso por um segundo, tento assimilar o que — e quem — acabo de ver na tela. Minha mãe, sim. A coisa-lula, sim. Mas também uma pessoa que tenho certeza de que é *o pai de Jean-Luc*. Ele é definitivamente feérico, definitivamente mafioso, e tem os mesmos olhos laranja de Jean-Luc.

Mas o que diabos ele estaria fazendo na Academia Calder? E o que diabos ele estaria fazendo com os monstros?

Não faz nenhum sentido.

Eu aceno com a mão, e o vídeo do passado começa a rodar novamente. Vejo ele e minha mãe abrirem uma maleta cheia de dinheiro; vejo, segundos antes, o pai de Jean-Luc entregar a maleta para ela, e então, segundos antes disso, quando eles apertam as mãos.

De repente, todos os trechos que vi antes começam a fazer sentido. Só que... o instinto me faz avançar um pouco além do aperto de mão.

E é aí que eu vejo Camilla avistar Carolina escondida nas sombras enquanto o acordo sombrio se desenrola.

Eu vejo que a mulher que pensei ser minha mãe não se intimida, não deixa transparecer nem mesmo por um único olhar de lado o fato de não estarem sozinhos. Mas eu posso ver a fúria em seus olhos — e o medo.

Mas algo não faz sentido. Carolina é o que não faz sentido. Eu pauso o "vídeo". Olho mais de perto e mais de perto e mais de perto ainda. E então eu vejo — o estranho brilho que vem atrás de cada cintilação. Minha mãe não está vendo Carolina. Ela está tendo um vislumbre de um futuro onde ela poderia ter visto Carolina.

E é aí que entendo.

Esta é a noite em que Jude me beijou na nona série. A noite em que ele estava com muito medo de que um pesadelo escapasse. Mas não havia pesadelo — e nenhum erro.

Pelo menos não da parte dele.

Nós nos beijamos, e o tempo se partiu por um momento. Eu vi minha mãe biológica. E Camilla viu algo que nunca deveria ter visto, algo que talvez nunca tenha acontecido. E Carolina pagou o preço máximo.

Todos querem controle — sobre si mesmos, sobre suas vidas, sobre a escola que frequentam e o mundo em que vivem. Mas há uma linha tênue entre controle e caos, e onde você acaba pode muitas vezes surpreendê-lo.

Lágrimas brotam dentro de mim — de tristeza, raiva, dor. Eu as contenho, pelo menos por agora, porque outra visão se desenrola na minha frente.

Como tudo está acontecendo ao contrário, eu retrocedo as memórias a um passado mais distante, e assisto quando a coisa-lula é levada embora. E como, antes disso, ela está presa em uma espécie de camisa de força.

Então eu assisto novamente, só para ter certeza de que estou vendo o que acho que estou vendo.

Depois que vejo pela segunda vez, percebo algumas coisas. Um, a criatura que estou observando não é a criatura na minha frente. Na verdade, estou vendo as coisas através dos olhos desta criatura. O que significa que minha mãe fez mais dessas coisas-lula. Dois, eu fui muito ingênua — e Jude também. E três... minha mãe tem mentido muito.

Porque ela não colocava esses monstros de volta na tapeçaria. Pelo contrário, desde que Jude era um garotinho, ela o engana para que ele a deixe fazer esses monstros com seus pesadelos e ela possa vendê-los à organização paranormal mais perigosa do país, talvez até do mundo.

Meu estômago se revira com a constatação, e preciso de toda a força que tenho para não vomitar bem aqui e agora.

Então eu engulo a náusea que destrói minhas entranhas e me concentro no problema em questão. Ou seja, temos um monte de monstros do inferno aqui e nenhuma ideia de como colocá-los de volta na tapeçaria. Não sabemos sequer se eles podem *entrar* nela.

Percebo agora que isso pode ter sido apenas mais uma mentira que minha mãe contou a Jude.

Sem saber o que mais fazer, eu retrocedo mais e mais, mas não encontro outras pistas.

— Encontrou algo? — pergunta Jude, e pela primeira vez percebo que ele está ciente do que eu tenho feito.

— Não — respondo, porque agora não é a hora de explicar o que acabei de ver. — Exceto que eu não acho que os monstros entrem completamente formados na tapeçaria.

— O que você quer dizer? — Ele me olha, sua expressão cheia de confusão. — Sempre foi assim.

— Não, fizeram você acreditar que era assim. Mas essa não é a verdade.

Ele começa a perguntar mais, mas assim que sua concentração diminui, o monstro na frente dele começa a se libertar.

— Então o que fazemos agora? — pergunta ele depois de voltar sua atenção para os monstros que mantém em cativeiro.

— Vamos fazer o que você fez com a tapeçaria — sugiro, porque não tenho ideias melhores. — Vamos desmanchar os monstros, um pesadelo de cada vez.

Os ombros de Jude caem um pouco com minhas palavras, e eu acho que é porque ele percebe que algo está muito errado aqui. Que mesmo que consigamos vencer os monstros, há muito mais a desvendar do que apenas o que aconteceu hoje.

Coloco uma mão nas costas dele, em sinal de conforto — embora a verdade seja que não sei se é a mim mesma ou ele que tento confortar.

Jude acena com a cabeça e diz:

— Ok. Vamos tentar.

Eu olho ao redor e vejo que Simon está sentado com Ember. Fico feliz em ver que alguém está cuidando dela. Mas todos os outros avançam para se juntar a nós. Uma vez que todos estão em seus lugares, eu pergunto a Jude:

— Pronto?

A expressão em seu rosto diz que ele não está nem perto disso. Mas então ele me dá aquele sorrisinho dele, e eu sei que vai ficar bem.

Ele começa com o monstro-lula, afrouxando os pesadelos enrolados em torno dele, mas mantendo-os próximos caso precise deles. Porém, quando ele tenta desfazer o monstro como fez com a tapeçaria, nada acontece.

Ele tenta uma segunda e uma terceira vez, e ainda nada.

— Podíamos esfaqueá-los — sugere Izzy, com um dar de ombros. — Funcionou com os chricklers.

— Acho que tenho uma ideia melhor — diz Jude para nós. — Mas talvez vocês queiram ficar atrás de mim.

Nenhum de nós precisa pensar duas vezes, não depois do que vimos nas últimas quarenta e oito horas.

Nós nos posicionamos para também fornecer cobertura para Simon e Ember, e quando estamos todos seguros atrás dele, Jude fecha os olhos. Respira fundo. E abre os braços.

À medida que ele faz isso, todos os pesadelos na sala se desenrolam — incluindo os que envolvem os monstros. No segundo em que ficam livres, os monstros enlouquecem e correm direto para nós, com sangue nos olhos.

— Era esse o seu grande plano? — pergunta Luís, cético. — Porque tenho que dizer que eu gostava mais deles do outro jeito.

Jude o ignora e puxa todos os pesadelos de volta para si com um aperto de seu punho. Mas os monstros se aproximam também, correndo em nossa direção como se suas próprias existências dependessem disso — porque dependem.

— Devemos correr — diz Mozart. — Certo?

— Estes não são suficientes — diz Jude para nós, e pela primeira vez ele parece um pouco nauseado. — Preciso de mais.

— Não há mais! — responde Luís. — E se esperarmos demais, esses monstros vão nos transformar em espaguete de carne.

— Pegue os meus — digo a ele.

Jude se vira para mim, seus olhos chocados.

— O que...

— Pegue meus pesadelos! — digo novamente.

Remy se junta a mim.

— Pegue todos os nossos.

Jude nos encara por um segundo, como se estivesse avaliando nossa seriedade.

— O que está esperando? — pergunta Luís. — Nós com certeza não precisamos deles.

Jude acena com a cabeça, depois estende ambas as mãos e fecha os olhos novamente, apesar do fato de os monstros estarem se aproximando de nós.

— Mais rápido! — pede Mozart.

Jude acena com a cabeça e então começa a puxar. Ele puxa, puxa e puxa, e eu assisto maravilhada enquanto pesadelos fluem de nós e se juntam à bola brilhante de pesadelos que ele tem girando diante de si.

Mesmo depois de tudo o que aconteceu no porão, ainda estou espantada com a beleza dos pesadelos. Eu pensava que todos seriam escuros, com tons assustadores. Mas não. Muitos deles têm cores vivas e brilhantes, e percebo que é disso que Jude estava falando.

Estes são pesadelos em sua forma mais pura, e não são assustadores de jeito algum. Não, não é dos pesadelos em si que temos que ter medo. Mas dos monstros que criamos a partir deles.

Uma vez que Jude colheu todos, uma vez que coletou todos os últimos pesadelos que a sala tem a oferecer, ele acena com os dedos, e a enorme bola giratória à sua frente voa direto para os monstros — e é bem no último segundo, porque eles estão prestes a nos atacar.

Os monstros gritam quando os pesadelos os atingem, e depois os ferem como flechas.

E então esperamos, com a respiração suspensa, para ver o que acontece a seguir. E, no começo, a resposta é nada. Os monstros apenas ficam lá, parados, quase como se estivessem em choque.

— O que está acontecendo? — sussurra Izzy, e percebo que ela está com as facas em riste e olha de um monstro para o outro.

— Não sei — sussurro de volta.

Há um momento de silêncio ensurdecedor e... o primeiro monstro explode. E então todos fazem o mesmo. Um após o outro, os milhares e milhares de pesadelos dos quais eram feitos chovem sobre nós como confete.

Capítulo 93

NÃO PEGUE LEVE COM ESTE PESADELO BOM

Sem sangue, sem vísceras. Apenas tantos pesadelos enchendo o ar que é impossível ver todos.

Pelo menos não até que Jude comece a reuni-los e enviá-los para a tapeçaria, um por um.

Eu observo, um pouco admirada, enquanto ele lenta e metodicamente limpa a sala, um pesadelo de cada vez. E não posso deixar de pensar, apesar de tudo o que passamos, em quão sortuda sou por ter esse consorte poderoso, forte e bonito.

De alguma forma, contra todas as probabilidades, enfrentamos a tempestade e chegamos ao outro lado. Aprendemos a enfrentar os monstros. E mais, aprendemos a enfrentá-los juntos. E embora tenhamos feridas que nunca cicatrizarão, temos um ao outro. E por enquanto, isso é mais do que eu jamais sonhei que teríamos.

Depois de um tempo, Jude coloca o último pesadelo na tapeçaria, e todos nós meio que observamos por um segundo, esperando que o próximo Henri apareça. Mas parece que foi uma ocorrência única.

Graças a Deus. Porque não acho que posso aguentar mais do que um homem como aquele. Acontece que ele passou toda a luta se escondendo no camarote, e só agora desce para se juntar ao resto de nós. Não há nada como um oráculo com medo de viver no presente.

O covarde.

Eu me viro para Jude, para ver se ele está bem, mas ele já está do outro lado do salão, de joelhos ao lado de Ember e Simon.

Não sei por quê, mas, no momento em que o vejo, o gelo me atinge, e saio correndo na direção deles. Ao mesmo tempo, procuro dentro de mim a janela de Ember, e assim que a encontro, tento abrir as cores. Mas elas desaparecem assim que tento abri-las — primeiro o verde e depois o roxo, até que tudo o que sobra é o vermelho do passado.

E eu sei.

Mesmo antes de chegar até eles, eu sei.

Mesmo antes de Simon soltar um grito doloroso, eu sei.

Ember se foi.

Eu corro os últimos metros, depois caio de joelhos ao lado de Jude.

— O que aconteceu? — pergunto, sem fôlego.

— Eu pensei que ela conseguiria — sussurra Simon. — Eu realmente pensei. Quero dizer, ela estava machucada... eu sabia que ela estava machucada, mas ela continuava lutando, tentando queimar, tentando renascer... — A voz dele falha, e seus lindos olhos de sirena se enchem de lágrimas. — E quando estava quase acabando, quando ela era apenas brasas, ela disse... — Desta vez ele para com um soluço. Eu começo a abraçá-lo, mas, de repente, Mozart está aqui também. Ela coloca uma das mãos nas costas dele e a outra em Jude, e então os três desmoronam um no outro.

E embora Jude seja meu consorte, embora eu o ame através do tempo e do espaço, de sonhos e de pesadelos, através de qualquer coisa que este mundo — ou o próximo — tenha para lançar em nós, eu também sei que agora ele precisa estar com os amigos que têm sido sua família nos últimos três anos. Eu recuo um pouco, começo a levantar para que eles possam ter privacidade.

Mas Jude estende a mão e agarra a minha como se fosse um salva-vidas.

— Fique — sussurra ele.

E então eu fico.

Epílogo

MINHA QUERIDA CLEMENTINE

— Jude —

A coisa sobre os pesadelos é que às vezes eles terminam.

Às vezes o amanhecer irrompe no céu.

Às vezes o sol nasce sobre o oceano.

E, às vezes, se você tiver sorte, a garota que você ama o encontra antes que você possa se perder completamente.

A muralha que nos mantinha presos dentro da escola é agora um monte de entulho, e eu afundo em uma pilha de tijolos quebrados e espero que uma Clementine ainda sonolenta atravesse a praia cheia de detritos até mim.

A noite é meu domínio, e eu a passei da maneira que passei tantas noites antes — colhendo pesadelos enquanto ela dormia. Mas é incrível vê-la caminhando pela areia e saber que ela veio me encontrar. Que ela sempre virá me encontrar, e agora eu tenho o direito — e o privilégio — de fazer o mesmo por ela.

Ela sorri para mim quando se aproxima, e isso ilumina todo o seu rosto. Faz seus olhos azuis brilharem e seu rosto resplandecer de uma maneira que nunca vou dar por garantida. Foi muito difícil chegar aqui — não há como eu não ser grato por sua persistência, sua bondade, seu *amor*.

Sua mão marcada por cicatrizes, deslizando na minha, parece um sonho. E ela também, quando se acomoda e se encolhe ao meu lado. Nada em toda a minha vida fodida já foi melhor do que este momento, e eu respiro fundo — eu a inspiro fundo.

— Você está bem? — pergunta ela. Sua voz é suave, mas seu corpo pressionado contra o meu parece forte. Poderoso. Real.

A morte de Ember é uma ferida aberta em um mar de cicatrizes, mas, de alguma forma, abraçar minha consorte torna o sofrimento um pouco menos bruto, a dor um pouco mais suportável.

— Estou indo — respondo, porque é verdade, e eu nunca quero mentir para Clementine.

— Sim — diz ela com um suspiro triste. — Eu também.

Eu a puxo para mais perto, tento devolver a ela um pouco da força, um pouco do abrigo que ela me dá.

Não sei se funciona, mas sei que a sinto soltar um longo e lento suspiro, enquanto seu corpo relaxa contra o meu.

— Não quero ver minha mãe hoje — sussurra ela. — Não estou pronta.

— Vamos superar isso — digo a ela, porque também não tenho nenhum interesse em ver sua mãe. Entre a maneira como ela machucou Clementine, o que ela fez com Carolina, e a maneira como me enganou para que eu lhe desse os meios para fazer monstros e vendê-los clandestinamente como armas, estou bem se nunca mais me encontrar com ela.

Mas não é uma escolha que eu possa fazer. Uma das muitas e muitas desvantagens da Academia Calder é que não há muitas coisas que podemos fazer. Mozart parece pensar que as últimas vinte e quatro horas mudarão isso, mas eu não sou tão otimista.

Como se apenas pensar na diretora a tivesse conjurado, um portal cintilante se abre acima de onde estamos, na praia.

Aparentemente, a cavalaria chegou.

Clementine se enrijece contra mim, e eu a aperto um pouco mais forte. Se eu pudesse tirar isso dela, eu o faria. Eu tiraria tudo que a machuca.

Mas em um movimento surpresa que nenhum de nós previu, não é a mãe de Clementine que sai do portal. Em vez disso, é Caspian, com os braços carregados com kits de primeiros socorros e comida. Ele é seguido por vários professores da Academia Calder, e juntos eles lutam para subir a praia enquanto o portal se fecha.

Como tudo mais nesta escola, é uma cavalaria mequetrefe.

— Clementine! Jude! — grita Caspian quando nos vê. Ele tenta acelerar o passo e acaba caindo de cara em um saco enorme de salgadinhos de picles. — Viemos salvar vocês!

— Ah, é assim que chamamos agora? — pergunto com suavidade.

Clementine me dá uma cotovelada nas costelas.

— Se comporte, ele está tentando.

Eu reviro os olhos em resposta, mas mantenho meu sarcasmo para mim mesmo, como solicitado. Além disso, não é culpa de Caspian que as últimas vinte e quatro horas se desenrolaram da maneira como se desenrolaram. Se ele quiser pensar que está nos resgatando, longe de mim desenganá-lo.

Observamos enquanto ele se levanta, dá dois passos e cai novamente.

— Vamos — digo, puxando Clementine para cima. — Vamos resgatar a equipe de resgate.

Se for deixado à própria sorte, tenho medo de que ele se machuque — sem mencionar que vamos acabar presos aqui até o próximo furacão. Descemos pela praia até o primo de Clementine e, enquanto eu o ajudo a se levantar, ela pega todos os suprimentos que ele deixou cair como migalhas na areia.

— Estou tão feliz que vocês estejam bem! — exclama ele quando chegamos na muralha. — Eu sei que foi terrível para vocês ficarem aqui sem eletricidade, mas não se preocupem. Todos estarão aqui em breve, e consertaremos tudo.

Se o que ele quer dizer com consertar as coisas for voltar ao jeito fodido que eram antes, então elas podem permanecer quebradas. Nós com certeza permaneceremos do jeito que estamos.

— Quem são todos? E onde está minha... — A voz de Clementine falha, mas eu sei o que ela estava prestes a perguntar.

E, aparentemente, Caspian também.

— Sua mãe está muito bem. Juro — assegura ele para Clementine. — Ela planejava vir, mas alguns problemas de última hora mantiveram ela e meu pai no armazém. Mas você a verá em breve. Só precisamos reunir todo mundo e...

Desta vez, é a voz dele que desaparece.

— Encontramos o máximo que foi possível — diz Clementine a ele, com a voz rouca. — Nós movemos todos os corpos que pudemos para o ginásio. A localização de todos os outros está marcada. Danson tem a lista principal.

Ela treme agora, e sei que está pensando em Ember e em todos os outros que não pudemos ajudar.

— Você precisa colocar dois professores para procurarem os Jean-Babacas — digo a ele enquanto esfrego a mão com calma, para cima e para baixo, nas costas de Clementine. — Eles se esconderam em algum lugar, mas muitas das mortes são culpa deles.

— Muitas? — Os olhos de Caspian se arregalam. — Quantas mortes houve? E o que eles fizeram?

Eu nem sei como diabos responder, então apenas balanço a cabeça. Sei que vou ter que falar sobre isso em algum momento, mas não ainda. Não quando eu ainda consigo ver aquele maldito monstro com Ember entre os dentes.

Clementine se move, como se estivesse prestes a tentar responder o irrespondível, mas, antes que ela possa, a voz de Henri viaja pelo ar até onde estamos.

— Aaaah, café da manhã! — Eu me viro e dou de cara com Henri e outros dois homens, todos em robes de chambre de veludo e chinelos com monogramas, cambaleando pela muralha até a praia. Eles têm *bloody marys* em uma mão e velhos leques de papel na outra. — Por acaso, você trouxe algum *pain au chocolat*, querido menino? — pergunta ele a Caspian. — Estou com um pouco de fome depois de toda essa coisa de oráculo. Acertar tantas vezes abre o apetite.

Os outros homens parecem profundamente irritados, e o de robe cor de verde-vômito resmunga:

— Estou começando a me arrepender de ter procurado você com tanto empenho.

— Tanto empenho? Acho que você demorou bastante — funga Henri.

— Ah, sério? — dispara o de robe amarelo-urina. — Da próxima vez deixaremos você naquele tapete. E vamos nos certificar de que ele acabe em um lar com vários cães com incontinência.

— Você não ousaria! — diz Henri, parecendo muito ofendido.

— Confira sua bola de cristal — rebate Verde-vômito. — Ela vai dizer o que nós ousaríamos.

Os olhos de Caspian estão enormes, e ele olha alternadamente para os três homens. E devo dizer, se é deles que o mundo depende, não é de admirar que as coisas estejam tão fodidas.

— O que diabos está acontecendo aqui? — Quer saber Caspian, olhando para nós e para eles. — Quem vocês são? Como chegaram aqui? E por que eu traria *pain au...* o que quer que seja?

Henri parece ofendido com as perguntas, mas antes que possa elaborar uma réplica, outro portal se abre a poucos metros de distância. Uma lufada de fumaça brilhante sai dele segundos depois, encharcando Caspian com glitter.

Verde-vômito recua, surpreso.

— O que diabos é isso?

— Nossa maior benfeitora, claro — resmunga Caspian. — Ela insistiu em fazer uma turnê pelo campus após a tempestade. Acho que quer avaliar as instalações e ver quão grande precisa ser sua contribuição.

— Desde quando temos benfeitores? — pergunta Clementine, perplexa.

— Como você acha que pudemos construir nosso belo confinamento de criaturas com tanta rapidez? — pergunta Caspian. — Madame Z mal pode esperar para vê-lo.

Clementine me olha de canto de olho como se dissesse "*Você quer contar a ele ou eu conto?*".

Eu aceno para que ela faça as honras. Mas antes que ela possa dar a notícia de que o confinamento das criaturas confinou sua última criatura, uma série daquelas malditas rações brilhantes em forma de Z que usávamos para alimentar os monstros voa para fora do portal.

— Venham até a Madame, meus queridos! — diz uma voz grave e encorpada. — Madame está tão animada para vê-los!

Do nada, os três Jean-Babacas restantes surgem correndo pela praia e mergulham no portal.

Não tenho certeza se ela estava tentando chamá-los ou a alguns cães perdidos há muito tempo, mas, de qualquer forma, fico tentado a ir atrás deles, só para chutar suas bundas de uma vez por todas.

Apenas por saber o tipo muito especial de inferno no qual eles entraram é que me mantenho onde estou. Veremos o que — se houver algo — sobrará quando ela acabar com eles.

— Quer dizer que tudo o que tínhamos que fazer era jogar um pouco de ração? — pergunta Clementine, perplexa.

— Aqueles eram os Jean-Babacas? — pergunta Simon, quando ele e o restante dos nossos amigos aparecem atrás de nós.

— Algo me diz que eles voltarão em breve — respondo.

— O que está acontecendo? — pergunta Mozart.

— Esta ilha finalmente está recebendo alguém com alguma classe, obviamente — responde Amarelo-urina, se endireitando e passando a mão sobre a cabeça careca e brilhante.

— Talvez ela tenha trazido profiteroles — sugere Henri, esperançoso, mas eu sei que não é bem assim.

Porque essa voz muito marcante só pode pertencer a uma pessoa, e ela não é do tipo que traz profiteroles.

Eu me viro para Clementine.

— Sinto muito — digo a ela.

Ela parece confusa.

— Sente muito por quê? — Mas ela aperta minha mão em um gesto que diz "estou com você independentemente de qualquer coisa". Não tenho a chance de responder antes que uma mulher alta, vestida com um macacão de lantejoulas prateadas, surja do portal.

Pelo que sei, ela é atualmente conhecida como Madame Z. Mas eu costumava conhecê-la por outro nome. Zelda, também conhecida como mamãe, também conhecida como minha mãe.

A mesma mãe que eu não vejo ou de quem sequer tenho notícias há dez anos, desde que ela me deixou neste lugar com a tapeçaria e instruções para não matar ninguém mais. Foi exatamente tão estranho — e tão horrível — quanto parece.

Não posso dizer que senti falta dela.

Eu a encaro enquanto ela diminui a distância entre nós. Fora o fato de seu cabelo loiro ter ficado completamente prateado, ela é exatamente a mesma, até mesmo nas lantejoulas e no egocentrismo.

Ela para a alguns metros de nós para analisar o terreno. Seu olhar se alterna entre mim, Clementine e Henri. E a primeira coisa que ela me diz em dez anos é algo muito irônico:

— Não percebi que era hora de os pais se encontrarem.

No começo, não sei do que diabos ela está falando. Mas então Henri suspira e diz:

— Parece que revelamos sem querer a surpresa. — Ele abre os braços. — Venha para o papai, minha querida Clementine.

Clementine se enrijece contra mim, seu olhar indo de um lado para o outro, entre Henri e minha mãe, como se estivesse assistindo a uma partida de pingue-pongue.

— Do que você está falando? — solta ela, finalmente. Ela está agarrada à minha mão, e aperta com força suficiente para cortar a circulação, mas não a culpo. Pensávamos que toda a merda terminaria com a tempestade, mas parece que precisamos nos preparar para outra rodada inteira. Então, de repente, um ar de compreensão toma conta de seus olhos. — Espere um minuto...

Ele dá um suspiro pesado.

— É verdade, Clementine. Sinto muito que tenha que descobrir dessa maneira. Eu havia planejado ser mais delicado, mas algumas pessoas — ele lança um olhar maldoso para minha mãe — não têm um pingo sequer de delicadeza.

Henri estende a mão para Clementine, mas, em vez de se mover em direção a ele, ela recua. Não que eu a culpe. Ela ainda não teve tempo de lidar com tudo o que acabou de descobrir sobre sua mãe. Esta é a última coisa de que precisa.

É a minha vez de apertar a mão dela.

— Vai ficar tudo bem — digo, apenas para seus ouvidos. — Vamos superar isso.

Ela balança a cabeça, como se não tivesse tanta certeza. Mas para de recuar.

— Como você pode ser meu pai? — pergunta ela. Mas dá para ver que ela acredita nele, assim como eu. Ser filha de um oráculo definitivamente explica sua habilidade de ver o passado e o futuro.

— É bem simples, na verdade. Sua mãe, sua mãe de verdade, não Camilla, claro, ela e eu tivemos um... — Ele faz uma pausa, sem palavras.

— Um caso — diz Verde-vômito, tomando outro gole de seu *bloody mary*. — Eles tiveram um caso, ela engravidou, não deu certo entre eles. E aqui estamos nós.

— É um pouco mais complicado que isso. — Henri lança a ele um olhar maldoso também. — Assim que soube que tinha uma filha, vim procurá-la. Camilla se recusou a me deixar vê-la, e quando eu disse a ela que lutaria para ter acesso a você, ela me prendeu. Sua mãe morreu dando à luz você porque a mente dela explodiu por causa do poder de ver o passado e o futuro. Camilla ficou aterrorizada depois disso, com medo de que, se você saísse da ilha e obtivesse seus poderes, a mesma coisa aconteceria com você. Tenho certeza de que você sabe o resto.

Clementine faz um som baixo com a garganta, e se recosta em mim. Eu a abraço forte, mantendo-a de pé quando acho que ela poderia ter caído.

— Me tire daqui — sussurra ela para mim.

— É para já — respondo, enquanto a guio pela praia. Nossos amigos nos seguem, Luís acompanhando nosso passo, do outro lado de Clementine. Ele parece tão irritado quanto eu.

— Você nem vai dizer oi, Jude? — Madame Z, ou qualquer outro que seja o nome dela atualmente, grita atrás de nós.

Eu não me incomodo em responder. Porque foda-se ela e qualquer coisa que ela espere alcançar com essa pequena farsa.

— Acho que vamos fazer isso do jeito difícil, então. — Ela bate palmas, e o som de algumas dezenas de pés batendo na areia ecoa pela praia.

Nós nos viramos a tempo de ver mais de uma dúzia de guardas feéricos saindo do portal.

— Mas que diabos? — Eu fico na frente de Clementine, preparado para uma luta. Mas parece que não somos os alvos. Em vez disso, os guardas apreendem Henri e seus dois amigos. E nenhum deles parece muito surpreso.

Mas é claro, eles devem ter visto que isso ia acontecer.

— Ei! — grita Clementine, passando por mim. — Deixe-os ir!

— Agora que tenho um conjunto combinado? — pergunta minha mãe, sobrancelhas levantadas. — Acho que não, querida.

Um aceno de sua mão faz com que os guardas arrastem os oráculos em direção ao portal.

— Tão gentil da parte de vocês, terem encontrado Henri para mim, Giuseppi e Fernando. E parabéns pela pequena tempestade... eu adorei as ondas. Agora, se me desculparem, essa areia realmente está acabando com a minha pedicure.

Eu me lanço na direção dela, mas ela desaparece no portal antes que eu possa chegar perto.

— Sem necessidade de violência, caro homem! — diz Henri ao guarda que o arrasta. — Só quero dizer adeus à minha filha primeiro.

Quando o feérico não lhe dá absolutamente nenhuma atenção, eu o pego pelo braço — e recebo vários socos no rosto e no corpo por parte dos outros guardas feéricos.

Na confusão, Henri estende a mão como se fosse agarrar Clementine. Mas o guarda o puxa para longe no último segundo, e sua mão bate em Simon.

— Vou ficar bem! — diz ele enquanto os guardas o empurram para o portal. — Mas lembrem-se! O futuro é apenas o lance de uma moeeeeeeeeeda.

Sua voz ecoa, e ele desaparece.

Eu corro em direção ao portal — nós todos corremos —, mas os últimos guardas feéricos são mais rápidos, e, assim, ele se fecha.

— Que porra acabou de acontecer? — pergunta Izzy, parecendo tão perplexa quanto eu.

— Nada de bom — responde Clementine.

— Querem que eu construa um portal? — pergunta Remy. — Podemos segui-los.

— Nem sabemos para onde eles foram — aponta Izzy a ele. — Só porque eles estão com a Guarda Feérica não significa que voltaram para a Corte Feérica. E se o fizeram, definitivamente estarão esperando por nós quando chegarmos lá.

— Ela está certa — diz Clementine, séria. — Precisamos descobrir o que está acontecendo antes de fazermos qualquer outra coisa.

— Sendo assim, talvez você possa começar comigo — diz Simon, e ele soa mais estranho do que eu jamais o ouvi falar.

Mozart deve pensar o mesmo, porque ela se vira.

— O que há de errado?

— Acho que tenho um problema — responde ele. — Tudo de repente parece muito estranho. E tenho certeza de que é porque o pai de Clementine me deixou um presente.

— Que tipo de... — Clementine para de falar, horrorizada, quando ele enfia a mão no bolso, tira uma grande moeda de ouro e a levanta para que possamos ler.

Um lado diz "Me ama", o outro lado diz "Não".

— O que você acha que isso significa? — pergunta ele.

Não tenho certeza do que as palavras implicam, mas sei o que a moeda significa.

— Que estamos totalmente fodidos.

AGRADECIMENTOS

Escrever este livro, o primeiro de uma nova série, tem sido ao mesmo tempo um desafio e uma alegria, e agora que está pronto para sair no mundo, tenho muitas pessoas a agradecer que me ajudaram ao longo do caminho.

Justine Bylo, a editora mais incrível e intrépida que uma garota poderia pedir. Obrigada por toda a sua ajuda, paciência e orientação enquanto trabalhava para acertar este livro. Você é excepcional.

Emily Sylvan Kim, você é realmente a melhor. Obrigada por tudo.

Liz Pelletier, por me incentivar a fazer certo — e por tudo que levou a este momento. Você é incrível.

Brittany Zimmerman, por tudo que você faz por mim e pelos fãs da série *Crave*. Amo muito você.

Bree Archer, pelas capas mais lindas que qualquer escritor poderia sonhar. Sinceramente. Você me impressiona toda vez.

Stacy Cantor Abrams, por ser o melhor sistema de apoio e amiga que uma garota poderia pedir.

Ashley Doliber e Lizzy Mason, por aguentarem mais de uma ligação histérica e por sempre terem um plano. Vocês são maravilhosas e estou muito animada para trabalhar com vocês!

Curtis Svehlak, por me aturar todos esses anos e de alguma forma fazer tudo funcionar. Você é o melhor!

E para todos os outros na Entangled: Meredith Johnson, Rae Swain, Jessica Meigs, Hannah Lindsey, Britt Marczak, LJ Anderson, Hannah Guy, Heather Riccio e meus colegas de leitura da editora, que cuidaram tão bem de mim e deste livro desde o início. Sou muito grata. Eu realmente trabalho com a melhor equipe de publicação, e sei quão sortuda sou.

Um agradecimento especial a Veronica Gonzalez, Liz Tzetzo e à incrível equipe de vendas da Macmillan por todo o apoio que deram a esta série ao longo dos anos, e a Beth Metrick, Lexi Winter e Emi Lotto por trabalharem tanto para colocar esses livros nas mãos dos leitores.

Eden e Phoebe Kim, por serem as melhores!

Jenn Elkins, por ser minha companheira de todas as horas. Que venham os próximos trinta anos!

Stephanie Marquez, obrigada por todo seu amor e apoio durante dois dos piores anos da minha vida. Você é uma maravilha e sou muito grata por você ter me encontrado.

Para meus três meninos, que amo de todo meu coração e alma. Obrigada por entenderem todas as noites que tive que me esconder no meu escritório e trabalhar em vez de sair, por ajudarem quando eu mais precisei, por ficarem comigo durante todos os anos difíceis e por serem os melhores filhos que eu poderia pedir.

E finalmente, para meus fãs — obrigada, obrigada e obrigada por todo seu apoio, entusiasmo e amor ao longo dos anos. Tenho os fãs mais incríveis do mundo, e sou grata por vocês todos os dias. Bem-vindos à Academia Calder — espero que vocês amem este lugar tanto quanto eu.

xoxoxoxoxo

Primeira edição (abril/2025)
Papel de miolo Creamy Bulk 50g
Tipografias Lucida Bright e Goudy Oldstyle
Gráfica Santa Marta